四庫提要南宋五十家研究

筧文生
野村鮎子 著

汲古書院

題簽　魚住卿山

目　次

はしがき

本書は、『四庫全書總目提要』のうち南宋詩人五十三家・別集五十七種についての研究書であり、五年前、科研費「研究成果公開促進費」の助成を受けて上梓した『四庫提要北宋五十家研究』（汲古書院 二〇〇〇年）の後編にあたる。

『四庫全書總目提要』とは、四庫全書編纂官によって執筆された書籍解題であり、その内容は、書物の概要や著者の履歴に始まり、版本や校定、書物に對する批評および文學史上の位置づけに至るまで多岐にわたる。とりわけ、版本の流傳や著者の傳記をめぐる精緻な考證には定評があり、『提要』は中國古典籍に關する情報の寶庫だといっても過言ではない。ただし、乾隆帝の敕命による編纂とはいえ、版本蒐集の過程で漏れた善本も多くあり、今日、版本研究の面で『提要』を金科玉條とすることはできなくなっていることは、すでに先人の指摘するところである。

しかしながら、『四庫提要』は單なる書籍解題の寄せ集めではないし、その價値も版本考證や校訂にのみ存するわけではない。たとえば『提要』が示す書物や作者に對する批評は、それぞれの時代の詩風や文風の變遷をどのようにとらえるかといった文學史觀に大きく關わっている。文學史觀のないところに個別の詩人に對する批評は生まれない。その意味で『四庫全書總目提要』とは、文學史のテクストでもあり、これを時代別にみれば、それは各時代の文學史となりうるのである。『四庫提要』の南宋文學批評については、本書所收の「『四庫提要』はいかに南宋文學を評したか」を參照されたい。

『四庫全書總目提要』の南宋別集の部は存目を除いて二百六十七家・二百七十四種の別集を著錄しているが、本書では、文學論や文學史觀に言及しているものを中心に、五十三家・五十七種を選んだ。書名に五十家というのは概數である。本書は五十二家の『提要』に訓讀や現代語譯のほか傳記・版本・文學史上の評價などを含んだ詳細な注釋を施すことで、個々の詩人に對する評價のみならず、南宋全體の文學史を見渡すことができるよう工夫した。また、『提要』の誤謬や失考については、特に項目を設けず、注釋の中で指摘するにとどめている。

宋代文學に關する基礎研究は、ここ十年あまりの閒に長足の進歩を遂げ、基本的な文獻が整備されてきている。特に『全宋文』（二〇〇六年一月現在、未完）や『全宋詩』、『中華大典 文學典 宋遼金元文學分典』（以下、『中華大典』）の編纂出版が果たした意義は大きい。

工具書も充實し、版本研究の分野では『現存宋人別集版本目録』（以下、『現存目録』）の出版によって中國や日本での宋人別集の所藏狀況を把握しやすくなった。祝尚書氏は、四川大學古籍整理研究所での『全宋文』編纂作業を通じて宋人別集の版本や流傳を專門に研究し、『宋人別集敍録』（以下、『敍録』）を上梓している。『四庫提要南宋五十家研究』は、こうした先學の研究蓄積の上に立つものである。

しかし、日本人研究者としての立場から見た場合、『現存目録』や『敍録』にはいくつかの問題點がある。それは、臺灣や日本に現存する版本についての扱いである。『現存目録』は臺灣、たとえば臺北の國家圖書館（舊名 國立中央圖書館）や故宮博物院に藏される圖書を全く著録していない。日本の現存書は著録されているが、書物を實見したわけではなく、日本の漢籍目録をもとに機械的に分類排次したものと思われる。祝氏『敍録』は、著者自身が「後記」で述べているように、臺灣や日本の藏書を目睹する機會を得られず、日本の版本については嚴紹璗氏から提供された「日本漢籍録」（稿本）に依據せざるを得なかった。一九九六年に出版された嚴紹璗氏の『日本藏宋人文集善本鉤沈』（以下、『鉤沈』）は、この稿本の一部であろう。

嚴氏の『鉤沈』は、日本の各機關の漢籍目録を一々檢索する煩から研究者を解放したという點で、中國人研究者のみならず我々日本人研究者にとっても極めて有用な書である。但し、誤謬も多い。卷數や年號の數字の誤記といった單純な誤りのほかに、各所藏機關の版本を分類排次する際にうっかり排次する場所を間違えたと思われるものがある。また、日本藏のすべての宋人別集を實見したうえで成ったわけでもなさそうで、基づいた漢籍目錄の誤りをそのまま襲ったと思われる誤謬も多々ある。たとえば、すでに現在では元刻本ではないとされている版本がそのまま元刻本として著錄されるなど、日本側の書誌研究の成果を十分反映しているとは言いがたい。

『中華大典』は、傳記・紀事・著錄などの項目別に各詩人に關する研究資料を蒐めたもので、そこには版本の流傳を研究するうえで重要な序跋の類も多く收載されている。しかしながら、序跋の出典、つまりどの版本から採られたものなのかについてはほとんど明示されていないうえ、節略箇所も多く、必ずしも全文を收載しているわけではない。また、各種版本に冠された序文の類は草書や篆書などで書されることもあり、活字におこす際に讀みを誤ってしまったものもある。

こうしたことから、本書では、提要が各種版本の序跋をもとに刻行の歴史や流傳について論じている場合は、『現存目錄』や祝氏『敍錄』を鵜呑みにするのではなく、できうる限り複數の版本を實見し、字を確認したうえで注釋を施すように心がけた。しかし、これは實際に始めてみると「言うは易く、行うは難し」であった。一つの別集に版本が一つというような單純なものはほとんどない。科學研究費を得たこの三年間は、日本國内はもとより、中國・臺灣へと南宋別集を求める旅を繰り返し、版本を見ることに多くの時間を費やした。その結果、版本の問題についても、いささかの新しい知見を附け加えることができたと自負している。しかし、調査期間と經費には限りがあり、天候等の問題であいにく閲覽が許されなかった書もある。遺漏や誤謬も多々あろう。博雅の教えを切に乞うものである。

先に述べたように、本書は先人の研究成果によるところが大きい。ここに主なものを列記し、先學の研究に敬意を表したい。

胡玉縉撰・王欣夫輯『四庫全書總目提要補正』（中華書局 一九六二、上海書店出版社 一九九八）
余嘉錫著『四庫提要辨證』（中華書局 一九八〇）
欒貴明輯『四庫輯本別集拾遺』（中華書局 一九八三）
李裕民著『四庫提要訂誤』（書目文獻出版社 一九九〇）
崔富章著『四庫提要補正』（杭州大學出版社 一九九〇）
四庫全書研究所整理『欽定四庫全書總目（整理本）』（中華書局 一九九七）
司馬朝軍『《四庫全書總目》研究』（社會科學文獻出版社 二〇〇四）
吉田寅・棚田直彦編『日本現存宋人文集目錄』（汲古書院 一九七二改訂版）
四川大學古籍整理研究所編『現存宋人別集版本目錄』（巴蜀書社 一九八九）
劉琳・沈治宏編著『現存宋人著述總錄』（巴蜀書社 一九九五）
嚴紹璗編撰『日本藏宋人文集善本鉤沈』（杭州大學出版社 一九九六）
祝尚書著『宋人別集敘錄』（中華書局 一九九九）
陳樂素著『宋史藝文志考證』（廣東人民出版社 二〇〇二）
王嵐著『宋人文集編刻流傳叢考』（江蘇古籍出版社 二〇〇三）
吳洪澤編『宋人年譜集目・宋編宋人年譜選刊』（巴蜀書社 一九九五）
吳洪澤・尹波主編『宋人年譜叢刊』（四川大學出版社 二〇〇三）
昌彼得・王德毅・程元敏・侯俊德編 王德毅增訂『宋人傳記資料索引』（鼎文書局 一九七七增訂版）
李國玲編纂『宋人傳記資料索引補編』（四川大學出版社 一九九四）
沈治宏・王蓉貴編『中國地方誌宋代人物資料索引』（四川辭書出版社 一九九七）
丁傳靖輯『宋人軼事彙編』（中華書局 一九八一）
曾棗莊・李凱・彭君華編『宋文記事』（四川大學出版社 一九九五）
曾棗莊主編『中華大典 文學典 宋遼金元文學分典』（江蘇古籍出版社 一九九九）

錢鍾書著『宋詩紀事補正』（遼寧人民出版社　二〇〇三）
龔延明編著『宋代官制辭典』（中華書局　一九九七）
北京大學古文獻研究所編『全宋詩』全七二册　三七八五卷（北京大學出版社　一九九一～一九九八）
四川大學古籍整理研究所編『全宋文』既刊五〇册　二二四四卷（巴蜀書社　一九八八～一九九四）
李修生主編『全元文』既刊五九册　卷一八二〇（江蘇古籍出版社　一九九七～二〇〇一、鳳凰出版社　二〇〇四～二〇〇五）

二〇〇六年一月一日

筧　文生
野村鮎子

『四庫提要』はいかに南宋文學を評したか

野村鮎子

一、『四庫全書總目提要』と南宋別集

『四庫全書總目提要』別集の部に著録される兩宋の別集は、存目を除いて、三百八十二家・三百九十六種である。このうち北宋が一百十五家・一百二十二種であるのに對して、南宋は、二百六十七家・二百七十四種の別集を著録している。九六〇年の宋の建國から一一二七年の靖康の變までは約一百七十年、宋が南渡して半壁の江山を有するようになってから一二七九年の滅亡までは、約一百五十年である。ほぼ同じ年數にもかかわらず、南宋別集として著録される數は、北宋の二倍以上という計算になる。南宋の詩人が北宋に倍する第一の要因としては、南宋は偏安の局にありながらも文化の成熟期にあたり、書籍の印刷出版が隆盛したということが擧げられる。さらに、第二の要因としては、南宋末期に江湖派が隆盛になったことで、作詩人口が擴大したということが擧げられよう。

四庫全書に收載された南宋詩人二百六十七家の別集は、南宋の滅亡から清の乾隆期に四庫全書が編纂されるまで約五百年の閒、宮中の祕府や藏書家の書齋に、まとまった形でそのまま傳わっていたわけではない。祕府の主が交替するたびに、その書籍も散逸し、民閒の藏書も幾たびかの業火に見舞われ、その多くが灰燼に歸した。『四庫提要』は、隨所で「文章傳不傳、亦有幸不幸焉（詩文の流傳にも幸不幸がある）」というが、この「不幸」には多くの場合、戰亂が

關係している。禁書令をもってしても焚き盡くせない書物を、兵火は瞬時に亡ぼしてしまうのだ。

こうして亡びた書物を四庫全書編纂官（以下、四庫館臣）たちは明に編纂された類書『永樂大典』によって可能なかぎり復元した。二百七十四種の南宋別集のうち、四庫館臣が『永樂大典』から輯佚した本は九十種に及ぶ。北宋の別集の『永樂大典』輯佚本は三十五種であり、これを合わせると兩宋で合計一百二十五種になる。實に宋代別集のうち三分の一が永樂大典本なのである。コンピューターのない時代の、困難を極めたであろう輯佚作業は、『永樂大典』の大半が失われた今では、いっそう大きな意味をもつ。すでに四庫全書本しか傳本のない宋人別集もあるのだ。我々の現在の宋代文學研究は、まさにこの四庫館臣が精魂傾けておこなった事業の上に成り立っていることを忘れてはならない。

ところで、『四庫提要』には、各書の前に冠された書前提要と、それをまとめた『四庫全書總目提要』の二種があり、後者は四庫全書には著録されなかったものの、目録に書名を留めておく書籍、所謂「存目」書の提要をも含んでいる。『四庫全書總目提要』は實質的な執筆責任者である紀昀《きいん》による幾度かの改稿を經て、考證はより精密、文體もより闊達になって行った。改稿は、字句の訂正や文章の手直しに止まらず、中には著録した版本自體を差し換えるといった大幅な改訂も行われている。『四庫全書總目提要』二百卷は質・量ともに書前提要を凌駕しており、本論でいう『四庫提要』も基本的にはこれを指す。

『四庫提要』は、その構成上、個々の書物に對する解題（提要）という形式をとるものの、その内容は版本の考證にとどまらず、個々の作家に對する批評や作品論をも含んでいる。さらにその批評は全體の中でぶれがない。これだけ大部の書でありながら、詩人や作品についての批評は終始一貫しており、こちらの提要とあちらの提要では詩人の評價が異なるといった破綻はほとんど見られない。このことは文學史という概念が無かった時代に在っては注目に値するものである。

とくに、宋代文學についていうならば、清代は宋詩復權の時代であった。明代末期から續く反擬古文（反古文辭）の機運とそれに伴う宋詩再評價の動きは、清初の吳之振『宋詩鈔』や厲鶚『宋詩紀事』（書名は『紀事』だが、それ以前の『唐詩紀事』などとは異なり、總集に近いものである）の編纂へとつながった。提要は、こうした成果を十分に生かしつつ、さらに同時期の宋詩派と呼ばれる文學者の宋詩への批評にも目配りしている。

『四庫提要』が近代の宋代文學史觀に與えた影響はきわめて大きい。たとえば、南宋文學のキーワードとしてよく取りあげられる「江西派」、「尤・楊・范・陸」、「永嘉四靈」、「江湖派」は、『四庫提要』以前の書物にもすでに見えている言葉ではあるが、これを南宋文學の全體の歷史の中で體系的に論じたのは『四庫提要』が最初である。私たち近代の研究者は、知らず知らずのうちに、提要の文學史觀を繼承しているのである。宋代文學を研究する私たちは、その研究の出發點がここにあることを肝に銘じておくべきである。かつて梁啓超は『中國近三百年學術史』において「四庫館就是漢學大本營、『四庫提要』就是漢學思想的結晶體」[二]と述べたが、それは文學思想についても當てはまるのである。

以上のことをふまえたうえで、『四庫提要』がどのように南宋文學を評したかについて概述する。

二、南宋儒風への批判

『四庫提要』南宋別集の部が、その初めに著錄しているのは、宗澤（一〇五九～一一二八）の『宗忠簡集』八卷であり、その次は楊時（一〇五三～一一三五）の『龜山集』四十二卷である。

『四庫提要』の集部は、別集類、別集類存目、總集類、總集類存目、詩文評類、詩文評類存目、詞曲類、詞曲類存目に分かれており、各類の著錄は撰者のほぼ生卒順となっている。別集類の北宋の最後に著錄されているのは、傅察

（一〇八九〜一一二五）『忠肅集』三巻、その一つ前が李若水（一〇九三〜一一二七）『忠愍集』三巻であり、いずれも一一二七年の靖康の變で遭難した詩人である。宗澤と楊時の沒年は、一一二七年以降であるから、南宋の部が彼らから始まるのは、一見、理に適っているように見える。しかし、實は、『四庫提要』以前の書目で、楊時を南宋に著録した例は他にはない。

楊時は最初、程顥《こう》に師事し、程顥の歿後は程頤《い》に師事した。瞑想中の程頤を待って、同じ門人の游酢《ゆうさく》とともに雪が一尺積もる間、侍立していた故事、いわゆる「程門立雪」で知られる。『二程粹言』を編纂し、南渡の後は程氏の正宗と稱され、その學は羅從彦・李侗《りどう》を經て、朱子の閩學へと繫がっていった。提要は、この道統を次のように説明する。

（楊）時受學程子、傳之沙縣羅從彦、再傳爲延平李侗、三傳而及朱子、開閩中道學脈。其東林書院存於無錫、又爲明季講授之宗（楊時は學問を程子に受けて、沙縣の羅從彦に傳え、羅はそれを延平の李侗に傳え、それがさらに朱子へと傳わったのであり、彼は閩における道學の流れを開いたのだ。楊時がいた東林書院は無錫に現存しており、明末においても講學の中心となった）。——楊時『龜山集』提要

南渡後の楊時は、高宗から信頼され、工部侍郎・兼侍讀となり、龍圖閣直學士・提擧杭州洞霄宮をもって引退している。しかし、高宗に出仕したとき、彼はすでに八十歳近くの高齢となっていて、南宋で政治の實務に攜わっていたとは言いがたい。むしろ、南渡の人士たちの精神的支柱であったといえる。

そのため、『四庫提要』以前の書目、たとえば、陳振孫『直齋書錄解題』は、『龜山集』を、南宋ではなく、巻一八の北宋の晁説之《ちょうえつし》『景迂集』のすぐ後に著録している。また明の張萱《けん》が萬曆年間に祕府の藏書を整理して作った『內

閣藏書目錄』も、楊時の書を卷三の『程氏文集』の後に著錄し、「宋 神宗朝 楊時著 凡三十五卷」という。

これに對し、提要は、宗澤と楊時をあえて南宋別集の卷頭に著錄した理由を、次のように説明している。

> 案、(楊)時卒於高宗建炎四年。其入南宋日淺、故舊皆繫之北宋末。然南宋一代之儒風、與一代之朝論、實皆傳時之緒餘。故今編錄南宋諸集、冠以宗澤、著其説不用而偏安之局遂成。次之以時、著其説一行而講學之風遂熾。觀於二集以考驗當年之時勢、可以見世變之大凡矣(案ずるに、楊時は高宗の建炎四年に歿している。南宋に入ってからの日が淺いため、もとは皆 楊時の別集を北宋の最後に著錄していた。しかし、南宋一代の儒風と一代の朝廷の議論は、實は皆 楊時の殘餘を受け繼いだものなのだ。だからこそ南宋の諸集を編錄するにあたって、最初に宗澤を冠し、その説が用いられなかった結果、偏安の天下に甘んじる狀況が出現したことを明示し、その次に楊時を置き、彼の説が一旦行なわれるや、講學の風潮が燃え上がったことを示した。二つの別集を觀て當時の情勢を檢證すれば、世事の移り變わりの概略がわかるであろう)。——楊時『龜山集』提要

楊時の墓誌銘や年譜によれば、彼の沒年は紹興五年(一一三五)、享年は八十三であるが、四庫館臣は、上掲の『直齋書錄解題』卷一八に「死當建炎四年(一一三〇)、年八十有七、於程門最爲壽考」とあるのに據って、「卒於高宗建炎四年」に作っている。

一方の宗澤は、北方の地を割讓して金と和議を結ぶことに反對した主戰派の代表的人物である。金との戰いの中、二十數回にわたって高宗に汴京に還ることを求める上奏文を奉ったが納れられず、憤死した。『宋史』は、彼が臨終の際に「河を渡れ」と三度連呼し、抗金の氣慨を示したと傳えている。ただ、『直齋書錄解題』には『宗忠簡集』は著錄されておらず、南宋末にはその文集はすでに行われなくなっていたらしい。

提要は、この理由を次のように説明する。

蓋理宗以後、天下趨朝廷風旨、道學日興。談心性者謂之眞儒、講事功者謂之雜霸。人情所競、在彼而不在此。其沈晦不彰、固其所也（思うに、理宗以後、天下は朝廷の意向に従って、道學が日々盛んになっていった。心性を談ずる者は眞儒だとされ、政事を講ずる者は雜霸といわれた。人情のおもむくところは、道學であってまつりごとではない。澤が埋沒して顯われなかったのも、當然である）。——宗澤『宗忠簡集』提要

提要がここでいう「談心性者」とは南宋の講學家を意味している。『四庫提要』の南宋別集の部には、隨所に「空談性命」という言葉が使われているが、これは南宋に流行した講學の風潮を批判したものである。一方、「講事功者」とは、實質的な政治に攜わり、具體的な政策や方針を議論する者を指す。南宋末期になると、儒者を以て任じる學者が各自で書院や學堂を創設し、門下生の多さを競い合うようになる。彼らは、「門戶の私」で以て他の學黨への批判を繰り返した。提要は、決して「講學」自體を否定しているわけではないが、結局、宋を亡ぼしたのは、こうした理論ばかりをふりかざし、實用を輕んじて政務をおろそかにした南宋の儒風であったとするのである。

宗澤の汴京還駕の主張が用いられなかった結果、南宋はこの後、百七十年にわたって半壁の江山に甘んじることになった。そして、楊時が程子の學を南宋に傳えた結果、南宋の人士が空理空談を振りかざして、政事をおろそかにするという事態に至った。このことを强調するために、四庫館臣は、南宋別集の最初に宗澤と楊時を置いたのである。

こうした「南宋儒風」への批判は、南宋別集の提要の至る所で散見される。特に、異なる學説を排斥し、他の學派を攻擊するという點では、提要は、朱子にもこの流弊があるとみなしている。

朱子が『詩集傳』によって毛傳鄭箋を否定して『詩經』の新しい解釋を示して以後、朱子の『詩』解釋は、後世の

朱子學を正統とみなす王朝によって、崇高の權威をもつようになった。しかし、南宋の當時にあっては、朱子の『詩』解釋に懷疑的な態度をとる儒者もいた。次にあげる陳傅良は、そういった儒者の一人である。ただし、傅良は爭いごとを好まぬ性格だったらしく、朱子に對して自身の『詩』解釋を披瀝することはしなかった。朱子からの執拗なる求めに對しても、陳傅良は書簡をおくって「あなたは近ごろ陸子靜九淵と互いに無極について論爭し、さらに陳同甫亮と王覇の問題について論を戰わせておられます。私はいまだかつて『詩』に注したことはなく、したがって『詩』についての說といっても、門人に科擧受驗の講義をした程度に過ぎません。今ではそれらもすべて廢棄してしまいました[三]」と言い、朱子と事を構えることを避けた。

提要はこうした陳傅良の儒風を高く評價し、それが文風にも表れているとする。

傅良之學、終以通知成敗・諳練掌故爲長、不專於坐談心性。故本傳又稱「傅良爲學、自三代秦漢以下靡不研究。一事一物、必稽於實而後已」。蓋記其實也。…傅良雖與講學者游、而不涉植黨之私、曲相附和、亦不涉爭名之見、顯立異同。在宋儒之中、可稱篤實。故集中多切於實用之文、而密栗堅峭、自然高雅、亦無南渡末流冗沓腐濫之氣。蓋有本之言、固迥不同矣（陳傅良の學問は結局政治の成功と失敗の事例に通曉し、禮樂制度の故實に熟達するのを特長とし、心の修養ばかりを專ら云々するようなことはしない。故に『宋史』の陳傅良傳はまた「傅良の學問は、三代秦漢以後で研究しないものはなく、一つ一つの事物について、必ず事實を究めずにはおかなかった」という。思うに本當のことを記しているのだ。…傅良は講學者と交遊があったものの、黨派にとらわれて附和雷同するようなことはなく、また名を爭うためにことさらに異說を立てるようなことはしなかった。宋儒の中にあっては、篤實と稱すべき人物である。故に集中には實用に適った文が多く、綿密で謹嚴、おのずと高雅な趣をもち、南宋の末流どもの煩雜で腐敗した臭氣がない。思うに、有本の言というのは、ずばぬけて他とは違うものなのだ）。——陳傅良『止齋文集』提要提要は、陳傅良の「不專於坐談心性」「不涉植黨之私」という態度を篤實だと評價する。そして、彼の文章は空理空談ではない、實用の文だとする。

提要が理想とする醇儒と文學の關係は、次にあげる南宋中葉の大儒魏了翁の提要によく現れている。

南宋之衰、學派變爲門戶、詩派變爲江湖。了翁容與其閒、獨以窮經學古自爲一家。…史稱「了翁年十五時爲〈韓愈論〉、抑揚頓挫、已有作者之風」。其天姿本自絕異、故自中年以後、覃思經術、造詣益深。所作醇正有法、而紆徐宕折、出乎自然。絕不染江湖遊士叫囂狂誕之風、亦不染講學諸儒空疎拘腐之病。在南宋中葉、可謂翛然於流俗外矣（南宋も衰退期になると、學派は變じて派閥となり、詩派は變じて吟遊詩人となっていく。…『宋史』は、「了翁は十五歲で〈韓愈論〉を作ったが、めりはりが利いていて、すでに一人前の文學者の風があった」と傳える。その天賦の才は他に竝ぶものがなく、中年以後は、經學の研鑽を積んで、その造詣は益ます深まったのである。その詩文は純粹で規格正しく、それでいて流れはゆったりとして自在に曲がるさまは、自然そのもので、江湖派の無頼どもがうるさくわめきたてる風がなく、また講學の儒者たちの空疎で融通がきかないという弊害に染まってもいない。南宋中葉では、俗流から超然とした存在であったといえる）。――魏了翁『鶴山全集』提要

提要は、文は經術を覃思するところに生まれると考えており、孟子・韓愈を學んでこそ、「作者之風」を有する文になると主張する。

三、「語錄爲詩」「語錄爲文」への批判

こうした南宋儒風についての批判は、南宋詩文の評論にも及んでいる。

まず、散文についてであるが、提要は「語錄爲文」を最も忌む。南宋の講學の隆盛は、語錄の流行という現象をもたらした。宋儒は、書簡や語錄の類で自說を展開することが多い。しかし、語錄の文章は、本來、先生の發言を門下生が口述筆記したものである。その場においては、洒脫で氣が利いているような理屈に見えても、一つ一つの議論にはあまり深みがない。また、抽象的で、散漫だという缺點は否めない。語錄の文章は、文理に沿って、筋道を立てて論じるような古文とは大きく異なるのだ。

語錄の文體が、南宋の散文に與えた影響は大きく、提要は南宋の文人の中にある語錄臭を徹底的に批判し、一方で、これと對極にある古文を高く評價した。以下は、劉子《し》翬《き》、呂祖謙、陳傅良、范浚の提要である。

集中談理之文、辨析明快、曲折盡意、無南宋人語錄之習。論事之文、洞悉時勢、亦無迂闊之見。如〈聖傳論〉〈維民論〉及〈論時事劄子〉諸篇、皆明體達用之作、非坐談三代・惟鶩虛名者比（集中の理を談じた文は、分析が明快で、丁寧な説明を加えており、南宋人の語錄のような悪習はない。政事を論じた文は、時勢を洞察し、現實離れした見解ではない。〈聖傳論〉〈維民論〉及び〈時事を論ずる劄子〉等の諸篇は、いずれも實用に則した文で、三代についての空論を振りかざし、虛名に走る連中とは異なる）。――劉子翬『屏山集』提要

所撰『文章關鍵』於體格源流具有心解、故諸體雖豪邁駿發、而不失作者典型、亦無語錄爲文之習（彼が編纂した

『文章關鍵』は、文の體格の源流について會得したことがつぶさに記されている。故に彼のスタイルは豪放で一氣に突っ走るタイプではあるが、『詩經』以來の作者の典型を失なわず、また語録で詩文を作るといった陋習がない)。——呂祖謙『東萊集』提要

集中多切於實用之文、而密栗堅峭、自然高雅、亦無南渡末流冗沓腐濫之氣。(集中には實用に適った文が多く、綿密で謹嚴、おのずと高雅な趣をもち、南宋の末流どもの煩雜で腐敗した臭氣がない)。——陳傅良『止齋文集』提要

進策五卷、於當時世務尤言之鑿鑿、非迂儒不達時變者也(進策五卷では、當時の時局について踏みこんだ議論を展開している。時局に疎い腐儒の議論ではないのだ)。——范浚『香溪集』提要

提要が高く評價した古文とは、「實用之文」であり、「明體達用之作」である。右にあげた劉子翬、呂祖謙、陳傅良、范浚らは、古文家としてよりも儒者として知られる者だが、提要は、空理空談を振りかざさない彼らの文章を尙んでいる。

さて、提要がもう一つ忌んだのは、「語錄爲詩」、すなわち宋詩における語錄臭である。南宋に盛んになった講學の風潮は、理屈を竝べたような理學詩の流行という弊害をもたらした。理學詩はすでに北宋に見え、北宋儒家五子の一人である邵雍に、一連の理學詩といわれる詩群があることはよく知られている。嚴羽の『滄浪詩話』詩體篇はこれを邵康節體と呼んでいる。

しかし、提要は、詩とは眞情の發露であって、理屈をいうものではないと考えている。以下は、陳淵と范浚の詩を批評した部分である。

爲詩不甚雕琢、然時露眞趣、異乎宋儒之以詩談理者（詩を作るのにあまり雕琢を凝らしたりしなかったが、しばしば眞情が横溢していて、宋儒の、詩によって理を談じようとする者とは異なる）。――陳淵『默堂集』提要

近體流易、猶守元祐舊格、不涉江西宗派。古體頗遒、亦非語錄爲詩之比、有足稱焉（近體詩は正格を外れているものの、元祐の詩風をよく守り、江西宗派の影響はない。古體詩は頗る力強く、語錄のような詩とは比べようもなく、稱讃に足るものだ）。――范浚『香溪集』提要

提要は、嚴羽自身が作った詩の品格については決して高い評價を與えていないが、[四]『滄浪詩話』に主張する「詩に別才有りて、學に關わらず、詩に別趣有りて、理に關わらず」の說を採っているのである。

提要は、また儒者が詩を論評することには否定的である。かつて朱子は友人である呂本中の詩について「呂本中は詩を論じて、一字一字を響かせようというのだが、彼の晩年の詩はみな聲が出ていない」[五]と評したことがある。これについて提要は、次のようにいう。

然朱子以詩爲餘事、而本中以詩爲專門、吟咏一道、所造自有淺深、未必遂爲定論也（しかし、朱子は詩を餘事とし、本中は詩を專門とした人だ。吟咏の道についての造詣には、おのずから深淺があり、朱子の言は必ずしも定論とはしがたい）。

――呂本中『東萊詩集』提要

以上みてきたように、提要は、文の根底は儒學にあるとする一方で、吟咏の道すなわち詩學は、儒學とは別物であ

るとし、「詩に別趣有りて、理に關わらず」の立場を貫いているのである。

四、「元祐遺風」「自闢一宗」の稱揚

では、提要が南宋詩を批評するうえで、重要視したのは何か。南宋別集の提要を通讀して、まず氣づくのは、提要が南宋初期の詩人を贊揚する場合によく「元祐遺風」というキーワードを用いていることである。元祐とは北宋の元祐年間、すなわち舊法黨が復權して蘇軾や黃庭堅が重用された時代を指す。北宋末期、新法黨の蔡京が宰相となったとき「元祐黨籍碑」を建てて、元祐の生き殘りに對して嚴しい彈壓を行い、元祐の詩人たちは詩集の版木を焚かれるなどした。提要は、この元祐詩人の受難に同情的であり、南宋の詩の道統は、元祐に始まるととらえている。

提要が南宋初期の詩人として、第一に推すのは、陳與義と葉夢得の二人である。

（陳）與義之生、視元祐諸人稍晚、故呂本中『江西宗派圖』中不列其名。然靖康以後、北宋詩人凋零殆盡、惟與義爲文章宿老、巋然獨存。其詩雖源出豫章、而天分絕高、工於變化、風格遒上、思力沈摯、能卓然自闢蹊徑。『瀛奎律髓』以杜甫爲一祖、以黃庭堅・陳師道及與義爲三宗、是固一家門戶之論。然就江西派中言之、則（黃）庭堅之下・（陳）師道之上、實高置一席無愧也（陳與義が生きた時期は、元祐の諸人に比べてやや晩い。故に呂本中『江西宗派圖』には彼の名が出ていない。しかし、靖康年間以後、北宋の詩人は零落して盡きんとする中で、ただ與義だけが詩文の長老として、獨り存在していた。その詩の源は黃庭堅から出たとはいえ、天賦の才ははなはだ高く、變化に工みであり、風格の力強さと詩想の深さで、獨自の境地を切り拓くことができた。『瀛奎律髓』は杜甫を以て一祖とし、黃庭堅・陳師道と與義とを三宗としている。これはあくまで一流派の議論ではある。しかし、江西派中の詩人についていうならば、陳與義は庭堅

の下・師道の上であり、一段高い所に席を占めて愧じるところがない）。——陳與義『簡齋集』提要

（葉）夢得本晁氏之甥、猶及見張耒諸人、耳擩目染、終有典型。故文章高雅、猶存北宋之遺風。南渡以後、與陳與義可以肩隨、尤・楊・范・陸諸人皆莫能及、固未可以其紹聖餘黨、遂掩其詞藻也（葉夢得はもともと晁氏の甥であり、なお張耒らの諸人に會えたのであり、耳から入り眼になじみ、おのずと典型を體得していた。故にその詩文は高雅で、なおも北宋の遺風を留めている。南渡以後では、陳與義と肩をならべる。尤袤・楊萬里・范成大・陸游の諸人でも皆 彼に及ばない。決して紹聖の殘黨だという理由で、その詞藻のすばらしさを蔽い隱すべきではないのだ）。——葉夢得『石林居士集』提要

右の二人に共通するのは北宋（元祐）の系譜に連なる詩人だということである。提要の詩についての考え方はこうである。——南宋の詩は基本的には北宋のそれには及ばない。しかしながら、南宋の初期には、まだこの北宋（元祐）の遺風を留めている詩人がいて、それを基本にして南宋詩が展開したのだと。

ただし、提要は、北宋の遺風の中でも、江西派（豫章）末流の晦澁で生硬な詩風については、これを嫌う傾向にある。そして、その對極にあるのが元祐詩である。范浚と周紫芝の詩評にも次のようにいう。

近體流易、猶守元祐舊格、不涉江西宗派。（近體詩は正格を外れているものの、元祐の詩風をよく守り、江西宗派の影響はない）。——范浚『香溪集』提要

其詩在南宋之初特爲傑出、無豫章生硬之弊、亦無江湖末派酸餡之習。方回作是集跋、述紫芝之言曰、「作詩先嚴

格律、然後及句法、得此語於張文潛・李端叔」。觀於是論、及證以紫芝『詩話』所徵引、知其學問淵源實出元祐、故於張耒『柯山』『龍圖』『右史』『譙郡先生』諸集汲汲搜羅、如恐不及（周紫芝の詩は南宋の初めにあって特にずばぬけており、黄庭堅の生硬さはなく、江湖末派の抹香臭さもない。方回はこの集の跋を作り、紫芝の「作詩は先ず格律を嚴にし、その後に句法に及ぶ。この言葉は張文潛・李端叔から得た」という言葉を引いている。この論を觀、及び紫芝の『竹坡詩話』が引くところを檢證すると、彼の學問の淵源はまことに元祐から來ていることが知られる。だから張耒の『柯山集』『龍圖集』『右史集』『譙郡先生集』などの諸集を探しつくせないのを恐れるかのようにすみずみまで捜索したのだ）。――周紫芝『太倉稊米集』提要

さて、陳與義や葉夢得の後に登場したのは、「尤・楊・范・陸」いわゆる南宋の四大家である。提要の分析によれば、彼らは、最初は江西派を學び、のちにはそこから脫却して「自ら一宗を闢いた」詩人とされる。まず、陸游（五章に詳述）であるが、彼が曾幾に學んだことはよく知られている。提要はその曾幾の淵源は江西派にあると分析している。

陸游爲作墓誌云、「（曾）公治經學道之餘、發於文章、而詩尤工、以杜甫黄庭堅爲宗」。魏慶之『詩人玉屑』則云「茶山之學出於韓子蒼」、其說小異。然韓駒雖蘇氏之徒、而名列江西詩派中、其格法實近於黄、殊塗同歸、實亦一而已矣。後幾之學傳於陸游、加以研練、面目略殊、遂爲南渡之大宗（陸游は曾幾のために墓誌を作って、「公は經を治め道を學び、その餘暇に作ったのが詩文である。とりわけ詩が巧みで、杜甫と黄庭堅を師とした」と言っている。魏慶之の『詩人玉屑』では「茶山の學は韓子蒼（駒）から出た」といい、やや異なる說を立てている。しかし、韓駒は蘇氏の門下生ではあるが、江西詩派に名を列ねており、そのスタイルは實は黄庭堅に近い。方法は異なるが歸する所は同じで、實際は同一と

いうことだ。後、曾幾の學は陸游に傳わった。陸游は研鑽を重ねた結果、面目を一新させ、遂に南宋の大家となった）。——曾幾『茶山集』提要

陸游が學んだもう一人の人物は、朱子にその晩年の詩を誇られたあの呂本中であった。呂本中もまた江西派の流れをくむ詩人である。

游詩法傳自曾幾、而所作〈呂居仁集序〉、又稱源出居仁。二人皆江西派也。然游詩清新刻露、而出以圓潤、實能自闢一宗、不襲黃（庭堅）・陳（與義）之舊格（陸游の詩法は曾幾から傳えられたものだが、彼が作った〈呂居仁集の序〉には、源は居仁から出たものだとも言っている。二人とも江西派である。しかし、游の詩は清新さにあふれ、圓熟そのものという點で群を抜いている。實に能く自ら一つのスタイルを切り拓き、黃庭堅・陳師道の舊格の蹈襲ではない）。——陸游『劍南詩稾』提要

曾幾にせよ呂本中にせよ、陸游が師としたのは江西派の流れをくむ詩人である。しかし、提要がここで强調するのは、彼が江西派を脱却し、新しい獨自の詩風を切り拓いたということである。

楊萬里もまた、江西派を淵源としながら、獨自の詩興を切り拓いた詩人として高く評價されている。

雖沿江西詩派之末流、不免有頽唐麤俚之處、而才思健拔、包孕富有、自爲南宋一作手。非後來四靈・江湖諸派可得而竝稱。周必大嘗跋其詩曰、「誠齋大篇鉅章、七步而成、一字不改、皆掃千軍・倒三峽・穿天心・出月脅之語。

至於狀物姿態、寫人情意、則鋪敘纖悉、曲盡其妙。筆端有口、句中有眼」云云。是亦細大不捐、雅俗竝陳之一證也（江西詩派の末流をくみ、くだけた感じで大雜把な處があるのは免かれないが、才能はずば拔けていて、表現力も豐かであり、南宋の第一級の詩人であるのは疑いない。後の四靈や江湖派などの詩人が肩を竝べることなどできるはずもない。周必大はかつてその詩の跋文を書いて言った。「誠齋はどんな大作でも、七步のうちに出來上がり、一字も改めなくても、それらはみな千軍を掃き、三峽を倒しまにし、天心を穿ち、月脅を出づるような語である。物の姿態を畫き、人の情意を描寫するに至っては、敍述が細やかで、その妙を盡くしている。筆端に口があり、句中に眼があるようだ」云云と。これも細大漏らさず描寫し、雅と俗の兩方を兼ね備えていることの一證である）。——楊萬里『誠齋集』提要

さらに提要は南宋四大家の中で、作品がほとんど散逸している尤袤についてもこれを高く評價し、その別集が早くに滅んだことをしきりに惜しんでいる。

方回嘗作袤詩跋、稱中興以來言詩必曰尤・楊・范・陸。誠齋時出奇峭、放翁善爲悲壯、公與石湖、冠冕佩玉、端莊婉雅。則袤在當時、本與楊萬里・陸游・范成大竝駕齊驅。今三家之集皆有完本、而袤集獨湮沒不存。蓋文章傳不傳、亦有幸不幸焉。然卽今所存諸詩觀之、殘章斷簡、尙足與三家抗行。以少見珍、彌增寶惜、又烏可以殘賸棄歟（方回は嘗て尤袤の詩の跋を作っていった。「高宗の中興以後、詩を言う者は、必ず尤・楊・范・陸を擧げる。楊誠齋はしばしば奇拔な表現を好み、陸放翁は悲壯感をみなぎらせるのがうまい。公と范石湖とは、士大夫が正裝して冠冕をつけ玉を腰に佩びたように、端正で典雅な趣がある」と。つまり、尤袤は當時にあっては、楊萬里・陸游・范成大と駕を竝べる存在だったのだ。今三家の別集は皆完本があるが、尤袤の集だけは失われて殘らなかった。思うに詩文が後世に傳わるか傳わらないかにも、幸不幸がある。しかし、今殘っている詩を觀ると、殘章斷簡であっても、やはり三家と抗行するに足るものがある。

希少だからこそ價値があり、いっそう珍重されるのだ。どうして殘簡だからといって廢することなどできようか）。――尤袤『梁溪遺稾』提要

提要が考える南宋詩の理想は南宋初期の「元祐遺風」と四大家のうちの陸游と楊萬里の「自闢一宗」に在り、これ以後勃興する江湖派の詩人については、本書にとりあげた戴復古や徐照、劉克荘を除いて提要はおおむね冷淡である。それは、三章にあげた「南宋の衰うるや、學派變じて門戶と爲り、詩派變じて江湖と爲る」（魏了翁『鶴山全集』提要）という言葉に端的に表れている。

五、清朝詩壇における宋詩批評と『四庫提要』

本章では、『四庫提要』と清人の宋詩評の關連について考えることにする。特に、陸游の批評をめぐる問題を取り上げて論じる。

提要は陸游の詩を高く評價するが、『劍南詩稾』の提要は、いささか難解である。當時の清朝詩壇の宋詩批評の實態を知らなければ、その背後に込められた意圖を讀み違える惧れがある。

やや長い引用になるが、まず提要の陸游の詩評を見てみよう。

> 劉克莊號爲工詩、而『後村詩話』載游詩僅摘其對偶之工、已爲皮相。後人選其詩者、又略其感激豪宕・沈鬱深婉之作、惟取其流連光景可以剽竊移掇者、轉相販鬻、放翁詩派遂爲論者口實。夫游之才情繁富、觸手成吟、利鈍互陳、誠所不免。故朱彜尊『曝書亭集』有是集跋、摘其自相蹈襲者至一百四十餘聯。是陳因窠臼、游且不能自免、

何況後來。然其託興深微、遣詞雅雋者、全集之内指不勝屈、安可以選者之誤、併集矢於作者哉。今録其全集、庶幾知劍南一派、自有其眞、非淺學者所可藉口焉（劉克莊は詩の巧者といわれているが、『後村詩話』に游の詩を載せるのに、ただ對偶に巧みなものばかりを摘録していて、その時點ですでに皮相なものとなっている。さらに後世の彼の詩を選録した者も、豪放で激情をほとばしらせた詩や、沈鬱で含蓄のある作品を除いて、ただ風景を愛でる作品で、剽竊したり自作に取り込めそうなものだけを選び、それを賣りさばいたのであって、結局、放翁詩派は論者からあれこれいわれるネタを提供することになってしまったのである。そもそも游は感受性豊かで、手當たり次第に詩を作ったため、秀作も愚作も存在するのは、免かれようがない。ゆえに、朱彝尊『曝書亭集』がこの集の跋文を作り、游が自作の詩句を重複して使っている例を一百四十餘聯も摘録するようなことになったのだ。この陳腐さやマンネリズムは、游ですら免かれ得ず、まして後人はなおさらのことである。しかし、詩情を深遠なところにただよわせ、秀逸な表現を凝らした作は、全集の中には數え切れないほどある。選者の誤りが原因なのに、どうして作者まで攻撃の對象にしてよかろうか。今その全集を著録し、劍南一派には、自らその眞があるのであって、淺學の者が陰口をたたけるようなものではないことを知ってもらいたい）。――陸游『劍南詩稾』提要

ここで提要が批判の對象としている陸游の詩選とは、清初の、呉之振『宋詩鈔』所收〈劍南詩鈔〉、周之麟・柴升『宋四名家詩』所收の陸游詩、楊大鶴『劍南詩鈔』などを指す。清初には、「文は秦漢、詩は盛唐」をスローガンとした明の擬古文派（古文辭派）への反撥から宋元詩が流行する。錢謙益や王士禎、汪琬、宋犖《らく》らはその功勞者である。その宋詩復權の流れの中で、陸游の詩選も多く作られた。しかし、これらは「流連光景」の閑適詩が中心であった。

清初の詩壇で宋詩派と呼ばれる詩人たちは、北宋では蘇軾、南宋では第一に陸游を推した。たとえば宋詩愛好者であった汪琬は〈劍南詩選序〉で「宋の南渡して百四十年、詩文最も盛んなり。其の大家を以て稱する者は、文に於いては當に文公朱子を推すべし。詩に於いては當に（陸）務觀を推すべし。其の他は皆な名家なるのみ」[六]と陸游に最大

級の讃辭を贈っており、宋犖の『西陂類稾』中には「用放翁〇〇韻」と題する詩が多く見られる。

こうした陸游詩を偏愛する風潮は、一部の詩人の反撥も招いた。たとえば鄭燮《しょう》は、杜甫と陸游を比較して、忠君愛國を貫いた杜甫を讃える一方で、陸游の詩を厳しく糾弾している。「詩は最も多きも、題は最も少なし。…南宋の時、君父は幽囚さるるに、身を杭・越に棲せること、其の辱と危と亦た至《はなは》だし。理學を講ずる者は毫釐分寸を極むるを推し、卒に救時濟變の才無し。朝に在りし諸大臣は、皆詩酒に流連し、湖山に沈溺し、國の大計を顧みず。是れ尙お人有りと爲すを得んや。…故に杜詩の人有るは、誠に人有り、陸詩の人無きは、誠に人無きなり。杜の時事を歴陳するは、諫諍を寓するなり。陸の口を絶して言わざるは、羅織を免かれんとするなり（陸游の詩は多いが、題はあまり多くない。…南宋の時、君主は北に囚われているにも關わらず、自らは浙江の地に憩い、その恥辱や危さは窮まっている。理學を講ずる者は微に入り細を穿つようで、とどのつまり變事に對應した濟民の人材は生まれなかった。朝廷の諸大臣は、皆詩酒に風流を求め、自然観照に沈溺し、國の大計を顧みなかった。これで人となりが表れているといえようか。…故に杜甫詩に人が有るというは、ほんとうに人となりが表れているのだが、陸游の詩に人がないというのは、ほんとうに人でなしなのだ。杜甫が時事を陳述するのは、諫諍を寓しているのだが、陸游が口を閉ざして何も言わないのは、かかわりあいになるのを避けるためなのだ）」[七]。鄭燮は、陸游を詩酒に溺れた憂國の心など無い詩人だと決めつけるのである。

ただし、鄭燮がみていた陸游の詩とは、全集ではなく選集によるものであった。陸游の詩集は大部であることから、清初に宋詩が復權したときにまず行われたのは選集の出版であった。閑適の詩ばかりを收載したそれは、清初の淡白で閑雅な詩を愛好する宋詩派詩人の閒で大いに流行したのである。これが「放翁詩派」であり、反宋詩派の恰好の攻擊の對象となったのもこれである。つまり、提要が「放翁詩派遂爲論者口實」といったのには、このような背景があったのだ。

「放翁詩＝流連風景詩」という世評に對して、提要は、放翁詩の眞の價値は憂國にあるのだとして、それは選集ではなく全集（『劍南詩稿』）によってしか知ることができないと主張する。提要の執筆責任者である紀昀は、『瀛奎律髓』巻三二忠憤類所收の陸游〈書憤〉詩（金への敵愾心を吐露した詩）について、「集中に此れ有るは屋に柱有るが如く、人に骨有るが如し。…何ぞ放翁の詩を選する者、取る所は乃ち彼に在りや」[八]といい、放翁詩の選集の類がこの詩を収めていないことに不満を表明している。さらに紀昀は、『紀文達評點蘇文忠公詩集』卷一〇〈病中遊祖塔院〉の評語において、前掲の陸游『劍南詩稿』提要よりも一歩踏み込んで、問題となる選集を楊大鶴『劍南詩鈔』に特定している。「此の種（蘇軾〈病中遊祖塔院〉などの詩を指す）は已に居然として劍南派なり。然れども劍南は別に安身立命の地有ること、全集を細看せば自ら知らる。楊芝田（大鶴）專ら此の種を選び、世人は模倣に易きを以て盛んに之を傳う（このような類の詩はまさに劍南派というべきもの。しかし、劍南にはこれとは別にめざした境地があり、全集を仔細に見ればおのずとわかる。楊大鶴『劍南詩鈔』がこのような作品ばかりを選び、世間の人は模倣しやすいというので盛んにこれをもてはやした結果、劍南の眞價がついに隱れるに至ったのだ）」[九]。

今日、陸游は愛國詩人・憂國詩人として位置づけられているが、それは紀昀および『四庫提要』の批評によるところが大きい。提要に至って、陸游詩の評價は定まったといえよう。

以上、檢討してきたように、提要の南宋詩に對する評價は、提要が執筆された當時の清詩壇の宋詩評と密接な關わりをもっているのである。

六、清朝の清議と南宋文學批評

『四庫提要』には敕撰なればこその問題も存在する。とりわけ南宋別集の評論で、最も問題となるのは、清議と文學批評の關係である。

四庫館臣は、北宋末に元祐の人士を彈壓した蔡京、南宋に入ってからは、金と講和した秦檜、朱子學を彈壓して宋金の兵端をひらいた韓侂冑《たくちゅう》、韓侂冑を殺して寧宗朝の實權を掌握した史彌遠《びえん》、理宗朝から度《たく》宗朝にかけて朝政を專斷した賈似道、この五人を宋朝の姦臣だとして[二]、糾彈する。そして、その攻擊の矛先はこれらに阿諛したとされる南宋の詩人たちにも向けられている。

まず、提要が南宋初期の詩人の中で陳與義とともに高く評價した葉夢得であるが、四庫館臣は、同じ條で葉夢得の『石林詩話』が王安石の新法黨を稱揚する著作であることを批判するのである。

> 夢得爲蔡京門客、章惇姻家、當過江以後、公論大明、不敢復噓紹述之焰、而所著『詩話』、尙尊熙寧而抑元祐、往往於言外見之（葉夢得は蔡京の門客で、章惇と姻戚關係にある。南渡以後、公正な議論がはっきり定まったのちには、新法を標榜するような言辭は二度と吐かなかった。しかし、彼の著した『詩話』は、なおも熙寧を尊び元祐を退けようとする意圖が、しばしば言外に垣間見える）。──葉夢得『石林居士集』提要

また、新法黨の人士におもねった詩人として、よく擧げられるのは、韓駒である。

> 晁公武『讀書志』謂王黼嘗命駒題其家藏〈太乙眞人圖〉、盛傳一時。今其詩具在集中、有「玉堂學士今劉向」之句、推許甚至。劉克莊謂（韓）子蒼諸人自鬻其技至貴顯。蓋指此類（晁公武『郡齋讀書志』は、「王黼《ほ》は嘗て駒に命じて家藏の〈太乙眞人圖〉に題した詩を書かせ、それが當時盛んに喧傳された」と言っている。今その詩は集中にあり、そこには「玉堂の學は今の劉向」の句があり、王黼への賞贊が過ぎる。劉克莊が「韓子蒼の諸人は自ら其の技を鬻いで貴顯に至った」というのは、思うにこれらのことを言っているのだ）。──韓駒『陵陽集』提要

王黼《ほ》は、『宋史』巻四七〇佞幸傳に見える人物。徽宗朝、蔡京が宰相に復位することに助力し、蔡京の引退後は、専權をふるった。靖康元年に金が開封を包圍したときには、一身の安全を圖って逃げ出し、途中、誅殺された。蔡京・童貫とともに北宋滅亡の原因に數えられる人物である。提要は、韓駒の詩は評價するが、詩をおもねりの手段としたことを糾彈する。

南宋に發展した宋學は、舊法黨に連なる北宋の程子の學を受け繼いだものである。こうした事情もあって、朱子學は新法黨と王安石の學問を徹底的に排斥する。四庫館臣は、宋學に佛教や道教の思想が竄入していることを嫌い[二]、儒學としては漢學、すなわち訓詁・考據の學を重んじた。しかし、一旦、思想界に定着した大義名分論は、清朝にもそのまま受け繼がれている。とくに、四庫全書の編纂の詔を下した乾隆帝が「忠君愛國」を愛した强硬な大義名分論者であったことはよく知られている。そのため、岳飛などの主戰論者は愛國の士とされ、秦檜をはじめとする和議派は軟弱な賣國の徒とみなされた。

提要がとりわけ問題視するのは、秦檜と交遊のあった詩人である。次にあげるのは秦檜に取り入ったとされる周紫芝である。

(太倉稊米)集中〈悶題〉一首註云、「壬戌歲始得官、時年六十一」。是(周)紫芝通籍館閣、業已暮年、可以無所干乞。而集中有〈時宰生日樂府四首〉、又〈時宰生日樂府三首〉、又〈時宰生日樂府七首〉、又〈時宰生日詩三十絶句〉、又〈時宰生日五言古詩六首〉、皆爲秦檜而作。〈秦少保生日七言古詩二首〉・〈秦觀文生日七言排律三十韻〉、皆爲秦熺而作。又〈大宋中興頌〉一篇、亦歸美於檜、稱爲元臣良弼。……殊爲老而無恥、貽玷汗靑(『太倉稊米集』中の〈悶題〉一首には次のような自註がある。「壬戌の歲 始めて官を得た、その時、六十一歲だった」と。つまり紫芝が館閣に籍を置くようになったのは、晩年になってからであり、今さら出世を求める必要もなかったのだ。にもかかわらず、集中には〈時宰の生日の樂府四首〉〈時宰の生日の樂府三首〉〈時宰の生日の樂府七首〉〈時宰の生日の詩三十絶句〉、さらに〈時宰の生日の五言古詩六首〉があり、これらはすべて秦檜の爲に作ったものだ。〈秦少保の生日の七言古詩二首〉〈秦觀文の生日の七言排律三十韻〉は、いずれも秦熺の爲に作ったものである。さらに〈大宋中興の頌〉一篇でも秦檜をもちあげて、檜のことを「元臣」「良弼」と褒めそやしている。……年老いてからの恥さらしの行爲として、歴史に汚點を殘している）。――『太倉稊米集』提要

周紫芝は、官途に就いたとき六十歳を超えていたにもかかわらず、秦檜父子に取り入って誕生祝いの賀詩を奉ったのだという。提要はこれを晩節を汚す行爲だと糾彈する。

こうした批評は、提要が「憂國の詩人」とみなした陸游の條にもみられる。『宋史』巻三九五陸游傳は、陸游が晩年、韓侂冑の依賴で〈南園記〉や〈閱古泉記〉を書き、再び朝廷に官を得たという話を傳える。この二篇の文は葉紹翁の『四朝聞見錄』にみえ、全文がそこに引かれている。しかし、陸游自身が編纂した『渭南文集』では、この文は掲載されていない。〈南園記〉と〈閱古泉記〉二篇は、のちに明の汲古閣の毛晉が陸游の遺文を集めて刻行した『逸稿』に收入される。提要は、曲筆の文は、作者自身が糊塗しようとしても糊塗しきれるものではない、このことは後世への戒めともなりうるとするのである。

史稱「(陸）游晩年再出、爲韓侂冑撰〈南園〉〈閱古泉記〉、見譏淸議」。今集中凡與侂冑啓皆諱其姓、但稱曰「丞相」、亦不載此二記。惟葉紹翁『四朝聞見錄』有其全文、（毛）晉爲收入『逸稾』、蓋非游之本志。然足見愧詞曲筆、雖自刊除、而流傳記載、有求其泯沒而不得者、是亦足以爲戒矣（『宋史』は、游が晩年に再び出仕して、韓侂

冑の爲に〈南園記〉と〈閲古泉記〉とを著し、正論派から謗られたといっている。今 集中の韓侂冑に宛てた書簡は皆 その姓を諱み、但だ「丞相」と稱しているだけで、またこの二篇の記を載錄していない。ただ葉紹翁『四朝聞見錄』だけはその全文を載せている。毛晉がこれを『逸稾』に收入したのは、游の本志ではなかろう。しかし、愧ずべき文辭や阿諛曲筆は、自ら削り取っても、誰かに傳わって記錄に殘されてしまい、この世から抹殺しようとしても、そうはいかないものがあるということが分かろう。これまた戒めとするにはよい見本である）。――陸游『渭南文集』提要

一方、提要は、陸游が韓侂冑の推薦で再び出仕しようとしたのを、楊萬里が戒めたという逸話も傳えている。

游晚年墮節爲韓侂冑作〈南園記〉、得除從官。（楊）萬里寄詩規之、有「不應李杜翻鯨海、更羨夔龍集鳳池」句、羅大經『鶴林玉露』嘗記其事。以詩品論、萬里不及游之鍛鍊工細。以人品論、則萬里倜乎遠矣（陸游は晚年に節を失い、韓侂冑のために〈南園の記〉を書いて、それで侍從の官を得た。萬里は詩によってこれを諫め、「あなたは鯨の海を翻す李杜のような存在なのに、夔龍が鳳池に集うのを羨むべきではない）」という句を詠んだ。羅大經『鶴林玉露』はかつてこの事について記している。「詩の品でもっていえば、萬里は游の練り上げた細工の確かさには及ばない。人品でいえば、萬里は遙かに陸游の上を行く」と）。――楊萬里『誠齋集』提要

文學批評でよく議論される楊萬里と陸游の優劣論であるが、提要は詩の品格では陸游が上、人品では楊萬里が上だとする[三]。

さらに、清議の立場から、『四庫提要』が最も嚴しく糾彈するのは、劉克莊である。提要は、王士禎『蠶尾集』の〈後村大全集跋〉を引いて、劉が賈似道におもねったことを痛烈に批判した。

克莊初受業眞德秀、而晩節不終、年八十乃失身於賈似道。王士禎『蠶尾集』有是集跋、稱其「論揚雄作〈劇秦美新〉及作〈元后誄〉、蔡邕代作〈群臣上表〉、又論阮籍晩作〈勸進表〉、皆詞嚴義正。然其〈賀賈相啓〉〈賀賈太師復相啓〉〈再賀平章啓〉、諛詞諂語、連章累牘。蹈（揚）雄・（蔡）邕之覆轍而不自覺」。今檢是集、士禎所舉諸聯、其指摘一一不謬、較陸游〈南園〉二記猶存規戒之旨者、抑又甚焉。則其從事講學、特假借以爲名高。不必以德秀之故、遂從而爲之詞也（劉克莊は最初眞德秀に學問を授かったが、晩節をまっとうせず、年八十で賈似道のために節を汚した。王士禎の『蠶尾集』にはこの集の跋文があり、次のようなことを言っている。劉克莊は、揚雄が〈劇秦美新〉や〈元后の誄〉を作り、蔡邕が群臣の上表を代作したことを批判し、さらに阮籍があとになって〈勸進表〉を作ったことを批判しているが、これらは皆な言葉は嚴しく論旨は正しい。それなのに、彼の〈賈相を賀する啓〉〈賈太師の相に復するを賀する啓〉〈再び平章たるを賀する啓〉は、阿諛の言葉を次々と連ねたもので、揚雄・蔡邕の轍を踏んでいることに氣がついていないと。今この集を檢するに、士禎が擧げた諸聯は、一つ一つ指摘に間違いなく、陸游の〈南園〉の二記がまだ戒めの意圖を殘しているのに較べると、その犯した罪はいっそう甚だしい。つまり彼が眞德秀の講學に從ったというのも、單にそれによって名聲を得ようとしただけのことである。眞德秀の弟子だったということで、かばいだてしたりする必要はないのだ）。

――劉克莊『後村集』提要

劉克莊は『後村詩話』中で、揚雄が〈劇秦美新〉〈元后誄〉によって新を贊揚したこと、蔡邕が董卓のために〈群臣上表〉を書いたこと、阮籍が晩年に晉王のために〈勸進表〉を書いたことを批判する。[三] しかし、提要は、劉克莊は賈似道におもねることで、自らその轍を踏んだのだという。

ただ、文淵閣本の書前提要には、上にあげた一段はみられず、そこでは、「晩節不終、頗爲當時所譏」というにとどめる。『四庫全書總目提要』は、幾度かの改稿を經ているが、とくに改稿の際に力を入れたのは、淸議による人物評價だったことが知られよう。

おわりに

以上、『四庫提要』の南宋文學評價を概觀してきたが、最後に少し四庫全書の原書改竄のの問題に觸れておこう。四庫全書本の版本としての缺點は、おおまかに言って二つある。一つめは文字の改竄、二つめは詩文の削除である。前者は淸の統治者が滿洲族であることから「虜」や「胡」「夷」の字を嫌い、これを「敵」の字に改めるなどした改竄である。南宋は北方異民族王朝の金と對峙していた王朝であり、上奏文などを讀む際には注意が必要である。後者は主に道敎に關する文、朱表・靑詞の削除といった問題である。『四庫全書總目提要』の〈凡例〉には、「宋人朱表・靑詞、亦槩從刪削」とある。そのため、四庫全書の南宋別集では、これらが削除された例が非常に多い。

たとえば、南宋詩人の中でも大部の書である樓鑰《ろうやく》の『攻媿集』はもと一百二十卷の書であったが、提要はここから靑詞・朱表・齋文・疏文を削除し、一百一十二卷に改編してしまっている。

> 有靑詞・朱表・齋文・疏文之類、凡一百六十七篇、均非文章之正軌、謹稟承聖訓、槪從刪削。重編爲一百一十二卷、用聚珍版模印、以廣其傳（靑詞・朱表・齋文・疏文の類が、全部で百六十七篇あり、どれも文章の正軌とはいえない。謹んで皇帝の御聖斷を推戴して、すべて削除して、一百一十二卷に改編し、聚珍版として刻行することで、廣く流傳させることにする）。——樓鑰『攻媿集』提要

靑詞・朱表は、ともに道教の願文で、青い紙に朱筆で書した。齋文は佛教の祭りに使用する文、疏文は故人の成佛を祈願する文である。

靑詞を削去した例は、四庫全書本の南宋別集では隨所に見られ、次に擧げる宋の遺民である謝枋得も、もと「疊山集五卷　附錄一卷」だった書が、四庫全書本では附錄をふくめて五卷の書に改編されている。

枋得忠孝大節、炳著史册。〈却聘〉一書、流傳不朽。雖鄕塾童孺、皆能誦而習之。而其他文章亦博大昌明、具有法度、不愧有本之言。觀所輯『文章軌範』、多所闡發、可以知其非苟作矣。惟原本有〈蔡氏宗譜〉一首、末署「至元二十五年」。其詞氣不類（謝）枋得、確爲僞託。又有〈賀上帝生辰表〉〈許旌陽飛升日賀表〉、此類凡十餘篇、皆似道流靑詞。非枋得所宜有、亦決非枋得所肯作。其爲贋本誤收、亦無疑義。今竝加刊削、不使其亂眞焉

（謝枋得の忠孝大節は、史書に輝かしく記されている。〈却聘〉の一書は、絶えることなく今に傳わっており、田舍の塾の童子でも、みな朗誦できる。その他の文章も博大昌明で、のりがあり、根本がしっかりした言というのに愧じない。彼が編纂した『文章軌範』には發明が多いという點から觀れば、彼がいい加減に詩文を作る人ではなかったのがわかる。ただ原本には〈蔡氏宗譜〉の一篇があり、文末に「至元二十五年」と署してある。その言葉遣いは枋得に似つかわしくなく、僞作であることは確實である。さらに〈賀上帝生辰表〉〈許旌陽飛升日賀表〉もあるが、この類の十餘篇は、皆な道教の「靑詞」のようなもので、枋得にこの作があるはずはなく、枋得がこれを作ったはずもない。贋本が誤って收入したものであることは疑いようもない。今ともに削除し、眞贋を亂さないようにしておく）。――謝枋得『疊山集』提要

提要は、忠孝大節の士である遺民の謝枋得が、自作に元の年號を書したりするはずはないし、靑詞などを書くはずもないと主張する。

清朝では道教は異端とされ、とりわけ乾隆帝の佛教・道教嫌いは徹底していた。しかし、宋代においては、靑詞は定型化された一種の公文書にすぎず、作者は必ずしも道教の信者ではない。北宋の蘇軾や蘇轍にも靑詞や朱表は多くみられるにもかかわらず、四庫全書本の『東坡全集』や『欒山集』はこれを削去してはいない。つまり、提要は靑詞についていえば、南宋詩人に對して、北宋詩人に對するよりも嚴しい措置を講じている。[一四]そして、このことは、北宋文學を理想とし、南宋文學は北宋に及ばないとする提要の文學觀の反映だともいえるのである。

ただ、四庫全書編纂官が『疊山集』から元朝の年號を有する文〈蔡氏宗譜〉を削ったのには別の意圖もあったように感じられる。提要がこれを僞作だと決めつける根據の一つに擧げているのは、謝枋得が忠孝大節の士であったということである。彼が元朝への出仕を斷ったときの書簡〈却聘書〉は、たとえば鍾惺の『宋文歸』卷二〇や鄒守益編・焦竑評『續文章軌範』卷六に採錄され、大いに行われていた。一方、四庫全書の編纂は、錢謙益や吳偉業が二つの王朝に仕えた貳臣だとして糾彈され、文學史からも抹殺された直後に行われた事業である。貳臣に對する處分は苛酷で、彼らの版木は焚かれた。實際は宋詩再評價を考える上で錢謙益を除外することはできないのだが、それでも提要は立場上、四庫全書の宋代別集の部から貳臣の影を拂拭する必要があったのではないか。〈却聘書〉で知られた謝枋得とて、一旦、貳臣とみなされると南宋文學史から抹殺されてしまう危險性もある。提要が〈蔡氏宗譜〉を削ったのは、謝枋得という一個の文人を守るためだったともいえる。文一篇はその代償であった。そしてそれは、漢族が大多數を占めた四庫全書編纂官のぎりぎりの選擇だったともいえるのではなかろうか。

注

一　『四庫全書總目提要』には、乾隆五十四（一七八九）年に武英殿で最初に刻された、いわゆる殿本のほか、乾隆六十（一七九五）年に杭州の文瀾閣所藏の殿本をもとに重刻した所謂浙本、同治七（一八六八）年に廣東で浙本を底本に翻刻した所謂粵本の三本がある。このうち最も優れるのは浙本であり、本論の引用も注記しない限り、影印本『四庫全書總目』（中華書局　一九六五年初版、一九八七年第四次印刷本）に依據した。

二　梁啓超『中國近三百年學術史』三〈清代學術變遷與政治的影響〉中。

三　葉紹翁『四朝聞見錄』甲集〈止齋陳氏〉。ただし、この書簡は『止齋文集』中に見えない。

四　『四庫全書總目提要』嚴羽『滄浪集』提要に「羽則專主於妙遠。故其所自爲詩、獨任性靈、掃除美刺、清音獨遠、切響遂稀」とみえる。

五　『朱子語類』巻一四〇「呂居仁嘗言詩字字要響。其晩年詩都啞了」。

六　朱陵『劍南詩選』所收。

七　『板橋集』〈范縣署中、寄舍弟墨　第五書〉による。

八　『瀛奎律髓刊後』巻三一忠憤類〈書憤〉。

九　上海圖書館藏二色套印本による。

一〇　蔡京の傳記は『宋史』巻四七二姦臣傳二、秦檜は『宋史』巻四七三姦臣傳三、韓侂冑は『宋史』巻四七四姦臣傳四、史彌遠は『宋史』巻四一四、賈似道は『宋史』巻巻四七四姦臣傳四に見える。

一一　たとえば、宋學の出發點となった象數學は、森羅萬象を象數によって演繹する學問で、五代から宋初の道士である陳摶《ちんたん》に發し、种放《ちゅうほう》・穆修を經て、李之才に傳わり、邵雍によって大成された。象數學の象徴である先天圖はもと漢の魏伯陽のもので、道士が修練術に用いるものだったが、宋學の流れの中で周敦頤の太極圖へと受け繼がれた。提要がこれに批判的な立場をとるのは、清朝の學問は漢學とよばれる訓詁・考證の學が主流で、宋學を嫌う傾向にあるためである。とりわけ、宋學に道教的要素が混入していることが問題視されたのである。

一二　羅大經『鶴林玉露』甲編巻四が紹介する逸話である。しかし、『鶴林玉露』が引く楊萬里の詩が本當に陸游を批判したものであるかどうかについてはすでに疑問が呈されている。たとえば于北山著『陸游年譜』は、編年詩集である『誠齋集』を考證し、これを紹熙五年（一一九四）すなわち七十歳の陸游に贈った詩だとする。だとすれば、陸游が〈南園記〉を書いた時よりも六～七年早く、〈閲古泉記〉の九年前ということになり、『鶴林玉露』の話には矛盾が生じる。于北山は、『宋詩紀事』や『四庫提要』が、羅大經『鶴林玉露』の說を鵜呑みにして、陸游と楊萬里の人品を云々することに異を唱えている。

一三　『後村詩話』續集卷三。

一四　ただし例外として、眞德秀『西山文集』では靑詞は削去されていない。

凡例

一　本書は、『四庫全書總目提要』に著錄された南宋詩人二百六十七家、別集二百七十四種のうち、五十三家、五十七種の提要を選び、注釋を施した研究書である。
二　各篇は、文學者の【小傳】と『提要』の原文、それに【訓讀】【現代語譯】【注】【附記】を加えた六つの部門から成る。これらはすべて舊漢字、現代假名づかいを基本とする。
三　底本には、王伯祥標點による浙江本（中華書局影印『四庫全書總目』一九六五年初版、一九八七年第四次印刷）を用いたが、一部、著者の判斷で標點を改めた箇所もある。
四　他本や書前提要との字句の異同については、一々列擧する煩を避け、重要な意味をもつ場合に限ってそれぞれに該當する【注】の箇所で指摘するにとどめた。
五　【訓讀】および【現代語譯】はなるべくわかりやすくすることを心がけた。ただし、【現代語譯】は原文を忠實に譯すことに力點をおき、提要の誤謬については【注】の中で考證糾正を行うようにした。
六　【注】は一讀して意味をとらえられるように引用文を訓讀で示し、難解な部分については現代語譯を附した。提要が參照した文獻は可能な限りすべて原典にあたり、【注】に引用する場合は基づいた版本や所藏機關を明記した。一部、未見の書でやむをえず評點本や他の資料から引用したものがあるが、その場合もそのことを明記した。
七　【附記】は、個々の別集に關する基本情報、たとえば評點本・和刻本の有無や善本の所藏先、『全宋詩』の卷號、入手しやすい年譜や研究書などを覺え書き程度に記した。個々の作家についての論文や研究書を全て網羅したものではないことを、あらかじめお斷りしておく。
八　卷末には、原文中に見える人名、書名の索引のほか、「兩宋文人生卒一覽表」を附す。

四庫提要南宋五十家研究

一　宗忠簡集八卷

[1]浙江鮑士恭家藏本

【宗澤】一〇五九～一一二八

字は汝霖、婺《ぶ》州義烏《ぎう》（浙江省）の人。哲宗の元祐六年（一〇九一）の進士。欽宗の靖康元年（一一二六）に河北兵馬副元帥、高宗の建炎元年（一一二七）に知開封府・京城留守となる。北方の地を割讓して金と和議を結ぶことに反對した主戰派の代表的人物。金との戰いの中、二十數回にわたって高宗に汴京《べんけい》に還ることを求める上奏文を上《たてまつ》ったが納れられず、憤死した。臨終の際には「過河（兵よ黃河を渡れ）」と三度連呼したという。謚《おくりな》は忠簡。『宗忠簡集』所收〈宗忠簡遺事〉、『宋史』卷三六〇 宗澤傳 參照。

宋宗澤撰。澤[2]事蹟具宋史本傳。是編[3]自一卷至六卷皆劄子・狀疏・詩文・雜體。[4]七卷・八卷爲遺事・附錄、皆後人紀澤事實及誥敕・銘記之類也。

澤孤忠耿耿、精[5]貫三光。其奏劄規畫時勢、詳明懇切。當時狃於和議、不用其言、亦竟無收拾其文者。至寧宗嘉定閒、[6]四明樓昉乃綴輯散佚、以成是集。然[7]陳振孫書錄解題、竟不著錄。是宋末已不甚行。蓋理宗以後、天下趨[8]朝廷風旨、[9]道學日興。[10]談心性者謂之眞儒、講事功者謂之[11]雜霸。人情所競、在彼而不在此。其沈晦不彰、[12]固其所也。

明崇禎閒、[一三]熊人霖始據舊本重刻。國朝義烏縣知縣[一四]王庭曾、又重爲編定、增入[一五]諫止割地一疏、而以[一六]樓昉原序及明初[一七]方孝孺序弁於篇首。考[一八]史稱澤力請高宗還汴、[一九]疏凡二十八上、本傳不盡錄其文。[二〇]今集中所載僅十八篇、猶佚其十。則其散亡已多矣。

【訓讀】

宋 宗澤の撰。澤の事蹟は『宋史』本傳に具われり。

是の編は 一卷自り六卷に至るまで皆 劄子《さっし》・狀疏・詩文・雜體なり。七卷・八卷は遺事・附錄爲りて、皆 後人 澤の事實及び誥敕《こうちょく》・銘記の類を紀するなり。

澤は孤忠耿耿《こうこう》として、精は三光を貫く。其の奏劄《そうさつ》は時勢に規畫し、詳明懇切なり。當時 和議に狃《な》れ、其の言を用いず、亦た竟《つい》に其の文を收拾する者無し。寧宗の嘉定の閒に至りて、四明の樓昉《ろうほう》乃ち散佚を綴輯《ていしゅう》して、以て是の集を成す。然れども陳振孫『書錄解題』竟《つい》に著錄せず。是れ 宋末 已に甚だしくは行われず。蓋《けだ》し 理宗以後、天下は朝廷の風旨に趨《おもむ》き、道學 日び興る。心性を談ずる者 之を眞儒と謂い、事功を講ずる者 之を雜霸《ざっぱ》と謂う。人情の競う所は、彼に在りて此に在らず。其の沈晦《ちんかい》して彰《あき》らかならざるは、固《もと》より其の所なり。

明の崇禎の閒、熊人霖《ゆうじんりん》 始めて舊本に據りて重刻す。國朝 義烏縣の知縣 王庭曾は又た重ねて編定を爲し、〈割地を諫止す〉一疏を增入し、樓昉の原序及び明初の方孝孺の序を以て篇首に弁す。考うるに 史稱す、澤 力めて高宗に汴《べん》に還らんことを請い、疏は凡そ二十八 上《たてまつ》らると。本傳 盡くは其の文を錄せず。今 集中 載する所は僅かに十八篇、猶お其の十を佚《いつ》す。則ち其の散亡すること已に多し。

【現代語譯】

宋　宗澤の著。澤の事蹟は『宋史』本傳に詳しい。

この書は一巻から六巻に至るまでがすべて劄子《さっし》・狀疏・詩文・雜體である。七卷・八卷は遺事・附錄であり、いずれも後世の人が澤の事跡や誥敕・銘記の類を紀《しる》したものである。

澤は孤軍奮鬪、忠義一徹、その精神は日月や星の光をも貫くかのよう。その奏劄は時勢を見据えており、詳細・明快かつ適切である。當時は北方との和議に滿足しきって、彼の意見は用いられず、結局彼の文を收拾する者もいなかった。寧宗の嘉定年間になって、ようやく四明の樓昉《ろうほう》が散逸した文を綴輯《ていしゅう》してこの集を作ったのである。しかし、陳振孫『直齋書錄解題』は全く著錄していない。宋末にはすでにあまり行われなくなっていたのだ。思うに、理宗以後、天下は朝廷の意向に從って、道學が日々盛んになっていった。心性を談ずる者は眞儒だとされ、政事を講ずる者は雜霸《ざっぱ》といわれた。人情のおもむくところは、道學であってまつりごとではない。澤が埋沒して顯われなかったのも、當然である。

明の崇禎年間、熊人霖《ゆうじんりん》が始めて舊本をもとに重刻した。國朝（淸）の義烏《ぎう》縣の知縣である王庭曾がさらに重編し、〈劄地を諫止す〉一疏を增入し、樓昉の原序と明初の方孝孺の序を卷首に冠した。考えるに、史書は、澤は懸命に高宗に汴京《べんけい》に還ることを請い、全部で二十八の疏を上《たてまつ》ったと稱している。『宋史』の宗澤傳はその文を全ては載せていない。今 集中に載っているのは僅か十八篇であり、十篇が失われている。つまり、散逸したものもけっこう多いのだ。

【注】

一　浙江鮑士恭家藏本　鮑士恭《ほうしきょう》の字は志祖、原籍は歙《しょう》（安徽省）、杭州（浙江省）に寄居す。父 鮑廷博（字は以文、號は淥飲《ろくいん》）

は著名な藏書家で、とりわけ散佚本の蒐集を好んだ。その精粹は『知不足齋叢書』中に見える。『四庫採進書目』の記錄では、『四庫全書』編纂の際には、藏書六二六部を進獻した。任松如『四庫全書答問』によれば、そのうち二五〇部が著錄され、一二九部が存目（四庫全書内に收めず、目錄にのみとどめておくこと）に採擇されている。

二　事蹟具宋史本傳　『宋史』卷三六〇　宗澤傳を指す。

三　自一卷至六卷…　卷一は劄子《さっし》・狀・咨目《しもく》・疏、卷二は表、卷三は記・銘、卷四は書、卷五は詩、卷六は雜文である。

四　七卷・八卷爲遺事・附錄　卷七は長文の〈遺事〉に〈讀忠簡公遺事〉〈三學祭文〉の計三篇、卷八は制詞や後人の祠銘記などが收められている。

五　貫三光　三光とは日・月・星。天にある至高の存在。『文選』卷一〇潘岳〈西征賦〉に「三光を貫き九泉に洞《とお》る、曾《すなわ》ち未だ以て其の高下を喩《たと》うるに足らざるなり（漢の高祖の威勢は天の日・月・星を貫くようで、敗れた項羽は恨みを呑んで黃泉《よみ》の國へと旅立った。その二人の高下の差は喩えようもないほどだ）」とある。

六　四明樓昉…　文淵閣本四庫全書『宗忠簡集』の卷首には嘉定辛巳（十四年、一二二一）の樓昉《ろうほう》の序文がある。「昉は兒たりし時、固《もと》より已に公の芳規を四明刊する所の『遺事』中に得たり。眞に所謂膽《たん》の軀《からだ》より大なる者は、意《おも》うに其の語言文字も當に亦た是に稱《かな》う。金華に客授（異郷で講義すること）して、始めて公の像を拜するを獲《う》。公の曾孫 有德 遺文若干種を出だし示す。因りて爲に補綴して之を襲藏《しゅうぞう》す。適《たま》たま南徐に守たり。公の松楸《しゅう》（墓を指す）焉《ここ》に在り。…郡の博士 方君符は尤《もっと》も鄕慕する所にして、有德の授くる所の遺文を以て鋟梓《しんし》せんことを請う。昉《ほう》遂に『遺事』中の載する所の表疏を掇取《てっしゅ》し、其の日月を次第し、併せて之を刻す。公 前後の奏請の鑾《らん》を回《かえ》す爲に發する者は凡そ二十有四、其の血誠赤心、因りて想見すべし。」

七　陳振孫書錄解題、竟不著錄　『直齋書錄解題』には、宗澤の別集を著錄していない。陳振孫の生卒年は未詳。『直齋書錄解題』が成立した時期についても諸說あるが、ほぼ南宋末と考えられている。

八　朝廷風旨　君主の意向や意圖のこと。

九　道學日興　朱子學の擡頭をいう。

一〇　談心性　『孟子』にいう心と性を端緒として、これを議論すること。朱子學はこれを追求するのに力を入れた。

一一　雜霸　王道に覇道を雜えること。朱子學においては否定的に用いられる語である。たとえば、『朱子語類』卷一三七に「兼ねて是れ他（『文中子』を指す）の言論は大綱《おおむ》ね雜霸にして、…」と見える。

一二　固其所也　『春秋左氏傳』襄公二十三年に見える言葉。本來そうあるべきという意味。

一三　熊人霖始據舊本重刻　明崇禎十三年（一六〇五）に黄正賓と熊人霖《ゆうじんりん》が刻した『宋宗忠簡公集』六巻・『雜錄』一巻・『始末徵』一巻を指す。日本では宮内廳書陵部に藏されている。楊守敬『日本訪書志』巻一四參照。

一四　王庭曾又重爲編定　清康熙三十（一六九一）年王庭曾が刻した『宋宗忠簡公集』八巻を指す。これが四庫全書の底本となった。

一五　諫止割地一疏　文淵閣四庫全書本『宗忠簡集』巻一の〈上乞毋割地與金人疏（地を割きて金人に與うる毋《な》からんことを乞うを上《たてまつ》る疏）〉を指す。欽宗は、靖康元年（一一二六）金との和議のため中國北方の領土を割讓し、南方に逃れて卽位した高宗も建炎元年（一一二七）に割讓のための誓書を出して北方の回復を放棄した。宗澤がこれに反對して奉った疏である。

一六　樓昉原序　注六參照。

一七　方孝孺序弁於篇首　文淵閣四庫全書本『宗忠簡集』は、方孝孺の序文を〈宗忠簡集原序〉として〈樓昉《ろうほう》の序〉に續けて巻首に置くが、實際は宗澤の九世の諸孫である宗濬《そうしゅん》の藏していた宗澤の奏疏のために方孝孺が序したもので、別集の刻本のための序ではない。四部叢刊本の方孝孺『遜志齋集』巻一二〈宗忠簡公奏疏序〉にいう。「公沒し、今に三百餘年。而して高宗に汴《べん》に還らんことを請うの疏は、二十有四、盡くは史氏に載せず。其の九世の諸孫　濬《しゅん》、錄して家に藏し、而して予に屬《しょく》して之に序せしむ。公の忠義は後世に著わるること、疏を待ちて而る後に見《あら》わるるにあらず。疏の著す所は、言を待ちて而る後に明らかなるにあらず。然れども世は皆な宋の復た振わざるは、秦檜《しんかい》の相《しょう》たるに由るを知りて、公の言を用いざるに始まるを知らず。余　是を以て具《つぶ》さに之を論じ、疏の從われざるは、實に宋室の由る所の分なるを知らしむるなり」。

一八　史稱……　『宋史』巻三六〇　宗澤傳には「澤　前後して　上《しょう》に京に還らんことを請う二十餘奏、每《つね》に潛善《せんぜん》（和平派の人物）等の抑《おさ》うる所と爲り、憂憤して疾を成し、疽《しょ》背に發す」とある。

一九　疏凡二十八上　「二十八」の根據は不明。書前提要は「二十餘」に作る。『宋史』巻三六〇　宗澤傳も「二十餘」という。樓昉《ろうほう》の序（注六）や方孝孺の序（注一七）は「二十有四」と明言している。

二〇　今集中所載僅十八篇……　實際には文淵閣四庫全書本『宗忠簡集』には高宗に汴京《べんけい》に還るよう請うた上奏文が二十四篇收入されている。巻一には、〈乞回鑾疏〉という題で第一次・第二次・第四次・第五次・第六次・第七次・第八次・第十一次・第十二次・第十四次・第十五次・第十六次・第十七次・第二十次・第二十一次・第二十二次・第二十三次・第二十四次の奏請計十八篇が收められているほか、巻二には〈聞車駕將還闕賀表〉という題で第九次・〈聞車駕議還闕賀表〉という題で第十次の二篇と〈乞回鑾表〉という題で第三次・第十三次・第十八次・第十九次の四篇が収められている。提要は、巻一の十八篇のみを見て、この十八篇しか残っていないと判断したのであろう。なお、清の丁丙『善本書室藏書志』巻二九は、宗澤の十五世の孫の宗旦が嘉靖三十年（一五五一）に刻した『宋東京留守宗忠（原文「忠」の字脱）簡公文集』六巻を著録して次のようにいう。「嘉定の閒、四明の樓昉は其の遺文を收めて集と爲す。明の正德六年（一五一一）、金華の郡守趙鶴 王忠文公の家に得て、序刻して以て傳う。嘉靖三十年（一五五一）、公の十五世の孫旦《たん》 字は仲昭、傳贊・像讚・題詞・詩・〈復墓田記〉を幷せ、合せて六巻と爲し、又た家塾に梓す。文徴明・彭年《ほうねん》・胡應軫《こおうしん》・黄姫水幷びに裔孫《えいそん》の訓等 各おの序有り。按ずるに四庫館の著録せし者は、乃ち本朝の義烏《ぎう》知縣 王庭曾の重編せし八巻本にして、〈割地を諫止す〉の一疏を增す。而るに、此の本（嘉靖本を指す）先に已に編入す。〈請回鑾疏〉は僅かに十八篇を載するも、而るに此の本は 四篇多し。當時 館臣は實は未だ此の本を覩《み》ざるのみ」と。しかしながら、上述したように文淵閣四庫全書本は巻一に十八篇の〈請回鑾疏〉を収入するほか、巻二に表という形式で〈乞回鑾表〉を四篇収めており、丁丙が康熙本や四庫全書本に闕佚《けついつ》があるかのようにいうのは當らない。

【附記】

日本の宮内廳書陵部には、崇禎本『宋宗忠簡公集』六巻・『雜錄』一巻・『始末徵』一巻が藏されている。標點本は、『宗澤集』（浙江古籍出版社 一九八四）。『全宋詩』（第二〇冊 巻一二〇六）は文淵閣四庫全書本の『兩宋名賢小集』巻一四四（宗澤詩）を底本にして、佚詩を廣く輯めている。

『和刻本漢籍文集』（汲古書院）第四輯に、『宗忠簡文鈔』一巻（信成點・文久元年（一八六一）江戸抱月堂刊本）の景印がある。

『宋人年譜叢刊』（四川大學出版社 二〇〇三）第六册に尹波校點による宋の喬行簡〈忠簡公年譜〉（清同治十二年刊本『宋宗忠簡公集』巻首）、および吳洪澤校點による清の宗嘉謨編〈宗忠簡公年譜〉（民國六年常熟桐柏山房鉛印本）が収められている。

二　龜山集四十二卷

[一]浙江鮑士恭家藏本

【楊時】一〇五三～一一三五

字は中立。南劍州將樂《しょうらく》（福建省）の人。將樂の北にある龜山にちなんで龜山先生と稱された。神宗の熙寧九年（一〇七六）の進士。程顥《こう》・程頤《い》に師事し、その學は弟子の羅從彥から李侗《りどう》を經て朱子に傳わり宋學の系譜の上で重要な位置を占める。地方官を經て、徽《き》宗の宣和年間に祕書郎、欽宗の靖康元年（一一二六）に右諫議大夫兼侍讀、ついで國子祭酒となる。金との和議に反對して、しばしば疏を上《たてまつ》った。南渡の後、高宗に仕えて工部侍郎兼侍讀となり、龍圖閣直學士・提擧杭州洞霄宮をもって引退した。卒年は八十三。諡は文靖。正德本『龜山先生集』卷首の胡安國〈龜山先生墓誌銘〉・呂本中〈龜山先生行狀略〉・黃去疾〈龜山先生年譜〉および『宋史』卷四二八 道學傳二 參照。

宋楊時撰。[二]時事蹟具宋史道學傳。

[三]是集凡書・奏・表・劄・講義・經解・史論・啓・記・序・跋各一卷、語錄四卷、荅問二卷、辨二卷、書七卷、雜著一卷、哀辭・祭文一卷、狀述一卷、誌銘八卷、詩五卷。

時[四]受蔡京之薦、雖朱子亦不能無疑。然[五]葉夢得爲蔡京門客、南渡後作避暑錄話・石林詩話諸書、尙袒護[六]熙寧・紹聖之局。[七]時於蔡京既敗以後、卽力持公論。[八]集中載上欽宗第七疏、詆京與王黼之亂政、而請罷王安石配享。則尚非始終黨附者比。

又於[九]靖康被兵之時、首以誠意進言。雖未免少迂、而其他[一〇]排和議・[一一]爭三鎭・[一二]請一統帥・[一三]罷奄寺守城、以及[一四]茶務・鹽法・轉般・糴買・坑冶・盜賊・邊防・軍制諸議、皆於時勢安危、言之鑿鑿。亦尚非[一五]空談性命、不達世變之論。蓋瑕瑜竝見、通蔽互形、過譽過毀、皆講學家門戶之私、不足據也。

[一六]時受學程子、傳之沙縣[一七]羅從彥、再傳爲延平[一八]李侗、[一九]三傳而及朱子、開[二〇]閩中道學之脈。其[二一]東林書院存於無錫、又爲明季講授之宗。本不以文章見重、而篤實質朴、要不失爲儒者之言。

[二二]舊版散佚、明[二三]宏治壬戌將樂知縣李熙重刊、併爲十六卷。後[二四]常州東林書院刊本、分爲三十六卷、[二五]宜興刊本、又併爲三十五卷。[二六]萬歷辛卯、將樂知縣林熙春重刊、定爲四十二卷。[二七]此本爲順治庚寅時裔孫令聞所刊、其卷帙一仍熙春之舊云。

[二八]案時卒於高宗建炎四年。其入南宋日淺、故[二九]舊皆繫之北宋末。然南宋一代之儒風、與一代之朝論、實皆傳時之緒餘。故今編錄南宋諸集、[三〇]冠以宗澤、著其說不用而偏安之局遂成。次之以時、著其說一行而講學之風遂熾。觀於二集以考驗當年之時勢、可以見世變之大凡矣。

【訓讀】

宋　楊時の撰。時の事蹟は『宋史』道學傳に具われり。

是の集は凡そ書・奏・表・劄《さつ》・講義・經解・史論・啓・記・序・跋 各おの一卷、語錄四卷、荅問二卷、辨二卷、書七卷、雜著一卷、哀辭・祭文一卷、狀述一卷、誌銘八卷、詩五卷なり。

時の蔡京の薦を受くるは、朱子と雖も亦た疑い無きこと能わず。然れども 葉夢得は蔡京の門客爲りて、南渡の後『避暑錄話』・『石林詩話』の諸書を作り、尚お熙寧・紹聖の局を祖護《たんご》す。時は蔡京の旣に敗れし以後に於いては、卽ち力めて公論を持す。集中に載する〈欽宗に上る第七疏〉は、京と王黼《ほ》の亂政を詆《そし》り、王安石の配享を罷めんことを請う。則ち 尚お始終黨附せし者の比に非ず。

又た靖康被兵の時に於いて、首に誠意を以て進言す。未だ少《いささ》か迂《う》なるを免れずと雖も、其の他の〈和議を排す〉〈三鎭を爭う〉〈統帥を一にせんことを請う〉〈奄寺《えんじ》の守城を罷む〉より、以て〈茶務〉〈鹽法〉〈轉般〉〈糴買《てきばい》〉〈坑冶〉〈盜賊〉〈邊防〉〈軍制〉の諸議に及ぶまで、皆 時勢の安危に於いて之を言うこと鑿鑿《さくさく》たり。亦た尚お性命を空談し、世變に達せざるの論に非ず。蓋し 瑕瑜《かゆ》 竝び見え、通蔽 互いに形《あら》わる。過譽 過毀は、皆 講學家の門戸の私にして、據るに足らざるなり。

時は學を程子に受け、之を沙縣の羅從彥に傳え、再傳して延平の李侗《どう》と爲り、三傳して朱子に及び、閩《びん》中の道學の脈を開くなり。其の東林書院は無錫に存し、又た明季の講授の宗と爲る。本 文章を以て重んぜられざるも、篤實質朴にして、要は儒者の言爲《た》るを失わず。

舊版は散佚し、明の宏治壬戌 將樂の知縣 李熙 重刊し、併せて十六卷と爲す。後 常州の東林書院刊本は、分ちて三十六卷と爲し、宜興の刊本は、又た併せて三十五卷と爲す。萬歷辛卯、將樂の知縣 林熙春 重刊し、定めて四十二卷と爲す。此の本は順治庚寅 時の裔孫 令聞の刊する所爲りて、其の卷帙は一に熙春の舊に仍《よ》ると云う。

案ずるに、時は高宗の建炎四年に卒す。其の南宋に入るの日 淺く、故に 舊は皆 之を北宋末に繫《つな》ぐ。然れども 南宋一代の儒風と一代の朝論とは、實に皆 時の緒餘を傳う。故に 今 南宋の諸集を編錄するに、冠するに宗澤を以てし、其の說 用いられずして、偏安の局 遂に成るを著す。之に次するに時を以てし、其の說 一たび行なわれて、講學の風 遂に熾《さかん》なるを著す。一集を觀て以て當年の時勢を考驗し、以て世變の大凡を見るべし。

【現代語譯】

宋 楊時の著。楊時の事蹟は『宋史』道學傳に詳しい。

この集は書・奏・表・劄《さつ》・講義・經解・史論・啓・記・序・題跋がそれぞれ一卷、語錄が四卷、荅問が二卷、辨二卷、書七卷、雜著一卷、哀辭・祭文が一卷、狀述一卷、誌銘八卷、詩五卷となっている。

楊時は蔡京の推薦を受けており、朱子ですら彼への不信感を拭いきれなかった。しかし、葉夢得が蔡京の門客となり、南宋になった後に『避暑錄話』・『石林詩話』などの雜記を作り、なおも熙寧・紹聖の時局に肩入れしているのに對して、楊時は蔡京が失脚した後は、つとめて公平な議論をしようとしている。集中に載っている〈欽宗に上る第七疏〉は、蔡京と王黼《ほ》の亂政を誇《そし》り、王安石を孔子廟に祭ることをやめるよう請うている。つまり、終始一貫 黨派に附和雷同した輩とは比べものにはならないのだ。

さらに、靖康年間に金兵が侵入した際、眞っ先に誠意をもって皇帝に進言した。いささか迂遠の嫌いはあるものの、その他の〈和議を排す〉〈三鎭を爭う〉〈統師を立てんことを請う〉〈奄寺《えんじ》の守城を罷む〉、および〈茶務〉〈鹽法〉〈轉般〉〈糴買《てきばい》〉〈坑冶〉〈盜賊〉〈邊防〉〈軍制〉の諸議は、皆 危急の時勢下で核心を突くものである。これもやはり性理の學を空談して世事の變化に頓着しないというような論ではないのだ。思うに、これらには缺點もあれば美點もあり、意味の通じやすいところもあればはっきりしないところもある。これを譽めすぎたり貶しすぎたりするのは、皆 講學家の派閥にとらわれた私見であって、據るに足らない。

楊時は學問を程子に受けて、沙縣の羅從彥に傳え、羅はそれを延平の李侗《りどう》に傳え、それがさらに朱子へと傳わったのであり、彼は閩《びん》（福建省）における道學の流れを開いたのだ。楊時がいた東林書院は無錫に現存しており、明末においても講學の中心となった。もともと詩文で世に重んじられたわけではないが、その文は篤實質朴で、紛れもない儒者の言だといえる。

舊い版本は散佚し、明の弘治壬戌（十五年 一五〇二） 將樂の知縣である李熙が重刊し、併せて十六卷とした。その後 常州の東林書院刊本が三十六卷に分け、宜興の刊本はこれを再び三十五卷にした。萬曆辛卯（十九年 一五九一）に將樂の知縣 林熙春が重刊した際、四十二卷に定めたのだ。この本は順治庚寅（七年 一六五〇）に、楊時の裔孫 楊令聞が刊行したもので、その卷帙はすべて林熙春の舊本に據ったものだという。

案ずるに、楊時は高宗の建炎四年（一一三五）に歿している（紹興五年の歿の誤り）。南宋に入ってからの日が淺いため、もとは皆 楊時の別集を北宋の最後に著錄していた。しかし、南宋一代の儒風と一代の朝廷の議論は、實は皆 楊時の殘餘を受け繼いだものなのだ。だからこそ南宋の諸集を編錄するにあたって、最初に宗澤を冠し、その說が用いられなかった結果、半分の天下に甘んじる狀況が出現したことを明示し、その次に楊時を置き、彼の說が一旦行なわれるや、講學の風潮が燃え上がったことを示した。二つの別集を觀て當時の情勢を檢證すれば、世事の移り變わりの概略がわかるであろう。

【注】

一　浙江鮑士恭家藏本　鮑士恭の字は志祖、原籍は歙《しょう》（安徽省）、杭州（浙江省）に寄居す。父 鮑廷博（字は以文、號は淥飲）は著名な藏書家で、とりわけ散佚本の蒐集を好んだ。その精粹は『知不足齋叢書』中に見える。『四庫採進書目』の記錄では、『四庫全書』編纂の際には、藏書六二六部を進獻した。任松如『四庫全書答問』によれば、そのうち二五〇部が著錄され、一二九部が存目（四庫全書內に収めず、目錄にのみとどめておくこと）に採擇されている。

二　事蹟具宋史道學傳　『宋史』巻四二八　道學傳二に程子門人として傳がみえる。

三　是集凡…　巻一　上書、巻二　奏狀、巻三　表、巻四　劄子、巻五　經筵講義、巻六～巻七　辨、巻八　經解、巻九　史論、巻一〇～巻一三　語錄、巻一四　答問、巻一五　策問、巻一六～巻二二　書、巻二三　啓、巻二四　記、巻二五　序、巻二六　題跋、巻二七　雜著、巻二八　哀辭・祭文、巻二九　狀述、巻三〇～巻三七　誌銘、巻三八～巻四二　詩となっている。

四　受蔡京之薦…　宣和六年（一一二四）、楊時は七十二歳で祕書郎に召される。この事情について南宋の黄去疾『龜山先生文靖楊公年譜』（注二五）は、宣和五年に路中廸《ろちゅうてき》と傅墨卿《ふぼくけい》が册封使として高麗に赴き、高麗の國主から楊時の消息を尋ねられたことがきっかけであるとして、蔡京のことには全く觸れていない。しかし、胡安國〈龜山先生墓誌銘〉は「是の時　天下　故多く、或ひと當世の貴人（『宋史』楊時傳は「當世の貴人」を「蔡京」に作る）に說く、以爲らく　事　此に至れば必ず敗れん。宜しく　力めて耆德《きとく》老成を引きて諸《これ》を左右に置き、上意を開導せば、猶お及ぶべきに庶幾《ちか》しと。則ち祕書郎を以て召して闕《けつ》に到らしめ、著作郎に遷す」といっており、彼を當時の權力者蔡京に推薦する者があったことをいう。蔡京（一〇四七～一一二六）は北宋末徽宗朝の宰相。宦官の童貫とともに皇帝の恩寵を受けて新法を推進し、元祐黨籍碑を全國に建てさせるなど舊法黨を彈壓、また、童貫と結託して遼を滅ぼしたことは、結果的に金と國境を接することとなり、靖康の變すなわち北宋滅亡を招いたとされている。楊時が蔡京の推薦を得て中央に入ったことは當時から問題視されていたらしく、『朱子語類』巻一〇一にはこれをめぐる師弟の問答が多く收錄されている。その中に、楊時が蔡京に見出された經緯を記した次のような一條がある。晩年氣弱になっていた蔡京が、從子の應之に人材の有無を尋ねたところ、應之は友人の張觷《かく》を推薦、かれは蔡京の家塾の教師となった。しかし、張觷の教育はたいそう嚴しいもので、音をあげた諸生がもうすこし餘裕をと願い出ると、張觷は「お前たちの親父殿のせいで國が危うくなった、もしものときは賊どもは眞っ先にこの家に攻め入るぞ」と、恫喝した。これを聞いた蔡京は辭を低うして張觷に方策を尋ねたところ、人材の確保が第一義だといわれ、かくして楊時が召されることになった。

五　葉夢得爲蔡京門客…　葉夢得は蔡京の推薦によって出仕した人物。四庫館臣の彼に對する評價は手嚴しい。『四庫全書總目提要』巻一二一子部雜家類五は、『避暑錄話』二巻を著錄して、「惟だ　本　蔡京の門客爲りて、門戶の故を以て、多く元祐を陰抑し、紹聖を曲解するを免かれず」といい、巻一九五集部詩文評類一では『石林詩話』について、「是の編　詩を論ずるに、王安石を推重する者　一にして足らず。…蓋し　夢得は蔡京の門より出で、其の壻は章沖、則ち章惇《とん》の孫にして、本　紹述の餘黨爲り。故に公論大いに明かなるの後に於いても、尚お元祐の諸人を陰抑す」という。葉夢得についての詳細は本書五「石林居士建康集八卷」參照。

六　熙寧・紹聖之局　熙寧（一〇六八～一〇七七）は神宗が新法を推進した時の年號。紹聖（一〇九四～一〇九八）は哲宗親政の年號。哲宗は父の神宗に倣って新法黨の人物を登用し、舊法黨を朝廷から排除した。

七　時於蔡京旣敗以後、卽力持公論　徽宗の讓りを受けて子の欽宗が卽位すると、蔡京は彈劾されて南方へ左遷され、その途中で亡くなった。『朱子語類』卷一〇一には「龜山の蔡京を彈ずるは、亦た是《ぜ》なり。只だ迅速ならざるのみ」と評されている。

八　集中載上欽宗第七疏…　文淵閣四庫全書本『龜山集』卷一〈欽宗皇帝に上る書 其の七〉に、「臣 伏して見るに 蔡京事を用うること二十餘年、國を蠹《むしば》み民を害《そこな》い、幾《ほと》んど宗社を危うするは、人の切齒する所なり。而るに其の罪を論ずる者は曾《すなわ》ち其の本づく所を知る莫きなり。蓋し 京は神宗皇帝を繼述するを以て名と爲し、實は王安石を挾みて以て身の利を圖る。故に安石を推尊して加うるに王爵を以てし、孔子の廟庭に配享す」といい、さらに花石綱によって徽宗の信任を得た王黼《ほ》をも批判し、王安石を孔子廟に配享することに反對している。

九　靖康被兵…　靖康元年（一一二六）正月、金兵は黃河を渡って汴京を包圍する。一旦は和議が成立したものの、宋の背信行爲に怒った金は、翌二年（一一二七）三月、上皇の徽宗と皇帝欽宗を北方に拉致した。いわゆる靖康の變である。文淵閣四庫全書本『龜山集』卷一の卷頭〈淵聖皇帝に上る書〉はこのときの欽宗への上奏文である。

一〇　排和議　文淵閣四庫全書本『龜山集』卷一〈欽宗皇帝に上る書 其の四〉を指す。金との交渉に際して和議を優先させる軟弱な方策を批判したもの。

一一　爭三鎭　文淵閣四庫全書本『龜山集』卷一〈欽宗皇帝に上る書 其の三〉は金が和議の條件として要求した河北の要衝中山・河閒および山西の太原の三鎭二十州の割讓に反對したもの。

一二　請一統帥　「一」は「立」の誤り。文淵閣四庫全書本『龜山集』卷一〈欽宗皇帝に上る書 其の一〉の一段。金の侵入に抗して四方から集まった勤王の兵を束ねる者がいないため、兵が烏合の衆になっていることを案じ、統帥を立てることを提案している。

一三　罷奄寺守城　文淵閣四庫全書本『龜山集』卷一〈欽宗皇帝に上る書 其の一〉の一段。奄寺《えんじ》は宦官。宣和七年（一一二五）、徽宗の寵愛を受け、三路大帥として太原に駐屯していた宦官童貫が金兵の侵攻に恐れをなして都に逃げ歸ってきたことを非難、今後は決して防城に宦官を任用しないようにと諫めたもの。

一四　茶務・鹽法・轉般・糴買・坑治・盜賊・邊防・軍制諸議　文淵閣四庫全書本『龜山集』卷四劄子に〈時事を論ず〉として、

一　愼令・二　茶法・三　鹽法・四　轉般（兵糧備蓄）・五　羅買（穀物の買い付け）・六　坑冶・七　邊事・八　盜賊・九　擇將・十　軍制が論じられている。

一五　空談性命　實用を考えず理論ばかりを先行させがちな性理學を批判する際に、提要が用いる常套句である。

一六　時受學程子　楊時は最初程顥《こう》に師事し、程顥の歿後は程頤《い》に師事した。瞑想中の程頤を待って、同じ門人の游酢《ゆうさく》とともに雪が一尺積もる閒侍立していた故事、いわゆる「程門立雪」は有名。『二程粹言』を編纂。南渡の後は程氏の正宗と稱された。

一七　羅從彦　字は仲素、南劍州沙縣（福建省）の人。千餘人といわれた楊時の弟子の中で第一の地位にある。文集に『豫章羅先生文集』十七卷がある。『宋史』卷四二八道學傳二羅從彦に「同郡の楊時　河南の程氏の學を得たるを聞きて、慨然として之を慕う。時　蕭山の令と爲るに及び、遂に徒歩もて往きて焉《こ》れに學ぶ」とある。

一八　李侗　字は愿中、南劍州劍浦（福建省）の人。二十四歳の時、同鄕の羅從彦に從った。『宋史』卷四二八道學傳二李侗傳に「年二十四にして、郡人羅從彦　河・洛の學を得たるを聞きて、遂に書を以て之に謁す」とある。

一九　三傳而及朱子　李侗の同門の友であった朱松は、子の熹《き》に李侗を師として學ばせた。『宋史』卷四二八道學傳二李侗傳に「是の時　吏部員外郎朱松は侗と同門の友爲りて、雅《つね》に侗を重んじ、子の熹を遣《や》りて從學せしむ。熹は卒に其の傳を得たり」とある。朱子自身も李侗のために書いた〈行狀〉でこうした經緯を述べている。詳しくは本書九「韋齋集十二卷」參照。

二〇　閩中道學之脈　閩は今の福建省の一帶。楊時・羅從彦・朱熹ともにこの地方の出身である。

二一　其東林書院存於無錫…　楊時が學を講じた處で、明の成化年閒に重建。萬曆の末、ここを中心に顧憲成と高攀龍を盟主とする東林黨が結成され、多くの士大夫がこれに參加した。

二二　舊版散佚　陳振孫『直齋書錄解題』卷一八に著錄される「龜山集二十八卷」を指すか。注二五の黃去疾の〈龜山年譜の序〉には、「龜山先生の書、其の文集・經說・論語解・語錄は已に延平郡齋に刊され、中庸義は臨汀に刊さる」とあり、これが延平（福建省）郡齋本であった可能性もある。『宋史』藝文志が「龜山集二十卷」とするのは、何に基づくものか不明。

二三　明宏治壬戌將樂知縣李熙重刊　「宏治」は「弘治」。乾隆帝の諱　弘曆を避けて「宏」に作る。弘治十五年（一五〇二）刊本、明　程敏政の編。程敏政の序文にいう。「龜山先生文集三十五卷、世に傳わらざること久し。館閣に本有りて闕請して之を閱るも、力の以て盡く鈔するに足らざるなり。其の心に得る者有るを鈔し、重ねて彙次を加えて十六卷と爲すこと右の如し。予が家に藏す。」程敏政がいうこの本は、蘄貴《きき》を經て李熙に傳わった。日本では國立公文書館內閣文庫（もと昌平坂學問所舊藏）に藏されている。

二四　常州東林書院刊本、分爲三十六卷　この版本については、現存せず、詳細不明。

二五　宜興刊本、又併爲三十五卷　正德十二年（一五一七）の刊本を指す。前に宜興の沈暉の序文がある。日本では德富蘇峰の成簣堂舊藏本が現在、御茶ノ水圖書館に藏されている。ただし、卷五～卷一三が闕で、存二十六卷である。咸淳庚午（六年　一二七〇）邵武の黄去疾が編纂した『龜山先生文靖楊公年譜』が附されている。

二六　萬歷辛卯、將樂知縣林熙春重刊　「萬歷」は「萬曆」、乾隆帝の諱 弘曆を避けて「歷」に作る。萬曆十九年（一五九一）林熙春刊本、明 岳元聲・徐必達等訂の四十二卷本を指す。楚黄の耿定力の敍（萬曆十八年）・海陽の林熙春の後敍（萬曆十九年）・豐城の李琯の後語（萬曆十九年）を有する。日本では内閣文庫・蓬左文庫・米澤圖書館などに藏されている。

二七　此本爲順治庚寅時裔孫令聞所刊、其卷帙一仍熙春之舊云　順治八年（一六五一）楊令聞の重刻本である。今、蓬左文庫の該本をみるに、前に注二六萬曆本の耿定力の敍を冠し、その後に苕水の閔度・尼山の孔興訓・古雄の王孫蕃・楊時の裔孫である楊思聖の序（以上いずれも順治年間）をつづけ、卷末には楊令聞の〈後跋〉が附されている。〈後跋〉によれば、明末の兵亂で萬曆本の板本の大半は燒失したが、幸いにも家藏本は寺に疎開させていたため無事で、これをもとに重刊したという。のち康熙四十六年（一七〇七）楊氏重刻、光緒五年（一八七九）重修。光緒九年（一八八三）知延平府の張國正刊本もある。

二八　案時卒於高宗建炎四年　墓誌銘や年譜によれば楊時の沒年は紹興五年（一一三五）、享年は八十三である。四庫提要が建炎四年（一一三〇）と誤ったのは、陳振孫『直齋書錄解題』卷一八が「龜山集二十八卷」を著錄して「時は明道（程顥）に從うに及ぶ。死は當に建炎四年、年八十有七、程門に於いては最も壽考たり」とあるのに據ったためであろう。

二九　舊皆繫之北宋末　前注の『直齋書錄解題』は、この集を卷一八の北宋の晁説之《ちょうえつし》『景迂《けいう》集』のすぐ後に著錄している。明の『内閣藏書目錄』は卷三の『程氏文集』のすぐ後に著錄している。いずれも北宋の人の別集として扱っている。

三〇　冠以宗澤　本書一「宗忠簡集八卷」を參照。

【附記】

『全宋詩』（第一九冊 卷一一四四～卷一一四八）は文淵閣四庫全書本を底本とし、諸書より廣く集外詩を輯めている。

『宋人年譜叢刊』（四川大學出版社　二〇〇三）第五册に、刁忠民の校點による宋の黄去疾編〈龜山先生文靖楊公年譜〉（明正德十二年　沈暉刊本『龜山先生集』巻首）が收められている。

三　梁溪集一百八十卷　[一]附錄六卷

[二]編修汪如藻家藏本

【李綱】一〇八三～一一四〇

字は伯紀、一に天紀。邵武（福建省）の人。號の梁溪とは、彼の郷里の家が梁溪のほとりにあったことに因《ちな》んでいる。政和二年（一一一二）の進士。金との和議に反對した主戰派の論客であり、幾度かの左遷を經驗。建炎の初め、尚書右僕射《うぼくや》兼中書侍郎を拜したが、高宗の南渡に反對してわずか七十五日にして落職する。その奏議は後世の珍重するところとなった。諡《おくりな》は忠定。『宋史』卷三五八～卷三五九 李綱傳、および文淵閣四庫全書本『梁溪集』附錄 李綸〈李忠定公年譜〉・〈李公行狀〉參照。

宋李綱撰。綱有[三]建炎時政記、已著錄。

是集[四]首載宋少保觀文殿大學士陳俊卿序、謂綱少子秀之裒集其表章奏劄八十卷、而詩文不與焉。[五]晁公武讀書志則作一百五十卷、[六]陳振孫書錄解題則作一百二十卷。蓋後人續以詩文合編、互有分併。已非復秀之之舊本。

[七]此本賦四卷、詩二十八卷、雜文一百三十八卷、而以靖康傳信錄三卷・建炎進退志四卷・建炎時政記三卷、俱編入集中、[八]又以年譜・行狀之類六卷附焉。與晁・陳二家所錄均爲不合、[九]又非宋本之舊矣。

[一〇]綱人品經濟、炳然史册、固不待言。卽以其詩文而言、亦[一一]雄深雅健、[一二]磊落光明、非尋常文士所及。徒以

[一三]喜談佛理、故南宋諸儒不肎稱之。然如[一四]顏眞卿精忠勁節、與日月爭光、固不能以書西京多寶塔碑、作撫州麻姑壇記、遂減其文章之價也。

[一五]集中有補宋璟梅花賦、自序謂璟賦已佚、擬而作之。其文甚明。[一六]元劉壎隱居通議所載璟賦二篇、皆屬僞本。[一七]明田藝衡留青日札乃稱得元鮮于樞手書璟賦、急錄傳之。樞之眞蹟旋燬。核其文句、大抵點竄綱賦、十同七八、其爲依託顯然。然亦見綱之賦格、[一八]置於唐人之中可以亂眞矣。

【訓讀】

宋 李綱の撰。綱 『建炎時政記』有りて、已に著錄す。

是の集 首に宋の少保觀文殿大學士 陳俊卿の序を載せて謂う、綱の少子 秀之 其の表章・奏劄《そうさつ》八十卷を裒集すれども、詩文は焉《こ》れに與《あず》からずと。晁公武《ちょうこうぶ》『讀書志』は則ち一百五十卷に作り、陳振孫『書錄解題』は則ち一百二十卷に作る。蓋し 後人 續するに詩文を以て合編し、互いに分併有り。已に復た秀之の舊本に非ず。

此の本 賦四卷、詩二十八卷、雜文一百三十八卷、而して 『靖康傳信錄』三卷・『建炎進退志』四卷・『建炎時政記』三卷を以て、倶に集中に編入し、又た年譜・行狀の類 六卷を以て焉《こ》れに附す。晁・陳二家の錄する所と均しく合わずと爲す。又た 宋本の舊に非ず。

綱の人品經濟は、史册に炳然《へいぜん》たること、固《もとよ》り言を待たず。卽《も》し其の詩文を以て言わば、亦た雄深雅健にして、磊落《らいらく》光明、尋常の文士の及ぶ所に非ず。徒《た》だ 喜《この》んで佛理を談ずるを以て、故に 南宋の諸儒は之を稱するを肯《がえ》んぜず。然れども 顏眞卿の精忠勁節《けいせつ》は、日月と光を爭うこと、固り〈西京多寶塔碑〉を書し、〈撫州麻姑壇記〉を作るを以て、遂に其の文章の價《か》を減ずる能わざるが如きなり。

集中に〈宋璟《そうけい》の梅花賦を補う〉有り、自ら序して謂う、璟の賦 已に佚し、擬して之を作ると。其の文 甚だ明らかなり。元の劉壎《りゅうけん》『隱居通議』に載する所の璟の賦一篇、皆 僞本に屬す。明の田藝衡《でんげいこう》『留青日札』は乃ち元の鮮于樞《せんうすう》の手書せし璟の賦を得たりと稱して、急ぎ之を録傳す。樞の眞蹟 旋《たちま》ち燬《こぼ》つ。其の文句を核するに、大抵 綱の賦を點《てん》竄《ざん》し、十に七八を同じうして、其の依託爲ること顯然たり。然れども 亦た綱の賦格の、唐人の中に置かば以て眞を亂すべきを見る。

【現代語譯】

宋 李綱の著。綱には『建炎時政記』があって、すでに著録しておいた。

この集は巻首に宋の少保観文殿大學士 陳俊卿の序を載せており、「綱の末の息子である秀之が綱の表章や奏劄《そうさつ》八十巻を集めたものの、詩文はこれに含まれない」といっている。晁公武《ちょうこうぶ》『郡齋讀書志』は一百五十巻に作り（『讀書附志』が一百七十巻に作るのは誤り）、陳振孫『直齋書録解題』は一百二十巻に作っている。思うに 後世の人が詩文を續入したときに、それぞれ巻を分けたり巻をまとめたりしたのであり、すでにもう秀之の時のものではなくなっている。

この本は賦四巻、詩二十八巻、雑文一百三十八巻、それに『靖康傳信録』三巻・『建炎進退志』四巻・『建炎時政記』三巻をすべて集中に編入し、さらに年譜・行狀の類 六巻（四巻の誤り）を附している。晁公武が著録するものとも陳振孫の著録するものとも合致せず、これもまた宋代の舊本ではない。

綱の優れた人品や經世濟民の事跡は史書に明らかで、贅言《ぜいげん》するまでもない。彼の詩文についていうならば、これも雄大かつ伸びやか、公明正大で一點の曇りもなく、並《なみ》の文士の及ぶところではない。ただ、好んで佛教哲理を談じたために、南宋の諸儒はあえて彼のことを賞贊しようとしない。しかし、それは日月と光を爭うかのような忠節で知られる顏眞卿が、〈西京多寶塔碑〉を書し、〈撫州麻姑壇記〉を作ったことを理由に、その文學の價値が損なわれることはないのと同じである。

集中に〈宋璟《そうけい》の梅花賦を補う〉があり、その自序に「璟の賦はすでに散逸しているので、まねてこれを作る」と言っており、その文意は甚だ明らかである。元の劉壎《りゅうけん》『隱居通議』が載せている宋璟の賦は二篇とも僞物であるにもかかわらず、明の田藝衡《でんげいこう》（正しくは蘅）『留青日札』は「元の鮮于樞《せんうすう》が手ずから書いた璟の賦を手に入れた」として、急いで寫して後世に傳えている。そして樞の眞蹟もまもなく燬《や》けてしまった。その賦の文言を確かめてみるに、大抵は綱の賦を改竄したもので、十に七八割は綱の賦に同じで、僞託ということははっきりしている。しかしながら、綱の賦の風格は、唐人の中に置いたならば眞僞を混亂させるほどのものだったということも看て取れるのだ。

【注】

一　附錄六卷　文淵閣四庫全書本の書前提要も「附錄六卷」に作るが、實際には附錄は年譜一卷・行狀三卷の計四卷にすぎない。「六卷」とは提要の誤記であろう。

二　編修汪如藻家藏本　汪如藻は字を念孫といい、桐鄉（浙江省）の人。乾隆四十年（一七七五）の進士。父祖より裘杼樓《きゅうちょろう》の萬卷の藏書を受け繼いだ。四庫全書總目協勘官となり、『四庫採進書目』によれば二百七十一部を進獻した。任松如『四庫全書答問』によれば、そのうち九十部が四庫全書に著錄され、五十六部が存目（四庫全書內に收めず、目錄にのみとどめておくこと）に置かれている。

三　建炎時政記　『四庫全書總目提要』卷五二 史部 雜史類存目一に「建炎時政記三卷」として著錄されている。高宗の詔を奉じて編纂したもの。建炎元年六月に始まり八月に終わる。

四　首載宋少保觀文殿大學士陳俊卿序…　文淵閣四庫全書本『梁溪集』卷首に陳俊卿の〈原序〉があり、「淳熙丙申（三年一一七六）、予 三山（福建長樂縣の三つの山を指す）に帥たり。其の子 秀之 其の文を裒集して以て予に示し、序して以て其の端に冠せんことを求む。蓋し 表章・奏劄八十卷に至るも、詩文は猶お 焉《こ》れに與《あず》からず…後三年、金陵自《よ》り歸りて乃ち始めて書して之を歸す」という。ただし、〈原序〉とはあるものの、本來これは全集の序文ではなく、奏議集の序文として書かれたものである。

五　晁公武讀書志則作一百五十卷　提要が『讀書志』は百五十卷に作るとするのは誤りで、晁公武『郡齋讀書志』は李綱の

『梁溪集』を著錄していない。一方、趙希弁『讀書附志』下に著錄があるが、そこでは、「梁溪先生文集一百七十卷」に作っている。

六　陳振孫書錄解題則作一百二十卷…　『直齋書錄解題』卷一八に「梁溪集一百二十卷」と著錄される。ただし『直齋書錄解題』卷一は「梁溪易傳」を著錄して、次のようにいう。「今　攷うるに『梁溪集』は紹興十三年編する所にして、其の『訓辭』の二序は已に錄有りて書無しと云う、則ち其の家と雖も亦た亡逸して久し」。これによれば、百二十卷本の『梁溪集』は、李綱が紹興十年に亡くなって間もない紹興十三年（一一四三）に編纂されたものということになる。現在、この本は傳わらず、詳細は不明である。

七　此本賦四卷…　李綱の文集は息子の李秀之が編纂したもので、そのうち奏議については陳俊卿の序と朱熹の後序が傳わる。この奏議八十卷のみは孫の李大有によって嘉定二年（一二〇九）に刻行された。全集本（『文集』一七〇卷・『靖康傳信錄』三卷・『建炎進退志』四卷・『建炎時政記』三卷）については、嘉定六年（一二一三）に姜注が邵武で刊行したものが最初である。これはのち火災に遭い、趙以夫によって補刻された。四庫全書が底本としたのは、この全集本の系統である。

八　又以年譜・行狀之類六卷附焉　「六卷」は「四卷」の誤り。年譜は一卷、行狀は三卷である。注一參照。

九　非宋本之舊矣　注七で述べたように、この本は嘉定六年（一二一三）に姜注が邵武で刊行したものがもとになっている。提要が「宋本の舊に非ず」というのは誤り。

一〇　綱人品經濟、炳然史册　『宋史』卷三五九李綱傳下は綱の人品について「綱は天下の望を負い、一身の用捨を以て社稷生民の安危と爲す。身は或いは用いられず、用いられて久しからざる有りと雖も、其の忠誠義氣は凛然《りんぜん》として遠邇《えんじ》を動かす」と評する。

一一　雄深雅健　文章が雄大で、のびやかなこと。かつて韓愈が柳宗元の文を評した言葉として有名。唐の劉禹錫〈唐故柳州刺史柳君集紀〉（四部叢刊『劉夢得文集』卷二三）に「子厚の喪するや、昌黎の韓退之　其の墓に誌《しる》し、且《か》つ書を以て來り弔して曰く、〝哀しい哉、若《かく》のごとき人の淑ならざるや。吾れ嘗て其の文を評して、雄深雅健は司馬子長（遷）に似て、崔《さい》（駰《いん》）・蔡《さい》（邕《よう》）も多とするに足らざるなり〟」とある。

一二　磊落光明　公明磊落とも。公明正大にして、隠し事のないこと。

一三　喜談佛理　『梁溪集』には僧侶に贈った詩文や佛教哲理を説いた作品が多くみられる。

一四　顏眞卿精忠勁節…　唐の忠臣顏眞卿が、佛教や道教を禮讃するような文を作ったり、書したりしたことをいう。宋の歐陽脩はこうした顏眞卿の作品について、『集古錄跋尾』卷七〈唐顔眞卿麻姑壇記〉の跋で次のように批判している。「顏公の忠義の節は、皎《こう》たること日月の如く、其の人と爲《な》りは尊嚴剛勁、其の筆畫に象《に》る。而れども神仙の說に惑うを免れず、釋老の斯民の患と爲るや深し」。提要の議論は、歐陽脩のような見方が存在することを意識したものである。提要が擧げている〈麻姑壇記〉とは〈撫州南城縣麻姑山仙壇記〉（四部叢刊本『顏魯公文集』巻一三）のことで、顏眞卿自身の筆になる石碑があったが、明末の兵火で失われた。〈多寶塔碑〉とは、岑勛《しんくん》が撰し顏眞卿が書した〈大唐西京千福寺多寶佛塔感應碑文〉のことで、現在、西安碑林にある。なお、提要がここで李綱を顏眞卿になぞらえていうのは、李綱自身が顏眞卿に傾倒し、〈顏魯公畫像贊〉（『梁溪集』巻一四一）などの作品があるためでもある。

一五　集中有補宋璟梅花賦　文淵閣四庫全書本『梁溪集』巻二の〈梅花賦〉を指す。自序にいう。「皮日休稱す、宋廣平（璟）の人と爲りは、其れ鐵心石腸なるかと疑うも、著す所の〈梅花賦〉を觀るに及び、淸便富艷にして南朝の徐庾《じょゆ》體を得たり。然れども 廣平の賦 今 闕《か》きて傳わらず。予 謂えらく 梅花は特《た》だに百卉《ひゃくき》の先を占むるのみに非ずして、其の標格淸高は殆ど餘花の及ぶ所に非ず、辭語の形容は尤も工《たく》み爲り難しと。因りて 思いを極めて以て之が賦を爲《つく》り、廣平の闕《けつ》を補うと云う」と。皮日休の言は『皮子文藪』巻一〈桃花賦〉の自序に見える。

一六　元劉壎隱居通議所載璟賦二篇…　元の劉壎《りゅうけん》『隱居通議』巻五は「唐の丞相 廣平 文貞公 宋璟〈梅花賦〉を作る。昔人謂う 廣平は鐵石心腸なるに、乃ち能く宛轉《えんてん》して此の賦を作ると。昔 嘗て之を讀めり。近ごろ又た復た一賦を見る。豈に後人 之に效《なら》うか。倶に後に錄して以て識者の考を俟《ま》たん」という。

一七　明田藝衡留靑日札乃稱…　田藝衡は田藝蘅《でんげいこう》の誤り。『留靑日札』巻一梅花賦の條によれば、田藝蘅は先の伯翁震夫の家で、鮮《せん》于《う》樞《すう》が至元二十七年の中秋に書した宋璟の〈梅花賦〉を入手したという。田藝蘅は賦の散逸を恐れて〈梅花賦〉全篇を擧げている。

一八　置於唐人之中可以亂眞　『全唐文』巻二〇七は、李綱の作品である〈梅花賦〉（注一五）を宋璟の作として誤收している。

【附記】

宋刻の『梁溪全集』は、殘本三十八巻が上海圖書館に藏されている。明には全集は刻されず、崇禎十二年（一六三九）に李綱の後裔と左光先によって刻された『李忠定公文集選』四十四巻（文十五巻・奏議二十九巻）とその後修本が多く行われた。

『和刻本漢籍文集』（汲古書院）第五輯に『李忠定公集鈔二巻』（文久三年大阪河内屋吉兵衛等刊本）と『李伯紀忠義編七巻』（冢田虎 輯 文化六年六橋書屋刊本）が收入されている。

『全宋詩』（第二七册 巻一五四三〜巻一五七一）は、文淵閣四庫全書本を底本に、右の各種版本で校訂し、さらに諸書にみえる佚詩を輯めている。

近年出版された標點本として、王瑞明點校『李綱全集』上中下（岳麓書社 二〇〇四）がある。各種版本を校訂し、附録も充實している。

年譜には、趙效宣著『宋李天紀先生綱年譜』（新編中國名人年譜集成第九輯 一九七〇）がある。『宋人年譜叢刊』第六册（四川大學出版社 二〇〇三）には、彭邦明の校點による、李綱の弟の李綸《りりん》が編纂した〈梁溪先生年譜〉（傅增湘校訂本『梁溪先生文集』附録）と、清の楊希閔が編纂した〈李忠定公年譜〉（據廣陵古籍刊行社重印『十五家年譜』本）が收入されている。

四−一　浮溪集[一]三十六卷　[二]永樂大典本

【汪藻《おうそう》】一〇七九〜一一五四

字は彦章《げんしょう》、饒《じょう》州德興（江西省）の人。徽宗の崇寧二年（一一〇三）の進士。高宗の紹興元年（一一三一）、翰林學士となるが、のちに北宋滅亡の原因を作ったとされる蔡京《さいけい》・王黼《おうほ》の門客であったことが問題となり、永州に謫居となる。四六駢儷文に巧みで、この時期の朝廷の詔敕の大半は彼の手になったといわれる。『宋史』卷四四五文苑傳七、文淵閣四庫全書本 孫覿《そんてき》『鴻慶居士集』卷三四〈宋故顯謨閣《けんぼかく》學士左大中大夫汪公墓誌銘〉參照。

宋汪藻撰。藻字彦章、饒州德興人。[三]登崇寧二年進士、歷官[四]顯謨閣大學士・左太中大夫、封新安郡侯。[五]事蹟具宋史文苑傳。藻學問博贍、爲南渡後詞臣冠冕。

其集見於[六]晁公武讀書志者僅十卷、[七]陳振孫書錄解題始載有浮溪集六十卷。而[八]趙希弁讀書後志又增猥藁外集一卷、龍溪文集六十卷、共一百二十一卷。[九]宋史藝文志竝著於錄。然[一〇]趙汸跋羅願小集、謂浮溪之文、再更變故、失傳頗多。則明初已非完帙、其後遂亡佚不存。後有胡堯臣者、別得[一一]浮溪文粹十五卷、刊行於世、而其原集終不復可見。今檢勘永樂大典所載、視文粹所收、不啻倍蓰。雖未必盡符原數、而什可得其六七。

統觀所作、大抵以儷語爲最工。其代言之文、如[一二]隆祐太后手書・[一三]建炎德音諸篇、皆明白洞達、曲當情事。詔令所被、無不悽憤激發。天下傳誦、以比[一四]陸贄。[一五]說者謂其著作得體、足以感動人心、實爲詞令之極則。

其他文亦多深[一六]醇雅健、追配古人。[一七]其詩則得於徐俯、俯得之其舅黄庭堅（見獨醒雜志）、尤具有淵源。[一八]孫覿作藻墓誌、以大手筆推之、殆非溢美。

[一九]惟楊萬里誠齋詩話紀藻與李綱不叶、[二〇]其草綱罷相制詞、[二一]至比之驩兜・少正卯、頗爲清議所譏。[二二]是又名節心術之事、與文章之工拙別爲一論者矣。

謹[二三]採掇編次、依類分排。其有永樂大典所失載者、卽以文粹參校補正、考辨異同、[二四]釐爲三十六卷。庶操觚之士、尙得以考見其大略焉。

【訓讀】

宋 汪藻《おうそう》の撰。藻 字は彥章、饒《じょう》州德興の人。崇寧二年の進士に登り、顯謨閣《けんぼかく》大學士・左太中大夫を歷官し、新安郡侯に封ぜらる。事蹟は『宋史文苑傳』に具われり。藻は 學問博贍《はくせん》にして、南渡後の詞臣の冠冕《かんべん》と爲る。

其の集 晁公武《ちょうこうぶ》『讀書志』に見《み》ゆる者は僅かに十卷、陳振孫『書錄解題』始めて載せて『浮溪集』六十卷有り。而して 趙希弁『讀書後志』は又た『猥稾《わいこう》外集』一卷、『龍溪文集』六十卷を增して、共に一百二十一卷とす。『宋史』藝文志竝びに錄に著す。然れども 趙汸《ちょうほう》は『羅願小集』に跋して謂う、浮溪の文は、再更變故し、失傳頗る多しと。則ち 明初 已に完帙《かんちつ》に非ずして、其の後 遂に亡佚して存せず。後 胡堯臣なる者有りて、別に『浮溪文粹』十五卷を得て世に刊行するも、其の原集は終に復た見るべからず。今『永樂大典』載する所を檢勘するに、『文粹』の收むる所に視《くら》べて、啻《た》だに倍蓰《ばいし》するのみならず。未だ必ずしも盡く原數に符せずと雖も、什《じゅう》に其の六七を得《う》べし。

作る所を統觀するに、大抵 儷語《れいご》を以て最も工《たく》みと爲す。其の代言の文、〈隆祐太后手書〉〈建炎德音〉の諸篇の如きは、皆 明白洞達にして、曲《つぶ》さに情事に當る。詔令の被《こうむ》る所、悽憤《せいふん》激發せざるは無し。天下傳誦し、以て陸贄《りくし》に比《なぞら》う。説く者謂えらく 其の著作は體を得て、以て人心を感動せしむるに足り、實に詞令の極則と爲ると。其の他の文も亦た多く深醇雅健にして、古人を追配す。其の詩は則ち徐俯《じょふ》より得、俯は之を其の舅 黃庭堅より得（『獨醒雜志』に見ゆ）て、尤も淵源を具有す。孫覿《そんてき》 藻の墓誌を作り、大手筆を以て之を推すは、殆んど溢美《いつび》に非ず。

惟だ楊萬里『誠齋詩話』紀す、藻は李綱と叶《きょう》せず、其の綱の相を罷《や》むるの制詞を草し、之を驩兜《かんとう》・少正卯《しょうせいぼう》に比《くら》ぶるに至りては、頗る清議の譏る所と爲ると。是れ又た名節心術の事にして、文章の工拙とは別に一論を爲す者なり。

謹んで採掇《さいてつ》編次し、類に依りて分排す。其の『永樂大典』の失載する所有る者は、卽ち『文粹』を以て參校補正し、異同を考辨し、釐《おさ》めて三十六卷と爲す。庶《ねが》わくは 操觚《そうこ》の士、尚お 以て其の大略を考見するを得んことを。

【現代語譯】

宋 汪藻の著。藻は字を彥章といい、饒《じょう》州德興（江西省）の人である。崇寧二年（一一〇三）の進士に登第し、顯謨《けんぼ》閣《かく》大學士（大學士は學士の誤り）・左太中大夫を歷任し、新安郡侯に封じられた。事蹟は『宋史』文苑傳に詳しい。藻は學識豐かで、南渡後の詞臣の頂點に立つ人である。

彼の文集は晁公武《ちょうこうぶ》『郡齋讀書志』に見えるものが僅かに十卷で、陳振孫『直齋書錄解題』が始めて『浮溪集』六十卷と記載している。趙希弁『讀書附志』はさらに『猥稾外集《わいこう》』一卷と『龍溪文集』六十卷を加えて合計一百二十一卷を著錄する。『宋史』藝文志も（六十卷と）著錄している。しかし趙汸《ちょうほう》は、『羅願小集』に附した跋文に、「浮溪の文は、度重なる騷亂を經て、かなり多くが散逸した」と言っている。つまり、明初にはすでに完帙の狀態ではなく、その後 散逸してしまったのだ。後に胡堯臣という者が、別に『浮溪文粹』十五卷を入手して世に刊行したが、そのもとになった集も再び目にすることはできない。今『永樂大典』が收載する作品を確かめてみると、『文粹』が收める作品に比べて二倍や三倍にとどまらない。必ずしもすべてがもとの卷數に合致しないものの、十のうち六七割を得ることができた。

作品を總合的に見ると、おおよそ駢儷文を最も得意としている。彼が代作した〈隆祐太后手書〉〈建炎德音〉のような諸篇は、皆 論旨明白で、事實をきめ細かくとらえていて、詔令を授かった側で發憤しない者はいない。天下に傳誦され、唐の陸贄《りくし》になぞらえられた。人は、彼の著した文は詔敕の文體にかない、人心を感動させるに足るものであり、實に辭令の究極の手本だといった。その他の文も多くは純粹かつ伸びやかで、古人の作に匹敵する。彼の詩は徐俯《じょふ》から得たもので、俯はそれを母の兄の黄庭堅から得たのであり（このことは『獨醒雜志』に見える）、彼にはとりわけしっかりした淵源があるのだ。孫覿《そんてき》が藻の墓誌銘を作り、「大手筆」だとして彼を推奬したのも、ほめすぎではない。

ただ楊萬里の『誠齋詩話』は、藻が李綱とそりが合わず、綱の宰相を罷免する辭令を起草して、驩兜《かんとう》・少正卯《しょうせいぼう》になぞらえたのは、頗る清流派の非難の的となったと記している。これも名節や心根の問題なのであって、文章の巧拙とは別に論じるべきことである。

謹んで作品を採錄して編次し、分類して配列した。『永樂大典』に收載されていない作品は、『浮溪文粹』を參照して校正補訂し、異同を考證して、三十六卷とした。文學の士が、これによって彼の大略を概觀できるようにと願う。

【注】

一　三十六卷　「三十六卷」は「三十二卷」の誤り。文淵閣四庫全書本「浮溪集」は、三十二卷本である。この矛盾については注二二・二四を參照。

二　永樂大典本　『永樂大典』は明永樂帝が編纂させた類書（百科全書）。二二、八七七卷。古今の著作の詩文を韻ごとに配列する。四庫全書の編纂にあたって、すでに散逸した書籍については『永樂大典』より拾い出し、輯佚本を作成している。これらは永樂大典本と呼ばれ、四庫全書に收入されたのは五一五種、そのうち別集は一六五種にのぼる。
三　登崇寧二年進士…　『宋史』文苑傳は、汪藻の及第の年を言わないが、孫覿《そんてき》〈宋故顯謨閣《けんぼかく》學士左大中大夫汪公墓誌銘〉（文淵閣四庫全書本『鴻慶居士集』卷三四）は、「崇寧二年の進士乙科に中《あた》る」という。
四　顯謨閣大學士…　武英殿本「總目提要」は、「顯謨閣學士」に作る。なお、注三の〈汪公墓誌銘〉には、「積官して左太中大夫に至り、爵して新安郡開國侯、食邑一千五百戸、寔封一百戸。公沒して後二年、顯謨閣學士に復す」とある。顯謨閣に大學士はなく、學士が正しい。
五　事蹟具宋史文苑傳　『宋史』卷四四五　文苑傳七を指す。
六　晁公武讀書志者僅十卷　『郡齋讀書志』卷一九に「汪彦章集十卷」と著錄される。
七　陳振孫書錄解題始載　『直齋書錄解題』卷一八に「浮溪集六十卷」と著錄される。
八　趙希弁讀書後志又增　『讀書附志』卷下に「浮溪先生文集六十卷・猥稾《わいこう》外集一卷・龍溪先生文集六十卷」と著錄される。
九　宋史藝文志竝著於錄　『宋史』藝文志七に「汪藻集六十卷」と著錄される。
一〇　趙汸跋羅願小集謂…　元の趙汸《ちょうほう》（一三一九～一三六九）『東山存稿』卷五には、羅願の文集に對する二篇の跋文が〈書羅鄂州小集目錄後〉として收錄されている。一篇は甲午の歳（一三五四）、もう一篇はその十一年後（一三六五）の跋文である。後者には次のようにいう。「嗟夫《ああ》、吾が郡（休寧）の先達の金忠肅（安節）・程文簡（大昌）・汪龍溪（藻）・吳竹洲（儆《けい》）・方秋崖（岳）・呂左史（本中）の諸公の如きは、文集失傳する者多し。亂亡の餘、安《いずく》んぞ子孫 皆な傳道（羅願）の克《よ》く自ら樹立し以て其の家を世《つ》ぎ、因りて家集を重刻するを得て、以て其の傳を廣《ひろ》うするが如きを得んや」。
一一　浮溪文粹十五卷　本書四―一二「浮溪文粹十五卷」參照。
一二　隆祐太后手書　汪藻の出世作となった『浮溪集』卷一三の〈皇太后告天下手書〉を指す。李心傳『建炎以來繫年要錄』卷四は、この詔敕を汪藻が草することになった經緯について次のようにいう。「是れより先、御史の胡舜陟《こしゅんちょく》上疏して、后に詔を諸路に降《くだ》し、中國に主《しゅ》有り、康王卽位して日有るを知らしめ、以て亂心賊子の心を破らんことを請う。呂好問言う、〝今日の布告の書は、當に明白にして曉《さと》り易からしむべし、必ずしも詞臣を須《もち》いずと〟。遂に太常少卿汪藻に命じて書を草せしめ、御封して御史臺の看詳（嚴密な檢討）に付し、然る後に行下す」。靖康の變によって徽宗・欽宗が北へ拉致された情況下に在って、徽宗の第九子で難を免れた康王構を推戴し、人心を引き締めようとしたもの。その中の「漢家の厄《やく》十世にして、光武の中興に宜《よろ》し、獻公の子九人、唯だ重耳《ちょうじ》の尙《な》お在るあり（漢家の災厄は十代目の光武帝によって中興の時代をむかえた、獻公の子は九人いたが、ただ重耳だけが健在である）」の句は、『誠齋詩話』や羅大經『鶴林玉露』丙編巻三などにも引用され、宋朝中興の一助とまでいわれた。詳しくは本書四－二「浮藻文粋十五巻」を參照。

一三　建炎徳音　『浮溪集』巻一三の〈建炎三年十一月三日徳音〉を指す。陸游『老學庵筆記』巻四にいう。「汪彦章 赦書《しゃしょ》を草し、軍興征斂（軍事費の調達）を敍す。其の詞に云う、〃八世の祖宗の澤、豈に汝《なんじ》ら能く忘れんや、一時の社稷《しゃしょく》の憂、予の已むを獲《う》るに非ず〃と。最も精當爲り、人 以て陸宣公（贄《し》）の〈興元赦書〉に比《なぞら》う」。

一四　以比陸贄　唐の陸贄《りくし》（七五四～八〇五）は字を敬輿《けいよ》といい、嘉興（浙江省）の人。徳宗の時の翰林學士で、朱泚《しゅせい》の亂に際しては皇帝に從って奉天に至り、當時の制誥や詔敕はみなその手になった。その奏議は後世の模範とされた。注一三の『老學庵筆記』以外、たとえば注三の孫覿《そんてき》〈宋故顯謨閣學士左大中大夫汪公墓誌銘〉（『鴻慶居士集』巻三四）でも彼を陸贄になぞらえる。「是の時に當りて、顯謨閣學士・左大中大夫 新安の汪公、中書舍人・翰林學士と爲る。一時の詔令、往往にして多く公の手より出づ。凡そ上《しょう》の以て諸將に指授し、戰士を感厲《かんれい》し、在位を訓飭《くんちょく》し、元元を哀閔《あいびん》するの意は、具《つぶ》さに誥命の文に載す。赤心を開示して、明白洞達、戸牖《こゆう》の窺《き》を出でざるも、天威は咫《し》尺《せき》にして、坐して萬里を照らす。學士大夫 傳誦し、以て陸宣公に比《なぞら》う」。

一五　説者謂其著作得體…　元の呉澄は〈汪龍溪公の行詞の手藁の後に題す〉（文淵閣四庫全書本『呉文正集』巻五九）に次のようにいう。「代言の臣…南渡の季年に訖《いた》るまで、惟だ顯謨汪公のみ最も優《すぐ》れたり。多難の秋、〈徳音〉の被《こうむ》る所、聞く者は悽憤として、何ぞ其れ人を感ぜしむることの深きや。蓋し其の製作の體を得るは、但だ言語の工みなるのみならず」。

一六　深醇雅健、追配古人　孫覿《そんてき》〈浮溪集序〉（文淵閣四庫全書本『鴻慶居士集』巻三〇）に「公 館閣に在りし時、方《まさ》に文章を以て公卿大臣の推重する所と爲る。一篇の出づる毎に、余獨り其の妙處を指し、公も亦た喜びて余が爲《ため》に出だすなり。後十五年にして、公は儒生宿學を以て大典册に當り、太史の筆を秉《と》りて、天子の爲《ため》に視草す、始めて大いに文に發し、深醇雅健、前哲を追配し、學士大夫の傳誦と作り、海隅萬里の遠き自《よ》り、家ごとに其の書有らざるは莫《な》し」という。

一七　其詩則得於徐俯…　『獨醒雜志』巻四にいう。「汪彦章 豫章の幕官と爲り、一日 徐師川（俯《ふ》）に南樓に會う。師川に問いて曰く、〃作詩の法門は當に如何《いか》に入るべきや〃と。師川答えて曰く、〃此の席間の杯柈《はいばん》・果蔬《かそ》に即《つ》きて、以て目力の及ぶ所に至らしめば、皆な詩なり。君は但だ意を以て之を剪財《せんざい》し、馳驟《ちしゅう》約束、類に觸れて長ず、皆な當に人の意に如《し》くべし。切に閉門合目し、鐫空《せんくう》妄實の想を作《な》すべからず〃と。彦章之に頷《うなず》く。月を逾《こ》え、復た師川に見《まみ》えて曰く、〝教えを受けし自《よ》り後、此の程度に准《じゅん》ずれば、一字も亦た道《い》うを成さず〟と。師川喜びて之に謂いて曰く、〝君は 此の後、當に詩を能くすべし〟と。故に彦章は毎《つね》に人に謂いて曰く、〝某の作詩句法は、之を師川に得たり〟と」。徐俯は江西派の代表詩人。母は黄庭堅の妹にあたる。

一八　孫覿作藻墓誌、以大手筆推之　大手筆とは、朝廷の詔敕などの重要文書などに傑出していることを指す。過去に大手筆と稱された人物としては、晉の王珣《おうじゅん》、陳の徐陵、唐の張説《ちょうえつ》、李德裕などがいる。孫覿《そんてき》〈宋故顯謨閣學士左大中大夫汪公墓誌銘〉（文淵閣四庫全書本『鴻慶居士集』卷三四）にいう。「公の江西に在りしとき、徐俯師川・洪炎・洪芻《こうすう》は能詩の聲有り。自負して屈する所無し。一日、師川 公の詩を僧壁に見て、嘆じて曰く、〝此れ我が輩の人なり〟と。二洪を率いて舍に詣《いた》りて上謁す。既に去るに、公曰く、〝騷人墨客は鬚《ひげ》を撚《ひね》り句を琢《たく》して、以て其の不平を鳴らすのみ、烏《いずくん》ぞ尚《とうと》ぶに足らんや〟と。是に至り、數年して卒に大手筆を以て天下に稱さる」。また、孫覿は〈浮溪集序〉（文淵閣四庫全書本『鴻慶居士集』卷三〇）においても、「天下能事有るも文章は工《たく》みなり難しと爲す、漢由《よ》り唐に迄《いた》るまで、千有餘歲、一時の大手筆の、作りて文章を爲すこと、閎麗精深《こうれいせいしん》、傑然として天下に視《しめ》して、自ら不朽に立つ者は、蓋し幾人のみ。…今 汪公の文は、所謂閎麗精深にして、傑然として天下に視《しめ》す者なり」という。

一九　楊萬里誠齋詩話『誠齋詩話』は、汪藻が李綱に重用されなかったことを恨んで、李綱の宰相罷免の辭令書に厳しい言葉を用いたのだという。「李綱 相を罷め謫《たく》を被る。汪彦章の行詞（辭令）に云う、〝朋黨 上《しょう》を罔《なみ》すれば、有虞《ゆうぐ》は必ず驩兜《かんとう》を去らしめ、世を欺き名を盜めば、孔子は首《はじめ》に正卯《せいぼう》を誅す〟と。又た云う、〝殺を專らにし威を尚《たっと》びて、列聖好生の德を傷《そこな》い、讒《ざん》を信じ佞を喜びて、一時の羣小の宗と爲る〟と。客に彦章に問う者有りて曰く、『内翰（汪藻）は頃《さき》ごろ啓《けい》有りて伯紀（李綱）の相を拜するを賀して云く、〝孤忠は日を貫き、二儀を傾側の中に正し、凛氣は秋に横わりて、萬騎を笑談の頃に揮《ふる》う〟と。又た云う、〝士は公の冤《えん》を訟《しょう》し、亟《すみや》かに幡を擧げて闕下《けっか》に集い、帝は民の望に從い、冑を免じて以て國人に見《まみ》えしむ〟と。今の謫詞と抑《そも》そも何ぞ反せるや』と。彦章曰く、『某《それがし》の此の啓は直《た》だ一翰林學士自《よ》りす。渠《か》れ我を用いず、故に後の詞を以て之に報ず』と。客又た曰く、『詞に〝乃ち家積を傾け、陰《ひそ》かに賊と通ず〟と云う有り。此の言を行《や》るが若《ごと》きは何に從《よ》りしぞ』と。答えて曰く、『某《それがし》は何に從りてか知るを得ん、但《た》だ渠《か》れの兒子の虜中自《よ》り歸るを見たり』と」。

二〇　綱罷相制詞　李綱は、忠義の人として知られる主戰派の論客である。高宗の南渡に反對して、宰相となってわずか七十五日目に落職した。その時の罷免の辭令を書いたのが汪藻である。

『浮溪集』卷一一に〈李綱落職鄂州居住制〉として收められている。李綱については、本書三「梁溪集一百八十卷」を參照。

一一　比之驩兜・少正卯　驩兜《かんとう》とは舜によって崇山に追放された人物。少正卯《しょうせいぼう》は春秋魯の人で、孔子が魯の司寇《しこう》となったとき、死刑になった。

一二　是又名節心術之事…　文淵閣四庫全書本『浮溪集』の書前提要は、「是又名節心術之事」以下を次のように作っている。「然れども其の文章は自ら能く一代を雄視す。固《もと》より未だ一眚《せい》（一度の誤ち）を以て掩う可からざるなり。惟だ〈明堂大禮畢、奏告三清玉皇大天帝・聖祖天尊大帝・元天大聖后表本〉一篇、〈明堂神異露香表本〉一篇、〈奏告嘉州峨嵋山普賢菩薩等處表本〉一篇、〈奏告潭州南嶽司天昭聖眞君等處表本〉一篇、〈祈禱道場罷散表〉一篇、〈功德疏表〉一篇は、均しく文章の正軌に非ず。謹んで聖訓を稟承《りんしょう》し、槩《おおむ》ね刪削に從う。乾隆四十七年三月恭しんで校し上《たてまつ》る」と見える。これによれば、四庫全書編纂官は、乾隆帝の旨を受けて、一旦三十六卷に編纂した汪藻の文のうち、靑詞や朱表の類を削除したと考えられる。

一三　謹採掇編次　『四庫輯本別集拾遺』によれば、四庫全書編纂官は汪藻の作品十七條を漏らしている。

一四　釐爲三十六卷　注一で述べたように、現在、文淵閣四庫全書本『浮溪集』は、全三十二卷である。當初は三十六卷であったと考えられるが、おそらくは注一二で述べたような事情で三十二卷となり、書前提要は書き換えられたが、總目提要では「三十六卷」という數字をそのままにしたのであろう。なお、欒貴明輯『四庫輯本別集拾遺』（中華書局　一九八三）によれば、四庫全書本は『永樂大典』から汪藻の詩文十七條を遺漏しているという。

【附記】

四部叢刊本『浮溪集』三十二卷は、武英殿聚珍版を影印したもの。

『全宋詩』（第二五冊　卷一四三三～卷一四三七）は、四庫全書本を底本とし、佚詩を廣く輯めている。

四—二　[一]浮溪文粹十五巻　[二]江蘇巡撫採進本

宋汪藻撰。[三]明胡堯臣刊。[四]其爲何人所編錄、則原本不載、他書亦未言及、不可得而復考矣。[五]所載僅詩文八十五篇、未能盡窺全豹。[六]然如洪邁所稱[七]元祐太后手書中[八]漢家之厄十世、宜光武之中興、[九]獻公之子九人、惟重耳之尚在數語、[一〇]又宋齊愈責詞中義重於生、雖匹夫不可奪志、士失其守、或一言幾於喪邦數語、[一一]又張邦昌責詞中雖天奪其衷、坐愚如此、然君異於器、[一二]代匱可乎數語、皆當時所謂四六名篇、膾炙人口者。今竝在其中、則採掇菁華亦已略具。其去取尚有別裁。故所錄大半精腴、頗足以資諷誦。

昔歐陽修有文忠全集、[一三]而又有歐陽文粹。黃庭堅有山谷全集、[一四]而又有山谷精華錄。談藝家俱兩存不廢。今亦用其例、[一五]與新編浮溪集併著於錄、以備參訂焉。

【訓讀】

宋 汪藻《おうそう》の撰。明 胡堯臣の刊。其の何人の編錄する所爲るかは、則ち原本は載せず、他書も亦た未だ言及せず、得て復た考すべからず。

載する所は僅かに詩文八十五篇にして、未だ盡くは全豹《ぜんぴょう》を窺《うかが》う能わず。然れども洪邁《こうまい》の稱する所の〈元祐太后手書〉中の「漢家の厄《やく》は十世にして、光武の中興に宜《よろ》し、獻公の子は九人にして、惟だ重耳《ちょうじ》の尚お在るあり」の數語、又た〈宋齊愈責詞〉中の「義は生より重く、匹夫と雖も志を奪うべからず、士は其の守を失わば、或いは一言にして邦を喪《うしな》うに幾《ちか》し」の數語、又た〈張邦昌責詞〉中の「天 其の衷を奪い、愚に坐せしむること此《か》くの如しと雖も、然れども君は器と異なれば、匱《き》に代わりて可ならんや」の數語の如きは、皆 當時の所謂四六の名篇にして、人口に膾《かい》炙《しゃ》する者なり。今 竝びに其の中に在れば、則ち 菁華《せいか》を採掇《さいてつ》して亦た已に略《ほ》ぼ具われり。其の去取は尙お別裁有り。故に錄する所 大半は精腴《せいゆ》にして、頗る以て諷誦《ふうしょう》に資するに足れり。

昔 歐陽修に『文忠全集』有り、而して又た『歐陽文粹』有り。黃庭堅に『山谷全集』有り、而して又た『山谷精華錄』有り。談藝家は倶《とも》に兩《ふた》つながら存して廢せず。今 亦た其の例を用い、新編『浮溪集』と併せて錄に著し、以て參訂に備う。

【現代語譯】

宋 汪藻《おうそう》の撰。明 胡堯臣の刊。誰が編錄したかについては、原本に載っておらず、他の書物も言及していないので、それ以上のことは考證できない。

收錄しているのは僅かに詩文八十五篇のみで、全豹を窺うことはできない。しかし、洪邁《こうまい》が稱讃する〈元祐太后手書〉中の「漢家の厄《やく》は十世にして、光武の中興に宜《よろ》し、獻公の子は九人にして、惟だ重耳《ちょうじ》の尙お在《あ》るあり（漢家の災厄は十代目の光武帝によって中興の時代をむかえた、獻公の子は九人いたが、ただ重耳だけが健在である）」の數語や、また〈宋齊愈責詞〉中の「義は生より重く、匹夫と雖も志を奪うべからず、士は其の守を失わば、或いは一言にして邦を喪《うしな》うに幾《ちか》し（義はいのちより重く、匹夫であってもその志を奪うことはできない、士がその守るべきものを失えば、輕率な一言で國を亡ぼすことになりかねない）」の數語、さらに〈張邦昌責詞〉中の「天 其の衷を奪い、愚に坐せしむること此《か》くの如しと雖も、然れども君は器と異なれば、匱《き》に代わりて可ならんや（運命が彼の本來の忠義の志を奪い、このように愚かなまねをさせたのだとしても、君主というのは器とは異なり、誰かが代りをつとめてよいものではない）」の數語などは、いずれも當時のいわゆる四六駢儷文の名篇として人口に膾炙《かいしゃ》するものである。今 そのすべてが本書の中に在る。つまり彼の菁華《せいか》と呼べるものについてはほぼ採録しており、取捨選擇にも格別の工夫がある。ゆえに採錄する所の作品の大半は味わい豊かで、諷刺を込めた朗誦に適したものがある。

かつて、歐陽修には『文忠全集』があるうえにさらに『歐陽文粹』という書があった。黄庭堅には『山谷全集』がありながら、さらに『山谷精華錄』があった。文藝に攜わる者は一方を捨て去ったりせずにともに傳えてきた。今その例にならい、これを新編の『浮溪集』とともに著錄し、參訂のために備えておく。

【注】

一 浮溪文粹十五卷 實際には、文淵閣四庫全書本には「附錄一卷」が附されている。附錄の内容は、孫覿《そんてき》の〈汪公墓誌銘〉・〈宋史文苑傳〉である。

二 江蘇巡撫採進本 採進本とは、四庫全書編纂の際、各省の長にあたる巡撫、總督、尹《いん》、鹽政などを通じて朝廷に獻上された書籍をいう。江蘇巡撫より進呈された本は『四庫採進書目』によれば一七二六部。任松如『四庫全書答問』によれば、そのうち三一〇部が著錄され、五五一部が存目（四庫全書内に収めず、目録にのみとどめておくこと）に置かれた。

三 明胡堯臣刊 嘉靖三十四年（一五五五）に永州の知府であった錢芹が刻した本を指す。永州は汪藻がかつて左遷されていた地。この本は日本では、靜嘉堂文庫・大倉集古館に藏される。巻頭に胡堯臣の〈重刻浮溪文粹序〉があるため、提要は胡堯臣の刊とするが、實際は胡の委囑で錢芹が刻したもので、しかもこれは、注四のように馬金（字は汝礪）が正德元年（一五〇六）に廬江の郡學で刻したものの重刻本である。

四 其爲何人所編錄 今、日本の尊經閣文庫に藏されている正德元年廬江刊本、および靜嘉堂文庫や大倉集古館に藏されている嘉靖三十四年重刊本（注三）を見るに、その巻末には馬金の〈浮溪文粹後序〉が附されている。それによれば『浮溪文粹十五卷 附錄一卷』は、正德元年（一五〇六）に、はじめて馬金（字は汝礪）によって廬江の郡學で刻されたものである。馬金〈浮溪文粹後序〉はいう。「右、『浮溪文粹』十五卷、首《はじめ》に敕制・表奏を載せ、次は記序・碑傳・詩・跋等の類に及ぶ。凡そ八十五篇。宋の顯謨閣學士汪藻彦章の作る所なり。彦章は婺源《ぶげん》の人、陽羨《ようせん》に卜居し、仍《よ》りて浮溪に故居せるを以て號と爲す。平生の著述甚だ富み、尤も四六に長ず。世に行わるる者『浮溪集』六十巻有り。詩文は計千餘首、又た『三朝日暦』・『青唐錄』・『裔夷謀夏錄』・『金人背盟錄』・『古今雅俗字』若干巻有り。洪武の初め、同郡の趙子常（汸《ほう》）は『羅鄂州小集』に跋して、固《もとよ》り已に浮溪の文、再更變故して、失傳する者多きを嘆惜す。況んや今 之を去ること百四十餘年、豈に致《いた》し易からんや。『文粹』は疑うらくは、子常の未だ見ざる所なり。詮擇者の氏名を知らず、批點も亦た甚だ精當なり。蓋し其の全集の諸體中に就《つ》きて之を觀れば、粹と謂うべきなるのみ。弘治甲子春（一五〇四年）、予 南京に過《よ》ぎり、呉寧庵翰學に玉亭に會い、飯餘に道《い》いて浮溪の遺墓の其の郷に在るに及ぶ。是の編の寫本を出だし眎《しめ》されて曰く、〝久しく之を板行せんと欲するも、未だ託有らざるなり〟と。予 之を諾し攜《たずさ》えて郡中に歸り、政餘に躬《みずか》自ら校勘すること月を踰《こ》ゆ。間《ま》ま疑誤の處有るも、輒《すなわ》ち改むるを欲せず、善本を得るを俟《ま》ちて之を是正せん。爰《ここ》に舒城の諸生陳九德に命じて繕寫せしむ。適《たま》たま書庫を檢するに餘梓有り、因《よ》りて焉《こ》れを刻し、再び月を閲《けみ》して工始めて竟《おわ》る…（中略）…原本は仲益（孫覿）の撰する所の〈浮溪墓銘〉・鄂《がく》州（羅願）撰する所の〈陶令祠堂の記〉幷びに程閣學邁《まい》・胡司業仲の二傳を附錄す。鄂州は浮溪に於いては郷の晩進爲り。意うに、『文粹』は乃ち編定する所にして、子孫 誤りて其の手藁を以て巻末に續抄するか。〈祠記〉は已に『小集』（『羅鄂州小集』を指す）中に載せ、茲《ここ》に重錄せず。二傳は則ち本集の遺する所にして、之を存して以て好事者の增入を俟《ま》たん。按ずるに、（胡）仲は太學に在りては浮溪と名を齊《ひと》しうす。時人の語に曰く、〝江南の二寶、胡仲・汪藻〟と。（程）邁も亦た浮溪と同朝たり。高廟（高宗）は深く之を器とし、御屏に書して曰く、〝文章は汪藻、政事は程邁〟と。其の竝びに當時の重んずる所と爲ること此くの若し。牽聯して之を書し、而して浮溪の本傳を以て銘文の後に附刻し、其の未だ備わらざるを補う。亦た惡《いず》くんぞ其の不可なるに在らんや。……歳は丙寅重五日、是れ正德紀元（一五〇六年）爲り。西充の馬金汝礪父 廬江の郡廨《ぐんかい》に書す」。これによれば、馬金は、「附錄」の中に南宋の羅願（一一三六～一一八四）の佚文が混入していることから、『文粹』を編纂した人物を羅願ではないかと推定している。提要は「何人の編錄する所爲るかは…得て復た考すべからず」というが、四庫全書編纂官がみた嘉靖刊本には馬金の〈後序〉が失なわれていたのであろうか。

五　所載僅詩文八十五篇　巻一に詔勅四篇、巻二に制十三篇、巻三に表十篇、巻四に奏議五篇、巻五に奏議一篇、巻六に記五篇、巻七に記四篇、巻八に序跋四篇、巻九に碑・祭文・傳・書・銘六篇、巻一〇に神道碑二篇、巻一一に神道碑三篇、巻一二に墓誌銘四篇、巻十三に墓誌銘三篇、巻一四に行狀一篇、巻一五に詩二一首、合計八六篇の詩文を收錄する。

六　洪邁所稱…　洪邁『容齋三筆』巻八の〈四六名對〉の條は

「四六駢儷は、文章家に於いては至淺《しせん》と爲すも、然れども上は朝廷の命令・詔冊自《よ》り、下は縉紳《しんしん》の閒の牋書・祝疏まで、所として用いざるは無し。則ち屬辭比事は、固《もと》り宜《よろ》しく警策精切なるべく、人をして之を讀みて激卬《げきこう》し、諷味厭《あ》かざらしめば、乃ち體を得たりと爲す。姑《しばら》く前輩及び近時の綴緝《ていしゅう》工緻なる者十數聯を摭《ひろ》い、以て同志に詒《おく》る」として、〈靖康冊康王文〉（『浮溪文粹』巻一〈皇太后告天下書〉を指す）・〈罷職謝表〉（『浮溪文粹』になし）・〈宋齊愈責詞〉（『浮溪文粹』巻二）・〈張邦昌責詞〉・〈謝徽州〉（『浮溪文粹』になし）の中の名句を擧げている。

七　元祐太后手書…　注六の『容齋三筆』では、その題を〈元祐太后手書〉ではなく、〈靖康冊康王文〉に作っているが、中身は同じである。康王（高宗）を漢王朝中興の光武帝や春秋の晉の文公になぞらえたもの。『浮溪文粹』は巻一に〈皇太后告天下書〉として收録している。

八　漢家之厄十世、宜光武之中興　漢家とはここでは宋王朝を指す。宋王朝の創業から數えて十代目の皇帝にあたる高宗がかの漢の光武帝のように王朝を中興することをいう。

九　獻公之子九人、惟重耳之尙在　春秋の覇者《はしゃ》である晉の文公、名は重耳《ちょうじ》は、九人いた獻公の子の次子にあたる。獻公が太子申生を殺した際に狄《てき》に奔《はし》り、多年他國に在り、年六十二にして晉に歸國し、覇をとなえた。これも高宗を晉の文公になぞらえた言い方である。

一〇　宋齊愈責詞…　『浮溪文粹』は巻二に〈宋齊愈罷諫議大夫御史臺根勘制〉として收録している。金は傀儡國家の大楚を建てようとして、吏部尙書王時雍が適任者を宋齊愈《そうせいゆ》に尋ねたところ、宋齊愈は紙に「張邦昌」という三字を書した。そのため張邦昌が帝位につくことになった。このことが後に問題となり、建炎元年七月、宋齊愈は逮捕されて、汴京《べんけい》の市場で腰斬《ようざん》の刑に處せられた。

一一　張邦昌責詞…　『浮溪文粹』は巻二に〈張邦昌責授昭化軍節度使潭州安置制〉として收録している。張邦昌は、金軍が最初に汴京を包圍した時、和約の人質として金に連行され、その後、金が建てた傀儡國家大楚の皇帝に据えられた人物。彼はいったん帝位についたものの、かつて哲宗の皇后でその後廢されて道觀にいた孟氏（元祐太后）を宮中に迎え入れ、在位三十二日で皇帝を退位した。まもなく應天府（商丘）の高宗のもとに赴いて罪を謝し、潭州に流罪となり、ついで死を賜った。『宋史』巻四七五叛臣傳上。

一二　代匱　『春秋左氏傳』成公九年に引く『詩』に「凡そ百君子、匱《き》に代わらざるは莫し」（佚詩）とある。匱は缺けること。代匱とは、ここでは皇帝が不在となった宋に代わって、張邦昌が大楚の皇帝の位についたことをいう。

一三　又有歐陽文粹　『四庫全書總目提要』巻一五三集部六別集類六は陳亮が編した「歐陽文粹二十巻」を著錄し、「固《もと》り原集と竝存するを妨げざるなり」という。

一四　又有山谷精華録…　『四庫全書總目提要』巻一七四集部二七別集類存目は、任淵《じんえん》の編とされる『精華録』を著録し、これが明の朱承爵による僞託の書であることをいう。

一五　新編浮溪集　四庫全書本の『浮溪集』三十二巻を指す。『永樂大典』からの輯佚本である。本書四−一「浮溪集三十六巻」參照。

五　[一]石林居士建康集八巻

[二]福建巡撫採進本

【葉夢得】一〇七七～一一四八

字は少蘊《しょううん》、呉縣（蘇州市）の人。號の石林とは、『楚辭』天問に基づく語で、のちに呉興の弁山に石林園を造成したことに因《ちな》んで、石林居士と稱した。哲宗の紹聖四年（一〇九七）の進士。徽《き》宗の時、新法黨の蔡京《さいけい》の推薦によって中央に召され、翰林學士に至った。官界にあっては宦官の横暴を抑えて憎まれ、何度か落職した。南宋の高宗の時に重用されて高位に上り、紹興十六年（一一四六）退職し、十八年、湖州にて沒した。『宋史』巻四四五　文苑傳七　參照。

宋葉夢得撰。[三]夢得有春秋傳、已著錄。[四]陳振孫書錄解題載夢得總集一百卷・審是集八卷、今俱不傳。又載建康集十卷。[五]乃紹興八年再鎭建康時所著。

此本八卷、與振孫所記不合。然[六]末有其孫略題跋、亦云八卷、其或書錄解題屢經傳寫、[七]誤以八卷爲十卷。抑或舊本殘闕、亡其二卷、後人追改略跋以僞稱完帙。則均不可考矣。

[八]夢得爲蔡京門客、章惇姻家。當過江以後、公論大明、不敢復噓紹述之焰。而[九]所著詩話、尙尊熙寧而抑元祐、往往於言外見之。[一〇]方回瀛奎律髓於其送嚴壻北使一詩、論之頗詳。[一一]然夢得本晁氏之甥、猶及見張耒

諸人、耳擩目染、終有典型。故文章高雅、猶存北宋之遺風。南渡以後、與陳與義可以肩隨。尤・楊・范・陸諸人皆莫能及。固未可以其紹聖餘黨、遂掩其詞藻也。

【訓讀】

宋 葉夢得の撰。夢得に『春秋傳《しゅんじゅうでん》』有りて、已に著錄す。

陳振孫『書錄解題』は、夢得『總集』一百卷・『審是集』八卷を載するも、今 倶《とも》に傳わらず。又た『建康集』十卷を載す。乃ち紹興八年 再び建康に鎭せし時 著す所なり。

此の本は八卷にして、振孫の記する所と合わず。然れども 末に其の孫 畧《ろ》の題跋有りて、亦た八卷と云う。其れ或いは『書錄解題』屢《しば》しば傳寫を經て、誤りて八卷を以て十卷と爲すか。抑《そも》そも 或いは舊本殘闕して、其の二卷を亡《うし》ない、後人 畧の跋を追改して以て僞りて完帙《かんちつ》と稱すか。則ち均《ひと》しく考すべからず。

夢得は蔡京《さいけい》の門客、章惇《しょうとん》の姻家爲り。江を過《わた》りて以後に當りては、公論大いに明らかにして、敢て復《ふたた》び紹述の焰《ほのお》を噓《は》かず。而るに著す所の『詩話』は、尙お熙寧を尊び元祐を抑《よく》すること、往往にして言外に之を見る。方回『瀛奎《えいけい》律髓《りつずい》』は 其の〈嚴《げん》の壻《むこ》の北に使いするを送る〉一詩に於いて、之を論ずること頗る詳し。然れども 夢得は 本《もと》 晁《ちょう》氏の甥にして、猶お 張耒《ちょうらい》の諸人を見るに及び、耳擩目染《じじゅもくせん》、終《つい》に典型有り。故に文章は高雅にして、猶お北宋の遺風を存す。南渡以後、陳與義と以て肩隨すべし。尤・楊・范・陸の諸人は 皆 能く及ぶ莫し。固《もとよ》り未だ其の紹聖の餘黨なるを以て、遂に其の詞藻を掩《おお》うべからざるなり。

【現代語譯】

宋 葉夢得の著。夢得には『春秋傳』があって、すでに著錄しておいた。

陳振孫『直齋書録解題』が載せている夢得の『總集』一百巻と『審是集』八巻は、現在ともに傳わらない。さらに『建康集』十巻も載せており、これは紹興八年に彼が再び建康の知府だった時に著したものである。

この本は八巻で、陳振孫の記載と合わない。しかし、巻末に彼の孫である葉輅《ろ》（正しくは簬《ろ》）の題跋があり、そこでも八巻といっている。或いは『直齋書録解題』が何度かの傳寫を經る中で、八巻が誤って十巻とされたのであろうか。それとも、もとの本が缺佚して二巻を亡ない、後人が輅の跋をあとから改めて完帙《かんちつ》と詐稱したのか。これらはいずれも考證不可能である。

夢得は蔡京《さいけい》の門客で、章惇《しょうとん》と姻戚關係にある。南渡以後、公正な議論がはっきり定まったのちには、新法を標榜するような言辭は二度と吐かなかった。しかし、彼の著した『詩話』は、なおも熙寧を尊び元祐を退けようとする意圖が、しばしば言外に垣間見える。方回『瀛奎律髓《えいけいりつずい》』は、夢得の〈嚴《げん》の壻《むこ》の北に使いするを送る〉詩のところで、このことを大變詳しく論じている。しかし、夢得はもともと晁《ちょう》氏の甥（母が晁氏）であり、なお張耒《ちょうらい》らの諸人に會えたのであり、耳から入り眼になじみ、おのずと典型を體得していた。故にその詩文は高雅で、なおも北宋の遺風を留めている。南渡以後では、陳與義と肩をならべる。尤袤《ゆうぼう》・楊萬里・范成大・陸游の諸人でも皆 彼に及ばない。決して紹聖の殘黨だという理由で、その詞藻のすばらしさを蔽い隱すべきではないのだ。

【注】

一　石林居士建康集八巻　文淵閣四庫全書本では書名を「建康集」に作っている。

二　福建巡撫採進本　採進本とは、四庫全書編纂の際、各省の巡撫、總督、尹《いん》、鹽政などを通じて朝廷に献上された書籍をいう。福建巡撫より進呈された本は『四庫採進書目』によれば二〇一部、任松如『四庫全書答問』によれば、そのうち五八部が著録され、一〇二部が存目（四庫全書内に収めず、目録にのみとどめておくこと）に置かれたという。

三　夢得有春秋傳　『四庫全書總目提要』巻二七 經部 春秋類二に葉夢得の『春秋傳』二十巻が著錄されている。また、このほか『春秋考』十六巻、『春秋讞《げん》』二十二巻も著錄されている。

四　陳振孫書錄解題載…　『直齋書錄解題』巻一八には葉夢得の作品集として、『石林總集』一百巻・『年譜』一巻のほか、『石林建康集』十巻と『石林審是集』八巻が著錄されている。このうち『建康集』については、「皆 建康に帥《すい》たりし時の詩文なり。其の初め、莅官《りかん》する所を以て各おの一集と爲す。後 其の家編次し、總べて之を合す。此の集は其の一なり」と見える。『審是集』については「其の門人の盛光祖 子紹の錄する所にして、亦た已に『總集』に入る」とある。

五　乃紹興八年再鎭建康時所著　葉夢得は紹興元年（一一三一）に初めて江東安撫大使兼知建康府となり、八年（一一三八）に再び江東安撫制置大使兼知建康府となっている。

六　末有其孫輅題跋　文淵閣四庫全書本『建康集』には巻末に次のような跋文が付されている。「右 先君大卿 手編の『建康集』八巻、乃ち大父左丞 紹興八年に再び建康に鎭《ちん》せし時に作る所の詩文なり。別に總集一百巻有りて、昨 已に呉興の里舍に刻す。姪《てつ》の凱《がい》 總司酒官に任ぜられ、來りて此の本を索め、諸《これ》を郡庠《ぐんしょう》に寘《お》かんと欲す。併せて年譜一巻を以て之に授く。庶《ねが》わくは其の傳を廣《ひろ》うせんと云う。嘉泰癸亥 重陽の日 輅《ろ》 謹んで題す。」ただし、葉夢得の孫の名は葉簵《ろ》が正しい。

七　誤以八巻爲十巻　現在傳わる『直齋書錄解題』は『建康集』を十巻に作っており、馬端臨『文獻通考』も『直齋書錄解題』を引いて十巻という。一方、『宋史』藝文志七は八巻に作っていることから、宋代は十巻本として傳わっていたのを、元には八巻になったとも考えられる。注六の葉簵《ろ》跋文は、後に八巻本が完帙であるかのように裝うために十巻の字を八巻に改めた可能性もある。

八　夢得爲蔡京門客　葉夢得は、徽宗朝に舊法黨の元祐の官僚を彈壓した蔡京《さいけい》の推薦によって、召對され、その言が認められて祠部郎官に拔擢されたことから、蔡京の門下であるとみなされている。『四庫全書總目提要』巻一九五集部四八詩文評類一は「石林詩話一巻」を著錄して次のようにいう。「是の編の論詩、王安石を推重する者一にして足らず。…蓋し夢得は蔡京の門より出で、而して其の婿 章沖《しょうちゅう》は則ち章惇《しょうとん》の孫にして、本は紹述の餘黨爲り、故に公論大いに明かなるの後に於いて、尚おも陰に元祐の諸人を抑す」。

九　所著詩話　提要は『石林詩話』を南渡以後の成立としているが、成立時期については諸說ある。褚逢原《ちょほうげん》は葉廷琯校刻本の序で、『詩話』の登場人物から判斷して『詩話』を靖康以前の作とする。余嘉錫『四庫提要辨證』巻二一は、『石林詩話』巻中と巻下に見える王黼《おうほ》・鄧洵武《とうじゅんぶ》・范致虛の官職を考證して、『詩話』は宣和元年正月から二月の閒に執筆されたものであり、南渡の後に成ったものではないと結論する。一方、郭紹虞『宋詩話考』は、『詩話』の中に詩を禪に喩えた個所があることから、晩年すなわち南渡以後の作とみなしている。いずれにしろ、提要が次に引く『瀛奎律髓《えいけいりつずい》』には、『詩話』の成立時期に言及した記事はなく、ここの提要の議論には混亂がある。

一〇　方回瀛奎律髓…　『瀛奎律髓』巻二四　送別類に葉夢得の〈送嚴壻侍郎北使〉が採られている。和睦のため金に向かう婿の嚴某を送った詩である。「朔風は雪を吹きて龍荒（北方の沙漠）暗く、荷槖《かたく》驚き看る　玉節郎（宋の使節）。楛矢《こし》　石砮《せきど》は傳地の產、毉閭《いりょ》（北方の地名）　析木《せきぼく》（北方の地名）天光照る。傳車の玉帛　風塵息み、盟府の山河　歲月長し。語を寄す　遺民帝力を知り、勉《つと》めて鋒鏑《ほうてき》を拋《なげう》ち耕桑を事とせよ」。方回はこの詩について次のように評している。「石林夢得少蘊は妙年を以て蔡京の門より出づ。靖康の初め南京（今の商丘）に守たるも、罷廢に當る。胡文定公安國　其の才を以て、奏して謂う　當に蔡氏に因《よ》りて之を棄つべからずと。實に文學有りて、詩は半山（王安石）に似たり。然れども『石林詩話』は專ら半山を主とし、陰に蘇・黃を抑うるは、正論に非ざるなり。南渡の後、執政に位し、金陵に帥たり。霅川《とうせん》に卜居し、福壽全備す。此の詩〝楛矢　石砮〟〝毉閭　析木〟の一聯佳く、之を取る。秦檜の和は、萬世の下と雖も、其の是《ぜ》に非ざるを知る。後の四句は含糊說過（もごもごと口ごもる）にして、一豪も忠義感慨の意無し。則ち　猶お　是れ蔡（京）に黨し舒（亶）を尊ぶ紹述の徒の常態なり」と。この詩は、『石林建康集』には見えない。なお、胡安國が蔡京を辯護したことは、『宋史』巻四三五儒林傳五胡安國傳に見える。

二　然夢得本晁氏之甥…　この部分は、王士禛『居易錄《きょいろく》』巻一の次の評論をもとにしている。「葉石林建康集八巻…石林は晁《ちょう》氏の甥にして、无咎《むきゅう》（補之）・張文潛（耒《らい》）と遊ぶに及び、詩文の筆力雄厚爲り。猶お蘇門の遺風有り。南渡以下の諸人の望むべきに非ず」と。同じ內容が『帶經堂詩話』巻九　標擧類四にも見える。

三　陳與義　一〇九〇～一一三八　字は去非、號は簡齋。洛陽の人。北宋末から南宋初にかけて詩名の高かった詩人で、江西派では黃庭堅・陳師道とともに三宗の一人に數えられる。本書六「簡齋詩集」參照。

三　尤・楊・范・陸　尤袤《ゆうぼう》（一一二七～一一九四）、楊萬里（一一二七～一二〇六）、范成大（一一二六～一一九三）、陸游（一一二五～一二一〇）を指す。いずれも南宋を代表する詩人である。しかし、提要は南宋の詩を概して北宋に及ばぬものと見なしており、「北宋の遺風」を有する葉夢得に高い評價を與えている。本書一〇「梁谿遺稾一巻」、一七「石湖詩集三十四巻」、一八「誠齋集一百三十三巻」、一九「劍南詩稾八十五巻」參照。

【附記】

『石林建康集』八巻は明鈔本が最も古く、湖南省圖書館および北京の國家圖書館に藏されている。日本では、靜嘉堂文庫に、葉萬が毛晉汲古閣から借りて順治十七年（一六六〇）に寫した鈔本が藏されている。また靜嘉堂文庫には、これとは別に、『四庫全書總目提要』には著錄されていない宋版の『石林奏議集』十五卷も藏されている。

なお、現在、最も通行しているのは、道光二十四年（一八四四）に葉廷琯《ようていかん》が刻行した正集八卷・補遺文二篇に葉廷琯が撰した『石林先生兩鎭建康紀年略』一卷を附したものである。

『全宋詩』（第二四册　卷一四〇六〜卷一四〇七）は、汲古閣原藏の明鈔本を底本としながら、諸書より佚詩を輯めている。

『宋人年譜叢刊』（四川大學出版社　二〇〇三）第六册に、王兆鵬編〈葉夢得年譜〉（據『兩宋詞人年譜』刪訂）が收められている。

六　簡齋集十六卷

[一]浙江鮑士恭家藏本

【陳與義】一〇九〇～一一三八

字は去非、號は簡齋。洛陽の人。北宋末から南宋初の時期を代表する詩人で、黄庭堅・陳師道とともに江西派の三宗の一人である。徽《き》宗の政和三年（一一一三）、太學の上舍甲科に登り、開德府の教授となる。〈墨梅詩〉によって徽宗の知遇を得るが、靖康の變の混亂期に各地を流寓した。簡齋と名のるようになったのはこれ以降である。高宗の紹興元年（一一三一）、中書舍人となり、六年に翰林學士・知制誥《こう》を拜し、七年に參知政事に至った。張嵲《げつ》『紫薇集』卷三五〈陳公資政墓誌銘〉、『宋史』卷四四五 文苑傳七 參照。

宋陳與義撰。與義字去非、[二]洛陽人、[三]簡齋其號也。[四]登政和三年上舍甲科、[五]紹興中官至參知政事。[六]事蹟具宋史本傳。

[七]是集第一卷爲賦及雜文九篇、第十六卷爲詩餘十八首、中十四卷皆古今體詩。

[八]方回瀛奎律髓稱簡齋集中無全首雪詩、惟以金潭道中一首有後嶺雪槎枒句、編入雪類。今考集中[九]古體・絕句竝有雪詩、與回所言不合。[一〇]蓋回所選錄、惟五・七言近體、故但就近體言之。非後人有所竄入也。與義之生、視元祐諸人稍晚。[一一]故呂本中江西宗派圖中不列其名。[一二]然靖康以後、北宋詩人、凋零殆盡。惟與義爲文章宿老、[一三]巋然獨存。其詩雖源出豫章、而天分絕高、工於變化、風格遒上、思力沈摯、能卓然自

闢蹊徑。[14]瀛奎律髓以杜甫爲一祖、以黃庭堅・陳師道及與義爲三宗。是固一家門戶之論。然就江西派中言之、則庭堅之下・師道之上、實高置一席無愧也。

初、與義嘗[15]作墨梅詩、見知於徽宗。其後又[16]以客子光陰詩卷裏、杏花消息雨聲中句、爲高宗所賞、遂馴[17]至執政。在南渡詩人之中、最爲顯達。然皆非其傑構。[18]至於湖南流落之餘、汴京板蕩以後、感時撫事、慷慨激越、寄託遙深、乃往往突過古人。故[19]劉克莊後村詩話謂其造次不忘憂愛、以簡嚴掃繁縟、以雄渾代尖巧、第其品格、當在諸家之上。[20]其表姪張嵲爲作墓誌云、公詩體物寓興、淸邃超特、紆餘閎肆、高擧橫厲、亦可謂善於形容。至以陶・謝・韋・柳擬之、則殊爲不類、不及克莊所論爲得其眞矣。

【訓讀】

宋 陳與義の撰。與義 字は去非、洛陽の人、簡齋は其の號なり。政和三年の上舍甲科に登り、紹興中 官は參知政事に至る。事蹟は『宋史』本傳に具《そな》われり。

是の集の第一卷は賦及び雜文九篇爲り、第十六卷は詩餘十八首爲り、中の十四卷は皆 古今體詩なり。方回の『瀛奎律髓《えいけいりつずい》』稱す、「『簡齋集』中 全首の雪の詩無し、惟だ〈金潭道中〉一首に「後嶺 雪 槎枒《さが》たり」の句有るを以て雪類に編入す」と。今 考うるに 集中 古體・絕句竝びに雪の詩有り、回の言う所と合わず。蓋し 回の選錄する所は、惟だ五・七言の近體のみにして、故に但だ近體に就《つ》きて之を言う。後人の竄入《ざんにゅう》する所有るに非ざるなり。

與義の生は、元祐の諸人に視《くら》ぶるに稍や晚し。故に呂本中《りょほんちゅう》『江西宗派圖』中 其の名を列せず。然れども 靖康以後、北宋の詩人 凋零《ちょうれい》して殆んど盡く。惟だ與義のみ文章の宿老爲りて、巋然《きぜん》として獨り存す。其の詩 源は豫章に出づと雖も、而れども 天分は絕《はなは》だ高く、變化に工みにして、風格は 遒上《しゅうじょう》、思力は沈摯《ちんし》、能く卓然として自ら蹊徑《けいけい》を闢《ひら》く。『瀛奎律髓』は杜甫を以て一祖と爲し、黄庭堅・陳師道及び與義を以て三宗と爲す。是れ固《もとよ》り一家門戶の論なり。然れども江西派中に就《つ》きて之を言わば、則ち庭堅の下・師道の上にして、實に高く一席を置きて愧《は》ずる無きなり。

初め、與義嘗て〈墨梅〉詩を作りて徽宗に知らる。其の後 又た「客子の光陰 詩卷の裏《うち》、杏花の消息 雨聲の中」の句を以て高宗の賞する所と爲り、遂に馴《な》れて執政に至る。南渡の詩人の中に在りて最も顯達を爲す。然れども皆其の傑構に非ず。湖南流落の餘、汴京《べんけい》板蕩以後に至りては、時に感じて事を撫《ぶ》し、慷慨 激越、寄託 遙深、乃ち往往にして古人を突過す。故に劉克莊『後村詩話』謂う、其の造次も憂愛を忘れず、簡嚴を以て繁縟《はんじょく》を掃き、雄渾を以て尖巧《せんこう》に代う。其の品格を第するに、當に諸家の上に在るべしと。

其の表姪《ひょうてつ》の張嵲《げつ》爲に墓誌を作りて、「公の詩は體物寓興、清邃超特《せいすいちょうとく》、紆餘閎肆《うよこうし》、高擧橫厲」と云うは、亦た形容に善しと謂うべし。陶・謝・韋・柳を以て之に擬するに至りては、則ち殊に類せずと爲し、克莊の論ずる所の其の眞を得ると爲すに及ばず。

【現代語譯】

宋 陳與義の著。與義は字を去非といい、洛陽の人である。簡齋とはその號である。政和三年（一一一三）の上舍甲科に登第し、紹興年間に參知政事となるに至った。事蹟は『宋史』陳與義傳に詳しい。

この集の第一卷は賦及び雜文の九篇、第十六卷は詩餘十八首、中間の十四卷分は皆 古今體の詩である。

方回の『瀛奎律髓《えいけいりつずい》』はいう。「『簡齋集』中には雪を主題として詠んだ詩はない。ただ〈金潭道中〉の詩に〝後嶺雪 槎枒《さが》たり〟という句があることから雪類に編入した」と。今 考えるに、彼の集中には古體にも絶句にも雪の詩があり、方回の説明と合わない。思うに、方回が選錄したのは五言と七言の近體詩に限られており、そのため方回は近體詩についてこのように言ったのであって、古體や絶句の雪の詩は後世の人が竄入《ざんにゅう》したというわけではない。

與義が生きた時期は、元祐の諸人に比べてやや晩い。故に呂本中『江西宗派圖』には彼の名が出ていない。しかし、靖康年間以後、北宋の詩人は零落して盡《つ》きんとする中で、ただ與義だけが詩文の長老として、獨り存在していた。その詩の源は黄庭堅から出たとはいえ、天賦の才ははなはだ高く、變化に工《たく》みであり、風格の力强さと詩想の深さで、獨自の境地を切り拓くことができた。『瀛奎律髓』は杜甫を以て一祖とし、黄庭堅・陳師道と與義とを三宗としている。これはあくまで一流派の議論ではある。しかし、江西派中の詩人についていうならば、陳與義は庭堅の下、師道の上であり、一段高い所に席を占めて愧《は》じるところがない。

話は戻るが、與義は嘗て〈墨梅〉詩によって徽《き》宗に知られた。其の後さらに「客子の光陰　詩卷の裏《うち》、杏花の消息　雨聲の中」の句が高宗に賞讃されたことで氣に入られ、そのまま執政にまで昇った。南渡以後では最も榮達した詩人である。しかし、これらの詩はいずれも彼の傑作ではない。湖南に流落し、汴京《べんけい》が陷落して以後、時世に感じて往時を思い、悲憤慷慨し、寄託するところに深みが增して、ようやく古人に勝るような句をしばしば生み出すようになったのだ。故に劉克莊『後村詩話』はいう。「片時も憂國の思いを忘れず、簡潔な句でもって優美な表現を一掃し、雄渾な詩風で小手先の技巧を排除した。その品格に序列をつけるとしたら、諸家の上に置くべきだ」と。

彼の表姪の張嵲《げつ》が彼の墓誌を作り、「公の詩は比喩と寓意にすぐれ、澄み切った奥深さは格別、變幻自在で縱横無盡だ」というのは、うまい形容といえる。ただし、陶淵明・謝靈運・韋應物・柳宗元になぞらえるに至っては、全く似つかわしくなく、克莊の論が眞を得ているのには及ばない。


【注】

一　浙江鮑士恭家藏本　鮑士恭の字は志祖、原籍は歙《しょう》（安徽省）、杭州（浙江省）に寄居す。父　鮑廷博（字は以文、號は渌飲《ろくいん》）

は著名な藏書家で、とりわけ散佚本の蒐集を好んだ。その精粹は『知不足齋叢書』中に見える。『四庫採進書目』の記錄では、『四庫全書』編纂の際には、藏書六二六部を進獻した。任松如『四庫全書答問』によれば、そのうち二五〇部が著錄され、一二九部が存目（四庫全書内に收めず、目錄にのみとどめておくこと）に採擇されている。

二　洛陽人　『宋史』卷四四五 文苑傳七陳與義傳に「其の先は京兆に居し、曾祖希亮自《よ》り始めて洛に遷り、故に洛の人と爲る」といい、張嵲《げつ》『紫薇集』卷三五〈陳公資政墓誌銘〉も「其の太王父 中朝に歷官せし自り、始めて又た洛に遷り、故に今 洛の人と爲る」という。ただし、晁公武《ちょうこうぶ》『郡齋讀書志』卷一九は「汝州葉縣の人」に作る。これは、宣和二年夏に陳與義が母の病のため汝州にいた兄弟のもとを訪い、そのまま宣和四年春まで服喪のためにそこに留まったことによる誤解と思われる。陳與義自身は、〈甁中梅〉詩（四部叢刊本『增廣箋注簡齋詩集』卷二八）の中で、「曾《かつ》て爲る庾嶺《ゆれい》の客、本と是れ洛陽の人」といっている。

三　簡齋其號也　陳與義が簡齋という號を名乘るようになったのは、靖康元年（一一二六）以後のことである。この年の春、金軍が南下し、父の服喪のために陳留（汴京の近郊）にいた彼は、難を避けてしばらくの間、商水、南陽、鄧州へと居を移した。この時、鄧州で作った詩に〈簡齋に題す〉（四部叢刊本『增廣箋注簡齋詩集』卷一五）がある。簡齋とは寓居していた部屋の名であったと考えられる。白敦仁著『陳與義年譜』（中華書局 一九八三）に詳しい考證がある。

四　登政和三年上舍甲科　張嵲『紫薇集』卷三五〈陳資政墓誌銘〉に「政和三年（一一一三）上舍甲科に登り、文林郎を授けらる」とみえる。これはいわゆる太學三舍法による及第である。熙寧年間に王安石が提唱したしくみで、太學を外舍・內舍・上舍の三段階に分け、成績優秀である上舍のうち特に優れた者に對しては、禮部の試驗を免除して直接官を授けるもの。『宋史』卷二一徽宗紀三に「政和三年三月…癸酉、上舍生十九人に及第を賜う」という記事があり、また、翟汝文《たくじょぶん》に〈敕賜上舍及第第一人陳公輔除承事郎、第二人第三人胡松年陳與義並從事郎制〉（文淵閣四庫全書本『忠惠集』卷四）があることから、陳與義は十九人中第三等の成績であったことが知られる。

五　紹興中官至參知政事　『宋史』卷二八高宗紀五に「紹興七年（一一三七）正月…癸未、翰林學士陳與義を以て參知政事たらしむ」と見える。

六　事蹟具宋史本傳　『宋史』卷四四五 文苑傳七に傳がある。

七　是集第一卷爲賦及雜文九篇…　この本の第一卷は賦三篇、銘二篇、贊二篇、記一篇、跋一篇の計九篇、第十六卷は無住詞十八首、卷二～一五は古今體詩である。ただし、四庫全書の底本であるこの本は現在傳わっておらず、どのような版本であったかは不明。ただ、後述する『簡齋外集』中の詩が收入されていることから推察するに、明版であった可能性が高い。各書目をみるに、陳振孫『直齋書錄解題』巻二〇は「簡齋集十巻」に作り、一方、晁公武『郡齋讀書志』巻一九は「簡齋集二十巻」に作り、馬端臨『文獻通考《つこう》』は晁氏に從う。十巻本も二十巻本もともに亡佚。現存する陳與義の最も古い集は、南宋の紹熙年間の胡穉《こち》が注した『增廣箋注簡齋詩集』三十巻であり、四部叢刊本はこれと元代に編纂された『簡齋外集』を合わせて影印したものである。またさらに、これとは別に劉辰翁注『須溪先生評點簡齋詩集』十五巻本も傳わる。

八　方回瀛奎律髓稱簡齋集中無全首雪詩…　方回『瀛奎律髓』巻二一　雪類は陳簡齋の五言律詩〈年華〉と〈金潭道中〉とを採錄して次のようにいう。「陳簡齋に專ら雪を題する詩無し。此の二首の一は〝春は生ず　殘雪の外〟と云い、一は〝後嶺　雪は槎牙《さが》たり〟と云う。皆　雪　畫の如きに於いて、佳句なり。且つ　詩律　絶《はなは》だ高く、特に諸《これ》を此に取りて、以て玩味に備う。」ただし、淸の紀昀《きいん》は『瀛奎律髓刊誤』で、方回がこの詩を雪類に入れたことに對して、「只《た》だ宜《よろ》しく春日類に入るべくして、應《まさ》に雪類に入るべからず」とし、また「必ず人を備え題を備えんと欲すれば、卽ち牽強湊合《けんきょうそうごう》を免れず。『律髓』の蕪雜《ぶざつ》、蓋し亦た此に由《よ》れり」と批判する。

九　集中古體・絶句竝有雪詩　文淵閣四庫全書本『簡齋集』巻六に五言古詩の〈雪〉、巻八に七言古詩の〈雪〉、巻一二に七言律詩の〈又用韻春雪〉、巻一三に七言絶句の〈西省酴醾架上殘雪可愛、戲同王元忠席大光賦詩〉、巻一五に七言絶句の〈觀雪〉などがある。

一〇　蓋回所選錄惟五・七言近體…　提要は、方回の『瀛奎律髓』は近體詩のみを選錄していることから、陳與義についても近體詩に限って雪を詠んだものがないとしたのだとする。しかし、注九に擧げたように、實際には近體詩の中にも雪を詠んだ作品は存在しており、提要が「後人の竄入する所有るに非ざるなり」という根據は薄弱といわざるを得ない。

一一　呂本中江西宗派圖中不列其名　『江西詩派宗圖』とは呂本中が唐の杜甫および北宋の黃庭堅を詩の正統とし、その衣鉢を繼ぐ二十數名の詩人を配列したもの。ただし、今日傳わらず、その概要は胡仔《こし》『苕溪《ちょうけい》漁隱叢話』前集巻四八に「呂居仁…嘗て『宗派圖』を作り、豫章《よしょう》（黃庭堅）自《よ》り以降、陳師道・潘大臨・謝逸・洪芻《こうすう》・饒節《じょうせつ》・僧祖可・徐俯《じょふ》・洪朋・林敏修・洪炎・汪革・李錞《りじゅん》・韓駒《かんく》・李彭・晁冲之《ちょうちゅうし》・江端本・楊符・謝《しゃ》薖《か》・夏倪《かかい》・林敏功・潘大觀・何覬《かき》・王直方・僧善權・髙荷の二十五人を合わせて以て法嗣と爲す。謂うに其の源流は皆　豫章より出づるなり」という。『江西詩派宗圖』については、莫礪鋒〈呂本中《江西詩社宗派圖》考辨〉（『江西詩派研究』所收　齊魯書社　一九八六）を參照。

一二　靖康以後、北宋詩人凋零殆盡　靖康以後とは、いわゆる靖康の變以後を指す。靖康元年（一一二六）正月、金兵は黄河を渡って汴京《べんけい》を包圍する。一旦は和議が成立したものの、宋の背信行爲に怒った金は翌二年（一一二七）三月、上皇の徽《き》宗と皇帝欽宗を北方に拉致した。この混亂の中、都を脱出した士大夫や詩人の多くが地方に難を避け、そのまま亡くなるケースが多かった。

一三　巋然獨存　毅然として高く聳え立ち、何があっても變わらぬこと。『文選』卷一一王延壽〈魯靈光殿賦〉の序に「靈光巋《き》然《ぜん》として獨り存す」とみえる。

一四　瀛奎律髓以杜甫爲一祖…　方回『瀛奎律髓』卷二六　變體類は陳與義の〈清明〉を採錄して、その評に「嗚呼《ああ》、古今の詩人は當に老杜（杜甫）・山谷（黄庭堅）・後山（陳師道）・簡齋（陳與義）の四家を以て一祖三宗と爲すべし」という。

一五　嘗作墨梅詩、見知於徽宗　〈墨梅〉詩とは、『增廣箋注簡齋詩集』卷四の〈張規臣の水墨の梅に和す五絶〉をさす。陳與義がこの詩によって徽宗に名を知られたことは、各種の詩話に見える。たとえば『苕溪《ちょうけい》漁隱叢話』前集卷五三は、「去非の〈墨梅〉の絶句に〝含章簾（一作簷）下 春風の面、造化の功成る秋毫《ごう》の毫、意足りて 顏色の似たるを求めず、前身は相馬の九方皐〟と云う。後 徽廟（徽宗）召對し、此の句を稱賞す。此れ自《よ》り名を知られ、仕宦も亦た寖《ようや》く顯わる」という。詩は五絶のうちの第四首。ちなみに、第一句の「造化の功成る」とは、劉宋の武帝の壽陽公主が人日に含章殿の簷下に臥していたら、梅の花びらが額に落ちて五瓣《べん》花の模樣になった故事を用いる。第四句の「九方皐」とは、伯樂が晉の穆《ぼく》公に馬をみるのがうまいとして推薦した人物。さらに『獨醒雜志』卷四も、「花光仁老〈墨花〉を作り、陳去非與義 五絶句を題す。其の一に〝含章簷下 春風の面…〟と云う。徽廟は見て之を喜び、召對して擢用す。畫の詩に因りて重ぜらるるは、人 遂に此の畫と爲す」という。胡穉『簡齋先生年譜』（四部叢刊本『增廣箋注簡齋詩集』卷首）はこうした詩話が紹介する逸話をもとに考證し、「宣和五年癸卯（一一二三）、太學博士に任ぜらる。…既にして徽宗 先生賦す所の〈墨梅〉詩を見て、之を善《よみ》し、亟《すみや》かに命じて召對し、見《まみ》ゆること晚《おそ》きの嘆有り。七月を以て祕書省著作佐郎に除せらる」として、太學博士であった陳與義が祕書省著作佐郎に特進したと說明する。しかし、一方、葛立方『韻語陽秋』卷一八は、「先の文康公（葛勝仲）汝州に知《ち》たりし日、段寶臣（拂《ふつ》）は敎官爲り、富季申（直柔）は魯山の主簿爲り、而して陳去非は太學の錄を以て服を持して（服喪中に）來寓す。…三人なる者を列して朝に薦め、以て用うべしと爲す。仍《よ》りて去非の〈墨梅〉詩を以て繳進《きょうしん》せしむ。是に於いて、去非は太學博士に除せらる」といい、葛勝仲の推薦もあって太學博士になったのだとする。白敦仁『陳與義年譜』（【附記】）は、二つの詩話の矛盾を整理し、葛勝仲が王黼《おうほ》の黨であったことから、宣和五年春にまず葛勝仲が陳與義の〈墨梅〉詩を王黼に推薦し、それがきっかけで太學博士となり、その後、同じ詩を徽宗に賞せられて祕書省著作佐郎に轉じたのだろうという。

一六　以客子光陰詩卷裏、杏花消息雨聲中句、爲高宗所賞　『朱子語類』卷一四〇に「高宗 最も簡齋の〝客子の光陰 詩卷の裏、杏花の消息 雨聲の中〟を愛す」と見える。詩は〈天經・智老を懷い、因りて之を訪う〉の頷聯（四部叢刊本『增廣箋注簡齋詩集』卷三〇、文淵閣四庫全書本『簡齋集』卷一二）。

一七　馴至執政　馴は、つまずくことなく順調なこと。陳與義が順調に參知政事（副宰相）の位にまで至ったことをさす。

一八　至於湖南流落之餘…　陳與義の詩が北宋の滅亡以後、特に良くなることは、たとえば羅大經『鶴林玉露』（中華書局本）甲編卷六が「陳・黃自りの後、詩人の陳簡齋を逾《こ》ゆるもの無し。其の詩は簡古に繇《よ》りて穠纖《じょうせん》に發す。靖康の亂に値《あた》り、崎嶇《きく》流落し、時に感じて別れを恨み、頗る一飯 君を忘れざるの意有り」といい、同様の見方は、注一九の『後村詩話』前集卷二にも窺える。

一九　劉克莊後村詩話謂…　『後村詩話』前集卷二は、陳與義について次のように評する。「元祐の後 詩人 迭《たが》いに起る。一種は則ち波瀾富めども句律疏《そ》なり、一種は則ち煅煉《たんれん》精なるも情性遠し。之を要するに蘇・黃の二體を出でざるのみ。簡齋出づるに及び、始めて老杜を以て師と爲す。〈墨梅〉の類は、尚お是れ少《わか》きときの作なり。建炎以後、地を湖嶠に避け、行路萬里、詩益ます奇壯なり。…造次も憂愛を忘れず、簡嚴を以て繁縟《はんじょく》を掃き、雄渾を以て尖巧《せんこう》に代う。其の品格を第するに、故《もと》より當に諸家の上に在るべし」と。

二〇　其表姪張嵲爲作墓誌云…　張嵲《げつ》『紫薇集』卷三五〈陳公資政墓誌銘〉はいう。「公 尤も詩に邃く、體物寓興、清邃《せいすい》超特《ちょうとく》、紆餘閎肆《うよこうし》、高學横厲なり。陶・謝・韋・柳の間に上下す」。

【附記】

陳與義の集は、南宋の紹熙年間の胡穉《こち》が注した『增廣箋注簡齋詩集』三十卷が最も古く、四部叢刊本は瞿氏鐵琴銅劍樓藏の宋刻本の影印だが、もとの宋刻本は現在、所在不明である。北京の國家圖書館に藏されているのは元刻本である。なお四部叢刊には、元鈔本『簡齋外集』が入っている。さらに、これとは別に劉辰翁が注した『須溪先生評點簡齋詩集』十五卷本があり、古くは靜嘉堂文庫の藏本がその元刻本とみなされていた（『靜嘉堂祕籍志』參照）が、今日では明初の刊本と判断されている。なお『和刻本漢詩集成』（汲古書院）第十五輯にはこの十五巻本を原刻とする日本の江宗白句讀の和刻本が収入されている。

『全宋詩』（第三一冊 巻一七二八〜一七五八所收）は『增廣箋注簡齋詩集』と元鈔本『簡齋外集』を底本に、さらに廣く佚詩を輯めている。

評點本は、吳書蔭・金德厚點校『陳與義集』（中華書局 一九八二）、白敦仁校箋『陳與義集校箋』（上海古籍出版社 一九九〇）があり、佚詩も含めて最も簡便にみることができる。

年譜は、『增廣箋注簡齋詩集』三十巻（四部叢刊本）の巻首の胡穉《こち》の撰した年譜のほか、近年、白敦仁著『陳與義年譜』（中華書局 一九八三）も出版されている。

資料集としては傅璇琮《ふせんそう》『古典文學研究資料彙編 黃庭堅和江西詩派巻』下巻（中華書局 一九七八）がある。

七　北山小集四十巻

[一]浙江鮑士恭家藏本

【程俱】一〇七八～一一四四

字は致道、衢《く》州開化（浙江開化縣）の人。哲宗の紹聖四年（一〇九七）に外祖鄧《とう》潤《じゅん》甫《ほ》の恩蔭によって出仕し、徽《き》宗の宣和二年（一一二〇）、上舎出身を賜った。一旦、病のために官を辞したが、建炎三年（一一二九）知秀州（浙江嘉興市）となった。紹興元年（一一三一）にはじめて祕書省が再興されたときに少監となり、ついで中書舍人に抜擢された。しかし、徐《じょ》俯《ふ》が宦《かん》官《がん》と唱和して諫議大夫に除せられるにあたってその辭令を書くことを拒み、それがためにかつて秀州で金兵に攻められたときに町をすてて退却したことを口實に罷免された。秦《しん》檜《かい》の時代に再び召されたが、赴くことはなかった。四部叢刊續編『北山小集』所收 程《てい》瑀《う》〈程公行狀〉、『宋史』卷四四五 文苑傳七 參照。

宋程俱撰。俱有[二]麟臺故事、已著錄。

[三]是集凡詩十一卷、賦及雜文二十九卷。俱天性伉直、[四]其在掖垣、多所糾正。[五]如高宗幸秀州賜對劄子、極言賞罰施置之當合人心、[六]論武功大夫蘇易轉橫行劄子、極言朝廷之當愛重官職、[七]又徐俯與中人倡和、駁轉諫議大夫、俱亦[八]繳還錄黃、頗著氣節。今諸劄俱在集中、其抗論不阿之狀、讀之猶可以想見。

至制誥諸作、尤所擅場。[九]史稱其典雅閎奧、殆無愧色。[一〇]詩則取逕韋・柳、以上闚陶・謝、蕭散古澹、亦頗有自得之趣。[一一]其九日一首、毛奇齡選唐人七律、至誤以爲高適之作、足知其音情之近古矣。[一二]其集傳世頗稀。此本乃石門吳之振得於泰興季振宜家。蓋猶從宋槧鈔存、故鮮所闕佚。近時[一三]厲鶚作宋詩紀事、載倶古詩二首・律詩二首・聯句一首、皆稱採自北山集。而其中[一四]南園一首、檢集本實作章僕射山林、與鶚所引已不相合。又[一五]遊大滌一首、採自洞霄詩集。而集本第三卷内有同餘杭尉江仲嘉褒・道人陳祖德良孫遊洞霄宮一首。檢勘卽鶚所引、而篇幅較長、幾過其半。鶚亦不及詳檢、反欲以補是集之遺、殊爲疎舛。殆鶚據他書轉引、未見此本歟。

【訓讀】

宋 程倶の撰。倶に『麟臺《りんだい》故事』有りて、已に著錄す。

是の集 凡そ詩十一卷、賦及び雜文二十九卷なり。倶は天性伉直《こうちょく》にして、其の掖垣《えきえん》に在りしとき、糾正する所多し。〈高宗 秀州に幸し對を賜るの劄子《さっし》〉に賞罰施置の當《まさ》に人心に合うべきを極言し、〈武功大夫蘇易の橫行に轉ずるを論ずる劄子〉に朝廷の當に官職を愛重すべきを極言するが如し。又た徐俯 中人と倡和し、驟《にわ》かに諫議大夫に轉ずるに、倶 亦た錄黃《ろくこう》を繳還《きょうかん》せしは、頗《すこぶ》る氣節を著す。今 諸劄《さつ》は倶《とも》に集中に在り。其の論を抗《あ》げて阿《おもね》らざるの狀は、之を讀めば猶お以て想い見るべし。

制誥《せいこう》の諸作に至りては、尤《もっと》も場を擅《ほしい》ままにする所なり。史 其の典雅閎奧《こうおう》なるを稱するは、殆《ほとん》ど愧色《きしょく》無し。詩は則ち逕《みち》を韋・柳に取りて、以て上は陶・謝を闚《うかが》い、蕭散古澹《こたん》、亦た頗る自得の趣《おもむき》有り。其の〈九日〉一首、毛奇齡唐人の七律を選び、誤りて以て高適《こうせき》の作と爲すに至りては、其の音情の古えに近きを知るに足れり。

其の集は傳世 頗る稀なり。此の本は乃ち石門の吳之振 泰興の季振宜《きしんぎ》の家より得たり。蓋し 猶お宋槧《そうざん》從《よ》り鈔存するがごとく、故に闕佚する所鮮《すくな》し。近時　厲鶚《れいがく》『宋詩紀事』を作り、俱の古詩二首・律詩二首・聯句一首を載せ、皆『北山集』自《よ》り採ると稱す。而れども其の中の〈南園〉一首は、集本を検するに實は〈章僕射《ぼくや》の山林〉に作り、鶚の引く所と已に相い合わず。又た〈大滌《だいてき》に遊ぶ〉一首は、『洞霄《どうしょう》詩集』自り採る。而れども集本の第三巻内に〈餘杭の尉江仲嘉褒・道人陳祖德良孫と同《とも》に洞霄宮に遊ぶ〉一首有り。即《つ》きて鶚の引く所を検勘するに、篇幅較《や》や長く、幾《ほと》んど其の半ばを過ぐ。鶚は亦た詳検するに及ばず、反って以て是の集の遺を補わんと欲するは、殊に疎舛《そせん》と爲す。殆ど鶚は他書に據りて轉引し、未だ此の本を見ざるか。

【現代語譯】

宋　程俱の著。俱には『麟臺《りんだい》故事』があり、すでに著錄しておいた。

この集は全部で詩が十一卷、賦及び雜文が二十九卷である。俱は生まれつき剛毅な性格で、中書省に在って、しばしば治政の誤りを糾《ただ》した。たとえば〈高宗　秀州に幸し對を賜るの劄子《さつし》〉では賞罰の實施は人心にかなうものであるべきことを極諫し、〈武功大夫蘇易の横行に轉ずるを論ずる劄子〉では朝廷は官職を大事にして妄りに與えるべきではないことを極諫した。さらに徐俯が宦官と倡和することで、にわかに諫議大夫に榮轉したのに際し、俱がその內示を差し戻したのも、頗る氣槪を示すものである。今これらの劄子はいずれも文集に収められている。彼が權威におもねらずにみずからの考えを主張していたことは、これらを讀んだだけでも想像できよう。

制誥の諸作については、とりわけ彼の獨擅場である。史書はその文が典雅閎奧《こうおう》だと稱するが、まったくそれに愧《は》じない。詩は韋應物・柳宗元を手本としつつ、陶淵明・謝靈運を目指しており、閑靜かつ古雅で、これまた獨自の趣きがある。彼の〈九日〉の詩一首は、毛奇齡が唐人の七言律詩を選錄したとき、誤って高適《こうせき》の作としたほどで、その韻律の雰圍氣が古えに近いことが十分にわかろう。

彼の文集で世に傳わっているものは稀である。この本は石門の呉之振が泰興の季振宜《きしんぎ》の家から入手したものである。思うに 宋槧本《ざんぽん》から書き寫したもののようで、そのため闕佚する所が少ない。近時 厲鶚《れいがく》が『宋詩紀事』を著し、倶の古詩二首・律詩二首・聯句一首を載せ、皆『北山集』から採ったと稱しているが、その中の〈南園〉一首について、文集を調べてみると、實は〈章僕射《ぼくや》の山林〉に作っており、鶚の引用するものとは合致しない。さらに〈大滌《だいてき》に遊ぶ〉一首は『洞霄《どうしょう》詩集』から採ったというが、文集の第三巻内に〈餘杭の尉 江仲嘉褒・道人 陳祖徳良孫と同に洞霄宮に遊ぶ〉一首というのがあり、鶚が引いたものと比べてみると、こちらの方が長く、ほとんどその倍以上ある。鶚は詳細な検證もしないまま、逆に文集の遺漏を補おうとしたのだが、これはとりわけ杜撰《ずさん》だといえる。おそらく鶚は他書から孫引きしたのであり、この本を見ていないのではなかろうか。

【注】

一　浙江鮑士恭家藏本　鮑士恭の字は志祖、原籍は歙《しょう》（安徽省）、杭州（浙江省）に寄居す。父 鮑廷博（字は以文、號は淥飲《ろくいん》）は著名な藏書家で、とりわけ散佚本の蒐《しゅう》集を好んだ。その精粋は『知不足齋叢書』中に見える。『四庫採進書目』の記録では、『四庫全書』編纂の際には、藏書六二六部を進獻した。任松如『四庫全書答問』によれば、そのうち二五〇部が著録され、一二九部が存目（四庫全書内に収めず、目録にのみとどめておくこと）に採擇されている。

二　麟臺故事　麟臺《りんだい》とは祕書省の雅名。南宋ではじめて祕書省が設置されたのは紹興元年（一一三一）のことで、この時、程倶は少監に召されている。程倶はそれまでの三館（昭文館・史館・集賢院）祕閣の文書の整理を行い、この書を成した。『四庫全書總目提要』巻七九 史部 職官類に「麟臺故事五巻」と著録される。ただし、これは『永樂大典』からの輯佚本である。四庫全書編纂後に明鈔本（存巻一～巻三）の存在が明らかになり、その景印が四部叢刊續編に収められている。

三　是集凡詩十一巻、賦及雜文二十九巻　巻一～八が古詩、巻九～一〇が律詩、巻一一が絶句、巻一二が賦・騷となっており、以下は各體の文となっている。

四　其在掖垣、多所糾正　『宋史』巻四四五 文苑傳七 程倶傳に

は「倶は掖垣《えきえん》に在りしとき、命令下りて心に安んぜざる者有れば、必ず反覆して之を言い、少しも畏避《いひ》せず」と見える。掖垣はここでは中書省を指す。程倶は紹興元年（一一三一）に中書舍人に任じられた。

五　高宗幸秀州賜對劄子　『北山小集』巻三六〈四月二十一日車駕 秀州を經由し對を賜る劄子〉を指す。高宗が金軍の追撃を逃れて秀州（浙江省嘉興市）に立ち寄った際、知秀州であった程倶が皇帝の心得を說いた文書を奉った。以下、三篇は『宋史』巻四四五 文苑傳七 程倶傳にその概略が紹介されている。

六　論武功大夫蘇易轉横行劄子　『北山小集』巻四〇〈蘇易の横行に轉行するを繳《きょう》する奏狀〉を指す。横行とは横班ともいい、武臣の官階の一種。この時期、横行大夫十三階、横行郎十二階から成っていた。通常の武官の昇任とは異なり、その除授は皇帝の特旨によることから、武臣の榮譽とされた。この奏狀は、中書舍人として制敕や辭令の起草を行う立場にあった程倶が、中書門下省が武功大夫の蘇易を横行に轉入させようと裁定したことに對し、人事の差し戻しを主張した意見書、いわゆる繳黄《きょうこう》である。程倶はさしたる功も立てていない者を横行にするような人事は、官職を輕んずる風潮を廣げる結果になるとして反對した。

七　又徐俯與中人倡和、驟轉諫議大夫…　徐俯は、黄庭堅の甥《おい》で江西派の著名詩人。字を師川といい、洪州分寧の人。『宋史』巻三七二徐俯傳には、「内侍鄭諶《ていしん》 俯を江西に識り、其の詩を重んじて、高宗に薦《すす》む。胡直孺は經筵に在り、汪藻は翰苑に在り、迭《こも》ごも之を薦め、遂に俯を以て右諫議大夫と爲す。中書舍人程倶言う、…。報ぜられず、倶は遂に罷《や》む」という。王應麟『困學紀聞』巻一八は次のようにいう。「徐師川 諫議を以て召さる。程致道は西垣《せいえん》に在りて、除書を封還して言う、〝中貴人（宦官）と唱和し、「魚須」の句 人の傳うる所と爲る〟と。『朱文公語錄』に云う、〝師川 廬山に游び、宦者《かんじゃ》鄭諶に遇い、之に詩を與う〟と。後村謂う、徐の集は「魚須」の篇を載せず。愚 攷するに、集中に〈鄭本然居士に次韻す〉有りて云う、〝頗る知る鶴脛《かくけい》は詩に緣りて瘦《や》せ、早《つと》に魚須（役人がもつ笏）を棄てて我が閒に伴えと。本然居士は豈に卽ち鄭諶ならんか〟と」。ここで「『朱文公語錄』に云う」とあるのは、『朱子語類』巻一三二に見え、「後村謂う」とは、劉克莊『後村詩話』後集巻二に見える話である。

八　繳還錄黄　繳黄《きょうこう》ともいい、制敕の起草を擔當する給事中もしくは中書舍人が制敕に異議があるとき、決裁せずにそれを差し戻すことをいう。徐俯の任官に反對した奏狀とは、『北山小集』巻四〇〈二月二十日 實封奏〉を指す。その內容の大略は次のとおり。「俯…靖康の初め、召されて省郎と爲るも、其の後未だ歷する所有らざるなり。陛下卽位以來、初めより未だ之を識らざるに、今乃ち遽《にわ》かに前任の省郎自《よ》り驟《にわ》かに諫議大夫に除するは、元豊五年官制を更定せし自りこのかた五十餘年、未だ之《これ》有らざるなり」と。さらに、この奏狀には程俱自身の添え書きが附されている。「臣 兩日來外傳を聞くに、俯は中官と唱和して、〝魚須〟の句有り、號して警策と爲すと。臣は恐る、外人の陛下の俯を得るの由を知らずして、妄《みだ》りに此れを以て疑議を爲さんことを。聖德の聰明を仰累するは、愚の敢て緘默《かんもく》せざる所以なり。終に繳論を具す。然れども臣は未だ敢て中書門下省に具申せず。如し臣の陳ぶる所、或いは采納を蒙らば、只だ乞うらくは、聖旨中處從り分別して指揮を降し前命を收還せんことを。」南宋の場合、中書門下省に意見書をつけて差し戻すのが普通であるが、彼は、皇帝に直接意見を述べるため密封した奏狀を奉ったのである。この結果、程俱は、かつて知秀州であったとき金兵に攻められ町を棄てて退却したことを彈劾されて、落職する。

九　史稱其典雅閎奥　『宋史』巻四四五 文苑傳七 程俱傳に「其の文を爲るは典雅閎奥にして、世の稱する所と爲る」と見える。これは、程瑀〈程公行狀〉（四部叢刊續編『北山小集』所收）の「公は天資 端方誠直にして、言動妄ならず、思慮精切、志趣高遠にして、加うるに該洽深邃《がいこうしんすい》の學、典雅閎奥《こうおう》の文を以てす」に基づいている。閎奥はスケールが大きく奥が深いこと。

一〇　詩則取逕韋・柳、以上闚陶・謝、蕭散古澹…　この部分は、『宋詩鈔』巻五六の〈北山小集鈔〉小傳の「詩は則ち塗《みち》を韋（應物）・柳（宗元）に取りて、以て陶（淵明）・謝（靈運）を闚《うかが》う。蕭散古澹《たん》、忘言自足の趣有りて、標致の最高の者なり」に基づく。また、『北山小集』巻首の葉夢得〈北山小集の序〉には「詩章に至りては、唐中葉以前の名士の衆體を兼ね得たり」と見える。

一一　其九日一首、毛奇齡選唐人七律…　この一文は書前提要では、「南渡の初めに在りては、亦た獨り蹊徑《けいけい》を闢《ひら》く者と稱すべし」に作る。總目提要のこの文はのちに加筆されたものであろう。四庫館臣は、『四庫全書總目提要』巻一四九集部二別集類二「高常侍集」の提要にも「〈九日〉の一詩は、宋の程俱の『北山集』に見ゆ。毛奇齡唐人七律を選び、亦た誤りて適《せき》の作と爲す」という。問題の詩は『北山小集』巻九の〈九日寫懷〉である。自注には「高適の〈九日〉（〈九日酬顏少府〉）に《縱《た》使《と》い高きに登るも祇《た》だ斷腸、獨坐して空しく首《こうべ》を搔《か》くに如かず》」とある。「毛奇齡選唐人七律」とは毛奇齡・王錫等輯『唐七律選』四巻を指す。今、上海圖書館藏の康熙四十一年蕭山毛奇齡秋晴氏〈序〉刊本を見るに、同じ作品が高適の作として〈重陽〉という題で採錄されている。『全唐詩』巻二一四〇もまたこれを高適の作として誤收している。提要は康熙帝の欽定である『全唐詩』の誤りを直接指摘しにくく、毛奇齡『唐七律選』を責めたと考えられる。なお、錢鍾書『宋詩選註』自序の注によれば、南宋の類書である『錦繡萬花谷』前集巻四「重陽門」

では程倶の作としているが、劉克荘『後村千家詩』巻四が誤って高適の作としたことが契機となり、以後『全唐詩』まで誤りが踏襲されたという。

一二　此本乃石門呉之振得於泰興季振宜家　呉之振は清初の藏書家で、字を孟擧、號を黄葉村農といい、呂留良とともに『宋詩鈔』一百六巻を編纂。季振宜は字を詵兮《しんけい》、號を滄葦《そうい》といい、官は御史に至る。藏書家として知られる。この本は現在、北京の國家圖書館に藏されており、呉之振の識語に「此の册、昔年季滄葦侍御の贈る所爲りて、侍御　絳雲樓《こううんろう》の宋栞《かん》本從り影寫せし者なり。紙墨精良にして字畫譌《あやま》り無し」と見える。なお、この識語は四部叢刊續編『北山小集』の黄丕烈跋文にも引かれている。

一三　厲鶚作宋詩紀事　『宋詩紀事』巻四〇には『北山集』から採錄した詩として、古詩二首・律詩五首・聯句一首が引かれる。提要が律詩二首とするのは誤り。

一四　南園一首、檢集本實作章僕射山林　『宋詩紀事』巻四〇の七言律詩〈南園〉は、『北山小集』巻九では〈章僕射山林〉と題されている。自注には「此の地　本　錢王の諸子の園亭なり」とある。

一五　遊大滌一首採自洞霄詩集…　『宋詩紀事』巻四〇は〈大滌《だいてき》に遊ぶ〉を採錄して、その出典を『洞霄詩集』としている。ところが、その詩句は『北山小集』巻三の〈餘杭の尉　江仲嘉褒・道人　陳祖徳良孫と同《とも》に洞霄宮に遊ぶ〉を刪節《さんせつ》して半分にしたものに他ならない。『洞霄詩集』十四巻は宋の道士　孟宗賓の編。洞霄宮は餘杭にあり、南宋時代、臨安の太乙《たいいつ》觀、萬壽觀につぐ格式の高い道觀（『夢粱錄』巻一五城内外諸宮觀）。大滌は餘杭の西南十八里の大滌山を指す。道教でいう第三十四洞天にあたる。

【附記】

四庫全書の底本となった鮑士恭家藏本は、注一二のように季振宜が錢謙益の絳雲樓藏宋刻本より寫した鈔本で、それが呉之振の手に渡り、のちに鮑氏の藏するところとなったものである。現在は、北京の國家圖書館に收藏されている。

四部叢刊續編所收の影印宋鈔本『北山小集』四十巻は、道光年間に黄丕烈が汪氏の藝芸《げいうん》書舍より借りて鈔したもので、「構」「愼」の字を空格にして、「御名を犯す」と註することから、原本は淳熙以前の宋版と考えられる。

この淳熙以前の宋版は、現在臺灣の國家圖書館に巻二四～巻二七のみが殘っている。

『全宋詩』（第二五册　巻一四一〇～巻一四二〇）は、四部叢刊續編本を底本とし、集外の詩も輯めている。

八　龜溪集十二卷　[一]兩淮鹽政採進本

【沈《しん》與《よ》求《きゅう》】一〇八六～一一三七

字は必先、德清（浙江省）の人。徽《き》宗の政和五年（一一一五）の進士で、地方官を經て、高宗の時に召されて監察御史となる。一旦、病氣引退したが、紹興四年（一一三四）に再び召されて參知政事となり、五年に權知樞密院事、七年に知樞密院事を拜命し、この年、五十二歲で沒した。諡《おくりな》は忠敏。その集を「龜溪《きけい》集」というのは、彼の鄕里が武源（德清）の龜溪里であったことによる。劉一止『苕溪《ちょうけい》集』卷三〇〈知樞密院事沈公行狀〉、『宋史』卷三七二　沈與求傳　參照。

宋沈與求撰。與求字必先、德清人。[二]政和五年進士。[三]高宗時官至知樞密院事、[四]卒謚忠敏、[五]事蹟具宋史本傳。

[六]是集爲紹熙中其孫說所刊、[七]前有觀文殿大學士李彥穎・湖州教授張叔椿二序。[八]史稱與求歷御史三院、知無不言、前後幾四百奏、其言切直。[九]今所存僅十之三四、類多深中時弊。

[一〇]陳振孫書錄解題曰、與求嘗奏王安石之罪、大者在於取[一一]揚雄・[一二]馮道。當時學者惟知有安石。喪亂之際、甘心從僞、無仗節死義之風、實安石倡之。此論前未之及也云云。

考熙寧以逮政和、[一三]王・蔡諸人以權勢奔走天下、誅鋤善類、引掖宵人。其夤緣以苟富貴者、本無廉恥之心。又安能望以名節之事。其偸生賣國、實積漸使然、不必盡由於推奬揚雄、表章馮道。與求此奏、亦事後推索之詞。然其說主持風敎、振刷綱常、要不可不謂之偉論也。

至其制誥諸篇、典雅舂容、亦具有唐人軌度。又不徒以奏議見長矣。

【訓讀】

宋 沈與求の撰。與求 字は必先、德淸の人。政和五年の進士。高宗の時 官は知樞密院事に至り、卒して忠敏と謚《おくりな》さる。事蹟『宋史』本傳に具われり。

是の集 紹熙中 其の孫 說の刊する所爲りて、前に 觀文殿大學士 李彥穎《えい》・湖州敎授 張叔椿の二序有り。史稱す、「與求 御史三院を歷て、知りては言わざる無し。前後 幾んど四百奏、其の言 切直なり。今 存する所 僅かに十の三四、類《おおむ》ね多くは深く時弊に中《あた》る」と。

陳振孫『書錄解題』曰う、「與求 嘗て奏す、王安石の罪、大なる者は揚雄・馮道《ふうどう》を取るに在り。當時の學者 惟《た》だ安石有るを知るのみ。喪亂の際、甘心して僞に從い、節に仗《よ》り義に死すの風無きは、實に安石 之を倡《とな》うと。此の論 前に未だ之に及ばざるなり云云」と。

考うるに 熙寧《きねい》より以て政和に逮《およ》ぶまで、王・蔡の諸人は權勢を以て天下に奔走し、善類を誅鋤《ちゅうじょ》し、宵人《しょうじん》を引掖《いんえき》す。其の夤緣《いんえん》して以て富貴を苟《かりそ》めにする者は、本《もと》より廉恥の心無し。又た安《いずく》んぞ 能く望むに名節の事を以てせんや。其の生を偸《ぬす》み國を賣るは、實に積みて漸《ようや》く然らしむ、必ずしも盡く揚雄を推奬し、馮道《ふうどう》を表章するに由《よ》らず。與求の此の奏は、亦た事後推索の詞なり。然れども 其の說は風敎を主持し、綱常を振刷し、要は謂わざるべからざるの偉論なり。

其の制誥《せいこう》の諸篇に至りては、典雅春容《しょうよう》、亦た唐人の軌度《きど》を具有す。又た徒《た》だに奏議を以て長とせられず。

【現代語譯】

宋 沈與求の著。與求は字を必先といい、徳清（浙江省）の人である。政和五年（一一一五）の進士である。高宗の御代に、官は知樞密院事に至り、亡くなってから忠敏と謚《おくりな》された。事蹟は『宋史』沈與求傳に詳しい。

この集は紹熙《しょうき》年間に彼の孫の沈説（沈詵《しんしん》の誤り）が刊行したもので、前に觀文殿大學士 李彦穎《げんえい》と湖州（泉州の誤り）教授 張叔椿《ちん》の序文二篇がある。『宋史』は、「與求は御史臺の三職を歴任し、知るところはすべて忌憚《きたん》なく上奏した。前後してほぼ四百回に及ぶ上奏の言は、率直で的を射ていた。今 現存しているのは僅かに三四割で、鋭く時弊を突いたものが多い」という。

陳振孫『書錄解題』は、「與求は嘗て、〝王安石の罪のうち大きいのは、揚雄・馮道《ふうどう》を評價したことにある。當時の學者はただ安石ばかりに心酔していた。喪亂の際に、甘んじて僞政府に從い、節を貫いて義に死ぬような氣風がなかったのは、實に安石がこれを先導したのだ〟と上奏したことがある。これ以前にはここまで踏みこんだ議論は無かった」といっている。

考えるに 熙寧《きねい》から政和年間に逮《およ》ぶまで、王安石や蔡京《さいけい》の諸人は權勢を天下に追い求め、善良なものを誅殺し、小人を引き立てた。その傳手《つて》にすがって富貴の身になった者に、もともと羞恥心などない以上、どうして彼等に名節を望めようか。彼等の生を惜しみ國を責るような行爲は、實はだんだんと積もり重なってそうなったのであり、必ずしもことごとく王安石が揚雄を推奬し、馮道を表彰したためではないのだ。與求のこの奏狀は、事後に推測した言葉にすぎない。しかし、その説は風教を主張し、綱常の道を示したもので、要は誰かが指摘せざるを得なかった偉論である。

彼の制誥《せいこう》の諸篇に至っては、典雅でゆったりしていて、唐人のような手本とすべき風格を有している。ただ奏議だけに長じているというわけではないのだ。

【注】

一　兩淮鹽政採進本　採進本とは、四庫全書編纂の際、各省の巡撫、總督、尹《いん》、鹽政などを通じて朝廷に獻上された書籍をいう。兩淮《わい》鹽政とは、本來、淮北・淮南の專賣鹽を管理する官。ここより進呈された本は『纂修四庫全書檔案史料』によれば一七〇八部、任松如『四庫全書答問』によると、そのうち二五一部が著錄され、四六七部が存目（四庫全書内には收めず、目錄にのみとどめておくこと）に置かれたという。

二　政和五年進士　劉一止『苕溪集《ちょうけいしゅう》』卷三〇〈知樞密院事沈公行狀〉に「政和五年（一一一五）の進士の第に及ぶ」と見える。

三　高宗時官至知樞密院事　沈與求は最初、御史の張守の推薦によって高宗に召され、監察御史に除せられ、兵部員外郎、殿中侍御史となるが、遷都の議論で皇帝の不興を買い、知台州となる。再び侍御史に召され、御史中丞に遷り、吏部尙書兼權翰林學士兼侍讀に移り、荊湖南路安撫使兼知潭州に出たが、病を理由に引退した。その後、紹興四年に再び高宗に召され、參知政事となり、五年に權知樞密院事を兼任することになり、七年に知樞密院事に遷った。

四　卒諡忠敏　紹興七年（一一三七）に沒し、左銀青光祿大夫を贈られ、忠敏と諡された。

五　事蹟具宋史本傳　『宋史』卷三七二 沈與求傳を指す。

六　是集爲紹熙中其孫説所刊　説は詵《しん》の誤り。四部叢刊續編『龜谿集』卷首の李彥穎の序文はいう。「紹熙辛亥（二年）に當り、公の孫 詵 浙《せつ》の漕《そう》と爲りて、始めて能く裒輯《ほうしゅう》類次して十二卷と爲す。將に板を以て世に行なわんとす。蓋《けだ》し 其の家に存する所 是に止まれり」と見える。

七　前有觀文殿大學士李彥穎・湖州教授張叔椿二序　湖州教授は泉州教授の誤りである。文淵閣四庫全書本『龜溪集』は李彥穎の前序を收錄しておらず、張叔椿の後序のみを收めている。四部叢刊續編『龜谿集』を確かめると、卷首には〈沈忠敏公龜谿集序〉が收入されており、その末尾には「觀文殿學士宣奉大夫致仕吳興の李彥穎序す」と署されている。また、張叔椿〈龜谿集後序〉には「淳熙紀號の三禩《し》（三年）、參政姚公 天子の大臣を以て來たりて泉に守たり。越ゆること數月にして、政清く訟簡なり。龜溪の爲る所の文十二卷を出だして、叔椿に命じて之が讎正《しゅうせい》を爲さしむ。玩味して手を釋《お》く能わず、留むること月餘にして始めて克《よ》く其の書を歸すに、又た之が敍を爲《つく》らしむ。

竊《ひそ》かに名を不朽に附し、榮耀有るを喜ぶ。乃ち辭せずして公の命を承く。…四年三月一日、從事郎にして州學の教授に充てられし永嘉の張叔椿敍す」と見える。このことから、張叔椿が泉州教授であることが知られる。

八　史稱…　『宋史』巻三七二　沈與求傳に「與求 御史三院を歴し、知りては言わざる無し。前後 幾《ほと》んど四百奏、其の言 切直にして、己を敵とするものより已下《いか》は堪《た》うる能わざる者有り。上《しょう》時に訓敕する所有りて毎《つね》に曰く、〝汝は沈中丞を識らざるか〟と」と見える。「御史三院」とは御史臺の三院、すなわち監察御史の屬する察院、殿中侍御史の殿院、侍御史の臺院を指す。劉一止『苕溪《ちょうけい》集』巻三〇〈知樞密院事沈公行狀〉によれば、沈與求は監察御史、殿中侍御史、侍御史を經て、御史臺の長官である御史中丞になっている。「知りては言わざる無し」とは、『晉書』巻一〇二の劉聽載記に見える言葉で、皇帝に對して忌《き》憚《たん》のない意見を奉ること。忠心から出た進言であることを強調する際によく用いられる表現。

九　今所存僅十之三四　劉一止『苕溪《ちょうけい》集』巻三〇〈知樞密院事沈公行狀〉は、「文集二十巻・奏議三十巻　家に藏す」といっており、刻行されたのは一部であることがわかる。

一〇　陳振孫書錄解題　『直齋書錄解題』巻一八は「龜溪集十二巻」を著錄して次のようにいう。「建炎・紹興の閒、三院・翰苑を歴て以て執政に至る。嘗て王安石の罪を奏言し、大なる者は揚雄・馮道《ふうどう》を取るに在り。當時の學者惟《た》だ安石有るを知るのみ。喪亂の際、甘心して僞に從い、節に仗《よ》り義に死するの風無きは、實に安石 之を倡《とな》うと。此の論 前に未だ之に及ばざるなり」。ただし、この奏狀は『龜溪集』中には現存しない。王安石の罪が揚雄や馮道を推奬したことにあるという議論は、沈與求とほぼ同時代の陳公輔（一〇七七～一一四二）が高宗に上った疏にも見える。『宋史』巻三七九陳公輔傳および『歴代名臣奏議』巻一八三が引く疏をあげておく。「今日の禍は、實に公卿大夫に氣節忠義無く、天下國家を維持する能わざるに由る。平時に既に忠言直道無くんば、緩急に詎《なん》ぞ節に伏し義に死するを肯《がえ》んぜん。豈に王安石の學術 之を壞《こぼ》つに非ざるか。議者尙お安石の政事は善からずと雖も、學術は尙お取るべしと謂う。臣謂らく 安石の學術の善からざること、尤も政事より甚だしと。政事は人才を害《そこな》い、學術は人心を害う。『三經』『字說』は聖人を詆誣《ていぶ》し、大道を破碎すること、一端に非ざるなり。『春秋』は名分を正し、褒貶《ほうへん》を定め、亂臣賊子をして懼《おそ》れしむ。安石は學者をして『春秋』を治めざらしむ。『史』『漢』は成敗安危・存亡理亂を載せ、聖君賢相・忠臣義士の龜鑑爲り。安石は學者をして『史』『漢』を讀まざらしむ。王莽《もう》の簒《さん》に、揚雄は死する能わずして、又た之に仕え、更に劇秦美新の文を爲る。安石は乃ち曰く、〝雄の仕は、孔子の可も無く不可も無しの義に合うなり〟と。五季の亂に、馮道《ふうどう》は四姓八君に事《つか》う。安石は乃ち曰く、〝（馮）道は五代の時に在りて最も善く難を避けて以て身を存す〟と。公卿大夫をして皆な安石の言を師とせしめば、宜なるかな其の氣節忠義無きを」。陳公輔の文集は二十卷、奏議が十二卷あったというが、現在、傳わらない。陳公輔の奏議が、沈與求の奏議に觸發されてのものだったのか、または『直齋書錄解題』が陳公輔の奏議を沈與求のものと取り違えたのかどうかは不明である。

二　揚雄　揚雄は字を子雲といい、漢代の人。儒教の經典に擬して『太玄』や『法言』を著した。『漢書』は、これを「聖人に非ずして經を作るは、猶お 春秋の呉楚の君 僭號《せんごう》して王と稱するがごとく、蓋し 誅絶の罪なり（聖人でもないのに經書を作ったのは、春秋時代の呉楚の君主が王と僭稱したようなもので、誅絶の罪——子孫まで根絶やしにする——に相當する）」と糾彈する。唐では韓愈が揚雄を評價し、北宋では柳開や孫復などが揚雄を辯護している。しかし、王朝の道統論が喧傳されるようになると、揚雄の〈劇秦美新〉（秦を殘虐とし新を美《ほ》める文）が問題視されるようになる。すなわち、揚雄が、漢を簒奪して新を僭稱した王莽《おうもう》に阿諛《あゆ》したというのである。王安石は揚雄について、〈龔深父《きょうしんほ》に荅うる書〉（『臨川先生集』卷七二）で「揚雄なる者は孟軻《もうか》自り以來、未だ之に及ぶ者有らず。但だ後世の士大夫、多くは能く之を深考せざるのみ。…揚雄の仕は、孔子の可ならざるは無きの義に合せり。奈何《いかん》ぞ之を非《そし》らんと欲するや」といい、その處世を致し方のないこととして擁護する。また、この例以外にも、王安石には〈揚雄二首〉（『臨川先生集』卷九）・〈揚子二首〉（卷三二）・〈揚子〉（卷三四）など揚雄を稱《たた》える詩も多い。提要が、揚雄とその支持者に手嚴しいのは、明の正統な後繼を以て任じる淸朝にとって、道統論は何にも增して重要だったからである。淸朝にとって道統論は、異民族王朝が中華の地を支配するためのイデオロギーであった。

三　馮道　馮道《ふうどう》は字を可道といい、五代十國時代、後梁・後唐・後晉・後漢・後周の五つの王朝、八姓十一人の皇帝に仕え、宰相として力をもった人物。君臣名分論のもとでは、忠臣は二君に見《まみ》えずとされ、歐陽脩の『新五代史』や司馬光『資治通鑑』は馮道を世渡り上手の破廉恥漢として嚴しく糾彈する。こうした歴史觀は、南宋になって朱子學が勃興すると同時に定着していくのだが、北宋期には胡瑗《えん》は馮道を賞贊していたし、蘇轍《そてつ》が「大人」と評するなど、その人物評は必ずしも批判一邊倒だったわけではない。とりわけ王安石は馮道の熱心な擁護者であった。魏泰『東軒筆錄』卷九はそれに關して次のような逸話を紹介している。「王荊公と唐質肅公介とは同《とも》に參知政事と爲るも、議論は未だ嘗て少しも合わず。荊公は雅《つね》に馮道を愛し、嘗て謂う、〝其の能く身を屈して以て人を安んずること、諸佛菩薩の行の如し〟と。一日 上《しょう》の前にて語りて此の事に及ぶや、介曰く、〝道は宰相と爲りて、天下をして四姓を易え使め、身は十主に事う。此れ純臣爲るを得んや〃と。荊公曰く、〃伊尹《いいん》は五たび湯《とう》に就き、五たび桀《けつ》に就くは、正に人を安んずるに在るのみ。豈に亦た之を純臣に非《あら》ずと謂う可けんや〃と。質肅公曰く、〃伊尹の志有れば則ち可なり〃と。荊公 之が爲に色を變う。其の議論の合わずして、多くは相い侵すに至ること、率《おおむ》ね此の類《たぐい》なり」。『四庫全書』が編纂された乾隆朝は、明の遺臣でありながら清に出仕した銭謙益（牧齋）や呉偉業（梅村）を貳臣《じしん》として嚴しく糾彈するなど、大義名分論が喧傳された時代である。提要が馮道とその擁護者に対して手嚴しいのは、そのためである。

三　王・蔡諸人　王は王安石、蔡は蔡京。蔡京は王安石の女婿で、北宋末の徽《き》宗朝に宰相の位に就いた新法黨の政治家。崇寧元年（一一〇二）、宰相となった蔡京は、舊法黨の人士を排斥するため〈元祐姦黨碑〉を京師の太學《たいがく》に立てさせ、さらに崇寧五年（一一〇六）には全國に〈元祐黨籍碑〉を立てさせて、舊法黨人の學術を禁止し、蘇軾や黄庭堅の文集は版木ごと廢棄させるに至った。ところが南宋になると、北宋滅亡の責を新法黨に負わせる議論が高まった。また、南宋に勃興した朱子學が舊法黨の二程子の流れを汲むこともあって、こうした見解は、後世へと引き継がれることになった。

【附記】

四部叢刊續編『龜溪集』は萬曆二十八年沈與求の裔孫の沈子木が金陵で翻刻したものの影印である。四庫全書の底本が何であったかは不明だが、沈子木について言及しないことから、宋版の系統である可能性が高い。

『全宋詩』（第二九册　卷一六七五～卷一六七七）は、四部叢刊續編本を底本とし、集外詩を廣く輯めている。

九　韋齋《いさい》集十二卷　附玉瀾《ぎょくらん》集一卷　[1]内府藏本

【朱松】一〇九七～一一四三
字は喬年、號は韋齋《いさい》、徽《き》州婺源《ぶげん》（江西省）の人。朱子の父である。徽《き》宗の政和八年（一一一八）、同上舍出身となる。南宋に入り、高宗の紹興四年（一一三四）、祕書省正字となる。のちに秦檜《しんかい》の和議に反對したため知饒《じょう》州となるも、就かずして致仕した。集は朱熹《しゅき》が刊行したもの。『宋史』卷四二九 朱熹傳附朱松傳、朱熹『朱文公文集』卷九七〈皇考左承議郎守尚書吏部員外郎兼史館校勘累贈通議大夫朱公行狀〉參照。

宋朱松撰。松字喬年、[2]別字韋齋、朱子之父也。政和八年[3]同上舍出身、[4]官至吏部員外郎。[5]以言事忤秦檜、出知饒州。未上、請閒、得主管台州崇道觀。滿秩再請、命下而卒。

[6]朱子作行狀、稱有韋齋集十二卷・外集十卷。外集今已久佚。[7]是集初刻於淳熙、再刻於至元、又刻於宏治、傳本亦稀。[8]康熙庚寅、其裔孫昌辰又校錄重刊、是爲今本。核其卷數、與行狀所言相合。蓋猶舊帙也。

[9]前有傅自得序、稱其詩高遠而幽潔、其文溫婉而典裁、至表奏・書疏、又皆中理而切事情。雖友朋推許之詞、然[10]松早友李侗、晚折秦檜、其學識本殊於俗。故其發爲文章、氣格高逸、翛然自異。卽不藉朱子以爲子、其集亦足以自傳。自得所云、頗爲近實。非後來門戶之私、[11]以張栻而尊張浚者比也。

[12]後附朱槹玉瀾集一卷。[13]槹字逢年、松之弟也。其集原別本自行。[14]故書錄解題與松集各自著錄。[15]明宏治丙

辰、任邱鄺璠得其本於睢陽陳性之、因附刻松集之後。[一六]昌辰此刻亦仍之。[一七]後有尤袤跋、極稱其春風一篇・卽事三首、然槔詩實不及松、袤所稱亦未爲盡允。姑附驥以行云爾。

【訓讀】

宋 朱松の撰。松 字は喬年、別字は韋齋、朱子の父なり。政和八年の同上舍出身、官は吏部員外郎に至る。事を言うを以て秦檜《しんかい》に忤《さから》い、出でて饒《じょう》州に知たり。未だ上らずして、閒を請い、主管台州崇道觀を得たり。秩《ちつ》滿ちて再び請い、命下るも卒す。

朱子 行狀を作りて、『韋齋集』十二卷・『外集』十卷有りと稱す。『外集』今 已に久しく佚《いつ》す。是の集 初め淳熙《じゅんき》に刻され、再び至元に刻され、又た宏治に刻さるるも、傳本 亦た稀なり。康熙庚寅《こういん》、其の裔孫《えいそん》 昌辰 又た校錄重刊す、是れ今本爲り。其の卷數を核するに、行狀の言う所と相い合う。蓋《けだ》し 猶お舊帙のごときなり。

前に傅自得《ふじとく》の序有りて稱す、「其の詩 高遠にして幽潔、其の文 溫婉《おんえん》にして典裁、表・奏・書・疏に至りては、又た皆 理に中《あた》りて事情に切なり」と。友朋の推許の詞と雖も、然れども 松は早《つと》に李侗《どう》に友たりて、晩に秦檜《しんかい》に折《くじ》かるるも、其の學識 本 俗に殊なれり。故に 其の發して文章と爲るや、氣格高逸にして、翛然《しょうぜん》として自ら異なれり。卽《たと》い朱子の以て子爲るに藉《か》りずとも、其の集 亦た以て自ら傳うるに足れり。自得の云う所、頗《すこぶ》る實に近しと爲す。後來の門戸の私の、張栻《しょく》を以て張浚《しゅん》を尊ぶ者の比に非《あら》ざるなり。

後に朱槔《こう》『玉瀾集』一卷を附す。槔《こう》 字は逢年、松の弟なり。其の集は原《もと》 別本 自ら行わる。故に『書錄解題』は松の集と各自に著錄す。明の宏治丙辰、任邱の鄺璠《こうはん》は其の本を睢陽《すいよう》の陳性之より得て、因りて松の集の後に附刻す。昌辰の此の刻も亦た之に仍《よ》る。後に尤袤《ゆうぼう》の跋有りて、極めて其の〈春風〉一篇、〈卽事〉三首を稱す。然れども 槔の詩は實は松に及ばず、衮の稱する所も亦た未だ盡くは允《まこと》と爲さず。姑《しばら》く驥《き》に附して以て行うと云うのみ。

【現代語譯】

宋　朱松の著。松は字を喬年、號を韋齋《いさい》といい、朱子の父である。政和八年（一一一八）に同上舎出身となり、官は吏部員外郎に至った。言論で秦檜《しんかい》に楯突いたことから、中央を出て知饒《じょう》州となった。しかし、赴任しないまま、暇を願い出て、主管台州崇道觀となった。任期が終わったところで再び同職を願い出て、詔が下ったものの亡くなった。

朱子は行狀を作って、「『韋齋集』十二卷・『外集』十卷有り」と言っている。『外集』は早くに散逸してしまった。この集は當初淳熙《じゅんき》年間に刻され、二度目は元の至元年間に、さらに明の弘治年間に刻されたが、傳本は稀である。康熙《こうき》四十九年、彼の裔孫《えいそん》の朱昌辰が再び校錄重刊したものが、今本である。その卷數を確かめてみると、行狀の言うところと合致しており、舊版の姿をとどめているようだ。

前に傅自得《ふじとく》の序文が有り、「その詩は　高邁かつ幽潔、その文は　溫婉《おんえん》にして典裁、表奏や書疏に至っては、これまた皆　理に適《かな》っていて的確だ」と言っている。友人の推薦の辭ではあるが、松は早くから李侗《どう》と親しく、後に秦檜《しんかい》にくじかれたものの、その學識はもともと俗人とは殊なる。故にそれが文章に發露すると、氣格は高く、群を抜いて他と異なったものになる。たとえ息子が朱子であることをもちださなくとも、その集はそれ自體傳うるに足るものである。自得の云うことは、かなり眞實に近く、後世の派閥にとらわれた輩が、張栻《しょく》ゆえにその父の張浚《しゅん》を尊ぶこととは比べものにならない。

後に朱槔《こう》『玉瀾《ぎょくらん》集』一卷が附されている。槔は字を逢年といい、松の弟である。その集はもともと別本として獨自に行われていた。故に『書錄解題』は槔の集と松の集とをそれぞれ別に著錄している。明の弘治九年（十六年の誤り）、任邱の鄺璠《こうはん》がその本を睢陽《すいよう》の陳性之から入手し、松の集の後に附刻した。昌辰のこの刻本もこれによったのだ。

後に尤袤《ゆうぼう》の跋が有り、彼の〈春風〉一篇と〈卽事〉（〈感事〉の誤り）三篇をとても褒めている。しかし、棹の詩は實際は松に及ばず、袤の褒めたのがすべて當っているとはいえない。とりあえず驥尾《きび》に附しておくというところだ。

【注】

一　内府藏本　宮中に藏される書籍の總稱。清代では皇史宬《こうしせい》・懋勤殿《ぼうきんでん》・摛藻《ちそう》堂・昭仁殿・武英殿・内閣大庫・含經堂などに所藏される。

二　別字韋齋　別字とは別號のこと。四部叢刊續編『韋齋集』卷首の傅自得《ふじとく》の序文には「公の名は松、字は喬年、韋齋は蓋し自號と云う」とあり、『朱文公文集』卷九七〈皇考左承議郎守尚書吏部員外郎兼史館校勘累贈通議大夫朱公行狀〉は「因りて古人の佩韋の義を取りて以て其の齋に名づく」という。「佩韋」の「韋」はなめし皮。むかし西門豹はせっかちな性格だった。柔軟ななめし皮を身に佩《お》びて、のんびりした性格に改めようとしたという。

三　同上舍出身　『朱文公文集』卷九七〈皇考朱公行狀〉には「未だ冠せずして、郡學繇《よ》り京師に貢せらる。政和八年、同上舍出身を以て、迪功《てきこう》郎・建州政和縣尉を授けらる」と見える。上舍とは上舍生のことで、太學三舍のうち成績上級の者を指す。北宋の徽《き》宗のときには、ここから選抜されて任官するいわゆる舍選法が大いに行われた。ただし、朱松が授かったのは同上舍出身であり、取り立てて優等だったわけではない。

四　官至吏部員外郎　注二の朱熹〈皇考朱公行狀〉に「左承議郎守尚書吏部員外郎」と題されることから知られる。「守」とは寄祿官の品階が職事官よりも一品低い場合をいう。この場合、朱松の寄祿官は左承議郎（從七品）であり、尚書吏部員外郎は正七品の職事官である。

五　以言事忤秦檜…　朱松は秦檜の和議に一貫して反對し、紹興十年（一一四〇）の春、秦檜《しんかい》の畫策によって「懷異自賢」の罪を問われ、知饒《じょう》州として地方に出されることになった。そのため朱松は暇乞いをして、祠祿官である主管台州崇道觀の肩書きで政界から身を引いた。

六　朱子作行狀、稱有『韋齋集』十二卷・『外集』十卷　『朱文公文集』卷九七〈皇考朱公行狀〉には「爲《つく》る所の文に韋齋集十二卷有りて、世に行なわる。外集十卷は家に藏す」とある。

七　是集初刻於淳熙、再刻於至元、又刻於宏治　四部叢刊續編本『韋齋集』、文淵閣四庫全書本『韋齋集』ともに集の卷首には「淳熙《じゅんき》七年（一一八〇）夏四月既望、河陽の傅《ふ》自得序す」と署名のある序文と「至元三年丁丑（一三三七）五月五日、後學の廬《ろ》陵の劉性謹んで書す」と署名のある序文がある。また、文淵閣四庫全書本の卷末には「弘治癸亥春二月既望、任丘の鄗《こう》璠《はん》謹んで題す」と署名のある跋文がある。

八　康熙庚寅、其裔孫昌辰又校錄重刊　文淵閣四庫全書本『韋齋集』の卷末には康熙《こうき》四十九年（一七一〇）の二十世の裔孫《えいそん》朱昌辰の跋文があり、「先儒獻靖公『韋齋集』十二卷曁《およ》び先逢年公『玉瀾集』一卷、一たび淳熙《じゅんき》辛丑に刻され、再び至元丁丑に刻され、三たび弘治癸亥に刻さる。板は闕里の先祠に藏さるるも、歲久しくして漫滅し、世に行わるること罕にして、世も亦た購《あがな》い得る者有ること罕《まれ》なり。康熙庚寅（四十九年）正月、昌辰 求めて舊本を得て、急ぎ魯魚を訂し、之を剞劂《きけつ》に付し、年月を後に記す」という。

九　前有傅自得序　注七の傅自得の序文に「予は既に詩を爲りて以て公を哭す、因りて其の遺編を求め、伏して之を讀み、其の詩の高遠にして幽潔なる、其の文の溫婉にして典裁なるを愛す。表疏・書奏に至りては、又た皆な理に中《あた》りて事情に切なり」と見える。

一〇　松早友李侗　李侗（一〇九三〜一一六三）は南劍州劍浦（福建省）の人。字は愿《げん》中。羅從彥に從學して推稱せられ、のち退いて世と交わりを絕つこと四十年に及んだ。朱熹がこれに師事し、世に延平先生と稱せられた。『宋史』卷四二八 道學傳二參照。その〈行狀〉は朱子が書いている。『朱文公文集』卷九七〈延平先生李公行狀〉に、「熹の先君子吏部府君も亦た羅公（從彥）に從いて學を問い、先生と同門の友と爲りて、雅《つね》に焉《こ》れを敬重す。嘗て沙縣の鄧迪《とうてき》天啟と語りて先生に及ぶに、鄧曰く、〝愿中は冰壺《ひょうこ》の秋月の如く、瑩徹《えいてつ》にして瑕《か》無し。吾が曹の及ぶ所に非ず〟と。先君子 深く以て知言と爲し、亟《しき》りに之を稱道す。其の後、熹は先生に從いて遊ぶを獲《え》、一たび去りて復た來《きた》る每《ごと》に、則ち聞く所 必ず益ます超絕す。蓋し其の上達の已まずして日び新たなること此《か》くの如し」と見える。

一一　以張栻而尊張浚者　張栻《しょく》は南軒先生と稱される南宋を代表する儒者（本書三三「南軒集四十四卷」參照）で、朱熹の論敵であり、友人でもある。その父張浚（一〇九七〜一一六四）は字を德遠、號を紫巖といい、高宗の時の宰相で、主戰論者として秦檜《しんかい》の講和派と對立した。孝宗卽位後、魏國公に封ぜられ、再び宰相となった。その事蹟は、朱熹『朱文公文集』卷九五〈少師保信軍節度使魏國公致仕贈太保張公行狀〉・楊萬里『誠齋集』卷一一五〈張魏公傳〉・『宋史』卷三六一 張浚傳などに詳しい。彼は主戰派の重鎭として知られ、彼を諸葛孔明になぞらえる向きもある一方で、李綱を彈劾して宰相を辭めさせたことや金との戰いでたびたび敗北を喫したことを理由に彼の人物を問題視する見方もある（本書三三「南軒集四十四卷」注二七參照）。四庫全書編纂官は、後者の立場に立っており、『四庫全書總目提要』卷一五八 集部一一 別集一一の王之望撰『漢濱集』十六卷の條では、張浚を退けた王之望は人を見る眼があったと賞贊し、大儒張栻の父ということで張浚を辯護すべきではないとする。「(王)之望は秦檜の柄國の時に當りて、落落として合わず、人は咸《み》な其の守有るを稱す。其の歷官も亦た頗る政績を著《あらわ》す。惟《た》だ隆興の時に在りては、力《つと》めて和議を主し、湯思退と相い表裏し、專ら地を割きて敵に啖《くら》わすを以て得計と爲し、極めて張浚の恢復の謀を沮《はば》む。考うるに宋の南渡の初めは、自ら當に北のかた中原を取るを以て務めと爲すべし。然れども惟だ岳(飛)・韓(世忠)の諸將は功を圖るを冀《ねが》うべきも、張浚は狠愎迂疎《こんぴょくうそ》にして、但だ功を立てて以て位を固むるに急にして、實は倚りて以て恢復すべきの人に非ず。一たび富平に敗れ、而して師を喪うこと三十萬、再び淮西《わいせい》に衂《やぶ》れ、而して叛逃する者七萬、三たび符離《ふり》に挫《くじ》かれ、而して師を喪うこと又た十三萬なり。轅《えん》を僨《くつが》えし國を誤ること、其の驗は昭然たり。講學家は張栻の故を以て、其の父を回護するは、殊に未だ是非を顚倒するを免かれず。之望の浚を沮むは、之を人を知ると謂わざるべからず」。また、同書卷四七 史部 編年類の李心傳撰『建炎以來繫年要錄』二百卷の條でも、提要は「宋人の如きは張栻の講學の故を以て、門戶を堅持し、其の父張浚の爲に左袒《さたん》せざるは無し」と批判している。

一二　後附朱槹玉瀾集一卷　朱槹《こう》の詩として五十六題計八十四首が收められている。

一三　槹字逢年、松之弟也　文淵閣四庫全書本『玉瀾集《ぎょくらん》』の末尾には尤袤《ゆうぼう》の後序と朱槹の〈行狀〉が附されている。〈行狀〉には「公　諱《いみな》は槹、字は逢年、號は玉瀾、承事府君の季子なり」と見える。また、朱熹はその祭文〈叔父崇仁府君を祭る文〉(『朱文公文集』卷八七)を作っており、朱槹のことを三叔父と呼んでいる。

一四　書錄解題、與松集各自著錄　『直齋書錄解題』卷一八には朱松の「韋齋小集十二卷」が、卷二〇には朱槹の「玉瀾集一卷」が別々に著錄されている。

一五　明宏治丙辰任邱鄺璠得其本於睢陽陳性之　「宏治」は「弘治」。乾隆帝の諱《いみな》を避けてこのように書く。ただし、弘治丙辰(九年)は弘治癸亥《きがい》(十六年)の誤り。臺灣國家圖書館藏の弘治刻本『韋齋集』(舊北平圖書館藏)の卷末の鄺璠《こうはん》の跋文には、「予　之(但し文淵閣四庫全書本では「乏」に誤る)を吳邑に承け、嘗て手づから『韋齋先生集』若干卷を錄するも、訛闕《かけつ》は考する所無し。比《この》ごろ新安に倅《さい》たりて、文公に紫陽書院に謁す。紫陽は韋齋の舊遊の地なり。因りて其の故を擧ぐ。通守睢《すい》陽の陳侯性之は乃ち是の編と其の弟の『玉瀾集』一卷を出だす。爰《ここ》に錄する所の本を正し、幷びに之を刻す。…弘治癸亥春二月既望任丘鄺璠謹題」とある。

一六　昌辰此刻亦仍之　注八參照。

一七　後有尤袤跋　卷末には淳熙辛丑(八年)の尤袤の跋があり、「〈春風〉一篇は、雍容廣大にして、聖門舞雩《ぶう》の氣象有り、〈感事〉三篇は慨然として、經世の志を見る」と賞贊している。提要が「即事三首」に作るのは「感事三篇」の誤り。

【附記】

朱松の版本で最もよく行われているのは、四部叢刊續編本である。朱槹の『玉瀾集』が附されていることから、明の弘治癸亥（十六年）に鄺璠《こうはん》が刻した本の影印と考えられるが、惜しいことに鄺璠の跋文を佚している。『全宋詩』（第三三冊　朱松巻一八五三～一八五八、朱槹巻一八五九）もこれを底本とする。四庫全書は二十世の孫である朱昌辰が康熙四十九年（一七一〇）に弘治本を重刻した本を底本とする。

かつて靜嘉堂文庫藏本は元刻本とされていたが、現在では弘治刻本と確認されている。

一〇　陵陽集四卷　[一]浙江鮑士恭家藏本

【韓駒】一〇八〇～一一三五

字は子蒼《しそう》、四川仙井監（四川省仁壽縣）の人。呂本中によって江西詩派の詩人とされたが、本人はこれを不本意とした。郷里仙井監の古名陵陽に因《ちな》んで陵陽先生と稱される。若い頃、許州に隱棲した蘇轍《そてつ》に學を受けた。そのため、舊法黨彈壓の際には二度の左遷を經驗した。まず、徽《き》宗の政和元年（一一一一）召されて進士出身を賜り、祕書省正字に除せられたものの、すぐに監華州蒲城市易務に貶《おと》された。一度目の左遷である。宣和五年（一一二三）に祕書少監、六年に中書舍人兼修國史となるも、欽宗の靖康元年（一一二六）に提擧江州太平觀に貶された。二度目の左遷である。南宋の高宗が卽位すると、知江州となり、紹興五年（一一三五）撫《ぶ》州で沒した。『宋史』卷四四五　文苑傳七　參照。

宋韓駒撰。駒字子蒼、蜀仙井監人。[二]政和中召試、賜進士出身。[三]累除中書舍人、權直學士院。南渡初、知江州。[四]事蹟具宋史文苑傳。

[五]駒學原出蘇氏。[六]呂本中作江西宗派圖、列駒其中。駒頗不樂。然駒詩磨淬翦截、亦頗涉豫章之格。[七]其不願寄王氏門下、亦猶[八]陳師道之瓣香南豐、不忘所自耳。非必其宗旨之迥別也。[九]陸游跋其詩草、謂反覆塗乙、又歷疏語所從來。詩成、既以與人、久或累月、遠或千里、復追取更定、無毫髮憾乃止。亦可謂苦吟者矣。

[10]晁公武讀書志、謂[11]王黼嘗命駒題其家藏太乙眞人圖、盛傳一時。今其詩具在集中、有[12]玉堂學士今劉向之句、推許甚至。[13]劉克莊謂子蒼諸人、自矜其技至貴顯、蓋指此類。其亦[14]陸游南園記之比乎。要其文章不可掩也。

【訓讀】

宋 韓駒《かんく》の撰。駒 字は子蒼《しそう》、蜀の仙井監の人。政和中 召されて試みられ、進士出身を賜る。累《かさ》ねて中書舍人、權直學士院に除せらる。南渡の初め、江州に知たり。事蹟は『宋史』文苑傳に具われり。

駒 學は原《もと》 蘇氏より出づ。呂本中『江西宗派圖』を作りて、駒を其の中に列す。駒は頗る樂しまず。然れども 駒の詩は磨淬翦截《まさいせんせつ》にして、亦た頗る豫章の格に涉《わた》る。其の王氏の門下に寄るを願わざるは、亦た猶お 陳師道の南豐に瓣香《べんこう》し、自《よ》る所を忘れざるがごときのみ。必ずしも 其の宗旨の迴《はる》かに別なるに非ざるなり。陸游は其の詩草に跋して謂う、「反覆して塗乙《といつ》し、又た歷《あまね》く語の從りて來たる所を疏す。詩成りて、既に以て人に與うるも、久しきこと或いは累月、遠きこと或いは千里なるも、復た追取して更定し、毫髮《ごうはつ》の憾《うら》み無くして乃ち止む」と。亦た苦吟する者と謂うべし。

晁《ちょう》公武『讀書志』謂う、「王黼《ほ》は嘗て駒《く》に命じて其の家藏の〈太乙眞人圖〉に題せしめ、盛んに一時に傳う」と。今 其の詩は具《つぶさ》に集中に在り、「玉堂の學士は今の劉向」の句有りて、推許すること甚だ至れり。劉克莊の、「子蒼の諸人は、自ら其の技を矜《ひさ》ぎて貴顯に至る」と謂うは、蓋し此の類を指す。其れ亦た陸游の〈南園記〉の比《たぐい》なるか。要は其の文章 掩うべからざるなり。

【現代語譯】

宋　韓駒の著。駒は字を子蒼といい、蜀の仙井監（四川省仁壽縣）の人である。政和年間に召されて試驗を受け、進士出身を賜った。累遷して中書舍人、權直學士院に除せられた。南宋の初めに、知江州となった。事蹟は『宋史』文苑傳に詳しい。

駒の學問はもともと蘇氏から出たものである。呂本中は『江西宗派圖』を作って駒をその中に列したのだが、駒はそれがとりわけ氣に入らなかった。しかし、駒の詩は言葉を切り貼りして研きをかけている點でも、かなり黄庭堅の格に近い。彼が王氏（黄氏の誤り）の門下につきたがらなかったのも、ちょうど陳師道が南豐先生曾鞏《そうきょう》に敬服し、よって來たるところを忘れなかったようなものである。必ずしも詩に對する考えが黄庭堅とかけ離れていたというのではない。陸游は彼の詩草に跋文をつけて次のように言っている。「何度も推敲して書き改め、さらに言葉の出典をいちいち書き込んだ。詩が出來上がって、すでに人に與えたものでも、何ヶ月後でもあるいは千里の遠方であっても、またそれを取り返して手を入れ、少しの心殘りも無くなるまでそれをやめなかった」と。これまた苦吟の人といえよう。

晁《ちょう》公武『郡齋讀書志』は、「王黼《ほ》は嘗て駒に命じて家藏の〈太乙眞人圖〉に題した詩を書かせ、それが當時盛んに喧傳された」と言っている。今その詩は集中にあり、そこには「玉堂の學士は今の劉向」の句があり、王黼への賞讃が過ぎる。劉克莊が「韓子蒼の諸人は自ら其の技を鬻《ひさ》いで貴顯に至った」というのは、思うにこれらのことを言っているのだ。これも陸游の〈南園記〉のようなものではなかろうか。要するにその詩文は覆い隱すことはできないのだ。

【注】

一 浙江鮑士恭家藏本　鮑士恭の字は志祖、原籍は歙《しょう》（安徽省）、杭州（浙江省）に寄居す。父 鮑廷博（字は以文、號は淥飲《ろくいん》）は著名な藏書家で、とりわけ散佚本の蒐集を好んだ。その精粋は『知不足齋叢書』中に見える。『四庫採進書目』によれば『四庫全書』編纂の際には、藏書六二六部を進獻した。任松如『四庫全書答問』によれば、そのうち二五〇部が著錄され、一二九部が存目（四庫全書内に収めず、目錄にのみとどめておくこと）に採擇されている。

二 政和中召試、賜進士出身　『宋史』卷四四五 文苑傳七 韓駒傳に、「政和の初、頌を獻ずるを以て假將仕郎に補せられ、召されて舍人院に試みられ、進士出身を賜り、祕書省正字に除せらる」とある。しかし、『宋史』はその出仕の經緯について、蘇轍《そてつ》の門下生であったことを言った（注五）後、「其の後 宦者《かんじゃ》に由りて以て進用せられ、頗る識者の薄《うと》んずる所と爲ると云う」という。

三 累除中書舍人　中書舍人となったのは、宣和六年（一一二四）のことである。

四 事蹟具宋史文苑傳　『宋史』卷四四五 文苑傳七 韓駒傳を指す。

五 駒學原出蘇氏　『宋史』卷四四五 文苑傳七 韓駒傳に「駒嘗て許下に在りて蘇轍に從いて學ぶ。其の詩 儲光羲《ちょこうぎ》に似ると評さる」と見える。蘇轍は〈韓駒秀才の詩卷に題す〉一絶（『欒城《らんじょう》集』後集卷四）に「唐朝の文士 例として詩を能くするも、李杜の高深 到るを得ること希なり。我 君の詩を讀むに笑いて語無く、怳然《こうぜん》 重ねて儲光義に見《あ》うがごとし」と評している。なお、韓駒は蘇氏の學を受けたことを理由に舊法黨と目され、二度左遷された。一度目は進士出身を賜って祕書省正字となった政和の初（一一一一）に、監華州蒲城市易務に貶《おと》されたもので、二度目は靖康元年（一一二六）、提擧江州太平觀に貶されている。

六 呂本中作江西宗派圖、列駒其中　呂本中の『江西宗派圖』は、今日傳わらないが、劉克莊の〈江西詩派〉（『後村先生大全集』卷九五）によって、その概略を知ることができる。韓駒については次のようにいう。「子蒼、蜀の人。學は蘇氏より出で、豫章（黄庭堅）と相い接せず。呂公 之に強いて派に入るるも、子蒼殊に樂しまず。其の詩 磨淬翦截《まさいせんせつ》の功有り、終身 改竄《ざん》して已まず。已に寫して人に寄すること數年なるに、追取して一兩字を更易《こうえき》する者有り。故に 作る所 少なきも善し」。

七 其不願寄王氏門下　「王氏」は「黄氏」の誤り。文淵閣本の書前提要や武英殿本・文溯閣本の『四庫全書總目提要』は、正しく「黄氏」に作る。

八 陳師道之瓣香南豐　陳師道〈兗國文忠公の家の六一堂圖書

を觀る〉（『后山詩註』巻三）の「向來一瓣香《べんこう》、敬して曾南豐の爲にす」の句に基づく。四部叢刊本『后山詩註』巻首 魏衍《ぎえん》〈彭城陳先生集記〉（文淵閣四庫全書本『後山集』の附錄〈後山集記跋〉）には「年十六にして 南豐先生曾公鞏《きょう》に謁す。曾 大いに之を器とし、遂に門に業す」とみえる。陳師道自身も〈晁《ちょう》深之に答うる書〉（文淵閣四庫全書本『後山集』巻九または宋刻本『後山居士文集』巻一〇）において、「始め僕 文を以て曾南豐に見《まみ》ゆ。辱けなくも 賜るに教えを以てし、曰く〝子を愛するに誠を以てす、言の盡くるを知らざるなり〟と」という。陳師道は最初曾鞏に學を受け、後に黄庭堅と出會い、その詩に心服するようになったが、生涯、曾鞏に對する敬意の念を忘れなかった。

九　陸游跋其詩草　陸游『渭南《いなん》文集』巻二七〈陵陽先生の詩草に跋す〉に、「右 陵陽先生 韓子蒼詩草一巻。之を其の孫 籍に得たり。先生の詩は天下を擅《ほし》いままにす。然れども 反覆して塗《と》乙《いつ》し、又た歷《あまね》く語の從りて來《きた》る所を疏《そ》す。其の嚴なること此くの如し。以て後輩の法と爲すべし。予 聞くならく、先生は詩成りて、既に以て人に豫《あた》え、久しきこと或いは累月、遠きこと或いは千里なるも、復た追取して更定し、毫髮の恨み無くして乃ち止む。則ち此の草も亦た未だ必ずしも皆 定本たらざるなり。大歇庵《けつあん》詩一章は、徐師川の作にして、先生 手づから之を錄し、亦た其の昔人 名を爭うの病無きを見るに足る。故に巻中に附見す。淳熙《じゅんき》庚子四月二十二日、笠澤の陸某書す」と見える。

一〇　晁公武讀書志…　晁公武『郡齋讀書志』巻一九は「韓子蒼集三巻」と著錄して次のようにいう。「右、皇朝の韓駒、字は子蒼、仙井の人。政和の初め、闕に詣《いた》り書を上り、特に命ぜらるるに官を以てし、累《かさ》ねて中書舍人、權直學士院に擢《ぬき》んでらる。王黼《ほ》 嘗て子蒼に命じて其の家藏の〈太乙眞人圖〉を詠ぜしめ、詩は盛んに一世に傳わる。宣和の閒、獨り詩を能くするを以て稱せらると云う。」

一一　王黼《ほ》　一〇七九～一一二六。字は將明、初めの名は甫。開封祥符の人。崇寧のときの進士。徽《き》宗朝、蔡京《さいけい》が宰相に復位することに助力したことから左諫議大夫を經て翰林學士となり、宣和の初めには特進少宰となる。蔡京の引退後は、專權をふるった。宋が女眞族（金）と同盟して遼から燕京を奪還しようとした際、天下の丁夫より集めた錢を金に支拂い、燕京とその近邊の數州を買い取った。しかし、これは實は住民や財物が持ち去られたあとの空城であった。靖康元年に金が開封を包圍したときには、一身の安全を圖って逃げ出し、途中、誅殺された。蔡京・童貫とともに北宋滅亡の原因を作った人物に數えられる。『宋史』巻四七〇 佞幸傳 參照。

一二　有玉堂學士今劉向之句…　『陵陽集』巻一〈王內翰の家の李伯時の畫く太一《たいいつ》姑射圖《こやず》に題す二首〉の第一首の十三・四句に「玉堂の學士は今の劉向《きょう》、禁直は岹嶢《ちょうぎょう》たること 九天の上」とする。玉堂の學士とは當時翰林學士であった王黼《ほ》をさす。詩は王黼を漢の劉向になぞらえたもの。ただし、胡仔《こし》『苕渓《ちょうけい》漁隱叢話』前集卷五三は、この詩について「語意妙絶、眞に能く此の畫を詠じ盡くせり」と賞贊している。

三 劉克莊謂子蒼諸人… 劉克莊『後村先生大全集』卷九五〈江西詩派〉の二謝（謝逸・謝薖《か》）の條に「然れども 弟兄は政（和）・宣（和）の閒に在りて、科擧の外に、岐路の身を進むべき有り。韓子蒼の諸人は、或いは自ら其の技を鬻《ひさ》ぎて貴顯に至る。二謝は乃ち老いて布衣に死す。其の高節 亦た及ぶべからず」と見える。

四 陸游南園記 〈南園記〉は、陸游が時の權力者韓侂冑《かんたくちゅう》の依賴で書いたもの。寧宗を擁立した韓侂冑は、朱熹一派を彈壓して政權を握り、金への北伐を敢行するなど、國を誤った人物とされ、『宋史』はこれを姦臣《かんしん》傳に列している。そのため陸游が〈南園記〉を書いたことは晩節を汚したものとして、後世、評判が芳しくない。たとえば、『宋史』卷三九五 陸游傳は次のようにいう。「晩年 再び出で、韓侂冑の爲に〈南園〉〈閱古泉記〉を撰し、淸議に譏《そし》らる。朱熹嘗て言う、其の能 太《はなは》だ高く、迹太だ近し。恐るらくは 有力者の牽挽《けんべん》する所と爲り、其の晩節を全うするを得ずと。蓋し 先見の明有り」。また、論讚も「陸游は學廣くして望隆んなり。晩に韓侂冑の爲に堂記を著す。君子 之を惜しむ。抑《そも》そも『春秋』は賢者を責めて備れり」という。陸游自身が編纂した『渭南《いなん》文集』は、この二篇を收入しておらず、明の毛晉編『放翁逸稿』卷上に見える。本書二九―二「渭南文集五十卷 逸稿二卷」を參照。

【附記】

韓駒の集は、『直齋書錄解題』卷一八に「陵陽集五十卷」とあり、卷二〇の詩集類に「陵陽集四卷・別集二卷」と著錄される。前者は亡佚し、後者は現在鈔本で傳わっている四卷本である。その最も古いものは、日本の大倉集古館に藏されている明の菴羅菴《あんらあん》の鈔本で、卷一の題下に「江西詩派中書舍人韓駒子蒼」とあることから、これは江西詩派の總集の一部であったと思われる。四庫全書の底本となった鮑《ほう》氏の知不足齋藏本も詩派本であり、現在、臺灣の國家圖書館に藏されている。

『全宋詩』（第二五册 卷一四三九～卷一四四三）は、文淵閣四庫全書本を底本とし、集外詩を廣く輯めている。資料集としては傅璇琮《ふせんそう》『古典文學研究資料彙編 黃庭堅和江西詩派卷』下卷（中華書局 一九七八）がある。

一一　屛山集二十卷

[一]兩江總督採進本

【劉子翬《りゅうしき》】一一〇一～一一四七

字は彦冲、號は屛山《へいざん》または病翁、建州崇安（福建省）の人。蔭補によって承務郎となり、眞定府（河北省）の幕僚となった。高宗の建炎四年（一一三〇）に通判興化軍（福建省）となったが、病を得て武夷山に歸鄕し、學を講じて生涯を終えた。屛山とは武夷山の中の一つである。朱熹が『易』を學んだ先生として知られる。『宋史』卷四三四　儒林傳四　參照。

宋劉子翬撰。子翬字彦冲、崇安人。[二]劉韐之季子。[三]嘗通判興化軍、[四]移疾歸里、築室屛山以終。[五]此集乃其嗣子坪所編、而[六]朱子爲之序。序末署門人朱某、[七]蓋早年嘗以父命受業於子翬也。

集中談理之文、辨析明快、曲折盡意、無南宋人語錄之習。論事之文、洞悉時勢、亦無迂闊之見。如[八]聖傳論・[九]維民論及[一〇]論時事劄子諸篇、皆明體達用之作。非坐談三代、惟鶩虛名者比。古詩風格高秀、不襲陳因。惟七言近體、宗派頗雜江西。[一一]蓋子翬嘗與呂本中遊、故格律時復似之也。

[一二]王士禎池北偶談曰、屛山諸詩、往往多禪語。如[一三]牧牛頌云、直饒牧得渾純熟、痛處還應著一鞭。[一四]徑山寄道服云、聊將佛日三端布、爲造靑州一領衫。又云、此袍徧滿三千界、要與寒兒共解顏。此類是也。又述[一五]子翬之言曰、吾少官莆田、以疾病時接佛・老之徒、聞其所謂淸淨寂滅者而心悅之。比歸讀儒書、乃見吾

道之大云云。是子翬之學初從禪入。當時原不自諱、故見於吟詠者如此云。

【訓讀】

宋 劉子翬《りゅうしき》の撰。子翬 字は彦沖、崇安の人。劉韐《こう》の季子なり。嘗て興化軍に通判たりて、移疾して里に歸り、室を屏山《へいざん》に築きて以て終る。此の集は乃ち其の嗣子 坪《へい》の編む所にして、朱子 之が序を爲る。序の末に「門人 朱某」と署するは、蓋し 早年に嘗て父の命を以て業を子翬に受くればなり。

集中の理を談ずるの文は、辨析明快にして、曲折 意を盡《つ》くし、南宋人の語錄の習い無し。事を論ずるの文は、時勢を洞悉《どうしつ》し、亦た迂闊《うかつ》の見無し。〈聖傳論〉〈維民論〉及び〈時事を論ずる劄子《さつし》〉の諸篇の如きは、皆 明體達用の作なり。三代を坐談し、惟《た》だ虛名に騖《はし》る者の比に非ず。古詩は風格高く秀で、陳因を襲わず。惟だ 七言の近體は、宗派頗る江西を雜《まじ》う。蓋し 子翬嘗て呂本中と遊び、故に格律 時に復た之に似るなり。

王士禎『池北偶談』に曰く、「屏山の諸詩 往往にして禪語多し。〈牧牛頌〉の如きは云う、〝直《たと》饒《い》牧して渾《すべ》て純熟なるを得るも、痛處 還《ま》た應《まさ》に一鞭を著《ちゃく》すべし〟と。〈徑《けい》山にて道服を寄す〉に云う、〝聊か 佛日 三端の布を將《も》て、爲《ため》に造る 青州 一領の衫〟。又た云う、〝此の袍 徧《あまね》く三千界に滿ちて、寒兒と共に解顏せんことを要す〟と。此の類 是れなり」と。又た子翬の言を述べて曰う、「吾 少《わか》きとき莆田《ほでん》に官し、疾病を以て時に佛・老の徒に接し、其の謂う所の清淨寂滅なる者を聞き、心に之を悅ぶ。比《この》ごろ歸りて儒書を讀み、乃ち吾が道の大なるを見る云云」と。是れ 子翬の學 初め禪從《よ》り入る。當時 原《もと》 自《みずか》ら諱《い》まず。故に 吟詠に見《あら》わるる者 此《か》くの如しと云う。

【現代語譯】

宋 劉子翬《りゅうしき》の著。子翬は字を彦沖といい、崇安（福建省）の人である。劉韐《こう》の末子で、かつて興化軍の通判を務めていたが、病氣退職届を出して郷里に歸り、隱居所を屛山《へいざん》に築き、生涯を終えた。この集は彼の嗣子である坪（坪の誤り）が編纂したもので、朱子が序文を書いている。序文の末行に「門人 朱某」と署名しているのは、若い時、父の命で子翬に學を受けたためであろう。

集中の理を談じた文は、分析が明快で、丁寧な説明を加えており、南宋人の語録のような悪習はない。政事を論じた文は、時勢を洞察し、現實離れした見解ではない。〈聖傳論〉〈維民論〉及び〈時事を論ずる劄子〉等の諸篇は、いずれも實用に則した文で、三代についての空論を振りかざし、虚名に走る連中とは異なる。古詩はずば抜けた風格があり、陳腐な作風をなぞったりしていない。ただ、七言の近體詩は、江西派的要素が混じっている。思うに 子翬は嘗て呂本中と交遊があり、そのため格律もままこれに似たのであろう。

王士禎『池北偶談』はいう。「屛山の諸詩は往往にして禪語が多い。たとえば、〈牧牛頌〉に〝直饒《たとい》 牧し得て渾《すべ》て純熟なるも、痛處 還《ま》た應《まさ》に一鞭を著《ちゃく》すべし（牧牛がいくらおとなしくいうことをきいたとしても、やはり肝心なときには一鞭くれてやらなければならない）〟、〈徑山にて道服を寄す〉に〝聊《いささ》か 佛日 三端の布を將《も》て、爲《ため》に造《つく》る 靑州 一領の衫（佛様の正月の布でもって、君のために上着をつくろう）〟、さらに〝此の袍 徧《あまね》く三千界に滿ちて、寒兒と共に解顏せんことを要す（この袍が三千世界を徧《あまね》く包み、子ども共々安息の表情を浮かべたい）〟などという類が、これである」と。さらに王士禎は、子翬の次のような言を引用している。「私は、若い時莆田《ほでん》に赴任したが、病のためしばしば佛・老の徒に接し、彼らの説く清淨寂滅《しょうじょうじゃくめつ》ということを聞き、內心これが氣に入った。さきごろ歸鄕して儒書を讀むようになって、ようやく吾が儒教の道の偉大さを認識した云云」と。つまり、子翬は最初は禪から學問に入ったのだ。その當時はそれを忌避したりしなかったのであり、そのためこんなふうに吟詠に現れているのである。

【注】

一　兩江總督採進本　採進本とは、四庫全書編纂の際、各省の巡撫《じゅんぶ》、總督、尹《いん》、鹽政などを通じて朝廷に獻上された書籍をいう。兩江總督とは江南と江西（今の江蘇・安徽・江西省）を統括する官。任松如『四庫全書答問』によれば、ここより進呈された本のうち、二五一部が四庫全書に著録され、四六七部が存目（四庫全書内に収めぬが、目録にのみとどめておくこと）に置かれた。

二　劉韐之季子　『宋史』巻四三四　儒林傳四　劉子翬《しき》傳は、「贈太師韐《こう》の仲子」としているが、朱熹〈屛山先生劉公墓表〉（『朱文公文集』巻九〇）には、「先生は忠顯公（劉韐）の季子」とある。朱熹の劉珙（子翬の兄の子）神道碑（『朱文公文集』巻八八）にも「季父」とある。「仲子」とするのは『宋史』の誤りであろう。

三　嘗通判興化軍、移疾歸里、築室屛山以終　靖康の變で父劉韐を喪った子翬は、墓のそばで身を削るような過酷な服喪を三年續けた後、興化軍通判として官に復歸した。しかし、服喪の無理がたたって病を得、鄕里の武夷山に隱居し、十七年後に亡くなった。

四　移疾　病氣を理由に退職願いを出すこと。

五　此集乃其嗣子坪所編　「坪」は「玶」の誤り。文淵閣四庫全書本『屛山集』巻首胡憲〈屛山集序〉は、「坪」と誤っており、提要はこれに據ったのであろう。靜嘉堂文庫藏の明弘治刻本『屛山集』巻首の胡憲〈屛山集序〉に「其の嗣子　玶　始めて其の遺文を編次し、古賦・古律詩・記・銘・章奏・議論二十巻を得たり。目して屛山集と曰い、予に屬《しょく》して序を爲《つく》らしむ」と見え、また朱熹の跋（注六）でも「玶」としている。

六　朱子爲之序　朱熹〈屛山先生文集の後に書す〉（『朱文公文集』巻八一および文淵閣四庫全書本『屛山集』巻末所收）に、「屛山先生文集二十巻、先生の嗣子　玶の編次する所にして、已に定めて、繕寫すべし。先生　手足を啓《ひら》きし時（天壽を全うした時）、玶は年　甚だ幼く、故を以て平生の遺文　多くは散逸する所なり。後　十餘年、始めて復た訪求し、以て家書の缺を補う。則ち皆　傳寫　眞を失い、同異　參錯《さんさく》して讀むべからず。是に於いて反復讎訂《しゅうてい》すること、又た十餘年。然る後に此の二十巻なる者　始めて克く書を成し、大いなる譌謬《かびゅう》無し。熹　門墻灑掃《さいそう》の舊を以て、幸いに與《とも》に焉《こ》れと討論するを獲たり。…乾道癸巳（九年、一一七三）七月庚戌、門人朱熹謹書」と見える。

七　蓋早年嘗以父命受業於子翬　『宋史』巻四三四　儒林傳四に「初め、熹の父　松　且《まさ》に死せんとし、熹を以て子翬に託す。熹益を請うに及び、子翬　告ぐるに『易』の〝不遠復（遠からずして復《かえ》る）〟の三言を以てす。之を俾佩すること終身、熹　後に卒《つい》に儒宗と爲る」と見える。

八　聖傳論　『屛山集』巻一〈聖傳論十首〉を指す。堯舜・禹・湯王・文王・周公・孔子・顏子・曾子・子思・孟子について論じたもの。

九　維民論　『屛山集』巻二〈維民論上・中・下〉を指す。

一〇　論時事劄子　『屛山集』巻七〈論時事劄子八首〉を指す。

一一　蓋子翚嘗與呂本中遊　『屛山集』中には、呂本中と唱酬した詩や呂本中のための挽歌が収められている。

一二　王士禎池北偶談　『池北偶談』巻一七　談藝七は次のようにいう。「劉屛山子翚は、朱文公の師なり。其の『屛山集』の詩、往往にして禪語多し。〈牧牛頌〉の如きは云う〝軟草　豐苗　前に滿つるに任せ、蒼然として觳觫《こくそく》寒煙に臥す、直饒《たとい》　牧して渾《すべ》て純熟なるを得るも、痛處　還《ま》た應に一鞭を著《ちゃく》すべし〟と。〈徑山にて道服を寄す〉に云う〝遠信　慇勤《いんぎん》にして　草菴に到り、却って衰弊《すいへい》を慚《は》ず　豈に能く堪《た》えんや。聊《いささ》か佛日三端の布を將《も》て、爲に造る　靑州　一領の衫《さん》。粲粲として　誇るを休《や》めよ　綺《き》と紈《がん》と、蘭《らん》を紉《き》り芰《き》を製するは　亦た良《まこと》に難し。此の袍　徧く三千界を滿たし、寒兒と共に解顏せんことを要す〟と。此の類　是れなり。先生　常《かつ》て文公に語りて曰く、〝吾　少《わか》くして莆田《ほでん》に官し、疾病を以て、時に佛・老の徒に接し、其の謂う所の　淸淨寂滅《しょうじょうじゃくめつ》なる者を聞き、心に之を悅ぶ。比《この》ごろ歸りて儒書を讀み、而る後に吾が道の大にして、其の體用の全きを知ること乃ち此くの如し〟と。故に　文公の講學も、初め亦た禪由り入る」と。

一三　牧牛頌云…　『屛山集』巻一八〈丘斯行の牧牛頌に和す〉の轉・結句。

一四　徑山寄道服云…　『屛山集』巻一九〈徑山にて生子に寄せて道服を作る三首〉の第二首の轉・結句、および第三首の轉・結句。道服は僧衣。佛日は佛に對する敬稱。三端とは正月一日のこと。

一五　子翚之言…　朱熹〈屛山先生劉公墓表〉（『朱文公文集』巻九〇）に次のように見える。「熹　時に童子を以て疾に侍り、一日、先生に平昔の道に入る次第を請問す。先生　欣然として之に告げて曰く、〝吾　少《わか》きとき未だ道を聞かず。莆田《ほでん》に官せし時、疾病を以て始めて佛・老子の徒に接し、其の謂う所の淸淨寂滅なる者を聞きて、心に之を悅び、以て道は是に在りと爲す。比《この》ごろ歸り、吾が書を讀みて契《かな》う有り。然る後に吾が道の大にして、其の體用の全きを知ること乃ち此くの如し。抑《そも》そも吾れ『易』に於いて入德の門を得たり。所謂〝不遠復（遠からずして復《かえ》る―『易』「復」卦初九の爻辞）なる者は、則ち吾の三字符なり。佩服周旋し、敢えて失墜する罔《な》し。是に於いて嘗て〈復齋銘〉〈聖傳論〉を作り、以て吾が志を見《あらわ》す。然れども吾れ吾が言を忘るること久し。今　乃ち相い爲に之を言う。汝　尙お勉めよ〟と。熹　頓首して教えを受く。居ること兩日にして先生沒す」と。

【附記】

宋版は傳わらないが、明の弘治十七年（一五〇四）の刻本、正德七年（一五一二）の刻本がその姿を傳えるとされる。

『全宋詩』（第三四冊　巻一九一二～巻一九二二）は明・正德七年刻本を底本とし、集外詩を廣く輯めている。

年譜は『宋人年譜叢刊』（四川大學出版社　二〇〇三）第八冊に、彭邦明の校點による近人の詹繼良編〈屛山先生年譜〉（民國十一年排印本『屛山志略』巻一）が収められている。

一二　岳武穆遺文一巻　[一]浙江巡撫採進本

【岳飛】一一〇三～一一四一

字は鵬擧《ほうきょ》、相州湯陰（河南省）の人。農家の出身。北宋の宣和四年（一一二二）、二十歳で軍に身を投じ、軍功によって承信郎から秉義《へいぎ》郎に遷った。徽《き》宗と欽宗が金に拉致され、高宗が即位すると、上書して南遷に反對した。建炎三年（一一二九）、金の兀朮《こつじゅつ》の軍が江南を攻撃した際、これを退けるなど數々の軍功を立て、少保に進み、鄂國《がくこく》公に封じられた。紹興十一年（一一四一）四月、樞密副使に進むが、金との和議を進める秦檜《しんかい》に陥れられ、その年の十二月に獄死した。孝宗朝に武穆と追謚《ついし》され、寧宗朝に鄂王を追封され、理宗朝には忠武と改謚された。杭州西湖の畔に岳飛廟が現存する。『宋史』巻三六五　岳飛傳　參照。

宋岳飛撰。飛[二]事蹟具宋史本傳。

[三]陳振孫書錄解題載岳武穆集十卷、今已不傳。[四]此遺文一卷、乃明徐階所編。[五]凡上書一篇、剳十六篇、奏二篇、狀二篇、表一篇、檄一篇、跋一篇、盟文一篇、題識三篇、詩四篇、詞二篇。[六]其辭鎮南軍承宣使僅有第三奏、[七]辭開府僅有第四剳、[八]辭男雲轉官僅有第二剳、[九]辭男雲特轉恩命僅有第四剳、[一〇]辭少保僅有第三剳・第五剳、[一一]乞敘立王次翁下僅有第二剳、[一二]乞解樞柄僅有第三剳、[一三]辭除兩鎮僅有第三剳。則其佚篇蓋不可殫數。[一四]史稱万俟卨白秦檜、簿錄飛家、取當時御札藏之以滅蹟。則奏議文字同遭毀棄、固勢有所必然矣。[一五]然宋

高宗御書聖賢像贊、刻石太學。秦檜作記勒於後、明宣德中吳訥[一六]乃磨而去之。飛之零章斷句、後人乃掇拾於蠹蝕灰燼之餘。是非之公、千古不泯、固不以篇什之多少論矣。

階[一七]所編本附錄岳廟集後、前冠以後人詩文四卷、已爲倒置。其中明人惡札、如提學僉事蔡兗[一八]詩曰、千古人來笑會之[一九]、會之卻恐笑今時。若教似我當鈞軸、未必相知岳少師、尤爲頂上之穢。今併芟除、而獨[二〇]以飛遺文著錄集部、用示聖朝表章之義焉。

【訓讀】

宋 岳飛の撰。飛の事蹟は『宋史』本傳に具われり。

陳振孫『書錄解題』は『岳武穆集』十巻を載するも、今 已に傳わらず。此の『遺文』一巻は、乃ち明の徐階《じょかい》の編する所なり。凡そ上書一篇、劄《さつ》十六篇、奏二篇、狀二篇、表一篇、檄《げき》一篇、跋一篇、盟文一篇、題識《だいし》三篇、詩四篇、詞二篇なり。其の〈鎭南軍承宣使を辭す〉は僅かに第三奏を有するのみ、〈開府を辭す〉は僅かに第四劄を有するのみ、〈男 雲の轉官を辭す〉は僅かに第二劄を有するのみ、〈男 雲の特轉恩命を辭す〉は僅かに第四劄を有するのみ、〈少保を辭す〉は僅かに第三劄・第五劄を有するのみ、〈王次翁の下に敘立せんことを乞う〉は僅かに第一劄有るのみ、〈樞柄《すうへい》を解かんことを乞う〉は僅かに第三劄を有するのみ、〈兩鎭に除さるるを辭す〉は僅かに第三劄（正しくは第二劄）を有するのみ。則ち 其の佚篇は蓋し殫《ことごと》くは數うべからず。

史稱す、「万俟卨《ぼくきせつ》 秦檜に白《もう》し、飛の家を簿錄し、當時の御札を取りて之を藏し以て蹟を滅す」と。則ち 奏議の文字 同《とも》に毀棄に遭うは、固《もと》より勢い必ず然《しか》する所有り。然れども 宋の高宗は〈聖賢像の贊〉を御書し、太學に刻石す。秦檜 記を作りて後に勒《きざ》むも、明の宣德中 吳訥《ごとつ》 乃《すなわ》ち磨きて之を去る。飛の零章斷句は、後人乃ち蠹蝕《としょく》灰燼《かいじん》の餘より掇拾《てつしゅう》す。是非の公は、千古泯《ほろ》びず、固《もとよ》り篇什の多少を以て論ぜず。階の編する所は 本は『岳廟集』の後に附録し、前に冠するに後人の詩文四巻を以てし、已に倒置を爲す。其の中明人の悪札、提學僉事《せんじ》蔡兗《さいえん》の詩の、「千古 人來りて會之《かいし》を笑うも、會之は卻《かえ》って今時に笑われんことを恐る。若《も》し我の似《ごと》きを鈞軸《きんじく》に當らしめば、未だ必ずしも岳少師を相い知《し》らじ」と曰うが如きは、尤も頂上の穢《わい》爲り。今 併びに芟除《さんじょ》し、獨《た》だ飛の『遺文』を以て集部に著録し、用《もっ》て聖朝表章の義を示す。

【現代語譯】

宋 岳飛の著。飛の事蹟は『宋史』本傳に詳しい。

陳振孫『直齋書錄解題』は『岳武穆集』十巻を載せているが、今は傳わらない。この『遺文』一巻は、明の徐階の編纂したもので、全部で上書一篇、劄《さつ》十六篇、奏二篇、狀二篇、表一篇、檄《げき》一篇、跋一篇、盟文一篇、題識《だいし》三篇、詩四篇、詞二篇である。その〈鎭南軍承宣使を辭す〉は第三奏のみ、〈開府を辭す〉は第四劄のみ、〈男 雲の轉官を辭す〉は第二劄のみ、〈男 雲の特轉恩命を辭す〉は第四劄のみ、〈少保を辭す〉は第三劄と第五劄のみ、〈王次翁の下に敍立せんことを乞う〉は第二劄のみ、〈樞柄を解かんことを乞う〉は第三劄のみ、〈兩鎭に除さるるを辭す〉は第三劄（正しくは第二劄）のみが殘っている。つまり、散逸した篇は數えきれないのだ。

『宋史』は「万俟卨《ぼくきせつ》が秦檜に言って、飛の家を取り潰して沒收し、當時の皇帝からの親書を奪って之を隱し、證據を抹殺した」と言っている。つまり、奏議の文も一緒に廢棄されたことは、理の必然である。しかし、宋の高宗は〈聖賢像の贊〉を自ら書し、太學に石碑を建てた。秦檜は記を作ってその文の後に刻したのだが、明の宣德年間には吳訥《ごとつ》によって削り取られた。飛の詩文は斷簡零墨に至るまで、後世の人が蟲食いや燒け殘りの文書から拾い集めた。正邪に對する公平さは、永遠に不滅であり、現存する作品の多寡とは全く無關係なのだ。

徐階が編纂したこの『遺文』は、もともと『岳廟集』の後に附録としてあったもので、前には後人の詩文四巻が置かれており、最初から逆轉していた。その中の明人の下作、たとえば提學僉事蔡兗《さいえん》の、「千古人來りて會之を笑うも、會之は卻《かえ》って今時に笑われんことを恐る。若《も》し我の似《ごと》きを鈞軸《きんじく》に當らしめば、未だ必ずしも岳少師を相い知《し》らじ（未來永劫にわたって岳廟に來て秦檜をあざけるのに、秦檜は自分が生きている時代にあざけられることだけを恐れていた。もしも私が國政をあずかれば、岳少師のように冤罪で獄に下る人物など出るはずはない）」という詩などは、きわめつけの愚劣な作である。今これらも一切削除し、飛の『遺文』だけを集部に著録し、本朝が賢士を顯彰する義を天下に示すことにする。

【注】

一　浙江巡撫採進本　採進本とは、四庫全書編纂の際、各省の長にあたる巡撫、總督、尹《いん》、鹽政などを通じて朝廷に獻上された書籍をいう。浙江巡撫より進呈された本は『四庫採進書目』によれば四六〇二六部。任松如『四庫全書答問』によれば、そのうち三六六部が著録され、一二七三部が存目（四庫全書内に収めず、目録にのみとどめておくこと）に置かれたという。

二　事蹟具宋史本傳　『宋史』巻三六五 岳飛傳を指す。

三　陳振孫書錄解題載岳武穆集十卷…　『直齋書錄解題』巻一八は、「岳武穆集十卷、樞密副使鄮《ぎょう》郡の岳飛鵬擧の撰」と著錄する。提要はこれを「今 已に傳わらず」というが、この集は岳飛の孫にあたる岳珂《がくか》が編纂した『金陀《きんだ》粹編』の巻一〇～巻一九に「鄂《がく》王家集十卷」という名で收められている。『四庫全書總目提要』は巻五七 史部 傳記類一に『金陀粹編』二十八卷『續編』三十卷を著錄し、「粹編は凡そ 高宗宸翰《しんかん》三卷、鄂王行實編年錄六卷、鄂王家集十卷…」と明言している。『四庫全書』が岳飛の文集として、『鄂王家集』十卷ではなく、『岳武穆遺文』一卷を採錄したこと自體、當を失しているといわざるを得ない。このことは、莫友芝『持靜齋藏書紀要』巻上や余嘉錫『四庫提要辨證』巻二三もつとに指摘するところである。

四　此遺文一卷、明徐階所編　この遺文とは、本來明の嘉靖年間に刻行された『岳集』（一に『岳廟集』に作る、岳飛廟は杭州西湖の畔に現存）五巻のうちの巻五の部分である。『岳集』五巻の構成は次のとおり。巻首に徐階と張庭の序文、巻一～巻四が岳飛にちなんで後世の人が著した詩文（巻一 傳類、巻二 制類、巻三 議類・序類・記類、巻四 辭類・樂府類・詩類）であり、巻五が岳飛の遺文、巻末に焦煜《しょういく》の〈書後〉がある。この刻本は靜嘉堂文庫に藏されており、近年『四庫全書存目叢書』巻八三（史部）に『岳廟集』という名で影印されている。徐階の序文は次のようにいう。「而して王の遺文は別に一巻と爲し、以て其の後に附し、之に題して『岳集』と曰うと云う。昔、（鄂）王の嗣孫 珂 嘗て『金陀粹編』を作り、國朝の徐武功有貞 嘗て『精忠錄』を作る。然れども『粹編』の意は王の寃《えん》を訟するに在りて、其の詞は率《おおむ》ね繁復、『精忠錄』は則ち疎陋なること已甚《はなはだ》し。今 是の編 敢えて自ら精要と謂わずと雖も、乃ち君臣の義を發明し、仁人烈士の心爲るを表し、以て後の人を詔《みちび》くが若《ごと》きは、則ち竊《ひそ》かに志有るのみ。嘉靖丙申（十五年 一五三六）孟冬朔日華亭徐階序す」と見える。すなわち、この集は徐階が岳飛の全集から選んで編集し直したものだったことがわかる。徐階（一五〇三～一五八三）は字を子升といい、華亭の人。嘉靖二年の進士で官は武英殿大學士に至り、謚《おくりな》は文貞。『明史』巻二一三に傳あり。『世經堂集』二十六巻・『少湖文集』七巻が傳わる。

五　凡上書一篇…　文淵閣四庫全書本『岳武穆遺文』は合計文二十八篇、詩四首、詞二首を收めている。『鄂王家集』（注三參照）は文一百六十四篇、律詩二首、詞一首を收める。岳飛の詩文の蒐集はその後も續き、現在、郭光の『岳飛集輯注』（【附記】參照）は、文一百八十七篇、詩十四首、詞三首を收めている。

六　辭鎭南軍承宣使僅有第三奏　紹興三年（一一三三）九月十五日、岳飛を鎭南軍承宣使とする詔が下ったのに對し、辭免を乞うた時の作。第一奏と第二奏は傳わらない。ただし、こうした重要ポストは形式的に、數回辭退したあとに拜命するのが通例。注七～一三の〈辭～〉も同じである。

七　辭開府僅有第四劄　紹興九年（一一三九）正月十一日、岳飛を開府儀同三司とする詔が下り、辭免を乞うた時の作。第四劄以外に第一劄と第三劄（『金陀粹編』巻一四）が傳わる。

八　辭男雲轉官僅有第二劄　紹興七年（一一三七）二月二十八日、岳飛の子 雲に對して官を三階級進ませて武德大夫とする詔が下り、これを辭退した時の作。第二劄以外に第一劄（『金陀粹編』巻一四）が傳わる。

九　辭男雲特轉恩命僅有第四劄　紹興九年（一一三九）十月十五日、岳飛の子 雲に對して特恩を以て武顯大夫遙州刺史に任ずる詔が下り、これを辭退した時の作。『金陀粹編』巻一五では〈辭男雲特轉恩命劄子〉に作り、この時の作として合計四劄を收入している。

一〇　辭少保僅有第三劄・第五劄　紹興十年（一一四〇）六月一日、岳飛を少保に除し、食邑七百戶、食實封三百戶を加える詔が下り、辭免を乞うた時の作。第三劄・第五劄以外に第四劄（『金陀粹編』巻一五）が傳わる。

一一　乞敘立王次翁下僅有第二劄　紹興十一年（一一四一）四月

二十五日、參知政事王次翁の序位を少保樞密副使岳飛の下とする詔が下ったが、岳飛がこれを辭退し、元來の敍位に戻すように乞うた作。第二劄以外に第一劄（『金陀粹編』巻一五）が傳わる。

一二　乞解樞柄僅有第三劄　紹興十一年（一一四一）七月十六日、秦檜の意を受けた万俟卨《ぼくせつ》が岳飛を彈劾、岳飛が樞密副使の辭職を乞うた時の作。第三劄以外に第二劄（『金陀粹編』巻一五）が傳わる。

一三　辭除兩鎭僅有第三劄　「第三劄」は「第二劄」の誤り。武英殿本『四庫全書總目提要』および文淵閣本の〈書前提要〉も正しく「第二劄」に作る。紹興十一年（一一四一）八月九日、岳飛に對して武勝軍と定國軍の節度使に任ずる詔が下り、辭免を乞うた時の作。第二劄以外に傳わらない。

一四　史稱万俟卨白秦檜…　秦檜は王俊を通じてまず岳飛の腹心であった張憲を誣告《ぶこく》し、岳飛を陷れようとするが、岳飛は取り調べに當った何鑄《かちゅう》に對して背中の「盡忠報國」の字を見せる。何鑄が謀叛の證據を擧げられないのに業を煮やした秦檜は、この役を万俟卨《ぼくせつ》に委ねる。『宋史』巻三六五　岳飛傳は岳飛の最期を次のようにいう。「飛　坐繫すること兩月、證すべき者無し。或るひと卨に臺章　指す所の淮西の事を以て言を爲さんことを教う。卨喜びて檜に白《もう》し、飛の家を簿錄し、當時の御札を取りて之を藏し以て迹を滅す。…歲暮るるも、獄成らず。（秦）檜は手づから小紙を書して獄に付す。卽ち飛に死を報ず。時に年三十九なり」。ここでいう淮西の事とは、紹興十一年に金軍との戰いで岳飛が淮西に救援に赴くのに時間がかかったというものである。万俟卨が高宗の御札を隱匿したのは、岳飛が高宗からきた直接の指示に從ったにすぎないという事實を糊塗するためである。

一五　宋高宗御書聖賢像贊…　『四庫全書總目提要』巻五九　史部　傳記類存目一は「聖賢圖贊」を著錄していう。「首に冠すに明宣德二年、巡按浙江・監察御史　海虞の吳訥《ごとつ》の序を以てす。謂う〝像は李龍眠（高宗）の筆爲り。高宗　紹興十四年に、岳飛の第に卽きて太學を作る。三月、臨幸し、首に先聖の贊を製す。後　顏回自《よ》り下、亦た詞を譔《せん》す。二十六年十二月、學に刻石す〟と。又た稱す〝舊　秦檜の記有るも、磨して之を去る〟と。」また、『兩浙金石志』巻八には〈宋高宗聖賢像贊石刻〉が著錄され、明宣德二年七月一日付けの吳訥の識語が附されている。

一六　吳訥　一三七二～一四五七　字は敏德、號は思菴。常熟の人。官は南京左副都御史に至る。

一七　階所編本附錄岳廟集後…　本書の原姿については注四のとおり。『四庫全書總目提要』巻六〇　史部　傳記類存目二は、『岳武穆遺文』を析出した後の後人の詩文を『岳廟集』四巻として著錄する。しかし、編者については次のように考證している。「舊本は明の徐階の編、張庭の校、焦煜《しょういく》の刊と題す。而るに首に階の序を載せて稱す、〝黄山の焦子より輯する所の武穆祠の詩文を請いて之を讀む〟と。又た云う〝因りて自ら量《はか》らず、五山の張子に謀りて之を去取す〟と。則ち煜の初稾にして、階と庭と之が爲に刪定す。庭の序は則ち云う、〝黄山子、少湖子と庭とに謂いて曰く、盍《なん》ぞ之を校せざる、我將《まさ》に焉《これ》を刊さんと。因りて汪氏の輯する所の鈔本を取りて往復參校す〟と。則ち初稾も又た煜の作に非ず。大抵 衆手より雜出せしものにして、名づくるに一人を以てすべからず。」

一八　提學僉事蔡兗詩曰…　蔡兗の生卒、事跡ともに不詳。
一九　會之　秦檜の字。
二〇　獨以飛遺文著錄集部…　『四庫全書總目提要』卷六〇 史部傳記類存目二「岳廟集四卷」（注一七）にいう。「原本は凡そ傳一卷、制一卷、議序記一卷、辭樂府詩一卷、而して附するに岳武穆遺文一卷を以てす。今 武穆遺文を以て析出し、別に集部に入る。故に此の本 四卷を以て焉《ここ》に著錄す」と見える。

【附記】

徐階編・焦煜《しょういく》刻『岳集』五卷は、日本では靜嘉堂文庫に藏されている。『四庫全書』が、岳飛の別集として、この第五卷本の最後の一卷分を『岳武穆遺文』として著錄し、岳珂の『金陀粹編』本の方を採らなかったのは四庫館臣の失策である（注三）。また、淸朝が滿洲族の王朝であることから、四庫全書本には、たとえば「金賊」「虜人」を「金人」「敵人」に作るなどの文字の改竄が認められる。提要が岳飛の傳記を具體的に論じないのもこのためである。

『和刻本漢籍文集』（汲古書院）第六輯の『岳忠武王集』は、明の單恂《ぜんじゅん》が編したものを文久三年（一八六三）に江戸玉巖堂が刻した本の影印。

現在、最も廣範な蒐集數を誇るのは、郭光輯注『岳飛集輯注』（中州古籍出版社 一九九七）で、年譜も附されていて便利である。ただ、『全宋詩』（第三四冊 卷一九三五）が蒐集した詩とは出入があり、注意を要する。

年譜は岳珂による〈岳鄂王行實編年〉六卷があり、宋刻本が中華書局より一九八六年に影印されており、また王曾瑜校點『金陀粹編』（中華書局 一九八九年）にも收められている。さらに、岳珂の原譜を謝起嚴が改編したものが、

『宋人年譜叢刊』（四川大學出版社　二〇〇三）第八册に収められている。

また、岳飛と彼をめぐる軍事状況についての最新の研究書として、王曾瑜著『岳飛和南宋前期政治與軍事研究』（河南大學出版社　二〇〇二）がある。

一三　茶山集八巻　[一]永樂大典本

【曾幾】一〇八四～一一六六

字は吉甫、もと贛州《かん》（江西省）の人。後に河南府（河南省洛陽）に徙《うつ》る。三孔（孔文仲とその弟 武仲・平仲）の甥にあたる。徽《き》宗朝、長兄弼《ひつ》が職務遂行中に溺死し、跡継ぎがなかったことから、特別の計らいで弟である幾が将仕郎となった。吏部の銓試にて優等となり、上舎出身を賜った。紹興八年（一一三八）、浙西提刑となったが、禮部侍郎の兄 開が金との和議を巡って秦檜《しんかい》と争ったことから、兄とともに位を去り、主管台州崇道観として上《じょう》饒《じょう》の茶山寺に七年閒僑居し、自ら茶山居士と號した。秦檜が沒すると再び官に復し、敷文閣《ふぶんかく》待制に至った。孝宗の隆興二年（一一六四）、引退し、二年後に沒した。享年八十三。諡《おくりな》は文清。江西詩派の代表的詩人とされ、陸游が師事したことで知られている。陸游『渭南文集』巻三二〈曾文清公墓誌銘〉、『宋史』巻三八二 曾幾傳 參照。

宋曾幾撰。[二]幾字吉甫、贛縣人、徙居河南。[三]以兄弼卹恩授將仕郎。試吏部優等、賜上舍出身、歷校書郎。高宗朝歷官江西・浙西提刑、忤秦檜去位、僑寓上饒茶山寺、自號茶山居士。檜死、召爲祕書少監、權禮部侍郎、提擧玉隆觀、致仕、卒謚文清。

[四]陸游爲作墓誌云、公治經學道之餘、發於文章、而詩尤工、以杜甫・黄庭堅爲宗。[五]魏慶之詩人玉屑則云、

茶山之學出於韓子蒼。其說小異。[六]然韓駒雖蘇氏之徒、而名列江西詩派中、其格法實近於黃、[七]殊途同歸、實亦一而已矣。後[八]幾之學傳於陸游、加以研練、面目略殊、遂爲南渡之大宗。[九]詩人玉屑載趙庚夫題茶山集曰、淸於月白初三夜、淡似湯烹第一泉。咄咄逼人門弟子、劍南已見一燈傳。其句律淵源、固灼然可考也。[一〇]又游跋幾奏議稾曰、紹興末、先生居會稽禹蹟精舍、某自敕局歸、無三日不進見、見必聞憂國之言、先生時年過七十、聚族百口、未嘗以爲憂、憂國而已。據此則幾之[一一]一飯不忘君、殆與杜甫之忠愛等。故發之文章、具有根柢、不當僅以詩人目之、求諸字句閒矣。

[一二]墓誌稱有文集三十卷・易釋象五卷。易釋象已不傳、文集則[一三]書錄解題及[一四]宋史藝文志均作十五卷。[一五]是當時已佚其半。自明以來、竝十五卷亦佚、僅僅散見各書、偶存一二。茲從永樂大典中搜採編輯、勒爲八卷、[一六]凡得古・今體五百五十八首。雖不足盡幾之長、然較[一七]劉克莊後村詩話所記九百一十篇之數、所佚者不過三百五十二篇耳。[一八]殘膏賸馥、要足沾匃無窮也。

【訓讀】

宋 曾幾《そうき》の撰。幾 字は吉甫、贛《かん》縣の人にして、居を河南に徙《うつ》す。兄 弼の卹《じゅつ》を以て將仕郎を恩授せらる。吏部に試みられ優等にして、上舍出身を賜り、校書郎を歴す。高宗朝に江西・浙西提刑を歴官し、秦檜《しんかい》に忤《さから》いて位を去り、上饒《じょうじょう》の茶山寺に僑寓して、自ら茶山居士と號す。檜死し、召されて祕書少監、權禮部侍郎と爲り、提擧玉隆觀となりて、致仕す。卒して文淸と諡《おくりな》さる。

　陸游爲《ため》に墓誌を作りて云う、「公は治經學道の餘、文章に發す。而して詩は尤《もっと》も工みにして、杜甫・黃庭堅を以て宗と爲す」と。魏慶之『詩人玉屑』は則ち「茶山の學は韓子蒼《かんしそう》に出づ」と云い、其の說 小《すこ》しく異なれり。然れども韓駒《かんく》は蘇氏の徒と雖も、名は江西詩派中に列し、其の格法は實に黄に近し。塗《みち》を殊《こと》にするも歸《き》を同じうして、實は亦た一なるのみ。

後　幾の學は陸游に傳わり、加うるに研練を以てして、面目　略ぼ殊《こと》なり、遂に南渡の大宗と爲る。『詩人玉屑』は趙庚夫の〈茶山集に題す〉を載せて曰う、「清らかなること月白の初三の夜のごとく、淡きこと湯烹《とうほう》の第一泉に似たり。咄咄《とつとつ》　人に逼《せ》まる門弟子、劍南　已に見る一燈の傳」と。其の句律の淵源は、固《もとよ》り灼然《しゃくぜん》として考すべきなり。又た游は幾の『奏議稾』に跋して曰う、「紹興の末、先生は會稽の禹蹟精舍《うせきしょうじゃ》に居る。某《それがし》　敕局《ちょくきょく》自《よ》り歸りて、三日として進見せざるは無し。見《まみ》ゆれば必ず憂國の言を聞く。先生は時に年七十を過ぎ、聚族百口、未だ嘗て以て憂《うれい》と爲さず、國を憂うるのみ」と。此れに據れば則ち幾の一飯　君を忘れざるは、殆ど杜甫の忠愛と等し。故に之を文章に發しては、具《つぶ》さに根底有り。當に僅《た》だ詩人を以て之を目し、諸《これ》を字句の閒に求むべからず。

墓誌稱す、「文集三十卷・『易釋象』五卷有り」と。『易釋象』は已に傳わらず、文集は則ち『書錄解題』及び『宋史』藝文志均しく十五卷に作る。是れ當時　已に其の半ばを佚す。明自《よ》り以來、并びに十五卷も亦た佚し、僅かに僅かに各書に散見して、偶たま一二を存するのみ。茲に『永樂大典』中從《よ》り搜採編輯し、勒して八卷と爲す。凡そ古・今體五百五十八首を得たり。幾の長を盡すに足らずと雖も、然れども劉克莊『後村詩話』の記す所の九百一十篇の數に較《くら》ぶるに、佚する所の者は三百五十二篇に過ぎざるのみ。殘膏賸馥《ざんこうしょうふく》、要は沾匃《てんかい》無窮に足るなり。

【現代語譯】

宋　曾幾《そうき》の著。幾は字を吉甫といい、贛《かん》縣（江西省）の人で、河南に移住した。職務中に事故死した兄　弼《ひつ》への救濟措置として將仕郎を恩授された。吏部の試驗で優等となり、上舍出身を賜り、校書郎となった。高宗朝に江西・浙西提刑を歷官したが、秦檜《しんかい》に逆らったために官位を去り、上饒《じょうじょう》の茶山寺に假住まいし、自ら茶山居士と號した。檜が

13　茶山集八巻　100

死ぬと、祕書少監、權禮部侍郎に召された。提擧玉隆觀となり、引退した。亡くなると文淸と諡《おくりな》された。

陸游は彼のために墓誌を作って、次のようにいっている。「公は經を治め道を學び、その餘暇に作ったのが詩文である。とりわけ詩が巧みで、杜甫と黃庭堅を師とした」と。魏慶之の『詩人玉屑』では「茶山の學は韓子蒼《かんしそう》（駒《く》）から出た」といい、やや異なる説を立てている。しかし、韓駒は蘇氏の門下生ではあるが、江西詩派に名を列ねており、そのスタイルは實は黃庭堅に近い。方法は異なるが歸する所は同じで、實際は同一ということだ。

後、曾幾の學は陸游に傳わった。陸游は研鑽を重ねた結果、面目を一新させ、遂に南宋の大家となった。『詩人玉屑』は趙庚夫の〈茶山集に題す〉を載せ、「淸らかなること月白の初三の夜のごとく、淡きこと湯烹《とうほう》の第一泉に似たり。咄咄《とつとつ》人に逼《せ》まる門弟子、劍南已に見る一燈の傳（その詩は三日の夜の月のように淸らかで、名水の第一泉を沸かして點《た》てたお茶のように淡麗だ。先生を越える門弟子として、劍南の陸游にその燈が傳えられている）」と言っている。その作風の淵源は、はっきりと證明できる。さらに陸游は曾幾の『奏議稾』に跋して次のようにいう。「紹興の末、先生は會稽《かいけい》の禹蹟精舍《うせきしょうじゃ》におられた。わたくしは敕局《ちょくきょく》から歸鄕すると、三日としてお目にかからない日はなかった。お會いすれば必ず憂國の言を耳にした。先生はそのころすでに七十を過ぎておられ、百人に及ぶ一族がいたが、一族のことで愚癡をこぼされたことは一度もなく、ただひたすら國を憂えておられた」と。これによれば、曾幾の所謂「一飯君を忘れず」というのは、ほとんど杜甫の忠君愛國に等しい。だから詩文を書いても、確固とした根據が具わっているのだ。彼をただの詩人とみなして、字句にだけその長所を求めるべきではない。

墓誌は、「文集三十卷・『易釋象』五卷有り」と言っている。『易釋象』はすでに傳わらず、文集の方は『書錄解題』と『宋史』藝文志がともに十五卷に作っている。このことから、當時すでにその半分が失われていたことがわかる。明以後、その十五卷も散逸してしまい、僅かに各書に散見して、偶たま一二が殘存するのみとなった。ここに『永樂大典』中から捜採編輯して八卷に整理し、全部で古體詩と今體詩五百五十八首を得た。曾幾の長所を網羅しているとはいえないが、劉克莊『後村詩話』の記す九百一十篇の數に較べると、三百五十二篇が缺けているに過ぎない。馥郁《ふくいく》とした殘り香は、永遠に漂って盡きることがないということだ。

【注】

一　永樂大典本　『永樂大典』は明永樂帝が編纂させた類書（百科全書）。二二八七七卷。古今の著作の詩文を韻ごとに配列する。四庫全書編纂官は、すでに散逸した書籍については詩文を『永樂大典』より採輯して編を成し、これを永樂大典本と稱している。四庫全書に收入されたのは五一五種、そのうち別集は一六五種にのぼる。

二　幾字吉甫…　曾幾の傳記は陸游『渭南文集』卷三二〈曾文清公墓誌銘〉および『宋史』卷三八二 曾幾傳參照。

三　以兄弼郵恩授將仕郎　陸游『渭南文集』卷三二〈曾文清公墓誌銘〉は曾幾の起家の經緯について次のようにいう。「已にして太學に入り、屢《しば》しば高等に中《あた》り、聲籍甚し。會《たま》たま兄の弼は提擧京西南路學事たり。部を按じて溺死し、後《あと》無し。特恩もて公を將仕郎に補す」。「部を按ず」とは、管轄區域を巡視すること。

四　陸游爲作墓誌　陸游『渭南文集』卷三二〈曾文清公墓誌銘〉に、「公 治經學道の餘、文章に發し、雅正純粹なり。而して詩は尤も工みなり。杜甫・黃庭堅を以て宗と爲し、推して之を上《さかのぼ》り、黃初・建安繇《よ》り以て〈離騷《りそう》〉〈雅〉〈頌《しょう》〉虞夏の際を極む」と見える。

五　魏慶之詩人玉屑…　魏慶之『詩人玉屑』卷一九引く黃昇『玉林詩話』に次のように見える。「陸放翁の詩は、茶山に本《もと》づく。故に趙仲白（庚夫）曾文清公詩集に題して云う、〝清らかなること月出づる初三の夜のごとし、澹《あわ》きこと湯烹《とうほう》の第一泉に似たり。咄咄《とつとつ》人に逼《せ》まる門弟子、劍南已に見る一燈の傳〟と。〝劍南〟は放翁を謂うなり。然れども茶山の學は、亦た韓子《かんし》蒼《そう》より出で、三家の句律は大概相い似たり。放翁に至りて則ち豪を加う。」第一泉は鎭江の金山寺にある井戸で、お茶を點《た》てるのに最適とされる名水。〝咄咄〟は感嘆詞。〝咄咄 人に逼《せ》まる〟とは、王羲之の故事に基づき、先輩を超越して人を感嘆させること。

六　韓駒雖蘇氏之徒…　『宋史』卷四四五 文苑傳七 韓駒《かんく》傳に「駒は嘗て許下に在りて蘇轍《そてつ》に從いて學ぶ。其の詩は儲光羲《ちょこうぎ》に似ると評さる」と見える。韓駒は蘇氏の學を受けたことを理由に二度の左遷を經驗した。しかし、劉克莊『後村先生大全集』卷九五〈江西詩派〉が引く呂本中の『江西宗派圖』（佚）は、黃庭堅を祖とする江西詩派に韓駒を列しており、提要もまた韓駒を黄庭堅と宗旨を一にしていると考えている。詳しくは本書一〇「陵陽集四巻」參照。

七　殊塗同歸　方法は異なるが結果は同じの意。『易』繫辭《けいじ》傳下に「天下は歸を同じうするも塗《みち》を殊《こと》にす」とある。

八　幾之學傳於陸游…　陸游が曾幾に學び、然る後に詩の大家となったことを指摘した早い例としては、劉克荘『後村先生大全集』卷九七〈茶山誠齋詩選〉が擧げられる。「初め陸放翁、茶山に學び、而して藍《あい》より靑し」と見える。

九　詩人玉屑載趙庚夫題茶山集曰…　『詩人玉屑』卷一九の引く趙仲白の詩（注五參照）は、その全篇が宋の韋居安『梅磵《ばいかん》詩話』卷中に見えている。ただし、文字にやや異同がある。『梅磵詩話』卷中では「茶山八十二癯仙、千首の新詩 手自《てず》から編めり。吟じて瘴烟《しょうえん》に到るは寇《こう》を避くるに因《よ》り、貴《たか》きこと從橐《じゅうたく》（文學侍從の臣をいう）に登るも只だ禪に棲む（坐禪）。新たなること月出づる初三の夜のごとく、澹《あわ》きこと湯煎の第一泉に比《ひ》す。咄咄《とつとつ》 人に逼《せ》まる 門弟子、劍南 已に見る祖燈の傳」に作る。

一〇　又游跋幾奏議槀　陸游『渭南文集』卷三〇〈跋曾文淸公奏議槀〉の全文は次の通り。「紹興の末、賊の亮（金の四代目皇帝海陵王）塞に入る。時に茶山先生 會稽《かいけい》の禹跡精舍《うせきしょうじゃ》に居す。某《それがし》 敕局自《よ》り罷めて歸り、略《ほ》ぼ三日として進見せざるは無し。見《まみ》ゆれば必ず憂國の言を聞く。先生 時に年七十を過ぎ、聚族百口、未だ嘗て以て憂と爲さず、國を憂うるのみ。後四十七年、先生の曾孫 黯《あん》 當日の疏槀を以て某に示す。今に於いて 某 年八十を過ぎ、仕えて近列を忝《かたじけの》うし、又た方に王師 殘虜を討つ時なるに、乃ち塵露を以て山海を補するを求むる能わず。眞に先生の罪人なり。開禧二年（一二〇六）、歲は丙寅に在り、五月乙巳、門生山陰の陸某 謹んで書す」。「塵露を以て山海を補す」とは、曹植〈求自試表〉（『文選』卷三七）の「冀わくは塵露の微を以て山海を補益せんことを」に基づく。塵露は取るに足らぬものの喩え。

一一　一飯不忘君　君恩を生涯忘れず忠義を盡くすことをいう。杜甫の忠義を賞するときに使われることが多い。

一二　墓誌稱有文集三十卷・易釋象五卷　陸游『渭南文集』卷三二〈曾文淸公墓誌銘〉に、「文集三十卷・易釋象五卷。他の論著の未だ詮次せざる者 尙お數十卷有り」と見える。

一三　書錄解題　陳振孫『直齋書錄解題』卷二〇に「曾文淸集十五卷、禮部侍郎章貢の曾幾吉父の撰」と著錄される。

一四　宋史藝文志均作十五卷　『宋史』藝文志卷一には曾幾の撰として「易釋象五卷」と「論語義二卷」が、卷七には「曾幾集十五卷」が著錄されている。

一五　當時已佚其半　注一七の劉克荘『後村詩話』續集卷四によれば、曾幾の詩集は元來、十五卷本のほか後集十五卷もあったことが知られる。

一六　凡得古・今體五百五十八首　欒《らん》貴明輯『四庫輯本別集拾

遺』（中華書局　一九八三）によれば、四庫全書本は『永樂大典』から曾幾の詩九條を遺漏しているという。

一七　劉克莊後村詩話所記九百一十篇之數　劉克莊『後村詩話』續集巻四に次のようにいう。「茶山の詩十五巻、九百一十篇なる者　是れなり。續刊の後集亦た十五巻なるも、然れども中間泛應漫興なる者多し。前輩作る所　猶お　自ら其の半ばを刪るがごとし。今人は乃ち竝存して削らず、其の世に行なわんと欲するは、難し。」

一八　殘膏賸馥…　『新唐書』文藝傳の杜甫傳の論贊が、杜甫の詩を「殘膏賸馥、後人を沾丐《てんかい》すること多し」と評したのに基づく。

【附記】

廣雅書局本には、武英殿聚珍版『茶山集』に淸の勞格輯目・孫星華錄文の『拾遺』一巻が附されている。

『全宋詩』（第二九冊　巻一六五二～巻一六六〇）は、文淵閣本四庫全書を底本とし、さらに諸書より曾幾の詩を輯めている。

『和刻本漢詩集成』（汲古書院）第十五輯には、いずれも武英殿聚珍版叢書本を翻刻した文政十一年江戸書林英平吉刊本と文政十一年大阪河内屋茂兵衛河内屋儀助刊本の二種類の『茶山集』が収められている。

資料集としては傅《ふ》璇琮《せんそう》『古典文學研究資料彙編　黄庭堅和江西詩派巻』下巻（中華書局　一九七八）がある。

一四 東萊詩集二十卷

[一]兩淮馬裕家藏本

【呂本中】一〇八四〜一一四五

字は居仁、世に東萊《とうらい》先生と稱されるのは、祖籍が萊州（山東省）であったことによる。壽州（安徽省鳳台）の人で、開封（河南省）に移った。元祐の宰相呂公著の曾孫であることから、蔭補《いんほ》によって承務郎を授かった。紹聖年間には元祐の黨人の子弟ということで一時免官になったが、徽《き》宗の時に再び任官。南宋に入って、高宗の紹興六年（一一三六）に起居舍人に召されて進士出身を賜った。八年、中書舍人、兼侍讀、權直學士院となるが、十月、金との和議を進める秦檜《しんかい》と對立して罷免された。諡《おくりな》は文清。黄庭堅と陳師道の詩風を繼ぎ、『江西宗派圖』（佚）を作ったことで知られる。『宋史』卷三七六 呂本中傳 參照。

宋呂本中撰。本中有[二]春秋集解、已著錄。

其詩法出於黄庭堅。[三]嘗作江西宗派圖、列陳師道以下二十五人、而以己殿其末。其[四]紫微詩話及[五]童蒙訓論詩之語、皆具有精詣（案今本童蒙訓不載論詩諸條。其文散見各書中、說見本條之下）。[六]敖陶孫詩評稱其詩如散聖安禪、自能奇逸、頗爲近似。苕溪[七]胡仔漁隱叢話稱其樹移午影重簾靜、門閉春風十日閒。往事高低半枕夢、故人南北數行書。殘雨入簾收薄暑、破窗留月鏤微明諸句、殊不盡其所長。[八]朱子語錄乃稱本中論詩欲字字響、而暮年詩多啞。然朱子以詩爲餘事、而本中以詩爲專門。吟咏一道、所造自有淺深。未必遂爲定論也。

此集有[九]慶元二年陸游序、[一〇]乾道二年曾幾後序。[一一]文獻通考別載有集外詩二卷、此本無之。蓋已散佚。[一二]又陸游序稱嗣孫祖平悉裒集他文爲若干卷。今此本有詩無文。惟其草[一三]趙鼎遷右僕射制詞所云、合晉・楚之成、不若尊王而賤伯。散牛・李之黨、未如明是而去非之語。以秦檜惡之、[一四]載於日歷、[一五]尙爲世所傳誦。其他文則泯沒久矣。

【訓讀】

宋 呂本中の撰。本中に『春秋集解』有りて、已に著錄す。

其の詩法は黄庭堅より出づ。嘗て『江西宗派圖』を作り、陳師道以下二十五人を列し、而して己を以て其の末に殿す。其の『紫微詩話』及び『童蒙訓』の論詩の語は、皆な具《つぶ》さに精詣有り（案ずるに 今本の『童蒙訓』は論詩の諸條を載せず、其の文 各書中に散見す。說は本條の下に見《み》ゆ）。

敖陶孫《ごうとうそん》『詩評』は稱す、「其の詩は散聖の禪に安《やす》んずる如く、自ら能く奇逸し、頗る近似を爲す」と。苕溪《ちょうけい》の胡仔《こし》の『漁隱叢話』は、其の「樹は午影を移して重簾靜かに、門は春風を閉ざして十日閒《のど》かなり」、「往事 高低 半枕の夢、故人 南北 數行の書」、「殘雨 簾に入りて薄暑を收め、破窗 月を留めて 微明を鏤《ろう》す」の諸句を稱するも、殊に其の長ずる所を盡くさず。『朱子語錄』は乃ち稱す、本中は詩を論じて字字響かせんと欲するも、暮年の詩は啞《あ》すること多しと。然れども朱子は詩を以て餘事と爲し、而して本中は詩を以て專門と爲す。吟咏の一道は、造《いた》る所自ら淺深有り。未だ必ずしも遂に定論と爲さざるなり。

此の集は慶元二年陸游の序、乾道二年曾幾の後序有り。『文獻通考』は別に載せて『集外詩』二卷有るも、此の本は之れ無し。蓋し已に散佚す。
又た陸游の序稱す、「嗣孫の祖平　悉《ことごと》く他文を裒集《ほうしゅう》して若干巻と爲す」と。今　此の本は詩有りて文無し。惟だ其の〈趙鼎の右僕射《うぼくや》に遷る制詞〉を草して云う所の「晉・楚の成を合するは、王を尊びて伯《は》を賤《いや》しむに若《し》かず、牛・李の黨を散ずるは、未だ是《ぜ》を明らかにして非を去るに如かず」の語は、秦檜《しんかい》之を悪《にく》みて、『日歴』に載するを以て、尚ほ世の傳誦する所と爲る。其の他の文は則ち泯沒《びんぼつ》して久し。

【現代語訳】

宋　呂本中の著。本中には『春秋集解』があって、すでに著録しておいた。
彼の詩法は黄庭堅を源としており、かつて『江西宗派圖』を作って、陳師道以下二十五人を列ね、自分自身をその末席に置いた。彼の『紫微詩話』及び『童蒙訓』の詩を論評した語には、いずれも核心を衝いたところがある（案ずるに　今本の『童蒙訓』には詩を論評した條が載っておらず、その文は各書に散見している。詳しい議論は『童蒙訓』の條を參照）。敖陶孫《ごうとうそん》『詩評』は、「彼の詩は無冠の仙人が坐禪しながら、超俗を氣取っている」というが、なかなか的を衝いている。苕溪《ちょうけい》の胡仔《こし》の『漁隱叢話』は彼の「樹は午影を移して　重簾靜かに、門は春風を閉ざして　十日　閒《のど》かなり（眞晝の光に樹影が移ろうが　二重になった簾は動かず、門は春風を閉じこめて　十日の閒ひっそり）」、「往事　高低　半枕の夢、故人南北　數行の書（昔の官位の高下は夢のうち、彼方此方の友からは數行の手紙）」、「殘雨　簾に入りて　薄暑を收め、破窗　月を留めて　微明を鏤《ろう》す（降り止んだ雨水が簾に入ってひんやり、破れた窓からは月のほの明かり）」の諸句を賞賛しているが、まったくその長所を盡くしていない。『朱子語録』では「呂本中は詩を論じて、一字一字を響かせようというのだが、彼の晩年の詩は聲の出ていないものが多い」と言っている。しかし、朱子は詩を餘事とし、本中は詩を專門とした人だ。吟咏の道についての造詣には、おのずから深淺があり、朱子の言は必ずしも定論とはしがたい。

この集は慶元二年陸游の序、乾道二年曾幾の後序がある。『文獻通考』はこれとは別に『集外詩』一巻を載せているが、この本にはそれがない。すでに散佚したのだろう。
さらに陸游の序は「嗣孫の祖平が悉《ことごと》く他の文を集めて若干巻とした」と言っている。今この本には詩はあるが文は無い。ただ、彼が草した〈趙鼎の右僕射《うぼくや》に遷る制詞〉の「晉・楚の成を合するは、王を尊びて伯《は》を賤《いや》しむに若《し》かず、牛・李の黨を散ずるは、未だ是を明らかにして非を去るに如かず（南北の和議を行うのではなく、帝王を尊びて覇者を賤しむべきだ。黨派の争いをやめるより、どちらが正しいかを明らかにして間違った方を退けるほうがいい）」という詞だけは、秦檜がこれを憎んで『日暦』に記載したことで、今もなお世に傳誦されている。その他の文は世に埋もれて久しい。

【注】

一　兩淮馬裕家藏本　馬裕の字は元益、號は話山、江都（揚州）の人。原籍は祁門《きもん》（安徽省）で所謂新安商人の出身。父の曰琯《えつかん》の代より藏書十萬餘巻を誇った。『四庫採進書目』の記録では、四庫全書編纂の時、藏書六八五部を進獻した。そのうち著録されたのが一四四部、存目（四庫全書内に収めぬが、目録にのみとどめておくこと）は二二五部にのぼる。

二　春秋集解　『四庫全書總目提要』巻二七　經部二七　春秋類二は呂本中の撰として『春秋集解』三十巻を著録する。これは、從來、同じく東萊先生と稱された呂祖謙の著として傳わっていたもので、四庫全書編纂官が朱彝尊《しゅいそん》『經義考』の說に從って呂本中の撰と改めた。しかし、これについては、異論が提出されており、崔富章『四庫提要補正』（杭州大學出版社　一九九〇）、歐陽炯『呂本中研究』（文史哲出版社　一九九二）第三章第四節「著述」などは、『春秋集解』はやはり呂本中ではなく呂祖謙の作だと結論する。

三　嘗作江西宗派圖…　黄庭堅を含む二十六人の詩人を列した『江西宗派圖』（『江西詩派圖』とも）は今日傳わらないが、その概要は胡仔《こし》『苕溪《ちょうけい》漁隱叢話』前集巻四八や張彥衞『雲麓漫鈔』巻一四などの諸書に見える。ただし、詩人の序列はそれぞれやや異なる。諸書があげる序列の詳しい對照表は莫礪鋒〈呂本中《江西詩社宗派圖》考辨〉（『江西詩派研究』齊魯書社　一九八六　所收）を參照。また、『雲麓漫鈔』は江西詩派の二十五人の名を列擧した後に「凡そ二十五人、居仁は其の一なり」といい、呂本中を江西詩派に置くが、『苕溪漁隱叢話』では呂本中は入っていない。おそらく、本來入っていなかった呂本中を、後人が列入したと思われる。提要が「己を其の末に殿し」たというのは誤りであろう。

四　紫微詩話　『四庫全書總目提要』巻一九五 子部 詩文評類一に『紫微詩話』一巻が著録される。「紫微」とは中書省を指し、中書舍人であった呂本中は、世に呂紫微と稱された。また、「東萊詩話」という別名もある。

五　童蒙訓論詩之語、皆具有精詣　『四庫全書總目提要』巻九二 子部 儒家類二に「童蒙訓三巻」が著録されるが、提要がいうようにここには論詩の條は含まれておらず、明人が各書から輯佚した『童蒙詩訓』も傳わらない。近人の郭紹虞が再び各書より輯佚したものが、『宋詩話輯佚』に収められている。

六　敖陶孫詩評…　『詩人玉屑』巻二に引く敖陶孫『臞翁《くおう》詩評』に「呂居仁は散聖の禪に安んじ、自ら能く奇逸するが如し」と見える。散聖は散仙に同じで、仙人で未だ仙職を授かっていない者をさす。

七　漁隱叢話稱…　胡仔《こし》『苕溪《ちょうけい》漁隱叢話』前集巻五三にいう。「呂居仁の詩は清駃《せいかい》にして愛す可し。〝樹は午影を移して 重簾静かに、門は春風を閉ざして 十日 閑かなり〟（『東萊詩集』巻七〈試院中作〉の頷聯）、〝往事 高低 半枕の夢、故人 南北 數行の書〟（同書巻一〇〈孟明の田舍〉の頷聯）〝殘雨 簾に入りて 薄暑を収め、破窗 月を留めて 微明を鏤す〟（同書巻七〈試院中 工曹の惠子澤・教授張彦實に呈す〉の頸聯、ただし、四部叢刊續編本は、「殘雨」は「殘葉」に作り、「鏤」は「漏」に作る）の如し」。

八　朱子語錄乃稱…　『朱子語類』巻一四〇 論文下に次のように見える。「杜子美の晩年の詩は都《すべ》て曉《さと》るべからず。呂居仁 嘗て言う、〝詩は字字響かんことを要す〟と。其の晩年の詩は都《すべ》て啞《あ》了《りょう》、知らず 是れ如何《いかん》ぞ以て好しと爲すや否やを」。

九　有慶元二年陸游序　この本の巻頭には陸游の序文があり、末尾に「慶元二年九月既望」の日付が見える。『渭南文集』では巻一四〈呂居仁集の序〉。ただし、これは本來、詩集の序文ではなく、文集の序文だったものである。注一二參照。

一〇　乾道二年曾幾後序　四部叢刊續編所收『東萊詩集』（【附記】參照）の巻首には曾幾の序文がある。「沈公の子公雅、通家の子弟を以て（呂）居仁に從いて游ぶ。居仁 之を稱すること甚だし。乾道初元、幾んど吳郡に就養し、時に公雅 尙書郎自《よ》り擢《ぬき》んでられて是の邦に守たり。暇日 居仁の詩を裒集《ほうしゅう》し、略《ほ》ぼ遺する者無し。歲月を次第し、二十通と爲し、鋟板《しんばん》して之を郡齋に置く」といい、「乾道二年四月六日」の日付がある。

一一　文獻通考別載有集外詩二巻…　馬端臨『文獻通考』巻二四五 經籍考巻七二に「東萊集二十巻、外集二巻」と著録され、陳振孫『直齋書錄解題』巻二〇も同じ。提要はこの外集について「已に散佚す」というが、現在、北京の國家圖書館には宋黃汝嘉の刻した江西詩派詩集本の『東萊先生詩集』の殘巻にあたる三巻と外集三巻が藏されている。『文獻通考』および『直齋書錄解題』が「二巻」に作るのは誤りである。詳細については、傅增湘『藏園羣書題記』巻一四〈宋江西詩派本東萊先生詩集三巻外集三巻書後〉を參照。

一二　又陸游序稱……　注九の陸游の序文（『渭南文集』では巻一四〈呂居仁集の序〉）に次のようにいう。「平生 爲《つく》る所の詩は、既已《すで》に世に孤行す。嗣孫の祖平は又た盡《ことごと》く他の文凡そ若干首を裒《あつ》めて、若干巻と爲し、而して游に屬《しょく》して序を爲らしむ」。

一三　趙鼎遷右僕射制詞……　『宋史』巻三七六 呂本中傳によれば、呂本中はこの制詞を草したことで和議派の秦檜によって中央政界を追われた。『宋史』は、事の顚末を次のように說明する。呂本中は本來秦檜と親しかったが、元祐の名臣呂公著の曾孫であることから元祐の學を奉じて和議に反對する趙鼎の信任を得るようになっていった。たまたま、趙鼎が『哲宗實錄』編纂の功によって僕射《ぼくや》を拜することになり、中書舍人兼直學士院であった呂本中がその制詞に、「晉・楚の成を合するは、王を尊び覇《は》を賤《いや》しむに若《し》かず。牛・李の黨を散ずるは、未だ是《ぜ》を明らかにして以て非を去るに如かず」と書した。秦檜はその文辭について大いに怒り、これは趙鼎の意を受けて書いたものだとして御史臺に告げ、結局、呂本中は彈劾され落職したという。「晉・楚の成を合す」とは戰國時代の蘇秦が唱えた南北に同盟を結ぶ外交政策（合縱策）のことで、ここでは北方の金と南方の宋の和議をさす。「牛・李の黨」とは唐の牛僧孺と李德裕の黨爭をいい、ここでは秦檜の和議派と趙鼎の和議反對派を指す。ただし、『宋史』はこの制詞について誤解しており、趙鼎は右僕射に除せられたことはない。問題となった制詞は、李心傳『建炎以來繫年要錄』巻一二二および『續資治通鑑』巻一二〇によれば、尙書左僕射・同中書門下平章事・監修國史だった趙鼎が、紹興八年九月丁未に、特進という寄祿官を贈られた時のものである。

一四　載於日歷……　「日歷」は「日曆」、乾隆帝の諱 弘曆を避けて「歷」に作る。「日曆」とは、起居注や宰相の書く時政記の類で、これをもとに實錄が編纂される。當時は秦檜の養子である秦熺《しんき》が國史を領しており、ここでは秦熺の『高宗日曆』を指す。『高宗日曆』は現存していないが、李心傳『建炎以來繫年要錄』に散見する。『建炎以來繫年要錄』巻一四六には「史臣秦熺等曰く」として『高宗日曆』の內容が次のように紹介される。「（紹興八年）三月辛卯、復《ふたた》び（秦）檜を右相に拜す。久しくして益《ます》ます檜の忠誠にして謀謨の大いに爲す有るべきを知るなり。故に議和の計決《けっ》す。而るに左相の趙鼎は抑沮《よくそ》すること甚だ力《つと》め、修史の加恩の制に因《よ》りて、密かに直學士院の呂本中に諭して制詞を爲《つく》らしめて曰く、〝晉・楚の成を合するは、王を尊び伯《は》を賤しむに如かず〟と謂う。蓋し豫《あらかじ》め後日の姦圖を爲すなり。鼎は首相爲《た》るに、復《ふたた》び國事に留意せず。用兵は則ち徒《いたず》らに都督の名を擅《ほし》いままにし、略《ほ》ぼ措畫無し。議和に及びては則ち陰に首鼠（二心）を懷き、進對の際に於いて、未だ嘗て否すべき有らざるに、陰に黨與を結び、肆《ほし》いままに詆欺《ていぎ》を爲す。其の眷意に負《そむ》くこと此《か》くの如し。」

一五　尚爲世所傳誦　呂本中の制詞は、『高宗日曆』に記載されたことで、かえって評判になったらしい。文淵閣四庫全書本『東萊詩集』の卷頭の陸游の序文（『渭南文集』では卷一四〈呂居仁集の序〉）は次のようにいう。「西掖に在りて、嘗て内廷に秉直し、趙丞相鼎の制を草し、力めて戎《じゅう》に和するの議を排し、秦丞相檜に忤《さから》う。丞相は自ら『日曆』を草し、公の制辭を載せて、以て罪と爲す。而るに天下は益《ます》ます公の正を推す」。また、岳珂《がくか》も『寶眞齋法書贊』卷二五〈呂居仁の瞻仰・收召の二帖〉の跋に、『高宗日曆』を引きながら、この呂本中の制詞を「萬古の作」として賞贊している。

【附記】

四部叢刊續編『東萊詩集』二十卷は、日本の内閣文庫藏の宋乾道刻本の影印である。また、北京の國家圖書館には宋慶元五年（一一九九）に黃汝嘉の刻した江西詩派詩集本の『東萊先生詩集』の殘卷にあたる三卷（卷一八～二〇）と外集三卷（全）が藏されている。

また、これを底本にした評點本として、沈暉點校『東萊詩詞集』（黃山書社　一九九一）がある。『全宋詩』（第二八冊卷一六〇五～卷一六二八）は、これ以外に諸書より廣く佚詩を集めている。

資料集としては傅璇琮《ふせんそう》『古典文學研究資料彙編　黃庭堅和江西詩派卷』下卷（中華書局　一九七八）があり、まとまった研究書としては、歐陽炯著『呂本中研究』（文史哲出版社　一九九二）がある。

一五　默堂集二十二卷　[一]浙江鮑士恭家藏本

【陳淵】一〇七六?～一一四五
字を知默または幾叟《きそう》といい、南劍州沙縣（福建省）の人。世に默堂先生と稱される。楊時に師事して、その女婿となった。北宋末、宣和六年（一一二四）、蔭補によって吉州永豐縣の主簿となり、南宋に入って高宗の紹興七年（一一三七）、胡安國によって直言極諫の士に擧げられ、八年（一一三八）進士出身を賜った。祕書丞、監察御史、右正言を歴官したが、十年（一一四〇）秦檜《しんかい》と對立して職を退き、十五年（一一四五）に沒した。『宋史』卷三七六　陳淵傳　參照。

宋陳淵撰。[二]淵字知默、一字幾叟、沙縣人。[三]楊萬里序稱爲瓘之猶子、而[四]集乃自稱瓘之姪孫。[五]疑萬里筆誤也。[六]紹興七年詔擧直言敢諫之士、以胡安國薦、[七]除御史、[八]官至宗正少卿。[九]嘗牓所居之室曰默堂。其門人沈度編次詩文、因以名集。[一〇]凡文十二卷、詩十卷。

[一一]淵爲楊時弟子、傳程氏之學、故[一二]上殿劄子首闢王安石。又如[一三]詆秦檜、糾莫將・鄭億年、論宰執不職、皆侃侃不阿。其他議論時政、亦多切實。爲詩不甚雕琢。然時露眞趣、異乎[一四]宋儒之以詩談理者。惟與[一五]翁子靜論陶淵明、以不知義責之、未免講學諸人好爲高論之錮習。又力崇洛學、而[一六]於陳瓘之事佛、獨津津推奬。亦未免牽於私情、不爲至公耳。

[一七]宋史藝文志載淵集二十六巻、詞三巻。此本止二十二巻、未知爲傳寫脱佚、或宋史字誤。[一八]又別本十二巻、題曰存誠齋集。蓋淵[一九]嘗以存誠齋銘示學者、故後人以名其集。有文無詩。第一巻末較此本少啓三篇、第九巻末較此本少書二篇。字亦多所譌闕、未若此本之完善也。

【訓讀】

宋 陳淵の撰。淵 字は知默、一の字は幾叟《きそう》、沙縣の人。楊萬里の序は稱して瓘《かん》の猶子《ゆうし》と爲すも、集は乃ち自ら瓘の姪孫《てっそん》と稱す。疑うらくは 萬里の筆誤なり。紹興七年 詔して直言敢諫の士を擧ぐるに、胡安國の薦を以て、御史に除せられ、官は宗正少卿に至る。嘗て居する所の室に牓《ぼう》して默堂と曰う。其の門人 沈度《しんど》 詩文を編次するに、因りて以て集に名づく。凡そ 文十二巻、詩十巻。

淵は楊時の弟子爲りて、程氏の學を傳う。故に〈上殿劄子《さっし》〉は首に王安石を闢《しりぞ》く。又た秦檜《しんかい》を詆《そし》り、莫將《ばくしょう》・鄭億年を糾《きゅう》し、宰執の職にあらざるを論ずるが如きは、皆 侃侃《かんかん》として阿《おもね》らず。其の他の時政を議論するは、亦た切實多し。詩を爲りては甚だしくは雕琢《ちょうたく》せず。然れども時に眞趣露《あらわ》れ、宋儒の詩を以て理を談ずる者に異なれり。惟だ〈翁子靜に與えて陶淵明を論ず〉は、義を知らざるを以て之を責め、未だ講學の諸人の好んで高論を爲すの錮習《こしゅう》を免かれず。又た力《つと》めて洛學を崇ぶも、陳瓘の佛に事《つか》うるに於いては、獨り津津《しんしん》として推奬す。亦た未だ私情に牽《ひ》かるるを免かれざるは、至公《しこう》と爲さざるのみ。

『宋史』藝文志は淵の集二十六巻、詞三巻を載す。此の本は止《た》だ二十二巻のみにして、未だ傳寫の脱佚《だついつ》爲るか、或いは『宋史』の字の誤りなるかを知らず。又た別本の十二巻は、題して『存誠齋集』と曰う。蓋し 淵 嘗て〈存誠齋の銘〉を以て學者に示し、故に後人 以て其の集に名づく。文有りて詩無し。第一巻の末は此の本に較《くら》ぶるに啓三篇少なく、第九巻の末は此の本に較ぶるに書二篇少なし。字も亦た譌闕《かけつ》する所多く、未だ此の本の完善なるに若《し》かざるなり。

【現代語譯】

宋 陳淵の著。淵の字は知默、或いは幾叟《きそう》ともいい、沙縣（福建省）の人である。楊萬里の序は瓘《かん》のおいと言っているが、集では自ら瓘の姪孫《てっそん》（おいの子）だと稱している。おそらく萬里の誤りであろう。紹興七年（一一三七）に直言敢諫の士を推擧するようにとの詔があり、胡安國の推薦で、御史に除せられて、宗正少卿に至った。嘗て居室に「默堂」という表札を掛けていたので、その門人の沈度《しんど》が詩文を編次した際、それに因《ちな》んで集の名とした。全部で文十二巻、詩十巻がある。

淵は楊時の弟子で、程氏の學を受け繼いでおり、そのため〈上殿劄子〉は眞っ先に王安石を槍玉にあげている。さらに秦檜を誹《そし》り、莫將《ばくしょう》・鄭億年を糾彈して、宰相執政の職に値《あたい》しないと批判している文などは、いずれも意氣軒昂としており、權力者へのおもねりが無い。その他の時政を議論したものも、核心をついたものが多い。詩を作るのにあまり雕琢を凝らしたりしなかったが、しばしば眞情が横溢《おういつ》していて、宋儒の、詩によって理を談じようとする者とは異なる。ただ、〈翁子靜に與えて陶淵明を論ず〉は、義を知らないといって陶淵明を責めており、講學の輩が高踏的な議論をしたがるという陋習《ろうしゅう》を免かれていない。さらに、洛學を崇拜しているにもかかわらず、陳瓘が佛に歸依したことについては、これを懸命に推奬しており、私情にとらわれた嫌いを免かれない。公平無私とはいえないのだ。

『宋史』藝文志は淵の集として二十六巻、詞三巻を載せている。しかし、この本は二十二巻だけであって、傳寫の脱佚なのか、或いは『宋史』の字の誤りなのかわからない。さらに別本で十二巻というのがあり、『存誠齋集』と題している。淵は嘗て〈存誠齋の銘〉を門生に示したことがあり、それで後世の人が集の名としたのだろう。文が有るだけで詩は無い。第一巻の末はこの本に較べて啓三篇が少なく、第九巻の末はこの本に較べて書二篇が少ない。字の誤りや缺佚もあって、この本の完善なのには及ばない。

【注】

一　浙江鮑士恭家藏本　鮑士恭の字は志祖、原籍は歙《しょう》（安徽省）、杭州（浙江省杭州市）に寄居す。父 鮑廷博（字は以文、號は渌飲《ろくいん》）は著名な藏書家で、とりわけ散佚本の蒐集を好んだ。その精粹は『知不足齋叢書』中に見える。『四庫採進書目』の記錄では、『四庫全書』編纂の際には、藏書六二六部を進獻した。任松如『四庫全書答問』によれば、そのうち二五〇部が著錄され、一二九部が存目（四庫全書內に收めず、目錄にのみとどめておくこと）に採擇されている。

二　淵字知默、一字幾叟　『宋史』卷三七六 陳淵傳は字を「知默」とするが、『宋元學案』卷三八 默堂學案は、「陳淵、字は知默、…初名は漸、字は幾叟」という。

三　楊萬里序稱爲瓘之猶子…　文淵閣四庫全書本『默堂集』および四部叢刊三編『默堂先生集』は卷首に楊萬里と沈度《しんど》の序文を擧げている。楊萬里の序文は、淳熙戊戌（五年）十月に書かれたもので、「南劍人了翁《りょうおう》の猶子と云う」とある（四部叢刊本『誠齋集』卷七九〈默堂先生文集序〉も同じ）。「了翁」は陳瓘《ちんかん》（一〇五七～一一二二）の號である。陳瓘は南劍州沙縣の人で字を瑩中《えいちゅう》といい、徽宗朝の直諫の士。時の宰相蔡京《さいけい》と對立し、流謫された。「猶子」とは兄弟の子を指す。

四　集乃自稱瓘之姪孫…　文淵閣四庫全書本『默堂集』および四部叢刊三編『默堂先生集』には、それぞれ卷二一に陳瓘《ちんかん》を祭った文〈叔祖右司を祭る文〉があり、そこには「姪孫《てっそん》（おいの子）の淵」と明言している。また、卷二二には〈了齋の書する所の解禪偈《げ》の後に書す〉〈了齋の書する所の佛語卷の後に題す〉〈蕭茂德楚詞の後に題す〉〈了齋の筆供養發願文に書す〉などの陳瓘にちなむ題跋があるが、いずれも「姪孫」と署している。

五　疑萬里筆誤也　李裕民『四庫提要訂誤』は、楊萬里のこの誤解の原因について次のように推測している。陳淵が荊南教授だった楊時に師事したのが二十五、六歳だった（『默堂先生集』卷一八〈與胡少汲尙書〉、卷二一〈祭龜山先生文〉による）ことから逆算すると、陳淵の生年は熙寧九年（一〇七六）。つまり、陳瓘と十九歳しか違わないことから、楊萬里は猶子《ゆうし》（兄弟の子）と誤解したのだろうと。

六　紹興七年詔擧直言敢諫之士　この事蹟は『宋史』卷三七六の陳淵傳に從ったものである。『宋史』は「（紹興）七年、侍從に詔して直言極諫の士を擧げしむるに、胡安國は淵を以て應《こた》う。召對されて、官を改められ、進士出身を賜わる。九年、監察御史に除せられ、尋いで右正言に遷る」という。ただし、『建炎以來繫年要錄』卷一二一によれば紹興八年の條に「八月乙卯…詔あり。右承事郎陳淵は、爭臣瓘の從孫にして、學術は國體に通達す、特に同進士出身を賜る。淵は時に選人を以て監嶽廟たり。召對して京秩《けいちつ》（首都臨安府の官）に改め、遂に以て祕書丞と爲す」という記事があり、同進士出身を賜った年に一年のずれがある。

七　除御史　御史とはここでは監察御史のことである。ただし、注六のように、同進士出身を賜ったときに除せられたのは祕書丞であり、監察御史となったのはその後、紹興九年のことである。

八　官至宗正少卿　宗正少卿とは宗正寺（宗室の管理）の副長官であり、從五品の職事官である。『宋史』卷三七六の陳淵傳に「祕書少監兼崇政殿説書に除せらるるも、祖の名なるを以て辭す。宗正少卿に改められ…」とある。

九　嘗牓所居之室曰默堂…　文淵閣四庫全書本『默堂集』および四部叢刊三編『默堂先生集』卷首の門人沈度《しんど》の序文に「公諱《いみな》は淵、字は知默、居する所の室に榜《ぼう》して默堂と曰う。故に後學　默堂先生を以て焉《こ》れを稱す」と見える。

一〇　凡文十二卷、詩十卷　文淵閣四庫全書本『默堂集』および四部叢刊三編『默堂先生集』ともに、卷一～卷一〇が詩、卷一一～卷二二が文である。

一一　淵爲楊時弟子、傳程氏之學　楊時は二程子の門人で、南渡の後は程氏の正宗と稱された大儒（本書二一「龜山集四十二卷」參照）。陳淵が楊時の弟子であったことは、文淵閣四庫全書本『默堂集』および四部叢刊三編『默堂先生集』の卷一八〈與胡少汲尚書〉に「二十五、六歲にして始めて教えを龜山楊先生に承《う》くるを獲《え》たり」とあることから明らかである。また、卷二一〈祭龜山先生文〉には自ら「婿」ともいっている。

一二　上殿劄子首闢王安石　たとえば、卷一二〈十二月上殿劄子〉三篇のうちの第一篇に次のようにいう。「王氏の學の、天下に達せし自《よ》り、其の徒は之を尊ぶこと孔子と等し。之を動かすに卓詭《たくき》の行を以てし、之を矜《ほこ》るに華麗の文を以てし、錦繡を以て陷穽《かんせい》を蒙覆するが如し。悅《よろこ》びて之に從い墜《お》ちざる者鮮《すくな》し。之を行うこと六十餘年、其の禍は已に見《あら》われり。今　以て改むべし」と見える。また、『宋史』卷三七六　陳淵傳には、皇帝に對して程頤《ていい》と王安石の學術の違いを論じた話が引かれており、そこで陳淵は「楊時は始め安石を宗とするも、後に程顥《ていこう》を得て之を師とし、乃ち其の非を悟る」「道の大原に至りては、安石は一として差《さ》せざるは無し。其の學を推行し、遂に大害と爲る」と主張している。

一三　詆秦檜、糾莫將・鄭億年　文淵閣四庫全書本『默堂集』お

よび四部叢刊三編『默堂先生集』卷一二の〈莫將《ばくしょう》の徽猷閣《きゆうかく》待制に除せらるるを論ずる奏狀〉は、莫將のあまりにも早い昇進に對して異議をとなえたもの。卷一二〈宰執の不和を論ずる奏狀〉は秦檜と李光の不和を糾彈したもの。また、卷一二〈鄭億年の資政に除せらるるを論ずる奏狀〉は、鄭億年が靖康の變のとき金に連れ去られ、金の傀儡政權である齊の劉豫《りゅうよ》に仕えた經歷を有していながら、秦檜の姻戚ということで資政殿學士に復することを非難している。

一四　宋儒之以詩談理者　「詩を以て理を談ず」とは、理學詩の類をいう。嚴羽『滄浪詩話』詩體篇のいわゆる邵康節《しょうこうせつ》體（北宋の儒者邵雍《しょうよう》の詩風）のこと。『四庫提要北宋五十家研究』（汲古書院）二一九『擊壤集二十卷』を參照。

一五　與翁子靜論陶淵明　文淵閣四庫全書本『默堂集』および四部叢刊三編『默堂先生集』卷一六〈翁子靜に答えて陶淵明を論ず〉に「淵明 小人を以て督郵《とくゆう》を鄙《いや》しみ、己《おのれ》を以て之に下るを肯《がえ》んぜず。孟子の所謂隘《あい》に非ざるか。仕えて令尹《れいいん》と爲るに、乃ち徒《た》だ五斗米の爲《ため》のみと曰う。此を以て欲すべしと爲し、就きては此を以て輕んずべしと爲して去る。此れ何の義なるや」とある。

一六　於陳瓘之事佛、獨津津推奬　文淵閣四庫全書本『默堂集』および四部叢刊三編『默堂先生集』卷二二の〈了齋の書する所の解禪偈《げ》の後に書す〉〈了齋の書する所の佛語卷の後に題す〉〈了齋の筆供養發願文に書す〉などは、陳瓘が書した佛教關係の書物に陳淵がつけた題跋であり、いずれも陳瓘が佛理に詳しかったことを推賞している。

一七　宋史藝文志載淵集二十六卷　『宋史』藝文志七には「朱敦《しゅとん》儒《じゅ》陳淵集二十六卷、又詞三卷」とある。朱敦儒の別集は「獵《りょう》較《かく》集」であり、おそらく「朱敦儒 獵較集二十六卷、又詞三卷」に作るのが正しい。陳淵の別集は『直齋書錄解題』卷一八および『文獻通考《つこう》』經籍考卷六五が「默堂集二十二卷」と著錄しており、注九の門人沈度《しんど》の紹興十七年三月の日付がある序文にも「余は服膺《ふくよう》高堅し、因りて其の遺文五百一十四篇を得て、釐《おさ》めて二十二卷と爲し、序して之を刊す」とある。

一八　又別本十二卷、題曰存誠齋集　この本についての詳細は不明である。『現存宋人別集版本目錄』（巴蜀書社 一九九〇）はこれを考證し、北京圖書館に藏されている鈔本の馮淵《ふうえん》『韋齋類稿』十四卷とは、書賈が陳淵の『默堂集』中の文のみ十二卷を抄し（ただし五篇の漏れがあり）、それに詩一卷を加えて成ったものではないかという。しかし、北京の國家圖書館および北京大學圖書館に確認するに、これに該當するような本は見當らない。待考。

一九　嘗以存誠齋銘示學者　注九の門人沈度《しんど》の序文に、「余は昔公に從いて業を左右に受くること、幾《ほと》んど二十年なり。嘗て〈存誠齋の銘〉を以て諸學者に示して謂う」とある。〈存誠齋銘〉は現在、文集の巻二〇に收められている。そこには「余は嘗て道を爲《おさ》むる所以の方を龜山楊先生に問う。先生曰く、〝大學の書は聖學の門庭なり。是れ讀みて之を求むべし〞と。余は退きて焉《こ》れを學ぶ。其の脩身・齊家・治國・平天下の道を言うを觀るに、其の本は吾意に誠なるに在るのみ。其の說は簡にして盡、其の理は直にして周、其の用は要にして博なり。敢て疑わずと雖も、未だ其の必ず行うべきを知らざるなり。…大觀元年、先生 餘杭《よこう》に官し、夏四月、余は親側自《よ》り復た來る。因《よ》りて縣宇《けんう》の東、舊屋の數椽《すうてん》に卽《つ》きて、治めて講習の所と爲す。其の牓を掲げて存誠齋と曰う。蓋し其の知る所を力行するに志有るなり」と見え、「存誠」がもともと楊時の訓えであったことがわかる。

【附記】

四部叢刊三編『默堂先生集』は徐氏の傳是樓宋刻本（佚）から鈔したものの影印本であり、南宋の孝宗の諱「昚《しん》」と同音の「愼」の字を避けて「御名」としている。文淵閣四庫全書本と同じ系統である。

『全宋詩』（第二八册　巻一六三四～巻一六四三）は四部叢刊三編本を底本とし、集外詩も廣く輯めている。

一六　香溪集二十二卷　[一]安徽巡撫採進本

【范浚《はんしゅん》】一一〇二～一一五〇

字は茂明、蘭溪（浙江省）の人。南宋の初め、賢良方正に推擧されたが辭退して、鄉里で講學し、生涯を終えた。その地にちなんで香溪先生と稱される。朱熹が彼の〈心箴《しんしん》〉を『孟子集註』に載錄したことで有名。四部叢刊續編『范香溪先生文集』卷首 宋 陳巖肖《ちんがんしょう》〈香溪先生文集敍〉・元 吳師道〈香溪先生文集後序〉・明 童品〈香溪范先生傳〉參照。

宋范浚撰。[二]浚字茂名、蘭溪人。[三]紹興中擧賢良方正、以秦檜柄政、辭不赴。然浚雖不仕、實非無意於當世者。

[四]其書曹參傳後、則隱戒熙寧之變法。[五]其補翟方進傳、則深愧靖康之事讎。[六]其讀周禮一篇、亦爲王安石發。[七]而進策五卷、於當時世務、尤言之鑿鑿。非迂儒不達時變者也。[八]其詩論戒穿鑿、似爲鄭樵而言、[九]易論鄙象數、亦似爲陳摶而設。於經術頗爲有功。[一〇]春秋論欲廢三傳、則猶祖孫復之餘習、頗爲乖迂。然[一一]盧仝所註、儒者罕傳。浚論尚載其數條、亦足資異聞。[一二]其辯孟母無三遷事、[一三]黃帝無阪泉事、[一四]周穆王無西至崑崙事。雖頗失之固、然皆於理無害。

[一五]其詩凡三卷。近體流易、猶守元祐舊格、不涉江西宗派。古體頗遒、[一六]亦非語錄爲詩之比、有足稱焉。

集[一七]爲其門人高梅所編、其[一八]姪端臣刊之。前[一九]有紹興三十一年陳巖肖序。後[二〇]有元吳師道跋、稱朱子取其心箴註孟子。而[二一]其集金履祥時已不傳。後從應氏得其前七卷。又從其族孫俊家得殘本佚前五卷、合之遂爲完書。跋[二二]又稱端臣蒙齋集未及刊、先刊其與浚唱酬諸詩附見焉。此[二三]本無端臣詩。蓋又佚矣。

【訓讀】

宋　范浚《はんしゅん》の撰。浚　字は茂名、蘭溪の人。紹興中　賢良方正に擧げらるるも、秦檜の政《まつりごと》を柄《へい》するを以て、辭して赴かず。然れども　浚は仕えずと雖も、實は當世に意無き者に非ず。

其の〈曹參傳《そうさん》の後に書す〉は則ち隱《ひそ》かに煕寧の變法を戒む。其の〈補翟方進傳《たくほうしん》〉は則ち　深く靖康の事讎《じしゅう》を愧《は》ず。其の〈周禮《しゅらい》を讀む〉一篇も亦た王安石の爲《ため》に發す。而して進策五卷は、當時の世務に於いて　尤も之を言うこと鑿鑿《さくさく》たり。迂儒《うじゅ》の時變に達せざる者に非ざるなり。其の〈詩論〉の穿鑿《せんさく》を戒しむるは、鄭樵《ていしょう》の爲《ため》に言うに似《に》、〈易論〉の象數《しょうすう》を鄙《いや》しむるは、亦た陳摶《ちんたん》の爲に設くるに似たり。經術に於いて頗る功有りと爲す。〈春秋論〉の三傳を廢さんと欲するは、則ち猶お孫復を祖とするの餘習のごとく、頗る乖迂《かいう》爲り。然れども　盧仝《ろどう》の註する所は、儒者の傳うること罕《まれ》なり。浚の論　尙お其の數條を載するも、亦た異聞に資するに足る。其の孟母に三遷の事無く、黃帝に阪泉の事無く、周の穆王に西して崑崙《こんろん》に至る事無きを辯ずるは、頗る之を固きに失すと雖も、然れども　皆　理に於いて害無し。

其の詩は凡そ三卷なり。近體は流易《りゅうえき》にして、猶お元祐の舊格を守り、江西宗派に涉《わた》らず。古體は頗る遒《つよ》く、亦た語錄を詩と爲すの比に非ずして、焉《こ》れを稱するに足る有り。

集は其の門人　高梅《こうせん》の編する所爲りて、其の姪《てつ》　端臣　之を刊す。前に紹興三十一年　陳巖肖《ちんがんしょう》の序有り。後に元の吳師道の跋有りて稱す、「朱子　其の〈心箴《しんしん》〉を取りて『孟子』に註す。而れども其の集は　金履祥《きんりしょう》の時　已に傳わらず、

後　應氏從《よ》り其の前七卷を得、又た其の族孫俊《しゅん》の家從《よ》り殘本の前五卷を佚するを得て、之を合わせて遂に完書と爲す」と。跋　又た稱す、「端臣の『蒙齋集』未だ刊するに及ばず、先に其の浚と唱酬せし諸詩を刊し焉《こ》れに附見す」と。此の本　端臣の詩無し。蓋し　又た佚せり。

【現代語譯】

宋　范浚《はんしゅん》の著。浚は字を茂名（茂明の誤り）といい、蘭溪（浙江省）の人である。紹興年間に賢良方正に推擧されたが、秦檜が執政となったので、辭退して赴かなかった。しかし、浚は出仕はしなかったが、本當に當世の政治に關心がなかったわけではない。

彼の〈曹參《そうさん》傳の後に書す〉は暗に熙寧の變法を戒めたもので、〈補翟方進《たくほうしん》傳〉は深く靖康の事變を愧じたものである。〈周禮《しゅらい》を讀む〉という一文も王安石への反論である。そして進策五卷では、當時の時局について踏みこんだ議論を展開している。時局に疎《うと》い腐儒の議論ではないのだ。その〈詩論〉が穿鑿《せんさく》を戒めているのは、鄭樵《ていしょう》を批判するためのものらしく、〈易論〉が象數《しょうすう》の學を鄙《いや》しめているのは、これも陳摶《ちんたん》を批判するためのものらしい。經學において頗る功績がある。〈春秋論〉の春秋三傳を廢そうというのは、孫復を祖とすることから來る惰性のごときもので、見當はずれもいいところである。しかし、盧仝《ろどう》が註したものを、儒者が傳えているのは珍しい。そのうちの數條に浚の論が載っているのも、異說を殘しておくという點で價値がある。孟母三遷の故事、黃帝の阪泉の戰い、周の穆王《ぼくおう》が西のかた崑崙《こんろん》に至ったなどということはありえないことだと主張しているのは、融通の利かぬ議論ではあるものの、しかし、いずれも理を損なうものではない。

彼の詩は全部で三卷である。近體詩はなめらかで、元祐の詩風をよく守り、江西宗派の影響はない。古體詩は頗る力強く、語錄のような詩とは比べようもなく、稱讚に足るものだ。

集は彼の門人 高梅《こうせん》が編纂したもので、彼のおいの端臣が刊行した。前に紹興三十一年（一一六一）の 陳巖肖《ちんがんしょう》の序がある。後には元の吳師道の跋があり、「朱子が彼の〈心箴《しんしん》〉を取って『孟子』に註した。その集は金履祥《きんりしょう》の時にはすでに傳わらず、後に應氏から前半七巻を得て、さらにその族孫俊の家から前半五卷を佚した殘本を得て、これを合わせると卷數がそろうことになった」といっている。跋はさらに「端臣の『蒙齋集』は未だ刊行されておらず、先に浚と唱酬した諸詩を刊してこれに附しておく」というが、この本には端臣の詩は無い。これも佚したのだろう。

【注】

一　安徽巡撫採進本　採進本とは、四庫全書編纂の際、各省の長にあたる巡撫、總督、尹《いん》、鹽政などを通じて朝廷に獻上された書籍をいう。安徽巡撫より進呈された本は『四庫採進書目』によれば五二三部。任松如『四庫全書答問』によれば、そのうち一二八部が著錄され、一九九部が存目（四庫全書内に収めず、目錄にのみとどめておくこと）に置かれた。

二　浚字茂名　「茂名」は「茂明」の誤り。武英殿本・文溯閣本の總目提要も「茂名」と誤る。文淵閣四庫全書本『香溪集』の書前提要および范浚の傳記類はすべて「茂明」に作っている。

三　紹興中擧賢良方正…　紹興三十一年（一一六一、范浚の沒後十一年）に書かれた陳巖肖《ちんがんしょう》〈香溪先生文集敍〉（四庫全書本『香溪集』および四部叢刊續編『范香溪先生文集』卷首）は、「士は道に志すを以て先と爲し、而して道に志すは氣を養うを以て本と爲す… 今天子卽位の初め、詔して制擧を復し、以て天下の士を來たらしむ。當時の公卿 先生を以て詔に應ぜしむる者有るも、先生は力めて之を辭す」というのみだが、元の至順三年（一三三二）吳師道〈香溪先生文集後序〉（四庫全書本『香溪集』の卷末、四部叢刊續編『范香溪先生文集』卷首）は「先生 紹興中に當たりて賢良方正に擧げらるるも、秦檜の當國を以て起たず、大節 偉なり」として、秦檜が國柄を握ったことを辭退の理由にあげる。

四　書曹參傳後　文淵閣四庫全書本『香溪集』卷六〈曹參《そうさん》傳の後に書す〉。四部叢刊續編『范香溪先生文集』では卷一九に所收。曹參の傳記は『史記』卷五四 曹相國世家にみえる。曹參が蕭何《しょうか》の後を繼いで惠帝の相國となり、後世、蕭・曹と竝稱されるほどの名聲を得た理由について、范浚は「惟だ參は劃一《かくいつ》の法を守りて、少しも變えず、是れ其の何《か》と名を齊《ひと》しうし功を比《ひ》する所以の者なり」という。漢高祖と蕭何のやり方を變えなかった曹參を稱《たた》えることで、暗に熙寧の變法を批判したもの。

五 補翟方進傳 文淵閣四庫全書本『香溪集』卷二一〈漢忠臣翟義《たくぎ》傳〉を指す。四部叢刊續編『范香溪先生文集』でも卷二一所收。翟義は、翟方進の孫で、逆臣王莽《おうもう》を殲滅し、劉信を擁立したが兵破れた。その傳記は『漢書』卷八四翟方進傳に附されている。そのため提要はこれを「補翟方進傳」と呼んだ。范浚は翟義について、祖父の附傳という形ではなく、忠義を稱えるべき一個の偉丈夫だとして傳記を書いている。これは、靖康の變に際して朝臣が徹底抗戰を行わなかったことについての微辭であろう。

六 讀周禮 文淵閣四庫全書本『香溪集』卷五〈讀周禮〉。四部叢刊續編『范香溪先生文集』卷一八所收。范浚は、『周禮』地官・司關の「凡そ貨の關より出でざる者は、其の貨を擧げて其の人を罰す」の條についての、「關より出でず、私道從り出でて稅を避くる者は、則ち其の財を沒し其の人を撻《むちう》つ」(『周禮注疏』)という解釋は、本來、周公の法ではなく、漢の刻斂《こくれん》の臣のやりかただとする。これは、王安石の變法が『周禮』を思想的よりどころとし、『周官新義』などを著わしたことへの批判である。

七 進策五卷 文淵閣四庫全書本『香溪集』卷一一〜一五の五卷分を指す。四部叢刊續編『范香溪先生文集』でも卷一一〜一五に所收。

八 詩論 文淵閣四庫全書本『香溪集』卷七〈詩論〉。四部叢刊續編『范香溪先生文集』卷二所收。〈詩論〉は、近世の詩を説く者が詩の大義を疎《おろそ》かにして、穿鑿《せんさく》の論に陷っていることを批判したもの。提要はこれを鄭樵《ていしょう》への批判だとする。鄭樵は『爾雅鄭注』で知られる南宋の儒者。彼は『詩經』毛序を「村野の妄人の作」として、『詩辨妄』六卷を著した。この書は現在傳わらないものの、朱子『詩集傳』に大きな影響を與えたといわれる。清朝は漢儒の訓詁學を尊び、宋學の詩解釋に否定的である。そのため提要は隨所で鄭樵の詩解釋を穿鑿の説と主張している。

九 易論 文淵閣四庫全書本『香溪集』卷七〈易論〉。四部叢刊續編『范香溪先生文集』卷二所收。儒家の重要な經典『易』について、後世はその精神を忘れ、卜筮《ぼくぜい》を單なる占いと見なし、易を戲れにするようになったことを嘆いた文。宋の象數學《しょうすうがく》を批判したものと考えられる。象數は森羅萬象を象數によって演繹する學問で、宋學の出發點となった。五代から宋初の道士である陳摶《ちんたん》に發し、种放《ちゅうほう》・穆修《ぼくしゅう》を經て、李之才に傳わり、邵《しょう》雍《よう》によって大成された。象數學の象徴である先天圖はもと漢の魏伯陽のもので、道士が修練術に用いるものだったが、宋學の流れの中で周敦頤《しゅうとんい》の太極圖へと受け繼がれた。提要がこれに批判的な立場をとるのは、清朝の學問は漢學とよばれる訓詁・考證の學が主流で、宋學を嫌う傾向にあるためである。とりわけ、宋學に道教的要素が混入していることが問題視されたのである。『四庫提要北宋五十家研究』(汲古書院)八「穆參軍集三

巻」・一九「撃壌集二十巻」・三〇「周元公集九巻」を參照。

一〇　春秋論　文淵閣四庫全書本『香溪集』巻七〈春秋論〉。四部叢刊續編『范香溪先生文集』巻二所收。『春秋』を三傳のみによって解釋する態度を批判したもの。孫復は、北宋の春秋學の開祖的存在である。慶暦二年（一〇四二）、富弼《ふひつ》・范仲淹の推擧により校書郎・國子監直講（國立大學教授）となる。仁宗に學を講じるが、異端と批判する者があり、中止となる。晩年、仁宗の命を受けた門人祖無擇《そむたく》が孫復の家から『春秋尊王發微』など十五篇を得て宮中に入れた。『四庫提要北宋五十家研究』（汲古書院）一四「孫明復小集一巻」參照。

一一　盧仝所註…　注一〇の〈春秋論〉にいう。「唐の盧仝《ろどう》は善《よ》く『春秋』を學び、三傳を高閣に束《つか》ね、而して遺經を抱き、以て終始を究む。故に其の『春秋摘微』を作るに、傳《でん》に任《まか》せず、經を尊び聖人の旨を明らかにするを以て多と爲す。隱公二年春、公戎に潛かに會す。左氏曰く、〝惠公の好を修するなり〟と。夫れ夷狄を引きて中國に會するは、隱公の罪を明らかにするなり。豈に修好の謂いならんや。仝は則ち曰く、〝戎は中夏の敵に非ず、公は輒ち之に會す。是れ王を無《なみ》するなり〟と」。このほかにも、盧仝の説を數條引用する。

一二　辯孟母無三遷事　文淵閣四庫全書本『香溪集』巻六〈孟母三徙辯〉。四部叢刊續編『范香溪先生文集』巻一九所收。孟子のような聖人が居を三回も移したなどというわゆる孟母三遷の逸話はあり得ないことだとする。これは暗に、汴京《べんけい》を追われた宋王朝と高宗が、南方を轉々と逃げ惑っている狀況を諷諭したものであろう。

一三　黃帝無阪泉事　文淵閣四庫全書本『香溪集』巻六〈五帝紀辯〉。四部叢刊續編『范香溪先生文集』巻一九所收。『史記』黃帝本紀が傳える黃帝が主君にあたる神農《しんのう》を阪泉で討ったという話はあり得ないことだとする。これは、宋王朝の宰相であった張邦昌（『宋史』巻四七五叛臣傳上）が、強要されたとはいえ金が建てた傀儡國家大楚《だいそ》の皇帝として卽位したことを諷諭したものと考えられる。

一四　周穆王無西至崑崙事　文淵閣四庫全書本『香溪集』巻一〇〈君牙・冏命・呂刑の論〉を指す。四部叢刊續編『范香溪先生文集』では巻三所收。周の穆《ぼく》王は『尙書』の君牙《くんが》・冏命《けいめい》・呂刑《りょけい》篇から知られるような賢人君子であるはずなのに、祭公謀父《さいこうぼうほ》の諫めをきかず犬戎《けんじゅう》の征伐に出向いたり（『史記』周本紀）、車馬に乘って天下を氣ままに周行した（『列子』周穆王篇）といった荒唐無稽な俗説が傳えられていることを嘆いたもの。『列子』や『穆天子傳』には、穆王が國事をおろそかにして天下を周遊し、八駿の引く馬車に乘って千里を驅り、崑崙《こんろん》に至って西《せい》王母《おうぼ》に會ったことが記されているが、范浚は穆王が天下を周遊したということ自體を否定する。范浚はまた、〈八馬圖に題す〉詩（文淵閣四庫全書本巻二・四部叢刊續編本巻八）においても、穆王の崑崙行きの傳説を、朱泚《しゅせい》・李懷光らの反亂軍に長安を追い出されて逃げ惑う唐の德宗皇帝になぞらえて詠じている。いずれも、暗に金に北方領土を奪われ、高宗が南方を逃げ惑うはめになった宋朝の失政を批判していると考えられる。

一五　其詩凡三卷　文淵閣四庫全書本『香溪集』は卷八～一〇が詩篇。四部叢刊續編『范香溪先生文集』も同じく卷八～一〇に所收。

一六　非語錄爲詩之比　語錄でもって詩と爲すとは、宋儒の理學詩に對する微辭である。

一七　集爲其門人高栫所編　高栫《こうせん》は范浚と同鄉の門人。文淵閣四庫全書本『香溪集』および四部叢刊續編『范香溪先生文集』卷二一には彼の父のために撰した〈高府君墓誌銘〉が見える。ただし、序跋の類には、范浚の別集が高栫の編纂であることに言及したものはない。今、明の成化十五年（實は弘治本。【附記】參照）刻本には「門人高旃編」と題されている。四庫全書が底本としたのはこの版本であろう。

一八　其姪端臣刊之　注三の陳巖肖《ちんがんしょう》〈香溪先生文集敍〉に、「一日、先生の猶子《ゆうし》元卿、余に過《よぎ》りて曰く、〝叔父は平昔 文を爲ること至《はなは》だ多し。今 家に祕するを欲せず。而るに出して世と之を共にするには、力の未だ辦ぜざる有り。則ち先に其の詩賦・論議・雜著を刻して二十二卷と爲し、時に行わしめん。子は嘗て叔父と厚し。願はくは敍して以て其の首に冠せんことを〟と。…元卿の名は端臣。今亦た文を以て名を知らる。方に世に志有る者なり」とある。

一九　前有紹興三十一年陳巖肖序　注三參照。

二〇　後有元吳師道跋稱…　注三の吳師道〈香溪先生文集後序〉（四部叢刊續編『范香溪先生文集』では卷首）には「子朱子『孟子』に集註するに、范浚の〈心箴〉を全載す。是れ由り 天下其の名を聞かざるは莫し」と見える。

二一　其集金履祥時已不傳…　注二〇の吳師道〈香溪先生文集後序〉（四部叢刊續編『范香溪先生文集』では卷首）の續きにいう。「師道 幼きとき卽ち其の文集を訪ぬるも得《う》べからず。…仁山の金氏の『四書考證』に謂う〝范集 近ごろ亡ぶ〟と。…至順辛未（二年、一三三一）始めて先生の文七卷を親友 應氏の家に得たり。…一日、先生の族孫の俊 來たりて言う〝家藏は一自《よ》り五卷に至るを缺き、其の從りて補う無きを惜しむ〟と。是に于いて忻然《きんぜん》として之を畀《あ》げ、以て編を爲すに足れり。烏乎《ああ》、百年の閟《ひ》は、一朝にして顯《あらわ》る。兩家の藏、期せずして合う」。ここでいう仁山の金氏とは、金履祥《きんりしょう》（一二三二～一三〇三）を指す。

二二　跋又稱端臣蒙齋集未及刊　注二一の吳師道〈香溪先生文集後序〉の續きにいう。「今、右史の裔孫 元璹《げんしゅく》 殘集の復元を念い、泯沒《びんぼつ》の蓍《しき》りに至るを懼れ、首《はじ》めに數卷を刊し、將に其の族人の力を率いて之を終え、其の美を私せざらんとす。又た右史の『蒙齋集』未だ刊に及ばざるを以て、則ち其の香溪との唱酬の諸詩を以て、既に焉《ここ》に附見せしむ」。右史とは范端臣の官名である。

三　此本無端臣詩　文淵閣四庫全書本『香溪集』には附錄はない。一方、四部叢刊續編『范香溪先生文集』は、明の萬曆刻本で、范端臣の詩文『范蒙齋先生遺文』と范端杲《たんこう》の詩文『范楊溪先生遺文』が附されている。

【附記】

現存する最も古い范浚の刻本は元刻本であり、中國では北京大學圖書館、日本では靜嘉堂文庫に元刊明修本『香溪先生范賢良文集』二十二巻として藏されている。詳しくは『靜嘉堂文庫宋元版圖錄』解題一二八參照。

文淵閣四庫全書本『香溪集』は成化十六年（一四七九）に唐韶が刻した本をもとにしており、四部叢刊續編『范香溪先生文集』は、萬曆刻本の影印である。ともに二十二巻であるが、詩文の配列が異なるほか、四庫全書本には范端臣と范端杲《たんこう》の詩文が附されていないなどの違いがある。また、四部叢刊續編本の姜殿揚の跋は、唐韶が蘭溪に赴任したのが弘治十二年（一四九九）であることを指摘しており、これらのことから、祝尚書『宋人別集敍錄』は、世に成化本というのは、實は弘治本であるといっている。

『全宋詩』（第三四冊　巻一九二四～巻一九二六）は四部叢刊續編本を底本としている。

一七　于湖集[一]四十卷　[二]浙江巡撫採進本

【張孝祥】一一三二～一一七〇

字は安國、號は于湖《うこ》居士。歴陽烏江《うこう》（安徽省）の人だが、紹興の初めに金に追われて蕪湖《ぶこ》（安徽省蕪湖市）に移る。紹興二十四年（一一五四）、秦檜《しんかい》の孫を抑えて進士第一となったことから秦檜の恨みを買い、父の祁《き》が謀反の罪で誣告された。一年後、秦檜が死んで、ようやく祕書省正字を授けられ、中書舍人、建康留守などを歴任したものの、病氣のため乾道五年（一一六九）顯謨閣《けんぼかく》直學士として引退し、翌年、沒した。三十九歳の若さであった。『宋史』卷三八九張孝祥傳、『于湖集』附錄〈宣城張氏信譜傳〉參照。

宋張孝祥撰。孝祥字安國、歷陽烏江人。[三]紹興二十四年進士第一。[四]孝宗朝累遷中書舍人・直學士院、[五]領建康留守。尋以[六]荊南・湖北路安撫使[七]請祠、[八]進顯謨閣直學士致仕。[九]事蹟具宋史本傳。

[一〇]書錄解題載于湖集四十卷。此本卷數相合。[一一]前有其門人謝堯仁及其弟華文閣直學士孝伯序。[一二]堯仁序稱、孝祥每作詩文、輒問門人視東坡何如。而堯仁謂其水車詩活脫似東坡、然較[一三]蘇氏畫佛入滅・[一四]次韻水官・[一五]韓幹畫馬等數篇、尚有一二分劣。[一六]又謂以先生筆勢、讀書不十年、呑東坡有餘矣。

今觀集中諸作、大抵規摹蘇詩。頗具一體、而根柢稍薄、時露竭蹶之狀。堯仁所謂讀書不十年者、隱寓微詞。實定論也。然其縱橫兀傲、亦自不凡。故[一七]桯史載王阮之語、稱其平日氣吐虹霓。[一八]陳振孫亦稱其天才超逸云。

【訓讀】

宋 張孝祥の撰。孝祥 字は安國、歴陽烏江《うこう》の人。紹興二十四年（一一五四）の進士第一なり。孝宗朝に中書舍人・直學士院に累遷し、建康留守を領す。尋いで荊南・湖北路安撫使を以て祠を請い、顯謨閣《けんぼかく》直學士に進みて致仕す。事蹟は『宋史』本傳に具われり。

『書錄解題』は『于湖集』四十卷を載す。此の本は卷數 相い合う。前に其の門人謝堯仁《しゃぎょうじん》及び其の弟 華文閣直學士孝伯の序有り。堯仁の序稱す、「孝祥 詩文を作る毎に、輒《すなわ》ち門人に問う、〝東坡に視《くら》べて何如《いかん》〟と。而して堯仁謂う、〝其の〈水車〉詩は活脫《かつだつ》として東坡に似たり、然れども蘇氏の〈畫佛入滅〉〈次韻水官〉〈韓幹畫馬〉等の數篇に較《くら》ぶれば、尙お一二分の劣有り〟と。又た謂う、〝先生の筆勢を以てすれば、讀書 十年ならずして、東坡を呑みて餘り有り〟と」と。

今 集中の諸作を觀るに、大抵は蘇詩を規摹《きぼ》す。頗る一體を具うるも、根柢稍《や》や薄く、時に竭蹶《けつけつ》の狀を露《あらわ》す。堯仁謂う所の「讀書 十年ならず」とは、隱《ひそ》かに微詞を寓す。實に定論なり。然れども其の縱橫兀傲《こつごう》、亦た自ら凡《ぼん》ならず。故に『桯史《ていし》』は王阮《おうげん》の語を載せて稱す、「其の平日の氣は 虹霓《こうげい》を吐く」と。陳振孫も亦た其の天才超逸を稱すと云う。

【現代語譯】

宋 張孝祥の著。孝祥は字を安國といい、歴陽烏江《うこう》（安徽省和縣）の人である。紹興二十四年の進士科に第一位の成績で及第した。孝宗朝に中書舍人・直學士院に累遷し、建康留守をつとめた。その後、荊南・湖北路安撫使（知荊南・荊湖北路安撫使の誤り）を以て引退を願い出て、顯謨閣直學士に進んで退職した。事蹟は『宋史』張孝祥傳に詳しい。

『直齋書錄解題』は『于湖集』四十卷と記載している。この本はその卷數と合致する。卷首に門人謝堯仁《しゃぎょうじん》及び弟の華文閣直學士張孝伯の序文がある。堯仁の序はいう。「孝祥は詩文を作るたびに、門人に東坡にくらべてどうだと問うた。堯仁は、〈水車〉の詩は東坡の詩にそっくりだが、蘇氏の〈畫佛入滅〉〈次韻水官〉〈韓幹畫馬〉等の數篇にくらべると、やはり一二分劣ると答えた。さらに彼は、先生の筆勢を以てすれば、讀書十年せぬうちに、東坡を凌駕して餘り有るだろうともいった」と。

今集中の諸作を觀るに、おおよそ蘇東坡の詩を手本としている。獨自のスタイルを確立してはいるが、根柢が稍《や》や薄く、時に力不足が露呈している。堯仁が謂う所の「讀書十年ならずして」とは、暗に微辭を含んでおり、實に定論といえよう。しかし、その縱橫無盡で周りを睥睨《へいげい》する様は、やはり非凡なものだ。故に『桯史《ていし》』には王阮《おうげん》が語った「平日の氣は虹霓《こうげい》を吐く（「先生の氣は虹霓を呑む」の誤り）」という言葉が載っている。陳振孫もまた彼の天才橫溢ぶりをたたえたという。

【注】

一　于湖集四十卷　文淵閣四庫全書本には卷末に「附錄一卷」を有している。

二　浙江巡撫採進本　採進本とは、四庫全書編纂の際、各省の長にあたる巡撫、總督、尹《いん》、鹽政などを通じて朝廷に獻上された書籍をいう。浙江巡撫より進呈された本は『四庫採進書目』によれば四六〇二六部。任松如『四庫全書答問』によれば、そのうち三六六部が著錄され、一二七三部が存目（四庫全書内に收めず、目錄にのみとどめておくこと）に置かれたという。

三　紹興二十四年進士第一　『宋史』卷三八九　張孝祥傳は張孝祥が進士第一で及第したときの事情を次のように説明する。「紹興二十四年（一一五四）、廷試第一たり。時の策に師友の淵源を問う。秦塤《しんけん》（秦檜の孫）と曹冠とは皆な力めて程氏專門の學を攻《せ》むるに、孝祥は獨り攻めず。考官は已に塤の多士に冠たりて、孝祥は之に次し、曹冠は又た之に次するを定む。高宗塤の策を讀むに皆な秦檜の語なり。是に於いて孝祥を第一に擢《ぬきん》ず。而して塤は第三にして承事郎・簽書鎭東軍節度判官を授く。宰相に諭して曰く、〝張孝祥の詞翰は美を倶《そな》う〟と」。高宗の拔擢によって、進士第一となった張孝祥だが、このことで秦檜の怒りを買うことになる。また進士及第のとき曹泳から申し出のあった縁談に應えなかったことから泳にも恨まれてしまい、泳の誣告によって父の張祁《き》が謀叛の罪で捕えられてしまう。一年後（一一五五）、秦檜が亡くなって、ようやく張孝祥は祕書省正字に任官したのである。

四　孝宗朝累遷中書舍人・直學士院　張孝祥が重用されるのは、孝宗の時代である。注一の『附錄』には〈中書舍人・直學士院に陞《あ》ぐる誥〉が收入されている。

五　領建康留守　隆興二年（一一六四）に張浚の推薦によって任ぜられた。

六　荊南・湖北路安撫使　この官名には脫字がある。『宋史』巻三八九 張孝祥傳は「知荊南・荊湖北路安撫使に徙《うつ》る」という。

七　請祠　祠祿官となることを申し出ること。祠祿官とは高官が辭める際、道教の宮觀の管理を名目にして俸祿を與え、優遇するためのもの。具體的な職務はない。

八　進顯謨閣直學士致仕　注一の『附錄』に「乾道五年（一一五九）三月三日」の日付のある〈顯謨閣直學士に進陞する敕黄〉が收入されている。

九　事蹟具宋史本傳　『宋史』巻三八九 張孝祥傳。

一〇　書錄解題載于湖集四十巻　陳振孫『直齋書錄解題』巻一八に『于湖集』四十巻が著錄されている。

一一　前有其門人謝堯仁及其弟華文閣直學士孝伯序　『于湖集』の巻首には、序文が二篇あり、一つは「嘉泰改元の中秋、門下の士 昭武の謝堯仁序す」とあり、もう一つには「嘉泰元年十月旦、弟 華文閣直學士・朝請大夫・知隆興府・充江南西路安撫使孝伯 謹んで書す」との署名がある。

一二　堯仁序稱…　注一一の謝堯仁の序文はいう。「先生の氣は百代を呑むも、中に猶お未だ慊《あきた》らず。蓋し 尚お坡仙を凌轢《りょうれき》せんとするの意有り。其の長沙に帥たるや、一日、〈水車詩〉の石本を送り至るもの有り。掛けて書室に在り、特に堯仁を攜《たずさ》えて就《つ》きて觀、因《よ》りて問いて曰く、〝此の詩、何人に及ぶべきか。我に佞《おも》ねることを得ず〟と。堯仁は時に急卒に窘《くる》しむも、盡《つ》くさざる有るを容《ゆる》さず。因りて直《た》だ告げて曰く、〝此れ活脫《かつだつ》として是れ東坡の詩にして、力も亦た眞に與に相い輒《に》る。但だ蘇家の父子は更に〈畫佛入滅〉〈水官に次韻す〉〈眼醫に贈る〉〈韓幹畫馬〉等の數篇有り。此の詩 相い去却《きょきゃく》すること尙お一二分の劣有り〟と。先生 大いに堯仁の言を然りとす」。〈水車詩〉とは『于湖集』巻四の〈湖湘は竹車を以て水を激し、秔稻《こうとう》は雲の如し。此れを能仁院の壁に書す〉を指す。「活脫」はよく似るさま。

一三　蘇氏畫佛入滅　『東坡全集』巻一〈見る所の開元寺の吳道子 佛滅度を畫くを記し、以て子由に荅う〉を指す。蘇轍の

〈文殊《もんじゅ》・普賢《ふげん》を畫《えが》けるに題す〉（『欒城集』巻二）に答えたもの。

一四　次韻水官　『東坡全集』巻二七〈水官詩に次韻す〉を指す。淨因大覺璉師が唐の閻立本《えんりつぽん》が畫いた水官（水神）の畫を蘇洵《そじゅん》に贈り、蘇洵が詩を作ってこれに答禮（蘇軾詩の附錄に見える）し、蘇軾にも一篇作るように命じたときの作である。

一五　韓幹畫馬　『東坡全集』巻八〈韓幹の牧馬圖に書す〉、または巻一六の〈子由の李伯時藏する所の韓幹馬を書すに次韻す〉を指す。後者は蘇轍の〈韓幹三馬〉（『欒城集』巻一五）に次韻したもの。

一六　又謂…　注一二の謝堯仁序文の續きにいう。「是の時、先生の詩文 東坡と相い先後する者 已に十の六七、而して樂府の作は、但だ一時の燕笑咳唾《がいだ》の頃に得ると雖も、先生の胸次筆力は 皆 焉《ここ》に在り。今人は 皆 以て東坡に勝ると爲すも、但だ先生 當時の意は尙お未だ自ら肯《がえん》んずる能わず、因《よ》りて又た堯仁に問いて曰く、〝某《それがし》をして更に讀書十年せしむれば何如〟と。堯仁 對えて曰く、〝他人は更に百世の書を讀むと雖も、尙お未だ必ずしも夢に東坡を見ず。但だ 先生の來勢 此《か》くの如きの畏《おそ》るべきを以てすれば、度《わた》ること亦た十年を消《つい》やさず、此の老を呑みて餘り有らん〟と。」

一七　桯史載王阮之語…　岳珂《がくか》『桯史《ていし》』巻一〈王義豐詩〉の條によれば、王阮《おうげん》は德安の人。張孝祥に從って詩を學んだ。ある日、ともに廬山に遊び、のちに詩卷を見せ合って批評した。張孝祥が大書した二首の詩を見せたところ、王阮は憮然として「先生の氣は虹蜺《こうげい》を呑むに、今 獨り少しく之を卑《いや》しうするは、何ぞや」と不滿を告げたという。提要が「平日の氣は虹蜺を吐く」に作るのは、字の誤りであろう。

一八　陳振孫亦稱其天才超逸云　陳振孫は『直齋書錄解題』巻一八（注一〇）で彼の文を評して「其の文翰 皆 超俗の天才なり」という。

【附記】

四部叢刊所收の『于湖居士集』は慈溪の李氏が所藏していた宋刊本である。『全宋詩』（第四五冊　巻二三九八～巻二四〇八）もこれを底本とする。

徐鵬校點『于湖居士文集』（上海古籍出版社　一九八〇）は、四部叢刊本を底本に、詞は乾道刊本『于湖先生長短句』などによって校し、補遺も收める。さらに彭國忠校點『張孝祥詩文集』（黃山書社　二〇〇一）は、長短句は未收だが、徐鵬が集めた補遺以外の佚文を多く収めており、附録も充實している。

『宋人年譜叢刊』（四川大學出版社 二〇〇三）第九册に、李一飛編〈張孝祥事蹟著作繫年〉（據『湘潭師專學報』一九八三年第四期至一九八四年第一・二期增訂）が收められている。

一八　太倉稊米集《たいそうていべい》七十巻

編[一]修朱筠《しゅいん》家藏本

【周紫芝《しゅうしし》】一〇八二～一一六〇?
字《あざな》は少隱、號は竹坡《ちくは》居士。宣城（安徽省）の人。若い頃に科擧に應じて下第し、紹興十二年（一一四二）、六十一歳でようやく官に就いた。二十一年、知興國軍となり、任期を終えて九江に居を定め、紹興の末ごろ八十歳近くで沒した。文集名の「太倉稊米《たいそうていべい》」とは、彼が崇拝した北宋の詩人黄庭堅の言葉に基づく。『太倉稊米集』巻首唐文若序・陳天麟序・周紫芝自序、『宋史翼』巻二七 參照。

宋周紫芝撰。紫芝字少隱、[二]宣城人。紹興中登第、歷官樞密院編修官、出知興國軍。自號竹坡居士。

[三]是集樂府詩四十三卷、文二十七卷、[四]前載唐文若・陳天麟及紫芝自序。

集中[五]悶題一首註云、壬戌歲始得官、時年六十一。是紫芝通籍館閣、業已暮年、可以無所干乞。而集中[六]有時宰生日樂府四首、又時宰生日樂府三首、又時宰生日樂府七首、又時宰生日詩三十絕句、又時宰生日五言古詩六首、皆爲秦檜而作。[七]秦少保生日七言古詩二首・秦觀文生日七言排律三十韻、皆爲秦熺而作。[八]又大宋中興頌一篇、亦歸美於檜、稱爲元臣良弼。[九]與張嵲紹興復古頌、用意相類、殊爲老而無恥、貽玷汗靑。

[一〇]集中嘗引蘇軾之言、謂古今語未有無對者、琴家謂琴聲能娛俗耳者爲設客曲。頃時有作送太守詩者、曰

此供官詩、不足觀。於是設客曲乃始有對。因戲作俳體詩曰、設客元無琴裏曲、供官尚有選中詩云云。是數篇者、殆所謂供官詩歟。

然其詩在南宋之初、特爲傑出。無豫章生硬之弊、亦無[11]江湖末派酸餡之習。[12]方回作是集跋、述紫芝之言曰、作詩先嚴格律、然後及句法、得此語於張文潛・李端叔。觀於是論、及證以[13]紫芝詩話所徵引、知其學問淵源、實出元祐。[14]故於張耒柯山・龍門・右史・譙郡先生諸集汲汲搜羅、如恐不及。[15]葉夢得石林詩話所謂寇國寶詩自蘇・黃門庭中來、故自不同者也。略其人品、取其詞釆可矣。

【訓讀】

宋 周紫芝《しゅうしし》の撰。紫芝 字《あざな》は少隱、宣城の人。紹興中 第に登り、樞密院編修官を歷官し、出でて興國軍に知たり。自ら竹坡《ちくは》居士と號す。

是の集は樂府・詩四十三卷、文二十七卷、前に唐文若・陳天麟及び紫芝の自序を載す。集中〈問題《もんだい》〉一首に註して云う、「壬戌の歲 始めて官を得たり、時に年六十一」と。是れ 紫芝の籍《せき》を館閣に通ずるは、業已《すで》に暮年にして、以て干乞《かんきつ》する所無かるべし。而るに 集中に〈時宰の生日の樂府〉四首、又た〈時宰の生日の樂府〉三首、又た〈時宰の生日の樂府〉七首、又た〈時宰の生日の詩〉三十絕句、又た〈時宰の生日の五言古詩〉六首有りて、皆 秦檜《しんかい》の爲に作る。〈秦少保の生日の七言古詩二首〉〈秦觀文の生日の七言排律三十韻〉は、皆 秦熺《しんき》の爲に作る。又た〈大宋中興の頌〉一篇は、亦た美を檜に歸し、稱して元臣 良弼《げんしんりょうひつ》と爲す。張嵲《ちょうげつ》の〈紹興復古頌〉と用意相い類し、殊に老いて恥無く、玷《きず》を汗靑に貽《のこ》すと爲す。

集中 嘗て蘇軾の言を引きて謂う、「〝古今の語 未だ對《つい》無き者有らず〟と。琴家は琴聲の能く俗耳を娯《たの》しましむる者を謂いて設客の曲と爲す。頃時《けいじ》 太守を送る詩を作る者有りて曰く、〝此れ供官の詩にして、觀るに足らず〟と。是に於いて設客の曲乃《すなわ》ち始めて對《つい》有り。因りて戯れに俳體の詩を作りて曰く、〝設客は元《もと》 琴裏の曲無く、供官は尙お選中の詩有り〟云云」と。是の數篇なる者は、殆んど所謂供官の詩なるか。

然れども 其の詩は南宋の初めに在りて特に傑出せりと爲す。豫章の生硬の弊無く、亦た江湖末派の酸餡《さんあん》の習い無し。方回は是の集の跋を作り、紫芝の言を述べて曰く、「作詩は先ず格律を嚴にし、然《しか》る後に句法に及ぶ、此の語を張文潛・李端叔に得たり」と。

是の論を觀、及び證するに紫芝『詩話』の徵引する所を以てするに、其の學問の淵源は、實に元祐より出づるを知る。故に張耒《ちょうらい》の『柯山《かざん》』『龍門』（『龍閣』の誤り）『右史《ゆうし》』『譙《しょう》郡《ぐん》先生』の諸集に於いて汲汲《きゅうきゅう》として捜羅すること、及ばざるを恐るるが如し。葉夢得『石林詩話』に、寇國寶《こうこくほう》の詩は蘇・黃の門庭中自り來たる。故に自ら同じからずと謂う所の者なり。其の人品を略し、其の詞釆を取りて可なり。

【現代語譯】

宋 周紫芝《しゅうしし》の著。紫芝は字を少隱といい、宣城（安徽省）の人である。紹興中に進士の第に登り、樞密院編修官を經て、地方に出て知興國軍となる。自ら竹坡居士と號した。

この集は樂府・詩が四十三巻、文が二十七巻で、巻首に唐文若と陳天麟の序文および紫芝の自序を載せている。

集中の〈問題《もんだい》〉一首には次のような自註がある。「壬戌の歳 始めて官を得た、その時、六十一歳だった」と。つまり紫芝が館閣に籍を置くようになったのは、晩年になってからであり、今さら出世を求める必要もなかったのだ。にもかかわらず、集中には〈時宰の生日の樂府四首〉〈時宰の生日の樂府三首〉〈時宰の生日の樂府七首〉〈時宰の生日の詩三十絶句〉、さらに〈時宰の生日の五言古詩六首〉があり、これらはすべて秦檜《しんかい》の爲に作ったものだ。〈秦少保の生日の七言古詩二首（三首の誤り）〉・〈秦觀文の生日の七言排律三十韻〉は、いずれも秦熺《しんき》の爲に作ったものである。さらに〈大宋中興の頌〉一篇でも秦檜をもちあげて、（彼のことを）「元臣」「良弼」と褒《ほ》めそやしている。張嵲《げつ》の〈紹興復古頌〉と同じ意圖の作品であり、年老いてからの恥さらしの行爲として、歴史に汚點を殘している。

集中に蘇軾の「古今の語　未だ對《つい》無き者有らず」という言葉を引いていう。「琴の演奏家は一般大衆に喜ばれる曲のことを〝設客の曲〟という。さきごろ太守を送る詩を作る者がいて、〝これは官に供した（上役に媚びた）詩で、見るに足らぬ作だ〟といっていた。こうして〝設客の曲〟にやっと〝供官の詩〟という對句ができた。そのため戯れに俳體の詩を作り、〝設客　元《もと》琴裏の曲無く、供官　尚お選中の詩有り（琴曲にはもともと俗客のうけをねらったものなどないが、官界には上役に媚びた詩がたくさんある）〟とした」と。たぶんこの數篇はいわゆる供官の詩なのだろう。

しかし、南宋の初めにあって彼の詩は特にずばぬけており、黄庭堅の生硬さはなく、江湖末派の抹香《まっこう》臭さもない。方回はこの集の跋を作り、紫芝の「作詩は先ず格律を嚴にし、その後に句法に及ぶ。この言葉は張文潛・李端叔から得た」という言葉を引いている。

この論を觀、及び紫芝の『竹坡詩話』が引くところを檢證すると、彼の學問の淵源はまことに元祐から來ていることが知られる。だから張耒《ちょうらい》の『柯山《かざん》集』『龍門集』（『龍閣集』の誤り）『右史集』『譙郡《しょうぐん》先生集』などの諸集を探しつくせないのを恐れるかのようにすみずみまで捜索したのだ。葉夢得『石林詩話』が、蘇・黄の門下から出た寇國寶《こうこくほう》の詩は、他とはおのずから異なると言っているようなものだ。彼の人品はひとまず置いて、文辭の素晴らしさを取るのがよかろう。

【注】

一　編修朱鋆家藏本　朱鋆《しゅいん》は字を竹君といい、順天府大興（北京市通州區）の人。乾隆十九年の進士。編修とは當時編修の任に在ったためかくいう。四庫全書編纂官の一人である。『四庫採進書目』によれば、四庫全書編纂の際には三七部を進獻した。任松如『四庫全書答問』によれば、十二部が四庫全書に著錄され、四部が存目（四庫全書内に收めず、目錄にのみとどめておくこと）に置かれている。

二　紫芝字少隱　『宋史』に周紫芝の傳はない。陸心源『宋史翼』巻二七に各種地方志をもとに構成された傳がある。

三　是集樂府詩四十三巻、文二十七巻　『太倉稊米集《たいそうていべい》』は巻一～二が樂府、巻三～四〇が詩、巻四一が賦、巻四二が詞・銘、巻四三が頌・贊、巻四四以下が文である。

四　前載唐文若・陳天麟及紫芝自序　文淵閣四庫全書本『太倉稊米集』の巻首には、乾道元年（一一六五）の唐文若の序文と乾道三年（一一六七）の陳天麟の序文、周紫芝の自序が載錄されている。周紫芝の自序によれば、この集は彼の自定であり、その書名のいわれについて次のように述べている。「昔者《むかし》山谷先生は書もて其の甥に告げて曰く、〝文章は直《ただ》だ是れ太倉の一《いち》稊米《ていべい》なるのみ〟と」。黄山谷が甥に與えた手紙とは、『山谷外集』巻一〇の洪芻《こうすう》（駒父）にあてた書簡のこと。「太倉の一稊米」は、『莊子』秋水篇の「中國の海内に在るを計るに、稊米《ていべい》（ひえつぶ）の太倉に在るに似ざるか（ちっぽけな存在であることのたとえ）」に基づく。自定本の『太倉稊米集』七十巻は、周紫芝の死後、彼の家に藏されていたようだが、これを始めて刻したのが知襄陽軍府の陳天麟である。唐文若と陳天麟の序文によれば、乾道二年（一一六六）のことである。なお、臺灣の國家圖書館藏鈔本には襄陽學官の陳公紹の〈重修太倉稊米集跋〉（四庫全書本はこれを闕く）があり、それによれば陳公紹は陳天麟が刻した本の校勘に疑念をもち、淳熙十年（一一八三）、改めて修正本を刻したという。提要がこのことに觸れていないのは、四庫全書の底本となった朱鋆家藏本自體が、この陳公紹の跋文を缺いていたためであろうか。

五　問題一首註云…　文淵閣四庫全書本『太倉稊米集』巻二一〈問題〉の題注に「壬戌の歳 始めて官を得たり、時に年六十一」とある。周紫芝は、若い頃に科擧に下第し、壬戌すなわち紹興十二年（一一四二）六十一歳の時、特別に廷對でもって第三の成績を得た。そして翌年、右迪功郎を以て尙書禮兵部架閣となった。これは、高齢の士に對する一種の救濟措置である。

六　集中有時宰生日樂府四首…　文淵閣四庫全書本『太倉稊米集』中には、秦檜《しんかい》の誕生祝いの詩として次の六題がみえる。巻二五〈時宰生日樂府四首幷序〉、巻二七〈時宰相生日樂府三首幷序〉、巻二九〈時宰生日詩三十絕幷序〉、巻三一〈時宰生日詩六首幷序〉、巻三七〈時宰生日樂章七首幷序〉、巻三九〈時宰生日詩五首〉。

七　秦少保生日七言古詩二首…　文淵閣四庫全書本『太倉稊米集』中には、秦熺《しんき》の誕生祝いの詩として次の二題が見える。巻三五〈秦少保生日詩三首〉（七言古詩。四庫提要が二首に作るのは誤り）、巻二八〈秦觀文生日詩三十韻〉（五言排律。提要が七言排律に作るのは誤り）。秦熺は紹興十八年（一一四八）四月に觀文殿學士になり、二十年六月に少保を加えられている。

八　大宋中興頌一篇、亦歸美於檜…　文淵閣四庫全書本『太倉稊米集』巻四三〈大宋中興頌幷序〉では、序文で秦檜を「元臣」と呼び、頌で「良弼」といっている。元臣とは國の重臣、良弼とはすぐれた王の輔弼をいうが、とりわけ良弼は、『尚書』に登場する傅説《ふえつ》を連想させる言葉である。提要はこの語を金にへりくだる形で和約した秦檜に用いるのは、阿諛《あゆ》であると批判する。

九　與張嵲紹興復古頌…　張嵲《ちょうげつ》の字は巨山、襄陽の人。陳與義の表姪で、詩を彼に學んだ。『宋史』巻四四五文苑傳に傳がある。四庫全書には、永樂大典から輯佚した彼の『紫微集』三十六巻が著録されている。提要がここで問題にしている詩とは、『紫微集』巻一の〈紹興中興上復古詩〉である。これは、紹興十二年（一一四二）に金との和議が成ったときに皇帝に進獻された詩で、和議は皇帝と臣下が魚と水のように心を一つにしたことによると讃えている。『紫微集』の提要は、張の他の作品の質が高いことをいう一方で、『朱子語類』や『直齋書錄解題』を引いて、張嵲が秦檜に取り入って中書舍人となったこと、その後、罷免されたが、この詩によって秦檜に阿《おもね》って再び召し出されることを畫策したとして批判する。提要の批評は「惟《た》だ〈紹興復古詩〉の一章は、諛《ゆ》を秦檜に貢ぎ、深く生平を玷《そこな》う」、「是の詩 尚お傳わり、留めて千秋の嗤點《してん》を供す、亦た以て戒めを昭炯《しょうけい》するに足れり」など、手厳しい。

一〇　集中嘗引蘇軾之言…　『太倉稊米集』巻六六〈客を送る詩の後に書す〉にいう。「東坡嘗て 古今の語 未だ對《つい》無き者有らずと言う。信なるかな。琴家は琴聲の能く俗耳を娯しましむる者を謂いて設客の曲と爲す。頃時《けいじ》 太守を送る詩を作る者有り。僕嘗て之に問うに、其の人曰く〝此れ供官の詩にして、觀るに足らず〟と。是に於いて設客の曲は乃《すなわ》ち始めて對有り。四月十日の夜、燈下に猥藁《わいこう》を閲《けみ》し、偶《たま》たま前語に感有り。戲れに俳體の詩を作りて云う〝設客 元《もと》 琴裏の曲無し、供官は尙お篋《きょう》中《ちゅう》の詩有り〟と。時日 擧げて坐客に似《しめ》すに、皆 爲に絶倒す（東坡は古今の語で對句にならないものはないと言っているが、本當にそうだ。琴の演奏家は俗人受けのする曲を設客の曲という。さきごろ、地方長官を送る詩を作った人がいて、問うたところ、これは官僚に差し上げたお付き合いの詩で、見るに足りないものですとのこと。そこで、〝設客の曲〟に對する對句ができた。四月十日の夜、燈火の下で拙稿に目を通していて、あの語を思い出した。あるとき、客たちに示したところ抱腹絶倒した)」。なお、東坡の言とは、恵洪《えこう》『冷齋夜話』巻一〈的對〉に見える「東坡曰く、世間の物、未だ對無き者有らず。皆な自然生成の象なり。文字の語と雖も、但だ學者思わざるのみ」を指す。

一一　江湖末派酸餡之習　「酸餡《さんあん》之習」は僧侶の詩文を卑しんでいう言葉。酸餡とは肉のない野菜あんの包子《パオズ》。葉夢得『石林詩話』巻中に、「近世の僧の詩を學ぶ者極めて多し。…又た自ら一種の僧體を作し、格律尤も凡俗、世に之を酸餡氣と謂う」と見える。

一二　方回作是集跋…　方回『桐江集』(宛委別藏本)巻三〈太倉稊米集を讀みて跋す〉にいう。「周紫芝…嘗て謂う、作詩は先ず格律を嚴にし、然る後に句法に及ぶ、此の語を張文潛・李端叔に得たりと」。提要はこの方回の文を引くが、實は、周紫芝のこの言葉は、注四の陳天麟の序文にみえている。「天麟　未だ第せざる時、竹坡に從いて遊ぶ。公　予に謂いて曰く、〝作詩は先ず格律を嚴にし、然《しか》る後に句法に及ぶ。予は此の語を張文潛・李端叔に得たり。故に以て子に告ぐ〟と」。張文潛は張耒《ちょうらい》、蘇門四學士の一人。李端叔は蘇軾の門人李之儀。

一三　紫芝詩話所徵引…　周紫芝の『竹坡詩話』には、張耒《ちょうらい》文潛(一一一四卒)、李之儀端叔(卒年未詳)・晁說之《ちょうえつし》以道(一一二九卒)・曾幾吉父(一一六六卒)・韓駒子蒼《かんくしそう》(一一三五卒)の話が多く見られる。周紫芝は元豐五年(一〇八二)の生まれであることから、彼らを通じて蘇軾・黃庭堅の詩論を聞く機會があったと思われる。

一四　故於張耒柯山・龍門・右史・譙郡先生諸集…　周紫芝が張耒《ちょうらい》の文集四本を捜求したことを指す。ただし龍門は龍閣の誤り。『太倉稊米集』巻六七〈譙《しょう》郡先生文集の後に書す〉にいう。「余　頃《さき》ごろ『柯山集』十巻を大梁の羅仲洪の家に得たり。已《すで》にして又た『張龍閣集』三十巻を内相汪彥章の家に得、已にして又た『張右史集』七十巻を浙西の漕臺に得たり。而して先生の製作　是に於いて備われり。今　又た『譙郡《しょうぐん》先生集』一百巻を四川轉運副使　南陽井公の子　晦之《かいし》に得たり。然る後に知る　先生の詩文　最多爲るも、當に猶お網羅の未だ盡《つく》さざる所の者有るべきを。余　將《まさ》に盡く數集を取りて、其の重複を削り、其の有無を一にし、以て所謂一百巻に歸し、以て先生の全書と爲さんとす。晦之　泣きて余が爲に言う〝百巻の言は、皆　先君恙《つつが》無き時　書を交舊に貽《おく》りて之を得たり。手自《てず》から校讎《こうしゅう》し、之が爲に是正すること、凡そ一千八百三首、數年を歷《へ》て而《しか》る後に成れり。君　能く其の未だ得ざる所の者を裒《あつ》め、以て其の遺を補するは、是れ亦た先君の志にして、某《それがし》や與《あずか》りて榮耀有り〟と」。詳細は、『四庫提要北宋五十家研究』(汲古書院)四一「張耒宛邱集七十六巻」を參照。

一五　葉夢得『石林詩話』所謂寇國寶詩…　『石林詩話』巻中によれば、ある日、葉夢得が蘇州の寺の壁閒に佳句を見つけ、その作者を問うたところ、自分と同年の進士である寇國寶《こうこくほう》の作と判明。のちに寇國寶が徐州の人で、長い間、陳無己（陳師道、蘇軾・黄庭堅門下の詩人）に從って學んでいたことを知った葉夢得は「乃ち知る 始めて文字の淵源の自《よ》りて來《きた》る所有るは、亦た辨《わか》つに難からざるを。恨むらくは 多く見るを得ざるなり」という感想を述べている。

【附記】

現存する『太倉稊米集』はすべて明・淸の鈔本であり、刻本は傳わらない。靜嘉堂文庫には、黃丕烈《こうひれつ》舊藏の影宋鈔本が藏されている。王嵐著『宋人文集編刻流傳叢考』（江蘇古籍出版社 二〇〇三）の〈周紫芝集〉に、傳世の重要鈔本に關する考證がある。

『全宋詩』（第二六冊 卷一四九六～卷一五三六）は文淵閣四庫全書本を底本とし、集外詩も廣く輯めている。

一九　晦菴集一百巻　續集五巻　別集七巻

[一]内府藏本

【朱子】一一三〇～一二〇〇

字《あざな》は元晦《げんかい》、號は晦菴《かいあん》、紫陽、考亭、新安など。徽《き》州婺源《ぶげん》（江西省）の人。南劍州尤溪《ゆうけい》（福建省）で生れた。朱松の子。紹興十八年（一一四八）の進士。高宗・孝宗・光宗・寧宗朝に仕えた。寧宗が即位した際、煥章閣《かんしょうかく》待制・侍讀として中央に召されたが、權臣韓侂冑《かんたくちゅう》に睨まれ、四十五日で罷免された。その後韓侂冑は朱子の學を僞學として禁じるなど迫害が續いた。進士及第から引退するまでの五十年間、實際に官に在った期間はさほど長くない。著述と講學に專心して宋の理學を大成し、その學問は中國のみならず、東アジア全體の思想に大きな影響を與えた。韓侂冑の死後、文と謚《おくりな》され、理宗の淳祐元年（一二四一）、孔子廟に從祀された。黄榦《こうかん》『勉齋集』巻三六〈朱先生行狀〉、『宋史』巻四二九 道學傳三 參照。

宋朱子撰。[二]書錄解題載晦菴集一百巻・紫陽年譜三巻。不云其集誰所編、亦不載續集。[三]明成化癸卯、莆田黄仲昭跋、稱晦菴朱先生文集一百巻、閩・浙舊皆有刻本。浙本洪武初取置南雍、不知輯於何人。今閩藩所存本、則先生[四]季子在所編也。又有續集若干巻、別集若干巻、亦併刻之云云。是正集百巻、編於在手。然[五]朱玉朱子文集大全類編稱、在所編實八十八巻、合續集・別集乃成百巻。是正集百巻又不出在手矣。

[六]別集之首、有咸淳元年建安書院黄鏞序曰、先生之文、正集・續集、潛齋・實齋二公已鋟版書院。建通守余君師魯、好古博雅、搜訪先生遺文、又得十卷、以爲別集。其標目則一仿乎前、而每篇之下必書其所從得。是[七]別集之編、出余師魯手。惟[八]續集不得主名、朱玉亦云無考。觀鏞所序、在度宗之初、則其成集亦在理宗之世也。

[九]此本爲康熙戊辰蔡方炳・臧眉錫所刊、眉錫序之。而方炳書後、題曰朱子大全集。不知其名之所始。考[一〇]黄仲昭跋及嘉靖壬辰潘潢跋、尚皆稱晦菴先生集。而[一一]方炳跋乃稱、朱子故有大全文集、歳月浸久、版已磨滅。則[一二]其名殆起明中葉以後乎。

惟是[一三]潢跋稱文集百卷、續集五卷、別集七卷、與今本合。而與潢共事之[一四]蘇信所作前序、乃稱百有二十卷、已自相矛盾。[一五]方炳手校此書、其跋又稱原集百卷、續集十卷、別集十一卷、其數尤不相符。莫明其故。[一六]疑信序本作百有十二卷、重刻者偶倒其文、而方炳跋則繕寫筆誤、失於校正也。

[一七]方炳跋又稱、校是書時不敢妄有更定、悉依原本。即續・別二集亦未依類附入、頗得古人刊書謹嚴詳愼之意。今通編爲一百一十二卷、仍分標晦菴集・續集・別集之目。不相淆亂、以存其舊焉。

【訓讀】

宋 朱子の撰。『書錄解題』は『晦菴集』一百卷・『紫陽年譜』三卷を載す。其の集 誰の編する所なるかを云わず。亦た續集を載せず。

明 成化癸卯 莆田《ほでん》の黄仲昭の跋に稱す、「『晦菴朱先生文集』一百卷、閩《びん》・浙《せつ》舊《もと》皆 刻本有り。浙本は洪武の初め取りて南雍《なんよう》に置くも、何人に輯せらるるかを知らず。今 閩藩 存する所の本は、則ち先生の季子 在《ざい》の編する所なり。

又た續集若干巻、別集若干巻有りて、亦た併せて之を刻す云云」と。是れ 正集百巻は、在の手に編せらる。然れども 朱玉『朱子文集大全類編』は稱す、「在の編する所は實は八十八巻にして、續集・別集を合わせて乃ち百巻を成す」と。是れ 正集百巻は又た在の手に出でず。

別集の首に咸淳元年建安書院黄鏞《こうよう》の序有りて曰く、「先生の文、正集・續集は、潛齋・實齋の二公 已に版を書院に鏤《ろう》す。建の通守の余君師魯は、古を好みて博雅、先生の遺文を捜訪し、又た十巻を得て、以て別集と爲す。其の標目は則ち一に前に仿《なら》い、而して毎篇の下に必ず其の從りて得たる所を書す」と。是れ別集の編は余師魯の手に出づ。惟だ續集は主名を得ず、朱玉も亦た考うる無しと云う。鏞の序する所、度宗《たくそう》の初めに在るを觀れば、則ち其の集を成すは亦た理宗の世に在るなり。

此の本は康熙戊辰 蔡方炳《さいほうへい》・臧眉錫《ぞうびしゃく》の刊する所爲りて、眉錫 之に序す。而して方炳は後に書し、題して『朱子大全集』と曰う。其の名の始まる所を知らず。考うるに 黄仲昭の跋及び嘉靖壬辰潘潢《はんこう》の跋は、倘お皆『晦菴先生集』と稱す。而るに方炳の跋は乃ち「朱子に故と『大全文集』有るも、歲月浸《ようや》く久しうして、版は已に磨滅す」と稱す。則ち其の名は殆んど明中葉以後に起こるか。

惟だ是れ潢《こう》の跋に、「文集百巻、續集五巻、別集七巻」と稱するは、今本と合う。而るに潢と事を共にするの蘇信作る所の前序は、乃ち「百有二十巻」と稱し、已に自ら相い矛盾す。方炳 手ずから此の書を校し、其の跋に又た「原集百巻、續集十巻、別集十一巻」と稱するは、其の數 尤も相い符せず。其の故を明らかにする莫し。疑うらくは信の序は 本《もと》 百有十二巻に作り、重刻せし者 偶《たま》たま其の文を倒し、而して方炳の跋は則ち繕寫《ぜんしゃ》の筆誤にして、校正に失するなり。

方炳の跋は又た稱す、「是の書を校せし時 敢て妄りに更定する有らず、悉《ことごと》く原本に依る。續・別の二集に卽《つ》きても、亦た未だ類に依りて附入せず」と。頗る古人の刊書の謹嚴詳愼の意を得たり。今 通編して一百一十二巻と爲し、仍《よ》りて晦菴集・續集・別集の目を分標す。相い淆乱《こうらん》せずして、以て其の舊を存するなり。

【現代語訳】

宋　朱子の著。『直齋書錄解題』は『晦菴集』一百巻・『紫陽年譜』三巻を載せているが、その集が誰の編纂したものかには觸れておらず、續集についても載せていない。

明　成化十九年（一四八三）の莆田《ほでん》の黄仲昭の跋文はいう。「晦菴朱先生文集一百巻は、もともと閩《びん》と浙《せつ》の兩方に刻本があった。浙本は洪武の初めに南京の國子監に置かれたが、誰が編輯したものかはわからない。今　閩に現存している本の方は、先生の末子　在《ざい》が編纂したものだ。さらに續集若干巻、別集若干巻についても、併せて刻行する云云」と。これによれば、正集百巻は、在の手で編纂されたということになる。しかし、朱玉の『朱子文集大全類編』は、「在が編纂したのは實際は八十八巻であり、續集と別集とを合わせてようやく百巻になる」と言っている。つまり、正集百巻も在の手になるものではないのだ。

別集の巻首には咸淳元年建安書院の黄鏞《こうよう》の序文があっていう。「先生の詩文の正集・續集は、潛齋・實齋の二公がすでに書院で刻行している。建安の通判である余君師魯は、古を好む博雅の士で、先生の遺文を捜訪し、さらに十巻分を入手して別集とした。その標目はひたすら前例に倣《なら》い、毎篇の下には必ずどこから得た文かを記した」と。これによれば、別集を編纂したのは余師魯である。ただ、續集については名前がわからず、朱玉も考證できないという。黄鏞《こうよう》の序文が度宗《たくそう》の元年であることから判斷するに、別集ができたのも理宗の御代だろう。

この本は康熙二十七年（一六八八）に蔡方炳《さいほうへい》・臧眉錫《ぞうびしゃく》が刊行したもので、眉錫が序文を書いている。そして方炳は跋文でこれを『朱子大全集』と呼んでいる。その書名がいつ始まったのかわからない。考えるに、黄仲昭の跋および嘉靖十一年（一五三二）の潘潢《はんこう》の跋では、ともにまだ『晦菴先生集』と稱しているが、方炳の跋では「朱子にはもと

『大全文集』があったが、長い歳月を經て、版木はすでに磨滅した」といっている。とすれば、「大全集」の名はおそらく明中葉以後に起こったのではないか。

ただこの潘潢の跋は、「文集百巻、續集五巻、別集七巻」と稱しており、今本と合致する。しかしながら、潢とともにこの事にたずさわった蘇信が書いた前序はというと、「百有二十巻」と稱していて、その時點ですでに矛盾がある。蔡方炳が手ずからこの書の校正を行い、その跋にまた「原集百巻、續集十巻、別集十一巻」と稱しているのも、巻數が全く一致せず、それがどうしてなのか分らない。おそらくは、蘇信の序文はもとは「百有十二巻」に作っていたのを重刻した者がたまたま文字を顚倒したのであり、方炳の跋の方は寫抄の際の筆の誤りで、校正にミスがあったのだろう。

方炳の跋はさらにいう。「この書を校正した際には決して妄りに字を更めたりせず、すべて原本のままにした」と。すなわち、續・別の二集についても、詩文を類によって分けて正集に差し込んでいくといったことはしなかったのだ。古人が書を刊行する際に心がけた謹嚴かつ愼重にとの考えにかなったものになっている。今　全編を通じて一百一十二巻とし、標目についてはそのまま晦菴集・續集・別集と分けて表記しておく。互いに交雜しないように、その舊姿を保存しておくのである。

【注】

一　内府藏本　宮中に藏される書籍の總稱。清代では皇史宬《こうしせい》・懋勤《ぼうきん》殿・摛藻《ちそう》堂・昭仁殿・武英殿・内閣大庫・含經堂などに所藏される。

二　書錄解題載…　陳振孫『直齋書錄解題』巻一八に「晦庵集一百巻・紫陽年譜三巻」と著錄される。年譜については「昭武の李方子公晦の述ぶる所にして、其の門人なり」という。

三　明成化癸卯莆田黄仲昭跋…　四部叢刊本『晦庵先生朱文公文集』（嘉靖十一年刻の影印）の正集巻末に見える明の黄仲昭

の〈晦庵朱先生文集書後〉は次のようにいう。「右晦庵朱先生文集一百巻、閩《びん》・浙《せつ》舊《もと》皆 刻本有り。浙本は洪武の初め取りて南廱《なんよう》に置くも、何人に輯せらるるかを知らず。今 閩藩 存する所の本は、則ち先生の季子 在《ざい》 の編する所なり。其の後 又た續集若干巻、別集若干巻有りて、二本亦た併せて之を刻す。歳を歷《ふ》ること既に久しく、刓缺《げんけつ》寖《ようや》く多く、讀者焉《こ》れを病む。成化戊子、仲昭 翰林自《よ》り南都に謫官せられ、偶《たま》たま閩本を得て、公の暇に因《よ》りて浙本を取りて之を校す…　成化十九年、歳は癸卯に在り二月の朔、後學莆田の黄仲昭謹んで識《しる》す」。南廱は南雍とも書し、明代南京に置かれた國子監を指す。

四　季子在…　黄榦《こうかん》『勉齋集』巻三六〈朝奉大夫・文華閣待制・贈寶謨閣直學士・通議大夫・謚文・朱先生行狀〉に「平生に文を爲るは、則ち季子の在《ざい》 之を彙次す」とみえる。

五　朱玉朱子文集大全類編稱…　朱玉は朱子十六代の孫で、清代の人。彼は、雍正八年刻『朱子文集大全類編』（東京大學東洋文化研究所藏本）巻頭の〈類編引言〉で次のようにいう。「文集の原本は八十八巻にして、文公の季子 在の編する所なり。版は建安書院に藏す。淳祐己酉に至りて續集五巻を得たり。編輯の姓氏は攷する無し。景定の間、建の通守 余君師魯・建安書院の山長 黄君鏞は別集七巻を重補し 原序に見ゆ、合わせて百巻と爲す。元末に建は兵燹《へいせん》に罹《かか》り、院の版は寖失《しんしつ》す…康熙壬寅（六十一年）九月望日、建安の嫡長派十六代孫 玉 百拜して謹んで識《しる》す」。「建の通守」とは、建安の通判のこと。なお、朱玉の『朱子文集大全類編』は、『四庫全書總目提要』巻一七四集部二七に、別集類の存目として著錄されている。

六　別集之首有咸淳元年建安書院黄鏞序　四部叢刊本『晦庵先生朱文公文別集』（嘉靖十一年刻の影印）巻首の宋 黄鏞《こうよう》〈朱文公別集の序〉は次のようにいう。「文公先生の文、正集・續集は潛齋・實齋の二公 已に板を書院に鋟す。…建の通守 余君師魯は、古を好みて博雅なり、一翁二季（三蘇を指す。嘉祐中、老蘇（洵）が蘇軾・蘇轍の息子とともに圓通寺に泊まったことがあり、僧がそれを記念して一翁二季亭を建てた話が傳わる）自ら師友と爲す。先生の遺文を搜訪し、又た十巻を得て、以て別集と爲す。其の標目は則ち一に前に倣《なら》い、而して毎篇の下必ず其の從《よ》りて得たる所を書し、且《まさ》に 外書の自り來たる所を審らかにする能わざるの恨みを無からしめんとす。眞に斯文《しぶん》の大幸なり。鏞は君の長子謙一に於いて同舍の郎爲り。亦た嘗て預《あらかじ》め蒐輯の意を聞けり。茲《ここ》に來りて長席に居るを冒すに、余君は適《たま》たま將に美解（美解とは、任期を終えて轉出することを指すか）せんとし、始めて兩巻を刊し、餘は以て囑《しょく》せらる。是に於いて浮費を節縮して、以て茲《こ》の役に供す。蓋し又た二年にして始めて克《よ》く成す有り。…咸淳元年（一二六五）六月朔、迪功《てきこう》郎、建寧府建安書院の山長 黄鏞 謹んで書す」。潛齋とは王埜《おうや》（?～一二六〇）、字は子文、金華の人。嘉定十三年（一二二〇）

の進士。正集を刻した。實齋とは王遂の號で、字は去非、金壇の人。嘉泰二年（一二〇二）の進士。續集を刻した。四部叢刊本『晦庵先生朱文公續集』（嘉靖十一年刻本影印）巻首には、王遂が淳祐五年（一二四五）に書いた〈文公續集の序〉があり、次のようにいう。「歳は癸卯に在り、遂 建安に假守たりて、門人弟子の存する者に從いて、其の議論の極を求む。則ち王潛齋已に之を方册に刻す。閒に侍郎の子に從い請うも、亦た獲《う》る所無し。惟だ蔡西山の孫覺軒は早《つと》に之に從い遊び、抄錄して秩を成す。劉文昌の家も亦た因《よ》りて抄掇《しょうてつ》す。悉《ことごと》く以て友人劉叔忠に附して、其の煩を刊落し、其の實を考訂せしむ。是れに繼ぎて焉《こ》れを得る有り、固《もとよ》り遺棄する所無きなり」。なお余師魯の家には、知潭州・荊湖南路安撫使であった朱子が衡陽《こうよう》に官していた祖父余秀實に宛てた書簡類が藏されていたという。

七　別集之編、出余師魯手　四庫全書編纂官は宋殘本の存在を知らなかったため、注六の黄鏞の序を引いて、『別集』の編纂者が余師魯であることをいうが、現在、北京の國家圖書館には宋閩殘本『晦庵先生朱文公別集』そのもの（ただし巻六〜一〇のみ存）が藏されており、巻末に余師魯の〈書後〉がある。そこには祖父の余秀實が保管していた朱子からの書簡を受け繼いだ余師魯が、朱子の曾孫と相談のうえそれらを『別集』として刻行するに至った經緯が語られている。「…乃ち集中 缺く所の者を眡《み》れば、兒曹をして筆して之を藏さしめ、以て編を成すを俟《ま》ちて諸《これ》を梓に壽《ひさしう》せん。堨來《けつらい》 郡に丞たりて、適《たま》たま先生の里に在り。而して得る所の者益《ます》ます多く、釐《おさ》めて十巻と爲す。噫《ああ》、富めるかな。先生の曾孫 市轄《しかつ》 之を見て、慨然として曰く〝建安精舍に 所謂大全集有り、是の書 當に一家の言を成すべし…〟と。…先大父の諱は秀實、字は穎叔。…景定癸亥（四年、一二六三）三月朔、孫の朝奉大夫 通判建寧軍府兼管内勸農事余師魯 謹んで書す」。この余師魯の跋文と、注六の黄鏞の序を勘案すると、別集は理宗の景定三年に余師魯が編纂して最初の二巻を刊行し、二年後、度《たく》宗の初めつまり咸淳元年に黄鏞によって刻行が完了したことがわかる。

八　續集不得主名、朱玉亦云無考　實際は、續集は王遂の編纂したものであるが、朱玉も四庫全書編纂官も王遂の〈續集の序〉（注六）をみていなかったのだろう。

九　此本爲康熙戊辰、蔡方炳・臧眉錫所刊　康熙二十七年（一六八八）の刊本であり、四庫全書の藍本となったもの。正集一百巻、續集五巻、別集七巻である。

一〇　黄仲昭跋及嘉靖壬辰潘潢跋…　注三の黄仲昭〈晦庵朱先生文集書後〉に「右晦庵朱先生文集一百巻」とある。また、四部叢刊本（嘉靖十一年刻本）『晦庵先生朱文公文集』目錄の後に附されている潘潢《はんこう》の嘉靖壬辰（十一年、一五三二）の〈晦庵朱先生文集跋〉にも「右、晦庵文公文集百巻、又續集十巻、別集十有一巻」（實際には續集は「十一巻」、別集は「十巻」の誤り）

と見える。

一二　方炳跋乃稱…　康熙本『朱子大全文集』巻末の蔡方炳〈新刻朱子大全文集書後〉にいう。「朱子 故 『大全文集』有り、歳月 浸《ようや》く久しく、版 磨滅して、其の書 世に槩見せず。竊《ひそ》かに吾道の一缺陷事を嘆く。適《たま》たま余が友 臧子喟亭《きてい》 具《とも》に同心有り、相い與に竭蹶《けつけつ》して事に從い、丁卯の秋に始まり、己巳《きし》の春に迄《おわ》りて 竣《しゅん》を告ぐ。原集は一百巻、又た續集十巻、別集十一巻」。

一三　其名殆起明中葉以後乎　注七の余師魯の〈文公別集書後〉が引く朱子の曾孫の語に、〝建安精舍 所謂大全集有り〟という言葉があり、宋代から大全集という書名が存在していたことがわかる（【附記】 參照）。提要は余師魯のこの跋文を見ていなかったため、このように誤解したのである。

一三　潢跋稱文集百巻、續集五巻、別集七巻　文淵閣四庫全書本『晦菴集』正集の末には〈晦菴集後序〉と題する潘潢《はんこう》の跋文が載録され、「右、晦菴文公文集百巻、又た續集五巻、別集七巻」とある。しかし、注一〇に擧げたように、潘潢の四部叢刊本所收〈晦庵朱先生文集跋〉では、「右晦庵文公文集百巻、又續集十巻、別集十有一巻」（實際には續集十一巻、別集十巻の誤り）と作っている。上海圖書館藏の蔡方炳・臧眉錫による康熙二十七年刊本では、潘潢の跋文は「續集五巻、別集七巻」に作っている。

一四　蘇信所作前序　四部叢刊本『晦庵先生朱文公文集』（明版）巻首の明の蘇信〈重刊晦庵先生文集序〉には、「其の諸經・四書を釋するの外、著す所の文若《も》しくは詩は、之を彙《あつ》むるに總べて百有二十巻」の語が見える。

一五　方炳手校此書、其跋又稱…　注一一の康熙本『朱子大全文集』巻末の蔡方炳〈新刻朱子大全文集書後〉に、「原集一百巻、又た續集十巻、別集十一巻」とある。

一六　疑信序本作百十二巻…　提要は康熙本と序跋とそれ以前の序跋の巻數が合わないという矛盾について、誤記あるいは文字の顚倒によるものだと推測するが、實際は「續集十一巻・別集十巻」と康熙本・および四庫全書本の「續集五巻と別集七巻」は、編次が異なるだけで、内容はほとんど同じである。

一七　方炳跋又稱、校是書時不敢妄有更定　注一一康熙本『朱子大全文集』巻末の蔡方炳〈新刻朱子大全文集書後〉の續きには、「余 鈍根盲識にして、未だ朱子の藩籬《はんり》を窺《うかが》わず、況《いわん》や前人すら且《か》つ未だ攷據して編輯する能わざるに、余 何ぞ敢えて妄りに更定する有らんや。故に悉《ことごと》く原本に依りて、卽ち續・別二集も亦た未だ類に依りて附入せず。惟だ字劃《じかく》の魚魯の訛《か》のみは則ち之を正し、苟《いや》しくも疑似に屬すれば、寧《むし》ろ其の舊に仍《よ》り、聊か吾が兩人の愼重にして苟《かりそ》めにせざるの意を存すと云うのみ」と見える。

【附記】

朱子の文集の一番古い刊本は、現在、臺灣故宮博物院に藏されている淳熙年閒の福建刊本『晦庵先生文集』前集十一巻・後集十八巻で、臺灣商務印書館より影印され、四部叢刊廣編に収入されている。全集本として最も行われているのは、四部叢刊『晦庵朱文公文集』百巻『續集』十一巻『別集』十巻であり、嘉靖十一年（一五三二）刊本の影印である。また、これを底本とした、郭齊・尹波點校『朱熹集』全十冊（四川教育出版社　一九九六）は人名索引や各種序跋を附載しており、便利である。また、附錄の〈版本考略〉は、朱子文集百巻本の二つの系統、浙《せつ》本と閩《びん》本の違いを要領よくまとめてある。

『全宋詩』（第四四冊　巻二三八三〜二三九四）は、四部叢刊本を底本とし、集外詩も廣く輯めている。

『和刻本漢籍文集』（汲古書院）には、第六輯に『朱子文集輯要』五巻（貝原篤信句讀　景正徳二年皇都書肆萬屋喜兵衛刊本）、第七輯〜十輯に『晦庵先生朱文公文集』一百巻『續集』十一巻『別集』十巻（卽朱子大全　正徳二年京都壽文堂刊本の景印）が收められている。

また『朱熹詩詞編年箋注』上下（巴蜀書社　二〇〇〇）がある。

年譜は王懋竑撰・何忠禮點校の『朱熹年譜』（中華書局　一九九八）が各種の資料を併載しており、便利である。『宋人年譜叢刊』（四川大學出版社　二〇〇三）第九册に、尹波の校點による宋　李方子編・佚名補注〈朱子年譜〉（明刻本）と、元　都璋編〈宋太師徽國文公朱先生年譜節略〉（元至正十二年都璋刻明修本『朱文公大同集』巻首）が收められている。また『朱熹事跡考』（上海人民出版社　一九八七）も、朱熹に關連する舊跡を調査したユニークな書である。

二〇　梁溪遺稿[一]一卷

[二]兩淮馬裕家藏本

【尤袤《ゆうぼう》】　一一二七～一一九四

字《あざな》は延之、無錫《むしゃく》（江蘇省）の人。號の遂初は、東晉の孫綽《そんしゃく》の〈遂初の賦〉に因《ちな》むもので、隱遁の初志を遂げるという意味。光宗が書して扁額を賜ったという。高宗紹興十八年（一一四八）の進士。韓侂冑《かんたくちゅう》の専權に反對し、光宗の信任あつく、禮部尚書兼侍讀に至った。寧宗の時、文簡と謚《おくりな》された。その詩は楊萬里・范成大・陸游とともに南宋の四大家と稱せられるが、別集が散逸しており、今日この輯佚本があるのみで、その全貌を窺うことはできない。藏書家としても知られ、『遂初堂書目』は版本學に資するところが大きい。『宋史』巻三八九 尤袤傳參照。

宋尤袤撰。[三]袤有遂初堂書目、已著錄。[四]宋史袤本傳載所著遂初小稿六十卷・內外制三十卷。[五]陳振孫書錄解題載梁溪集五十卷。今竝久佚。

[六]國朝康熙中、翰林院侍講長洲尤侗、自以爲袤之後人、因裒輯遺詩、編爲此本。蓋百分僅存其一矣。[七]厲鶚作宋詩紀事、卽據此本爲主。而別摭三朝北盟會編所載淮民謠一首、茅山志所載庚子歲除前一日遊茅山一首、荊溪外紀所載游張公洞一首、揚州府志所載重登斗野亭一首、郁氏書畫題跋記所載題米元暉瀟湘圖二首、後村詩話所載逸句四聯。而去年江南荒兩聯、卽淮民謠中之語、前後複出。良由瑣碎捃拾、故失於

檢校。知其散亡已甚、不可復收拾也。
[八]方回嘗作袤詩跋、稱中興以來言詩必曰尤・楊・范・陸。誠齋時出奇峭、放翁善爲悲壯、公與石湖、冠冕佩玉、端莊婉雅。[九]則袤在當時、本與楊萬里・陸游・范成大竝駕齊驅。
[一〇]今三家之集皆有完本、而袤集獨湮沒不存。蓋文章傳不傳、亦有幸不幸焉。然卽今所存諸詩觀之、殘章斷簡、尚足與三家抗行。以少見珍、彌增寶惜、又烏可以殘賸棄歟。

【訓讀】

宋 尤袤《ゆうぼう》の撰。袤に『遂初堂書目』有りて、已に著錄す。『宋史』袤の本傳は著す所の『遂初小稾』六十卷・『内外制』三十卷を載す。陳振孫『書錄解題』は『梁溪集』五十卷を載す。今 竝びに久しく佚す。

國朝康熙中、翰林院侍講の長洲の尤侗《ゆうどう》、自ら以て袤の後人と爲し、因りて遺詩を裒輯《ほうしゅう》し、編みて此の本を爲る。蓋し 百分の僅かに其の一を存するのみ。厲鶚《れいがく》は『宋詩紀事』を作りて、卽ち此の本に據るを主と爲す。而して別に『三朝北盟會編』載する所の〈淮民謠〉一首、『茅山《ぼうざん》志』載する所の〈庚子歲除の前一日、茅山に遊ぶ〉一首、『荊溪外紀』載する所の〈張公洞に游ぶ〉一首、『揚州府志』載する所の〈重ねて斗野亭に登る〉一首、『郁氏書畫題跋記』載する所の〈米元暉《べいげんき》の瀟湘《しょうしょう》圖《ず》に題す〉二首、『後村詩話』載する所の逸句四聯を摭《ひろ》う。而れども「去年 江南荒す」の兩聯は、卽ち〈淮民謠〉中の語にして、前後複出す。良《まこと》に瑣碎《ささい》の捃拾《くんしゅう》に由《よ》り、故に檢校に失す。其の散亡 已に甚だしく、復た收拾すべからざるを知る。

方回は嘗て袤の詩の跋を作りて稱す、「中興以來 詩を言うに必ず尤・楊・范・陸と曰う。誠齋は時に奇峭《きしょう》に出で、放翁は善く悲壯を爲し、公は石湖と與に、冠冕佩玉《かんべんはいぎょく》、端莊婉雅なり」と。則ち 袤は當時に在りて、本《もと》 楊萬里・陸游・范成大と駕を竝べ驅《く》を齊《ひと》しうす。

今 三家の集は 皆 完本有るも、袤の集は獨り湮沒《いんぼつ》して存せず。蓋し文章の傳と不傳は、亦た幸と不幸有り。然れども 今 存する所の諸詩に卽《つ》きて之を觀るに、殘章斷簡も、尙お三家と抗行するに足れり。少《すく》なきを以て珍せられ、彌《いよ》いよ寶惜を增す。又た烏《いず》くんぞ殘賸《ざんしょう》を以て棄つべけんや。

【現代語譯】

宋 尤袤《ゆうぼう》の著。袤には『遂初堂書目』があり、すでに著錄しておいた。『宋史』の尤袤の傳には、著書として『遂初小稾』六十卷・『內外制』三十卷が載っている。陳振孫『書錄解題』には『梁溪集』五十卷が載せられている。今、ともに失われて久しい。

本朝（淸）の康熙年間、翰林院侍講の長洲の尤侗《ゆうどう》は、自らを袤の末裔だとして、袤の遺詩を集めて編集し、この本を作ったが、これとてわずかに百分の一が殘ったにすぎまい。厲鶚《れいがく》は『宋詩紀事』を作るのに、主にこの本に據った。そしてこれとは別に『三朝北盟會編』が載せる〈淮民謠〉一首、『茅山志』《ぼうざん》が載せる〈庚子歲除の前一日、茅山に遊ぶ〉一首、『荊溪外紀』が載せる〈張公洞に游ぶ〉一首、『揚州府志』が載せる〈重ねて斗野亭に登る〉一首、『郁氏書畫題跋記』が載せる〈米元暉の瀟湘圖《しょうしょうず》に題す〉二首、『後村詩話』が載せる逸句四聯を拾っている。しかし、「去年 江南荒す」の二聯は〈淮民謠〉中の語であり、重複して載錄している。本當に些細な句まで拾い集めたために、點檢にもミスが生じたのである。散逸ぶりが甚だしく、もはや收拾すらできないことが分ろう。

方回は嘗て尤袤の詩の跋を作って言った。「高宗の中興以後、詩を言う者は、必ず尤・楊・范・陸を擧げる。楊誠齋はしばしば奇拔な表現を好み、陸放翁は悲壯感をみなぎらせるのがうまい。公と范石湖とは、士大夫が正裝して冠冕をつけ玉を腰に佩びたように、端正で典雅な趣がある」と。つまり、尤袤は當時にあっては、楊萬里・陸游・范成大と駕を竝べる存在だったのだ。
今 三家の別集は皆 完本があるが、尤袤の集だけは失われて殘らなかった。思うに詩文が後世に傳わるか傳わらないかにも、幸不幸がある。しかし、今 殘っている詩を觀ると、殘章斷簡であっても、やはり三家と拮抗するに足るものがある。希少だからこそ價値があり、いっそう珍重されるのだ。どうして殘簡だからといって廢することなどできようか。

【注】

一 一卷 「一卷」は「二卷」の誤り。文淵閣四庫全書本の『梁溪遺稾』は二卷で、卷一が詩、卷二が文となっている。

二 兩淮馬裕家藏本 馬裕の字は元益、號は話山、江都（揚州）の人。原籍は祁門《きもん》（安徽省）で所謂新安商人の出身。父の曰琯《えつかん》の代より藏書十萬餘卷を誇った。『四庫採進書目』の記錄では、四庫全書編纂の時、藏書六八五部を進獻した。任松如『四庫全書答問』によれば、そのうち著錄されたのが一四四部、存目（四庫全書內に收めず、目錄にのみとどめておくこと）は二二五部にのぼる。

三 袤有遂初堂書目 遂初堂は尤袤の藏書樓。『四庫全書總目提要』卷八五 史部四一 目錄一に『遂初堂書目』一卷が著錄されている。しかし、瞿鏞《くよう》の『鐵琴銅劍樓藏書目錄』は、遂初堂が火災に遭ったこと、およびこの書目に同時期の詩人陸游の詩集が著錄されていることなどから、現在の『遂初堂書目』は、後人が輯めたものだという。

四 宋史袤本傳載… 『宋史』卷三八九 尤袤傳に「『遂初小稾』六十卷・『內外制』三十卷有り」と見える。

五 陳振孫書錄解題載… 『直齋書錄解題』卷一八に「『梁溪集』五十卷」と著錄される。

六 國朝康熙中、翰林院侍講長洲尤侗… 尤袤の生前、別集の刻本が無かったことは、魏了翁が〈名山の張監茶伯酉に答うる書〉（『鶴山先生大全文集』卷三三）の中で、尤袤について「未だ家集の類 世に行わるる有らず」といっていることからも知られる。方回の〈遂初尤先生尙書の詩に跋す〉（宛委別藏本『桐江集』卷三）に、「歲は甲戌（咸淳十年、一二七四）に在り。公の曾孫にして、尙書都官の孫、滁陽《じょよう》使君の子（尤藻《ゆうそう》を指す）は、古の歙《しょう》の通守爲りて、博雅にして古を好み、…先に公（尤袤）の詩二十卷を鋟梓《しんし》し、回に命じて訛僞《かぎ》を是正せしむ」とあり、これによれば、『梁溪集』五十卷は、咸淳年閒に刻行されたらしい。しかし、方回は元になって編纂した『瀛奎律髓《えいけいりつずい》』卷二〇で「遂初の詩は、その孫 新安の牛刺（通判）の藻《そう》嘗て刊行するも、兵に焚《や》かる。予 其の家の抄する所の副本を得るも、頗る訛缺《かけつ》有り」とも言っており、その後、尤袤の刻本は散逸したらしい。康熙本『梁溪遺稾』（北京圖書館古籍珍本叢刊八六集部 宋別集類所收）卷首の朱彝尊《しゅいそん》〈梁溪遺稾序〉と卷末の尤《ゆう》侗《どう》〈康熙刊梁溪遺稾跋〉によれば、淸の朱彝尊がそれまでに輯めていた尤袤の詩四十三首、雜文二十五篇を、同年の進士で尤袤の十八世の孫である尤侗に示し、康熙三十九年（一七〇〇）尤侗がこれを刻したという。ただし文淵閣四庫全書本には朱彝尊の序のみが冠されており、尤侗の跋はない。

七　厲鶚作『宋詩紀事』…　『宋詩紀事』卷四七には『梁溪遺稾』から採った詩が四首のほか、『三朝北盟會編』の〈淮民謠〉一首、『茅山《ぼうざん》志』の〈庚子の歲除前一日、茅山に遊ぶ〉一首、『荊溪外紀』の〈張公洞に游ぶ〉一首、『揚州府志』の〈重ねて斗野亭に登る〉一首、『郁氏書畫題跋記』の〈米元暉の瀟湘圖に題す〉二首、『後村詩話』から逸句の計四聯を引いている。ただし、そのうち〈無題〉と題される二聯「去年 江南 荒し、趁《ちん》逐《ちく》して江北に過ぎる。江北は往《ゆ》くべからずして、江南 歸ること未だ得ず」は、〈淮民謠〉の第九・十聯に相當する。

八　方回嘗作袤詩跋…　方回『桐江集』（宛委別藏本）卷三〈遂初先生尙書の詩に跋す〉に、「中興以來詩を言うに必ず尤・楊・范・陸と曰う。…誠齋 時に奇峭に出で、放翁善く悲壯を爲す。…公と石湖とは、冠冕佩玉、端莊婉雅なり」とみえる。

九　袤在當時、本與楊萬里・陸游・范成大竝駕齊驅　尤・楊・范・陸を南宋の四大家とするのは、方回が嚆矢《こうし》と思われる。ほかに、尤袤の名を含んだ言い方として、楊萬里の詩に「尤・蕭・范・陸は四詩翁、此の後 誰か當に第一の功たるべき」（『誠齋集』卷四一〈進退格 張功父・姜堯章に寄す〉）という一聯がある。ここで楊萬里がいう「尤・蕭・范・陸」とは、尤袤・蕭德藻・范成大・陸游のこと。蕭德藻の字は東夫、號は千巖。閩淸《びんせい》（福建省）の人。紹興二十一年（一一五一）の進士。『千巖摘稿』（楊萬里『誠齋集』卷八一に序文あり）は現在散逸しており、『全宋詩』卷二一〇八によれば、十二首しか現存していない。

一〇　今三家之集皆有完本　『四庫全書總目提要』卷一六〇には、范成大『石湖詩集』三十四卷、楊萬里『誠齋集』一三三卷、陸游『劍南詩稿』八十五卷・『渭南文集』五〇卷が著錄されている。詳しくは、本書二七「石湖詩集三十四卷」、二八「誠齋集一百三十三卷」、二九―一「劍南詩稾八十五卷」、二九―二「渭南文集五十卷」を參照。

【附記】

康熙本の『梁溪遺稾』二卷は、北京圖書館古籍珍本叢刊八六 集部 宋別集類に收められている。尤袤の詩文を最も多く輯めている版本は、民國二十四年（一九三五）の尤桐編『錫山尤氏叢刊集』中の『梁溪遺稾』二卷『補遺』二卷である。

『全宋詩』（第四三冊 卷二三三六）は、『梁溪遺稾』によらず、獨自に詩を輯集し直している。

年譜は『宋人年譜叢刊』（四川大學出版社 二〇〇三）に、吳洪澤編〈尤袤年譜〉（據『宋代文化研究』第三輯增訂）が收入されている。

二一　東萊集四十卷　　[一]兩淮馬裕家藏本

【呂祖謙】一一三七～一一八一
字《あざな》は伯恭、婺《ぶ》州金華（浙江省）の人。孝宗の隆興元年（一一六三）の進士で、博學宏辭科に及第し、著作郎兼國史院編修官に至った。博學で知られ、世に東萊先生と稱された。朱熹や張栻《ちょうしょく》とも交遊があった。同じく萊州（山東省）を祖籍とする呂本中（字は居仁、一〇八四～一一四五）も東萊先生と稱され、『東萊詩集』二十卷（本書一四「東萊詩集二十卷」參照）があるが、別人である。『東萊集』附錄〈年譜〉〈壙記〉（ともに呂祖儉撰）、『宋史』卷四三四　儒林傳四　參照。

宋呂祖謙撰。[二]祖謙有古周易、已著錄。

其生平詩文、皆祖謙歿後、[三]其弟祖儉及從子喬年先後刊補遺稾、[四]釐爲文集十五卷。[五]又以家範・尺牘之類爲別集十六卷。[六]程文之類爲外集五卷。[七]年譜・遺事則爲附錄三卷。又附錄拾遺一卷。即今所傳之本也。

[八]祖謙雖與朱子爲友、而朱子嘗病其學太雜。[九]其文詞閎肆辨博、凌厲無前、[一〇]朱子亦病其不能守約。[一一]又嘗謂伯恭是寬厚底人、不知如何做得文字卻似輕儇底人、如省試義、大段鬧裝、館職策、亦說得漫不分曉、後面全無緊要。[一二]又謂伯恭祭南軒文、都就小狹處說來。[一三]其文散見於黃㽦・滕璘所記饒錄。[一四]後托克托修宋史、遂列祖謙於儒林傳中、微示分別。

然朱子所云、特以防華藻溺心之弊、持論不得不嚴耳。[一五]祖謙於詩・書・春秋、皆多究古義、於[一六]十七史、皆有詳節。故詞多根柢、不涉游談。所[一七]撰文章關鍵、於體格源流、具有心解。故諸體雖豪邁駿發、而不失作者典型、亦無語錄爲文之習。在南宋諸儒之中、可謂銜華佩實。又何必吹求過甚、轉爲空疎者所藉口哉。

又按[一八]朱子語類、稱伯恭文集中如答項平甫書、是傅夢泉子淵者。如罵曹立之書、是陸子靜者。其他僞作、想又多在云云」。是祖儉等編集之時、失於別擇、未免收入贋作。然無從辨別、今[一九]亦不得而刪汰之矣。

【訓讀】

宋 呂祖謙《りょそけん》の撰。祖謙に『古周易』有りて、已に著錄す。

其の生平の詩文は、皆 祖謙の歿後、其の弟 祖儉及び從子 喬年 先後して遺稾を刊補し、釐《おさ》めて文集十五巻と爲し、又た家範・尺牘の類を以て別集十六巻と爲し、程文の類は外集五巻と爲し、年譜・遺事は則ち附錄三巻と爲し、又た拾遺一巻を附錄す。卽ち 今 傳わる所の本なり。

祖謙は朱子と友爲りと雖も、朱子は嘗《つね》に其の學の太《はなは》だ雜なるを病む。其の文詞は閎肆《こうし》辨博なること、凌厲《りょうれい》して前無きも、朱子は亦た其の守約する能わざるを病む。又た嘗《かつ》て謂う「伯恭は是れ寛厚の人なるに、如何《いかん》ぞ文字を做《な》し得て、卻《かえ》って輕儇《けいかん》の人に似たるかを知らず。〈省試義〉の如きは大段鬧裝《どうそう》、〈館職策〉も亦た說き得て漫にして分曉せず、後面は全て緊要無し」と。又た謂う「伯恭の〈南軒を祭る文〉は、都《すべ》て小狹の處に就《つ》きて說き來《きた》る」と。其の文は黃㽦《こうじゅん》・滕璘《とうりん》 記する所の『饒錄《じょうろく》』に散見す。後 托克托は『宋史』を修して、遂に祖謙を儒林傳中に列し、微《ひそ》かに分別を示す。

然れども 朱子云う所は、特《た》だ華藻溺心《できしん》の弊を防ぐを以てし、持論は嚴ならざるを得ざるのみ。祖謙は『詩』『書』

『春秋』に於いて、皆 多く古義を究《きわ》む。十七史に於いては、皆 詳節有り。故に詞 根柢多く、游談に渉らず。撰する所の『文章關鍵』は、體格の源流に於いて、心解を具有す。故に諸體 豪邁駿發と雖も、作者の典型を失せず、亦た語錄もて文を爲るの習い無し。南宋の諸儒の中に在りては、華を銜《ふく》みて實を佩《お》ぶと謂うべし。又た何ぞ必ずしも吹きて過《あやまち》を求むること甚だしく、轉《うた》た空疎の者の藉口《しゃこう》する所と爲さんや。

又た按ずるに『朱子語類』稱す、「伯恭の文集中の項平甫に答うる書の如きは、是れ傅夢泉《ふぼうせん》子淵の者なり。〈曹立之を罵《ののし》る書〉の如きは、是れ陸子靜の者なり。其の他の僞作は、想うに又た多く在り云云」と。是れ 祖儉等の編集の時、別擇に失し、未だ贋作《がんさく》を收入するを免かれず。然れども從りて辨別する無く、今 亦た得て之を删汰《さんた》せず。

【現代語譯】

宋 呂祖謙の著。祖謙には『古周易』があり、すでに著錄しておいた。

彼の生平の詩文は、皆 祖謙の沒後に、その弟の祖儉およびおいの喬年が前後して遺稾を整理し、文集十五卷とし、さらに家範・尺牘の類を別集十六卷とし、程文（科擧の模範答案集）の類は外集五卷とし、年譜・遺事は附錄三卷とし、さらに拾遺一卷を附した。これが現在傳わる本なのだ。

祖謙は朱子の友人ではあったが、朱子はいつも呂祖謙の學問が雜駁であることを批判していた。彼の文詞の閎達さと該博さは、前人を凌《しの》ぐものだったが、朱子はこれについても要領を得ないのが缺點とみなしていた。さらにこうも言っていた。「伯恭は度量の大きい人なのに、どうして文を作ると輕薄な輩のようになってしまうのかわからない。〈省試義〉はだいたい大風呂敷だし、〈館職策〉も冗漫でわかりにくい。後段は全くしまりがない」と。また、「伯恭の〈南軒を祭る文〉は、つまらぬことばかりを言っている」ともいっている。これらの言葉は、黃㽦《こうじゅん》・滕璘《とうりん》が記錄した『饒錄《じょうろく》』に散見される。後に托克托は『宋史』を編纂するにあたって、祖謙を儒林傳中に配置し、ひそかに道學者とは區別した。

しかし、朱子がいうのは、ただうわべを飾る浮ついた心を戒めようとして、厳しい言い方をしたまでである。祖謙は『詩』『書』『春秋』すべてについて古義を究めた。十七史についてもすべてそのダイジェスト版を作っている。故にその言葉には根柢があり、言葉遊びに墮していない。彼が編纂した『文章關鍵』は、文の體格の源流について會得《えとく》したことがつぶさに記されている。故に彼のスタイルは豪放で一氣に突っ走るタイプではあるが、詩經以來の作者の典型を失なわず、また語錄で詩文を作るといった陋習がない。南宋の諸儒の中にあっては、華も實もある存在だといえよう。むやみに毛を吹いて過ちを求めたり、ましてや中味を伴わぬ者が難癖をつけたりなどどうしてできようか。

さらに、『朱子語類』は「伯恭の文集中〈項平甫に答うる書〉の如きは、傅夢泉《ふぼうせん》子淵のもので、〈曹立之を罵《ののし》る書〉は、陸子靜のものである。その他の僞作は、もっとたくさんあるのではないか云云」と言っている。このことから、祖儉等が編集した時、選別を誤り、贋作《がんさく》を収入した可能性があるのがわかる。しかし、判別するすべもなく、今さらこれを削りようもないのだ。

【注】

一　兩淮馬裕家藏本　馬裕の字は元益、號は話山、江都（揚州）の人。原籍は祁門《きもん》（安徽省）で所謂新安商人の出身。父の曰琯《えつかん》の代より藏書十萬餘卷を誇った。『四庫採進書目』の記錄では、四庫全書編纂の時、藏書六八五部を進獻した。仁松如『四庫全書答問』によれば、そのうち著錄されたのが一四四部、存目（四庫全書内に收めず、目錄にのみとどめておくこと）は二二五部にのぼる。

二　祖謙有古周易　『四庫全書總目提要』卷三　經部三　易類三に『古周易』一卷が著錄される。朱子が跋文を書いている。

三　其弟祖儉及從子喬年先後刊補遺槀…　陳振孫『直齋書錄解題』卷一八は、「東萊呂太史集十五卷・別集十六卷・外集五卷・附錄三卷」を著錄し、呂祖謙の弟の呂祖儉の編錄としている。また、靜嘉堂文庫に藏される宋刻元明遞修本『東萊呂太史文集』四十卷（【附記】參照）の巻首には、嘉泰四年（一二〇四）の呂喬年による〈東萊呂太史文集跋〉（文淵閣四庫全書本『東萊集』にはない）があって、次のように言っている。「右『太史文集』十五巻、先君太府寺丞（呂祖儉を指す）の次輯する所なり。…太史公（呂祖謙）の沒せし自《よ》り、何人の刻かを知らざる所謂『東萊先生集』なる者は、眞贋錯糅《さくじゅう》、殆ど讀むべからず。又た門人の名氏を假託し、以て其の傳を實にし、流布日《ひ》び廣まり、疑信相い半ばす。先君は之を病み、乃ち始めて一二の友と與に收拾整比し、將《まさ》に之を鋟木《しんぼく》の者に付し、以て舊本の失を易《か》えんとす。會《たま》たま事を言いて貶《へん》せられ、就《な》るを果たさず。喬年は先緒の墜《お》つべからざるを追惟し、因りて遂に刊補是正し、以て此の本を定む。凡そ家範・尺牘・讀書雜記の類、皆 之を別集に總べ、策問・宏辭の類の世に傳うる所と爲る者、皆 之を外集に總べ、年譜・遺事と凡そ參考にすべき者、皆 之を附錄に總べ、大凡 四十巻」。このことから、呂祖儉が編輯したものを、その子で呂祖謙のおいにあたる呂喬年が刻行したことがわかる。

四　鼇爲文集十五巻　巻一詩、巻二表疏、巻三奏狀・劄子、巻四啓、巻五策問・策、巻六記・序・銘・贊・辭、巻七題跋、巻八祭文・祝文、巻九行狀、巻一〇～一三墓誌銘、巻一四傳、巻一五紀事となっている。

五　以家範・尺牘之類爲別集十六巻　『別集』は巻一～六が家範、巻七～一一尺牘、巻一二～一五讀書雜記、巻一六師友答問で構成されている。

六　程文之類爲外集五巻　程文とは科擧受驗用の作文。『外集』は巻一～二が策問、巻三～四が宏詞・進巻・試巻、巻五拾遺で構成されている。

七　年譜・遺事則爲附錄三巻　附錄は、巻一が年譜・壙記《こうき》、巻二が祭文、巻三が祭文・畫像贊・哀詩などである。

八　朱子嘗病其學太雜　『朱子語類』巻一二二 呂伯恭に「伯恭の義理を說くは、太《はなは》だ傷巧多く、未だ杜撰《ずさん》なるを免かれず」「伯恭 要は包羅せざるは無し。只だ是れ撲過《ぼくか》（がむしゃら）にして、都《すべ》て精ならず」などと、呂祖謙の粗雜さを論じる條が多い。朱子が呂祖謙に與えた書簡は主に『朱文公文集』巻三三～三五に多數收錄されている。一方、呂祖謙が朱子に與えた書簡は『東萊別集』巻一六の師友問答に數篇のこるのみである。

九　其文詞閎肆辨博　閎肆《こうし》は閎中肆外、內容豊富で表現が自由なこと。韓愈〈進學解〉「先生の文に於けるは、其の中を閎《ひろ》うし、其の外を肆《ほし》いままにすと謂うべし」とある。

一〇　朱子亦病其不能守約　『朱子語類』巻一二二〈呂伯恭〉に次のようにある。「因《よ》りて南軒（張栻《ちょうしょく》）と東萊を說くに、或ひと云う〝二先生は是《か》くの若《ごと》く班《ひと》しきか〟と。壽昌曰く〝然らず〟と。先生適《たま》たま之を聞き、遂に問いて如何と。曰く〝南軒は壽昌の敢て知る所に非ず、東萊も亦た相い識らず。但だ文字を以て之を觀るに、東萊は博學多識は則ち之有り。守約は恐らく未《いま》だし〟と。先生之を然りとす」。「守約」は要約・要領を得ていること。「是くの若く班《ひと》し」とともに、『孟子』公孫丑上に見える言葉。

一一　又嘗謂伯恭是寛厚底人…　『朱子語類』巻一二二 呂伯恭に「伯恭は是《こ》れ箇《こ》の寛厚の人なるに、如何《いかん》ぞ文字を倣《な》し得て、卻《かえ》って箇《こ》の輕儇《けいかん》の人に似たるかを知らず。〈省試義〉の如きは大段閙裝《どうそう》、堯舜《ぎょうしゅん》を説き得て大段脅肩諂笑《てんしょう》し、反って黄德潤の辭の窘《きん》と雖も、卻《かえ》って質實尊重なるに若かず。〈館職策〉も亦た説き得て漫にして分曉ならず。後面は全て緊要無し。（伯恭は度量の大きい人なのに、どうして文を作ると輕薄な輩のようになってしまうのだろう。〈省試義〉はだいたい大風呂敷を廣げるだけで、堯や舜について語ってもほとんどがおどおどしながらのおべっかばかりで、逆に黄德潤（諱《いみな》は洽《こう》）が言葉に詰まるもののかえって質實で重みがあるのにおよばない。〈館職策〉も冗漫でわかりにくい。後段は全くしまりがない）」黄洽（字は德潤　一一二二～一二〇〇）は呂祖謙と同年の進士。

一二　又謂伯恭祭南軒文…　南軒は張栻《ちょうしょく》のこと。呂祖謙が書いた張栻の祭文は、〈張位荊州を祭る文〉として、巻八に収められている。これについて、注一一のつづき『朱子語類』巻一二二に、「伯恭の〈南軒を祭る文〉は、都《すべ》て小狹處に就《つ》きて説《と》き來り、其の文は弱し（伯恭の〈南軒を祭る文〉は、すべてつまらぬことばかり竝べており、文も卑弱だ）」という。ただし、當時、呂祖謙からこの祭文を示された朱子は、社交辭令か呂への返信〈呂伯恭に答うる書〉（『朱文公文集』巻三四）の中でこれを譽めている。「欽夫（張栻）の逝くや、忽忽として半載、一たび之を念う毎に、未だ嘗て酸噎《さんえつ》せずんばあらず。同志の書來たり、亦た相い弔せざる者無く、益《ます》ます人をして慨歎せしむ。…祭文は眞實中に他人の形容し到らざる處有り。歎服す」。

一三　其文散見於黄㽦《じゅん》・滕璘所記饒錄…　注一一『朱子語類』の「伯恭是箇寛厚底人」の條の記錄者は黄㽦《こうじゅん》（字は子耕、豫章の人）であり、注一二の「伯恭〈祭南軒文〉」の條の記錄は、滕璘《とうりん》（字は德粹、新安の人）によるものである。現在の『朱子語類』百四十巻は、朱子の門弟たちによる記錄を内容ごとに分類して配列しているが、今の形になる以前は、池州で刻された池錄、饒州で刻された饒錄《じょうろく》など、複數の種類があった。そのうち「饒錄」とは、嘉熙十年（一二三八）、李性傳が黄榦《こうかん》等四十二人の記したものを編集し、四十六巻として饒州で刻したものをさす。

一四　托克托修『宋史』遂列祖謙於儒林傳中　『宋史』が朱熹や張栻の傳を道學傳に置くのに對し、呂祖謙を儒林傳に置いていることを指す。呂祖謙はやや二人に劣ると判斷し、宋學の正統からはずしたのである。托克托は、元の順帝の時の蒙古人宰相で、『宋史』編纂の總裁官。脫脫とも書く。

一五　祖謙於詩・書・春秋皆多究古義　呂祖謙撰・時瀾修正の

『增修東萊書說』三十五卷、『圖說』一卷、李樗《りちょ》・黄櫄《こうちゅん》撰・呂祖謙釋音の『李迂仲黄實夫毛詩集解』四十二卷首一卷、呂祖謙撰の『左氏傳說』二十卷、『左氏傳續說』十二卷『綱領』一卷、『東萊呂太史春秋左傳類編』六卷附校勘記一卷、『增注東萊先生左氏博議』二十五卷などがある。

一六　於十七史、皆有詳節　『東萊先生十七史詳節』二百七十三卷と呼ばれるもので、元刻本と明正德十五年劉弘毅愼獨齋刻本がある。詳節とは、エッセンスを採った節略本のことをさす。內容は「史記詳節」二十卷・「西漢書詳節」三十卷・「東漢書詳節」三十卷・「三國志詳節」二十卷・「晉書詳節」三十卷・「南史詳節」二十五卷・「北史詳節」二十八卷・「隋書詳節」二十卷・「唐書詳節」六十卷・「五代史詳節」十卷である。『四庫全書總目提要』卷六五　史部二一　史鈔類參照。

一七　所撰文章關鍵…　呂祖謙編纂の『古文關鍵』を指す。『四庫全書總目提要』卷一八七　集部四〇　總集類二は『古文關鍵』二卷を著錄する。完本ではない。韓愈・柳宗元・歐陽脩・曾鞏・蘇洵・蘇軾・張耒《ちょうらい》の文六十餘篇の重要部分に標語をつけて初學者に示したもの。卷首にそれぞれの作者についての看文・作文の法が論じられている。

一八　朱子語類稱…　注一二のすぐ後の條に滕璘《とうりん》の記錄として、「呂伯恭の文集中〈項平父に答うる書〉の如きは、是れ傅夢泉《ふぼうせん》子淵（陸九淵の高弟）のものにして、〈曹立之を罵《ののし》る書〉の如きは、是れ陸子靜（九淵）のものなり。其の他の僞なる者は、想うに又た多く在り」という朱子の言葉が見える。

一九　今亦不得而刪汰之矣　〈項平甫に答う〉は『外集』卷一〇に見える。〈曹立之を罵る書〉は現在の『東萊集』中に見當たらない。四庫全書本には一部殘闕があり、あるいは殘闕箇所にこの文があったのかもしれない。

【附記】

靜嘉堂文庫には、陸心源舊藏の宋嘉泰四年（一二〇四）の呂喬年の序を有する宋刻元明遞修本『東萊呂太史文集』十五卷（卷九闕）『別集』十六卷『外集』五卷『拾遺』一卷『附錄』三卷が藏されている。また、このほか『東萊呂太史外集』（存卷一～四）も藏されている。詳しくは『靜嘉堂文庫宋元版圖錄』一一四・一一五を參照。

また、臺灣の國家圖書館などに藏される「嘉靖甲申（三年）歲孟冬安正書堂刊」の刊記を有する明版は、文集・別集・外集の區別がない。

『宋人年譜叢刊』（四川大學出版社 二〇〇三）第一〇册に、李文澤の校點による宋呂祖儉・呂喬年編〈東萊呂太史年譜〉（宋刻元明遞修本『東萊呂太史文集』附錄巻一）が收められている。

『全宋詩』（第四七册 巻二五二二）は、宋刻元明遞修本によりつつ、廣く佚詩を輯めている。

研究書として、杜海軍著『呂祖謙文學研究』（學苑出版社 二〇〇三）がある。

二二　止齋文集五十一卷[一]　附錄一卷

[二]浙江巡撫採進本

【陳傳良《ちんふりょう》】一一三七～一二〇三
字《あざな》は君擧、號は止齋、溫州瑞安（浙江省）の人。南宋の永嘉學派の儒者として知られる。孝宗の乾道八年（一一七二）の進士。官は中書舍人兼侍讀・直學士院に至った。晩年、韓侂冑《かんたくちゅう》と對立した朱熹を擁護したことから、罷免されて提擧江州太平興國宮となり、後、その職も解かれて閉門蟄居《ちっきょ》した。止齋とはそのとき書齋に掲げた扁額である。謚《おくりな》は文節。四部叢刊本『止齋先生文集』附錄 蔡幼學〈陳公行狀〉・樓鑰《ろうやく》〈陳公神道碑〉・葉適〈陳公墓誌銘〉、『宋史』卷四三四 儒林傳四 參照。

宋陳傳良撰。[三]傳良有春秋後傳、已著錄。

此集爲其[四]門人曹叔遠所編、[五]前後各有叔遠序一篇。[六]所取斷自乾道丁亥、[七]訖於嘉泰癸亥。凡乾道以前之少作、盡削不存。其去取特爲精審。[八]末爲附錄一卷、爲樓鑰所作神道碑、蔡幼學所作墓誌、葉適所作行狀。而[九]又有雜文八篇、綴於其後、[一〇]不知誰所續入。[一一]據宏治乙丑王瓚序、稱澤州張璡欲掇拾遺逸、以爲外集。其璡重刊所附入歟。

[一二]自周行己傳程子之學、永嘉遂自爲一派、而傳良及[一三]葉適尤其巨擘。[一四]本傳稱[一五]永嘉鄭伯熊・薛季宣、皆以學行聞。伯熊於古人經制治法、討論尤精。傳良皆師事之、而得季宣之學爲多。及入太學、與[一六]廣漢張栻・東

萊呂祖謙友善。祖謙爲言本朝文獻相承、而[一七]主敬・集義之功得於栻爲多。然傅良之學、終[一八]以通知成敗・諳練掌故爲長、不專於坐談心性。故[一九]本傳又稱傅良爲學、自三代秦漢以下、靡不研究、一事一物、必稽於實而後已。蓋記其實也。

[二〇]當寧宗卽位之初、朱子以趙汝愚薦內召。旣汝愚與韓侂胄忤、內批與朱子在外宮觀。傅良爲中書舍人、持不肯下。其於朱子亦不薄。

[二一]然葉紹翁四朝聞見錄稱、[二二]考亭先生晚註毛詩、盡去序文。以彤管爲淫奔之具、以城闕爲偸期之所。止齋陳氏得其說而病之、謂[二三]以千七百年女史之彤管與三代之學校、以爲淫奔之具、偸期之所、竊有所未安。獨藏其說、不與考亭先生辨。考亭微知其然、嘗移書求其詩說。止齋答以公近與陸子靜互辨無極、又與陳同甫爭論王霸矣。且某未嘗註詩。所以說詩者、不過與門人爲擧子講義。今皆毀棄之矣。[二四]蓋不欲滋朱之辨也云云。則傅良雖與講學者游、而不涉植黨之私、曲相附和、亦不涉爭名之見、顯立異同。在宋儒之中、可稱篤實。故集中多切於實用之文、而密栗堅峭、自然高雅、亦無南渡末流冗沓腐濫之氣。蓋有本之言、固迥不同矣。

【訓讀】

宋 陳傅良《ちんふりょう》の撰。傅良に『春秋後傳』有りて、已に著錄す。

此の集は 其の門人 曹叔遠の編する所爲りて、前後 各おの叔遠の序一篇有り。取斷する所は 乾道丁亥自《よ》り、嘉泰癸亥に訖《いた》る。凡そ乾道以前の少《わか》きときの作は盡く削りて存せず。其の去取は特に精審爲り。末は附錄一卷と爲し、樓鑰《ろうやく》作る所の神道碑、蔡幼學作る所の墓誌、葉適作る所の行狀爲り。而して又た雜文八篇有りて、其の後に綴《つづ》るも、誰の續入する所なるかを知らず。宏治乙丑の王瓚《おうさん》の序の「澤州の張璡《ちょうしん》は、遺逸を掇拾して、以て外集と爲さんと欲す」と稱するに據らば、其れ　璡の重刊せしときに附入する所なるか。

周行己《しゅうこうき》　程子の學を傳えし自《よ》り、永嘉は遂に自ら一派を爲す。而して傅良《ふりょう》及び葉適は尤も其の巨擘《きょはく》なり。本傳稱す、「永嘉の鄭伯熊《ていはくゆう》・薛季宣《せっきせん》は、皆　學行を以て聞こゆ。伯熊は古人の經制治法に於いては、討論尤も精なり。傅良皆　之に師事するも、季宣の學を得ること多しと爲す。太學に入るに及び、廣漢の張栻《ちょうしょく》・東萊の呂祖謙と友として善し。祖謙は爲《ため》に本朝の文獻の相承を言い、而して主敬・集義の功は栻《しょく》に得ること多しと爲す」と。然れども　傅良の學は、終に成敗を通知し、掌故を諳練《あんれん》するを以て長と爲し、心性を坐談するを專らにせず。故に本傳又た稱す、「傅良は學を爲《おさ》めて、三代秦漢自《よ》り以下、研究せざるは靡《な》し。一事一物、必ず實に稽《かんが》みて而《しか》る後に已《や》む」と。蓋し其の實《まこと》を記するなり。

寧宗の卽位の初に當り、朱子は　趙汝愚の薦を以て内召せらる。既にして汝愚は韓侂冑《かんたくちゅう》に忤《さから》い、朱子に在外の宮觀を與《あた》うるを内批せらる。傅良は中書舍人爲《た》りて、持して肯《あ》えて下さず。其の朱子に於けるや亦た薄からず。

然れども　葉紹翁『四朝聞見錄』は稱す、「考亭先生は　晩に『毛詩』に註し、盡く序の文を去る。彤管《とうかん》を以て淫奔の具《ぐ》と爲し、城闕《じょうけつ》を以て偸期《とうき》の所と爲す。止齋陳氏は　其の說を得て之を病み、謂えらく〝千七百年女史の彤管と三代の學校とを以て、以て淫奔の具、偸期の所と爲すは、竊《ひそ》かに未だ安んぜざる所有り〟と。獨《た》だ其の說を藏して、考亭先生と辨ぜず。考亭は微《ひそ》かに其の然るを知り、嘗て書を移して其の詩說を求む。止齋答うるに、〝公は近ごろ陸子靜と互いに無極を辨じ、又た陳同甫と王霸を爭論す。且つ某《それがし》は未だ嘗て『詩』に註せず。『詩』を說く所以の者は、門人と擧子の講義を爲すに過ぎず、今　皆　之を毀棄す〟を以てす。蓋し朱の辨を滋《じ》するを欲せざるなり云云」と。則ち　傅良は講學者と游ぶと雖も、植黨の私もて、附和を曲相するに涉《わた》らず、亦た爭名の見もて、異同を顯立するに涉らず。宋儒の中に在りては、篤實と稱すべし。故に集中多くは實用に切なる文にして、密栗堅峭《みつりつけんしょう》、自然高雅、亦た南渡末流の冗沓《じょうとう》腐濫《ふらん》の氣無し。蓋し有本の言は、固《もと》より迥《はる》かに同じからず。

【現代語譯】

宋　陳傅良の著。傅良には『春秋後傳』があり、すでに著録しておいた。

この集は彼の門人曹叔遠が編纂したもので、前と後ろのそれぞれに叔遠の序文一篇ずつがある。乾道三年（一一六七）から嘉泰三年（一二〇三）までの作品を採っており、乾道以前の若い時の作品はすべて削って載せていない。その取捨選擇はとりわけ嚴密である。卷末に附錄一卷がついており、樓鑰《ろうやく》が作った神道碑、蔡幼學が作った墓誌（行狀の誤り）、葉適が作った行狀（墓誌の誤り）となっている。そしてさらにその後ろに雜文八篇（九篇の誤り）がつけ加えられているが、誰が續入したものなのかわからない。弘治乙丑（十八年　一五〇五）の王瓚《おうさん》の序文が「澤州の張《ちょう》璡《しん》が遺逸の作を拾い集めて外集を作ろうとした」と言っているのによれば、璡が重刊本で附入したものであろうか。

周行己《しゅうこうき》が程子の學を傳えてより、永嘉には獨自の流派が形成されるに至った。傅良および葉適はそのリーダー格にあたる。『宋史』の陳傅良傳はいう。「永嘉の鄭伯熊《ていはくゆう》・薛季宣《せつきせん》はともにその學問行動によって名を知られている。伯熊は古人の政治制度に關する理論がとりわけ精密である。傅良は兩方に師事したが、季宣の學問を受け繼いだところが多い。太學に入ってからは、廣漢の張栻《ちょうしょく》や東萊の呂祖謙と親交を深めた。祖謙からは宋朝の文獻の相傳を教わり、修養や積善の工夫については栻から多くの影響を受けた」と。しかし、傅良の學問は結局政治の成功と失敗の事例に通曉し、禮樂制度の故實に熟達するのを特長としていて、心の修養ばかりを專ら云々するようなことはしない。故に陳傅良傳はまた「傅良の學問は、三代秦漢以後で研究しないものはなく、一つ一つの事物について、必ず事實を究めずにはおかなかった」という。思うに陳傅良傳は本當のことを記しているのだ。

寧宗が卽位したばかりの頃、朱子は趙汝愚の推薦によって宮中に召された。そこに、汝愚が韓侂冑《かんたくちゅう》に逆らったことで、朱子を地方の宮觀の祠錄官にするという内示が出た。そのとき中書舍人だった傅良は、これに抵抗して辭令を出そうとしなかった。彼は朱子に對しても敬意を抱いていたのだ。

しかし、葉紹翁『四朝聞見錄』はいう。「考亭先生（朱子）は晩年に『毛詩』に註するにあたり、盡く毛序を斥けた。彤管《とうかん》を淫奔の具とし、城闕《じょうけつ》を逢い引きの場所と解釋した。止齋陳氏はその說を聞いて不滿に思い、千七百年來の女史の彤管と三代の學校とを淫奔の具や逢い引きの場所とするのは、納得できないものがあるとした。ただ、自說は胸の内にとどめ、考亭先生と論爭したりはしなかった。考亭はひそかにそのことを知り、書簡で彼の『詩』についての說を求めたのだが、止齋はそれへの返事で〝あなたは近ごろ陸子靜（九淵）と互いに無極について論爭し、さらに陳同甫（亮）と王覇について論を戰わせておられます。私はいまだかつて『詩』に注したことはなく、したがって『詩』についての說といっても、門人に科擧受驗のための講義をした程度に過ぎません。今ではそれらもすべて廢棄してしまいました〟といっている。思うに、朱子から反論を加えられることを欲しなかったのだ云云」と。つまり、傅良は講學者と交遊があったものの、黨派にとらわれ、附和雷同するようなことはなく、また名を爭うために、ことさらに異說を立てるようなことはしなかった。宋儒の中にあっては、篤實と稱すべき人物である。故に集中には實用に適った文が多く、綿密で謹嚴、おのずと高雅な趣をもち、南宋の末流どもの煩雜で腐敗した臭氣がない。思うに、有本《ゆうほん》の言というのは、ずば抜けて他とはちがうのだ。

【注】

一　五十一巻　文淵閣四庫全書本では、實際は止齋文集五十二巻となっている。

二　浙江巡撫採進本　採進本とは、四庫全書編纂の際、各省の長にあたる巡撫、總督、尹《いん》、鹽政などを通じて朝廷に獻上された書籍をいう。浙江巡撫より進呈された本は『四庫採進書目』によれば四六〇二六部。任松如『四庫全書答問』によれば、そのうち二六六部が著録され、一二七三部が存目（四庫全書内に収めず、目録にのみとどめておくこと）に置かれたという。

三　傅良有春秋後傳　『四庫全書總目提要』巻二七　經部二七　春秋類二に陳傅良の『春秋後傳』十二巻が著録されている。門人周勉《しゅうべん》の跋文によれば、陳傅良はこの書を脱稿しようとしたところで病に倒れ、その書をはやく見ようとした者が人を雇って傳寫させたものだという。元の春秋學の大家である趙《ちょう》汸《ほう》は『春秋集傳』の自序において、宋人の春秋學の中では最も陳傅良を推している。

四　門人曹叔遠　『宋史』巻四一六　曹叔遠傳によれば、字は器遠、溫州瑞安の人。紹熙元年の進士で、國子學錄となるも、韓《かん》侂冑《たくちゅう》に逆らい、解任された。のち太常少卿・權禮部侍郎に至り、徽猷閣《きゆうかく》待制に終り、文肅と諡《おくりな》された。

五　前後各有叔遠序一篇　四部叢刊本『止齋先生文集』巻首には曹叔遠の手になる嘉定戊辰（元年　一二〇八）の序文が、巻末には同じく曹叔遠の嘉定癸酉（六年　一二一三）の後序がある。ただし、文淵閣四庫全書本には後序は收入されていない。

六　所取斷自乾道丁亥　注五の曹叔遠の序にいう。「今裒次《ほうじ》するに梅潭の丁亥（乾道三年、一一六七）自《よ》りの後を斷ず。凡そ歌辭・古律詩・内外制・奏狀・劄子《さつし》・表啓・書簡・序・記・雜著・祭文・墓誌・行狀と爲し、總じて五十一巻、先生燕坐《えんざ》の齋《さい》に卽《つ》きて、以て集の名と爲す。」梅潭とは、陳傅良の鄉里溫州瑞安縣の仙巖寺の地名。曹叔遠の序文の前段には、「梅潭に屛居《へいきょ》して、危坐覃思《たんし》し、超詣絕軼《ぜついつ》、學成りて道尊きは、則ち乾道の丁亥より邃《ふか》し」とあり、進士登第前の陳傅良が學問に專心したところである。なお、乾道三年以前の作を削去した理由について、曹叔遠は〈後序〉で「蓋し俗に傳うる所の『城南集』の類の如きは、皆幼きときの作にして、先生每に焉《こ》れを悔やむ。故に叔遠詮次する所は、梅潭丁亥自《よ》り以後を斷ず。抑《そも》そも先生の意と云うのみ」と傳えている。

七　訖於嘉泰癸亥　嘉泰癸亥（三年　一二〇三）は、陳傅良の卒年。

八　末爲附錄一巻…　實際には、葉適が墓誌銘、蔡幼學が行狀を書いている。『止齋先生文集』の附錄には、蔡幼學〈陳公行狀〉・樓鑰《ろうやく》〈陳公神道碑〉・葉適〈陳公墓誌銘〉が收められている。樓鑰〈陳公神道碑〉は『攻媿《こうき》集』巻九五、葉適〈陳公墓誌銘〉は『水心文集』巻一六所收。蔡幼學の文集は現存しない。

九　又有雜文八篇…　八篇は九篇の誤り。注八の葉適〈陳公墓誌銘〉の後には、〈民論〉〈舟說〉〈責盜蘭說〉〈戒河豚賦〉〈文章策〉〈守令策〉〈收民心策〉〈章子林子名說〉〈朱甥子臧名說〉合計九篇が收められている。今、四部叢刊本の目錄を見るに、〈文章策〉が拔けているため、四庫提要の作者は底本となった別集の目錄だけを見て、八篇と判斷したのだろう。

一〇　不知誰所續入　瞿鏞《くよう》『鐵琴銅劍樓藏書目錄』巻二一は元刻

本（現在所在不明）について次のようにいう。「是の本は元の至正の閒の重刻爲りて、附錄一卷多し。神道碑・行狀・墓誌及び雜文八篇爲りて、合せて五十二卷」。さらに、瞿鏞はこれに續けて、四庫提要が附錄の編者を明の王瓚《おうさん》ではないかと推測したのは、元刻本をみていなかったためだという。

二　據宏治乙丑王瓚序稱…　「宏治」は「弘治」。乾隆帝の諱《いみな》「弘曆」を避けてこのように記している。四部叢刊本『止齋先生文集』卷首には、弘治十八年（一五〇五）の王瓚の序文があり、次のようにいう。「弘治乙丑、侍御史同年の澤州張君伯純（璡《しん》）は往きて浙中に巡たり。因《よ》りて鄉哲を論じ、公に於いて最も嚮慕《きょうぼ》を致す。瓚《さん》は遂に出して公の集を示すに、伯純 喜びて曰く、〝璡は公の文を求むること久しきも、獲て之を見る莫し。是れ行わるることの未だ廣からざるなり。請うらくは 之を梓して、以て傳うるを得んことを〟と。且つ散逸を彙拾《いしゅう》し、以て外集と爲さんと欲す」。提要はこの序文から附錄八篇（實際は九篇）は、璡が重刊したときの外集にあたるのではないかと考えている。これに對して、瞿鏞《くよう》は、『鐵琴銅劍樓藏書目錄』卷二一で、至正庚子（二十年 一三六〇）に重刊された元刻本にはすでに雜文八篇が收入されていることを指摘、提要は元刻本を見ていないため、璡が明の弘治年閒に重刊したおりに附入したと誤ったのだという。ただし、この元刻本は、現在、所在不明である。

三　自周行己傳程子之學、永嘉遂自爲一派…　南宋の溫州永嘉を中心におこった永嘉學派を指す。北宋に永嘉の 周行己《しゅうこうき》（一〇六七～？）が程伊川に學び、のちに歸鄉して鄉人にその學を傳えた。南宋に入って薛季宣《せつきせん》（一一三四～一一七三）から陳傅良を經て、葉適（一一五〇～一二二三）で大成された。二程子・張載の學問を繼承するが、朱熹や陸九淵とは傾向を異にし、形而下の具體的な實效性のある學問を重視した。朱子の學問を內省主義だとしたら、永嘉學派は功利主義といえる。

三　葉適　溫州永嘉の人。字は正則、號は水心。淳熙五年（一一七八）の進士。永嘉學派の大儒。『宋史』卷四三四 儒林傳四に傳がある。本書三〇「水心集二十九卷」參照。

四　本傳稱…　『宋史』卷四三四 儒林四 陳傅良傳にいう。「是の時に當りて、永嘉の鄭伯熊《ていはくゆう》・薛季宣《せつきせん》は、皆 學行を以て聞ゆ。而して伯熊は古人の經制治法に於いて、討論尤も精なり、傅良皆 之に師事するも、季宣の學を得ること多しと爲す。太學に入るに及び、廣漢の張 栻《ちょうしょく》・東萊の呂祖謙と友として善し。祖謙は爲に本朝の文獻の相い承くること條序たるを言いて、主敬・集義の功は栻に得ること多しと爲す」。ただし、この『宋史』の傳は、葉適〈陳公墓誌銘〉（注八）の次の記述にもとづく。「公の鄭・薛に從うや、克己兢畏を以て主と爲す。敬德・集義は、張公の盡心よりす。古人の經制・三代の治法に至りては、又た薛公と反復して之を論ず、而して呂公は爲《ため》に本朝の文獻の相承して、世に垂れ國を立つ所以の者を言う。然る後に學の内外本末備われり。公は猶お已《や》めず、年經《へ》て月緯《た》ち、書に驗し夜に索《もと》め、世舊を詢《たず》ね 吏牘《りとく》を繙《ひもと》き、斷簡を蒐《あつ》め、異聞を采《と》り、一事一物、必ず極に稽《かんが》みて而《しか》る後に止む」。

一五　永嘉鄭伯熊・薛季宣　鄭伯熊は字を景望といい、永嘉の人。紹興十五年の進士。程子の學を永嘉に廣めた。『宋史翼』巻一三に傳がある。薛季宣は字は士龍、號は艮齋《こんさい》。永嘉の人。袁漑《えんがい》より程子の學を授けられた。『宋史』巻四三四 儒林傳四參照。

一六　廣漢張栻・東萊呂祖謙　本書三三「南軒集四十四巻」、二一「東萊集四十巻」參照。

一七　主敬・集義之功　主敬は、宋儒が唱えた心の修養をいう。集義とは、義に集《あ》うこと。つまり事を行うのに義に合致していること。『孟子』公孫丑上に見える言葉で、朱子の集注は「猶お積善と言うがごとし。蓋し 事事 皆 義に合わんと欲するなり」という。

一八　終以通知成敗…　陳傅良の學問が心の修養に力點を置いたものではなく、政治に實效的な學問や禮樂制度を研究することに重きをおいたものだったことをいう。諳練《あんれん》は諳《そら》んじて習熟すること。掌故は禮樂制度などの故實。この傾向は、注一二で擧げたように、薛季宣の學風を受け繼いだものといえる。

一九　本傳又稱…　『宋史』巻四三四 儒林四 陳傅良傳にいう。「傅良の學を爲《おさ》むるは、三代秦漢自《よ》り以下研究せざるは靡《な》く、一事一物、必ず極に稽《かんが》みて而《しか》る後に已《や》む」。これも注一四に引いた葉適〈陳公墓誌銘〉にもとづく記述。

二〇　當寧宗卽位之初…　外任が長かった朱子は、寧宗の卽位の初め、趙汝愚の推薦によって初めて中央に召され煥章閣《かんしょうかく》待制・侍講となる。しかし、權臣韓侂冑《かんたくちゅう》の横暴を批判しつづけたため、わずか四十五日で罷免となる。當時、中書舍人であった陳傅良はこの解任の辭令を書くことを拒否し、これを差し戻そうとした。『宋史』巻四二九 道學三 朱熹傳は、この間の事情を次のように傳える。「寧宗 卽位し、趙汝愚 首《はじめ》に熹及び陳傅良を薦《すす》む。旨有りて行在《あんざい》に赴きて事を奏す。熹は行きて且《まさ》に辭さんとするに、煥章閣《かんしょうかく》待制・侍講に除せられ、辭するも許されず。…始め、寧宗の立つや、韓侂冑《かんたくちゅう》は自ら定策の功有りと謂い、中に居りて事を用う。熹は其の政を害せんことを憂え、數《しば》しば以て言を爲し、且つ吏部侍郎彭龜年《ほうきねん》と共に之を論ぜんことを約す。會《たま》たま龜年出でて使客を護り、熹は乃《すなわ》ち疏を上りて左右の柄を竊《うかが》うの失を斥言し、講筵《こうえん》に在りて復た之を申言す。御批に云う「卿の耆艾《きがい》（高齢であること）にして恐らくは立講し難きを憫《あわれ》み、已に卿を宮觀に除す」と。汝愚は御筆を袖して上に還《かえ》し、且つ諫め且つ拜す。內侍王德謙は徑《ただ》ちに御筆を以て熹に附す。臺諫争いて留むるも、可ならず。樓鑰《ろうやく》・陳傅良 旋《たちま》ち錄黃を封還し、修注官の劉光祖・鄧馹《とうじつ》も 封章 交《こも》ごも上《たてまつ》る。熹行きて、命を被り寶文閣待制に除せられ、州郡の差遣を與えらるるも、辭す。尋《つ》いで知江陵府に除せらるるも、辭し、仍《しき》りに新舊の職名を追還せられんことを乞う。詔ありて舊《もと》の煥章閣待制に依りて、南京鴻慶宮に提擧たり」。陳傅良傳によれば、御批が下りた時、陳傅良は「熹は進み難く退き易し。內批の下るや、朝を擧げて驚愕す。臣は敢えて書を行わしめず」といったという。しかし、結局は朱熹を擁護したことから自身も提擧興國宮として出され、秩祿を削られることになった。

二一　葉紹翁四朝聞見錄稱…　『四朝聞見錄』甲集〈止齋陳氏〉にいう。「考亭先生 晩に『毛詩』に註し、盡く序の文を去り、彤管《とうかん》を以て淫奔の具と爲し、城闕《じょうけつ》を以て偸期《とうき》の所と爲す。止齋 其の說を得て之を病み、謂えらく、〝千七百年 女史の彤管と三代の學校とを以て、以て淫奔の具、偸期の所と爲す、私竊《ひそ》かに未だ安んぜざる所有り〞と。猶お其の說を藏し、考亭先生と辨ぜず。考亭 微《ひそ》かに其の然るを知り、嘗て書を移して其の詩說を求む。止齋答うるに、〝公 近ごろ陸子靜と無極を鬪辨し、又た陳同父と王覇を爭論す。且つ某《それがし》は未だ嘗て『詩』に註せず、『詩』を說く所以の者は、門人と擧子の講義を爲すに過ぎず、今皆 之を毀棄す〞を以てす。蓋し 陸（九淵）・陳（亮）の辨を佐するを欲せざるなり。今 止齋の『詩傳』方《まさ》に世に行わると云う」。ただし、このときの朱熹が陳傅良に與えた手紙も、陳傅良の朱熹に對する返書もそれぞれの集中にはない。

二二　考亭先生晩註毛詩…　朱子の『詩集傳』を指す。『詩經』の解釋において漢以來の國定の解釋であった毛傳鄭箋を否定し、合理的な詩解釋をしようと試みている。後世、朱子學が儒敎の基本理念となると、これが詩解釋の基本とみなされるようになる。しかし、南宋に在っては、まだこのような解釋は斬新で、奇をてらったものとみなす向きも多かった。

二三　以千七百年女史之彤管與三代之學校…　『詩』邶《はい》風　靜女「靜女其孌、貽我彤管」の彤管は、從來の解釋では女性の史官が執る赤い軸の筆であり、宮中の政令や后妃の事を記したと說明される。これに對し、朱熹『詩集傳』は「彤管は未だ何物なるかを詳らかにせず。蓋し相い贈りて以て殷勤《いんぎん》の意を結ぶのみ」という。また、『詩』鄭風 子衿《しきん》について、古注は、鄭國の學校制度が廢れたとき、退學者に對して在學生がよびかけた詩だとするのに對し、朱熹『詩集傳』は淫奔の詩とし、「挑兮達兮、在城闕兮」の句も、城のやぐらでぶらぶらとする放埒なさまだと解する。

二四　蓋不欲滋朱之辨也　注二一の『四朝聞見錄』甲集〈止齋陳氏〉の原文は、「蓋し 陸（九淵）・陳（亮）の辨を佐するを欲せざるなり」に作る。

【附記】

最もよく行われている四部叢刊本『止齋先生文集』は、明弘治十八年（一五〇五）の王瓚の序があることから、弘治本の影印とされるが、林長繁の正德元年（一五〇六）の後跋が脫落したものであり、正確には正德本というべきである。つまり、世にいう弘治本と正德本は同一の版本である。四庫全書本の底本もこの正德本と考えられる。なお、日本の靜嘉堂文庫には、宋版と對校した明版が藏されているが、この宋版は現在所在不明である。北京大學圖書館には、いわゆる宋刻本が藏されているが、該本は正德本と版式が同じであり、明の序跋が闕落して宋の序文のみが殘ったことから宋刻と誤ったものと思われる。

『全宋詩』（第四七册　卷二五二七～卷二五三五）は正德本を底本に、これ以外の集外詩を廣く輯めている。

『宋人年譜叢刊』（四川大學出版社　二〇〇三）第一〇册に、吳洪澤の校點による清の孫鏘鳴編〈陳文節公年譜〉（敬鄉樓叢書第二輯）が收められている。

陳傅良には、このほか『蛟峰批點止齋論祖』二卷（嘉靖十九年刊）がある。蛟峰とは方逢辰（一二一一～一二九一）のことで、科擧受驗用の文集。日本では內閣文庫に藏されている。

二三　梅溪集五十四卷

[一]兵部侍郎紀昀《きいん》家藏本

【王十朋《おうじっぽう》】一一一二～一一七一
字《あざな》は龜齡《きれい》、號は梅溪、溫州樂清《らくせい》（浙江省）の人。紹興二十七年（一一五七）、四十七歳のとき進士科に第一等の成績で及第した。孝宗の時に國史院編修、起居舍人、侍御史になる。その後、地方官を經て、乾道元年（一一六五）に太子詹事《せんじ》に除せられ、龍圖閣學士をもって引退した。諡《おくりな》は忠文。汪應辰『文定集』卷二三〈龍圖閣學士王公墓誌銘〉、『宋史』卷三八七 王十朋傳 參照。

宋王十朋撰。十朋有[二]會稽三賦、已著錄。是集爲[三]正統五年溫州教授何濰所校、知府劉謙刻之、黄淮爲序。[四]凡奏議五卷、而冠以廷試策。前集二十卷、後集二十九卷、而[五]附以汪應辰所作墓誌。[六]後有紹熙壬子其子宣教郎聞禮跋、稱文集合前後竝奏議五十四卷、與此本合。而[七]文獻通考作梅溪集三十二卷、[八]續集五卷、并載劉珙之序。[九]今無此序、卷數更多寡不符。[一〇]應辰墓誌則稱梅溪前後集五十卷、與此本亦不相應。[一一]疑珙所序者初稾、應辰所誌者、晩年續增之稾、而此本則十朋沒後其子聞詩・聞禮所編次之定稾也。觀[一二]應辰稱尚書・春秋・論語・孟子講義、皆未成書、而此本[一三]後集第二十七卷中載春秋・論語講義數條、則爲蒐輯續入明矣。

十朋[一四]立朝剛直、爲當代偉人。[一五]應辰稱其於文專尚理致、不爲浮虛靡麗之詞。其論事章疏、意之所至、展發傾盡、無所回隱、尤條[一六]鬯明白。[一七]珙稱其詩渾厚質直、懇惻條暢、如其爲人。

今觀全集、淳淳穆穆、有元祐之遺風。二人所言良非溢美。[一八]曹安讕言長語僅稱其祭[一九]漢昭烈帝・諸葛亮・杜甫文各數語、未足以盡十朋也。

【訓讀】

宋　王十朋の撰。十朋に『會稽三賦《かいけいさんぷ》』有りて、已に著錄す。是の集は正統五年溫州教授何潢《かこう》の校する所爲りて、知府の劉謙《りゅうけん》之を刻し、黃淮《こうわい》序を爲る。凡そ奏議五卷、而して冠するに廷試の策を以てす。前集は二十卷、後集は二十九卷、而して附するに汪應辰《おうおうしん》作る所の墓誌を以てす。

後に紹熙壬子　其の子　宣教郎聞禮《ぶんれい》の跋有りて、「文集の前後竝びに奏議を合わせて五十四卷」と稱するは、此の本と合う。而るに『文獻通考』は「梅溪集三十二卷、續集五卷」に作り、幷びに劉珙《りゅうきょう》の序を載す。今　此の序無く、卷數　更に多寡符せず。應辰の墓誌　則ち『梅溪前後集』五十卷と稱するは、此の本と亦た相い應ぜず。疑うらくは珙の序する所の者は初稾にして、應辰　誌《しる》す所の者は晚年の續增の稾、而して此の本は則ち十朋の沒後其の子の聞詩・聞禮の編次する所の定稾ならん。應辰は「『尚書』『春秋』『論語』『孟子』の講義は　皆　未だ書を成さず」と稱するも、此の本の後集の第二十七卷中に『春秋』『論語』の講義數條を載するを觀れば、則ち蒐輯續入爲《た》るは明らかなり。

十朋は朝に立ちては剛直、當代の偉人爲《た》り。應辰稱す、「其の文に於いては專ら理致を尙び、浮虛靡麗の詞を爲《つく》らず。其の事を論ずる章疏は、意の至る所、展發傾盡し、回隱する所無く、尤も條鬯《じょうちょう》明白なり」と。珙稱す、「其の詩は　渾厚《こんこう》質直にして、懇惻條暢、其の人と爲《な》りの如し」と。

今　全集を觀るに、淳淳穆穆、元祐の遺風有り。二人の言う所は良《まこと》に溢美《いつび》に非ず。曹安の『讕言《らんげん》長語』は、僅かに其の漢の昭烈帝・諸葛亮・杜甫を祭る文の各數語を稱するのみにして、未だ以て十朋を盡くすに足らざるなり。

【現代語譯】

宋　王十朋の著。十朋には『會稽《かいけい》三賦』があり、すでに著錄しておいた。この集は正統五年溫州敎授の何潢《かこう》が校訂したもので、知府の劉謙が刻し、黄淮《こうわい》が序文を作った。奏議が五卷で、前に廷試の對策を冠している。前集が二十卷、後集が二十九卷で、汪應辰《おうおうしん》が作った墓誌銘を附している。

後ろには紹熙壬子（三年、一一九二）の彼の子　宣敎郎　聞禮《ぶんれい》の跋文があり、「文集は前集後集に奏議を合わせて五十四卷」といっているのは、この本と合う。しかし『文獻通考』は「梅溪集三十二卷、續集五卷」に作っており、劉《りゅう》珙《きょう》の序文を掲載している。今この序文は無く、卷數もいっそう符合しない。應辰の墓誌銘が『梅溪前後集』五十卷と稱しているのも、この本と合わない。おそらく珙の序したものは初槀で、應辰が誌したのは晩年の續增の槀であり、そしてこの本は十朋の沒後に子の聞詩・聞禮が編次した定槀なのだろう。應辰は「『尙書』『春秋』『論語』『孟子』の講義は皆　書物としてまとまっていない」といっているのに、この文集の後集第二十七卷中に『春秋』『論語』の講義數條が載っているのからすれば、あとから蒐輯して續入したものであることは明らかである。

十朋は朝廷に在っては剛直で、當代の偉人であった。應辰は「その文に於いては專ら論旨と情趣を重視し、齒の浮くような美辭麗句は作らなかった。事を論じた章疏は、心に溢れる思いのたけがそこに込められて、回りくどさはなく、伸びやかでわかりやすいものだった」と言っている。珙は「その詩は溫厚で質素、丁寧でのびのびとしており、その人と爲《な》りのようだ」と言っている。

今　全集を觀るに、純粹で飾り氣がなく、元祐の遺風がある。一家の言はまことに譽めすぎではない。曹安の『讕《らん》言《げん》長語』は、彼の漢昭烈帝・諸葛亮・杜甫を祭る文の中の數句だけしか譽めていないが、それでは十朋の良さを盡くすに十分ではない。

【注】

一　兵部侍郎紀昀家藏本　紀昀《きいん》（一七二四～一八〇五）は、字を曉嵐《ぎょうらん》といい、直隷獻縣（河北省）の人。乾隆十九年（一七五四）の進士。十三年の長きにわたり四庫全書總纂官として校訂整理に當たり、『四庫全書總目提要』編纂の最高責任者の一人であった。その書齋を閱微《えつび》草堂という。自らも家藏本を進獻し、任松如『四庫全書答問』の記録では、そのうち六二部が著錄され、四三部が存目（四庫全書内に収めず、目錄にのみとどめておくこと）に置かれている。兵部侍郎は當時の官名である。

二　會稽三賦　『四庫全書總目提要』卷七〇　史部二六　地理類三に『會稽《かいけい》三賦』が著錄されている。會稽の山川・物產・人物・古跡などを敍述した〈會稽風俗賦〉と、會稽の建築物を敍した〈民事堂賦〉〈蓬萊閣賦〉の總稱であり、王十朋が紹興（會稽）在任中に作ったもの。周世則・史鑄《しちゅう》による詳細な註が施されており、會稽の地理や物產を考證するうえで有用な書である。四部叢刊本『梅溪王先生文集後集』第一卷にも收められている。四庫全書は、これ以外にも、王十朋の注釋とされる『東坡詩集註』三十二卷を著錄しているが、提要は書賈が王十朋の名を騙《かた》った本だとしている。詳しくは『四庫提要北宋五十家研究』（汲古書院）三七一―一「東坡詩集註三十二卷」を參照。

三　正統五年溫州教授何瀇《かこう》所校…　文淵閣四庫全書本『梅溪集』または四部叢刊本『梅溪王先生文集』（明正統刊・天順補刻の影印）卷首には、王十朋と同鄉である黃淮が明の正統五年（一四四〇）四月に書いた序文があり、次のようにいう。「文集は舊《もと》嘗て板に鏤《ろう》するも、歲久しくして寖《ようや》く廢す。郡の前の太守何公文淵は其の家を訪い、錄本若干卷を得たるも、殘缺錯亂し、緝理すべからず。會《たま》たま侍郎に陞除《しょうじょ》せられて去れり。然れども其の心未だ嘗て忘れざるなり。未だ幾くならずして前の御史劉公謙 繼《つ》いで是の郡に守たりて、旁《あまね》く求め博く訪い、乃ち其の刻本を黃巖の士族 蔡玄《さいげん》丌《き》の家に得たり。郡學の教授何瀇《かこう》に命じて重ねて訂正を加え、鳩工刊刻し、用《も》って其の傳を廣うせしむ」。

四　凡奏議五卷、而冠以廷試策…　奏議五卷とは、廷試策一卷を含めた言い方である。文淵閣四庫全書本『梅溪集』は、廷試策（高宗の廷試で一等になった時の策）を卷頭に置き、他の奏議を第一卷～四卷に配している。そのため、廷試策一卷を含めると奏議は全部で五卷になる。四部叢刊本『梅溪王先生文集』の方は、卷一を廷試策、卷二～卷五を奏議としており、合計の卷數は四庫全書本と同じである。ただ、陳振孫『直齋書錄解題』

巻二二には『梅溪奏議』三巻が著録されており、これによれば、奏議は最初は三巻だったらしい。

五　附以汪應辰所作墓誌　『梅溪集』後集の末尾には汪應辰が撰し、張栻《しょく》が書し、朱熹が蓋に題したという〈宋龍圖閣學士王公墓誌銘〉が附されている。汪應辰『文定集』巻二三所收。

六　後有紹熙壬子其子宣教郎聞禮跋…　注五の〈宋龍圖閣學士王公墓誌銘〉の後には王十朋の子である聞禮の跋文があり、次のようにいう。「右、先君の文集前後幷びに奏議を合せて五十四巻。紹熙壬子（三年、一一九二）聞禮 江陵に鋟木《しんぼく》し、家に歸藏す。先君の卽世して二十有一年なるを痛念す。不肖 孤は家貧しく力弱く、日夜 遺書を抱きて以て泣き、一旦、溘《にわ》かに朝露に先んじ、以て不孝の罪を贖《あがな》う無きを懼《おそ》る。會《たま》たま兄の聞詩は浮光に假守たりて、俸餘を以て聞禮に命じて其の役を董《とう》せしむ。事を莫春《ぼしゅん》に始め、工を中秋に訖《お》う」。しかし、提要はこの序文の「五十四巻」という數字が、今本と一致するというが、その中味が同じであったかどうかは疑わしい。たとえば、明の『內閣藏書目錄』巻三には「『梅溪先生文集』、宋王十朋の著。前集二十巻四册、後集三十巻八册、奏議一册、日記一册」とある。これが聞詩・聞禮が刻した五十四巻本だとすると、奏議と日記が四巻分だった計算になる。しかし、現在の『梅溪集』中に、日記はない。

七　文献通考…　『文獻通考』經籍考巻六七は陳振孫『直齋書錄解題』（巻一八）に依って「『梅溪集』三十二巻、續集五巻」とし、劉珙の序文の梗概を引いている。

八　續集五巻　陳振孫『直齋書錄解題』巻一八および『文獻通考』經籍考巻六七が著錄する『續集』五巻は現在傳わらず、その全貌を知ることはできぬが、その刻行のいきさつは眞德秀の跋文によって窺うことができる。眞德秀『眞文忠公文集』巻三四〈王梅溪續集跋〉にいう。「（梅溪の）集版は之を（永嘉の）郡齋に藏するも、歲久しくして浸《しん》し或いは刓缺《げんけつ》し、刊整を屬《しょく》議《ぎ》す。而して郡士 林君彬之《ひんし》は某《それがし》の爲に言う、公の〈勸農〉〈戒訟〉等の文の猶お未だ集に見えざる者有り、而して公の孫の夔《き》は蒲中に通守たりて、亦た公の書問三十餘通を出だす。皆 泉に在りし時の作なり。…因《よ》りて併せて之を刻し、命《な》づけて『梅溪續集』と曰い、來る者をして得て以て焉《これ》を覽觀せしむ。己卯九月己亥、建安の眞某記す」。己卯とは嘉定十二年（一二一九）にあたる。

九　今無此序　提要が劉珙の序文がないというのは誤り。文淵閣本四庫全書にはこの序文が冠されている。劉珙は序文を依頼された經緯を次のように説明している。「來りて建康に守たるに及び、則ち公の歿して幾んど十年なり。而して其の子 聞詩は適《たま》たま府下に官し、相い與に舊を道《い》い、感慨歔欷《きょき》す。一日、公の遺文三十二巻を出だして、予に屬《しょく》して之に敍せしむ」。ただし、この序文は、四部叢刊本（正德五年刻・天順六年修【附記】參照）では「劉珙序す」の署名がなく、序文の後ろに明の天順六年（一四六二）の周《しゅう》琰《えん》の識語が續く。それによれば劉珙の序文は朱熹が代作したもので、「正德刻本にはこれが收載されていないためこれを巻端に冠すのだ」と言っている。なお、この序文は『朱文公文集』巻七五に〈王梅溪文集序〉（代劉共父作）として收載されている。

一〇　應辰墓誌則稱梅溪前後集五十巻　注五の汪應辰〈宋龍圖閣學士王公墓誌銘〉にいう。「公に『梅溪前後集』五十巻有り。『尙書』『春秋』『論語』『孟子』の講義は皆 學者に指授するも未だ書を成さざるなり。公の文に於いては專ら理致を尙び、浮虛靡麗の詞を爲《つく》らず。其の事を論ずる章疏は、意の至る所、展發傾盡し、所として回隱する無く、尤も條《じょう》鬯《ちょう》明白なり」と。

一一　疑珙所序者初稾…　提要は劉珙が序した三十二巻本を初稿、墓誌銘にある五十巻を續增した稾、さらに王聞詩・聞禮兄弟が編次した五十四巻本を定稾だとする。しかし、注九の劉珙の序文には、「公の歿して幾んど十年」とある。三十二巻本は王十朋の沒後約十年を經てのものであり、初稿が墓誌銘のいう五十巻の數より少ないというのは矛盾する。このことについて祝尙書『宋人別集敍錄』巻一九は、劉の序文には「論事は己が意を極むるを取る」とあることから三十二巻本に奏議が含まれていたことは明らかだとし、三十二巻とは王聞詩が編定した『梅溪後集』二十九巻に奏議三巻（注四にあげた『直齋書錄解題』巻二二に見える『梅溪奏議』三巻を指す）を加えたものか、あるいは『後集』が二十七巻で、これに奏議三巻と日記二巻を加えたものではないかという。

一二　觀應辰稱…　注一〇の汪應辰〈宋龍圖閣學士王公墓誌銘〉參照。

一三　後集第二十七巻中載春秋・論語講義數條　『梅溪後集』巻二七には數は少ないものの『春秋』と『論語』に關する講義が收められている。

一四　立朝剛直　この言葉は、陳振孫『直齋書錄解題』巻一八が王十朋を「丁丑の大魁《だいかい》（紹興二十七年の進士第一）にして、朝に立つこと剛正」と評したことにもとづく。

一五　應辰稱…　注一〇の汪應辰〈宋龍圖閣學士王公墓誌銘〉參照。

一六　條鬯明白　暢達明白なこと。『漢書』巻二一上 律曆志上に「然る後に陰陽萬物は條鬯該成せざるは靡《な》し」とあり、顏師古の注に、「條は達なり、鬯《ちょう》は暢と同じ」とある。

一七　珙稱…　注九の劉珙の序文にいう。「平居は嗜好する所無く、顧《た》だ詩を爲るを喜び、渾厚《こんこう》質直、懇惻條暢、其の人と爲りの如し」と。

一八　曹安『讕言長語』僅稱…　『讕言長語』（全一巻）にいう。「梅溪は王十朋の號なり。文は梅溪集と曰う。嘗て云う、〝文を善くせざる者は宜《よろ》しく祕すべし。書を善くせざる者は宜しく楷《かい》すべし。言を善くせざる者は宜しく省《しょう》すべし”と。〈昭烈を祭る文〉に ”旁《あま》ねく八陣を観て、三志を細讀するに、我 酒有りと雖も曹魏を祀《まつ》らず”と。〈武侯を祭る文〉に ”將略《しょうりゃく》は長ずるに非ずとせしは庸史《ようし》の語” ”旁《かたわ》らに關・張有りて一龍一虎”と。〈杜工部を祭る文〉に ”讀書萬卷、蓋し爲す有らんと欲す。明光の三賦は、一時に烜赫《こうかく》たり”。文の警《けい》有ること此《か》くの如し（梅溪とは王十朋の號である。文集は梅溪集という。彼はかつて、”詩文がうまくない者は人に見せぬがよい。書がうまくない者は楷書で書けばよい。言葉がうまくない者は口数を減らせばよい”といっていた。〈昭烈を祭る文〉に ”八陣圖を観て、『三國志』を細讀するに、私は酒があったとしても決して曹操に捧げて彼を祀ったりしない”とあり、〈武侯を祭る文〉に ”諸葛亮は軍事の計略は得意としなかったというのは、くだらぬ歴史書の言い草だ” ”傍らには關羽と張飛がいて、一龍一虎のようだ”と。〈杜工部を祭る文〉に ”萬卷の書を讀んだのは、國家のために身を捧げようとしたため、その明光の三賦の作は、すばらしい輝きを放っている”などの文は、警句としてなかなかのものだ）」。曹安が引用する王十朋の「文を善くせざる者は…」という言葉は、『梅溪前集』巻一九〈三不能の戒〉「文を善くせざる者は宜しく祕すべし。書を善くせざる者は宜しく楷すべし。言を善くせざる者は宜しく省すべし。予は文を善くせざるに祕する能わず。書を善くせざるに楷する能わず。言を善くせざるに省する能わず。此れ其の誚《そし》りを獲《う》ることの多き所以《ゆえん》の者なるか」とあるのを指す。なお、「將略は長ずるに非ずとせしは庸史の語」とは、『三國志』蜀書諸葛亮傳の評語が「蓋し應變の將略は、其の長ずる所に非ざるか」と言っているのを指す。また、「一龍一虎」は、『梅溪後集』巻二八の原文では「一龍二虎」に作っており、それに從えば、諸葛亮が一龍で、關羽と張飛が二虎という意味になる。「明光の三賦」は、杜甫が天寶十載に獻じた〈朝獻太淸宮賦〉〈朝享太廟賦〉〈有事於南郊賦〉の三賦を指す。

一九　祭漢昭烈帝…　曹安がいう〈昭烈を祭る文〉〈武侯を祭る文〉〈杜工部を祭る文〉は、それぞれ『梅溪後集』巻二八〈昭烈廟に謁するの文〉〈武侯廟に謁するの文〉〈杜工部祠に謁するの文〉である。

【附記】

四部叢刊本『梅溪先生文集』は、正統五年劉謙・何澣《かこう》の刻、天順六年重修本の影印。『全宋詩』（第三六冊　巻二〇一五～巻二〇四四）は四部叢刊本を底本に、集外詩を廣く輯めている。

評點本の、梅溪集重刊委員會編『王十朋全集』（上海古籍出版社 一九九八）は、佚文佚詩を廣く輯め、附録には徐炯文編〈梅溪王忠文公年譜〉のほか序跋や傳記・古跡資料などが充實している。

『宋人年譜叢刊』（四川大學出版社 二〇〇三）第八册に、李文澤の校點による清の徐炯文編〈梅溪王忠文公年譜〉（道光十三年王氏刻王忠文集卷首）と、李文澤編〈王十朋詩文繫年〉（據『宋代文化研究』第五輯增訂）が收められている。

二四　攻媿《こうき》集一百一十二巻　[一]兩淮鹽政採進本

【樓鑰《ろうやく》】一一三七～一二一三
字《あざな》は大防、號は攻媿《こうき》主人、明州鄞《ぎん》縣（浙江省寧波）の人。孝宗の隆興元年（一一六三）の進士。光宗の時、中書舍人兼直學士院となり、制誥《せいこう》の名手として知られた。寧宗の時、吏部尙書となるも、韓侂冑《かんたくちゅう》に逆らい、一時引退した。韓侂冑が誅されてのち再び出仕し、簽書樞密院事・參知政事に至った。少師を贈られ、宣獻と諡《おくりな》された。集の名ともなった攻媿とは、知人からの書簡に「媿《はじ》の攻《せ》むべき者無きが若し」とあったことから書齋を攻媿齋と命名したことによる。袁燮《えんしょう》『絜齋集』巻一一〈資政殿大學士贈少師樓公行狀〉、『宋史』巻三九五 樓鑰傳參照。

宋樓鑰撰。[二]鑰有范文正年譜、已著錄。

[三]其集載於諸家書目者、或作百卷、[四]或作八十五卷。[五]而世所傳鈔本有僅存四十二卷者。蓋流傳既久、多所佚脫。

[六]此本原作一百二十卷、[七]與宋史藝文志及[八]陳振孫書錄解題所載相同。猶爲舊帙。惟中闕[九]第七十七卷、據原目、爲宣王内修政事・光武大度同高祖二賦、玉巵爲壽・宅道炳星緯二詩、用人・安民・治兵三策。[一〇]又闕第七十八卷、據原目、爲御試進士擧人、召試館職閣職、省試・別試・解試・上舍州學諸試所擬策問十五

篇。[一一]又闕第七十九卷、據原目、爲宴會・慶賀・致語十五篇、上梁文四篇、勸農文二篇。[一二]其第七十三卷、據原目、闕跋王伯奮所藏文苑英華、跋淸閟居士臨修禊序二篇。[一三]第七十四卷、據原目、闕跋劉元城・江諫議・任諫議・鄒道鄕・陳了齋五人帖一篇。而[一四]第五十六卷中、揚州平山堂記、亦闕其後半。[一五]諸家所藏刻本・鈔本竝同。今俱無從校補。

[一六]至第四十八卷・第八十卷・第八十一卷・第八十二卷、有[一七]靑詞・朱表・[一八]齋文・疏文之類、凡一百六十七篇、均非文章之正軌。謹稟承聖訓、槪從删削、[一九]重編爲一百一十二卷、用聚珍版摹印、以廣其傳。

鑰居官持正有守。而學問賅博、文章淹雅、尤多爲世所傳述。[二〇]本傳稱其代言坦明、得制誥體。[二一]葉紹翁四朝聞見錄載鑰草光宗內禪制詞、有雖喪紀自行於宮中、而禮文難示於天下二語、爲海內所稱。此言其工於內外制也。[二二]本傳又稱鑰試南宮、以犯諱請旨冠末等、投贄諸公、胡銓稱爲翰林才。[二三]今集中謝省闈主文啓一首、卽是時所作。此言其工於啓劄也。[二四]王應麟困學紀聞、取其門前莫約頻來客、坐上同觀未見書二句、載入評詩類中。此言其工於聲偶也。[二五]而袁桷延祐四明志、稱其於中原師友傳授、悉窮淵奧、經訓小學、精據可傳信。尤能盡鑰之實。

蓋宋自南渡而後、士大夫多求勝於空言、而不甚究心於實學。鑰獨綜貫今古、折衷考較。凡所論辨、悉能洞澈源流。可謂有本之文、不同浮議。

[二六]王士禎居易錄、稱其行盡松杉三十里、看來樓閣幾由旬。一百五日麥秋冷、二十四番花信風。水眞綠淨不可唾、魚若空行無所依諸句。而病是集多叢冗、謂表狀內外制之類、删去半部亦可。然貪多務博、卽[二七]誠齋・劍南・平園諸集亦然。蓋一時之風氣、不必以是爲鑰病也。

至於題跋諸篇、尤多元元本本、證據分明、不止於[二八]居易錄所稱三笑圖贊・吳彩鸞玉篇鈔・唐昭宗賜憶實敕書三篇。[二九]毛晉輯津逮祕書、摘錄宋人題跋、共爲一集、而獨不及鑰。其偶未見此本歟。

【訓讀】

宋 樓鑰《ろうやく》の撰。鑰に『范文正年譜』有りて、已に著錄す。

其の集 諸家の書目に載る者、或いは百卷に作り、或いは八十五卷に作る。而して 世 傳うる所の鈔本に僅かに四十二卷を存する者有り。蓋し 流傳 既に久しく、佚脫する所多し。

此の本は 原《もと》 一百二十卷に作り、『宋史』藝文志及び陳振孫『書錄解題』の載する所と相い同じ。猶お舊帙爲《きゅうちつた》るがごとし。惟だ中に第七十七卷を闕く。原目に據るに、〈宣王內修政事〉〈光武大度同高祖〉の二賦、〈玉卮爲壽〉〈宅道炳星緯〉二詩、〈用人〉〈安民〉〈治兵〉三策爲り。又た第七十八卷を闕く。原目に據るに、御試進士擧人、召試館職閣職、省試・別試・解試・上舍州學諸試に擬する所の策問十五篇爲り。又た第七十九卷を闕く。原目に據るに、宴會・慶賀・致語の十五篇、上梁文四篇、勸農文二篇爲り。其の第七十三卷は、原目に據るに〈王伯奮藏する所の文苑英華に跋す〉〈清閟《せいひ》居士の修禊《しゅうけい》に臨むの序に跋す〉二篇を闕く。第七十四卷は、原目に據るに、劉元城・江諫議・任《じん》諫議・鄒《すう》道鄉・陳了齋五人帖に跋する一篇を闕き、而して第五十六卷中、〈揚州平山堂記〉も亦た其の後半を闕く。諸家藏する所の刻本・鈔本、竝びに同じ。今 俱《とも》に從《よ》りて校補する無し。

第四十八卷・第八十卷・第八十一卷・第八十二卷に至りては、青詞・朱表・齋文・疏文の類、凡そ一百六十七篇有りて、均しく文章の正軌に非ず。謹んで聖訓を稟承《りんしょう》し、概《おおむ》ね删削に從い、重ねて編みて一百一十二卷と爲し、聚珍《しゅうちん》版《ばん》摹印を用いて、以て其の傳を廣うす。

鑰は官に居りては正を持し守有り。而して學問は賅博《がいはく》、文章は淹雅《えんが》、尤も世の傳述する所と爲ること多し。本傳稱す、「其の代言坦明にして、制誥《せいこう》の體を得たり」と。葉紹翁『四朝聞見錄』は、鑰の草せし光宗內禪制詞を載せて、

「喪紀 自《みずか》ら宮中に行うと雖も、禮文は天下に示し難し」の二語有りて、海内の稱する所と爲ると。此れ 其の内外制に工《たく》みなるを言うなり。本傳又た稱す、「鑰は南宮に試みられ、諱《いみな》を犯すを以て旨を請いて末等を冠せらる。贄《し》を諸公に投ずるに、胡銓《こせん》は稱して翰林の才と爲す」と。今 集中の〈省闈《しょうい》の主文に謝する啓〉一首は、卽ち是の時作る所なり。此れ 其の啓箚《けいさつ》に工みなるを言うなり。王應麟『困學紀聞』は其の「門前 約莫《な》し 頻來の客、坐上 同《とも》に觀る未見の書」二句を取りて、評詩類中に載入す。此れ 其の聲偶に工みなるを言うなり。而れども 袁桷《えんかく》『延祐四明志』の、「其の中原の師友傳授は、悉《ことごと》く淵奥を窮め、經訓小學は、精據にして信を傳うべし」と稱するは、尤も能く鑰の實を盡くせり。

蓋し 宋の南渡自《よ》り後、士大夫は多く勝を空言に求め、甚しくは心を實學に究めず。鑰は 獨り今古を綜貫して、折衷考較す。凡そ論辨する所は、悉《ことごと》く能く源流を洞澈《どうてつ》す。有本の文は、浮議に同じからずと謂うべし。

王士禎『居易錄』は 其の「行き盡くす 松杉三十里、看來《きた》る 樓閣 幾由旬《いくゆうじゅん》」、「一百五日 麥秋の冷、二十四番 花信の風」、「水は 眞に綠淨にして 唾《だ》すべからず、魚は 空を行くが若《ごと》く 依る所無し」の諸句を稱するも、是の集の叢冗多きを病みて、表狀内外制の類は、半部を删去して亦た可なりと謂う。然れども 多を貪《むさぼ》り博に務《つと》むるは、卽ち『誠齋』『劍南』『平園』の諸集亦た然り。蓋し 一時の風氣にして、必ずしも是れを以て鑰の病と爲さざるなり。

題跋の諸篇に至りては、尤も多く元を元とし本を本とし、證據分明なること、『居易錄』稱する所の〈三笑圖贊〉〈吳彩鸞玉篇鈔〉〈唐昭宗賜憘實敕書〉三篇に止まらず。毛晉《もうしん》は『津逮祕書《しんたいひしょ》』を輯し、宋人の題跋を摘錄して、共に一集と爲すも、獨り鑰に及ばず。其れ偶《たま》たま未だ此の本を見ざるか。

【現代語譯】

宋 樓鑰《ろうやく》の著。鑰には『范文正年譜』があり、すでに著錄しておいた。

彼の文集で諸家の書目に載っているものには、百巻に作るものもあり、八十五巻に作るものもある。そして、世に流傳している抄本には、僅か四十二巻しか存しないものもある。思うに、長い流傳のあいだに脱落した所も多くあるのだろう。

この本はもと一百二十巻に作っており、『宋史』藝文志及び陳振孫『直齋書錄解題』が載せているのと同じであって、舊い版本の系統を引くもののようである。ただ集中の第七十七巻が闕けていて、原目に據れば、〈宣王内修政事〉〈光武大度同高祖〉の二賦、〈玉卮爲壽〉〈宅道炳星緯〉の二詩、〈用人〉〈安民〉〈治兵〉の三策である。さらに第七十八巻も闕けていて、原目に據れば、御前での進士や擧人の試驗、館職や閣職を召す試驗、省試・別試・解試・上舍や州學などの試驗を想定した策問十五篇である。また第七十九巻も闕けており、原目に據れば、宴會・慶賀・致語の十五篇、上梁文四篇、勸農文二篇である。第七十三巻では、原目に據れば〈王伯奮藏する所の文苑英華に跋す〉〈清閟《せいひ》居士の修禊《しゅうけい》に臨むの序に跋す〉二篇が闕けている。第七十四巻では、原目に據れば劉元城・江諫議・任《じん》諫議・鄒《すう》道鄉・陳了齋の五人帖に跋する一篇が闕けており、第五十六巻中の〈揚州平山堂記〉も後半部分を闕いている。諸家が藏する刻本・鈔本も、すべて同じである。今どれも校勘補正のしようがない。

第四十八巻・第八十巻・第八十一巻・第八十二巻に至っては、靑詞・朱表・齋文・疏文の類で、全部で百六十七篇あり、どれも文章の正軌とはいえない。謹んで皇帝の御聖斷を推戴し、すべて刪除して一百一十二巻に改編し、聚《しゅう》珍版《ちんばん》として刻行することで、廣く流傳させることにする。

鑰は官に在っては公正で自分の考えを曲げない姿勢を貫いた。學問は賅博《がいはく》で、文章は高雅、とりわけ世に語り傳えられることが多かった。『宋史』樓鑰傳は、「彼の皇帝に代って作る文は平明で、制誥の體を得ていた」と稱している。葉紹翁『四朝聞見錄』は、鑰が起草した光宗の位を禪《ゆず》る制詞を載せて、「喪紀自《みずか》ら宮中に行うと雖も、禮文は天下に示し難し（服喪の行事を皇后が自ら宮中で執り行なっても、葬禮を天下に示すことはできない）」の二語は、海内の稱贊の的となったという。これは内外制に工《たく》みだったことを意味する。本傳はさらに、「鑰は禮部の進士の試驗で皇族の諱《いみな》を犯したが、皇帝に特別の計らいを請うことで末等の合格になり、進物に禮狀を添えて關係する諸公に獻じた。これを見た胡銓は翰林の才があると譽めた」という。今 集中に見える〈省闈《しょうい》の主文に謝する啓〉一首は、この時の作であり、これは手紙文に巧みであったことを意味する。王應麟『困學紀聞』は、彼の「門前 約莫《な》し 頻來の客、坐上 同《とも》に觀ん 未見の書（門には予約もせずに次々と客がやってくる、席について一緒に珍しい書を鑑賞しよう）」の二句を採って、評詩類の中へ載録している。これは對句に巧みであったことを意味する。しかし、袁桷《えんかく》『延祐四明志』が「南渡以前の中原における師友の傳授に關しては、ことごとく淵奥を窮めている。經書の訓詁や文字音韻の學は、典據が精確で信が置ける」と稱しているのが、もっとも鑰の本質を盡くしていよう。

思うに宋では南渡以後、士大夫の多くは空理空論に走り、あまり實學を究めることに重きを置かなくなった。鑰だけは今と古を總合的にとらえ、兩者を比較檢討してよいところを取った。およそ彼の論辨する所は、悉《ことごと》く源流を洞察したもので、有本の文章というべく、うわべだけの議論とは大違いである。

王士禎『居易錄』は、彼の「行き盡くす 松杉三十里、看來《きた》る 樓閣 幾由旬《いくゆうじゅん》（松林を三十里突っきると、見えてきたのは何丈もある高い樓閣）」、「一百五日 麥秋の冷、二十四番 花信の風（冬至から百五日めの寒食から麥秋に降る雨の季節まで、八節氣百二十日、五日ごとに吹く風によって、いろいろな花が次々に咲いていく）」、「水は眞に綠淨にして唾《だ》すべからず、魚は空を行くが若《ごと》く依る所無し（水はまことに淸らかな綠色でつばなどで汚せない、澄みきった水中では魚がまるで空中を泳いでいるようだ）」の諸句を稱贊するものの、この文集の分量が多すぎて冗漫なのを嫌い、表狀や内外制の類は、半分を刪去してもよいという。しかし、量と廣さを競うことでは、『誠齋集』『劍南詩稿』『平園集』の諸集も同じである。思うに、これは當時の氣風であり、必ずしもこれをもって鑰の缺點とすべきではない。

題跋の諸篇に至っては、とりわけ根源にまで遡り、その據り所も明らかなことは、『居易錄』が稱贊する〈三笑圖賛〉〈呉彩鸞玉篇鈔〉〈唐昭宗賜憘實敕書〉三篇に限るものではない。毛晉《もうしん》は『津逮祕書《しんたいひしょ》』を編輯した際、宋人の題跋を摘録して一集を作ったが、鑰のものだけがない。偶たまこの本を見ていなかったのだろうか。

【注】

一　兩淮鹽政採進本　採進本とは、四庫全書編纂の際、各省の巡撫、總督、尹《いん》、鹽政などを通じて朝廷に獻上された書籍をいう。兩淮鹽政とは、本來、淮北・淮南の專賣鹽を管理する官。『纂修四庫全書檔案史料』によれば、ここより進呈された本は一七〇八部。任松如『四庫全書答問』によれば、そのうち二五一部が著錄され、四六七部が存目（四庫全書内に收めず、目錄にのみとどめておくこと）に置かれたという。

二　鑰有范文正年譜　『四庫全書總目提要』卷五九　史部一五　傳記類存目一に『范文正年譜』一卷『補遺』一卷　附『義莊規矩』一卷として著錄されている。

三　其集載於諸家書目者、或作百卷　陳振孫『直齋書錄解題』卷一八、『宋史』藝文志七など、すべて百二十卷に作る。百卷に作っている書目が何を指すのかは未詳。

四　或作八十五卷　注二六の『居易錄』卷二一に「攻媿《こうき》集八十五卷」と見える。

五　世所傳鈔本有僅存四十二卷者　『四庫全書總目提要』卷一七四　集部二七　別集存目一に著錄される『別本攻媿文集』三十二卷・『詩集』十卷を指す。紀昀家藏本。提要に「世の傳寫する所は大抵　此の本なり」という。

六　此本原作一百二十卷　『攻媿集』卷首に眞德秀の〈攻媿集原序〉があり、「鄮山《ぼうざん》の參政樓公攻媿先生文集一百二十卷」と見える。

七　宋史藝文志　『宋史』藝文志　別集類に「樓鑰文集一百二十卷」と見える。

八　陳振孫書錄解題　『直齋書錄解題』卷一八に「攻媿集一百二十卷」として著錄されている。

九　闕第七十七卷、據原目…　文淵閣四庫全書本および武英殿聚珍版四庫全書本『攻媿集』、さらに聚珍本の影印である四部叢刊本の『攻媿先生文集』などは、すべて百十二卷に再編集されて以後のもので、百二十卷本の原目を削っている。しかし、北京大學圖書館には宋刻本の百二十卷（ただし、序文・目錄卷一・成文の卷五〜七、卷二六〜二九、卷三八〜四〇、卷七七〜七九、卷九四〜九七が闕佚した、存百三卷）が藏されている。今、宋刻本を目睹することはできないが、臺灣の國家圖書館藏の朱墨合校舊鈔本『攻媿先生文集』はその鈔本（武英殿聚珍版と對校、一部聚珍版によって鈔補）である。これによれば、卷

七七 試藁に收入されていたのは、〈宣王内脩政事賦 省試〉〈玉巵爲壽詩〉〈光武大度同高祖賦 教官試〉〈宅道炳星緯詩〉〈策三道（用人・安民・治兵）〉である。

一〇 又闕第七十八卷、據原目… 注九の臺灣の國家圖書館藏の朱墨合校舊鈔本『攻媿先生文集』の目錄によれば、卷七八の策問は、〈御試進士策問 嘉定元年〉〈御試武擧策問〉〈召試館職策問 陳峴・陳邕〉〈召試館職策問 眞德秀・留元剛〉〈召試館職策問〉〈省試策問 嘉定五年〉〈省試別試所策問 淳熙八年〉〈省試別試所策問 紹熙元年〉〈上舍試策問 淳熙八年〉〈秀州解試策問 乾道七年〉〈溫州州學策問〉〈擬策問二首〉である。

一一 又闕第七十九卷、據原目… 注九の臺灣の國家圖書館藏の朱墨合校舊鈔本『攻媿先生文集』の目錄によれば、第七九の致語は、〈贍溫州宴王御帶致語〉〈趙倅晏新守侍御致語〉〈王守報晏致語〉〈趙倅晏新守莫給事致語〉〈十六叔父祖慶七十致語〉〈工部慶七十報會致語〉〈姜總營慶七十致語〉〈奉化南渡橋成宴汪及甫致語〉〈宴交代沈詹事致語〉〈仲舅尚書宴汪及甫兄弟致語〉〈錢制帥林侍制致語〉〈太淑人慶七十致語〉〈仲舅尚書慶八十致語〉〈趙資政府第落成致語〉〈汪及甫母慶八十致語〉の十五篇、同卷の上梁文は〈台州設廳上梁文〉〈奉化縣學上梁文〉〈攻媿齋上梁文〉〈新居廳事上梁文〉の四篇、勸農文は〈溫州勸農文 乾道八年〉〈溫州勸農文 乾道九年〉〈台州勸農文 淳熙七年〉の三篇となっている。提要が勸農文を「二篇」というのは誤りか。

一二 第七十三卷、據原目… 注九の臺灣の國家圖書館藏の朱墨合校舊鈔本『攻媿先生文集』によれば、提要が「卷七十三」というのは「卷七十一」の誤りか。提要があげる〈跋王伯奮所藏文苑英華〉、〈跋淸閟居士臨修禊序〉の二篇はいずれも卷七一に見える。

一三 第七十四卷、據原目… 注九の臺灣の國家圖書館藏の朱墨合校舊鈔本『攻媿先生文集』によれば、提要が「卷七十四」というのは「卷七十二」の誤りか。卷七二に〈跋劉元城・江諫議・任諫議・鄒道鄉・陳了齋五人帖〉一篇が收錄されている。

一四 第五十六卷中、揚州平山堂記… 注九の臺灣の國家圖書館藏の朱墨合校舊鈔本『攻媿先生文集』によれば、提要が「卷五十六」というのは「卷五十三」の誤りか。〈揚州平山堂記〉は卷五十三に收錄されている。

一五 諸家所藏刻本・鈔本竝同 刻本としては、注九にあげた宋刻本のほか、元以後の刻本は確認されていない。

一六 至第四十八卷・第八十卷・第八十一卷・第八十二卷 注九の臺灣の國家圖書館藏の朱墨合校舊鈔本『攻媿先生文集』によれば、卷四八は序である。提要が「第四十八卷」というのは、卷三八～卷四五の内制の中に散見される靑詞の類の誤りと思われる。なお、國家圖書館藏鈔本には、上揭の卷三八～卷四五の内制の中に散見される靑詞のほか、卷八〇の靑詞、卷八一～卷八二の疏文が現存している。

一七　青詞・朱表　ともに道教の祭りに使用する文、青い紙に朱筆で書した。清朝では道教は異端とされたので、『四庫全書』に収める際に、これを削除した例が散見される。『四庫全書總目』の〈凡例〉には、「宋人の朱表・青詞も亦た槩ね删削に従う」とあるのがそれである。しかし、宋代においては、これは定型化された一種の公文書にすぎず、作者は必ずしも道教の信者ではない。

一八　齋文・疏文　齋文は佛教の祭りに使用する文、疏文は故人の成佛を祈願する文。

一九　重編爲一百一十二卷、用聚珍版摹印　現在、文淵閣四庫全書本は一百一十二巻、武英殿聚珍版四庫全書本も同じ。また聚珍版を影印した四部叢刊本も同じ。日本の大倉集古館には、乾隆四十五年の武英殿木活字本が藏されている。

二〇　本傳稱其代言坦明、得制誥體…　『宋史』巻三九五　樓鑰傳にいう。「光宗位を嗣《つ》ぎ、…考功郎兼禮部に除せらる。…國子司業に改められ、起居郎兼中書舍人に擢んでらる。代言坦明にして、制誥《せいこう》の體を得て、繳奏《きょうそう》は回避する所無し」。

二一　葉紹翁四朝聞見錄載…　『四朝聞見録』甲集〈憲聖擁立〉の條に「憲聖（高宗の皇后呉氏　諡《おくりな》は憲聖慈烈）　既に光皇（光宗）を擁立するも、光皇　疾《や》みて喪する能わざるを以て、憲聖自ら臨奠《りんでん》を爲すに至る。攻媿樓公　嘉王を立つる詔を草して云う〝喪紀　自ら宮中に行うと雖も、然れども禮文は天下に示し難し〟と。蓋し　攻媿の詞は、憲聖の意なり。天下は之を稱す」と見える。憲聖は、高宗の南遷に随った妃であり、金に拉致された高宗の妃邢《けい》氏がかの地で没したのちに皇后に立てられた。高宗は孝宗に位を譲って退位、孝宗はその後、高宗の喪に服するため光宗に位を譲った。しかし、光宗は孝宗が崩御した際に、疾のため葬祭の奠禮を執り行うことができず、憲聖がこれを代行し、光宗の譲位を決め、嘉王を太子にし即位させた。これが寧宗である。

二二　本傳又稱鑰試南宮…　『宋史』巻三九五　樓鑰傳にいう。「隆興元年、南宮に試みらる。有司は其の辭藝を偉とし、以て多士に冠せんと欲するも、策　偶《たま》たま舊諱を犯す。知貢擧の洪《こう》遵《じゅん》　奏し、旨を得て以て末等を冠す。贄《し》を投じて諸公に謝するに、考官の胡銓《こせん》は之を稱して曰く〝此れ翰林の才なり〟と」。

二三　集中謝省闈主文啓一首　文淵閣四庫全書本および四部叢刊本ともに巻六一所收。省闈《しょうい》とは科擧の試驗を行うところ、主文は試驗官。つまり、これは科擧試驗官にあてた手紙である。「薄技にして程に中《あた》り、豈に單辭の誤りと謂わんや。上恩　厚きに従い、猶お末第の榮に霑《うるお》う」と見える。

二四　王應麟困學紀聞…　『困學紀聞』巻一八　評詩にいう。「攻媿先生　桃符《とうふ》（正月に門に貼る對聯）に書して云う〝門前　約莫し　頻來の客、坐上　同《とも》に觀ん　未見の書〟と」。暗に客に對して珍しい書を持って訪れるようにと言ったもの。『攻媿集』には見えない佚句である。

二五　袁桷延祐四明志稱…　元の袁桷《えんかく》『延祐四明志』（『宋元方志叢刊』）巻五に樓鑰の傳記があり、「鑰は性　樂易にして、中原の師友傳授は、悉《ことごと》く其の淵奥を窮め、經訓小學は、精據にして信を傳うべし」とみえる。

二六　王士禎居易錄稱…　『居易錄』巻一一にいう。「宋樓宣獻公鑰《やく》の攻媿集八十五巻、雜文七十六巻の諸體中、題跋最も勝る。宋の集は多くは叢冗、此の集の表狀・内外制・書啓の類の如きは、半部を删去するも亦た可なり。宣獻は楊誠齋・范石湖・陸放翁と時を同じうし、詩も亦た石湖と伯仲す。歌行は蘇・黃に學び、氣或いは遒《しゅう》ならず、格詩は苦鈍なるも、然れども楊・范の佻巧取媚《ちょうこうしゅび》を爲さず。七字の〝行き盡す　杉松三十里、看來る　樓閣　幾由旬《いくゆうじゅん》〟（『攻媿集』巻九〈王原慶知道と同に天童に游ぶ〉の頷聯）、〝一百五日　麥秋の冷、二十四番　花信の風〟（巻九〈山行〉の頷聯）、〝水は眞に綠淨にして唾すべからず、魚は空を行くが若《ごと》く依る所無し〟（巻一一〈頃《さき》ごろ龍井に游びて一聯を得たり、王伯齋は兒輩と同《とも》に游び、因りて足して之を成す〉の頷聯）の如きは、宋調と雖も亦た佳句なり。」

二七　誠齋・劍南・平園諸集亦然　『四庫全書總目提要』巻一六〇　集部一三　別集一三には楊萬里の『誠齋集』一百三十三巻、巻一五九陸游の『劍南詩稿』八十五巻・『渭南文集』五十巻、巻一五九別集一二には周必大の『文忠集』二百巻（別名平園集）が著録されている。いずれも大部の書である。

二八　居易錄所稱三笑圖贊…　『居易錄』巻一一にいう。「樓の攻媿集　坡《は》の書の〈三笑圖贊〉に跋し、慧遠《えおん》法師・陶淵明・陸修靜の始末を辨ずること甚だ詳し。之を錄して以て參考に備う…。」「攻媿又た宇文廷臣　藏する所の〈吳彩鸞の玉篇鈔〉に跋して云う…。」「攻媿〈唐昭宗　憘實に賜うる敕書〉に跋して云う…。」『攻媿集』巻七七に楊叔禹所藏の東坡の帖として〈又　東坡の三笑圖贊に跋す〉、巻七八に〈宇文廷臣　藏する所の吳彩鸞の玉篇鈔に跋す〉、巻七六に汪季路所藏の書帖跋として〈唐僖宗（『居易錄』が「昭宗」に作るのは誤り）憘實に賜う敕書〉が收められている。

二九　毛晉輯津逮祕書…　明の毛晉《もうしん》が汲古閣《きゅうこかく》から刻行した『津《しん》逮祕書《たいひしょ》』には、宋人の題跋として、第十二集に蘇軾〈東坡題跋〉・黃庭堅〈山谷題跋〉・晁補之《ちょうほし》〈无咎《むきゅう》題跋〉・張耒《らい》〈宛丘《えんきゅう》題跋〉・秦觀〈淮海題跋〉・魏了翁〈鶴山題跋〉・陸游〈放翁題跋〉・李之儀〈姑溪題跋〉・釋德洪〈石門題跋〉・眞德秀〈西山題跋〉が、十三集に歐陽脩〈六一題跋〉・曾鞏《きょう》〈元豐題跋〉・葉適〈水心題跋〉・周必大〈益公題跋〉・劉克莊〈後邨《こうそん》題跋〉・陳傅良〈止齋題跋〉・蘇頌《しょう》〈魏公題跋〉・朱熹〈晦庵題跋〉・洪邁《まい》〈容齋題跋〉・米芾《べいふつ》〈海岳題跋〉が收入されている。提要がいうように、樓鑰のものはない。

【附記】

『攻媿先生集』は、南宋刻本の百二十巻本が北京大學圖書館に藏されているものの、巻五～七、二六～二九、三八～四〇、七七～七九、九四～九七の合計十七巻分の缺巻がある。各種の鈔本があるが、どれも完善に揃っているものはない。臺灣の國家圖書館の朱墨合校舊鈔本も『國立中央圖書館善本書目』では百二十巻となっているが、巻七七～七九を缺いており、巻九四～九七までを武英殿聚珍版四庫全書から補鈔するなど、完本とはいいがたい。

四部叢刊本は、武英殿聚珍版（四庫全書本に同じ）の影印であり、ともに四庫全書編纂のおりに改編された百十二巻本である。日本の大倉集古館には、乾隆四十五年の武英殿木活字本が藏されている。

『全宋詩』（第四七冊　巻二五三六～巻二五四九）は、上掲の南宋刻本の巻一～巻九を底本とし、巻五～巻七の缺巻分（武英殿聚珍版では四巻分に相當）を武英殿聚珍版四庫全書本で補い、なおかつ集外詩も廣く輯めている。

二五　象山集二十八卷　外集四卷　附語錄四卷

[一]大理寺卿陸錫熊家藏本

【陸九淵】一一三九～一一九三

字《あざな》は子靜、號は存齋または象山翁。金溪（江西省）の人。孝宗の乾道八年（一一七二）の進士。淳熙十三年（一一八六）に將作監《しょうさくかん》丞に除せられたが、批判する者があったため歸鄉し、鄉里貴溪の象山（象の形をした山）に庵を構えて講學した。世に象山先生と稱された。淳熙二年（一一七五）、いわゆる鵞湖《がこ》の會で學說をめぐって朱熹と對立し、ここから理學は朱陸の二派に分かれた。光宗が卽位して、知荊門軍となったが、紹熙三年（一一九三）十二月に沒した。寧宗の嘉定十年（一二一七）、文安という諡《おくりな》を贈られた。四部叢刊本『象山先生全集』卷三三所收〈行狀〉・卷三六〈年譜〉、『宋史』卷四三四 儒林傳四 參照。

宋陸九淵撰。九淵字子靜、金溪人。[二]乾道八年進士。[三]紹熙初、官至奉議郎知荊門軍、[四]卒於官。[五]事蹟具宋史本傳。

[六]據九淵年譜、[七]集爲其子持之所編、其門人袁燮刊於江西提擧倉司者、凡三十二卷。[八]宋史藝文志・[九]文獻通考、竝作象山集二十八卷、外集四卷。總而計之、與燮所刊本卷數相符。[一〇]獨年譜稱、持之所編外集爲六卷。殆傳寫譌四爲六歟。

此本[一一]前有燮序、又有楊簡序。燮序作於嘉定五年。簡序作於開禧元年、在燮序前七年、而列於燮後。蓋刊版之時、以新序弁首、故翻刻者仍之。[一二]又有嘉定庚辰呉杰跋、稱是集爲建安陳氏所刊。而年譜[一三]未載此本、[一四]豈持之偶未見歟。

前十七巻爲書、十八巻爲表奏、十九巻爲記、二十巻爲序贈、二十一巻至二十四巻爲雜著、二十五巻爲詩、二十六巻爲祭文、二十七巻・二十八巻爲墓誌・墓碣・墓表。外集四巻、皆程試之文。[一五]末爲謚議・行狀、則呉杰所續入也。

[一六]其語録四巻、本於集外別行。正徳辛巳、[一七]撫州守李茂元重刻是集、乃并附集末、以成陸氏[一八]全書。其説與集中論學諸書、互相發明、合而觀之、益足勘證。今亦仍附於末、不別著録焉。

【訓讀】

宋 陸九淵の撰。九淵 字《あざな》は子靜、金溪の人。乾道八年の進士。紹熙の初め、官は奉議郎・知荊門軍に至り、官に卒す。事蹟は『宋史』本傳に具《そな》われり。

九淵の年譜に據らば、集は其の子 持之の編する所にして、其の門人 袁燮《えんしょう》の江西提擧倉司に刊する者爲り、凡そ三十二巻。『宋史』藝文志・『文獻通考』は、竝びに「『象山集』二十八巻、外集四巻」に作る。總じて之を計するに、燮の刊する所の本と巻數相い符《ふ》す。獨《た》だ年譜のみ稱す、「持之 編する所の外集は六巻爲り」と。殆んど傳寫に四を譌《あやま》りて六と爲すか。

此の本は前に燮の序有り、又た楊簡の序有り。燮の序は嘉定五年に作らる。簡の序は開禧元年に作られ、燮の序の前七年に在り、而るに燮の後に列す。蓋し 刊版の時、新序を以て首に弁し、故に翻刻する者 之に仍《よ》る。又た嘉定庚辰の呉杰《ごけつ》の跋は、「是の集 建安の陳氏の刊する所爲り」と稱す。而るに年譜は未だ此の本を載せず。豈に持之偶《たま》たま未だ見ざるか。

前十七卷は書爲り、十八卷は表奏爲り、十九卷は記爲り、二十卷は序贈爲り、二十一卷より二十四卷に至るまでは雜著爲り、二十五卷は詩爲り、二十六卷は祭文爲り、二十七卷・二十八卷は墓誌・墓碣《けつ》・墓表爲り。外集四卷は皆程試の文にして、末は謚議《しぎ》・行狀爲り、則ち吳杰の續入する所なり。

其の語錄四卷は、本《も》と集の外に別に行わる。正德辛巳、撫《ぶ》州の守李茂元 是の集を重刻し、乃ち幷びに集末に附し、以て『陸氏全書』と成す。其の說と集中の學を論ずる諸書とは、互いに相い發明す。合わせて之を觀れば、益《ます》ます勘證するに足る。今 亦た仍《な》お末に附し、別に焉《こ》れを著錄せず。

【現代語譯】

宋 陸九淵の著。九淵は字を子靜といい、金溪（江西省）の人である。乾道八年（一一七二）の進士。紹熙の初め 官位は奉議郎・知荊門軍に至り、在任中に亡くなった。事蹟は『宋史』本傳に詳しい。

九淵の年譜によると、集は彼の子 持之が編纂し、門人の袁燮《えんしょう》が江西提舉倉司で刻行したもので、全部で三十二卷である。『宋史』藝文志・『文獻通考』がともに「『象山集』二十八卷、外集四卷」とし、合計した數と燮の刊行した本の卷數が符合する。ただ年譜は、「持之が編纂した外集は六卷である」と稱しているが、おそらく傳寫の時に四を六と誤ったのだろう。

この本には前に燮の序文があり、さらに楊簡の序文もある。燮の序文は嘉定五年（一二一二）に作られたものである。簡の序文は開禧元年（一二〇五）に作られたもので、燮の序文より七年前のものなのに、燮の後に配列している。おもうに 刊刻の時、新序を卷頭にかぶせたので、翻刻するときもこれによったのであろう。さらに、嘉定庚辰（十三年 一二二〇）の吳杰《ごけつ》の跋は「この集は建安の陳氏の刊行したものだ」という。にもかかわらず、年譜にこの版本が載っていないのは、持之がたまたま未見だったのだろうか。

第一巻から十七巻までが書簡で、十八巻は表奏、十九巻は記、二十巻は序贈、二十一巻から二十四巻までは雑著、二十五巻は詩、二十六巻は祭文、二十七巻・二十八巻は墓誌・墓碣《けつ》・墓表となっている。外集四巻は皆 科擧の答案文である。巻末の陸九淵の謚議《しぎ》・行狀は、吳杰が續入したものだ。

その語録四巻は、もとは集とは別に通行していたが、正德辛巳（十六年 一五二一）、撫《ぶ》州の長官であった李茂元がこの集を重刻した際に、集末に附し、『陸氏全書』とした。語録の説と集中の學問を論じた書簡とは、互いに補い合うものがあり、合わせて讀めば、いっそう比較考證の役に立つ。今 そのまま巻末に附して、語録だけ別に著録することはしない。

【注】

一　大理寺卿陸錫熊家藏本　陸錫熊《りくしゃくゆう》は字を健男といい、上海の人。乾隆二十六年（一七六一）の進士。紀昀《きいん》とともに四庫全書の總纂官を務める。四庫全書總目の完成後、大理寺卿を授かる。『四庫採進書目』によれば、四庫全書編纂の際には二〇部を進獻。任松如『四庫全書答問』によれば、一二部が四庫全書に著録され、八部が存目（四庫全書内に収めず、目録にのみとどめておくこと）に置かれているという。

二　乾道八年進士　四部叢刊本『象山先生全集』巻三三〈象山先生行狀〉に、「乾道八年、進士の第に登る。時の考官 呂祖謙は能く先生の文を數千人の中より識る。他日、先生に謂いて曰く、〝未だ嘗て足下の教えを欵承《かんしょう》せず、僅かに之を傳聞に得るのみ。一たび高文を見て、心開き目明らかなりて、其の江西の陸九淵爲《た》るを知るなり〟と」とある。

三　紹熙初…「紹熙」は光宗の年號。四部叢刊本『象山先生全集』巻三三〈象山先生行狀〉に、「今上《きんじょう》 登極し、知荊門軍に除せらる。是の年、宣教郎に轉じ、又た奉議郎に轉ず」とある。奉議郎は正八品の寄祿官である。

四　卒於官　在任中に亡くなること。四部叢刊本『象山先生全集』巻三三〈象山先生行狀〉に「（紹熙）三年冬…先生 素より血疾有り。居《お》ること旬日、大いに作《おこ》る。實に十二月丙午（十四日）なり。…癸丑、日《ひ》中して奄然《えんぜん》として卒す。郡屬は棺斂《かんれん》に誠を竭《つく》し、哭哀《こくあい》すること甚だし。吏民は哭奠《こくでん》し、衢道《くどう》を充塞す」とある。

五　事蹟具『宋史』本傳　『宋史』卷四三四　儒林四　陸九淵傳をさす。

六　九淵年譜　陸九淵の年譜は數種類ある。『四庫全書總目提要』卷六〇　史部一六　傳記類存目二には、康熙四十八年（一七〇九）の進士である李紱《りふつ》が增訂した『陸象山年譜』二卷が著錄されている。提要によれば、本來は門人の袁燮《えんしょう》と傅子雲《ふしうん》が編纂したもので、寶祐四年（一二五六）に李子愿《りしげん》がまた重輯し、劉林が衡陽で刻した。李紱は文集に重見するものを削り、陸九齡《きゅうれい》・九韶《きゅうしょう》の事跡を加えて定本にしたという。これ以外に、宋の李恭伯の編とされるものや、四部叢刊本『象山先生全集』卷三六の〈年譜〉がある。後者は四庫全書存目叢書の『別本象山文集』六卷（北京大學圖書館藏明萬曆四十三年金陵周希旦刻本）の第一卷の〈年譜〉と同じく、陸持之の編によるものである。

七　集爲其子持之所編…　四部叢刊本『象山先生全集』卷三六〈年譜〉の「開禧元年」の條に「乙丑夏六月、先生の長子持之伯微　遺文を編みて二十八卷・外集六卷と爲す。乙卯楊簡　序す」と見える。さらに「嘉定五年」の條に「秋八月張衎《ちょうかん》季悅、遺文を編して成り、傅子雲序す」、「九月戊申江西提擧袁燮　先生の文集を刊し、自ら序を爲る」とある。

八　宋史藝文志　『宋史』藝文志卷七　別集類に「象山集二十八卷、又外集四卷」と著錄される。

九　文獻通考　馬端臨『文獻通考』經籍考卷六七に「象山集二十八卷、外集四卷」と著錄される。陳振孫『直齋書錄解題』も同じ。

一〇　獨年譜稱、持之所編外集爲六卷…　注七のように〈年譜〉には「外集六卷」とある。提要は、「四卷」を閒違えて「六卷」にしたのだろうというが、注一一の楊簡〈象山先生文集序〉（四部叢刊本卷首）も「先生の冢嗣の持之　字は伯微　先生の遺言を集め、二十八卷又た外集六卷を爲り」といっており、最初に刻行された外集は六卷だったといえる。

一一　前有燮序、又有楊簡序　四部叢刊本『象山先生全集』の卷首には袁燮《えんしょう》と楊簡の〈象山先生文集序〉（文淵閣四庫全書本『象山集』〈原序〉）がある。楊簡序文は開禧元年（一二〇五）のもので、「先生の冢嗣《ちょうし》の持之　字は伯微は、先生の遺言を集め、二十八卷又た外集六卷を爲り、簡に命じて之が序を爲らしむ」といい、どこで刻されたかについては言及していない。しかし、それから七年後の嘉定五年（一二一二）に書かれた袁燮の序文には「…臨汝　嘗て刊行するも、尙お缺略多し。先生の子　持之伯微は裒《あつ》めて之を益し、合わせて三十二卷。今　爲に倉司に刊す」とみえ、陸持之が刻して楊簡が序した開禧本は臨汝にて刻されたことがわかる。なお、袁燮が刻した倉司本は、紹定四年（一二三一）に子の袁甫によって覆刻されている。

一二　又有嘉定庚辰呉杰跋…　文淵閣四庫全書本『象山集』では、注一一の袁燮と楊簡の序文の後ろに「嘉定庚辰（十三年）秋九月盱水《くすい》呉杰《ごけつ》謹跋」（四部叢刊本にはなし）という署名のある跋文がある。「右 象山文安先生の文集二十八巻、外集四巻、先生の行狀 焉《ここ》に附す。杰《けつ》 聞く、建安の狀元 陳公の子孫 喜 人と其の善を同じうするを。敬《つつし》んで上件の文集を送り、用って刊行し、以て世の志學志道の士と之を共にせんことを請う。仍《な》お二賢の諡議《しぎ》を以て目録の後に次す。」

一三　年譜未載此本　年譜によれば、陸九淵集の版本は、①開禧元年（一二〇五）に陸持之が編纂して楊簡が序し、三年（一二〇七）、括蒼の高商老が撫《ぶ》州の郡庠《ぐんしょう》で刻したもの、②嘉定五年（一二一二）八月に張衎《ちょうかん》が編纂して傅子雲《ふしうん》が序したもの（刻行されたかどうかは不明）、③嘉定五年（一二一二）九月に江西提擧袁燮が倉司で刻したもの、④紹定四年（一二三一）十月に袁燮の子の甫が③を重刊したものの四本である。

一四　豈持之偶未見歟　四庫全書編纂官は年譜の撰者を陸持之と考えたらしいが、基づくものが不明。注六にあげた『別本象山文集』六巻（『四庫全書總目提要』巻一七四 集部二七 別集類存目一）の提要でも「九淵の子 持之の作る所の年譜に云う」と明言しているが、年譜の撰者は未詳。

一五　末爲諡議・行狀、則呉杰所續入也　注一二參照。

一六　其語錄四卷、本於集外別行　『宋史』藝文志巻七別集類、馬端臨『文獻通考』經籍考巻六七、陳振孫『直齋書錄解題』巻一八はすべて『象山集』二十八巻と『外集』四巻を著録するだけで、宋代の書目は『語録』については著録していない。

一七　撫州守李茂元重刻是集…　四部叢刊本『象山先生全集』は明刻本の影印であるが、巻首には、正德辛巳（十六年 一五二一）の王守仁の〈象山先生全集敍〉があり、「撫の守 李茂元將《まさ》に象山の文集を重刻せんとし、而して予に一言もて、之が序を爲らんことを請う」と見える。正德刻本は李茂元によるものである。

一八　陸氏全書　明正德十六年の李茂元刻本の、『象山先生文集』二十八巻・『外集』四巻・『語錄』四巻・『附錄』二巻を指す。

【附記】

四部叢刊本『象山先生全集』には嘉靖四十年（一五六一）の王宗沐の序文があり、それによれば何遷の刻である。嘉靖年間にはこれ以外の刻本もあり、また萬曆年間の刻本もある。鍾哲點校『陸九淵集』（中華書局 一九八〇）は四部叢刊本を底本にしている。

全集以外によく行われてきたのは、『陸象山先生集要』『象山粹言』などの選本である。『和刻本漢籍文集』（汲古書院）第六輯には、『陸象山先生集要』七巻・『年譜』一巻（明 聶良杞輯 景萬暦中刊本）が収められている。また日本では桑原鷲峰撰『陸象山先生文抄』三巻（浪花群玉堂、文久三年 一八六三刊）も通行した。

『全宋詩』（第四八冊 巻二五七〇）は、文淵閣四庫全書本を底本に、集外詩も輯めている。

『宋人年譜叢刊』（四川大學出版社 二〇〇三）第一〇冊に、李文澤の校點による宋の袁燮・傅子雲初稿、清の李紱増訂〈象山先生年譜〉（清雍正十年李紱依宋本増訂重刊本）が収められている。

二六　盤洲集八十巻[一]　浙[二]江巡撫採進本

【洪适《こうかつ》】一一一七～一一八四

字《あざな》は景伯、號は盤洲《ばんしゅう》。初めの名は造。鄱陽《はよう》（江西省）の人。弟の遵《じゅん》・邁《まい》とともに三洪として名を知られる。紹興十二年（一一四二）の博學宏詞科に及第。父の皓《こう》が秦檜一派によって嶺南に左遷されると、适も免官となり、父の側近くに仕えた。父と秦檜の死後、官に復歸し、孝宗の時、中書舍人を經て、尚書右僕射《うぼくや》、同中書門下平《べん》章事《しょうじ》兼樞密使に至った。淳熙十一年、六十八歳で亡くなり、文惠と諡《おくりな》された。四部叢刊本『盤洲文集』附錄 許及之〈宋尚書右僕射觀文殿學士正議大夫贈特進洪公行狀〉・周必大〈宋宰相贈太師魏國洪文惠公神道碑銘〉、『宋史』卷三七三 洪适傳 參照。

宋洪适撰。适有隸[三]釋、已著錄。

許[四]及之撰适行狀、稱有文集一百卷、藏於家。周[五]必大撰适神道碑、則稱其論著爲四方傳誦、有盤洲集八十卷、與行狀互異。考陳[六]振孫書錄解題・張[七]萱重編內閣書目、俱作八十卷。則及之所稱其家藏之舊槀、必大所稱乃其行世之刊本、其書流傳頗尠。王[八]士禎居易錄謂朱彝尊所藏盤洲集、僅有其詩。則藏書家已罕覯全帙。

此本爲毛[九]氏汲古閣所藏、猶從宋刻影寫。惟[一〇]末卷拾遺劄子第三篇、蠹損特甚。其餘雖字句閒有脫落、而卷帙完好。亦古本之僅存者矣。
[一一]适以詞科起家、工於儷偶。[一二]其弟邁嘗擧所草張浚免相制・王大寶致仕制・浙東謝表・生日詩詞謝啓諸聯、載於容齋三筆。[一三]然考适自撰小傳、自其少時擬復得河南賀表、卽有齊人歸鄆讙之田、宣王復文武之境句、爲作者所稱。其内外諸制、亦皆長於潤色、藻思綺句、層見疊出、不但如邁之所擧也。至於記序誌傳之文、亦尚存元祐之法度、尤南宋之錚錚者矣。
所作[一四]隸釋・隸續、於史傳舛異、考核特精。今觀此集、如[一五]跋唐瑾傳・[一六]跋丹州刺史碑・[一七]跋皇甫誕碑諸篇、皆能援據舊刻、訂北史・唐書之謬。蓋金石之學最所留意、卽隋唐碑誌亦多能辨證異聞。
[一八]又宋史本傳稱其父皓謫英州、适往來嶺南省侍者九載。檜死、皓還。服闋、起知荊門州軍。[一九]今以集中自撰小傳及皓行述考之、則皓安置英州、居九年始復朝請郎、徙袁州、至南雄州卒。後一日、秦檜亦死、非檜死而皓始還。足訂宋史之誤。其他表啓疏狀諸篇、亦多足與宋史參稽。是又不僅取其文詞之工矣。

【訓讀】

宋　洪适《こうかつ》の撰。适に『隸釋《れいしゃく》』有りて、已に著錄す。
許及之は适の行狀を撰して「文集一百卷有りて、家に藏す」と稱す。周必大は适の神道碑を撰して、則ち「其の論著　四方の傳誦するところと爲り、『盤洲集《ばんしゅう》』八十卷有り」と稱し、行狀と互いに異なれり。考うるに陳振孫『書錄解題』・張萱《ちょうけん》『重編内閣書目』は、倶《とも》に八十卷に作る。則ち及之の稱する所は其の家藏の舊稾にして、必大の稱する所は乃《すなわ》ち其の世に行わるるの刊本なり。其の書の流傳は頗る尠《すくな》し。王士禎『居易錄』謂う、「朱彝尊の藏する所の『盤洲集』は、僅かに其の詩有るのみ」と。則ち藏書家も已に全帙を覩《み》ること罕《まれ》なり。

此の本は毛氏汲古閣《きゅうこかく》の藏する所爲りて、猶お宋刻從《よ》り影寫するがごとし。惟だ末卷の〈拾遺剳子《さっし》〉第三篇は、蠹《と》損《そん》特に甚《はなはだ》し。其の餘は字句間《ま》ま脱落有りと雖も、卷帙は完好。亦た古本の僅かに存する者なり。

适は詞科を以て起家し、儷偶に工《たく》みなり。其の弟の邁《まい》は嘗て草する所の〈張浚《しゅん》兗相の制〉〈王大寶致仕《ちし》の制〉〈浙東謝表〉〈生日詩詞〉〈謝啓〉の諸聯を擧げて、『容齋三筆』に載す。然れども 适の自撰の小傳を考うるに、其の少《わか》き時自《よ》り〈復《ふたた》び河南を得るを賀する表を擬す〉に、即ち「齊人《せいひと》は鄆《うん》・讙《かん》の田を歸し、宣王は文・武の境を復す」の句有りて、作者の稱する所と爲る。其の內外の諸制は、亦た皆 潤色に長じ、藻思綺句《そうしきく》、層見疊出《じょうしゅつ》し、但だ邁の擧ぐる所の如きのみならざるなり。記序誌傳の文に至りては、亦た尚お元祐の法度を存し、尤も南宋の錚錚《そうそう》たる者なり。

作る所の『隷釋《れいしゃく》』『隷續』は、史傳の舛異《せんい》に於いて、考核特に精《くわ》し。今 此の集を觀るに、〈唐瑾《とうきん》傳に跋す〉〈丹州刺史碑に跋す〉〈皇甫誕《こうほたん》碑に跋す〉の諸篇の如きは、皆 能く舊刻に援據し、『北史』『唐書』の謬《びゅう》を訂《ただ》す。蓋し 金石の學は最も留意する所にして、隋唐の碑誌に即きて 亦た能く異聞を辨證すること多し。

又た『宋史』本傳に稱す、「其の父 皓《こう》は 英州に謫せられ、适の嶺南に往來省侍すること九載。檜《かい》死し、皓還《かえ》る。服闋《ふくおわ》り、起《た》ちて荊門州軍に知たり」と。今 集中の自撰小傳及び皓の行述を以て之を考うるに、則ち皓は英州に安置せられ、居ること九年にして 始めて朝請郎に復し、袁州に徙《うつ》り、南雄州に至りて卒す。後《おく》るること一日、秦檜《しんかい》亦た死す。檜死して皓始めて還るに非ず。『宋史』の誤りを訂すに足る。其の他の表啓疏狀の諸篇も、亦た多くは『宋史』と參稽《さんけい》するに足る。是れ又た僅かに其の文詞の工《たく》みなるを取るのみならざるなり。

【現代語譯】

宋 洪适《こうかつ》の著。适には『隷釋《れいしゃく》』があり、すでに著録しておいた。

許及之は 适の行狀を書き「文集一百卷があり、その家に藏されている」といっている。周必大が書いた适の神道碑では、「その論著は四方に傳誦されていて、『盤洲《ばんしゅう》集』八十卷がある」といっており、行狀とは異なる。陳振孫の『直齋書錄解題』と張萱《ちょうけん》の『重編内閣書目』がともに八十卷としていることから考えると、及之がいっているのは家藏の舊槀であって、必大がいうのは世に行われている刊本のことである。ただその書物の流傳は極めて少ない。王士禎『居易錄』は「朱彝尊《しゅいそん》が所藏する『盤洲集』は詩のみである」という。つまり藏書家ですら全帙を目にするのは稀だった。

この本は毛氏汲古閣《きゅうこかく》が藏するもので、宋刻本から影寫したもののようだ。ただ、末卷の〈拾遺劄子《さつし》〉第三篇だけは、蟲食いが特にひどい。そのほかは字句にまま脱落があるものの、卷帙は揃っている。これもわずかに傳わっている古本の一つである。

适は博學宏詞科に合格して官途に就《つ》いたのであり、對偶表現に巧みである。弟の邁《まい》は、适が起草した〈張浚《ちょうしゅん》免相の制〉〈王大寶致仕《ちし》の制〉〈浙東謝表〉〈生日詩詞〉〈謝啓〉の諸聯を列擧して『容齋三筆』に載せている。しかし、适の自撰の小傳を考えるに、若いときからすでに〈復《ふたた》び河南を得るを賀する表を擬す〉で、「齊人《せいひと》は鄆《うん》・讙《かん》の田を歸し、宣王は文・武の境を復す（齊人は鄆・讙の田を返還し、宣王が文王や武王の領土を回復した）」という句を作っていて、世の一流の文學者から稱贊されていた。その內制・外制も、皆 潤色に優れ、きらびやかな表現にあふれた句がいたるところに使われており、邁が列擧したものだけではないのだ。記序誌傳の文に至っては、これも元祐の古文の風格を殘しており、南宋の錚錚たる文章家だといえる。

彼が書いた『隸釋』『隸續』は、史傳の誤りや異聞について考證がとりわけ精密である。今 この集を觀るに、〈唐《とう》瑾《きん》傳に跋す〉〈丹州刺史碑に跋す〉〈皇甫誕《こうほたん》碑に跋す〉の諸篇などは、皆 舊い石刻をもとに、よく『北史』『唐書』の謬《あやま》りを訂正している。思うに 金石の學はとりわけ意を注いだところであり、隋・唐の碑誌についても異聞を考證し誤りを正せたところが多い。

さらに『宋史』の适の傳にいう。「その父の皓《こう》が英州に謫せられ、适は九年間嶺南を往來して父の世話をした。檜《かい》が亡くなり、皓が歸還した。そして父の服喪期間が濟むと、知荊門州軍に起用された」と。今　集中の自撰の小傳および皓の行述から考えると、皓は英州安置となって、九年たって始めて朝請郎に復歸し、袁州に居を移され、南雄州に至ってそこで亡くなった。その一日後、秦檜も亡くなった。檜が死んではじめて皓が歸還したのではない。『宋史』の誤りを訂正するに足るものだ。その他の表啓疏狀の諸篇も、『宋史』と比較考證する史料となるものが多い。これもまた、ただ文詞の巧みさだけが取り柄ではないのだ。

【注】

一　八十巻　文淵閣四庫全書本には「附錄一巻」が附されている。

二　浙江巡撫採進本　採進本とは、四庫全書編纂の際、各省の長にあたる巡撫、總督、尹《いん》、鹽政などを通じて朝廷に獻上された書籍をいう。浙江巡撫より進呈された本は『四庫採進書目』によれば四六〇二六部。任松如『四庫全書答問』によれば、そのうち三六六部が著錄され、一二七三部が存目（四庫全書内に收めず、目錄にのみとどめておくこと）に置かれたという。

三　隷釋　『四庫全書總目提要』巻八六　史部　目錄類二、洪适の撰として『隷釋《れいしゃく》』二十七巻と『隷續』二十一巻が著錄されている。

四　許及之撰适行狀　文淵閣四庫全書本『盤洲集』および四部叢刊本『盤洲文集』巻末には、淳熙十二年十一月に許及之が撰した〈宋尚書右僕射観文殿學士正議大夫贈特進洪公行狀〉が載錄されており、そこには「文集一百巻有りて、家に藏さる」と見える。

五　周必大撰适神道碑　文淵閣四庫全書本『盤洲集』および四部叢刊本『盤洲文集』巻末には、周必大が撰した〈宋宰相贈太師魏國洪文惠公神道碑銘〉が載錄されており、そこには「政を罷《や》めて後、論著　益《ます》ます多く、四方に傳誦さる。『盤洲集』八十巻有り」と見える。

六　陳振孫書錄解題　『直齋書錄解題』巻一八に「盤洲集八十巻」と著錄される。

七　張萱重編内閣書目　明の孫能傳・張萱《ちょうけん》等による『内閣藏書目錄』八巻を指す。明の萬曆三十三年（一六〇五）に祕府の藏書を整理した際の目錄。明代にはこれ以前の正統年間に藏書整理が行われており、そのためこの萬暦本に「重編」という字を冠することもある。卷三に「盤洲文集十一册」が著錄され、「宋洪文惠公适の著　鈔本凡そ八十卷」とある。

八　王士禎居易錄謂…　『居易錄』卷一七に「『内閣藏書目』載す、…『盤洲集』八十卷　洪适　竹垞（朱彝尊）の鈔本は止《た》だ詩有るのみ。……右は宋元の數公の文集にして、曾《かつ》て其の本を睹《み》るも卷數未だ合わざる者を錄記す」とある。

九　毛氏汲古閣所藏　汲古閣は、明の虞《ぐ》山（江蘇省）の人である毛晉《もうしん》（一五九九～一六五九）とその子たちの藏書樓。藏書數八萬四千册、中でも宋・元の善本が多かったことで知られる。

一〇　惟末卷〈拾遺劄子〉第三篇…　宋刊本の影印である四部叢刊本（【附記】參照）『盤洲文集』卷末附錄『盤洲拾遺』の三篇目の〈轉運司乞移免折斛錢劄子〉も斷簡となっている。

一一　适以詞科起家、工於儷偶　注四の許及之が撰した〈行狀〉に、「(宋の）紹興壬戌（十二年　一一四二）、公は介弟《かいてい》（おとうとぎみ）文安公遵《じゅん》と與に、博學宏詞科に中《あた》る」とみえる。博學宏詞科は宋代の官吏任用制度の一つで、北宋末には詞學兼茂科と呼ばれていたが、紹興三年（一一三三）にこの名に改められた。もとは進士出身者にしか受驗資格がなかったが、南宋ではこの制約はない。試驗は制誥・記・贊などの十二種類の文の作文で、その文體は四六駢儷文である。博覽で經史に通じ、特に對句に巧みであることが要求された。

一二　其弟邁嘗擧…　洪邁《こうまい》『容齋三筆』卷八「吾家四六」には、洪适の〈張浚《ちょうしゅん》免相制〉〈王大寶致仕《ちし》制〉〈浙東謝表〉〈謝生日詩詞啓〉などが列擧されている。〈張浚免相制〉は『盤洲文集』中に見えないが、宋の徐自明『宋宰輔編年錄』卷一七の隆興二年（一一六四）の四月丁丑、張浚罷右僕射の條に全文が引かれている。〈王大寶致仕制〉と〈浙東謝表〉は、それぞれ『盤洲文集』卷一九〈敷文閣直學士王大寶轉一官致仕制〉と卷三九〈紹興府謝到任表〉。〈謝生日詩詞啓〉は五十歳の誕生日を迎えての作であるが、『盤洲文集』中には收められていない。

一三　然考适自撰小傳…　文淵閣四庫全書本『盤洲集』および四部叢刊本『盤洲文集』卷三三〈盤洲老人小傳〉にいう、「魏國（洪适の母　魏国太夫人沈氏）諸孤《しょこ》を棄つ。仲舅博士公は喪を奉じて無錫に來たらしむ。外氏に依りて以て葬る。時に河南復た王土と爲《な》らんとす。嘗て宰臣の賀表を擬するに、〝齊人《せいひと》鄆《うん》・讙《かん》の田を歸す〟を以て、〝宣王は文・武の土を復す〟に對す。舅氏其の語を愛し、某《それがし》に謂いて曰く、〝甥《せい》は若《も》し鞭を加えて休まずんば、詞科は取るに難《かた》からず〟と。乃ち二弟と同に門を閉ざして習い、之が爲に夜も枕に安んぜざること餘歳なり。既に試みられて偶《たま》たま選に中《あた》る（母上が亡くなると、母の兄弟である博士公沈亨辰（松年）は、私たちを無錫に呼びよせた。そこで沈家の援助で母を葬った。時に河南の地が回復できそうな時で、宰相たちの賀表になぞらえて、〝齊人は鄆・讙の田を返還した〟に對して、〝宣王が文王や武王の領土を復興した〟という對句をつくってみた。おじはこの語をほめ、私に〝君はもしさらに研鑽を積んだならば、博學宏詞科の及第は難しいことではない〟といった。そこで私は二人の弟とともに門を閉ざして勉強し、そのために夜もゆっくり休まないことが數年續いた。そして試驗で偶然にも合格したのである）」とみえる。洪适の作った對句の出典は、『春秋』定公十年の「齊人來たりて鄆《うん》・讙《かん》・龜陰《きいん》の田を歸す」である。鄆・讙・龜陰はいずれも陽虎《ようこ》によって魯から齊に持ち去られていた土地。ここでは金に奪取された中原を指す。またここでいう「時に 河南 復た王土と爲らんとす」とは、紹興八年（一一三八）十二月の金との和議によって、河南や陝西などが宋に返還されたことをさす。

一四　隸釋・隸續、於史傳舛異、考核特精　『四庫全書總目提要』巻八六 史部 目錄類二の『隸釋』の提要には、「其の某の字を以て某の字と爲すは、則ち具《つぶ》さに其の下に疏し、兼ねて其の史事に關切する者を核著して之が爲に論證す。碑刻有りて自《よ》り以來、是の書を推して最も精博と爲す」と見える。

一五　跋唐瑾傳　文淵閣四庫全書本『盤洲集』および四部叢刊本『盤洲文集』巻六二〈歐の書する唐瑾《とうきん》碑に跋す〉に「今 其の文を以て『北史』の列傳を考うるに、則ち史の失 甚だ多し」という。

一六　跋丹州刺史碑　文淵閣四庫全書本『盤洲集』および四部叢刊本『盤洲文集』巻六二の〈歐の書する丹州刺史碑に跋す〉に「凡そ『唐史』の人の姓名を紀するは尤も謬誤多し」という。

一七　跋皇甫誕碑　文淵閣四庫全書本『盤洲集』および四部叢刊本『盤洲文集』巻六二の〈歐の書する皇甫府君碑に跋す〉に「『北史』列傳は既に其の英烈を發揚する能わず、其の官秩を序するに至りては又た闕略多し」という。

一八　又宋史本傳稱…　『宋史』巻三七三洪适傳にいう。「皓 英州に謫せられ、适復た罷を論じられ、嶺南に往來して省侍《せいじ》すること九載。檜死して皓還《こうかえ》り、道に卒す。服闋《ふくおわ》り、起《た》ちて荊門軍に知たり」と。

一九　今以集中自撰小傳及皓行述考之…　注一三の〈盤洲老人小傳〉は、「忠宣（父皓の謚號《しごう》）南歸し、卽ち國を去る。某《それがし》は親を奉ずるを以て自ら列して台州に通判たるを得たり。甫《まさ》に終るに 更に英州の禍起こり、台守 彈文を撰し、秦の意 秦の嗾《そう》を迎う。言官 之を上《たてまつ》り、坐して免官す。又た九年、忠宣 薨《こう》ず。服闋《おわ》り、荊門軍・徽《き》州に知たり（父の忠宣公は金に留め置かれたのち南に歸ると、すぐに左遷となった。私は父におつかえするという理由で志願して台州通判となった。その任期が終わろうとするころ、英州の禍が起こり、台州の知事が彈劾する文を作ったが、それは秦檜の意を受け、秦檜にそそのかされたものだ。御史臺がこれを上ったため私は免官になった。それから九年、父が亡くなった。服喪が終わって知荊門軍や知徽州となった〕」という。また、文淵閣四庫全書本『盤洲集』および四部叢刊本『盤洲文集』巻七四〈先君述〉も「先君 責せられて濠州團練副使、英州に安置たり。…謫せられて九歳、始めて左朝奉郎に復し、台州崇道觀に主し、居袁州たり。未だ領を踰《こ》えざるに、疾革《やまいあらた》まり、二十五年十月二十日を以て南雄に薨《こう》ず。後《おく》るること一日にして、秦 亡くなれり（父上は濠州團練副使の肩書きで、安置英州として流謫となり、…謫せられて九年經って、始めて左朝奉郎に復歸し、台州崇道觀の祠錄官として、袁州居住となり、まだ境界を越えないうちに、疾が篤くなり、紹興二十五年十月二十日に南雄にて亡くなった。その一日後、秦檜が亡くなった）」という。

【附記】

最もよく流布しているのは、四部叢刊本『盤洲文集』八十巻で、初次は宋鈔本を、二次印本以降は、項氏天籟《てんらい》閣《かく》の宋刊本（現在は、北京の國家圖書館に藏されている）を用い、闕脱を舊鈔本などで補った。宋鈔本との校勘記が附されていて、張元濟の札記がある。文淵閣四庫全書本は宋刻を鈔した汲古閣本を底本としており、配列や内容は四部叢刊本と同じである。

『全宋詩』（第三七冊 巻二〇七五～巻二〇八六）は、四部叢刊本を底本に、集外詩も廣く輯めている。

『宋人年譜叢刊』（四川大學出版社 二〇〇三）第八冊に、張尙英校點による清の錢大昕撰・洪汝奎增訂〈洪文惠公年譜〉（宣統元年晦木齋刊『四洪年譜』本）が収められている。

二七　石湖詩集三十四巻

[一]江蘇巡撫採進本

【范成大】一一二六～一一九三
字《あざな》は至能、呉縣（蘇州）の人。紹興二十四年（一一五四）の進士。孝宗朝に參知政事に至った。引退後は、郷里である呉の石湖に別荘を構え、石湖居士と號した。尤袤《ゆうぼう》・楊萬里・陸游とともに南宋の四大詩人に數えられ、代表作の〈四時田園雜興〉六十首は、宋の田園詩の傑作といわれる。諡《おくりな》は文穆《ぶんぼく》。周必大『周文忠公集』卷六一〈范公成大神道碑〉、『宋史』卷三八六 范成大傳 參照。

宋范成大撰。成大有[二]呉郡志、已著錄。

案[三]陳振孫書錄解題、成大有集一百三十六卷。[四]宋史藝文志、亦載石湖大全集一百三十六卷、與陳氏著錄同。而又有石湖別集二十九卷。又有石湖居士文集、亡其卷數。

[五]此本爲長洲顧嗣立等所訂。乃於全集之中[六]獨摘其詩別行、而附以賦一卷。[七]前有楊萬里・陸游二序。然萬里所序者、乃其全集、不專序詩。游所序者、乃其西征小集、亦非序全詩。以名人之筆、嗣立等姑取以弁首耳。

[八]據萬里序、集乃成大所自編。[九]考十一卷末有自註云、以下十五首三十年前所作、續得殘稾、附此卷末。[一〇]其餘諸詩、亦皆註以下某處作。是亦手訂之明證矣。詩不分體、亦不分立名目、惟編年爲次。然宋[一一]洪邁使

金詩凡四首、其兩首在第八卷、列於邁使還入境以詩迓之之前。其兩首乃在第十卷、列於何溥挽詞之後。邁未嘗再使金、則送別之詩、不應前後兩見。[12]又南徐道中詩下註曰、以下赴金陵漕試作、則是當在第二卷之首、不應孤贅第一卷之末。或後人亦有所竄亂割併歟。

[13]成大在南宋中葉、與尤袤・楊萬里・陸游齊名。[14]袤集久佚、今所傳者僅尤侗所輯之一卷、篇什寥寥、未足定其優劣。今以楊・陸二集相較、[15]其才調之健不及萬里、而亦無萬里之麤豪。[16]氣象之闊不及游、而亦無游之窠臼。

初年吟詠、實沿溯中唐以下。[17]觀第三卷夜宴曲下註曰、以下二首效李賀、[18]樂神曲下註曰、以下四首效王建、已明明言之。其他如[19]西江有單鵠行・河豚嘆、則雜長慶之體。[20]嘲里人新婚詩・春晚三首・隆師四圖諸作、則全爲晚唐五代之音。其門徑皆可覆案。

[21]自官新安掾以後、骨力乃以漸而遒。蓋追溯蘇・黃遺法、而約以婉峭。自爲一家、伯仲於楊・陸之閒、固亦宜也。

【訓讀】

宋　范成大の撰。成大に『呉郡志』有りて、已に著錄す。

案ずるに　陳振孫『書錄解題』に成大は集一百三十六巻有りと。『宋史』藝文志、亦た『石湖大全集』一百三十六巻を載せ、陳氏の著錄と同じ。而して又た『石湖別集』二十九巻有り。又た『石湖居士文集』有りて、其の巻數を亡す。

此の本　長洲の顧嗣立《こしりつ》等の訂する所爲《た》り。乃《すなわ》ち全集の中に於いて獨《た》だ其の詩を摘《つ》みて別に行ない、附するに賦一巻を以てす。前に楊萬里・陸游の二序有り。然れども　萬里の序する所の者は、乃ち其の全集にして、專ら詩に序せず。

游の序する所の者は、乃ち其の『西征小集』にして、亦た全詩に序するに非ず。名人の筆なるを以て、嗣立等 姑《しばら》く取りて以て首に弁《べん》するのみ。

萬里の序に據らば、集は乃ち成大の自ら編する所なり。考うるに 十一巻の末に自註有りて云う、「以下の十五首は三十年前に作る所にして、續きて殘槀を得て、此の巻末に附す」と。其の餘の諸詩は 亦た皆「以下は某處の作」と註す。是れ亦た手訂の明證なり。詩は體を分かたず、亦た名目を分立せず、惟だ編年にして次を爲すのみ。然れども〈宋の洪邁《こうまい》 金に使《つか》いす〉詩凡そ四首、其の兩首は第八巻に在りて、〈邁の使《つかい》して還《かえ》り境に入りて詩を以て之を迓《むか》う〉の前に列し、其の兩首は乃ち第十巻に在りて、何溥《かふ》の挽詞《ばんし》の後に列す。邁は未だ嘗て再び金に使いせず、則ち送別の詩は、應《まさ》に前後兩見すべからず。又た〈南徐道中〉詩の下註に曰う、「以下は金陵の漕試に赴くの作」と。則ち是れ當に第二巻の首に在るべくして、應に第一巻の末に孤贅《こぜい》すべからず。或いは後人亦た竄亂《ざんらん》割併する所有るか。

成大は南宋の中葉に在りて、尤袤《ゆうぼう》・楊萬里・陸游と名を齊《ひと》しうす。袤の集は久しく佚し、今 傳うる所の者 僅かに尤侗《ゆうどう》の輯する所の一巻のみにして、篇什寥寥、未だ其の優劣を定むるに足らず。今 楊・陸の二集を以て相い較ぶるに、其の才調の健は萬里に及ばざるも、亦た萬里の麤豪《そごう》無し。氣象の闊《かつ》は游に及ばざるも、亦た游の窠臼《かきゅう》無し。

初年の吟詠は、實に中唐以下に沿溯《えんそ》す。第三巻の〈夜宴曲〉の下註に「以下の二首は李賀に效《なら》う」と曰い、〈樂神曲〉の下註に「以下の四首は王建に效う」と曰うを觀れば、已に明明に之を言う。其の他の〈西江有單鵠行〉・〈河豚嘆〉の如きは、則ち長慶の體を雜《まじ》う。〈里人の新婚を嘲《あざけ》る〉詩・〈春晩〉三首・〈隆師四圖〉の諸作は、則ち全て晩唐五代の音爲りて、其の門徑は皆 覆案すべし。

新安の掾《えん》に官せし自り以後、骨力は乃ち漸を以て遒《つよ》し。蓋し蘇・黄の遺法を追遡し、約するに婉峭《えんしょう》を以てし、自ら一家を爲す。楊・陸の閒に伯仲するは、固《もとよ》り亦た宜《むべ》なり。

【現代語譯】

宋 范成大の著。成大には『呉郡志』があり、すでに著録しておいた。

陳振孫『直齋書錄解題』は、成大には集一百三十六巻があるという。『宋史』藝文志も「『石湖大全集』一百三十六巻」と載せており、陳氏の著録するのと同じであるが、それに加えて『石湖別集』二十九巻、さらにまた『石湖居士文集』を巻數不明として載せている。

この本は長洲の顧嗣立《こしりつ》らが校訂したもので、全集の中から詩だけを別に抜き出し、賦一巻を附している。前に楊萬里と陸游の二つの序文がある。しかし、萬里が序したのはその全集に對してであり、詩だけに序したものではない。陸游が序したのはその『西征小集』に對してであり、これも詩全體に序したものではない。著名人の作ということで、嗣立らがとりあえず巻首にかぶせたのだ。

萬里の序文によれば、詩集は成大が自ら編纂したものである。十一巻の末に、「以下の十五首は三十年前の作で、殘槀を見つけたのでこの巻末に附す」と云う自注があり、そのほかの諸詩にもみな「以下は某處の作」と註してあることから考えると、これこそ詩人自ら編纂したことの明證である。詩は詩體の分類をせず、名目も立てておらず、ただ編年順に配列している。しかし、〈宋の洪邁《こうまい》 金に使《つか》いす〉詩四首のうち、二首は第八巻の〈邁の使《つかい》して還《かえ》り境に入るに詩を以て之を迓《むか》う〉の前に列してあり、あとの二首は第十巻の何溥《かふ》の挽詞《ばんし》の後に列している。邁は二度も金に使いしたことはなく、送別の詩を前後に分けて載錄すべきではない。さらに〈南徐道中〉詩の下註に、「以下は金陵漕試に赴いたときの作」とあるのは、これは第二巻の最初に置かれるべきで、これだけを第一巻の末に附け加えるべきではない。或いは後人がみだりに切り貼りした所があるのだろうか。

成大は南宋の中葉にあって、尤袤《ゆうぼう》・楊萬里・陸游と名を齊しうした。袤の集は早くに散逸し、今 傳わっているのは、ただ尤侗《ゆうどう》の輯めた一巻のみで、篇數も寥寥たるもので、三家とその優劣を云々することはできない。今 楊・陸の二集を以て較べるに、范は才氣という點で楊萬里には及ばないが、その反面、楊萬里の荒っぽさはない。范の詩の氣風は度量の廣さという點では陸游に及ばないものの、陸游のマンネリはない。

若いときの作品は、その手本を中唐まで遡らせていて、第三卷の〈夜宴曲〉の下註の「以下の二首は李賀に效う」や、〈樂神曲〉の下註の「以下の四首は王建に效う」などに、はっきり明言している。その他の〈西江有單鵠行〉〈河豚嘆〉などには、長慶體の影響がある。〈里人の新婚を嘲《あざけ》る〉詩・〈春晩〉三首・〈隆師四圖〉の諸作は、全て晩唐五代の韻律で、彼の詩作の道筋はすべてたどることができる。

新安（安徽省）で屬官になって以後、骨力はだんだん強くなっていった。思うに蘇軾・黄庭堅の遺法を追い求めながら、典雅さを加え、獨自の風格を出したのだ。楊萬里や陸游と伯仲するというのも、當然である。

【注】

一　江蘇巡撫採進本　採進本とは、四庫全書編纂の際、各省の長にあたる巡撫、總督、尹《いん》、鹽政などを通じて朝廷に獻上された書籍をいう。江蘇巡撫より進呈された本は『四庫採進書目』によれば一七二六部。任松如『四庫全書答問』によれば、そのうち三二〇部が著錄され、五五一部が存目（四庫全書内に収めず、目錄にのみとどめておくこと）に置かれたという。

二　呉郡志　『四庫全書總目提要』卷六八 史部二四 地理類一に「呉郡志五十卷」が著錄されており、「徵引浩博にして、敍述簡核、地志中の善本」と評される。范成大の著書には、このほか『四庫全書總目提要』卷五八 史部一四 傳記類二に『驂鸞《さんらん》錄』一巻と『呉船錄』二巻、巻七〇 史部二六 地理類三に『桂海虞衡志』一巻、巻一一五 子部二五 譜錄類に『范村梅譜』一巻と『范村菊譜』一巻が著錄されている。彼にはこのほか金の都に使いした時の記錄『攬轡《らんぴ》錄』一巻があるが、完本が残っていないため、四庫全書には著錄されなかった。

三　陳振孫書錄解題　陳振孫『直齋書錄解題』巻一八に「石湖集一百三十六卷」と著錄される。

四　宋史藝文志　『宋史』藝文志巻七 集部 別集類に、「范成大石湖居士文集 卷亡。又石湖別集二十九卷。石湖大全集一百三十六卷」と見える。

五　此本爲長洲顧嗣立等所訂…　長洲の顧嗣立《こしりつ》は、字を俠君といい、康熙五十一年（一七一二）の進士。藏書家として有名。現在、四部叢刊に收入されている『石湖居士詩集』三十四巻の目次には、「吳郡の顧嗣協迂客・嗣皐漢魚・嗣立俠君重訂」とみえる。

六　獨摘其詩別行、而附以賦一巻　四部叢刊本『石湖居士詩集』三十四巻は顧嗣立の愛汝堂刊本であるが、その目次の後ろに康熙戊辰（二十七年　一六八八）の「依園主人」の手になる跋文がある。「『石湖詩集』三十三巻、凡そ古今の各體の詩一千九百一十六首は、范文穆《ぼく》公手自ら編定す。宋の嘉泰の閒、其の子莘《しん》等刻して以て世に行う。詩文を合せて凡そ百有三十巻。明の時、曾て已に重刻するも、流傳頗る少なし。又た活板印本有るも、殘闕甚だ多し。今　藏書家多く抄本有るも、訛舛《かせん》異同し、魯魚錯出す。吾が友　金子亦陶《えきとう》（侃《かん》）の藏する所は、宋板從《よ》り抄し得て、更に爲《ため》に廣く諸家より集め、較勘は精密にして、善本と稱すべし。茲《ここ》に先に其の詩集を刻し、以て諸《これ》を同好に公にす。…外に賦・楚辭一巻、樂府一巻を附す。賦は本と詩の前に在り。今　詩の後に附する者は、集は詩を以て名づくれば、其の類に從うなり」。なお文淵閣四庫全書本には、この跋文はない。

七　前有楊萬里・陸游二序…　文淵閣四庫全書本『石湖詩集』および四部叢刊本『石湖居士詩集』の巻首には、ともに楊萬里と陸游の序が冠されている。楊萬里は范成大と同年の進士。楊萬里の序文は、紹熙五年（一一九四）六月の作。范成大の沒後、子の莘《しん》が亡父の遺志だとして楊萬里に委囑したもの。『誠齋集』巻八二に〈石湖先生大資參政范公文集序〉として收められている。陸游の序文は、淳熙三年（一一七六）上巳日の作。桂林から蜀に入る途上の作を集めた『西征小集』に序したもの。『渭南文集』巻一四に〈范待制詩集序〉として收められている。

八　據萬里序、集乃成大所自編…　注七の楊萬里の序文は、范《はん》莘《しん》から序文を依賴された時の書簡を引用する。その書簡で范莘は、「方《まさ》に先公の疾《や》みて未だ病ならざるや、日夜　手づから其の詩文を編み、數年して集を成す。凡そ若干巻」といっており、これが范成大の自編であることは明らかである。

九　十一巻末有自註云…　文淵閣四庫全書本『石湖詩集』および四部叢刊本『石湖居士詩集』巻一一の〈偶書〉の題下に「以下十五首は三十年前に作る所にして、續きて殘稾を得て此の巻末に附す」とみえる。ただし、實際の篇數は十五首ではなく、十二首しかない。

一〇　其餘諸詩、亦皆註以下某處作…　集中の多くの作品には、題下に制作の場所や狀況を書した自注がみえる。たとえば、巻一二〈渡淮〉の題下には「八月十一日、盱眙《くい》を渡りて泗《し》州を過ぎ、順風にして飛ぶが如し」とあり、巻一三〈吳興《ごこう》の薛《せつ》士隆使君と與に弁山の石林先生の故居に遊ぶ〉の題下に「此の巻は乾道壬辰の冬、廣西に赴く道中に作る所にして舊《も》と『南征小集』

と名づく」とある。

一二　宋洪邁使金詩凡四首…　「使金」はもと「使虜」に作る。滿洲族の王朝である清は「虜」の字を嫌ったため、字を改めている。文淵閣四庫全書本『石湖詩集』巻八に〈洪景盧内翰 北（四部叢刊本は「虜」に作る）に使いするを送る二首〉、巻一〇に〈洪内翰の北（四部叢刊は「虜」に作る）に使いするを送る二首〉が収入されているが、ともに洪邁を送った作とするのは、提要の誤り。巻八の洪景盧《こうけいろ》内翰とは洪邁《まい》で、紹興三十二年（一一六二）四月に金主の即位を賀するために使いし、七月に歸朝。巻一〇の洪内翰とは洪适《かつ》で、乾道元年（一一六五）に使いしたのを送った詩である。

一三　南徐道中詩下註曰…　文淵閣四庫全書本『石湖詩集』および四部叢刊本『石湖居士詩集』巻一の末〈南徐道中〉の題下に「以下は金陵の漕試に赴くの作」と見える。その他、金陵で制作した十數首の詩はすべて第二巻に收入されている。

一三　成大在南宋中葉、與尤袤・楊萬里・陸游齊名　方回『桐江集』（宛委別藏本）巻三〈遂初尤先生尙書の詩に跋す〉に、「宋の中興以來、…詩を言うに必ず尤・楊・范・陸と曰う。…誠齋は時に奇峭《きしょう》に出で、放翁は善く悲壯を爲し、公と石湖とは、冠冕佩玉《かんべんはいぎょく》、端莊婉雅なり」と見える。

一四　袤集久佚…　尤袤《ゆうぼう》の別集は、『遂初小稾』六十巻・『内外制』三十巻、あるいは『梁溪集』五十巻があったといわれるが、現在は康熙年間に末裔を名乘る長洲の尤侗《ゆうどう》が裒輯した『梁溪遺稾』があるのみで、四庫全書もこれを著錄する。本書二〇「梁溪遺稾一巻」參照。

一五　其才調之健不及萬里…　楊萬里自身は『誠齋集』巻四一〈進退格 張功父・姜堯章に寄す〉の中で「尤・蕭（德藻）・范・陸は四詩翁、此の後 誰か當に第一の功たるべき」と言っており、范成大の詩を高く評價していた。

一六　氣象之闊不及游…　范成大の詩を陸游と比較して論じる例としては、『四庫全書總目提要』巻一九〇が『唐宋詩醇』を著錄して次のようにいっている。「南宋の詩は、范・陸 名を齊《ひと》しうす。…『石湖集』は篇什多く無く、才力識解も亦た均しく『劍南集』の上に出づる能わず。既に白（居易）を擧げて以て元（稹）を概すれば、自《おのずか》ら當に陸を存して范を删《けず》るべし」とみえる。また清の費經虞『雅倫』巻二體調に「石湖は放翁と名を齊しうし、淸新藻麗なり。然れども才は放翁に亞《あ》す」とみえる。

一七　第三巻夜宴曲下註曰…　文淵閣四庫全書本『石湖詩集』および四部叢刊本『石湖居士詩集』巻三には〈夜宴曲〉と〈神絃〉が見え、〈夜宴曲〉の題下に「以下共に二首は、李賀に效う」と注されている。

一八　樂神曲下註曰…　文淵閣四庫全書本『石湖詩集』および四部叢刊本『石湖居士詩集』巻三には〈樂神曲〉〈繰絲行〉〈田家留客行〉〈催租行〉の四首が見え、〈樂神曲〉の題下に「以下共に四首、王建に効う」と注されている。

一九　西江有單鵠行・河豚嘆…　ともに、文淵閣四庫全書本『石湖詩集』および四部叢刊本『石湖居士詩集』巻一所收。長慶體とは、中唐の白居易・元稹による新樂府の詩體を指す。

二〇　嘲里人新婚詩・春晩三首・隆師四圖諸作…　文淵閣四庫全書本『石湖詩集』および四部叢刊本『石湖居士詩集』巻一〈嘲里人新婚〉、巻二〈春晩三首〉、巻三〈湯致遠運使藏《ぞう》する所の隆師の四圖に題す〉（四圖とは、欠伸・倦繡・倚竹・嗅梅）を指す。それぞれ、纖細柔嫋な趣があり、晩唐から五代の詩風に近い。

二一　自官新安掾以後…　范成大は、紹興二十四年、進士に及第し、二十六年、徽《き》州司戶參軍として赴任した。文淵閣四庫全書本『石湖詩集』および四部叢刊本『石湖居士詩集』巻五に〈天平先隴道中、時に將《まさ》に新安の掾《えん》に赴かんとす〉という詩がみえる。新安とは徽州の古名。

【附記】

范成大の詩文集はもと一百三十六巻あったというが、一番古いものでも明の弘治十六年（一五〇三）の金蘭館銅活字本『石湖居士詩集』三十四巻しか傳わらない。北京の國家圖書館・北京大學圖書館・上海圖書館に藏される。四部叢刊本は、康熙二十七年（一六八八）に顧嗣立《こしりつ》の愛汝堂が刊した本の影印である。文淵閣四庫全書本の底本も同じ。なお、文に關して言えば、孔凡禮輯『范成大佚著輯存』（中華書局　一九八三）は、主に南宋の黃震『慈溪黃氏分類日抄』中に現存する佚文（佚詩を含む）を輯めており、便利である。

『全宋詩』（第四一冊　巻二二四二～巻二二七四）は四部叢刊本を底本とし集外詩も輯めており、輯佚詩の篇數という點では上揭の孔凡禮輯『范成大佚著輯存』に勝る。

評點本には、富壽蓀校『范石湖集』上下（新一版　上海古籍出版社　一九八一、中華書局一九六二や中華書局香港分局一九七四をもとにしたもの）があり、附錄として、清の沈欽韓《しんきんかん》『范石湖詩集注』三巻も収められている。

選注本には、周汝昌選注『范成大詩選』（人民文學出版社　一九五九、一九八四）、高海夫選注『范成大詩選注』（上

海古籍出版社　一九八九）、顧志興主編『范成大詩歌賞析集』（巴蜀書社　一九九一）などがある。

資料集として湛之編『楊萬里范成大資料彙編』（一九六四　中華書局、一九八五　重印）がある。

年譜には、孔凡禮著『范成大年譜』（齊魯書社　一九八五）、于北山著『范成大年譜』（上海古籍出版社　一九八七）のほか、『宋人年譜叢刊』（四川大學出版社　二〇〇三）第九册に収められている王德毅編〈范石湖先生年譜〉（原載は臺灣大學『文史哲學報』第一八期　一九六九）などがある。

『和刻本漢詩集成』（汲古書院）第十五輯には、『石湖先生詩鈔』六巻（清　周之鱗・柴升選　日本　大窪行・山本謹　點　文化元年江戸書林和泉屋庄次郎等刊本）、『石湖詩』（田園雜興）一巻（享和三年序晩晴堂刊本）、『石湖詩集』（田園雜興）一巻（大沼枕山講述）、『石湖居士蜀中詩』二巻（松本愼　點　寛政十二年平安書肆瑤芳堂北村庄助刊本）が収入されている。

二八　誠齋集[一]一百三十三卷

[二]編修汪如藻家藏本

【楊萬里】一一二七～一二〇六
字《あざな》は廷秀《ていしゅう》、號は誠齋、吉州吉水（江西省）の人。范成大と同じく、高宗の紹興二十四年（一一五四）の進士。地方官を經て、孝宗の時に國子博士として中央に召され、光宗の時に祕書監となるが、剛直な性格で妥協を知らず、しばしば宰相に逆らい地方に出された。寧宗が即位して韓侂冑《かんたくちゅう》に召されるも赴かず、慶元五年（一一九九）に引退して歸鄕。韓侂冑の主導で北伐が開始されるのを聞くや、憤りのため食を攝《と》らず、八十歲で沒した。のちに文節と謚《おくりな》された。南宋四大家の一人であり、俗語を交えた輕妙な詩に特徵があり、田園の生活を詠じたスケッチ風の詩が多い。清乾隆六十年刻『楊文節公文集』卷末所收　楊長孺〈宋故寶謨閣學士通奉大夫廬陵郡開國侯贈光祿大夫誠齋楊公墓誌〉、『宋史』卷四三三　儒林傳三　參照。

宋楊萬里撰。[三]萬里有誠齋易傳、已著錄。
[四]此集則嘉定元年其子長孺所編也。
萬里立朝多大節。[五]若乞留張栻・[六]力爭呂頤浩等配享及[七]烖變應詔諸奏、今具載集中。丰采猶可想見。然其生平、乃特以詩擅名。[八]有江湖集七卷、荊溪集五卷、西歸集二卷、南海集四卷、朝天集六卷、江西道院集二卷、朝天續集四卷、江東集五卷、退休集七卷、今併在集中。[九]方回瀛奎律髓稱其一官一集、每集必變一

格。

雖沿[10]江西詩派之末流、不免有頽唐麤俚之處、而才思健拔、包孕富有、自爲南宋一作手。非後來四[11]靈・[12]江湖諸派可得而竝稱。[13]周必大嘗跋其詩曰、誠齋大篇短章、七歩而成、一字不改、皆掃千軍・倒三峽・穿天心・出月脅之語。至於狀物姿態、寫人情意、則鋪敍纖悉、曲盡其妙。筆端有口、句中有眼云云。是亦細大不捐、雅俗竝陳之一證也。

[14]南宋詩集傳於今者、惟萬里及陸游最富。[15]游晩年隳節、爲韓侂冑作南園記、得除從官。萬里寄詩規之、有不應李杜翻鯨海、更羨夔龍集鳳池句。羅大經鶴林玉露、嘗記其事。[16]以詩品論、萬里不及游之鍛鍊工細。以人品論、則萬里倜乎遠矣。

其集卷帙繁重、久無刻版。故傳寫往往譌脫。[17]考岳珂桯史記、朝天續集韓信廟詩、淮陰未必滅文成句、麻沙刻本譌文成爲宣成。則當時已多誤本。今核正其可考者、凡疑不能明者則姑闕焉。

【訓讀】

宋 楊萬里の撰。萬里に『誠齋易傳』有りて、已に著錄す。

此の集は則ち嘉定元年 其の子 長孺《ちょうじゅ》の編する所なり。

萬里は朝に立ちては大節多く、〈張 栻《ちょうしょく》を留めんことを乞う〉〈力《つと》めて呂頤浩《りょいこう》等の配享《はいきょう》を争う〉、及び戕變《さいへん》の應詔の諸奏の若《ごと》きは、今 具《つぶ》さに集中に載す。丰采《ほうさい》 猶お想い見るべし。然れども 其の生平は、乃《すなわ》ち特に詩を以て名を擅《ほし》いままにす。『江湖集』七卷、『荊溪集』五卷、『西歸集』二卷、『南海集』四卷、『朝天集』六卷、『江西道院集』二卷、『朝天續集』四卷、『江東集』五卷、『退休集』七卷有りて、今 併びに集中に在り。方回の『瀛奎律髓《えいけいりつずい》』稱す、「其の一官に一集、集毎《ごと》に必ず一格を變ず」と。

江西詩派の末流に沿い、頹唐《たいとう》麤俚《そり》の處有るを免かれずと雖も、才思は健拔、包孕《ほうよう》富有にして、自《おのずか》ら南宋の一作手爲り。後來の四靈《しれい》・江湖の諸派の得て竝稱すべきに非ず。周必大は嘗て其の詩に跋して曰う、「誠齋 大篇短章（鉅章の誤り）は、七歩にして成り、一字も改めざるに、皆 千軍を掃《は》き、三峽を倒《さか》しまにし、天心を穿《うが》ち、月脅《げっきょう》を出づるの語なり。物の姿態を狀し、人の情意を寫すに至りては、則ち鋪敍纖悉《ほじょせんしつ》にして、曲《つぶ》さに其の妙を盡くす。筆端に口有り、句中に眼有り云云」と。是れ亦た細大捐《す》てずして、雅俗竝陳《へいちん》するの一證なり。

南宋の詩集の今に傳わる者は、惟だ萬里及び陸游 最も富めり。游は晩年節を隳《おと》し、韓侂冑《かんたくちゅう》の爲《ため》に〈南園の記〉を作り、從官に除せらるるを得。萬里は詩を寄せて之を規《ただ》し、「應《まさ》に李杜の鯨海を翻すに、更に夔龍《きりゅう》の鳳池に集《つど》うを羨むべからず」の句有り。羅大經『鶴林玉露』は、嘗て其の事を記す。詩品を以て論ずれば、萬里は游の鍛鍊工細に及ばず。人品を以て論ずれば、則ち萬里は倜乎《てきこ》として遠し。

其の集は卷帙《かんちつ》繁重にして、久しく刻版無し。故に傳寫往往にして譌脱《かだつ》す。考うるに岳珂《がくか》『桯史《ていし》』記す、「『朝天續集』〈韓信廟〉詩の「淮陰 未だ必ずしも文成に減ぜず」の句、麻沙刻本は〝文成〟を譌《あやま》りて〝宣成〟と爲す」と。則ち當時已に誤本多し。今 其の考すべき者を核正し、凡そ疑の明らかにする能わざる者は則ち姑《しばら》く焉《こ》れを闕《か》く。

【現代語譯】

宋 楊萬里の著。萬里には『誠齋易傳』があり、すでに著録しておいた。

この集は嘉定元年（一二〇八）に彼の子 長孺《ちょうじゅ》が編纂したものである。

萬里は朝廷に在ってはよく大節を貫き、〈張栻《ちょうしょく》を留めんことを乞う〉〈力《つと》めて呂頤浩《りょいこう》等の配享《はいきょう》を争う〉や、哉變《さいへん》の應詔の諸奏などは、今も集中に載せられており、その堂々とした姿を窺い知ることができる。しかし、生前は特に詩で名を擅《ほし》いままにしていた。『江湖集』七巻、『荊溪集』五巻、『西歸集』二巻、『南海集』四巻、『朝天集』六巻、『江西道院集』二巻、『朝天續集』四巻、『江東集』五巻、『退休集』七巻があり、今すべて集中に在る。方回の『瀛奎律髓』は、「一つの官に一集があり、集ごとに必ず詩格が變わる」と言っている。

江西詩派の末流をくみ、くだけた感じで大雜把な處があるのは免かれないが、才能はずば抜けていて、表現力も豊かであり、南宋の第一級の詩人であるのは疑いない。後の四靈《しれい》や江湖派などの詩人が肩を並べることなどできるはずもない。周必大はかつてその詩の跋文を書いて言った。「誠齋はどんな大作でも（短章は鉅章の誤り）、七歩のうちに出來上がり、一字も改めなくても、それらはみな千軍を掃き（千人の敵陣を一氣にやっつけ）、三峽を倒《さか》しまにし（三峽のさかまく流れを押し戻し）、天心を穿ち（天の中心を射抜き）、月脅を出づる（きびしい境地から抜け出る）ような語である。物の姿態を畫き、人の情意を描寫するに至っては、敍述が細やかで、その妙を盡くしている。筆端に口があり、句中に眼があるようだ」云云と。これも細大漏らさず描寫し、雅と俗の兩方を兼ね備えていることの一證である。

今に傳わる南宋の詩集のうち、分量から見れば萬里と陸游が最も豊富である。游は晩年に節を失い、韓侂冑《かんたくちゅう》のために〈南園の記〉を書いて、それで侍從の官を得た。萬里は詩によってこれを諫めて、「應《まさ》に李杜の鯨海を翻《くつがえ》すに、更に夔龍《きりゅう》の鳳池に集《つど》うを羨むべからず（鯨の海を翻す李杜のような存在なのに、夔龍が鳳池に集うのを羨むべきではない）」の句がある。羅大經『鶴林玉露』がこの事について記している。「詩の品でもっていえば、萬里は游の練り上げた細工の確かさには及ばない。人品でいえば、萬里は遙かに陸游の上を行く」と。

彼の集は巻帙も多くて、長らく刻版がなかった。そのため傳寫の際に往々にして誤字脱字が生じた。考えるに、岳《がく》珂《か》『桯《てい》史』は、『朝天續集』〈韓信廟〉詩の「淮陰　未だ必ずしも文成に減ぜず」の句を、厤沙刻本は〝文成〟を誤って〝宣成〟に作っていると記している。つまり當時から誤った本が多かったのだ。今　考證可能なものを訂正し、疑いがあっても明らかにできそうもないものについては、しばらくそのままにしておく。

【注】

一　一百三十三卷　文淵閣四庫全書本の書前提要や武英殿本の『四庫全書總目提要』などは、「一百三十二卷」に誤っている。

二　編修汪如藻家藏本　汪如藻は字を念孫といい、桐鄉（浙江省）の人。乾隆四十年（一七七五）の進士。父祖より裘杼《きゅうちょ》樓の萬卷の藏書を受け繼いだ。四庫全書總目協勘官となり、『四庫採進書目』によれば二七一部を進獻した。任松如『四庫全書答問』によれば、そのうち九〇部が四庫全書に著錄され、五六部が存目（四庫全書内に收めず、目錄にのみとどめておくこと）に置かれたという。

三　萬里有誠齋易傳　『四庫全書總目提要』卷三　經部三　易類三に『誠齋易傳』二十卷が著錄されている。

四　此集則嘉定元年其子長孺所編…　文淵閣四庫全書本『誠齋集』の卷末の跋文に、「東山先生（楊長孺）曩《さき》に東廣に帥たりしとき、煒叔《いしゅく》は南海の武令《じれい》たりて、門牆《もんしょう》に寘《お》かるるを辱《かたじけの》うし、益《ます》ます深く敬慕す。迺《すなわ》ち今　通德の鄉に假守たるに、『誠齋文集』獨り闕《か》きて未だ傳わらず。…東山は首に請う所に從い、且つ手ずから爲に是正するを獲たり。卷を以て計するに一百三十有二、字を以て計するに八十萬七千一百有八、木を端平初元六月一日に鋟《しん》し、工を次年の乙未六月の既望に畢《お》う」とある。最後の署名を闕いているが、四部叢刊本（影宋鈔本の影印）『誠齋集』卷首では「端平二年（一二三五）□月□日　劉煒叔序す」とあり、『誠齋集』が最初に刻された歲がわかる。さらに、四部叢刊本の每卷末には、「嘉定元（一二〇八）年春三月男　長孺編定、端平元（一二三四）年夏五月　門人　羅茂良　校正」とあることから、楊萬里の長男長孺の編定であったことが知られる。

五　乞留張栻　文淵閣四庫全書本および四部叢刊本『誠齋集』の卷六二〈壽皇に上《たてまつ》りて張栻《ちょうしょく》を留め韓玉を黜《しりぞ》けんことを乞う書〉を指す。

六　力爭呂頤浩等配享　文淵閣四庫全書本および四部叢刊本『誠齋集』卷六二の〈配饗《はいきょう》の不當なるを駁《ばく》する疏〉を指す。

七　烖變應詔諸奏　文淵閣四庫全書本および四部叢刊本『誠齋集』卷六二の〈壽皇に上りて天變地震を論ずる書〉と〈旱暵《かんかん》應詔の上疏〉を指す。

八　有江湖集七卷…　文淵閣四庫全書本および四部叢刊本『誠齋集』では、詩は合計四十二卷ある。その内譯は、卷一〜七『江湖集』、卷八〜一二『荊溪集』、卷一三〜一四『西歸集』、卷一五〜一八『南海集』、卷一九〜二四『朝天集』、卷二五〜二六『江西道院集』、卷二七〜三〇『朝天續集』、卷三一〜三五『江東集』、卷三六〜四二『退休集』である。

九　方回瀛奎律髓稱…　『瀛奎律髓』卷一　登覽類は楊萬里の〈過揚子江〉を採錄し、その評に次のようにいう。「楊誠齋の詩は一官に一集、一集毎《ごと》に必ず一變す。此れは『朝天續集』の詩なり。其の子 長孺 舉《あ》げて范石湖・尤梁溪の二公に似ると。以爲《おもえ》らく 誠齋の詩 又た變ず。而るに誠齋は自ら知らずと謂う。詩は變らずんば進まず。」なお、父の〈過揚子江〉詩をみた楊長孺が、范成大や尤袤に似ていると指摘した話は、四部叢刊本『誠齋集』卷八一（四庫全書本では卷八二）の〈誠齋朝天續集序〉にみえる。

一〇　江西詩派之末流　楊萬里ら南宋の四大家は江西派の影響を受けつつ、そこから脱却して獨自の詩風を切り開いたとされる。楊萬里が初期に江西詩派の影響を受けていたことは、彼自身が〈誠齋江湖集序〉（四部叢刊本『誠齋集』卷八〇）で「予 少《わか》きときの作、詩千餘篇有り。紹興壬午（三十二年 一一六二）七月に至りて、皆 之を焚《や》く。大槩《たいがい》 江西の體なり」と言っていることからもわかる。このとき楊萬里は三十六歳であった。

一一　四靈　永嘉の四靈、すなわち、徐照（靈暉）・徐璣《じょき》（靈淵）・翁卷《おうけん》（靈舒）・趙師秀（靈秀）の四人。『四庫全書總目提要』卷一六二　集部一五　別集類一五は、徐照の『芳蘭軒集』一卷を著錄して次のようにいう。「蓋し四靈の詩は、鏤心鉥腎《ろうしんしゅつじん》、刻意雕琢《ちょうたく》と雖も、徑《みち》を取ること太《はなは》だ狹く、終に破碎尖酸《せんさん》の病を免かれず」。本書二四「芳蘭軒集一卷」參照。

一三　江湖諸派　南宋末、江湖の文人が詩社をむすび、吟遊や詩會を通じて唱和を行うといった創作活動が流行。これによって、詩作は士大夫のみならず商人層にも廣まったが、その詩風は晚唐詩に近く、卑弱だとして後世あまり高く評價されない。

一三　周必大嘗跋其詩曰…　周必大『平園續稿』卷九〈楊廷秀の石人峯の長編に跋す〉にいう。「今時の士子 誠齋の大篇鉅章の、七步にして成り、一字も改めざるを見るに、皆 千軍を掃《は》き、三峽を倒《さか》しまにし、天心を穿《うが》ち、月窟《げっくつ》を透《とお》すの語にして、物の姿態を狀し、人の情意を寫すに至りては、則ち鋪敍纖悉《ほじょせんしつ》にして、曲《つぶ》さに其の妙を盡くす。遂に謂えらく天生の辯才にして、大自在を得たりと。是れ固《まこと》に然り。抑《そも》そも 未だ 公の志學由《よ》り從心に至るまでを知らざるか、上は賡載《こうさい》の歌に規して、意を風雅頌の什に刻み、下は『左氏』『莊』『騷』、秦漢魏晉南北朝隋唐より以て本朝に及ぶに逮《およ》び、凡そ名人の傑作、其の詞源を推求し、其の句法を擇用せざるは無きを。五十年の閒、歲ごとに鍛え月ごとに錬り、朝に思い夕べに維《おも》いて、然る後に大いに悟り大いに徹す。筆端に口有り、句中に眼有るは、夫れ豈に一日の功ならんや」。

一四　南宋詩集傳於今者、惟萬里及陸游最富　『四庫全書總目提要』卷一六〇　別集類一三には、陸游『劍南詩稿』八十五卷・『渭南文集』五十卷が著錄されている。詳しくは、二九－一「劍南詩稾八十五卷」、二九－二「渭南文集五十卷」を參照。

一五　游晚年隳節爲韓侂胄作南園記…　羅大經『鶴林玉露』甲編卷四にいう。「陸務觀…晚年 韓平原の爲に〈南園記〉を作り、從官に除せらる。楊誠齋 詩を寄せて云う〝君は東浙に居り我は江西、鏡裏 新たに幾縷《いくる》の絲《し》を添う。花落つること六回 信息は疏《まれ》に、月明 千里 兩《ふた》つながら相い思う。應《まさ》に李杜の 鯨海を翻《くつがえ》すをもて、更に夔龍《きりゅう》の鳳池に集《つど》うを羨むべからず。道《い》う是れ樊川《はんせん》の輕薄殺、猶お萬戶を將《も》て千詩に比するがごとし〟と。蓋し 之を切磋《せっさ》するなり。然れども〈南園の記〉は唯だ勉《はげま》すに忠獻の事業を以てし、諛辭《ゆじ》無し。晩年の詩は和平粹美にして、中原承平の時の氣象有り。朱文公 喜びて之を稱す」と。楊萬里の詩は、文淵閣四庫全書本および四部叢刊本『誠齋集』卷三六〈退休集〉の〈陸務觀に寄す〉である。詩は杜甫の「或いは看る翡翠蘭苕《ひすいらんちょう》の上、未だ鯨魚を掣《せい》せず碧海の中」(『杜詩詳注』卷一一〈戲爲六絕句〉四)、「宮中より每《つね》に出でて東省に歸る、會送す夔龍《きりゅう》の鳳池に集《つど》うを」(『杜詩詳注』卷六〈紫宸殿退朝口號〉)、および杜牧(樊川)の「誰が人か似るを得んや 張公子の、千首の詩は萬戶侯を輕んずるに」(『樊川詩集』三〈池州の九峰樓に登り、張祜《こ》に寄す〉)に基づく。夔・龍はともに舜の臣。鳳池は宰相や高官が集まる中書省。輕薄とは、杜牧が輕薄子と言われたことを指す。楊萬里の全體の詩意は、大詩人であるあなたは、祿を求めずに文學に專念してほしいということ。

一六　以詩品論、萬里不及游之鍛鍊工細…　陸游が晩年に韓侂《かんたく》冑《ちゅう》のために〈南園記〉を書いて七十八歲で再び出仕したこと、さらに、都で彼のために〈閱古泉記〉(葉紹翁『四朝聞見錄』に見える、後に毛晉編『放翁逸稿』卷上所收)〈韓太傅生日〉(『劍南詩稿』卷五二)を書いたことは、今日に至るまで議論の的となっている。提要は、これを陸游の最大の汚點とするが、注一五の楊萬里の詩が本當に陸游を批判したものであるかどうかについては、すでに疑問が呈されている。すなわち于北山著『陸游年譜』は、編年詩集である『誠齋集』を考證し、これを紹熙五年(一一九四)すなわち七十歲の陸游に贈った詩だとする。これは陸游が〈南園記〉を書いた時よりも六～七年前、〈閱古泉記〉の九年前になる。于北山は、『宋詩紀事』や四庫提要が、羅大經『鶴林玉露』の說を鵜呑みにして、陸游と楊萬里の人品を云々することに異を唱えている。

一七　岳珂《がくか》桯史記…　『桯史《ていし》』卷一二〈淮陰《わいいん》廟〉の條によれば、岳珂は楚州の淮陰を通りかかった際に立ち寄った韓信の廟で、楊萬里の二篇の詩をみつけた。その時、第一首の末句が「淮陰何必減宣成」となっていたのを、「宣成」は張良(留侯)の諡《おくりな》「文成」の誤りだろうと考えたが、後に入手した麻沙印本の『朝天續集』もまた「宣」の字に作っていた。岳珂はこれを「尤も怪しむべし」とする。ただし、四部叢刊續編『桯史』および唐宋史料筆記叢刊點校本(中華書局　一九八一)は、いずれも宣成を文成に改めていて、岳珂の指摘が分らなくなってしまっている。詩は文淵閣四庫全書本および四部叢刊本『誠齋集』卷二七『朝天續集』卷一の〈淮陰縣を過《よ》ぎり韓信廟に題す、前に唐律を用い、後に進退格を用ゆ〉である。現在、四庫全書本も四部叢刊本も、「宣成」に作っている。

【附記】

北京の國家圖書館には、淳熙から紹熙年閒にかけて刻された楊萬里の最も古い七つの詩集、存六十卷が藏されている。その內容は、『江湖集』十四卷、『荊溪集』十卷、『西歸集』四卷（第四卷は闕）、『南海集』八卷、『江西道院集』五卷、『朝天續集』八卷、『退休集』十四卷（卷四・五が闕）である。本邦の宮內廳書陵部に藏される『南海集』八卷はこのうちの一つである。また、宮內廳書陵部には、楊萬里の詩文集一百三十三卷の最も古い刊本、すなわち端平元年（一二三四）宋刻本が藏されており、影印本の公刊が待たれるところである。

四部叢刊本は江陰繆氏藝風堂藏影宋鈔本の影印であるが、繆氏の本は日本の宋刻本を鈔したもので、この宋刻本こそは宮內廳書陵部の宋刻本に他ならない。なお、文淵閣四庫全書本の底本は汪如藻の鈔本であるが、文の卷數の配置が一部四部叢刊本とは異なっており、注意を要する。

また、四庫全書以降、乾隆六十年に楊振鱗が刻した『楊文節公集』詩集四十二卷・文集四十二卷があり、その附錄に、楊長孺が書いた楊萬里の墓誌銘が載錄されていることは注目に値する。詳細は、齋藤茂〈『楊文節公集』について〉（大谷大學文藝學會『文藝論叢』六二號　河內昭圓教授退休記念號　二〇〇四・四）を參照。

『全宋詩』（第四二冊　卷二二七五～二三一八）は宮內廳書陵部藏本を底本にし、さらに集外詩を廣く輯めている。評點本には周汝昌選注『楊萬里選集』（北京中華書局　一九六二、のち新一版上海古籍出版社　一九七九）があり、選注本には、于北山『楊萬里詩文選注』（上海古籍出版社　一九八八）、章楚藩主編『楊萬里詩歌賞析集』（巴蜀書社　一九九四）、劉斯翰選注『楊萬里詩選』（三聯香港有限公司　一九九一）がある。

資料集としては、湛之編『楊萬里范成大資料彙編』（一九六四　上海中華書局、一九八五　中華書局重印）、さらに研究書としては、周啓成著『楊萬里與誠齋體』（上海古籍出版社　一九九〇）がある。

年譜としては、夏敬觀『楊誠齋詩』（一九四〇　長沙商務印書館）に〈楊誠齋年譜〉が附されているほか、先に擧げた『楊萬里詩歌賞析集』にも詳細な〈楊萬里年表〉が附されており、便利である。

『和刻本漢籍文集』第六輯（汲古書院　一九七八）に『千慮策』三巻坿『淳熙薦士錄』一巻（釋英肇　句讀　景安政五年京都勝村伊兵衛等刊本）、『東宮勸讀錄』一巻『附錄』一巻（釋英肇　句讀　景慶應四年兩白堂大原氏刊本）、『誠齋題跋』一巻（平光胤　句讀　景文政五年京都楠見甚左衛門等刊本）が收められている。詩集の和刻本『楊誠齋詩鈔』五巻（清　吳之振・吳自牧編、日本　大窪行等點　文化五年江戸若林清兵衛等刊本）と『江湖詩鈔』三巻（文化元年浪華泉本八兵衛等刊本）とは、ともに『和刻本漢詩集成』第十五輯（汲古書院　一九七六）所收。

二九－一　劍南詩稾八十五卷　内[一]府藏本

【陸游】一一二五～一二一〇
字《あざな》は務觀《むかん》、號は放翁《ほうおう》。越州山陰（浙江省紹興）の人。蔭補《いんほ》によって登仕郎となる。紹興二十三年（一一五三）、兩浙轉運使のもとで行われた鎖廳試（任官している者に進士科を受驗させるための豫備試驗）で第一位の成績を得、時の政界の實力者秦檜《しんかい》の孫が第二位になったことから秦檜に憎まれ、紹興二十四年（一一五四）の進士科で落第させられた。秦檜が死んでのち、二十八年にはじめて福州寧德縣主簿として任官した。孝宗のとき、進士出身を賜った。官界での官歴は、地方づとめが多く、特に四十六歳から十年近く四川に滯在、その閒職務怠慢を理由に罷免となったこともある。放翁と名乘るようになったのはこれによる。光宗が卽位して、六十五歳で禮部郎中兼實錄院檢討官となるがまもなく彈劾され、以後七十七歳まで鄉里で暮らす。寧宗のとき七十八歳で再び出仕し、祕書監に至り、孝宗と光宗の實錄を完成させたあと引退し、八十五歳で沒した。一萬首近い詩がのこる。南宋四大詩人の一人で、金に抗し失地の回復を願う思いを詩に託したことから、愛國詩人と呼ばれる。『宋史』卷三九五 陸游傳 參照。

宋陸游撰。游有入蜀記[二]、已著錄。
是集末有嘉定十三年[三]游子朝請大夫・知江州軍事子虡跋、稱游西泝僰道、樂其風土、[四]有終焉之志。宿留殆十載、[五]戊戌春正月、孝宗念其久外、趣召東下。然心未嘗一日忘蜀也。是以題其平生所爲詩卷、曰劍南詩稾、蓋不獨謂蜀道所賦詩也。

[六]又稱戊申・己酉後詩、游自大蓬謝事歸山陰故廬、命子虡編次爲四十卷、復題其籤、曰劍南詩續稾。自此至捐館舍、通前稾爲詩八十五卷。子虡假守九江、刊之郡齋、遂名曰劍南詩稾（案遂字文義未順、疑當作通名曰劍南詩稾）云云。則此本猶[七]〔游〕子虡之所編。

[八]至跋稱游在新定時所編前稾、於舊詩多所去取、所遺詩尚七卷、不敢復雜之卷首、別其名曰遺稾者、（案[九]後村詩話、作別集七卷、蓋偶筆誤）今則不可見矣。

[一〇]卷首又有淳熙十四年游門人鄭師尹序、稱其詩爲眉山蘇林所收拾、而師尹編次之。與子虡跋不同。蓋[一一]師尹所編、先別有一本。子虡存其舊序、冠於全集也。

[一二]游詩法傳自曾幾。而所[一三]作呂居仁集序、又稱源出居仁。[一四]二人皆江西派也。然游詩淸新刻露、而出以圓潤。[一五]實能自闢一宗、不襲黃・陳之舊格。劉克莊號爲工詩、而[一六]後村詩話載游詩、僅摘其對偶之工、已爲皮相。[一七]後人選其詩者、又略其感激豪宕・沈鬱深婉之作、惟取其流連光景、可以剽竊移掇者、轉相販鬻。[一八]放翁詩派遂爲論者口實。

夫游之才情繁富、觸手成吟、利鈍互陳、誠所不免。[一九]故朱彝尊曝書亭集、有是集跋、摘其自相蹈襲者至一百四十餘聯。是陳因窠臼、游且不能自免、何況後來。

然其託興深微、遺詞雅雋者、全集之內、指不勝屈。安可以選者之誤、併集矢於作者哉。今錄其全集、庶[二〇]幾知劍南一派、自有其眞、非淺學者所可藉口焉。

【訓讀】

宋 陸游《りくゆう》の撰。游に『入蜀記』有りて、已に著錄す。

是の集の末に嘉定十三年 游の子 朝請大夫・知江州軍事 子虡《しきょ》の跋有りて稱す、「游は西のかた僰道《ぼくどう》を泝《さかのぼ》り、其の風土を樂しみ、終焉《しゅうえん》の志有り。宿留すること殆んど十載、戊戌の春正月、孝宗 其の久しく外せしを念い、趣《すみや》かに召して東下せしむ。然れども 心に未だ嘗て一日も蜀を忘れざるなり」と。是を以て其の平生爲《つく》る所の詩巻に題して『劍《けん》南詩稾《なんしこう》』と曰う。蓋し獨り蜀道にて賦する所の詩を謂うのみならざるなり。

又た稱す、「戊申・己酉より後の詩は、游の大蓬《だいほう》自《よ》り謝事して山陰の故廬《ころ》に歸り、子虡に命じ編次して四十巻と爲さしめ、復た其の籤に題して『劍南詩續稾』と曰う。此れ自《よ》り館舍を捐《す》つるに至るまで、前稾に通じて詩八十五巻と爲す。子虡 九江に假守《かしゅ》たりて、之を郡齋に刊し、遂に名づけて『劍南詩稾』と曰う（案ずるに「遂」の字 文義未だ順ならず、疑うらくは當に「通名して『劍南詩稾』と曰う」に作るべし）云云」と。則ち此の本は猶お（原文の游の字は誤り、武英殿本により訂正）子虡の編する所のごとし。

跋に「游の新定に在りし時 編する所の前稾は、舊詩より去取する所多く、遺す所の詩 尚お七巻、敢て復た之を巻首に雜《ま》じえず、其の名を別して〝遺稾〟（案ずるに『後村詩話』の「別集七巻」に作るは、蓋し偶たま筆誤せるなり）と曰う」と稱する者に至りては、今は則ち見るべからず。

巻首に又た淳熙十四年 游の門人 鄭師尹《ていしいん》の序有りて稱す、「其の詩は眉山の蘇林の收拾する所爲りて、師尹 之を編次す」と。子虡の跋と同じからず。蓋し 師尹の編する所は、先に別に一本有り。子虡は其の舊序を存して、全集に冠するなり。

游の詩法は曾幾《そうき》自《よ》り傳わる、而るに作る所の〈呂居仁《りょきょじん》集の序〉、又た源は居仁より出づと稱す。二人は 皆 江西派なり。然れども 游の詩は清新刻露にして、出づるに圓潤を以てし、實に能く自ら一宗を闢《ひら》き、黄・陳の舊格を襲わず。劉克荘 號して詩に工みなりと爲すも、『後村詩話』に游の詩を載せて僅かに其の對偶の工を摘するは、已《すで》に皮相爲り。後人の其の詩を選ぶ者、又た其の感激豪宕《ごうとう》・沈鬱《しんえん》深婉の作を略して、惟だ其の光景に流連《りゅうれん》し以て剽竊移掇《ひょうせつい てつ》す べき者を取るのみにして、轉《うた》た相い販鬻《はんいく》す。放翁の詩派 遂に論者の口實と爲る。

夫れ 游の才情は繁富にして、手に觸れて吟を成し、利鈍互いに陳《つら》ぬるは、誠に免かれざる所なり。故に 朱彝尊《しゅいそん》『曝書亭集《ばくしょてい》』に是の集の跋有りて、其の自ら相い蹈襲する者を摘《てき》すること一百四十餘聯に至る。是れ 陳因窠臼《ちんいんかきゅう》にして、游すら且《か》つ自《みずか》ら免かるる能わず。何ぞ況《いわ》んや後來をや。

然れども其の興を託すること深微にして、詞を遣《や》ること雅雋《がしゅん》なる者は、全集の内 指して屈するに勝《た》えず。安《いずく》んぞ選者の誤りを以て、併びに矢を作者に集むべけんや。今 其の全集を錄す。庶幾《ねがわ》くは劍南一派、自《おのず》から其の眞有りて、淺學の者の藉口《しゃこう》すべき所に非ざるを知らんことを。

【現代語譯】

宋 陸游の著。游には『入蜀記』があり、すでに著錄しておいた。

この詩集は卷末に嘉定十三年（一二二〇）に書かれた游の子である朝請大夫知江州軍事 子虡《しきょ》の跋があり、次のようにいう。「（父の）游は西のかた僰道《ぼくどう》（四川省南部一帶）を泝《さかのぼ》り、かの地の風土を樂しみ、そこで生涯を終えるつもりでいた。とどまること約十年、戊戌の年（淳熙五年 一一七八）の春正月、孝宗は外任が長期にわたっていることを案じて、すぐに召して長江を東に下らせた。しかし、（父は）心中、一日も蜀を忘れることはなかった。それで平生作った作品の詩卷に題して『劍南詩稾』と名づけた。ただ蜀道にて作った詩だからというのではないのだ」と。

さらにいう。「戊申・己酉（淳熙十五・十六 一一八八～八九）から後の詩は、游が祕書監を引退して山陰の實家に歸ったときに、子虡に命じて編纂させて四十卷としたものであり、それにも『劍南詩續稾』と題した。これ以後の歿するまでの詩を、前の稾と合わせると、全部で詩八十五巻となる。子虡が九江の長官代理をしていたときに、これを役所から刊行し、遂に『劒南詩稾』（案ずるに「遂」の字では文意が通じにくい、「通名して『劒南詩稾』と曰う」に作るべきであろう）と名づけた」と。つまり、この本は子虡が編次したものであろう。

跋文で、「游が新定にいた時に編次した前稾は、舊詩から多くを削去しており、その殘しておいた詩が七巻あるのだが、あえてこれを巻首には加えず、別に「遺稾」と名づけた（案ずるに『後村詩話』が「別集七巻」に作っているのはたぶん偶然の筆の誤りだろう）」といっているものについては、今は見ることができない。

巻首にはさらに、淳熙十四年（一一八七）の、游の門人鄭師尹《ていしいん》の序があって、その詩は眉山の蘇林の收拾したもので、師尹が編次したのだという。子虡の跋文とは異なる。おそらく、師尹が編次した版本が先にあって、子虡が彼の舊序をとどめて全集に冠したのだろう。

游の詩法は曾幾《そうき》から傳えられたものだが、彼が作った〈呂居仁集《りょきょじん》の序〉には、源は居仁から出たものだとも言っている。二人とも江西派である。しかし、游の詩は清新さにあふれ、圓熟そのものという點で群を抜いている。實に能く自ら一つのスタイルを切り拓き、黃庭堅・陳師道の舊格の蹈襲ではない。劉克莊は詩の巧者といわれているが、『後村詩話』に游の詩を載せるのに、ただ對偶に巧みなものばかりを摘錄していて、その時點ですでに皮相なものとなっている。さらに後世の彼の詩を選錄した者も、豪放で激情をほとばしらせた詩や、沈鬱で含蓄のある作品を除いて、ただ風景を愛でる作品で、剽竊したり自作に取り込めそうなものだけを選び、それを賣りさばいたのであって、結局、放翁詩派は論者からあれこれいわれるネタを提供することになってしまったのである。

そもそも游は感受性豊かで、手當たり次第に詩を作ったため、秀作も愚作も存在するのは、兇かれようがない。ゆえに、朱彜尊《しゅいそん》『曝書亭集《ばくしょてい》』がこの集の跋文を作り、游が自作の詩句を重複して使っている例を一百四十餘聯も摘錄するようなことになったのだ。この陳腐さやマンネリズムは、游ですら兇かれ得ず、まして後人はなおさらのことである。

しかし、詩情を深遠なところにただよわせ、秀逸な表現を凝らした作品は、全集の中には數え切れないほどある。選者の誤りが原因なのに、どうして作者まで攻撃の對象にしてよかろうか。今その全集を著錄し、劍南一派には、自らその眞があるのであって、淺學の者が陰口をたたけるようなものではないことを知ってもらいたい。

【注】

一　内府藏本　宮中に藏される書籍の總稱。清代では皇史宬《こうしせい》・懋勤《ぼうきん》殿・摛藻《ちそう》堂・昭仁殿・武英殿・内閣大庫・含經堂などに所藏される。

二　游有入蜀記　『四庫全書總目提要』卷五八　史部一四　傳記類二に「入蜀記六卷」と著錄されている。乾道五年（一一六九）に蜀の夔《き》州通判に任じられ、翌年閏五月に郷里の山陰（紹興）を出發し、十月に着任するまでの旅行記である。

三　嘉定十三年游子朝請大夫知江州軍事子虡跋　文淵閣四庫全書本『劍南詩稾』卷末の陸子虡《りくしきょ》〈劍南詩稿跋〉にいう。「五たび州の別駕と爲り、西のかた僰道《ぼくどう》を泝《さかのぼ》り、其の風土を樂しみ、終焉の志有り。…宿留すること殆んど十載、戊戌の春正月、孝宗 其の久しく外せしを念い、趣《すみや》かに召して東下せしむ、然れども 心に固より未だ嘗て一日も蜀を忘れざるなり。其の歌詩に形《あら》わるること、蓋し考うべし。是《ここ》を以て其の平生爲《つく》る所の詩卷に題して『劍南詩稾』と曰い、以て其の志を見《あら》わす。蓋し獨り蜀道にて賦する所の詩を謂うのみならず」と。陸子虡（一一四八～一二二一）は陸游の長男。于北山『陸游年譜』（【附記】參照）が引く『山陰陸氏族譜』によれば、字は伯業、恩補によって任官し、清州通判、隨州通判、京西提刑、軍器監丞、知江州節度軍馬使などの地方官を經て、國子監丞に召され、朝奉大夫に終わり、紫金魚袋を賜った。なお、陸子虡が嘉定十三年に九江で刻したいわゆる江州本は、現在、北京の國家圖書館に一部（目錄卷一～二、四～七、正文卷四二～四三、五八～六二のみ存）藏されている。なお「僰道」とは西南少數民族の僰人が住む地域、現在の四川省南部一帶を指す。

四　有終焉之志…　陸游は、乾道六年（一一七〇）に夔《き》州通判として赴任して以後、蜀の地で地方官や幕僚を續けた。そして、淳熙三年（一一七六）に、四川制置使范成大の參議官を辭めて以後は、蜀の地で引退生活を送っていた。

五　戊戌春正月…　淳熙五年（一一七八）、陸游は五十四歳で蜀

を離れて長江を下ることになった。しかし、臨安に到着後、除されたのは、提擧福建路常平茶鹽公事という地方官であった。

六　又稱戊申・己酉後詩　注三の陸子虡〈劍南詩稿跋〉にいう。「其の戊申・己酉（淳熙十五・十六　一一八八〜八九）の後の詩は、先君　大蓬《だいほう》自《よ》り謝事して山陰の故廬《ころ》に歸り、子虡に命じて編次して四十卷と爲さしめ、復た其の籖《せん》に題して『劒南詩續稾』と曰う。而して親しく校定を加え、朱黄塗攛《しゅこうとざん》し、手澤《しゅたく》焉《ここ》に存す。此れ自《よ》り館舍を捐《す》つるに至るまで、前稾に通じて凡そ詩八十五卷と爲す。子虡《しきょ》九江に假守たりて、之を郡齋に刊し、遂に名づけて『劒南詩稾』と曰うは、先志を述ぶる所以なり」。大蓬とは祕書監の雅名。陸游は紹熙元年（一一九〇）に六十六歳で一旦鄕里に歸り、七十四歳で退職を願い出て許された。しかし、その數年後、嘉泰二年（一二〇二）、七十八歳のときに實錄院同修撰兼同修國史として再び召され、祕書監となり、翌年、退職して鄕里に歸っている。

七　猶〔游〕子虡所編　「游」の字は、本書が底本とした浙本の『四庫全書總目提要』以外、他本は書前提要を含めてすべて「猶」に作っている。今、他本に從い、「猶」に改める。

八　至跋稱游在新定時所編前稾　注三の陸子虡《りくしきょ》〈劍南詩稿跋〉にいう。「初め、先君　新定に在りし時、編する所の前稿、舊詩に於いて去取する所多し。其の遺す所の詩、存する者尙お七卷。念《おも》うに、先君の之を遺《のこ》すや、意　或いは在る有り。且《か》つ前稿の行わるること已に久しく、敢えて復た之を卷前に雜《まじ》えず、故に其の名を別して「遺稾」と曰うと云う」。新定とは嚴州（浙江省建德縣）のことで、陸游は淳熙十三年（一一八六）に權知嚴州に赴任し、翌淳熙十四年、かの地で『劍南詩稿』二十卷を刊行している（注一一）。その時の序文が、注一〇の鄭師尹〈淳熙刊本劍南詩稿序〉である。

九　後村詩話作別集七卷　劉克莊『後村詩話』前集卷二「『劒南集』八十五卷、八千五百首、別集七卷は焉《こ》れに預からず」と見える。

一〇　卷首又有淳熙十四年游門人鄭師尹序　文淵閣四庫全書本『劒南詩稾』卷首の鄭師尹〈淳熙刊本劍南詩稿序〉にいう。「太守山陰の陸先生の『劍南』の作は天下に傳わり、眉山の蘇君林收拾すること尤も富み、適《たま》たま官の邑に屬《ぞく》せしとき、鋟本《しんぽん》して此の邦の盛事と爲さんと欲し、乃ち纂次を以て師尹に屬《しょく》す。……『劍南詩稿』六百九十四首、『續稿』三百七十七首、蘇君　集外より一千四百五十三首を得たり。凡そ二千五百廿四首、又た□七首、釐《おさ》めて□十卷。總じて劍南と曰うは、其の舊に因《よ》るなり。……淳熙十有四年臘月幾望、門人迪功郞《てきこうろう》・監嚴州在城都稅務括蒼《かっそう》鄭師尹謹んで書す」。蘇林は字を伯茂といい、眉山の人。前後の事情から考えるに、陸游が知嚴州建德縣として赴任する直前の、前任者であったらしい。

一一　蓋師尹所編、先別有一本　陳振孫『直齋書錄解題』卷二〇

は『劍南詩稿』二十卷、續稿六十七卷」を著錄していう。初め嚴州と爲りて、前集稿を刻し、淳熙丁未（十四年　一一八七）に止まる。戊申（十五年　一一八八）自り以て其の終わりの嘉定庚午（三年　一二一〇）に當るに及ぶ二十餘年、詩を爲ること益ます多し。其の幼の子遹《しいつ》復た嚴州に守たりて、之を續刻す。篇什《へんじゅう》の富めること萬を以て計《かぞ》うるは、古に無き所なり」。これによれば、鄭師尹の編纂によって刻行したのは二十卷本であったらしい。ただし、注一〇の鄭師尹の序文には「總じて劍南と曰うは、其の舊に因《よ》るなり」とあり、この本が陸游詩集の初刻ではなかったようである。なお、これの殘本と傳えられる『新刊劍南詩稾』存十卷（卷一～四、八～一〇、一四～一六）が、現在、北京の國家圖書館に藏されており、二〇〇三年、北京圖書館出版社より影印出版された。これには一部缺損があるものの、鄭師尹の序文が冠せられている。

一二　游詩法傳自曾幾　文淵閣四庫全書本『劍南詩稿』卷一の第一首は〈別曾學士〉から始まっている。陸游が曾幾《そうき》のことを追憶した詩文は多く、また曾幾の『茶山集』にも陸游に贈った詩がみられる。曾幾の墓誌銘（『渭南文集』卷三二〈曾文清公墓誌銘〉）も陸游の手になるものである。詳しくは朱東潤『陸游研究』所收〈陸游和曾幾〉を參照。

一三　所作呂居仁集序　四部叢刊本『渭南文集』卷一四〈呂居仁集序〉にいう。「某《それがし》、童子たりし時自り、公の詩文を讀み、焉《こ》れに學ばんことを願う。稍《や》や長じて、未だ遠遊する能わざるに、公　館舍を捐《す》つ。晩に曾文清公（幾）に見《まみ》ゆるに、文清は某《それがし》に謂う、君の詩の淵源は殆ど呂紫薇《りょしび》（居仁）自《よ》りす、恨むらくは一たびも識面せざることをと。某　是に於いて尤も以て恨みと爲す。則ち今　名を公の集の首に託するを得るは、豈に幸いに非ずや」。呂本中（字は居仁）については、本書一四「東萊詩集二十卷」を參照。

一四　二人皆江西詩派也　江西詩派とは、唐の杜甫および北宋の黃庭堅を詩の正統とする詩派で、北宋末から南宋にかけて流行した。陸游は曾幾の墓誌銘（『渭南文集』卷三二〈曾文清公墓誌銘〉）で曾幾の詩の淵源について、「公は　治經學道の餘、文章に發し、雅正純粹なり。而して　詩　尤も工《たく》みなり。杜甫・黃庭堅を以て宗と爲す」と言っている。呂本中も江西派の流れをくみ、かつて『江西詩派宗圖』（佚）を作成し、杜甫・黃庭堅の衣鉢を繼ぐ二十數名の詩人を配列したことで知られる。

一五　實能自闢一宗　陸游が獨自の境地を切り拓いたことは、たとえば、魏慶之『詩人玉屑』卷一九引く黃昇『玉林詩話』が「陸放翁の詩は、茶山に本《もと》づく。…　茶山の學は、亦た韓子蒼《かんしそう》（駒）より出で、三家の句律は大概相い似たり。放翁に至りて則ち豪を加う」といい、劉克莊『後村先生大全集』卷九七〈茶山誠齋詩選の序〉が、「初め陸放翁は、茶山（曾幾）に學び、而して藍より靑し」と述べていることからも知られる。

一六　後村詩話載…　『後村詩話』前集巻二に「古人　對偶を好むも、放翁に用い盡されたり」として、對偶の句を摘録している。

一七　後人選其詩者…　清初には、明の古文辭派への反動から宋元詩が流行、銭謙益や王士禎《おうしてい》、汪琬《おうえん》、宋犖《そうらく》らがその立役者となった。その宋詩復權の流れの中で、陸游の詩選も多く作られた。すなわち呉之振の『宋詩鈔』の中の〈劍南詩鈔〉、周之麟・柴《さい》升《しょう》の『宋四名家詩』中の陸游詩、楊大鶴の『劍南詩鈔』などがこれである。その中でも康熙二十四年に刻行された楊大鶴『劍南詩抄』は最もよく行われた。しかし、これらは閑適の詩が中心で、憂國をテーマとする豪放な詩については採っていない。提要は、選集に憂國の詩が採られていないことを批判する。

一八　放翁詩派遂爲論者口實　放翁詩派とは清初に流行していた宋詩、特に陸游の詩の愛好者をさす。たとえば、汪琬《おうえん》や宋犖《そうらく》、王霖といった詩人たちである。汪琬は〈劍南詩選序〉（朱陵『劍南詩選』所收）において、「宋の南渡して百四十年、詩文、最も盛んなり。其の大家を以て稱する者は、文に於いては當に文公朱子を推すべし、詩に於いては當に務觀（陸游）を推すべし」という。宋犖『西陂類稾《せいは》』や王霖『弇山《えんざん》詩鈔』中には「放翁の○○の韻を用う」と題する詩が多く見られる。そのほか王苹『二十四泉草堂集』卷一一〈大水泊過門人于無學東始山房論詩數日瀕行輒成三十六韻 留別〉、徐釚『南州草堂集』卷一二〈將抵家示諸親友四首〉附録の馮廷櫆《ふうていかい》題絶句、馮廷櫆『馮舍人遺詩』卷五〈論詩十首、示謝文偉・陳初山〉第十首などからは、彼らの陸游詩への傾倒が讀みとれる。ただし、こうした陸游詩を偏愛する風潮は、一方反撥も招いたようである。たとえば鄭燮《ていしょう》は、『板橋集』〈范縣署中 舍弟墨に寄す 第五書〉の中で、杜甫と陸游を比較して、忠君愛國を貫いた杜甫に對して、陸游の詩を嚴しく糾彈している。「詩最も多きも、題は最も少なし。〈山居〉〈村居〉〈春日〉〈秋日〉〈卽事〉〈遣興〉に過ぎざるのみ。…南宋の時、君父は幽囚さるるに、身を杭・越に棲《いこ》わせること、其の辱と危と亦た至《はなは》だし。理學を講ずる者は毫釐《ごうり》分寸を極むるを推し、卒《つい》に救時濟變の才無し。朝に在りし諸大臣は、皆詩酒に流連し、湖山に沈溺《ちんでき》し、國の大計を顧みず。是れ尚お人有りと爲すを得んや。…故に杜詩の人有るは、誠に人有り、陸詩の人無きは、誠に人無きなり。杜の時事を歴陳するは、諫諍を寓するなり。陸の口を絶《と》ざして言わざるは、羅織《らしょく》を免かれんとするなり」。

一九　朱彝尊曝書亭集有是集跋　『曝書亭集』卷五二〈書劍南集後〉には「詩家の比喩は、六義の一にして、偶然に之を爲りて可なるのみ。陸務觀『劍南集』は、句法稠疊《ちょうじょう》、之を讀みて卷を終うるに、人をして憎しみを生ぜしむ」。とあり、この後、その例を摘録している。ただし、四十聯程度であり、提要が百四十聯とするのは、基づくところ不明。

二〇　劔南一派　四庫提要集部の實質的な執筆者であった紀昀《きいん》は『瀛奎律髓刊誤』巻三一忠憤類の陸游の〈書憤〉詩について、「集中に此れ有るは、屋に柱有るが如く、人に骨有るが如し。…何ぞ放翁の詩を選する者、取る所は乃ち彼に在りや」として、陸游詩の眞の價値は憂國にあるのだと强調している。さらに、紀昀は蘇軾詩の評注においてもこの考えを披瀝している。『紀文達評點蘇文忠公詩集』（上海圖書館藏二色套印本）巻一〇〈病中遊祖塔院〉の朱批にいう。「此の種は已に居然として劔南派なり。然れども劔南は別に安身立命の地有ること、全集を細看せば自《おのずか》ら知らる。楊芝田（大鶴）專ら此の種を選び、世人は摹倣に易《やす》きを以て盛んに之を傳う。而して劔南の眞、遂に隱る（このような類の詩はまさに劔南派というべきもの。しかし劔南にはこれとは別にめざした境地があり、全集を仔細に見ればおのずとわかる。楊大鶴の『劍南詩抄』がこのような作品ばかりを選び、世間の人は模倣しやすいというので盛んにこれをもてはやし、その結果劔南の眞價が隱れるに至ったのだ）」。

【附記】

八十五巻本で現在、一般に行われているのは、毛氏の汲古《きゅうこ》閣《かく》が刻した『陸放翁全集』（『劍南詩稿』八十五巻と『渭南文集』五十巻を合刊）である。これには初印本と後印本の二種類がある。初印本は、毛晉《もうしん》の刻であり、毛晉は「放翁逸稿」として未收詩を四十三首附している。それから六十年後に、子の毛扆《もうい》が『渭南集』五十二巻を入手してその中に詩があるのを發見、未刻の詩二十首を「逸稿續添」としてさらに附刻した。「逸稿續添」を有するものは後印本である。文淵閣四庫全書本はこの毛氏後印本であるが、ただし、毛晉の「放翁逸稿」と毛扆の「逸稿續添」は、『渭南文集』の巻末に『逸稿』二巻として附されている。

なお注一一で述べたように、北京の國家圖書館所藏『新刊劔南詩稾』存十巻（巻一〜四、八〜一〇、一四〜一六）が、二〇〇三年、北京圖書館出版社より影印出版されている。

『全宋詩』（第三九冊　巻二一五四〜第四一冊巻二二四一）は、毛氏の汲古閣後印本を底本にしている。

評點本の、孔凡禮點校『陸游集』全五冊（前四冊が『劍南詩稿』中華書局　一九七六）や錢仲聯校注『劍南詩稿校

注』（上海古籍出版社　一九八五年）は、汲古閣後印本を底本にする。後者は、陸游の全詩に始めて注を施したもので、詩題索引や各家の書目やその解題などの附錄が充實している。選注には、朱東潤選注『陸游選集』（中華書局　一九六二年）があり、資料集としては、孔凡禮・齊治平『古典文學研究資料彙編　陸游巻』（中華書局　一九六二年）、研究書には、朱東潤著『陸游研究』（中華書局　一九六一年）、李致洙著『陸游詩研究』（文史哲出版社　一九九一）がある。また年譜には、于北山著『陸游年譜（增訂本）』（上海古籍出版社　一九八五年）、刁抱石著『宋陸放翁先生年譜』（臺灣商務印書館　一九九〇）、歐小牧著『陸游年譜』（人民文學出版社　一九八一年、補正本は天地出版社　一九九八年）がある。さらに、『宋人年譜叢刊』（四川大學出版社　二〇〇三）第九册が收める尹波校點による清の趙翼〈陸放翁年譜〉（『甌北詩話』巻七）もある。

陸游の詩は日本にも愛讀者が多く、『和刻本漢詩集成』（汲古書院）第十六輯に『澗谷精選陸放翁詩集』（前集）十巻『須溪精選陸放翁詩集』（後集）八巻（前集羅椅選・後集劉辰翁選　承應二年洛陽書林田中庄兵衛刊本）『放翁先生詩鈔』八巻（清　周之鱗・柴升　編　日本　山本謹　等校　享和元年江戸書林和泉屋庄次郎等刊本）、『增續陸放翁詩選』七巻（劉辰翁　選　日本　村瀬之熙　增訂　文化八年平安書肆葛西市郎兵衛等刊本）が收入されているほか、市川寛齋著・一海知義《いっかいともよし》解說『陸詩考實』（朋友書店　一九九六）もある。

日本人による選注には、前野《まえの》直彬《なおあき》『陸游』（集英社　漢詩大系　一九六四、のち集英社　漢詩選　一九九七）、一海知義『陸游』（岩波書店　中國詩人選集二集　一九六七）、小川環樹『陸游』（筑摩書房　中國詩文選　一九七四）、村上哲見『陸游　圓熟詩人』（集英社　中國の詩人その詩と生涯　一九八三）、一海知義・入谷仙介『陸游・高啓』（岩波書店　新修中國詩人選集　一九八四）、村上哲見・淺見洋二『蘇軾・陸游』（角川書店　鑑賞中國の古典　一九八九）、一海知義編『一海知義の漢詩道場』（岩波書店　二〇〇四）などがある。

二九―二　渭南文集五十卷　逸稾二卷　[一]內府藏本

宋陸游撰。[二]游晚封渭南伯。故以名集。[三]陳振孫書錄解題作三十卷。[四]此本爲毛氏汲古閣以無錫華氏活字版本重刊。凡表牋二卷、劄子二卷、奏狀一卷、啓七卷、書一卷、序二卷、碑一卷、記五卷、雜文十卷、墓誌・墓表・壙記・塔銘九卷、[五]祭文哀辭二卷、天彭牡丹譜・致語共爲一卷、[六]入蜀記六卷、詞二卷、共五十卷。與陳氏所載不同。疑三字・五字筆畫相近而譌刻也。

[七]末有嘉定三年、游子承事郎・知建康府溧陽縣主管勸農事子遹跋、稱先太史未病時、故已編輯。凡命名及次第之旨、皆出遺意、今不敢紊。[八]又述游之言曰、劍南乃詩家事、不可施於文、故別名渭南。如入蜀記・牡丹譜・樂府詞、本當別行、而異時或至失散。[九]宜用廬陵所刊歐陽公集例、附於集後云云。則此集雖子遹所刊、實游所自定也。

游以詩名一代、而文不甚著。集中諸作、邊幅頗狹。然元祐黨家、世承文獻、遺詞命意、尙有北宋典型。故根柢不必其深厚、而修潔有餘。波瀾不必其壯闊、而尺寸不失。[一〇]士龍清省、庶乎近之。較南渡末流以鄙俚爲眞切、以庸沓爲詳盡者、有雲泥之別矣。游劍南詩稾有[一一]文章詩曰、文章本天成、妙手偶得之。粹然無瑕疵、豈復須人爲。君看古彝器、巧拙兩無施。漢最近先秦、固已殊淳漓。其文固未能及是、其旨趣則可以概見也。

[一二]逸稾二卷、爲毛晉所補輯。[一三]史稱游晚年再出、爲韓侂冑撰南園・閱古泉記、見譏清議。[一四]今集中凡與侂冑

啓、皆諱其姓、但稱曰丞相。亦不載此二記。惟[一五]葉紹翁四朝聞見錄有其全文。[一六]晉爲收入逸稾、蓋非游之本志。然足見愧詞曲筆、雖自刊除、而流傳記載、有求其泯沒而不得者。是亦足以爲戒矣。

【訓讀】

宋 陸游《りくゆう》の撰。游は晩に渭南伯《いなんはく》に封ぜらる。故に以て集に名づく。陳振孫『書錄解題』三十卷に作る。此の本は毛氏汲古閣《きゅうこかく》 無錫《むしゃく》の華氏の活字版本を以て重刊するところ爲り。凡そ表牋二卷、劄子《さつし》二卷、奏狀一卷、啓七卷、書一卷、序二卷、碑一卷、記五卷、雜文十卷、墓誌・墓表・壙記《こうき》・塔銘九卷、祭文哀辭二卷にして、〈天彭牡丹譜〉・致語《ご》共に一卷を爲し、〈入蜀記〉六卷、詞二卷、共に五十卷なり。陳氏の載する所と同じからず。疑うらくは「三」の字・「五」の字の筆畫 相い近くして譌《あやま》りて刻するなり。

末に嘉定三年 游の子 承事郎・知建康府溧陽《りつよう》縣主管勸農事 子遹《しいつ》の跋有りて稱す、「先の太史 未だ病まざる時、故《もとよ》り已に編輯す。凡そ命名及び次第の旨は皆な遺意より出で、今 敢《あえ》て紊《みだ》さず」と。又た游の言を述べて曰く、「劍南《けんなん》は乃ち詩家の事にして、文に施すべからず、故に別に渭南《いなん》と名づく。『入蜀記』『牡丹譜』・樂府詞の如きは、本《もと》 當に別に行うべきも、而れども異時或いは失散に至らん。宜しく廬陵《ろりょう》の刊する所の歐陽公集の例を用《も》って、集の後に附すべし云云」と。則ち 此の集は子遹《しいつ》の刊する所と雖も、實は游の自ら定むる所なり。

游は詩を以て一代に名あるも、文は甚だしくは著われず。集中の諸作、邊幅 頗《すこぶ》る狹し。然れども元祐の黨家《とうか》より世《よ》よ文獻を承《う》け、遺詞《けんし》命意は、尙お北宋の典型有り。故に根柢は其の深厚を必《ひっ》せざるも、修潔は餘《あま》り有り。波瀾は其の壯闊《そうかつ》を必せざるも、尺寸は失わず。士龍《しりゅう》の淸省《せいしょう》、之に近きに庶《ちか》からんか。南渡の末流の鄙俚《ひり》を以て眞切と爲し、庸沓《ようとう》を以て詳盡と爲す者に較ぶれば、雲泥の別有り。游の『劍南詩稾』に〈文章〉詩有りて曰く、「文章は本《もと》 天成にして、妙手は偶《たま》たま之を得《う》。粋然として瑕疵《かし》無きは、豈に復た人爲を須《もち》いんや。君 看《よ》よ 古の彝器《いき》、巧拙 兩《ふた》つながら施す無し。漢は最も先秦に近きも、固《もとよ》り已に淳漓《じゅんり》殊《こと》なれり」と。其の文は固り未だ能く是に及ばざるも、其の旨趣は則ち以て概見すべきなり。

『逸稾』二卷は、毛晉《もうしん》の補輯する所爲り。史稱す、「游 晩年再び出で、韓侂冑《かんたくちゅう》の爲に〈南園〉〈閱古泉《えつこせん》記〉を撰し、清議に譏《そし》らる」と。今 集中 凡そ侂冑に與《あた》うる啓は、皆 其の姓を諱《い》みて、但だ稱して「丞相」と曰い、亦た此の二記を載せず。惟《た》だ葉紹翁『四朝聞見錄』のみ其の全文有り。晉 爲《ため》に『逸稾』に收入するは、蓋し游の本志に非ず。然れども愧詞《きじ》曲筆は、自ら刊除すと雖も、流傳して記載せられ、其の泯沒《びんぼつ》を求めて得ざる者有るを見るに足れり。是れ亦た以て戒めと爲すに足れり。

【現代語譯】

宋 陸游《りくゆう》の著。游は晩年に渭南伯《いなんはく》に封ぜられた。それでそれを文集の名としたのだ。陳振孫『直齋書錄解題』は三十卷に作っている。この本は毛氏汲古閣《きゅうこかく》が無錫《むしゃく》の華氏の活字版本をもとに重刊したものである。表牋二卷、劄子《さつし》二卷、奏狀一卷、啓七卷、書一卷、序二卷、碑一卷、記五卷、雜文十卷、墓誌・墓表・壙記《こうき》・塔銘が九卷、祭文哀辭が二卷（一卷の誤り）となっており、〈天彭牡丹譜〉と致語とで一卷、〈入蜀記〉六卷、詞二卷、合計五十卷である。陳氏の記載と異なっているが、おそらく、「三」の字と「五」の字の形が似通っているので、間違って刻したのだろう。

末尾に嘉定三年（十三年の誤り）に游の子で承事郎・知建康府溧陽《りつよう》縣主管勸農事である子遹《しいつ》の跋があっていう。「先太史（先父）が病氣になる前に、編輯しておられたもので、命名および編纂配列の仕方はすべて遺志に基づいており、今、出版にあたってこれを亂さない」と。さらに、游の「劍南《けんなん》というのは專ら詩に名づけたもので、文にまで及ぼすべきではない、そのため別に渭南《いなん》と名づけた。『入蜀記』や『牡丹譜』・樂府詞などは、本來 別に行うべきものだが、しかし、將來、散逸してしまう可能性もあるので、廬陵で刊行された歐陽公集の例に倣《なら》い、集の後に附すことにした云云」という言葉を引いている。つまり、この集は子遹の刊行したものだが、實際は游自身の手で編定したものである。

游は詩人として當世に名を馳せたが、文はあまり有名ではない。集中の諸作は、變化に乏しく內容も單調である。しかし、元祐の黨人から文學の道を繼承し、その思いを文辭に表現することでは、なおも手本とすべき北宋文學の型を有している。そのため、根柢は必ずしも深くはないが、均整のとれた美しさがあり、起伏は必ずしも壯大とはいえないが、それなりのスケールをとどめている。陸士龍《りくしりゅう》（雲）のいう淸省《せいしょう》（簡潔）に近いと言えようか。南宋の末流文學者が卑俗であるのを眞實だとし、平凡でくどいのを詳細に述べつくすことと誤解しているのに較べると、雲泥の差がある。游の『劒南詩稾』に〈文章〉詩があり、「文學というのは本來 天成のものであり、妙手は偶然に生み出されるものだ。純粹で無傷というのは、やろうとして出來るものではない。見たまえ、あの古代の靑銅器を、巧く作ろうと意圖的にやったものではない。漢は最も先秦に近いが、すでにその純朴さを失っている」といっている。彼の文はもとよりこの境地に及ばないものの、その意圖は見てとることができよう。

『逸稾』二卷は、毛晉《もうしん》が補輯したものである。『宋史』は、「游が晚年に再び出仕して、韓侂胄《かんたくちゅう》の爲に〈南園記〉と〈閱古泉記《えつこ》〉とを著し、正論派から謗られた」といっている。今 集中の韓侂胄に宛てた書簡は皆 その姓を諱み、但だ「丞相」と稱しているだけで、またこの二篇の記を載錄していない。ただ葉紹翁『四朝聞見錄』だけはその全文を載せている。毛晉がこれを『逸稾』に收入したのは、游の本志ではなかろう。しかし、愧《は》ずべき文辭や阿諛《あゆ》曲筆は、自ら削り取っても、誰かに傳わって記錄に殘されてしまい、この世から抹殺しようとしても、そうはいかないものがあるということが分かろう。これまた戒めとするにはよい見本である。

【注】

一　内府藏本　宮中に藏される書籍の總稱。清代では皇史宬《こうしせい》・懋勤殿《ぼうきんでん》・摛藻堂《ちそう》・昭仁殿・武英殿・內閣大庫・含經堂などに所藏される。

二　游晩封渭南伯　陸游は開禧三年（一二〇七）、八十三歳のときに渭南縣《いなんけん》開國伯、食邑八百戸に封ぜられている。

三　陳振孫書錄解題作三十卷　陳振孫『直齋書錄解題』卷一八に「渭南集三十卷」とある。『文獻通考』卷二四〇も同じ。

四　此本爲毛氏汲古閣以無錫華氏活字版本重刊　文淵閣四庫全書本の底本は、明末の毛氏の汲古閣《きゅうこかく》が刻した『渭南文集』五十卷（『劍南詩稿』八十五卷とともに『陸放翁全集』として合刊）であり、汲古閣は、明弘治十五年に華珵の刊行した銅活字本にもとづいている。汲古閣本には初印本と後印本の二種類がある。初印本は、毛晉の刻で「放翁逸稿」を附している。それから六十年後に、子の毛扆《い》が『渭南集』五十二卷を入手してその中に詩があるのを發見、未刻の詩二十首を「逸稿續添」としてさらに附刻した。「逸稿續添」を有するものは後印本である。文淵閣四庫全書本はこの毛氏後印本であるが、毛晉の「放翁逸稿」と毛扆の「逸稿續添」は、『渭南文集』の卷末に『逸稿』二卷として附されている（注一二）。四部叢刊本『渭南文集』は、明弘治十五年に華珵《かてい》の刊行した銅活字本の景印であり、卷首に吳寬の〈新刊渭南集序〉と陸子遹《りくしいつ》の跋文、卷末に祝允明〈書新本渭南集後〉と華珵の跋文が見える。

五　祭文哀辭二卷　二卷は一卷の誤り。祭文と哀辭は、ともに卷四一に收入されている。

六　入蜀記　『四庫全書總目提要』卷五八　史部一四　傳記類二に「入蜀記六卷」と著錄されている。文集とは別に行われることが多かった。

七　末有嘉定三年游子承事郎知建康府溧陽縣主管勸農事子遹跋

この跋文は文淵閣四庫全書本『渭南文集』にはない。四部叢刊本（注四）の『渭南文集』卷首には、この陸子遹《りくしいつ》〈渭南文集跋〉があり、次のようにいう。「蓋し今の學者は皆『劍南』の詩を熟誦す。『續稿』は家藏と雖も、世亦た多く傳寫す。惟だ遺文のみは先太史（先父）の未だ病まざる時自り、故《もと》より已に編輯し、名づくるに渭南を以てせり。第《た》だ學者多くは未だ之を見ず。今別に五十卷と爲す。凡そ命名及び次第の旨は皆な遺意より出で、今敢《あえ》て紊《みだ》さず、乃ち溧陽《りつよう》の學宮に鋟梓《しんし》し、以て其の傳を廣《ひろ》む」。ただ、末尾には「嘉定十有三年十一月壬寅、幼子承事郎知建康府溧陽縣主管勸農公事子遹謹書」とあり、提要が「嘉定三年」に作るのは誤りである。『天祿琳琅書目』卷一一には、元版と著錄して「嘉定三年」に作るので、あるいはその間違いを襲ったものか。なお、「先太史」は、陸游が晩年、孝宗光宗兩朝の實錄編輯に當ったことによる。

八　又述游之言曰…　注七の陸子遹《りくしいつ》〈渭南文集跋〉の續きに次のようにある。「渭南なる者は、晩に渭南伯に封ぜられ、因りて自ら號して陸渭南と爲す。嘗て子遹に謂いて曰く、劍南は乃ち詩家の事にして、文に施すべからず、故に別に渭南と名づく。『入蜀記』・『牡丹譜』・樂府詞の如きは、本《もと》當に別に行うべきも、而れども異時或いは散失に至らん。宜《よろ》しく盧陵の刊する所の『歐陽公集』の例を用《も》って、集の後に附すべしと」。

九　盧陵所刊歐陽公集例　歐陽脩『歐陽文忠公集』の中に『于《う》役志《えきし》』などが收入されていることを指す。

一〇　士龍清省　劉勰《りゅうきょう》『文心雕龍』鎔裁《ようさい》篇に陸機・陸雲兄弟の文學を比較論評した條があり、「士衡《しこう》（陸機）の才優《すぐ》るが如きに至っては、辭を綴《つづ》ること尤も繁なり。士龍《しりゅう》（陸雲）は思い劣《おと》れども、雅《つね》に清省《せいしょう》を好む」とある。清省とは、無駄な言葉を捨て去った簡明さを指す。また陸雲の〈與兄平原書〉に、「雲 今 意うに文を視ること、乃《すなわ》ち清省を好む」とあり、陸雲は文章に簡明さを好んだとされる。

一一　文章詩曰…　汲古閣本『劍南詩藁』卷八三〈文章〉詩にいう。「文章は本《もと》 天成にして、妙手は偶《たま》たま之を得。粹然として瑕疵《かし》無きは、豈に復た人爲を須《もち》いんや。君 看よ 古の彝《い》器、巧拙 兩《ふた》つながら施す無し。漢は最も先秦に近きも、固り已に淳《じゅん》漓《り》殊《こと》なれり。胡部《こぶ》（西域の音樂）は何爲《なんす》る者ぞ、豪竹 哀絲を雜《まじ》う。后夔《こうき》（舜の時の樂官）は復た作《おこ》らず、千載 誰と與にか期せん」。

一二　逸藁二卷、爲毛晉所補輯　文淵閣四庫全書本には『渭南文集』のあとに『逸藁』二卷が附されている。提要は、毛晉《もうしん》の補輯だというが、正確にいえば、毛晉が輯めた〈逸稿〉とその子毛扆《もうい》が輯めた〈逸稿續添〉がそれである。『逸藁』卷上の末尾には、毛晉の跋文があり、陸游が『渭南文集』に收入しなかった〈南園記〉〈閱古泉記《えつこせん》〉に加えて、錢謙益から提供された賦七篇、それに詞五首を附したことを述べている。また、卷下の末尾に毛晉の跋文があり、『劍南詩藁』を刻した後、錢謙益所藏の『劍南續稿』二册を見せられ、そこに未刻の律詩二十二首、絕句二十首、斷句一首を發見、これを『逸藁』下卷として補刻した旨を記している。さらに、『逸藁』の續添には、毛晉の子扆の跋文もあり、亡父が『逸藁』を刻してから六十餘年後、別本の『渭南集』五十二卷を入手したが、それは『入蜀記』六卷が少ない代わりに詩が八卷多く、亡父が刻した本と比べて未刻の詩が二十首あったので、續添として『逸藁』の後ろに補っておく旨が記されている。

一三　史稱游晚年再出…　『宋史』卷三九五陸游傳に「游…晚年再び出で、韓侂冑《かんたくちゅう》の爲《ため》に〈南園〉〈閱古泉記〉を撰し、淸議に譏《そし》らる。朱熹嘗て言う、〝其の能は太《はなは》だ高きも、迹は太だ近く、恐らくは有力者の牽挽《けんばん》する所と爲りて、其の晚節を全うするを得ず〟と」と見える。游が晚年に韓侂冑のために〈南園記〉を書いて七十八歳で再び出仕し、都で彼のために〈閲古泉記〉（ともに葉紹翁『四朝聞見録』に見ゆ、後に毛晉編『放翁逸稿』巻上所収）と〈韓太傅の生日〉（『劍南詩稿』巻五二）とを書いたことは、今日に至るまで議論の的となっている。羅大經『鶴林玉露』甲編巻四は、楊萬里がこのことで陸游を非難したと傳えている。詳細は本書二八「誠齋集一百三十三巻」參照。

一四　今集中凡與侂冑啓皆諱其姓、但稱曰「丞相」…　『渭南文集』巻六～巻一二の啓で「丞相」とだけ書してその姓を書していないものは、七篇ある。

一五　葉紹翁四朝聞見録　葉紹翁『四朝聞見録』戊集に〈南園記〉と〈閲古泉記〉の全文が見える。また乙集にもこのことについての言及がある。

一六　晉爲收入逸稿　『放翁逸稿』巻上の末尾には、毛晉の跋文があり、陸游が『渭南文集』に收入しなかった〈南園記〉〈閲古泉記〉と、錢謙益から提供された賦七篇、それに詞五首を補輯したことを述べている。

【附記】

四部叢刊本『渭南文集』五十巻は、明弘治十五年（一五〇二）に華珵《かてい》の刊行した銅活字本の景印である。汲古閣《きゅうこかく》本はこの弘治十五年刻本の重刻であるが、初印本と後印本の二種類がある。初印本には、毛晉《もうしん》「逸稿」のみが附刻されている。なお、これとは別に正德本・萬曆本の『渭南文集』五十二巻があり、これは「文集」と題していながら、詩が竄入している本である。注一二であげたように毛扆《もうい》がこれを整理して、「逸稿」の後ろに續添として詩二十首を補っている。この「續添」を有するものが後印本である。

四庫全書本は、この汲古閣後印本である。評點本の孔凡禮『陸游集』第五冊（中華書局　一九七六）もこれを底本にし、孔凡禮の〈陸游佚著輯存〉を附している。

陸游の研究書や年譜、注釋書については、本書二九－一「劍南詩稿八十五巻」を參照。

二九―三　放翁詩選前集十卷　後集八卷　附別集一卷

[一]兵部侍郎紀昀家藏本

宋羅椅・劉辰翁所選陸游詩也。前集椅所選、[二]元大德辛丑其孫憼始刻之、[三]前有憼自序。後集辰翁所選、前後無序跋。椅間有圈點而無評論。辰翁則句下及篇末頗有附批。大致[四]與所評杜甫・王維・李賀諸集相似。[五]明人刻辰翁評書九種、是編不在其中。蓋偶未見此本。詳其詞意、確爲須溪門徑、非僞託也。[六]末有明人重刻舊跋、蠹蝕斷爛、幾不可讀。幷作者姓名亦莫辨。其可辨者、惟稱宏治[七]某年得於餘杭學究家、屬其同年餘杭知縣冉孝隆校刻之耳。[八]又稱放翁集鈔本尚存。然聞而未嘗見。獨羅澗谷・劉須溪所選在。勝國時書肆嘗合而梓行。以故轉相鈔錄、迄今漸出、而印本則見亦罕矣云云。據其所言、則兩人本各自爲選。其前集・後集之目、蓋元時坊賈所追題矣。[九]跋又有複者去之之語。故兩集所錄、無一首重見。[一〇]末附爲別集一卷、不題編纂名氏。其詩皆見瀛奎律髓中。以跋中取方虛谷句推之、知即作跋者所緝、以補二集之遺。其中睡起至園中一首、[一一]已見前集五卷中、蓋偶誤也。

[一二]劍南詩集汲古閣刻本、今已盛行於世。然此選去取頗不苟、又宋人舊本。故以陳亮歐陽文粹之例、[一三]與本集竝存之。

[一四]椅字子遠、號澗谷、廬陵人。寶祐四年進士。以秉義郎爲江陵敎官、改漳州、復知贛州信豐縣、遷提轄榷貨。德祐初遭論罷。[一五]周密齊東野語記、其當道學盛時、依託求進。道學勢衰之後、遂棄去不相聞問、深不滿之。[一六]明偶桓乾坤淸氣集、皆錄元人之詩、而有謝幼輿折齒歌一首。蓋元初尚存。

[一七]辰翁自有集、始末詳見本條下。

【訓読】

宋の羅椅《らい》・劉辰翁 選する所の陸游の詩なり。前集は椅の選する所にして、元の大徳辛丑 其の孫 愨《けい》始めて之を刻す。前に愨の自序有り。後集は辰翁の選する所にして、前後に序跋無し。椅は間《ま》ま圏點《けんてん》有るも評論無し。辰翁は則ち句下及び篇末に頗る附批有りて、大致 評する所の杜甫・王維・李賀の諸集と相い似たり。明人 辰翁の評書九種を刻するも、是の編は其の中に在らず。蓋し偶《たま》たま未だ此の本を見ざるなり。其の詞意を詳らかにするに、確かに須渓の門徑爲りて、僞託に非ざるなり。

末に明人の重刻の舊跋有るも、蠹蝕斷爛《としょくだんらん》して、幾《ほと》んど讀むべからず。并びに作者の姓名も亦た辨ずる莫し。其の辨ずべき者は惟だ、宏治某年餘杭《よこう》の學究家に得て、其の同年の餘杭知縣冉孝隆《ぜんこうりゅう》に屬《しょく》して之を校刻すと稱するのみ。又た稱す、「放翁集の鈔本尚お存す。然れども聞くも未だ嘗て見ず。獨《た》だ羅澗谷《らかんこく》・劉須渓《りゅうしゅけい》の選する所在りて、勝國の時 書肆《しょし》嘗て合せて梓行するのみ。故を以て轉《うた》た相い鈔錄し、今に迄《およ》びて漸《ようや》く出づ。而るに印本は則ち見ること亦た罕なり云云」と。其の言う所に據れば、則ち兩人は本《もと》 各自 選を爲す。其の前集・後集の目は、蓋し元の時 坊賈の追題する所なり。跋に又た「複する者は之を去る」の語有り。故に兩集の錄する所は、一首も重見する無し。

末に附して別集一巻と爲すは、編纂の名氏を題せず。其の詩は皆『瀛奎律髓《えいけいりつずい》』の中に見ゆ。跋中の「方虚谷より取る」の句を以て之を推すに、卽ち跋を作りし者の緝する所にして、以て二集の遺を補うを知る。其の中〈睡《ねむり》より起きて園中に至る〉一首は、已に前集五巻中に見え、蓋し偶たま誤るなり。

『劍南詩集』の汲古閣刻本は、今 已に盛んに世に行なわる。然れども此の選は去取頗る苟《かりそ》めならず、又た宋人の舊本なり。故に陳亮『歐陽文粹』の例を以て、本集と與に竝びに之を存す。

椅の字は子遠、號は澗谷、廬陵の人。寶祐四年の進士なり。秉義郎《へいぎろう》を以て江陵教官と爲り、漳《しょう》州に改められ、復た贛《かん》州信豐縣に知たりて、提轄榷貨《かくか》に遷る。德祐の初め、論に遭《あ》いて罷《や》む。周密『齊東野語』、其の道學の盛時に當りて、依託して進を求め、道學の勢衰えたるの後、遂に棄去して相い聞問せざるを記し、深く之を不滿とす。明の偶桓『乾坤清氣集』皆な元人の詩を錄し、〈謝幼輿《しゃようよ》折齒歌〉一首有り。蓋し元初 尙お存す。

辰翁は自ら集有り、始末は本條の下に詳見す。

【現代語譯】

宋の羅《ら》椅《い》・劉辰翁による陸游の詩の選集である。前集は椅が選んだもので、元の大德辛丑（五年 一三〇一）にその孫の懋《けい》が始めてこれを刻行し、巻前に懋の自序がある。後集は辰翁が選んだもので、巻前巻後に序跋がついていない。椅にはところどころに圈點があるものの、評論はない。辰翁は句の下や篇末によく批語を附しており、おおむね彼が評點した杜甫・王維・李賀などの集と似ている。明人が刻した辰翁の評書九種の中に、この編は入っていない。たまたまこの本を見ていなかったのだろう。その批語の內容を詳細にみると、確かに劉須溪 獨特のもので、僞託されたものではない。

巻末に明人の重刻の舊跋があるが、蟲食いでぼろぼろになっていて、ほとんど讀めず、書いた人の姓名も判らない。判ることといったら、弘治某年に餘杭の學究家から入手し、同年の進士である餘杭知縣冉孝隆に委囑して校刻してもらったといっているところだけだ。さらに「放翁集の鈔本はなお存在する。しかし、耳にはしても見たことはない。ただ羅澗谷・劉須溪の選んだものだけが殘っていて、元代に書肆がその二書を合せて梓行した。そのためにそれが次々と鈔錄され、今ごろになってだんだん出回るようになったのだが、刻本はめったに見られない云云」とある。その言に從えば、兩者はもともと別々に選本を作ったのであって、前集・後集という題は、元の時に本屋が後からつけたものなのだ。跋文には「重複している者はこれを削った」という言葉があり、そのため二つの集が収録するものには、一首も重複するものがない。

巻末に附してある別集一巻は、編者の名が書かれていない。其の詩はすべて『瀛奎律髓《えいけいりつずい》』中に見えるものである。跋文中の「方虚谷から取った」という句から推測するに、跋を書いた者が編輯し、二集の遺を補ったものとわかる。その中の〈睡《ねむり》より起きて園中に至る〉一首は、すでに前集五巻中に見えており、たまたま誤ったものだろう。

『劔南詩集』汲古閣刻本は今では盛んに世に行なわれているが、この選集の取捨選擇はいいかげんなものではないし、さらに宋人の舊い本ということもあり、陳亮の『歐陽文粹』の例に従い、本集とあわせてこれを置くことにする。

羅椅の字は子遠、號は澗谷、廬陵の人である。寶祐四年（一二五六）の進士で、秉義郎《へいぎろう》として江陵教官となり、漳《しょう》州教官に移り、さらに贛《かん》州信豐縣の知縣となり、提轄権貨《かくか》院となった。德祐の初め（一二七五）に糾彈されて罷めた。周密『齊東野語』は、道學の盛んな時期にあたって、彼がそれに附和して出世を求め、道學の勢いが衰えたのちは、それを棄てて全く關係を斷ったことを記して、このことに強い不満を述べている。明の偶桓『乾坤清氣集』はすべて元人の詩を錄したもので、そこに彼の〈謝幼輿《しゃようよ》折齒歌〉一首が収められている。ということは、元初になお生存していたのだ。

劉辰翁には彼自身の集がある。その傳記は本條の下に詳しく擧げる。

【注】

一　兵部侍郎紀昀家藏本　紀昀《きいん》（一七二四〜一八〇五）は、字を曉嵐《ぎょうらん》といい、直隷獻縣（河北省獻縣）の人。乾隆十九年（一七五四）の進士。十三年の長きにわたり四庫全書總纂官として校訂整理に當たり、『四庫全書總目提要』編纂の最高責任者の一人であった。その書齋を閱微《えつび》草堂という。自らも家藏本を進獻し、任松如『四庫全書答問』によれば、そのうち六二部が著錄され、四三部が存目（四庫全書内に収めず、目錄にのみとどめておくこと）に置かれている。兵部侍郎は當時の官名である。

二　元大徳辛丑其孫憼始刻之　文淵閣四庫全書本『放翁詩選』および四部叢刊本『澗谷精選陸放翁詩集』巻首の羅憼《らけい》の自序に「族孫の壽可　翁の選する所の『放翁陸先生詩』の刻本を以て、巻を撫《ぶ》して圭復（くりかえし讀むこと）すれば、涕涙　睫に盈《み》つ。悲しいかな。善和の書巻（自宅の藏書）は存する者僅かに千百に十一なるも、家藏の膏馥、蓋し人閒に流潤すること寔《まこと》に多し。能く叔敖（陰徳をほどこすこと）を思うこと有りて諸《これ》を梓に繡せば、眞に亢宗（一族の名譽）の事なり……大徳辛丑（五年　一三〇一）立夏日適孫憼百拜して謹んで識す」とみえる。

三　前有憼自序　注二參照。

四　與所評杜甫・王維・李賀諸集相似　『須溪批點選注杜工部詩』二十二巻や『劉須溪杜選』七巻、『唐王右丞詩須溪校本』六巻『附錄』一巻、『李長吉詩』四巻『外集』一巻などを指す。

五　明人刻辰翁評書九種　評書九種とは、明の楊識西《ようしんせい》の編で天啓年閒に刻された『合刻宋劉須溪點校書九種附一種』を指すと思われる。淸の王士禎は、『香祖筆記』巻一二で「『續文獻通考』は劉辰翁『須溪集』一百巻を載す。今 傳わる所は止だ『記畧』二巻、及び批點『老』『莊』『列』『班馬』『世說』『摩詰』『子美』『長吉』『子瞻』詩の九種のみ」と言っており、淸初には、劉辰翁の批點としてこの九種本が行われていたことがわかる。しかし、現在、天啓刻の評書九種を揃いで所藏している機關はない。九種とは『老子道德經』二巻・『莊子南華經』三巻・『列子沖虛眞經』二巻・『世說新語注』三巻・『王摩詰詩集』七巻・『李長吉詩』四巻『外集』一巻・『蘇東坡詩集』二十五巻・『班馬異同評』三十五巻・『杜工部詩評』二十二巻（二十四巻本もあり）である。また、劉辰翁の批點としては、このほかにも『孟浩然集』二巻、『韋蘇州集』十巻『拾遺』一巻・『王荊公詩注』五十巻など多數存在しており、中には書賈がその名を冠して販賣したと思われるようなものもかなりある。

六　末有明人重刻舊跋　文淵閣四庫全書本『放翁詩選』にこの舊跋はついていない。四部叢刊本『澗谷精選陸放翁詩集』は明版の影印であるが、これにも見えない。ただ、『四部叢刊初編書錄』に、「偶《たま》たま一鈔本を見るに、前に弘治十年吳郡の楊循吉の序、蜀の劉景寅の跋有りて、此れ弘治丁巳（十年　一四九七）杭州の刻本の別集なるを知る。四庫は撰人を知らずと云う。跋に據らば卽ち劉氏の爲す所なるを知る」と見える。これらの楊循吉の序、蜀の劉景寅の跋を有する本とは、嘉靖十三年（一五三四）の黃漳による翻刻本であり、日本では宮內廳書陵部に藏されている。前に弘治十年の楊循吉〈放翁詩選序〉と注二の羅憼の〈放翁詩選序〉が冠されており、後ろには〈平陽余霽山《よせいざん》先生書陸放翁先生巻後一首附錄〉と劉景寅の〈識放翁詩選後〉、黃漳〈書放翁陸先生詩巻後〉が附されている。劉景寅の〈放翁詩選の後に識す〉は次のようにいう。「詩は蘇・黄より下に至りて、後山・簡齋・放翁・誠齋の諸公、相繼いで崛起《くっき》す。而して翁の作最も多し。其の全集は、抄本の尚お存する有り。然れども雅《つね》に聞くも、未だ嘗て見ざるなり。獨《た》だ羅澗谷・劉須溪の選する所のみ在りて、勝國の時、書肆中　嘗て合せて梓行す。故を以て傳えて相い鈔錄し、今に迄《およ》びて漸く出づ。而るに印本は則ち見ること亦た罕なり。弘治丁巳、在杭の學究家　前に謂う所の梓行せし者を購い得て、卽ち簿領の閒（公務の合閒）に取りて讀み、……顧《た》だ其の書は歲久しくして且《まさ》に敝《やぶ》れんとし、字も復た誤り多し。乃ち擧ぐるに善鳴先生の似《ごと》きの、其の徹して疑うべき無きに足る者を正し、仍《な》お其の疑うべき者は其の人を待つ。又た因りて方虛谷の編する所の『律髓』を取りて、悉《ことごと》く翁の詩を檢して抄出し、選と複せし者は此れを去り、『別集』と爲して焉《こ》れに附し、以て一家の言に備う。暇に諸《これ》を几上《きじょう》に置き、方《まさ》に披勘《ひかん》を圖るに、會《たま》たま餘杭の冉《ぜん》君孝隆は、同年の友なりて、偶たま見て之を悦び、遂に梓を授けて趣《すみや》かに翻刻して以て傳えしむるを辱《かた》じけのうす。刻既に成り、而して其の始末を贅《ぜい》すること此《か》くの如しと云う。是の年九月朏《みかづき》　南京戸部主事蜀　劉景寅　謹んで識す」。

七　宏治某年　「宏治」は「弘治」。乾隆帝の諱　弘曆を避けて「宏」に作る。注六にあげた嘉靖十三年翻刻本の楊循吉の序文の末尾に「弘治十年吳郡の楊循吉謹んで序す」と見える。

八　又稱…　注六參照。

九　跋又有複者去之之語　注六の劉景寅の跋は、「複せし者は之を去る」というが、これは『別集』が成った事情について述べたものであり、提要がいうような『前集』と『後集』の重複を削除したという意味ではない。

一〇　末附爲別集一卷、不題編纂名氏　注六の劉景寅の跋には「又た因りて方虛谷（回）の編する所の『律髓』を取りて、悉く翁の詩を檢して抄出し、選と複する者は此れを去り、『別集』と爲して焉《こ》れに附し、以て一家の言に備う」とあり、『別集』の編纂者は劉景寅である。

一一　睡起至園中一首…　『別集』の七言の箇所に〈睡起至園中〉が見える。これはすでに『前集』五卷の七言八句のところに配列されている詩である。

一二　劍南詩集汲古閣刻本　本書二九―一「劍南詩稿八十五卷」を參照。

一三　陳亮歐陽文粹之例　『四庫全書總目提要』卷一五三　集部六別集六では歐陽脩『文忠集』の後ろに、その選集である陳亮『歐陽文粹』二十卷も著錄されている。

一四　椅字子遠…　『寶祐四年登科錄』には、羅椅の字は子遠、本貫は吉州廬陵縣化仁鄕であり、理宗の寶祐四年（一二五六）に四十三歳で登第したという記錄が殘っている。また、羅椅の別集は『澗谷遺集』（豫章叢書）といい、卷前に羅洪先〈族祖榷院府君傳〉、卷後に〈澗谷遺集跋〉がある。それによれば、號は澗溪。知贛《かん》州信豐縣から提轄榷貨《かくか》院に移り、まさに監察御史を拜そうというときに、賈似道《かじどう》の横暴を暴露した書を上って、かえって糾彈され、病に臥して辭職に追い込まれたという。

一五　周密齊東野語記…『齊東野語』卷一一〈道學〉に、次のようにある。「世に又た一種の淺陋《せんろう》の士有りて、自ら以て進取を爲すに堪うるの地無きを視て、輒《すなわ》ち亦た自ら道學の名に附す。裒衣《ほうい》博帶し、危坐闊步す。或いは語錄を抄節して以て高談に資す。或いは閉眉合眼して、號して默識と爲す。而して其の學ぶ所を扣擊しては、則ち古今に於いて聞知する所無し。其の行う所を考驗しては、則ち義利に於いて分別する所無し。此れ聖門の大罪人にして、吾道の大不幸なり。而して遂に小人をして藉口を以て僞學の目と爲すを得、君子をして玉石俱《とも》に焚くの禍を受けしむるなり」。また、『癸辛雜識《きしんざつし》』續集卷上にも羅椅の小人物ぶりをけなした記事があり、それによれば、饒雙峰の門人たちと交遊が親密で、互いに持ち上げあっていたこと、しかし、僞學の禁により道學の勢力が衰えると、かれらが訪ねてきても會おうともしなかったという。

一六　明偶桓乾坤清氣集　『四庫全書總目提要』卷一八九集部四二總集四には、明偶桓『乾坤清氣集』十四卷が著錄されており、「是の集は元一代の詩を錄し、分體編次し」たものだという。卷八古樂府に羅澗谷の〈幼輿《ようよ》折齒歌〉が見える。晉の謝鯤《しゃこん》（幼輿）が鄰家の美女に言い寄って、梭《ひ》を投げつけられて齒を折った故事をもとにした詩である。なお、『宋詩紀事』卷六七の羅椅の條に、『乾坤清氣集』を典據としてこの詩が採錄されている。

一七　辰翁自有集、始末詳見本條下　本書四七「須溪集十卷」參照。

【附記】

『和刻本漢詩集成』（汲古書院）第十六輯に『名公妙選陸放翁詩集』前集十卷（澗谷羅椅選）・『名公妙選陸放翁詩集』後集八卷（須溪　劉辰翁　選　承應二年（一六五三）洛陽書林田中庄兵衞刊本）、『增續陸放翁詩選』七卷（劉辰翁　選　日本　村瀨之熙　增訂　文化八年（一八一一）平安書肆葛西市郎兵衞等刊本）が收入されている。

そのほかの注釋や研究書については、本書二九－一「劍南詩稿八十五卷」の【附記】を參照。

三〇　水心集二十九巻

[一]編修朱筠《しゅいん》家藏本

【葉適】一一五〇～一二二三

字は正則、號は水心。溫州永嘉《えいか》（浙江省）の人。淳熙五年（一一七八）の進士。孝宗・光宗・寧宗の三朝に仕えた。光宗の時、太府卿・總領淮東軍馬錢糧に至る。寧宗が立ち、韓侂冑《かんたくちゅう》の專政の時代に一旦落職するが、再び重用され、權工部侍郞に除せられる。北征が失敗して、知建康府兼沿江制置使となる。韓侂冑の用兵に附したのを理由に、韓の誅殺後に官職を剝奪され、奉祠すること十三年、七十四歳で歿した。諡《おくりな》は忠定。號は晩年に永嘉の城外の水心村に居したことによる。『宋史』卷四三四　儒林傳四　參照。

宋葉適撰。適有[二]習學記言、已著錄。

其文集之目、見於[三]陳振孫書錄解題・[四]趙希弁讀書附志者、皆二十八卷。[五]又有拾遺一卷、別集十六卷、則獨載於書錄解題。且稱淮東本無拾遺、編次亦不同。別集前九卷爲制集・進卷。後六卷號外稾、皆論時事。[六]末卷號總集、專論買田・贍兵。讀書附志、則但紀其集爲門人趙汝鐺序刻、而不詳其體例。

[七]此本爲明正統中處州推官黎諒所編。[八]前有自識、稱少讀適策場標準、慕其文。至括郡訪求八年、得劄・狀・奏議等八百餘篇。因裒輯彙次、合爲一編。蓋已非宋本之舊。[九]惟趙汝鐺原序尚存。

[一〇]然汝鐺實用編年之法、諒不加深考、以意排纂、遂至盡失其原次。[一一]其閒如財總論・田計諸篇、多論時事。

當[一二]卽別集佚篇、不在原集二十八卷之內、諒亦不能辨別也。

[一三]適文章雄贍、才氣奔逸、在南渡卓然爲一大宗。[一四]其碑版之作、簡質厚重、尤可追配作者。[一五]適嘗自言、譬如人家觴客。雖或金銀器照座、然不免出於假借。惟自家羅列者、卽僅甆罐瓦杯。然都是自家物色。其命意如此。故能脫化町畦、獨運杼軸。[一六]韓愈所謂文必己出者、殆於無忝。

[一七]吳子良荊溪林下偶談稱、水心作汪勃墓誌有云、佐佑執政、共持國論。執政乃秦檜同時者。汪之孫綱不樂、請改。水心答書不從。會水心卒、趙蹈中方刊文集未就、門下有受汪囑者、竟爲除去佐佑執政四字。

[一八]今考集中汪勃誌文、已改爲居紀綱地、共持國論。則子良所紀爲足信。而[一九]適作文之不苟、亦可以槪見矣。

【訓讀】

宋 葉適《ようてき》の撰。適に『習學記言』有りて、已に著錄す。

其の文集の目の、陳振孫『書錄解題』・趙希弁『讀書附志』に見ゆる者は、皆二十八卷なり。又た『拾遺』一卷、『別集』十六卷有りて、則ち獨《ひと》り『書錄解題』にのみ載せらる。且つ稱す、「淮東《わいとう》本には『拾遺』無く、編次も亦た同じからず。『別集』の前九卷は制集・進卷爲《た》りて、後六卷は『外稾』と號し、皆な時事を論ず。末卷は『總集』と號し、專ら買田・贍兵《せんぺい》を論ず」と。『讀書附志』は、則ち但だ其の集は門人趙汝鐺《ちょうじょとう》の序刻爲りと紀《しる》すのみにして、其の體例に詳らかならず。

此の本は明の正統中處州推官黎諒《れいりょう》の編する所爲り。前に自識《じし》有りて稱す、「少《わか》きとき適の『策場標準』を讀み、其の文を慕う。括郡《かつぐん》に至りて訪求すること八年、劄《さつ》・狀・奏議等八百餘篇を得たり。因《よ》りて裒輯《ほうしゅう》彙次《いじ》し、合せて一編と爲す」と。蓋し已《すで》に宋本の舊に非ず。惟だ趙汝鐺の原序のみ 尙お存す。

然れども汝鐺は實は編年の法を用う。諒は深考を加えずして、意を以て排纂し、遂に盡く其の原次を失うに至る。其の閒〈財總論〉〈田計〉の諸篇の如きは、多くは時事を論ず。當に即ち別集の佚篇にして、原集二十八巻の内に在らざるべし。諒は亦た辨別する能わざるなり。

適は文章雄贍《ゆうせん》にして、才氣奔逸、南渡に在りては卓然として一大宗爲り。其の碑版の作は、簡質厚重、尤も作者に追配すべし。適 嘗て自ら言う、「譬《たと》うるに人家の觴客《しょうかく》の如し。或いは金銀の器 座を照らすと雖も、然れども假借に出づるを免れず。惟だ自家羅列の者は、即ち僅かに甆罐瓦杯《しかんがはい》のみ。然れども都《すべ》て是れ自家の物色なり」と。其の命意は 此《か》くの如し。故に能く町畦《ていけい》を脱化し、獨り杼軸《ちょじく》を運《めぐ》らす。韓愈の所謂「文は必ず己《おのれ》より出づ」る者にして、忝《はずか》しむる無きに殆《ちか》し。

吳子良『荊溪《けいけい》林下偶談』稱す、「水心 汪勃《おうぼつ》の墓誌を作りて云う有り〝執政を佐佑《さゆう》して、共に國論を持す〟と。執政とは乃《すなわ》ち秦檜《しんかい》と時を同じうする者なり。汪の孫 綱は樂しまず、改めんことを請うも、水心 答書して從わず。會《たま》たま水心卒し、趙蹈中《ちょうとうちゅう》 方《まさ》に文集を刊して未だ就《な》らず。門下に汪の囑《しょく》を受くる者有りて、竟《つい》に爲に『佐佑執政』の四字を除去す」と。今 考うるに集中の汪勃の誌文は已《すで》に改めて「紀綱の地に居り、共に國論を持す」と爲す。則ち子良の紀する所は信ずるに足ると爲す。而して適の作文の苟《かりそ》めならざるも、亦た以て概見すべし。

【現代語訳】

宋 葉適《ようてき》の著。適には『習學記言』があり、すでに著録しておいた。

その文集の目録で、陳振孫『直齋書錄解題』・趙希弁『讀書附志』に見えるものは、ともに二十八巻である。さらに『拾遺』一巻、『別集』十六巻があって、『直齋書錄解題』にだけ載せられており、かつ次のように言う。「淮東《わいとう》本には『拾遺』が無く、編次も同じではない。『別集』の前九巻は制集・進巻で、後六巻は『外稾』といい、ともに時事を論じたもの。末巻は『總集』（後總の誤り）といい、專ら買田・贍兵《せんぺい》（武器の供給）を論じたものだ」と。『讀書附志』は、その集は門人趙汝鐺《ちょうじょとう》（讜の誤り、以下同じ）が序して刻したものだと記すだけで、その體例については詳しい説明がない。

この本は明の正統年間に處州推官の黎諒《れいりょう》が編集したものである。前に彼自身の識語《しきご》があっていう。「私は幼いときに適の『策場標準』を讀み、その文を慕ったものだ。括郡《かつぐん》（浙江省麗江市）に至ってその文を訪求すること八年、劄《さつ》・狀・奏議など八百餘篇を得た。そこでそれらを集めて編次し、合せて一編とした」と。つまりこの本はすでに宋本の舊ではなくなっているのだ。ただ趙汝鐺の原序だけは今も殘っている。

しかし、汝鐺は實は編年の法を用いていたのだが、諒はそのことを深く考慮せずに、意を以て編纂しなおしたために、とうとうそのもとの配列を盡く失うに至った。その中の〈財總論〉〈田計〉（財計の誤り）等の諸篇は、多く時事を論じたものであり、これらは別集の佚篇であって、原集二十八巻の内にはなかったはずだ。ところが諒はそのことすら辨別することができなかったのだ。

適の文章は雄大で奥深く、才氣がほとばしっており、南宋ではずば抜けた大家の一人である。その碑銘の作は、簡潔で飾り氣がなく内容に重みがあり、とりわけ優れた古えの作者たちと肩を竝べる存在なのだ。適は自ら言っていた。「他人の家で酒をご馳走になる時は、金銀の美しい器が座を照らしていても、所詮は借り物。それに對してわが家で飲む時に竝ぶのは、素燒きのとっくりや盃だけだが、なんといっても自分の家の物なのだ」と。その作文の心がけはこのようであった。だからこそ、よく常識の枠を乗り越えて、文章の組み立てを考えることができたのだ。韓愈の所謂「文は必ず己《おのれ》より出づ」る者であって、殆《ほとん》どその言葉に愧じないといってよかろう。

吳子良『荊溪《けいけい》林下偶談』はいう。「水心は汪勃《おうぼつ》の墓誌を作り、〝執政を佐佑《さゆう》して、共に國論を持す〟と言った。執政とは秦檜《しんかい》と時を同じうした者のことだ。汪の孫である綱は面白くなく、改めるように賴んだが、水心は從わない旨の返事を書いた。おりしも水心が亡くなり、趙蹈中《ちょうとうちゅう》（趙汝讜）が文集を刊行しようとしている最中に、門下に汪綱の委嘱を受けた者がいて、ついに汪のために『佐佑執政』の四字を除去した」と。今考えるに、集中の汪勃の誌文はすでに「國の中樞に在って、共に國家のために盡くした」と改めてある。つまり、子良の記載は信ずるに足るものだ。適がいい加減に文を作らなかったことも、この話からおおよそ分ろうというものだ。

【注】

一　編修朱筠家藏本　朱筠《しゅいん》は字を竹君といい、順天府大興（北京市通州區）の人。乾隆十九年の進士。編修とは當時編修の任に在ったためかくいう。四庫全書編纂官の一人である。『四庫採進書目』によれば、四庫全書編纂の際には三七部を進獻した。任松如『四庫全書答問』によれば、一二部が四庫全書に著録され、四部が存目（四庫全書内に收めず、目錄にのみとどめておくこと）に置かれたという。

二　習學記言　『四庫全書總目提要』巻一一七　子部二七　雜家類一は「習學記言五十巻」を著錄し、「其の書は乃ち經史百氏を輯錄し、各おの論述を爲し、條列編を成す。凡そ經十四巻、諸子七巻、史二十五巻、文鑑四巻」という。

三　陳振孫書錄解題　陳振孫『直齋書錄解題』巻一八は『水心集』二十八巻『拾遺』一巻『別集』十六巻を著錄して、次のようにいう。「吏部侍郎永嘉の葉適正則の撰。淮東《わいとう》本には『拾遺』無く、編次も亦た同じからず。『外集』なる者は、前九巻は制科・進巻爲りて、後六巻は『外稾』と號し、皆な時事を論ず。末巻は『後總』と號し、專ら買田・贍兵《せんぺい》を論ず」。

四　趙希弁讀書附志　趙希弁『讀書附志』巻下は『水心先生文集』二十八巻を著錄して、「右葉適字は正則の文なり。門人趙《ちょう》汝讜《じょとう》序して之を刻す。水心は其の自號なり」という。

五　又有『拾遺』一巻、『別集』十六巻…　注三參照。

六　末巻號總集　總集は後總の誤り。陳振孫『直齋書錄解題』および『文獻通考』經籍考巻六八に引く「直齋書錄解題」も「末巻號後總」に作る。提要の傳寫の誤りか。

七　此本爲明正統中處州推官黎諒所編　文淵閣四庫全書本『水心集』の巻首には、趙汝讜（提要が趙汝鐺に作るのは誤り）の原序とそれにつけられた黎諒《れいりょう》の跋文があり、注八のように、黎諒の跋文の最後には「正統十三年戊辰の歳孟春望日、處州府推官章貢の黎諒謹んで識《しる》す」とある。なお、四部叢刊本『水心先生文集』は、烏程の劉氏嘉業堂藏明黎諒刊本の影印とあるものの、實は黎諒による正統十三年（一四四八）刻本を、王直が景泰二年（一四五一）に重刊したものであり、巻首に趙汝譡の原序、黎諒の跋文、王直の序文がある。

八　前有自識　注七の黎諒の跋文にいう。「余　幼《おさな》き時、先君東《とう》皐《こう》處士は、遺書一帙名づけて『策場標準集』と曰うを以て諒に讀を授く。是の書は乃《すなわ》ち水心葉先生適の宋の時に在りて著す所なり。…余　郷薦《きょうせん》を領して官を括郡《かつぐん》に授けらる。…嘗て公事に因《よ》りて邑《ゆう》に詣《いた》り、遺本を訪求するも、存する者有る無し。間《ま》或いは一二篇、或いは數十篇を得、歴《ふ》ること八載にして始めて克《よ》く備われり。曰く『文粹』、曰く『葉學士文集』、曰く『水心文集』、及び余幼き時讀む所の『標準集』なる者有り。其の總目は四有るも、惟だ『標準』の一集のみは、十に其の七八を亡う。公暇《こうか》に躬自《みずか》ら謄錄《とうろく》す。其の各集中の作る所の劄《さつ》・狀・奏議・記・序・詩・銘幷びに雜著の、篇章を成す者八百餘篇を得て、編集彙次し、分かちて二十九巻と爲す。其の著わす所の經傳子史は、編みて『後集』と爲す。總じて名づけて『水心先生文集』と曰い、繡梓《しゅうし》して以て其の傳を永《なご》うし、四方の同志と與に焉《こ》れを共覽す。…正統十三年戊辰の歳孟春望日、處州府推官章貢の黎諒謹んで書す」。

九　惟趙汝譡原序尚存　注七の趙汝譡《ちょうじょとう》（提要が趙汝鐺に作るのは誤り）の原序にいう。「集は淳熙壬寅に起り、三朝四十餘年中を更《へ》て、期運の通塞、人物の散聚、政化の隆替、策慮の安危、往往にして之を文に發す。之を讀む者は以て感慨すべし。故に一に編年を用い、考有らんことを庶《ねが》うなり。…門人大梁の趙汝譡序す」。

一〇　汝鐺用編年之法　注九參照。

一一　其開如財總論・田計諸篇　〈田計〉は〈財計〉の誤り。文淵閣四庫全書本『水心集』および四部叢刊本『水心先生文集』巻四奏議に收錄される〈財總論一〉と〈財總論二〉、および〈財計上〉と〈財計下〉（下のみ原闕）である。提要は、これを科擧受驗參考書の文だとして、黎諒の所謂『策場標準集』（つまり『直齋書錄解題』がいう『別集』十六巻）の佚篇だと言っている。

一二　別集佚篇　注一一のように、この『別集』十六巻（すなわち黎諒のいう『策場標準集』）は、散逸したと考えられていたが、實は現存しており、清の同治九年（一八七〇）に遵義《じゅんぎ》の李春龢《りしゅんわ》が孫衣言《そんいげん》の藏本をもとに刻行した。その內容も、『直齋書錄解題』がいうところ（注三）と同じである。注九の〈財總論一〉と〈財總論二〉は、『別集』では巻一〇に、〈財計上〉は『別集』では巻二に收入されている。また、巻一五の末には葉適の自跋があり、巻一～一五までは寧宗の嘉泰四年に自ら編纂したものだという。また巻一六の後總の中には葉適の門人袁聘《えんぺい》儒《じゅ》の校語があり、別集を最初に刻行したのは袁聘儒であるらしい。

一三　適文章雄贍…　提要はこのように譽めるが、朱熹の葉適に對する評價は嚴しい。『朱子語類』巻一二三に「葉正則の說話は只《た》だ是れ杜撰《ずさん》なり。他《かれ》の進巻は、大略を見るべし」、「葉正則の作文論事は、全く些《か》の著實利害を知らず。只だ虛論なり。因《よ》りて許多に及ぶ云云」など。葉適と朱熹の閒には、文を論じた往復書簡もある。

一四　其碑版之作…　葉適が碑銘に長じたことは、眞德秀《しんとくしゅう》が葉適の作品である〈著作正字二劉公墓誌銘〉(『水心先生集』巻一六)に跋文(『西山文集』巻三五)を書いて次のように言っていることから知られる。「永嘉の葉公の文は、近世に於いて最と爲す。銘墓の作は、他の文に於いても又た最と爲す」。また、注九趙汝譡の原序には「昔　歐陽公は獨り碑銘を擅《ほし》いままにし、其の世道の消長進退と、其の當時の賢卿大夫の功行と、以及《およ》び閭巷山巖《りょこうさんがん》の樸儒幽士《ぼくじゅゆうし》の隱晦《いんかい》して未だ光《ひか》らざる者に於いては、皆な焉《こ》れを述ぶ。史を輔《たす》けて行うこと、其の意深し。此れ先生の志なり」と見える。

一五　適嘗自言…　吳子良『荊溪林下偶談』巻三にいう。「水心は篔窗《うんそう》(陳耆卿)と與《とも》に文を論じ、夜半に至る。…因《よ》りて篔窗に問う、〝某の文は如何〟と。時に案上に牡丹數瓶を置く。篔窗曰く、〝譬《たと》うるに此の牡丹の花の如し。他人は只《ただ》一種なるに、先生は能く數十百種。蓋し文章の變を極むる者なり〟と。水心曰く、〝此れ安《いず》くんぞ敢えて當らんや。但だ之を人家の觴客《しょうかく》に譬《たと》うるのみ。或いは金銀の器　座を照らすと雖も、然れども假借に出づるを免れず。自家の羅列は、僅かに甆罐瓦盃《しかんがはい》なるも、然れども卻《かえ》って是れ自家の物色なり〟と。水心は蓋し前人を蹈襲せざるを謂うのみ。甆瓦は謙辭と雖も、蹈襲せずとは則ち實《まこと》の語なり」。

一六　韓愈所謂文必己出　「文必己出」は「辭必己出」ともいい、「陳言務去」(〈答李翊書〉)とともに韓愈の文論の核心。たとえば韓愈〈答劉正夫書〉は「聖人の道の如きは、文を用いざれば、則ち已《や》む。用うれば則ち其の能者を尙《ねが》う。能者は他に非ず、能く自ら樹立して、因循《いんじゅん》せざる者、是れなり」といい、文が人眞似になることを強くいましめている。

一七　吳子良荊溪林下偶談稱…　吳子良『荊溪林下偶談』巻二〈前輩は肯《あえ》て妄りに已《すで》に成りし文字を改めず〉の條にみえる。「水心は〈汪參政勃墓誌〉を作り〝執政を佐佑《さゆう》して、共に國論を持す〟と云う有り。執政とは蓋し秦檜《しんかい》と與に時を同じうする者なり。汪の孫　浙東の憲の綱は樂しまず、改めんことを請う。水心は答えて曰く、〝凡そ秦檜の時の執政は、某《それがし》未だ其の善を言う者有らず。獨《た》だ先正の厚德を以て、故に勉《つと》めて此れを爲す。自ら謂うに已に稱揚を極むと。知らず　盛意　猶お未だ足らずとは〟と。汪は請うこと益《ます》ます力《つと》むるも、終《つい》に從わず。未だ幾《いく》ばくならずして水心死す。趙蹈中《ちょうとうちゅう》(趙汝讜)方《まさ》に文集を刊して未だ就《な》らざるに、門下に汪の囑《しょく》を受くる者有りて、竟《つい》に爲に

“佐佑執政”の四字を除去し、碑本も亦た之を除く。水心の意に非ざるなり。水心の答書、惜しむらくは集中に見えず」。

一八　今考集中汪勃誌文　文淵閣四庫全書本『水心集』および四部叢刊本『水心先生文集』巻二四〈故樞密參政汪公墓誌銘〉には、「上《しょう》は之を患《うれ》い、耆艾《きがい》質厚にして趙（鼎《てい》）・張（浚《しゅん》）と好悪を同じくせざる者を擇び、紀綱の地に居りて、共に國論を持せしむ。公は御史臺の檢法官自り監察御史と爲る」に作る。

一九　適作文之不苟　この問題については、黃震『黃氏日抄』巻六八も次のようにいう。「樞密汪勃《おうぼつ》は、徽州《き》の人。紹興二年進士に登る。十三年の和親に、趙（鼎）・張（浚）と好悪を同じくせざる者を擇びて執政を佐佑せしめ、勃《ぼつ》遂に監察御史と爲る。其の賢不肖 知るべきなり。乃ち檜《かい》の忌む所と爲ると云うは、蓋《おお》わんと欲すれども彰らかなり。然れども檜は一時に於いては同《とも》に悪《にく》まる。既に官爵に借りて之を啖《くら》わせ以て其の力を盡くさしめ、位逼《せま》らば則ち斥去《せききょ》すること奴隷の如し。勃の忌《い》まるるは、亦た公の曲筆に非ず。蓋し實を紀して是非自《おのずか》ら見《あら》わるる者なり」。

【附記】

四部叢刊本『水心先生文集』は、烏程の劉氏嘉業堂藏正統本の影印とあるものの、實は黎諒《れいりょう》による正統十三年（一四四八）刻本を、王直が景泰二年（一四五一）に重刊したものである。

『別集』十六巻は散逸したとみられていたが、實は完本が傳わっており、淸の同治九年に、遵義《じゅんぎ》の李春龢《りしゅんわ》が孫衣言の藏本によって刻行した。

劉公純・王孝魚・李哲夫點校『水心集』（中華書局一九六一年、一九八一年重刊）は、永嘉叢書本を底本とする文集（孫氏の輯佚した補遺一巻を含む）と、この李春龢が刻した別集との合刊である。『水心先生文集』と『別集』とに重複するもの四十九篇を文集から削り、目錄のみを殘している。

また、これとは別に臺灣の國家圖書館には、陳亮（本書三五「龍川文集三十卷」參照）との合刻の宋槧《ざん》本『圏點龍川水心二先生文粹』が藏されており、『水心先生文集』にも『別集』にも見えない佚文がある。

『全宋詩』（第五〇册　巻二六六一～巻二六六三）は、四庫全書本を底本としつつ、集外詩も輯めている。

年譜は、『宋人年譜叢刊』（四川大學出版社　二〇〇三）第一一册に周學武編〈葉水心先生年譜〉（據臺北大安出版社一九八八年版删訂）が収められており、研究書は、周夢江『葉適評傳』、張義德『葉適評傳』がある（未見。葉適與永嘉學派研究會・溫州市鹿城區横瀆葉適祠編の『走近葉適――生平業績簡介』による）。

三一　[一]石屛集六卷　[二]浙江鮑士恭家藏本

【戴復古《たいふくこ》】一一六七～一二五〇頃?

字《あざな》は式之、台州黃巖南塘（浙江省溫嶺）の人。江湖派の詩人。鄉里の石屛山に因《ちな》んで、石屛と號した。徐似道に學び、陸游の門下生となったことがある。中年以後、詩名が顯れ、以後八十すぎまで各地を漫遊した。一時期、邵武（福建省）の教授となったものの、その生涯のほとんどを布衣として過ごした。明嘉靖『太平縣志』卷六、萬曆『黃巖縣志』卷六 參照。

宋戴復古撰。復古字式之、天台人。[三]嘗登陸游之門、以詩鳴江湖閒。所居有石屛山、因以爲號、遂以名集。

[四]卷首載其父敏詩十首。蓋復古幼孤、勉承家學、因搜訪其先人遺稾、以冠己集。[五]昔黃庭堅山谷集後、附刻其父伐檀集、王楙野客叢書後、附刻其父野老紀聞。復古以父詩爲數無多、不成卷帙、特升弁於簡端。例雖小變、理乃較協矣。

復古詩筆俊爽、極爲作者所推。[六]姚鏞跋其詩、稱其天然不費斧鑿處、[七]大似高三十五輩。晚唐諸子、當讓一面。[八]方回跋其詩、亦稱其清健輕快、自成一家。雖皆不免稍過其實、要其精思研刻、實自能獨闢町畦。後

[九]瞿佑歸田詩話載復古嘗見夕照映山、得句云夕陽山外山、自以爲奇、欲以塵世夢中夢對之、而不愜意。後

行邨中、春雨方霽、行潦縱橫、得春水渡傍渡句以對、上下始稱。其苦心搜索、卽此可見一端。

〔一〇〕至集中嚴子陵釣臺詩、所謂平生誤識劉文叔、惹起虛名滿世閒者、〔一一〕趙與虤娯書堂詩話、極賞其新意可喜。而〔一二〕羅大經鶴林玉露、又深以其議論爲不然。蓋意取翻新、轉致失之輕佻。在集中殊非上乘。與虤所云、固未足爲定評矣。

【訓讀】

宋 戴復古《たいふくこ》の撰。復古 字《あざな》は式之、天台の人。嘗《かつ》て陸游の門に登り、詩を以て江湖の閒に鳴る。居する所に石屛山有り、因《よ》りて以て號と爲し、遂に以て集に名づく。

卷首に其の父 敏の詩十首を載す。蓋し復古は幼くして孤にして、勉《つと》めて家學を承け、因りて其の先人の遺稾を捜訪して以て己《おの》が集に冠す。昔 黃庭堅『山谷集』の後に其の父の『伐檀《ばつだん》集』を附刻し、王楙《おうぼう》『野客叢書』の後に其の父の『野老紀聞』を附刻す。復古は 父の詩の數を爲すこと多きこと無く、卷帙を成さざるを以て、特《た》だ簡端に升弁するのみ。例は小變と雖も、理は乃《すなわ》ち較《や》や協《かな》う。

復古は詩筆俊爽《しゅんそう》、極めて作者の推す所と爲る。姚鏞《ようよう》は其の詩に跋して稱す、「其の天然にして斧鑿《ふさく》を費やさざる處、大《はなは》だ高三十五輩に似て、晩唐の諸子は當に一面を讓るべし」と。方回は其の詩に跋して亦た稱す、「其の清健にして輕快、自ら一家を成す」と。皆な稍《や》や其の實を過ぐるを免かれずと雖も、要は其の精思研刻にして、實に自ら能く獨り町畦《ていけい》を闢《ひら》く。瞿佑《くゆう》『歸田詩話』に載す、「復古 嘗て夕照の山に映ゆるを見、句を得て〝夕陽 山外の山〟と云う。自ら以て奇と爲し、〝塵世 夢中の夢〟を以て之に對せんと欲するも、意に愜《かな》わず。後に邨中《そんちゅう》を行くに、春雨 方《まさ》に霽《は》れ、行潦《こうろう》縱橫たり、〝春水 渡傍の渡〟の句を得て以て對し、上下始めて稱《かな》う」と。其の苦心の搜索は、此れに卽《つ》きて一端を見るべし。

集中の〈嚴子陵釣臺〉の詩に謂う所の「平生誤りて識《し》る劉文叔、虚名を惹起して世間に滿つ」なる者は、趙與虤《ちょうよがん》『娛書堂詩話』極めて其の新意の喜ぶべきを賞す。而るに羅大經『鶴林玉露』又た深く其の議論を以て然らずと爲す。蓋し意は翻新に取りて、轉《うた》た之を輕佻《けいちょう》に失するを致す。集中に在りては殊に上乘に非ず。與虤の云う所は、固《もと》より未だ定評と爲すに足らざるなり。


【現代語譯】


宋　戴復古《たいふくこ》の著。復古は字《あざな》を式之といい、天台（浙江省）の人である。嘗て陸游の門下生となったことがあり、詩名が民間に轟いていた。住まいしている所に石屛山があり、それにちなんで號とし、詩集の名とした。

巻首には父の敏の詩十首が載っている。思うに復古は幼くして父を亡くし、家學を繼承することにつとめ、それで亡父の遺槀を捜訪して自らの集に冠したのだ。昔　黄庭堅の『山谷集』の後ろには父の『伐檀《ばったん》集』が附刻され、王楙《おうぼう》の『野客叢書』の後ろには父の『野老紀聞』が附刻されていた。復古は父の詩篇の數が多くなく、巻帙を成さないため、ただ巻頭の端に擧げたのだ。體例はいささか變わってはいるが、道理はまあ通っている。

復古の詩筆は輕快で力強く、詩人たちから大變推奬されている。姚鏞《ようよう》はその詩の跋文に、「天然で人工を加えないところは、唐の高適によく似ており、晩唐の諸子は彼にやや顏負けする」という。方回もまたその詩の跋文にいう、「のびやかで輕快、獨自の境地を切り拓いている」と。どちらも實際よりやや誇張の嫌いはあるものの、十分に考えぬいた上での作は、獨自の境地を切り拓くことが出來た」と。瞿佑《くゆう》『歸田詩話』は、「復古は嘗て夕照が山に映えるのを見て、〝夕陽　山外の山〟という句を得た。自ら傑作だと思った彼は、〝塵世　夢中の夢〟を對句にしようとしたが、どうもしっくりいかない。後で村を通ったとき、春雨がちょうど霽《は》れ、いたるところに水溜りが出來ているのを見て、

〝春水 渡傍の渡〟の句を得て對句とし、上句と下句が始めて釣り合った」という話を載せている。苦心して詩句を探し求める作風は、ここにその一端が窺える。

集中の〈嚴子陵釣臺〉の詩の「平生誤りて識《し》る劉文叔、虚名を惹起して世間に滿つ」という句を、趙與虤《ちょうよがん》『娛書堂詩話』は新味があってとてもいいとほめちぎっている。しかし羅大經『鶴林玉露』はまたもやその議論に異を唱えている。思うに新味を出そうとして、かえって上すべりになったということだろう。集中では特に上乘の作というのではない。與虤の批評は、もともと定評とするに足らないものなのだ。

【注】

一　石屛集六卷　文淵閣四庫全書本では實際には「東皐子《とうこうし》詩一巻」が冠されている。注四參照。

二　浙江鮑士恭家藏本　鮑士恭の字は志祖、原籍は歙《しょう》（安徽省）、杭州（浙江省）に寄居す。父 鮑廷博（字は以文、號は淥飲《ろくいん》）は著名な藏書家で、とりわけ散佚本の蒐集を好んだ。その精粹は『知不足齋叢書』中に見える。『四庫採進書目』の記錄では、『四庫全書』編纂の際には、藏書六二六部を進獻した。任松如『四庫全書答問』によれば、そのうち二五〇部が著錄され、一二九部が存目（四庫全書内に收めず、目錄のみにとどめておくこと）に置かれているという。

三　嘗登陸游之門…　文淵閣四庫全書本『石屛集』および四部叢刊續編本『石屛詩集』の卷首に附された樓鑰《ろうやく》の序文にいう。「雪巢の林監廟景思（憲）・竹隱の徐直院淵子（似道）は、皆丹丘の名士にして、倶《とも》に之に從いて遊び、句法を講明す。又た三山の陸放翁（游）の門に登り、而して詩益《ます》ます進む」。なお樓鑰『攻媿《こうき》集』卷七六に收める〈戴式之の詩卷に跋す〉は、この卷首の序文を節略しており、注意を要する。

四　卷首載其父敏詩十首…　文淵閣四庫全書本『石屛集』および四部叢刊續編本『石屛詩集』の卷前には『東皐子詩』と稱して〈小園〉以下計十首が載錄されている。さらにその末尾には戴復古の跋がある。「右は先人の十詩なり。先人諱《いみな》は敏、字は敏才、號は東皐子。平生酷《はなは》だ吟を好むも、身後は遺稿存せず。徐直院淵子竹隱先生（諱は似道）は常に其の〈小園〉一篇、及び〝日は秭歸《しき》に落ちて處山に啼く〟の一聯を誦し、續きて捜訪を加え、共に此の十篇を得たり。復古は孤幼にして無知、先人の篇章をして零落し、名も亦た顯われざらしむ。不孝の罪は贖《あがな》うべからざるなり。謹しんで『石屛詩稿』の前に錄し庶幾《ねが》わくは人をして一斑を見るを獲しめんことを。復古 泣《なみだ》を忍びて敬んで書す」とある。

五 黄庭堅山谷集後、附刻其父伐檀集……　『四庫全書總目提要』巻一五二 集部五 別集類五は、黄庭堅の父黃庶《こうしょ》の『伐檀集』二巻を著錄して、「其の集は宋自《よ》り以來、卽ち刻して『山谷集』の末に附す。然れども子は聖に齊《ひと》しと雖も、父に先んじて食さずと、古えより明訓有り。父の詩を子の集の末に列するは、義に於いて終に未だ協《かな》わずと爲す。故に今 之を析《わか》ち、別に焉《ここ》に著錄す」といい、『山谷集』とは別に著錄している。一方、巻一一八 子部二八 雜家類二は王楙《おうぼう》の『野客叢書』三十巻に附す形で『野老記聞』一巻を著錄して、父の作品を附錄する際の扱い方について、次のように説いている。「楙《ぼう》の其の父の書を以て己《おの》が書の末に附するに至りては、蓋し『山谷集』の後に『伐檀集』を附するの例に沿い、義に於いて均しく乖《もと》る。然れども『伐檀集』は後人の附する所爲りて、庭堅の意に非ず。故に分析して著錄し、以て其の名を正す。此の書は楙の自ら附する所爲りて、過《とが》を他人に諉《ゆだ》ぬべきに非ず、故に其の舊第に仍り、以て其の失を著す。亦た『春秋』の褒貶各おの其の本志の義を探るなり」。提要の基本的な考え方によれば、子の作品集に父の作品を附すのは非禮である。そのため、他人がこのように刻した場合については、これを正して別に著錄する。しかし、作者が自らしたものについてはそのままにして、責めを本人に歸せしめるということにしたらしい。『石屛集』については、父の作品を自作の前に冠しているのであり、提要はそのことを「例は小變と雖も、理は乃ち較《や》や協《かな》えり」として容認するのである。

六 姚鏞跋其詩……　四部叢刊續編本『石屛詩集』十巻本は巻首に序跋を複數篇載錄しており、その中で姚鏞の跋文は二種類見える。一つは「紹定六年（一二三三）三月廿四日」の日付のもの、もう一篇は『第四稿』につけられた「端平三年（一二三六）歳在丙申五月丁卯」の日付の跋文である。提要がここで引いているのは、前者であり、そこには、「式之の詩は天然にして斧《ふ》鑿《さく》を費やさざる處、大いに高三十五輩に似る。生きて少陵（杜甫）に遇わしめば、亦た將に〝佳句は法如何〟の問い有らんとす。晩唐の諸子は當に一頭を讓るべし」とある。ただ、提要はこの十巻本を見ていなかったと考えられる。この跋文は、『江湖小集』巻五一に姚鏞〈戴石屛の詩巻の後に題す〉として採錄されており、提要はこれに據ったのであろう。

七 大似高三十五輩　高三十五は、唐の高適のこと。この句は、杜甫が高適に贈った〈高三十五書記に寄す〉（『杜詩詳註』巻三）詩の「美名は人及ばず、佳句は法如何《いかん》」という句を踏まえている。

八 方回跋……　方回『桐江集』（宛委別藏本）巻四〈戴石屛詩に跋す〉にいう。「戴復古 字は式之、台州の人、號は石屛。年四十五にして始めて詩を以て江湖の間に遊び、眞西山（徳秀）に知らる。然れども早年に讀書少なく、故に詩は料《はかりごと》を事とする無く、清健にして輕快、自ら一家を成す。晩唐の間に在りて、而かも晩唐の纖陋無し。晩節 詩名を以て重んぜられ、諸公争いて餽贐（おくりもの）を致す。歸りて家を成すこと、八十餘歳。豫章の陳杰壽夫 予の爲に言う、石屏の詩は、亦た千載不朽の文に非ず、未だ極致と爲さずと」。方回は、戴復古の詩は、若いころあまり學問をしなかったことがかえって幸いして、清健（素直でのびやか）なものになったと分析する。また、『瀛奎律髓』巻二〇戴復古〈寄尋梅〉の評でも方回は「然れども其の詩は輕俗に苦しみ、高處は頗る亦た清健にして、高九萬（菊磵）の純乎として俗なるが如きに至らず」といい、戴復古の詩の特長を清健にあるとしている。

九 瞿佑歸田詩話載… 歴代詩話續編『歸田詩話』巻中〈戴石屏の奇對〉にいう。「戴式之 嘗て夕照の山に映え、峯巒《ほうらん》重疊《ちょうじょう》なるを見、句を得て〝夕陽 山外の山〟と云う。自ら以て奇と爲し、〝塵世 夢中の夢〟を以て之に對せんと欲するも、意に愜《かな》わず。後に村中を行くに、春雨方《まさ》に霽《は》れ、行潦《こうろう》縱横たり、〝春水 渡傍の渡〟の句を得て以て對し、上下始めて相い稱《かな》う。然れども須《すべか》らく實に此の境を歴《へ》て、方《はじ》めて其の奇妙を見るべし」。然

一〇 至集中嚴子陵釣臺詩… 文淵閣四庫全書本『石屏集』巻六および四部叢刊續編本『石屏詩集』巻七所收の〈釣臺〉詩を指す。

一一 趙與虤娛書堂詩話… 歴代詩話續編『娛書堂詩話』巻下にいう。「嚴子陵の釣臺の題詠は尙し。天台の戴式之復古の一絶に云う、〝萬事無心にして一竹竿、三公換えず此の江山、平生誤りて識る劉文叔、虚名を惹起して世間に滿つ（世俗には無欲で釣り三昧、三公という高い位もこの江湖の自然と引き換えにはできぬのに、後漢の光武帝劉秀（字は文叔）と出會ったばっかりに、世に名を知られてしまった）〟 亦た新意喜ぶべし」。

一二 羅大經鶴林玉露… 『鶴林玉露』乙編巻四〈釣臺詩〉は、「近時の戴式之の詩に云う、〝萬事無心にして一釣竿、三公換えず此の江山、當初誤りて識る劉文叔、虚名を惹起して世間に滿つ〟と。句は甚だ爽と雖も、意は實に未だ然らず」として、この句意について若干の異議を申し立てる。羅大經は、本來は愼みぶかく、輕々しい行動を好まなかった劉秀（文叔）が、漢王朝の危機に際して別人のように果敢な行動を起こした背景には、狂奴と稱された嚴光（子陵）との交友の影響が認められるとし、嚴光の功績を大いに評價する。羅大經は、嚴光をふつうの隱者とみなすことには反對の立場をとる。

四部叢刊續編本『石屛詩集』十巻（巻一～七は詩、巻八は詞、巻九～一〇は附錄）は、明弘治十一年（一四九八）に馬金が廬州で刻した本の影印とされるが、實際には巻末に正德二年（一五〇七）の戴鏞《たいよう》の補刻の跋がある。巻首の各家の序跋を總合するに、宋代に趙汝讜《ちょうじょとう》が『石屛小集』を、袁甫が『續集』を、蕭泰來が『第三稿』を、李賈が『第四稿』上巻を、姚鏞が『第四稿』下巻を編纂し、さらに鞏豐が『摘句』を作ったという。戴復古の嘉定十六年（一二二三）と紹定五年（一二三二）の自序もある。今、宋・元の刻本は傳わらない。

四庫全書が著錄する六巻本は、明の潘是仁の編纂したもので、萬曆四十三年（一六一五）刻『宋元詩四十二種』と天啓二年（一六二二）重修『宋元詩六十一種』の一種である。十巻本の巻一～七の詩のうち、巻四と巻五の五言律詩を合わせて一巻にした形である。ただし、十巻本とは詩の出入りがある。

版本の流傳については、王嵐著『宋人文集編刻流傳叢考』（江蘇古籍出版社　二〇〇三）の中の〈戴復古集〉が詳しい。

『全宋詩』（第五四冊　巻二八一三～巻二八二〇）は、四部叢刊續編本の十巻本を底本とし、集外詩も廣く輯めている。

評點本には、金芝山點校『戴復古詩集』（浙江古籍出版社　兩浙作家文叢　一九九二）があり、附錄に、序跋・題詠・詩評などが収められている。

研究書として、溫嶺市戴復古研究會編著『戴復古研究文集』（中國文史出版社　二〇〇四）がある。

三二　江湖長翁文集四十卷　[一]山東巡撫採進本

【陳造】一一三三～一二〇三

字《あざな》は唐卿、高郵《こうゆう》（江蘇省）の人。孝宗の淳熙二年（一一七五）の進士。淮南西路安撫司參議官に至った。長らく州縣の幕僚を轉々とし、自らを世に無用の者とみなし、無用の長物の意味で江湖長翁と號した。寧宗の嘉泰三年（一二〇三）に七十一歳で歿した。明萬曆四十六年（一六一八）刻『江湖長翁集』卷首 陳造自序・申屠駉《しんとけい》〈宋故淮南夫子陳公墓誌銘〉參照。

宋陳造撰。[二]造字唐卿、高郵人。淳熙二年進士。官至淮南西路安撫司參議。遭宋不競、事多齟齬、[三]自以爲無補於世、置江湖乃宜、遂號江湖長翁。既不竟其用、故無所表見。而宋史亦不爲立傳。[四]惟元申屠駉爲作墓誌、稱其於誨誘則良師、於撫字則循吏。身篤操修、道兼體用。雖金石之文、稱述例多溢量、亦未必純構虛詞也。

[五]集中罪言一篇、蓋[六]仿杜牧而作。不免紙上談兵、徒爲豪語。其文則恢奇排奡、要亦[七]陳亮・劉過之流。其他剳子諸篇、多剴切敷陳、當於事理。記序各體、錘字錬詞、稍傷眞氣、而皆謹嚴有法、[八]不失規程。在南宋諸作者中、亦鐵中錚錚者矣。[九]至易說一卷、始於无妄、終於比、凡十五篇、疑其未完之書。[一〇]中多以史證經、與[一一]楊萬里誠齋易說・[一二]李光讀易詳說相類。殆爲時事而發、託之詁經歟。

其集久無刻本。[一三]明崇禎中、李之藻以淮南自秦觀而後、[一四]惟造有名於時、[一五]始與觀集同刻之於高郵云。[一六]

【訓讀】

宋　陳造の撰。造　字《あざな》は唐卿、高郵《こうゆう》の人。淳熙二年の進士。官は淮南西路安撫司參議に至る。宋の不競に遭い、事齟齬《そご》多く、自ら以て世に補する無く、江湖に置きて乃《すなわ》ち宜《よ》ろしと爲し、遂に江湖長翁と號す。既に其の用を竟《つ》くさず、故に表見する所無し。而して『宋史』も亦た爲《ため》に傳を立てず。惟だ元の申屠駉《しんとけい》は爲に墓誌を作りて稱す、「其の誨誘《かいゆう》に於いては則ち良師、撫字に於いては則ち循吏《じゅんり》なり。身は操修に篤く、道は體用を兼ぬ」と。金石の文は、稱述すること例として溢量《いつりょう》多しと雖も、亦た未だ必ずしも純に虛詞を搆えざるなり。

集中の〈罪言〉一篇は、蓋し杜牧に仿《なら》いて作る。紙上に兵を談ずるを免かれずして、徒《いたず》らに豪語を爲す。其の文は則ち恢奇《かいき》排奡《はいごう》、要は亦た陳亮・劉過の流なり。其の他の劄子《さつし》の諸篇は、剴切《がいせつ》敷陳《ふちん》すること多く、事理に當る。記序の各體は、字を錘《すい》し詞を鍊《れん》して、稍《や》や眞氣を傷《そこ》なうも、而れども皆な謹嚴にして法有り、規程を失わず。南宋の諸作者中に在りては、亦た鐵中錚錚《そうそう》たる者なり。『易說』一卷の、〈无妄《むもう》〉に始まり、〈比〉に終わる凡そ十五篇に至りては、其の未完の書なるを疑う。中は多くは史を以て經を證し、楊萬里『誠齋易說』・李光『讀易詳說』と相い類す。殆んど時事の爲に發し、之を詁經《こけい》に託するか。

其の集は久しく刻本無し。明の崇禎中、李之藻　淮南は秦觀自《よ》り後、惟だ造のみ名を時に有するを以て、始めて觀の集と同《とも》に之を高郵《こうゆう》に刻すと云う。

【現代語譯】

宋　陳造の著。造は字《あざな》を唐卿といい、高郵《こうゆう》（江蘇省）の人である。淳熙二年（一一七五）の進士。官は淮南西路安撫司參議に至った。宋王朝が不振の時期で、何をやってもうまくいかず、自分は世の中の役に立たず、野に在った方がよいと考えて、遂に江湖長翁と號した。官僚としての人生を全うしなかったため、世に顯れることもなかった。『宋史』も彼のために傳を立てていない。ただ元の申屠駉《しんとけい》が彼の爲に墓誌を作って言う、「人を教え導くという點では良師であり、民を慈《いつく》しむという點では循吏《じゅんり》である。彼自身は修養に熱心で、その道を行うことでは實踐をともなった」と。墓石の文はたいてい褒め言葉が多いものだが、必ずしもまったくの嘘ばかりというわけではない。

集中の〈罪言〉一篇は、杜牧に倣《なら》って作ったものであろう。机上の兵法談議を免かれず、勇ましい言葉を並べているだけだ。その文は堂々として力強いが、要するに彼も陳亮・劉過の流である。その他の剳子《さつし》の諸篇は、その多くが適切かつ丁寧で、物事の核心を突いている。記序の各體は、よく字句が練られていて、かえって眞實味に缺けるきらいがあるものの、いずれも謹嚴にして法度があり、規格から外れていない。南宋の散文家の中では、まずまず優れた部類に入ると言ってよい。

『易説』一巻の、〈无妄《むもう》〉に始まり〈比〉に終わる計十五篇については、未完の書ではないかと思われる。その多くは經書を歴史で説明しているという點で、楊萬里『誠齋易説』・李光『讀易詳説』と似ている。おそらく時事を語らんがために、經書解釋にことよせたものであろう。

彼の集は久しく刻本がなかった。明の崇禎（萬暦の誤り）年間に、李之藻が淮南では秦觀以後ただ造のみが有名だというので、始めて觀の集と一緒に之を高郵《こうゆう》で刻したという。

【注】

一　山東巡撫採進本　採進本とは、四庫全書編纂の際、各省の長にあたる巡撫、總督、尹《いん》、鹽政などを通じて朝廷に獻上された書籍をいう。山東巡撫より進呈された本は『四庫採進書目』によれば三六七部。任松如『四庫全書答問』によれば、そのうち五一部が著録され、一六〇部が存目（四庫全書内に収めず、目録にのみとどめておくこと）に置かれたという。

二　造字唐卿…　陳造の傳記は、萬暦四十六年刻本『江湖長翁集』巻首に載録されている元の申屠駉《しんとけい》〈宋故淮南夫子陳公墓誌銘〉（文淵閣四庫全書本にはない）によると、紹興二年（一一三二）の生まれで、淳熙二年（一一七五）に四十三歳で進士となり、嘉泰三年（一二〇三）、七十一歳で歿した。

三　自以爲無補於世…　萬暦四十六年刻本『江湖長翁集』巻首の陳造〈江湖長翁集自序〉（文淵閣四庫全書本にはない）に、「長翁とは、陳子自ら謂うなり。陳子は高郵に家し、自ら世に補する無く、江湖に置きて乃ち宜しきを以て、故に江湖長翁と曰う。物の用無きを長物と曰い、言の當る無きを長語と曰う。翁は亦た或いは子と曰い、長を以て名づけて可なり」と見える。

四　元申屠駉爲作墓誌…　注二の申屠駉《しんとけい》〈宋故淮南夫子陳公墓誌銘〉は次のようにいう。「公は誨誘《かいゆう》（教え導く）に于いては則ち良師、撫字（民をいつくしむ）は則ち循吏、……身は操修（徳を積み修養につとめる）に篤く、而して道は體用を兼ぬ。謀は匡濟《きょうさい》を猷《はか》り、而して策は治安を擬す。斯《こ》れ庠序《しょうじょ》（學校）の推尊して淮南の夫子と爲す所以なり」。

五　集中罪言一篇　萬暦四十六年（一六一八）刻『江湖長翁集』および文淵閣四庫全書本『江湖長翁文集』巻二四〈罪言〉にいう。「孟子曰く、〝位卑しくして言うは、高罪なり〟と。國を謀り治を計るは、達官顯人の任にして、猥賤《わいせん》の者輒《すなわ》ち之に及ぶは、誠に罪有りと爲す。藩鎭の横は、豈に杜子の責ならんや。安南の役は、晁子は位に在るに非ざる者なるに、二子輒ち之を言うは、目するに「罪言」を以てして宜《よろ》しきなり。某《それがし》は江湖に吏隱し、自ら世に求むる無きを分とするも、天下の大計を僭言《せんげん》するは、罪に非ずや」と見える。

六　仿杜牧而作　『新唐書』巻一六六杜牧傳は「牧は長慶以來、朝廷の措置、術を亡くして、復た山東を失い、鉅封劇鎭は、天下の輕重に繫がる所以なるに、承襲し輕授するを得ざるを追《つい》咎《きゅう》す。皆な國家の大事なれば、位に當たらずして言うは、實に罪有るに嫌いあり。故に〈罪言〉を作る」として、杜牧の〈罪言〉（『樊川文集』巻五）を引く。

七　陳亮・劉過の流…　陳亮については、本書三五「龍川文集三十巻」を參照。『四庫全書總目提要』巻一六二　集部一五　別集類一五は陳亮の「龍川文集三十巻」を著録して、その文を次のように評する。「大抵議論の文 多と爲し、其の才辨は縱横にして、控勒《こうろく》すべからず。天下其の意に當るに足る者無きに似たり。…但だ其の文に就《つ》きて論ずれば、則ち所謂〝萬古の心胸を開拓し、一時の豪傑を推倒する〟者にして、殆んど盡くは妄に非ず」。また、『四庫全書總目提要』は、同じ巻に劉過の『龍洲集』十四巻『附錄』一巻を著録し、「其の詩文亦た多くは麤豪《そごう》抗厲《こうれい》、甚だしくは雅言に協《かな》わず、特《た》だ跌宕《てっとう》縱横、才氣坌溢《ふんいつ》なるを以てす」と評する。ともに、ひとりよがりで、自説をまくし立てるだけの文だというのであろう。

八　不失規程　武英殿版『四庫全書總目提要』にはこの四字が缺落している。

九　至易說一巻…　萬曆四十六年刻本および文淵閣四庫全書本『江湖長翁集』巻三四に易說が收錄されている。〈無妄〉〈屯〉〈同人〉〈大有〉〈豫〉〈蒙〉〈需〉〈夬〉〈姤〉〈小畜大畜〉〈復〉〈噬嗑〉〈革〉〈比〉の合計十四篇である。〈小畜大畜〉を〈小畜〉〈大畜〉の二篇に數えれば合計十五篇。

一〇　中多以史證經…　四庫全書編纂官は、『四庫全書總目提要』巻一經部易類の序に、易解釋の歷史を次のように說明している。「漢儒の象數《しょうすう》を言うは、古を去ること未だ遠からざるなり。一變して京（房）・焦（廷壽）と爲り、禨祥《きしょう》に入る。再變して陳《ちん》（摶《たん》）・邵《しょう》（雍《よう》）と爲り、務めて造化を窮む。『易』は遂に民の用に切ならず。王弼《おうひつ》は盡く象數を黜《しりぞ》けて、說くに『老』『莊』を以てす。一變して胡瑗《こえん》・程子は、始めて儒の理を闡明《せんめい》にす。再變して李光・楊萬里は、又た史事を參證す。『易』は遂に日《ひ》び其の論端を啟《ひら》く。此れ兩派六宗、已に互いに相い攻駁《こうばく》するなり」。

一一　楊萬里誠齋易說　楊萬里の『誠齋易傳』を指す。『四庫全書總目提要』巻三經部三　易類三に「誠齋易傳二十巻」を著錄していう。「是の書の大旨は程氏に本《もと》づくも、多くは史傳を引きて以て之を證す。初名は『易外傳』、後に乃《すなわ》ち今の名に改定す。宋代の書肆《しょし》は嘗《かつ》て程の『傳』と與に竝《あわ》せて刊して以て行い、之を『程楊易傳』と謂う。新安の陳櫟《ちんれき》は極めて之を非《そし》り、以爲らく、〝以て文士の觀瞻《かんせん》を聳《そばだ》つに足るも、以て窮經の士の心を服せしむるに足らず〟と。吳澄《ごちょう》は跋を作りて亦た微詞有り」と。楊萬里については、本書二八「誠齋集一百三十三巻」を參照。

一二　李光讀易詳說　『四庫全書總目提要』巻二經部二　易類二に永樂大典本として李光の『讀易詳說』十巻が著錄されている。李光は徽《き》宗の崇寧五年（一一〇六）の進士で、劉安世の門人。官は參知政事に至った。秦檜《しんかい》に逆らって嶺南に流謫となり、「讀易老人」と號して、この書を成した。提要は、「書中　卦爻《かこう》の辭に於いては、皆な君臣の立言に卽きて、證するに史事を以てし、或いは閒《ま》ま牽合《けんごう》有るを免かれず」という。

一三　明崇禎中、李之藻…　「崇禎」は「萬曆」の誤り。なお、文淵閣四庫全書本の書前提要は、「明季」に作る。萬曆四十六年（一六一八）刻本の巻首には姚鏞《ようよう》の〈刻陳唐卿江湖長翁集序〉と李之藻の〈刻江湖長翁集序〉がある。その李之藻の序文に「生きては名儒爲り、仕えては循吏爲り、歿しては達士爲り。今に至りて秦郵の人は其の宅里丘墓を言う能わざるも、天下の人は猶お能く其の文章を慕う。…著す所は詩文四十巻、…余江淮を治水せしとき、訪求すること再歲、乃ち前の貢士王應元の手錄する所の者を得て、愛《め》でて之を傳え、遂に餘鐵《よきょう》を節嗇《せつしょく》するを以て、『秦太虛（觀）集』と與に竝びに之を梓《し》に壽《ひさしう》す。…嗟乎《ああ》、此の兩公なる者は、夫れ長淮《ちょうわい》の磅礴《ほうはく》・甓社《へきしゃ》の光芒の鍾《あつ》まる所の靈毓《れいいく》秀でて而して斯文《しぶん》と爲るに非ずや。…萬曆戊午季春之吉　仁和の後學　李之藻書す」。李之藻の字は振之、浙江仁和の人。萬曆二十六年の進士。官は工部都水司郎中に至った。

一四　秦觀　北宋の詩人秦觀（一〇四九～一一〇〇）は蘇門四學士の一人。初めの字は太虛、のちに少游と改める。號は淮海居士。『淮海集』が傳わる。『四庫提要北宋五十家研究』（汲古書院）四二一「淮海集四十卷　後集六卷　長短句三卷」を參照。

一五　始與觀集同刻之於高郵　高郵《こうゆう》（江蘇省高郵）は秦觀（『四庫提要北宋五十家研究』參照）の故郷でもある。萬曆四十六年に李之藻が刻した秦觀の『淮海集』には李之藻の序と姚鏞の序があり、姚鏞は李が署中（役所）にて『淮海集』を刻した旨をいう。

一六　云　文淵閣四庫全書本の書前提要では、最後に「其中靑詞・疏語諸篇、均非文章正軌、今以集祇抄錄、亦姑仍其舊、附存於卷內云（其の中の靑詞・疏語の諸篇は、均しく文章の正軌に非ざるも、今 集は祇だ抄錄なるを以て、亦た姑く其の舊に仍《よ》りて、附して卷內に存すと云う）」の一文がある。今、集中をみるに靑詞は卷三九に收入されている。

【附記】

陳造の別集はかつて子の陳師文が刻したものがあり、陸游が序文を書いているが、この版は亡逸して久しい。現在は、明萬曆四十六年（一六一八）に李之藻が刻したものが傳わるのみである。日本では、內閣文庫・靜嘉堂文庫・蓬左文庫に藏されている。四庫全書本の底本もこれであり、提要が「崇禎」の刻とするのは「萬曆」の誤り。

『全宋詩』（第四五册　卷二四二二～卷二四四一）も、萬曆四十六年版を底本とする。

三三　南軒集四十四卷　[一]浙江鮑士恭家藏本

【張栻《ちょうしょく》】一一三三～一一八〇

字《あざな》は敬夫。一に欽夫に作る。號は南軒、または樂齋。祖籍は綿竹（四川省）。衡陽（湖南省）で胡宏について學んだ。南宋を代表する儒學者である。高宗の時の宰相張浚《ちょうしゅん》の子で、蔭補《いんほ》によって官を授かる。地方官を經て、孝宗の時、左司員外郎となり、荊湖北路安撫使に終った。朱子の論敵であり、かつ友人としても知られる。『論語解』『孟子詳說』などの著作がある。朱熹『朱文公集』卷八九〈右文殿修撰張公神道碑〉、楊萬里『誠齋集』卷一一五〈張左司傳〉（同じ卷に父浚の〈張魏公傳〉もあり）、『宋史』卷四二九 道學傳三 參照。

宋張栻撰。栻字敬夫、廣漢人。[二]丞相浚之子。[三]以蔭補官。[四]孝宗時歷左司員外郎、[五]除祕閣修撰、終於荊湖北路安撫使。[六]事蹟具宋史道學傳。

栻歿之後、[七]其弟杓裒其故稾四巨編、屬朱子論定。朱子又訪得四方學者所傳數十篇、益以平日往還書疏、編次繕寫。未及蕆事、而已有刻其別本流傳者。朱子以所刻之本多早年未定之論、而末年談經論事・發明道要之語、反多所佚遺、乃取前所蒐輯參互相校、斷以栻晚歲之學、定爲四十四卷。併詳述所以改編之故、[八]弁於書首。卽今所傳淳熙甲辰本也。

栻與朱子交最善。[九]集中與朱子書凡七十有三首、[一〇]又有答問四篇。其閒論辨斷斷、不少假借。[一一]如第一札則致疑於辭受之閒。[一二]第三札辨墓祭中元祭。[一三]第四札辨太極圖說註。[一四]第五・六・七札辨中庸註。[一五]第八札辨游酢祠記。[一六]第十札規朱子言語少和平。[一七]第十一札論社倉之弊、責以偏袒王安石。[一八]第十五札辨胡氏所傳二程集不必追改、戒以平心易氣。[一九]第二十一札辨論仁之說有流弊。[二〇]第四十四札論山中諸詩、語未和平。[二一]第四十九札論易說未安、是從來許多意思未能放下。[二二]第五十四札規以信陰陽家言、擇葬地。[二三]與胡季隨第五札、又論朱子所編名臣言行錄未精細。朱子竝錄之集中、不以爲忤。

[二四]又栻學問淵源、本出胡宏。[二五]而與朱子第二十八札、謂胡寅讀史管見、病敗不可言、其中有好處、亦無完篇。[二六]又第五十三札謂胡安國春秋傳、其閒多有合商量處。朱子亦竝錄之集中、不以爲嫌。足以見醇儒心術、光明洞達、無一毫黨同伐異之私。後人執門戶之見、一字一句、無不回護、殊失朱子之本意。

[二七]至朱子作張浚墓誌、本據栻所作行狀、故多溢美。[二八]語錄載之甚明。而編定是集、乃削去浚行狀不載、亦足見不以朋友之私、害是非之公矣。論張浚者、往往遺議於朱子。蓋未核是集也。

[二九]劉昌詩蘆浦筆記駁栻堯廟歌、指堯廟在桂林、失於附會。其歌今在集中、蓋取其尊崇帝德而略其事實。[三〇]昌詩又錄栻愨齋銘、稱栻奉其父命爲其弟杓作、本集不載。檢之良然。然栻集卽杓所輯、不應反漏。

[三一]考高斯得恥堂存稾有南軒永州諸詩跋曰、[三二]劉禹錫編柳子厚集、斷至永州以後、少作不錄一篇。南軒先生永州所題三亭・陸山諸詩、時方二十餘歲、興寄已落落穆穆如此。然求之集中、則咸無焉。豈編次者以柳集之法裁之乎。然則栻集外詩文、皆朱子刪其少作、非偶佚矣。

【訓讀】

宋　張栻《ちょうしょく》の撰。栻 字《あざな》は敬夫、廣漢の人。丞相浚《しゅん》の子なり。蔭《いん》を以て官に補せらる。孝宗の時 左司員外郎を歴し、祕閣修撰に除せられ、荊湖北路安撫使に終る。事蹟は『宋史』道學傳に具われり。

栻殁するの後、其の弟杓《しゃく》は其の故藁四巨編を裒《あつ》めて、朱子に論定を屬《しょく》す。朱子又た四方の學者の傳うる所の數十篇を訪ね得て、益《ま》すに平日往還の書疏を以てし、編次繕寫す。未だ蕆事《てんじ》に及ばざるに、而《しか》るに已に其の別本を刻して流傳する者有り。朱子は刻する所の本の多くは早年未定の論にして、末年の談經論事・發明道要の語は、反って佚遺する所多きを以て、乃ち前に蒐輯する所を取りて參互相校し、斷ずるに栻の晩歲の學を以てし、定めて四十四巻と爲す。併せて以て改編する所の故を詳述し、書の首に弁す。卽ち今傳うる所の淳熙甲辰本なり。

栻は朱子と交りて最も善し。集中朱子に與うる書凡そ七十有三首、又た答問四篇有り。其の閒の論辨斷斷《ぎんぎん》にして、少しも假借せず。第二札の如きは則ち疑を辭受の閒に致し、第三札は墓祭・中元祭を辨じ、第四札は『太極圖說註』を辨じ、第五・六・七札は『中庸註』を辨じ、第八札は游酢《ゆうさく》の〈祠記〉を辨じ、第十札は朱子の言語の和平を少《か》くを規《ただ》す。第十一札は社倉の弊を論じ、責むるに王安石に偏袒《へんたん》するを以てす。第十五札は胡氏傳うる所の二程集の追改を必せざるを辨じ、戒しむるに平心易氣《いき》を以てす。第二十一札は仁を論ずるの說の流弊有るを辨じ、第四十四札は山中諸詩の語未だ和平ならざるを論ず。第四十九札は『易說』未だ安んぜずして、是れ從來より許多《きょた》の意思の未だ放下する能わざるを論ず。第五十四札は規《いまし》むるに陰陽家の言を信じて葬地を擇ぶを以てす。胡季隨に與うる第五札は、又た朱子の編する所の『名臣言行錄』の未だ精細ならざるを論ず。朱子竝びに之を集中に錄し、以て忤《ご》と爲さず。

又た栻の學問の淵源は本《も》と胡宏より出づ。而るに朱子に與うる第二十八札に「胡寅の『讀史管見』は病敗言うべからず。其の中に好處有るも、亦た完篇無し」と謂う。又た第五十三札に「胡安國の『春秋傳』は、其の閒多く合《まさ》に商量すべき處有り」と謂う。朱子亦た竝びに之を集中に錄し、以て嫌と爲さず。以て醇儒《じゅんじゅ》の心術は光明洞達にして、一毫も黨同伐異《とうどうばつい》の私無きを見るに足れり。後人は門戶の見を執りて、一字一句も回護せざる無きは、殊に朱子の本意を失す。

朱子の張浚《ちょうしゅん》の墓誌を作るに至りては、本と栻作る所の行狀に據り、故に溢美《いつび》多し。『語錄』に之を載すること甚だ明らかなり。而して是の集を編定するに、乃ち浚の行狀を削去して載せざるは、亦た朋友の私を以て、是非の公を害《そこ》なわざるを見るに足る。張浚を論ずる者は、往往にして議を朱子に遺《のこ》すは、蓋し未だ是の集を核せざるなり。

劉昌詩『蘆浦《ろほ》筆記』は、栻の〈堯廟歌〉を駁《ばく》して、堯廟を指して桂林に在りとするは、附會に失す。其の歌は　今集中に在り。蓋し其の帝德を尊崇するを取りて其の事實を略す。昌詩は又た栻の〈愨齋《かくさい》銘〉を錄して稱す、「栻は　其の父の命を奉じて其の弟杓の爲に作るも、本集に載せず」と。之を檢するに良《まこと》に然り。然れども栻の集は卽ち杓の輯むる所にして、應に反って漏《もら》すべからず。

考うるに高斯得『恥堂存稾』に〈南軒永州諸詩跋〉有りて曰う、「劉禹錫《りゅううしゃく》　柳子厚集を編するに、永州に至りし以後を斷じ、少《わか》きときの作は一篇も錄せず。南軒先生の永州にて題する所の三亭・陸山の諸詩は、時　方に二十餘歲、興寄　已に落落穆穆なること此《か》くの如し。然れども之を集中に求むるに、則ち咸《み》な焉《こ》れ無し。豈に編次する者　柳集の法を以て之を裁《た》つか」と。然れば則ち栻の集外の詩文は、皆な朱子　其の少《わか》きときの作を刪りしものにして、偶《たま》たま佚《いつ》するに非ず。

【現代語譯】

宋　張栻《ちょうしょく》の著。栻は字《あざな》を敬夫といい、廣漢（四川省）の人である。丞相張浚《ちょうしゅん》の子である。蔭補《いんほ》によって官に就《つ》き、孝宗の時に左司員外郎を經て祕閣修撰に除せられ、荊湖北路安撫使で終わった。その事蹟は『宋史』道學傳に詳しい。

栻が歿した後、弟の杓《しゃく》が彼の遺稿四巨編をあつめて、朱子に編定を依頼した。朱子はさらに四方の學者を訪ねてそこに傳わっていた數十篇を入手し、それに生前の往復書簡を足して、編次し直した。未だ出版の準備が整わないところへ、別本を刻行する者がいて、それが世に行われていた。朱子は刻本の中の多くは栻の若いころの未定の論であり、經書を論じ、政治を論じ、學說のかなめに關する發見について語った栻の晩年の言葉については、かえって遺漏が多いことから、以前に蒐輯したものをもとに互いに比較參照し、栻の晩年の學のみを取って四十四巻に編定し、あわせて改編した理由を詳述して、書の巻首に冠した。これが今傳わっている淳熙甲辰本なのである。

栻は朱子と大變仲が良かった。集中には朱子にあてた書簡が全部で七十三篇あり、答問も四篇ある。それらは論辨の舌鋒鋭く、少しも容赦がない。たとえば、第二札は官職の辭退と受諾に關する疑問を呈し、第三札は墓祭や中元祭について辨じ、第四札は朱熹の書いた『太極圖說註』を批判し、第五・六・七札は『中庸註』を批判し、第八札は游《ゆう》酢《さく》の〈祠記〉を批判し、第十札では朱子の言葉が穩當さに缺けると戒めている。第十一札では社倉の弊害を論じ、王安石の肩をもちすぎだと叱責した。第十五札は胡氏が傳えた二程集にしいて手を入れる必要はないと批判し、心を平靜に保つようにと戒めた。第二十一札は朱熹の仁に關する說が俗說の影響を受けていると批判し、第四十四札には山中で作った一連の詩の表現は穩當でないと批判している。第四十九札（五十札の誤り）では『易說』には納得できず、これまでの多くの說を捨て去ってしまうことはできないと論じている。第五十四札（五十五札の誤り）は陰陽家の言を信じて埋葬地を擇んだことを批判している。胡季隨あての第五札では、さらに朱子の編纂した『名臣言行錄』が緻密さに缺けることを批判している。朱子はこれらを皆集中に錄しており、これを不愉快だとはしていない。

また、栻の學問の淵源はもともと胡宏から出たものなのだが、朱子にあてた第二十八札では、「胡寅《こいん》の『讀史管見』の缺點は言いつくろいようもない、中には好い處もあるのだが、全部いいという篇は無い」と言っている。さらに第五十三札（五十四札の誤り）でも「胡安國の『春秋傳』は考え直すべき處が多くある」と言っている。朱子はこれらについても集中に收錄しており、これに不滿を表明したりはしなかった。純粹な學者の心は一點の曇りもなく、黨派意識に凝り固まって他の派閥を攻擊するような考えは少しもないということが知られよう。後世の人が黨派意識にとらわれて、一字一句に至るまで朱子を辨明擁護しているのは、ことに朱子の本意を失している。

朱子が書いた張浚《ちょうしゅん》の墓誌銘（行状の誤り）は、もともと子の栻が作成した行状に據っているため、故人を褒めすぎたところが多い。朱子の『語録』にはこの閒の事情が詳しく語られている。しかし朱子はこの集を編定するに際して、浚の行状を削って載せていない。ここからは、友達だからという私情を挾むことで、人物の是非に關する公正さを害なうべきではないという考えが見てとれる。張浚のことを非難する連中は、しばしば朱子の墓誌銘を議論の的にするが、思うにこの南軒集の編定の方針が分っていないのだ。

劉昌詩『蘆浦《ろほ》筆記』は、栻の〈堯廟歌〉を批判して、「堯廟が桂林に在るとしたのは、附會の説である」と指彈した。その歌は今 集中にある。思うにその歌は堯帝の徳をたたえることに主眼があるのであって、堯の史實について深く考えているわけではないのだ。昌詩はさらに栻の〈愨齋《かくさい》銘〉を採録して、「栻は父の命を奉じて弟の杓のために作ったのだが、彼の集に載っていない」と言っている。調べてみるとたしかにそうである。しかし、栻の集は杓が輯めたものであり、遺漏があろうはずもない。

考えるに、高斯得『恥堂存稾』には〈南軒永州諸詩跋〉という文があり、「劉禹錫は柳子厚集を編纂するに際し、永州以後のものに限定し、若いときの作は一篇も收録しなかった。南軒先生が永州で作った三亭・陸山の諸詩は、その時まだわずか二十數歳なのに、詩の興趣はすでにかくも洒脱かつ端正だ。しかし、その集を探してもこれらの詩は一首も見當たらない。編次する者が柳集の編集方針にならって、若い時の作を切り捨てたというのだろうか」といっている。もしそうなら、栻の集に入っていない詩文は、朱子が彼の若年の作を删ったものであり、たまたま佚したものではないことになる。

【注】

一　浙江鮑士恭家藏本　鮑士恭の字は志祖、原籍は歙《しょう》（安徽省）、杭州（浙江省）に寄居す。父 鮑廷博（字は以文、號は淥飲《ろくいん》）

は著名な藏書家で、とりわけ散佚本の蒐集を好んだ。その精粹は『知不足齋叢書』中に見える。『四庫採進書目』の記錄では、『四庫全書』編纂の際には、藏書六二六部を進獻した、任松如『四庫全書答問』によれば、そのうち二五〇部が著錄され、一二九部が存目（四庫全書內に收めず、目錄にのみとどめておくこと）に置かれたという。

二　丞相浚之子　張浚《ちょうしゅん》（一〇九七～一一六四）は字を德遠、號を紫巖といい、徽宗政和八年（一一一八）の進士。高宗の時、宰相となったが、秦檜《しんかい》が實權を握って以後は二十年近く中央から退けられていた。孝宗が卽位すると、魏國公に封ぜられ、再び宰相となった。その事蹟は、朱熹『朱文公文集』卷九五〈少師保信軍節度使魏國公致仕贈太保張公行狀〉、楊萬里『誠齋集』卷一一五〈張魏公傳〉、『宋史』卷三六一　張浚傳に詳しい。

三　以蔭補官　蔭とは蔭補、すなわち身內に官僚がいた場合に、その品階に應じて子弟を官に任用する制度。朱熹『朱文公文集』卷八九〈右文殿修撰張公神道碑〉には「少《わか》くして蔭を以て右承務郎（從九品の寄祿官）に補せられ、宣撫司都督府書寫機宜文字に辟《へき》せられ、直祕閣に除せらる」とある。

四　孝宗時歷左司員外郎　注三の朱熹〈神道碑〉および楊萬里『誠齋集』卷一一五〈張左司傳〉には、孝宗のとき左司員外郎に除せられたことが記されている。『宋史』卷三六一張栻傳が「吏部侍郞」となったとするのは誤り。

五　除祕閣修撰…　注三の朱熹〈神道碑〉には「（淳熙）五年、祕閣修撰・荊湖北路轉運副使に除せらる。改められて江陵府を知し、本路に安撫たり」とある。

六　事蹟具宋史道學傳　『宋史』卷四二九道學三の張栻傳を指す。ただし、官職名などに若干の誤りがある。

七　其弟杓裒其故藁四巨編…　『朱文公文集』卷七六〈張南軒文集の序〉にいう。「敬夫既に沒し、其の弟定叟（杓《しゃく》）は其の故藁を裒《あつ》めて、四巨編を得たり。以て予に授けて曰く、〝先兄は不幸にして蚤世《そうせい》し、而して其の志を同じうするの友も亦た存する者少なし。今其の文を次して以て世に行わんと欲するに、子に之れ屬《しょく》するに非ずんば誰か可ならんや〟と。予は書を受けて愀然《しょうぜん》たり。卷を開きて亟《すみ》やかに讀むに、數篇を盡くす能わずして、之が爲に書を廢し、太息流涕《りゅうてい》して言いて曰く、〝世に復た斯《こ》の人有らんや。是の人無くして是の書有るは、猶お或いは以て少しく其の志を見るべし。然れども吾が友の平生の言は蓋し此に止まらざるなり〟と。因りて復た益ます爲に求訪し、諸《これ》を四方の學者の傳うる所に得ること凡そ數十篇。又た吾が篋《きょう》を發《ひら》き、其の往還の書疏を出だして之を讀むに、亦た多く傳うべき者有り。方《まさ》に將に之が爲に定著繕寫して、之を張氏に歸さんとするに、則ち或者已に別本を用って摹印し、而して流傳すること廣し。遽《にわ》かに取りて之を觀るに、蓋し多くは鄕《さき》に焉《こ》れを講ずる所にして、未定の論なり。而《し》かも凡そ近歲以來の談經論事・發明道要の精語は、反って焉《こ》れに與《あず》からず。…是に於いて乃ち復た亟《つつし》んで前に蒐輯する所を取りて、參互相校し、斷ずるに敬夫の晩歳の意を以てし、其の書を定めて四十四卷と爲す。…淳熙甲辰（十一年　一一八四）十有二月辛酉、新安の朱熹序す」と。

八　弁於書首　文淵閣四庫全書本『南軒集』の目次のあとに收載されている。

九　集中與朱子書凡七十有三首　文淵閣四庫全書本『南軒集』では卷二〇に十三篇、卷二一に十八篇、卷二二に十二篇、卷二三に十三篇、卷二四に十七篇、合計七十三篇が收入されている。

一〇　又有答問四篇　文淵閣四庫全書本『南軒集』卷三〇に四篇收入されている。

一一　如第二札則致疑於辭受之閒　『南軒集』卷二〇〈朱元晦祕書に答う〉其の二に「某《それがし》向來　兄《けい》の辭受の閒に疑い有る者　它《ほか》に非ざるなり」とみえる。辭受とは、任命された官を辭退するか受諾するかを指す。

一二　第三札辨墓祭中元祭　『南軒集』卷二〇〈朱元晦祕書に答う〉其の三、墓祭や中元祭（陰暦七月十五日に行われる佛教の盂蘭盆會《うらぼんえ》）について論じたもの。

一三　第四札辨『太極圖說註』　『南軒集』卷二〇〈朱元晦祕書に答う〉其の四。周敦頤《しゅうとんい》が著した『太極圖說』の朱子注について疑義を呈したもの。

一四　第五・六・七札辨『中庸註』　『南軒集』卷二〇〈朱元晦祕書に答う〉其の五～七。朱子の『中庸註』についての意見書。

一五　第八札辨游酢祠記　『南軒集』卷二〇〈朱元晦祕書に答う〉其の八。『朱熹集』卷七七〈建寧府學游御史祠記〉についての意見書。

一六　第十札規朱子言語少和平　『南軒集』卷二〇〈朱元晦祕書に答う〉其の十。〈與廣仲書〉について、理は通っているが、言葉がやや過激であることを注意したもの。

一七　第十一札論社倉之弊　『南軒集』卷二〇〈朱元晦祕書に答う〉其の十一。朱熹が王安石の青苗法を評價することを批判したもの。

一八　第十五札辨胡氏所傳二程集　『南軒集』卷二一〈朱元晦祕書に答う〉其の十五。朱熹が胡安國の傳える『程子遺書』を校正・改訂したことについての意見書。

一九　第二十一札辨論仁之說有流弊　『南軒集』卷二一〈朱元晦祕書に答う〉其の二十一。仁を愛によって說明するのは惡い習慣だと批判したもの。

二〇　第四十四札論山中諸詩語未和平　『南軒集』卷二三〈朱元晦に答う〉其の四十四。朱熹の山中の諸詩の中に穩當さを缺く句があることを注意したもの。

二一　第四十九札論『易說』未安　「四十九札」は「五十札」の誤り。『南軒集』卷二三〈朱元晦に答う〉其の五十に、「獨《た》だ

『易說』は未だ其の安を得ず、亦た恐らくは是れ從來許多《きょた》の意思 未だ放下する能わず…」とみえる。

二二　第五十四札規以信陰陽家言擇葬地　「五十四札」は「五十五札」の誤り。『南軒集』巻二三〈朱元晦に答う〉其の五十五に、宅兆《たくちょう》を占いで決めてはならぬことをいう。

二三　與胡季隨第五札　『南軒集』巻二五〈胡季隨に答う〉其の五。「『名臣言行錄』は未だ別本非ず。…但だ此の書編未だ精細ならず、元晦正に更に改定せんことを欲するのみ」とある。胡季隨は胡宏の子で、張栻の門人。

二四　又栻學問淵源、本出胡宏　『宋史』巻四二九道學傳三張栻傳にいう。「長く胡宏を師とす。宏は一見して、卽ち孔門の論仁親切の旨を以て之に告ぐ。栻 退きて思い、焉《こ》れを得る有るが若し。宏 之を稱して曰く、〝聖門に人有り〟と」。

二五　與朱子第二十八札、謂胡寅讀史管見病敗不可言　『南軒集』巻二一〈朱元晦祕書に答う〉其の二十八。「近ごろ此の書（『讀史管見』）を看るに病敗は言うべからず、其の中間好處有るも、亦た完篇無きのみ」。

二六　又第五十三札謂胡安國春秋傳　「五十三札」は「五十四札」の誤り。『南軒集』巻二三〈與朱元晦〉其の五十四に、「近ごろ『春秋胡氏傳』を讀むに因りて、其の間多く合《まさ》に商量すべき處有るを覺ゆ」とあるのによる。

二七　至朱子作張浚墓誌　朱熹が作ったのは張浚《ちょうしゅん》の墓誌ではなく、行狀である。朱熹『朱文公集』巻九五に〈少師保信軍節度使魏國公致仕贈太保張公行狀〉が收められている。墓誌とするのは提要の誤解である。張浚（一〇九七～一一六四）は主戰論者として秦檜の講和派と對立したものの、孝宗卽位後、魏國公に封ぜられ、再び宰相となった。主戰派の重鎮として知られ、彼を諸葛孔明になぞらえる向きもある一方で、李綱を彈劾して宰相を辭めさせたことや、金との戰いで何度かの敗北を喫したことを理由に彼の人物を問題視する見方もある。四庫全書編纂官は、後者の立場に立っており、『四庫全書總目提要』巻一五八の「王之望撰漢濱集十六巻」では、張浚を退けた王之望は人を見る眼があったと賞贊し、大儒張栻の父ということで張浚を辯護すべきではないとする。「(王)之望は秦檜の柄國の時に當りて、落落として合わず、人は咸《み》な其の守有るを稱す。其の歷官も亦た頗る政績を著す。惟だ隆興の時に在りては、力《つと》めて和議を主し、湯思退と相い表裏し、專ら地を割きて敵に啖《くら》わすを以て得計と爲し、極めて張浚の恢復の謀を沮《はば》む。考うるに宋の南渡の初めは、自ら當に北のかた中原を取るを以て務めと爲すべし。然れども惟だ岳（飛）・韓（世忠）の諸將は圖功を冀《ねが》うべきも、張浚は狠愎迂疎《こんぷくうそ》にして、但だ功を立てて以て位を固むるに急にして、實は倚《よ》りて以て恢復すべきの人に非ず。一たび富平に敗れ、而して師を喪うこと三十萬、再び淮西に衂《やぶ》れ、而して叛逃する者七萬、三たび符離に挫《くじ》かれ、而して師を喪うこと又た十三萬、轅《ながえ》を僨《くつがえ》して國を誤る、其の驗は昭然たり。講學家は張栻の故を以て、其の父を回護す。殊に未だ是非を顚倒するを免かれず。之望の浚を沮《はば》むは、之を人を知ると謂わざるべからず」。また、巻四七の「李心傳撰建炎以來繫年要錄二百巻」の條でも、提要は「宋人の如きは張栻の講學の故を以て、門戸を堅持し、其の父張浚の爲に左袒《さたん》せざるは無し」と批判している。

二八　語錄載之甚明　『朱子語類』第一三一巻本朝五〈中興至今日人物上〉の次のくだりを指す。「問うに、〝〈趙忠簡（鼎）行狀〉、他の家の子弟 筆を先生に屬《しょく》さんと欲す。先生許さず。以て疑と爲さざるは莫《な》し。先生の意安《いず》くに在るかを知らず〟と。曰く〝這般《しゃはん》の文字の利害は、若《も》し不實有らば、朝廷或いは來りて取索するに、則ち便ならずと爲す。某《それがし》の向來の〈張魏公行狀〉の如きは、亦た只だ欽夫（栻）寫し來りし事實に憑《よ》りて做《な》し將《も》て去《さ》れり。後に『光堯（高宗）實錄』を見るに、其の中煞《はなは》だ相い應ぜざる處有り。故に這般の文字に於いては敢て輕易に筆を下《くだ》さず〟と。（〝〈趙忠簡行狀〉を先生に書いてほしいと趙家の子弟が頼みに來た時、先生は承諾なさいませんでした。不思議でなりません。先生の意圖はどこにあったのでしょう〟とある人が聞いたところ、先生はおっしゃった。〝この種の文章の難點は、もし間違いがあったら、朝廷からこの文の提出を求められるかも知れないということだ。そうなると厄介なことになる。私が以前に書いた〈張魏公（浚）行狀〉は、張栻が書いてきた事行狀（行狀の下書き）をもとに書いてしまったのだ。後で『光堯實錄』を見たところ、その中に〈行狀〉とはまるで違うところがあった。だから、この種の文章については、輕々しく書いたりしないことにしているのだ〟と）」。

二九　劉昌詩蘆浦筆記　『蘆浦《ろほ》筆記』巻四にいう。「桂林に堯舜の廟有り。堯の廟は堯山の下に在り、灕江《りこう》中分す。舜の廟は西岸相い望み…。南軒先生に亦た〈祠唐帝詞〉有り。…蓋し堯は未だ嘗て南方に至らず」と。歌は『南軒集』巻一〈謁陶唐帝廟詞〉を指す。

三〇　昌詩又錄栻愨齋銘稱…　『蘆浦筆記』巻九に〈愨齋銘《かくさいめい》〉を引いて言う。「右の銘は集中に載せず。蓋し當時此の紙流落す。今幸いに遺墨を寶藏す。先生 銘を作りし時、年二十有三、實に乙亥（紹興二十五年　一一五五）冬十月辛卯なり」。〈愨齋《かくさい》銘〉は、提要がいうように、『南軒集』中には見えない。

三一　高斯得恥堂存稾…　高斯得『恥堂存稾』巻五〈南軒永州諸詩跋〉にいう。「柳子厚の詩は永州自り以後を斷じ、少《わか》きときの作は一篇も錄さず、故に柳の詩は韓・歐・蘇詩に比べて少《すく》なきも嚴を加う。南軒先生の永州にて題する所の三亭・陸山の諸詩は、時 方に二十餘歳、興寄 已に落落穆穆たること此《か》くの如し。然れども之を集中に求むるに則ち咸《み》な焉《こ》れ無し。豈に編次する者 柳集の法を以て之を裁《た》つか」。

三　劉禹錫編柳子厚集　唐の柳宗元の最初の詩文集は、その友人劉《りゅう》禹《う》錫《しゃく》が編纂したものである。劉禹錫は〈唐故柳州刺史柳君集紀〉（四部叢刊本『劉夢得文集』巻二三）において次のようにいう。「又た謫せられて永州に佐たり。居ること十年、詔書もて徴《め》さるるも、用いられずして、遂に柳州刺史と爲る。五歳、召歸を得ず。病且《まさ》に革《あらた》まらんとするに、書を留めて其の友中山の劉某に抵《いた》して曰く、〝我不幸にして卒《つい》に謫《たく》を以て死す。遺草を以て故人を累《わずらわ》さん〟と。某《それがし》は書を執りて以て泣き、遂に編次して三十通と爲し、世に行わしむ」。なお、柳宗元の集には、永州左遷以前の若いときの詩はほとんどない。ただし、現在行われている柳宗元の詩文集は劉禹錫の編纂の舊ではない。

【附記】

『南軒先生文集』四十四巻は、現在、宋版の存二十八巻が臺北の故宮博物院に藏されており、一九八一年に『善本叢書』の一つとして影印された。

完本としての四十四巻本は、明代に數種類刻されている。『浙江采集遺書總錄簡目』によれば、四庫全書の底本となったのは、嘉靖元年（一五二二）に劉氏愼思齋が刻したものである。『全宋詩』（第四五冊　巻二四一四～巻二四二一）も、劉氏愼思齋刻本を底本とし、集外詩も廣く輯めている。四十四巻本以外では、嘉靖十年（一五三一）に聶《じょう》豹《ひょう》が刻した『南軒文集節要』八巻がある。

評點本は、近年出版された、楊世文・王蓉貴校點『張栻全集』上・中・下（長春出版社　國學文化研究叢書　一九九九）がある。

『和刻本漢籍文集』（汲古書院）第五輯には『南軒先生文集』四十四巻（景寛文九年芳野屋權兵衞刊本）が収入されている。

三四　芳蘭軒集一巻

浙[一]江鮑士恭家藏本

【徐照】?～一二一一
字《あざな》は道暉《どうき》または靈暉、永嘉（浙江省溫州）の人。同郷の徐璣《じょき》（靈淵）・翁卷《おうけん》（靈舒）・趙師秀（靈秀）とともに「永嘉四靈」と稱された。終生仕えず、各地に吟遊した。葉適『水心文集』卷一七〈徐道暉墓誌銘〉參照。

宋徐照撰。照字道暉、一字靈暉、永嘉人。與徐璣[二]・翁卷[三]・趙師秀[四]號曰永嘉四靈、照卽四靈之首也。嘗自號曰山民、故其集又曰山民集。趙師秀[五]淸苑齋集有哀山民詩、可以爲證。陳振孫[六]書錄解題獨稱照自號天民、未知何據。當屬傳刻之譌也。

葉適[七]作照墓誌、稱其詩數百、琢思尤奇。皆橫絕欻起、冰懸雪跨、使讀者變掉憀慄、肯首吟歎、不能自已。然無異語、皆人所知也、人不能道耳。所以推奬之者甚至。而吳子良[八]荊溪林下偶談則謂適雖不沒其所長、而亦終不滿之。故其跋劉潛夫[九]詩卷、又有進乎古人而不已、何必四靈之語。後人[一〇]不知、以爲水心宗晩唐者、誤也。蓋四靈之詩、雖鏤心鉥腎、刻意雕琢、而取徑太狹、終不免破碎尖酸之病。

照在諸家中尤爲淸瘦。如其寄[一一]翁靈舒詩中樓高望見船句、方回以爲眼前事、道著便新。又冬[一二]日書事詩中、梅遲思閏月、楓遠誤春花、方回亦以爲思字誤字、當是推敲不一乃得之。是皆集中所稱佳句。要其淸雋者在此、其卑靡者亦卽在此。風會升降之際、固有不能自知者矣。

〔一三〕照集原本三卷。此本祇一卷。不知何人所併。又從瀛奎律髓得詩六首、〔一四〕東甌詩集得詩二首、〔一五〕東甌續集得詩一首、併爲補遺、附之於後焉。

【訓讀】

宋 徐照の撰。照 字《あざな》は道暉《どうき》、一の字は靈暉、永嘉の人。徐璣《じょき》・翁卷《おうけん》・趙師秀と與《とも》に號して「永嘉四靈」と曰う、照は卽ち四靈の首なり。

嘗て自ら號して山民と曰い、故に其の集も又た『山民集』と曰う。趙師秀『清苑齋集』に〈哀山民〉詩有り、以て證と爲すべし。陳振孫『書錄解題』のみ獨り照は自ら天民と號すと稱するは、未だ何れに據るかを知らず。當に傳刻の譌《あやま》りに屬すべきなり。

葉適は照の墓誌を作りて稱す、「其の詩は數百にして、琢思尤《もっと》も奇なり。皆な橫絕欻起《くっき》、冰懸雪跨《ひょうけんせっこ》、讀者をして變《へん》掉憀慄《とうりょうりつ》、肯首《こうしゅ》吟歎して、自ら已《や》む能わざらしむ。然れども異語無く、皆な人の知る所なるも、人は道《い》う能わざるのみ」と。之を推獎する所以《ゆえん》の者甚だ至れり。而るに吳子良『荊溪林下偶談』は則ち謂う「適は其の長ずる所を沒せずと雖も、而れども亦た終に之を不滿とす。故に其の劉潛夫 詩卷に跋して、又た〝古人より進みて已《や》まざるは、何ぞ必ずしも四靈のみならんや〟の語有り。後人は知らず、以て水心は晚唐を宗とする者と爲すは、誤りなるを」と。蓋し四靈の詩は、鏤心鉥腎《ろうしんしゅつじん》、刻意雕琢《ちょうたく》すと雖も、徑《みち》を取ること太《はなは》だ狹く、終に破碎尖酸《せんさん》の病を免かれず。

照は諸家中に在りては尤も清瘦爲り。其の〈翁靈舒に寄す〉詩中の「樓高くして望みて船を見る」句の如きは、方回は以て「眼前の事、道著《どうちゃく》して便《すなわ》ち新たなり」と爲し、又た〈冬日書事〉詩中の「梅遲くして閏月を思い、楓遠くして春花に誤る」は、方回亦た以て「思」の字「誤」の字は、當に是れ推敲すること一ならずして乃ち之を得たりと爲す。是れ皆な集中稱する所の佳句にして、要は其の淸雋《せいしゅん》なる者此に在り、其の卑靡《ひび》なる者も亦た卽ち此に在り。風會升降の際、固《もとよ》り自ら知る能わざる者有り。

照の集は原本三巻なり。此の本は祇《た》だ一巻にして、何人の併する所なるかを知らず。又た『瀛奎律髓《えいけいりつずい》』從《よ》り詩六首を得、『東甌《とうおう》詩集』より詩二首を得、『東甌續集』より詩一首を得、併せて補遺と爲し、之を後に附す。

【現代語譯】

宋 徐照の著。照は字《あざな》を道暉《どうき》、または靈暉といい、永嘉（浙江省）の人である。徐璣《じょき》・翁卷《おうけん》・趙師秀とともに「永嘉四靈」と呼ばれ、照は四靈の中の第一に位置づけられる。

かつて自ら山民と號したことがあったので、その集を『山民集』ともいう。趙師秀『淸苑齋集』に〈山民を哀しむ〉詩があるのが證據となろう。陳振孫『直齋書錄解題』だけが「照 自ら天民と號す」と言っているのは、何に據ったのかわからない。きっと傳刻の誤りであろう。

葉適は照の墓誌を作っていう。「數百首ある詩は、表現にとりわけ心を碎き、どれも突然急展開し、氷柱《つらら》の下をくぐり拔け雪溪を跨《また》ぐように、讀者をぞくぞくさせ、なるほどと感嘆させてやまない。といって、別に變わった言葉が使われているわけではなく、誰もが知っているものなのに、他の人が言えないというだけだ」と。これは、彼を推奬することと甚だしい例である。しかし、吳子良『荊溪林下偶談』では、「葉適（水心）は徐照の長所を無視はしなかったが、これに滿足もしていなかった。だから、葉が書いた劉潛夫（克莊）の詩卷の跋文には、〝古人の詩をたゆまず進化させたのは、必ずしも四靈ばかりではない〟という語があるのだ。後世の人はこれを知らず、水心を晩唐を宗とする者だと見なしているのは、誤りである」といっている。思うに四靈の詩は、詩句の雕琢にあらゆる精力をそそいではいるものの、その徑《みち》はとても狹く、結局は、ばらばらでとげとげしい句になってしまうという缺點を免かれない。

徐照は四靈の諸家の中では最も線が細い。その〈翁靈舒に寄す〉詩の中の「樓高くして望みて船を見る（高樓に上って郷里に帰る船を望み見る）」の句などは、方回は「目前の光景なのに、言葉にすると目新しい」と言っている。さらに〈冬日書事〉詩の中の「梅遲くして閏月を思い、楓遠くして春花に誤る（梅が咲くのが遅いのは閏月《うるうづき》があるせいなのか、楓も遠くから見れば梅にみえる）」についても、方回は「思の字と誤の字は、何度も推敲して出來たものに違いない」と言っている。これらはどれも詩集の中では稱すべき佳句である。要するにここにすぐれた點があり、その卑弱さもまたここにあるのだ。國家存亡の危機にあって、自らそのことが全く分らなかったのである。

照の集はもと三巻だった。この本は一巻だけであり、誰がまとめてしまったのかわからない。また『瀛奎律髓』から詩六首、『東甌《とうおう》詩集』から詩二首、『東甌續集』から詩一首を見つけたので、それらをまとめて補遺とし、これを最後に附しておく。

【注】

一　浙江鮑士恭家藏本　鮑士恭の字は志祖、原籍は歙《しょう》（安徽省）、杭州（浙江省）に寄居す。父 鮑廷博（字は以文、號は淥飲《ろくいん》）は著名な藏書家で、とりわけ散佚本の蒐集を好んだ。その精粹は『知不足齋叢書』中に見える。『四庫採進書目』の記録では、『四庫全書』編纂の際には、藏書六二六部を進獻した。任松如『四庫全書答問』によれば、そのうち二五〇部が著録され、一二九部が存目（四庫全書内に収めず、目録にのみとどめておくこと）に置かれたという。

二　徐璣　一一六二～一二一四　字は致中、または文淵、號は靈淵。父の引退によって建安主簿となり、永州司理、龍溪丞などの官についた。『四庫全書總目提要』巻一六二 集部一五 別集類一五は『二薇亭集』一巻を著録する。

三　翁卷　生卒年未詳。字は續古、また靈舒ともいい、淳熙十年（一一八三）の郷薦に登り、江淮にて幕僚となったこともあるが、その生涯の大半は布衣のままであった。『四庫全書總目提要』巻一六二 集部一五 別集類一五は『西巖集』一巻を著録する。

四　趙師秀　一一七〇～一二二〇　字は紫芝、また靈秀ともいい、號は天樂。宋の宗室の出身。紹熙元年（一一九〇）の進士で、鈞州《いん》推官となった。『四庫全書總目提要』卷一六二 集部一五 別集類一五は『清苑齋集』一卷を著錄する。

五 趙師秀清苑齋集有哀山民詩　趙師秀『清苑齋集』（文淵閣四庫全書本）に五言古詩の〈哀山民〉が見える。

六 陳振孫書錄解題獨稱照自號天民　『永樂大典』輯佚本である四庫全書の『直齋書錄解題』卷二〇には、「徐照集三卷。永嘉の徐照道暉撰、自號山民」とみえる。『文獻通考』經籍考卷七二に引く『直齋書錄解題』は「自號天民」に作っている。提要は『文獻通考』の記述に據ったのであろう。

七 葉適作照墓誌　四部叢刊本『水心先生文集』卷一七〈徐道暉《どうき》墓誌銘〉はいう。「徐照、字は道暉、永嘉の人。自ら山民と號す。苦茗《くめい》を嗜《たしな》むこと飴蜜《いみつ》より甚だしく、手づから烹《に》て口に啜《すす》りて時無し。…詩 數百有りて、斲思《たくし》尤も奇なり。皆な横絶欻《くっ》起《き》、冰懸雪跨《ひょうけんせっこ》、讀者をして變踔憀慄《へんとうりょうりつ》、肯首吟歎《こうしゅぎんたん》して自ら已まざらしむ。然れども異語無きこと、皆な人の知る所なるも、人は道《い》う能わざるのみ」。

八 吳子良荊溪林下偶談則謂…　吳子良『荊溪林下偶談』卷四〈四靈詩〉にいう。「水心の門、趙師秀紫芝・徐照道暉・（徐）璣致中・翁卷靈舒は、工《たく》みに唐律を爲し、專ら賈島《かとう》・姚合《ようごう》・劉得仁を以て法と爲す。其の徒は尊びて四靈と爲し、翕然《きゅうぜん》として之に效い、八俊の目有り。水心は廣く後輩を納《い》れ、頗《すこぶ》る稱獎を加う。其の詳は〈徐道暉墓誌〉に見ゆ。而して末に乃ち云う〝惜しむらくは 其の侚《くわ》うるに年を以てせず、開元・元和の盛に臻《いた》るに及ばざるを〟と。蓋し其の長ずる所を沒せずと雖も、亦た終に不滿なり。後〈王木叔詩の序〉を爲りて謂う、〝木叔（王柟《だん》）は唐詩を喜ばず。聞く者皆な以て疑と爲す。夫れ妍《けん》を爭い巧を鬪わせ、物外の意態を極むるは、唐人の長ずる所なり。其の要するに終に以て其の志の守る所を定むるに足らざるに及びては、唐人の短とする所なり。木叔の評は、其れ忽諸《こつしょ》すべけんや〟と。又た〈劉潛夫の詩卷に跋す〉に謂う、〝謝顯道（良佐）は光景に流連するの詩に如かずと稱す。此の論 既に行われ、而して詩 因りて以て廢す。潛夫（劉克莊）は能く謝公の薄《うと》んずる所の者を以て自ら鑑《かんが》みて古人に進みて已まず、〈雅〉〈頌〉に參じ〈風〉〈騷〉に軼《いつ》して可なり。何ぞ必ずしも四靈ならんや〟と。此の跋 既に出で、唐律を爲す者頗る怨む。而るに後人は知らずして、反って以て水心は晚唐を崇尚すと爲す者は、誤れり」。〈王木叔詩の序〉は、四部叢刊本『水心先生文集』卷一二に收入されており、やや文字に異同がある。

九 其跋劉潛夫詩卷　潛夫は劉克莊の字。〈劉潛夫の詩卷に跋す〉とは、四部叢刊本『水心先生文集』卷二九〈劉潛夫の南嶽詩稿に題す〉を指す。そこには「昔 謝顯道謂う、塵思を陶冶《とうや》し、物態を摸寫するも、曾《すなわ》ち顏（延之）・謝（靈運）・徐（陵）・庾《ゆ》（信）の光景に留連するの詩に如かず」と見える。謝顯道とは程頤《ていい》の門人の上蔡先生謝良佐。ただし、謝良佐の語録『上蔡語録』には、この言は見えない。劉克莊については、本書四三「後村集五十卷」を參照。

一〇　後人不知、以爲水心宗晩唐者　葉適（水心）が晩唐の詩を偏愛したことにより永嘉の四靈や江湖詩派という流弊が世に廣がったとして、その責を葉適に歸す議論は多い。たとえば、兪文豹《ゆぶんひょう》『吹劍錄外集』には「蓋し葉水心の晩唐の體を喜《この》みし自《よ》り、世は遂に靡然《びぜん》として之に從う。凡そ典雅の詩は、皆 時聽に入らず」とあり、また方回も『瀛奎律髓《えいけいりつずい》』卷二〇の翁卷《おうけん》〈道上人房老梅〉の評で次のようにいう。「乾（道）・淳（熙）以來、尤（袤）・楊（萬里）・范（成大）・陸（游）は四大詩家爲り。是れ自り始めて降《くだ》りて、江湖の詩と爲る。葉水心適は文を以て一時の宗爲るも、自らは詩を工みとせず、而るに永嘉の四靈は其の說に從い、改めて晩唐を學び、詩は賈島《かとう》・姚合《ようごう》を宗とす。凡そ島・合は時を同じうして漸染する者にして、皆 陰《ひそ》かに撏取《じんしゅ》摘用し、名を時に驟《は》す。而るに之を學ぶ者は、加うる所有る能わず、日び益ます下れり」。こういった世間の見方に對して、葉適の門人である吳子良は、本當のところでは葉適は永嘉の四靈をあまり高く評價していないのだとする。

一一　寄翁靈舒詩中、樓高望見船句　『芳蘭軒集』の〈永州にて翁靈舒に寄す〉詩を指す。「古郡百蠻の邊り 蒼梧九點の烟。家を去ること萬里なるかと疑うも、歸計は明年に在り。風順にして眠りて角を聽き、樓高くして望みて船を見る。鈞州は半道に當《あた》る、長《つね》に秀でし詩篇を得たり」。方回『瀛奎律髓』卷四二はこの詩を採錄して、「眼前の事、但だ道着すれば便ち新し（眼前の光景なのに、言葉にすれば目新しい）」という。

一二　冬日書事詩中、梅遲思閏月…　『芳蘭軒集』の〈翁靈舒の冬日書事に和す三首〉の其一を指す。「石縫 冰を敲《たた》く水、寒を淩《しの》ぎて自ら茶を煮る。梅遲くして閏月を思い、楓遠くして春花に誤る。貧しくして喜ぶ 苗の新たに長ずるを、吟じて憐む 鬢の已に華なるを。城中に小屋を訪ね、歲晩 家を移さんと欲す」。方回『瀛奎律髓』卷一三はこの詩を採錄して、「〝思〟の字、〝誤〟の字は、當に是れ推敲一ならずして乃ち之を得べし（思の字と誤の字は、何度も推敲してやっと出來たものに違いない）」という。

一三　照集原本三卷　明までの永嘉四靈の詩集には、單行本・合刻本・總集本の三種があった。まず、徐照の單行本としては、葉適『水心文集』卷八に〈徐師厔《しこう》 廣く家集を行い、定價は三百〉の詩があり、これによれば、詩集は子の師厔によって刊行されていたらしい。四靈の合本としては、陳振孫『直齋書錄解題』卷二〇に、徐照集三卷、徐璣集二卷、翁卷集一卷、趙師秀集二卷、別本天樂堂集（これのみ四靈集とは別に行われていた）が著錄されている。總集本としては、宋の許棐《きょひ》の〈四靈詩選に跋す〉（『南宋群賢小集』所收〈融春小綴〉）に「水心（葉適）

四靈詩を選ぶ所以なり。選は多からざるに非ず。…嗚呼、斯の五百篇は天成より出で、神識に歸す。…芸居《うんきょ》（陳起）は寶を私せず、刊して天下に遺《のこ》す」とあることから、葉適が編纂し、陳起が刊行した『四靈詩選』（陳起が刻した南宋詩人の總集『江湖集』（もとのものは散逸）に收入）があったことが確認できる。あるいは、『讀書附志』が著錄する『四靈詩』四卷は、これを指すのかもしれない。さらに、明の潘是仁輯刊の『宋元四十三家集』には、徐照『芳蘭軒集』五卷、徐璣『二薇亭詩集』四卷、翁卷『葦碧軒詩集』四卷、趙師秀『清苑齋集』四卷が含まれている。

一四　東甌詩集　明の蔡璞が編纂した『東甌《とうおう》詩集』を指す。東甌とは浙江省の永嘉一帶を指す古名。永嘉出身の詩人の作を集めた詩集である。

一五　東甌續集　明の趙諫が『東甌詩集』に倣って編纂した『東甌續集』を指す。

【附記】

永嘉四靈集は、明の潘是仁が刻した『宋元四十三家集』に收入されている。清の顧修續畫齋が重刻した『南宋群賢小集』や知不足齋の影鈔本『南宋八家集』は、潘是仁の刻本をもとに補遺を附したもの。四庫全書の底本となった鮑士恭家藏本の徐照『芳蘭軒集』は、現在臺灣の國家圖書館に、徐璣『二薇亭詩集』は北京の國家圖書館に藏されている。

ただし、清初には錢謙益絳雲樓《こううんろう》舊藏の宋版『四靈詩集』が傳わっていたが、四庫全書編纂の際には採進されなかったらしい。これは絳雲樓の火災で後半部が失われたためで、毛氏汲古閣に歸した時には、徐照の上・中・下の計三卷と徐璣の上の一卷のみが存していた。徐照と徐璣については『宋元四十三家集』に收入された詩より多い。その後、この殘宋本は失傳したが、その影宋抄本は、數種傳わっており、現在靜嘉堂文庫にあるのは陸心源舊藏のもの。陸心源は、『南宋群賢小集』に未收の二徐の詩を抽出し、それを『潛園《せんえん》總集・群書校補』の卷九〇～九三として刻している。なお、一九二五年に徐乃昌が刊行した『永嘉四靈詩』（二徐のみ）と一九二八年に黃群が刻した『敬鄉樓叢書』の中の徐照『芳蘭軒集』と徐璣『二薇亭詩集』は孫《そん》詒《い》讓《じょう》が藏していた上述の影宋鈔本をもとにしている。

和刻本には、清 吳之振編・佐羽槐等校『四靈詩鈔』（葦碧軒詩鈔・二薇亭詩鈔・芳蘭軒詩鈔・清苑齋詩鈔各一巻）文刻堂・萬笈堂刊本がある。

『全宋詩』は第五〇冊 巻二六七〇に徐照、巻二六七三～巻二六七四に翁卷、第五三冊 巻二七七七～巻二七七八に徐璣、第五四冊 巻二八四一～巻二八四二に趙師秀の詩を収めている。

陳增傑校點『永嘉四靈詩集』（浙江古籍出版社 兩浙作家文叢　一九八五）のうち二徐の詩は、殘宋本の系譜に屬する『敬鄉樓叢書』本を底本とし、翁卷と趙師秀については潘是仁の『宋元四十三家集』を底本として、諸書より逸句を集めており、附錄も充實している。

選注本として、鴻恩選注『永嘉四靈與江湖派選集』（首都師範大學出版社 一九九三）がある。

三五　龍川文集三十卷　[一]浙江巡撫採進本

【陳亮】一一四三〜一一九四
字《あざな》は同甫、號は龍川、婺《ぶ》州永康（浙江省）の人。軍事について論じるのを好み、たびたび上書するも、人を罵倒することが多く、用いられなかった。光宗の紹熙四年（一一九三）に五十一歳でようやく進士となり、僉書建康府判官を授かるも、赴かないうちに五十二歳で卒した。謚《おくりな》は文毅。葉適『水心文集』巻二四〈陳同甫・王道甫墓誌銘〉、『宋史』巻四三六 儒林傳六 參照。

宋陳亮撰。亮有[二]三國紀年、已著錄。

亮與朱子友善。故[三]搆陷唐仲友於朱子、朱子不疑。然才氣雄毅、有志事功、持論乃與朱子相左。[四]羅大經鶴林玉露記朱子告亮之言曰、凡眞正大英雄、須是[五]戰戰兢兢、從薄冰上履過去。蓋戒其氣之鋭也。[六]岳珂桯史又記、呂祖謙歿、亮爲文祭之、有孝弟忠信、常不足以趨天下之變、而材術辨智、常不足以定天下之經語。朱子見之大不契、遺書婺人、詆爲怪論。亮聞之亦不樂。他日上孝宗書曰、今世之儒士、自謂得正心誠意之學者、皆風痺不知痛癢之人也。蓋以微諷晦翁、晦翁亦不訝也云云。足見其負氣傲睨。雖以朱子之盛名、天下莫不攀附、亦未嘗委曲附和矣。

今觀集中所載、大抵議論之文爲多。其才辨縱横、不可控勒、似天下無足當其意者。使其得志、未必不如[七]趙括・[八]馬謖狂躁僨轅。但就其文而論、則[九]所謂開拓萬古之心胸、推倒一時之豪傑者、殆非盡妄。與朱子各行其志、而始終愛重其人、知當時必有取也。

[一〇]宋名臣言行錄謂其在孝宗朝六達帝廷、上書論大計。今[一一]集中獨有上孝宗四書及中興論。考[一二]宋史所載亦同。

[一三]又言行錄謂垂拱殿成、進賦以頌德、又進郊祀慶成賦。今集中均不載。

[一四]葉適序謂亮集凡四十卷。今是集僅存三十卷。蓋流傳既久、已多佚闕、非復當時之舊帙。以[一五]世所行者祗有此本、故仍其卷目著之於錄焉。

【訓讀】

宋 陳亮の撰。亮に『三國紀年』有りて、已に著錄す。

亮は朱子と友として善し。故に唐仲友を朱子に搆陷《こうかん》するに、朱子は疑わず。然れども才氣雄毅にして、事功に志す有り、論を持すること乃《すなわ》ち朱子と相い左たり。羅大經『鶴林玉露』は、朱子の亮に告ぐるの言を記して曰く、「凡そ眞正の大英雄は、須《すべか》らく是れ戰戰兢兢《きょうきょう》として、薄冰《はくひょう》の上從《よ》り履《ふ》み過ぎ去《ゆ》くべし」と。蓋し其の氣の鋭を戒むるなり。岳珂《がくか》『桯史《ていし》』も又た記す、「呂祖謙歿するや、亮は文を爲りて之を祭り、〝孝弟忠信は、常に以て天下の變に趨《おもむ》くに足らず、而して材術辨智は、常に以て天下の經を定むるに足らず〟の語有り。朱子 之を見て大いに契《けい》せず、書を婺《ぶ》の人に遺《おく》り、詆《そし》りて怪論と爲す。亮 之を聞きて亦た樂しまず。他日 孝宗に上る書に曰く、〝今世の儒士は、自ら正心誠意を得るの學者と謂うも、皆な風痺《ふうひ》にして痛癢《つうよう》を知らざるの人なり〟と。蓋し以て微《ひそ》かに晦翁《かいおう》を諷す、晦翁も亦た訝《いぶか》らざるなり云云」と。其の負氣傲睨《ごうげい》を見るに足れり。朱子の盛名、天下に攀附《はんぷ》せざるもの莫きを以てすと雖も、亦た未だ嘗て委曲附和せず。

今 集中に載する所を觀るに、大抵は議論の文多きを爲す。其の才辨は縱橫にして、控勒《こうろく》すべからず。天下 其の意に當るに足る者無きに似たり。其れをして志を得しむれば、未だ必ずしも趙括《ちょうかつ》・馬謖《ばしょく》の、狂躁して轅《えん》を僨《くつがえ》すが如《ごと》からずんばあらざるなり。但だ其の文に就《つ》きて論ずれば、則ち謂う所の「萬古の心胸を開拓し、一時の豪傑を推倒す」は、殆んど盡くは妄に非ず。朱子と各おの其の志を行ない、始終其の人を愛重す。當時必ず取る有るを知るなり。『宋名臣言行錄』謂う、「其の孝宗朝に在りて六たび帝廷に達し、上書して大計を論ず」と。今 集中に獨《た》だ孝宗に上る四書及び〈中興論〉のみ有り。考うるに『宋史』の載する所も亦た同じ。又た『言行錄』謂う、「垂拱殿《すいきょうでん》成り、賦を進めて以て德を頌《しょう》し、又た〈郊祀慶成賦〉を進む」と。今 集中均しく載せず。

葉適の序謂う、「亮の集凡そ四十卷」と。今 是の集 僅かに三十卷を存するのみ。蓋し流傳 既に久しく、已に佚闕《いっけつ》多く、復た當時の舊帙に非ず。世に行う所の者は祇《た》だ此の本有るのみなるを以て、故に其の卷目に仍《よ》りて之を錄に著す。

【現代語譯】

宋 陳亮の著。亮には『三國紀年』があり、すでに著錄しておいた。

亮は朱子と親しかった。ゆえに唐仲友のことを朱子に告げ口したときも、朱子はそれを信用したのだ。しかし、才氣にあふれ剛毅で、志は手柄を立てることにあって、議論は朱子と對立した。羅大經『鶴林玉露』は、朱子が亮に語った言葉を記している。「およそ眞の大英雄とは、戰戰兢兢《きょうきょう》として、薄氷《はくひょう》を履《ふ》むように愼重でなければならない」と。思うに、彼の氣性の激しさを戒めたのである。岳珂《がくか》『桯《てい》史』はこうも記している。「呂祖謙が歿して、亮は彼を祭る文を作った。その中に、〝孝弟忠信は、天下の變事にいつでも役に立つようなものではなく、才能と智恵は、常に天下の經世の方針を定めるほどのものでもなかった〟という文言があった。朱子はこれを見て大いに不滿で、書簡を婺《ぶ》州の人におくって、これを怪論だと謗《そし》った。亮もこのことを聞いておもしろく思わず、のちに孝宗に上る書に、

〝今の世の儒士たちは、自ら正しい心を持ち誠意を盡くす學者だと稱しているが、皆な中風に罹《かか》って痛みも癢《かゆ》みも感じない連中なのだ〟と言っている。思うに晦翁（朱子）に對するあてこすりであり、晦翁も今更驚いたりはしなかった云云」と。ここからも彼がいかに才をたのんで傲慢不遜《ふそん》であったかがわかる。たとえ天下になびかない者がない朱子ほどの盛名を持った人が相手でも、それにおもねって附和したりしなかったのだ。

今 文集に載っているものを見ると、大抵は議論の文で、その縱横無盡の才氣は、誰もおさえることなどできない。天下に彼とまともに對抗できるものなどいないかのようだ。もし彼の思い通りにさせたら、趙括《ちょうかつ》・馬謖《ばしょく》のように、調子に乗って結局は失敗することにならないともかぎらない。ただ文について論ずるならば、所謂「萬古の心胸を開拓し、一時の豪傑を推倒する」ものであって、すべてがでたらめだというわけではない。朱子とは各おの志を別にしているが、朱子は終始その人を重んじていた。當時はきっと取るべきところがあったのだと思われる。

『宋名臣言行錄』は、「孝宗朝に六たび朝廷に出仕し、書を奉って國家の大計を論じた」と言っている。今 集中にはただ孝宗に上った四篇の書と〈中興論〉があるだけで、『宋史』を檢しても載せているのは同じである。『言行錄』はこうもいう。「垂拱殿《すいきょうでん》が落成し、賦を進呈して聖德をことほぎ、さらに〈郊祀慶成賦〉も進呈した」と。今 文集にはともに載っていない。

葉適の序は、「亮の集は四十卷だ」といっている。今 この集は僅かに三十卷が殘るだけである。思うに流傳久しいうちに、失われたものも多く、もはや當時のままの姿ではないのだ。世に行われているのはこの本だけなので、その卷目にしたがってこれを著錄しておく。

【注】

一　浙江巡撫採進本　採進本とは、四庫全書編纂の際、各省の長にあたる巡撫、總督、尹《いん》、鹽政などを通じて朝廷に獻上された書籍をいう。浙江巡撫より進呈された本は『四庫採進書目』によれば四六〇二六部。任松如『四庫全書答問』によれば、そのうち三六六部が著録され、一二七三部が存目（四庫全書内に収めず、目録にのみとどめておくこと）に置かれたという。

二　三國紀年　『四庫全書總目提要』巻八九史部四五史評類存目一に『三國紀年』一巻が著録される。蜀を正統とし、魏と呉を貶《おとし》める内容。「紀年」と題しているが、實は史についての論評。

三　搆陷唐仲友於朱子　唐仲友（一一三六～一一八八）は、字を與政《よせい》、號を說齋といい、金華の人。紹興二十一年（一一五一）の進士。淳熙七年（一一八〇）に知台州となり、翌年、江西提刑に移るが、朱熹から台州での不法行爲を彈劾されて官を辭めた。朱熹が唐仲友を彈劾した經緯については『齊東野語』巻一七〈朱唐交奏本末〉が詳しく傳えている。それによれば、唐は平生、才を恃《たの》んで朱熹を小馬鹿にしたところがあり、朱熹の引き立てがある陳亮とうまくいっていなかった。陳亮は台州に旅行したときに馴染《なじ》みの官妓の落籍を唐に依頼、唐がこの妓に飢えや寒さに耐えねばならぬが、それでもよいかと聞いたところ、以後、妓女は陳亮につれない態度をとるようになった。怒った陳亮は浙東提舉であった朱熹のところへ行き、唐が朱熹を馬鹿にした科白を吐いたと誣告《ぶこく》した。朱熹はこれを恨み、冤罪事件があることを理由に領内を巡檢し、台州に到着すると唐の持っていた知台州の印をとりあげて次官に渡し、唐の罪を上奏した。朝廷では唐の同鄕だった宰相が、これは秀才同士のもめごとだと唐を庇《かば》ったが、結局、唐は辭職に追いこまれた。この話は呉子良の『荊溪林下偶談』巻三〈晦翁 唐與正を按ず〉では、唐と陳の不仲は、唐が太學の試驗で陳の苦手な問題を出題したことが原因であり、官妓を落籍させたのは唐の方だという話になっている。

四　羅大經鶴林玉露記…　『鶴林玉露』丙編巻一にいう。「朱文公は陳同父に告げて曰く、〝眞正の大英雄の人は、却《かえ》って戰戰兢兢に從い、深きに臨みて薄き處を履《ふ》み做《な》し將《も》て出《い》だし來たる。若し是れ氣血麁豪《そごう》なれば、却って一點も使着しえず〟と。此の論は同父に於いては、頂門上の一針と謂うべし（朱文公は陳亮に、〝眞の大英雄とは、戰戰兢兢として薄氷を踏むように愼重に行動するものである。血氣に逸《はや》って粗暴な振る舞いをしていたのでは何事もなし得ない〟といった。この論は、陳亮にとってはまさに頂門の一針と言えよう）」と。

五　戰戰兢兢…　『詩經』小雅〈小旻〉の「戰戰兢兢として、深淵に臨むが如く、薄冰を履《ふ》むが如し」にもとづく語。ここでは愼重でまじめな振る舞いをいう。

六　岳珂桯史　『桯史』巻一二〈呂東萊祭文〉にいう。「呂東萊祖謙　婺《ぶ》に居し、講學を以て諸儒に唱え、四方翕然《きゅうぜん》として之に歸す。陳同父（亮）は蓋し同郡にして、才を負うて頡頏《きっこう》し、亦た其の門に游びて、以て之に兄事す。嘗て丈席の閒に於いて、時に警論を發するも、東萊以て然りと爲さず。既にして東萊死し、同父は文を以て之を祭りて曰く、〝嗚呼《ああ》、孔子の家法は、儒者世《よ》よ之を守るも、其の粗を得てその精を遺《わす》るれば、則ち流れて度數《どすう》刑名と爲る。聖人の妙用は、英豪竊《ひそ》かに之を聞き、其の流れに徇《したが》いて其の源を忘るれば、則ち變じて權譎《けんきつ》縱横《しょうおう》と爲る。故に孝悌忠信は、常に以て天下の變に趨《おもむ》くに足らず、而して材術辯智は、常に以て天下の經を定むるに足らず。人道に在りては一事の少《か》くべき無きも、人心に萬變の明らかにし難き有り。高明の洞見と雖も、猶お小智の自營のごとし。篤厚にして守正と雖も、猶お孤壘の傾き易きがごとし…〟と。朱晦翁《しゅかいおう》は之を見て、大いに意に契《かな》わず、婺《ぶ》の人に書を遺《おく》りて曰く、〝諸君子は頭を聚《あつ》め額を磕《あ》わせて、何事を理會して、乃ち此れ等の怪論有るに至れるや〟と。同父 之を聞きて樂しまず。它日、書を孝宗に上る。其の略に曰く、〝今世の儒士は、自ら正心誠意を得るの學者と謂うも、皆な風痺《ふうひ》にして痛癢《つうよう》を知らざるの人なり。一世を擧げて君父の大讎《だいしゅう》を安んじ、方且《かりそめ》に眉を揚げ手を拱《こま》ぬきて以て性命を談ずるも、何をか之を性命と謂うかを知らず。陛下は之に接して任《まか》すに事を以てせず、臣は是れを以て陛下の仁に服す〟と。意うに蓋し微を以て晦翁を風す。而して之をして之に聞かしむるに、晦翁も亦た訝《いぶか》らざるなり。此の說は、之を蔡元思念成に得たり」と。陳亮が呂祖謙のために書いた祭文とは、文淵閣四庫全書本『陳亮集』巻二四に見える。また、ここでいう上書とは、巻一の〈上孝宗皇帝第一書〉であり、『宋史』巻四三六 儒林六 陳亮傳にも引かれている。朱熹が婺《ぶ》の人に遺《おく》った書簡は、今に傳わらない。

七　趙括　戰國趙の人。兵法に精しかったものの、實踐には疎かった。廉頗《れんぱ》將軍に代わって趙の將軍となるも、秦の奇襲によって敗れた。

八　馬謖　三國蜀の人。軍計を好み、諸葛孔明に重用されたが、孔明の指示に從わず戰いに敗れた責任を問われ、斬られた。

九　所謂開拓萬古之心胸、推倒一時之豪傑者　『宋史』巻四三六 儒林六 陳亮傳に次のようにいう。「亮は自ら豪俠を以て屢《しば》しば大獄に遭《あ》えども、家に歸れば益《ます》ます志を厲《はげ》まして讀書し、學ぶ所益ます博し。其の學は孟子自《よ》り後は、惟だ王通を推すのみ。嘗て曰く、〝義理の精微を研窮し、古今の同異を辨析し、心を秒忽に原《もと》め、禮を分寸に較べ、積壘《せきるい》を以て工と爲し、涵養を以て正と爲して、面に晬《つやや》かにして背に盎《あふ》るるは、則ち諸儒に於いて誠に愧ずる有り。堂堂の陣、正正の旗、風雨雲雷交《こも》ごも發して竝びに至り、龍蛇虎豹の變現して出沒するに至りては、一世の智勇を推倒し、萬古の心胸を開拓するに、自《みずか》ら謂う差《や》や一日の長有りと〟と。亮の意は蓋し朱熹・呂祖謙等を指すと云う」と。陳亮がいう「面に晬《つやや》かにして背に盎《あふ》るる」とは、『孟子』盡心上篇の「君子の性とする所は、仁義禮智にして心に根ざす。其の色に生ずるや、晬然として面《おもて》に見《あら》われ、背に盎《あふ》れ、四體に施《およ》びて、四體言わざるも喩《さと》らる」とあるのによる。また「堂堂の陣、正正の旗」は『孫子』軍争篇に見える語。「正正の旗を邀《むか》えうつ無かれ、堂堂の陣を撃つ勿れ（强大で軍律の整った敵とは、正面から戰いを挑んではならぬ）」。なお、『宋史』が引用するのは、文淵閣四庫全書本『龍川文集』巻二〇にみえる朱熹にあてた書簡〈甲辰答朱元晦祕書〉である。

一〇　宋名臣言行錄謂…　李幼武『宋名臣言行錄』外集巻一六の陳亮言行錄にいう。「孝宗の朝、六たび帝廷に達して上書す。論は恢復の大計なり。又た、闕に伏し宰相の非才にして、以て天下の望を係《か》くる無きを論ず。垂拱殿成り、賦を進めて以て德を頌し、又た〈郊祀慶成賦〉を進む。皆な報ぜられず」。

一一　集中獨有上孝宗四書及中興論　文淵閣四庫全書本『龍川文集』巻一に〈高宗皇帝に上る書〉の第一書～第三書と〈戊申再び孝宗皇帝に上る書〉を、巻二に〈中興論〉を収めている。

一二　考宋史所載亦同　『宋史』巻四三六　儒林六　陳亮傳が載せるのは、〈孝宗皇帝に上る〉の第一書の全文と、第三書および〈戊申再び孝宗皇帝に上る書〉の拔粹である。

一三　言行錄謂…　注一〇參照。〈垂拱殿の賦〉、〈郊祀慶成の賦〉ともに傳わらない。

一四　葉適序…　四部叢刊本『水心文集』巻一二〈龍川集序〉にいう。「同甫の文字の世に行わるる者は、〈酌古論〉〈陳子課藁〉〈上皇帝三書〉にして最も著《あら》わるる者なり。子の沆（一に沈に作る）他作を聚めて若干巻と爲し、以て予に授く」。

一五　世所行者祇有此本　明の成化年間に永康の朱潤と汪海が、『龍川文集』と『外集』の殘闕本を合わせて三十巻にし、刻した本を指す。

【附記】

陳亮の文集は、注一五に擧げた成化本の流れをくむ三十巻本が最も廣く流布している。このほか、南宋刊本の『龍川・水心二先生文粹』が傳わっており、現在、臺灣の國家圖書館に藏されている。鄧廣銘點校『增訂本　陳亮集』上下（中華書局　一九八七）は、成化本をもとに南宋刊本『文粹』のみに見える詩文を加えた增訂本である。版本の問題については、巻首の鄧廣銘〈陳龍川文集版本考〉に精しい。これ以外の評點本として、『龍川文集』（浙江古籍出版社　二〇〇四）がある。また、詞のみの箋注には、姜書閣『陳亮龍川詞箋注』（人民文學出版社　一九八〇）がある。

年譜は、『宋人年譜叢刊』（四川大學出版社　二〇〇三）第一〇册に近人の顏虛心編〈陳龍川先生年譜長編〉（據民國二十九年商務印書館排印本整理）が収められている。

和刻本は、『和刻本漢籍文集』第六輯（汲古書院）に収められている佐佐原遠父校『龍川先生集要』六卷（萬延元年　一八六〇　大坂河内屋茂兵衞等刊）のほか、藤森大雅校『龍川文集』一五卷（嘉永三年　一八五〇　如不及齋）など。

なお、陳亮の詩はほとんど殘っておらず、『全宋詩』（第四八册　卷二六一三所收）は九篇を收めるのみである。

三六　鶴山全集一百九巻

[一]浙江鮑士恭家藏本

【魏了翁《ぎりょうおう》】一一七八～一二三七

字《あざな》は華父、號は鶴山。邛《きょう》州蒲江（四川省）の人。寧宗の慶元五年（一一九九）の進士。官は端明殿學士、同僉書《せんしょ》樞密院事に至った。引退のおり、理宗より「鶴山書院」の御書を賜った。故郷の白鶴山下に室を築いて學を講じ、眞德秀とともに南宋を代表する講學の大家とされる。諡《おくりな》は文靖。四部叢刊本『重校鶴山先生大全文集』卷首　吳淵〈鶴山集序〉、『宋史』卷四三七　儒林傳七　參照。

宋魏了翁撰。了翁有周易要義、[二]已著錄。

南宋之衰、學派變爲門戶、詩派變爲江湖。了翁容與其閒、獨以窮經學古、自爲一家。所著作詩文極富、本各自爲集。[三]此本乃後人裒合諸本、共次爲一編。其三十五卷下題渠陽集、三十七卷下題朝京集、九十卷下題自菴類藁。則猶仍其舊名、[四]刊削未盡者也。

[五]史稱了翁年十五時、爲韓愈論、抑揚頓挫、已有作者之風。其天姿本自絕異、故自中年以後、覃思經術、造詣益深。所作醇正有法、而紆徐宕折、出乎自然。絕不染江湖遊士叫囂狂誕之風、亦不染講學諸儒空疎拘腐之病。在南宋中葉、可謂翛然於流俗外矣。

[六]其集原本一百卷、見於焦竑經籍志。[七]前有淳熙己酉宛陵吳淵序。凡詩十二卷、牋表・制誥・奏議等十八

卷、書牘七卷、[八]記九卷、[九]序・銘・字說・跋等十六卷、啓三卷、誌・狀二十一卷、祭文・輓詩三卷、策問一卷、長短句三卷、雜文四卷。又制擧文三卷、周禮折衷四卷、拾遺一卷、師友雅言二卷、共成一百一十卷。[一〇]此十卷皆註有新增字。蓋書坊刊版所續入。然[一一]了翁尚有古今考一卷、又不入此集、蓋偶遺也。元・明閒集版湮廢。[一二]嘉靖辛亥、四川兵備副使高翀等始重刻於邛州。而校訂草率、與目多不相應。或書中有此文、而目反佚之。疑有所竄改、已非其舊。又目凡一百十卷、而[一三]吳鳳後序稱一百七卷。蓋重訂時失於檢勘。又周禮折衷併爲三卷、以師友雅言併爲一卷、又闕拾遺一卷。故實止此數。[一四]然世閒僅存此本、流傳甚少。今重加校定、仍其所闕、析其所併、[一五]定爲一百九卷。而原目之參錯不合者、則削而不錄焉。

【訓讀】

宋 魏了翁の撰。了翁に『周易要義』有りて、已に著錄す。

南宋の衰《おとろ》うるや、學派變じて門戶と爲り、詩派變じて江湖と爲る。了翁は其の閒に容與《ようよ》し、獨り經を窮《きわ》め古を學ぶを以て自ら一家を爲す。著作する所の詩文極めて富み、本と各おの自ら集を爲す。此の本は乃ち後人の諸本を裒合《ほうごう》し、共に次して一編と爲す。其の三十五卷の下に『渠陽《きょよう》集』と題し、三十七卷の下に『朝京集』と題し、九十卷の下に『自菴類稾《じあんるいこう》』と題す。則ち猶お其の舊名に仍《よ》りて、刊削未だ盡《つ》くさざる者のごとし。

史稱す、「了翁は年十五の時〈韓愈論〉を爲《つく》り、抑揚頓挫、已に作者の風有り」と。其の天姿は本と自ら絕異なり。故に中年自《よ》り以後、經術に覃思《たんし》し、造詣益《ます》ます深し。作る所は醇正にして法有り、而も紆徐宕折《うじょとうせつ》は、自然に出づ。絕えて江湖の遊士の叫囂《きょうごう》狂誕の風に染まず、亦た講學の諸儒の空疎拘腐の病に染まず。南宋中葉に在りて、流俗の外に倏然《ゆうぜん》たるものと謂うべし。

其の集 原本は一百巻にして、焦竑《しょうこう》『經籍志』に見ゆ。前に淳熙己酉 宛陵《えんりょう》の呉淵の序有り。凡そ詩十二巻、牋《せん》表《ひょう》・制誥《せいこう》・奏議等十八巻、書牘《しょとく》七巻、記九巻、序・銘・字説・跋等十六巻、啓三巻、誌・狀二十一巻、祭文・輓詩《ばんし》三巻、策問一巻、長短句三巻、雜文四巻なり。又た制擧文三巻、『周禮折衷』四巻、拾遺一巻、『師友雅言』二巻、共に一百一十巻を成す。此の十巻は皆な註して「新增」の字有り。蓋し書坊の刊版して續入する所なり。然れども了翁尚お『古今考』一巻有りて、又た此の集に入れざるは、蓋し偶たま遺《わす》るるなり。

元・明の閒 集版湮廢《いんはい》す。嘉靖辛亥、四川の兵備副使高翀《こうちゅう》等 始めて邛《きょう》州に重刻す。而れども校訂は草卒にして、目《もく》と多くは相い應ぜず。或いは書中に此の文有るも、目《もく》は反って之を佚す。疑うらくは竄改《ざんかい》する所有りて、已に其の舊《きゅう》に非ず。又た目は凡そ一百十巻なるも、呉鳳《ごほう》の後序は一百七巻と稱す。蓋し重訂せし時 檢勘に失す。又た『周禮折衷《しゅらいせっちゅう》』を併せて三巻と爲し、『師友雅言』を以て併せて一巻と爲し、又た『拾遺』一巻を闕《か》く。故に實に此の數に止まる。

然れども世閒には僅かに此の本を存するのみにして、流傳甚だ少し。今重ねて校定を加え、其の闕くる所に仍《よ》り、其の併《あわ》せし所を析《さ》き、定めて一百九巻と爲す。原目の參錯《さんさく》して合わざる者は、則ち削りて焉《ここ》に錄さず。

【現代語譯】

宋 魏了翁の著。了翁には『周易要義』があり、すでに著錄しておいた。

南宋も衰退期になると、學派は變じて派閥となり、詩派は變じて吟遊詩人となっていく。了翁はいずれにも屬さず、獨り經學を窮め古を學んで獨自の立場を築いた。彼の作った詩文は極めて多く、もともとそれぞれが獨立した集になっていた。この本は後人が諸本を寄せ集め、整理分類して一編にまとめたものだ。三十五巻の下に『渠陽集《きょよう》』と題し、三十七巻の下に『朝京集』と題し、九十巻の下に『自菴類稾《じあんるいこう》』と題してあるのは、その舊名によったもので、編集する時に削り忘れたものと思われる。

『宋史』は、「了翁は十五歳で〈韓愈論〉を作ったが、めりはりが利いていて、すでに一人前の文學者の風があった」と傳える。その天賦の才は他に竝ぶものがなく、中年以後は、經學の研鑽を積んで、その造詣は益《ます》ます深まったのである。その詩文は純粋で規格正しく、それでいて流れはゆったりとして自在に曲がるさまは、自然そのもので、江湖派の無頼どもがうるさくわめきたてる風がなく、また講學の儒者たちの空疎で融通がきかないという弊害に染まってもいない。南宋中葉では、俗流から超然とした存在であったといえる。

詩文集の原本は一百巻で、焦竑《しょうこう》『國史經籍志』に見える。前に淳熙（淳祐の誤り）己酉 宛陵《えんりょう》呉淵の序がある。詩が十二巻、牋表《せんぴょう》・制誥《せいこう》・奏議等十八巻、書牘《しょとく》七巻、記九巻（十三巻の誤り）、序・銘・字説・跋等十六巻（十五巻の誤り）、啓三巻、誌・狀二十一巻、祭文・輓詩《ばんし》三巻、策問一巻、長短句三巻、雜文四巻である。さらに制擧文三巻、『周《しゅ》禮折衷《らいせっちゅう》』四巻、『拾遺』一巻、『師友雅言』二巻を加えて、全部で一百一十巻になる。この十巻には皆な「新增」という註がある。本屋が出版に際して書き加えたものだろう。しかし、了翁にはさらに『古今考』一巻があるのに、この集に入れていないのは、うっかり忘れたのだろう。

元・明の閒に文集の版木はなくなってしまい、嘉靖辛亥（三十年　一五五一）に、四川の兵備副使高翀《ちゅう》等が始めて邛《きょう》州で重刻したが、校訂が粗雜で、目次と合わないものが多い。集中にあるのに、目次になかったりする。たぶん改竄されたところがあって、もとのままのものではないのだ。さらに目次は全部で一百十巻だが、呉鳳《ごほう》の後序は一百七巻と言っており、重訂の時に校勘しそこなったのだろう。さらに『周禮折衷』を三巻にまとめ、『師友雅言』を一巻にまとめ、おまけに『拾遺』一巻を闕《か》いている。そのため實際は一百七巻にとどまったのだ。

しかし、世閒には僅かにこの本しか殘っておらず、流傳も甚だ少ない。今 重ねて校定を加え、闕けているのはそのままとし、合併させたものを元にもどし、一百九巻と定める。原目と食い違って合わないものは、削って録さないことにする。

【注】

一　浙江鮑士恭家藏本　鮑士恭の字は志祖、原籍は歙《しょう》（安徽省）、杭州（浙江省）に寄居す。父 鮑廷博（字は以文、號は渌飲《ろくいん》）は著名な藏書家で、とりわけ散佚本の蒐集を好んだ。その精粋は『知不足齋叢書』中に見える。『四庫採進書目』の記録では、『四庫全書』編纂の際には、藏書六二六部を進獻した。仁松如『四庫全書答問』によれば、そのうち二五〇部が著録され、一二九部が存目（四庫全書内に収めず、目録にのみとどめておくこと）に置かれたという。

二　周易要義　魏了翁の『九經要義』二百六十三巻の一種である。『四庫全書總目提要』巻三 經部三易類三に『周易要義』十巻（四部叢刊續編景宋刊本存六巻）として著録されている。提要は、この書のほかに『儀禮要義』五十巻、『尙書要義』十七巻『序説』一巻、『春秋左傳要義』三十一巻を著録する。

三　此本乃後人裒合諸本、共次爲一編…　文淵閣四庫全書本『鶴山文集』の底本は、明の嘉靖三十年（一五五一）に知邛《きょう》州の呉鳳が刻した本（注一二參照）で、これは嘉靖二年（一五二三）に無錫知縣の暢華《ちょうか》が錫山の安氏館より印行した銅活字本に基づいている。一方、四部叢刊本『重校鶴山先生大全文集』百十巻は、宋の開慶元年（一二五九）の刻本をもとに、闕佚の十八巻分（【附記】參照）を明の安國の重刊本で補ったものであり、版本としては四部叢刊本の方が優れる。この四部叢刊本には、巻三五・三六・七五・七六・七七・七八・七九・八九の題下に「渠陽集《きょようしゅう》」とあり、巻三七・四六に「朝京集」、巻三八・五一・五二・五三・九〇・九一の題下に「自菴類藁《じあんるいこう》」、巻四五に「江陽集」と見える。文淵閣四庫全書本では、「渠陽集」「朝京集」「自菴類藁」などの舊名が削られている。しかし、四部叢刊本にその舊名が殘っていることから、魏了翁のこの集はもともと別々に行われていたものを一つにまとめた全集本であることがわかる。

四　刊削未盡者也　注三で述べたように、四庫全書本は、上掲の舊名をすべて削っている。

五　史稱…　『宋史』巻四三七 儒林傳七 魏了翁傳にいう。「年數歳にして諸兄に從いて學に入る、儼《あた》かも成人の如し。少《や》や長じ、英悟なること絶出し、日に千餘言を誦し、目を過ぐれば再び覽《み》ず。鄉里稱して神童と爲す。年十五にして、〈韓愈論〉を著わし、抑揚頓挫は、作者の風有り」。〈韓愈論〉とは、文淵閣四庫全書本『鶴山文集』および四部叢刊本『重校鶴山先生大全文集』巻一〇一擧文の〈韓愈不及孟子論〉を指すか。

六　其集原本一百卷、見於焦竑『經籍志』　焦竑『國史經籍志』巻五に「魏了翁鶴山集一百巻」と著録する。

七　前有淳熙己酉宛陵呉淵序　「淳熙」は「淳祐」の誤り。文淵閣四庫全書本『鶴山文集』および四部叢刊本『重校鶴山先生大全文集』巻首の呉淵〈鶴山集序〉にいう。「公薨背《こうはい》して十二年、而して二子の近思・克愚と曰うは、遺藁を萃《あつ》めて刻梓し、淵に屬《しょく》して序して之を發せしむ。…淳祐己酉（九年、一二四九）夏、宛陵の呉淵序す」。この書が一百巻であったことは、次に擧げる呉淵の甥である呉潛が書いた後序から知られる。呉潛《ごせん》〈鶴山集後序〉にいう。「後二年、公歿し、潛　之を哭し流涕して曰く、天　斯文《しぶん》を喪ぼせりと。又た十有五年して、公の子近思・克愚相い與《とも》に蒐遺網軼《しゅういもういつ》し、『正集』『別集』『奏議』凡そ一百巻有り、將《まさ》に鋟梓《しんし》して世に行わんとす。既に叔氏に屬して其の首に序せしめ、又た潛に俾《めい》じて曰く、〝子　我の爲に之を申言せよ〟と。…淳祐辛亥（十一年、一二五一）四月…」。

八　記九卷　「九巻」は「十三巻」の誤り。文淵閣四庫全書本『鶴山文集』と四部叢刊本『重校鶴山先生大全文集』は、ともに巻三八〜巻五〇が記となっている。

九　序・銘・字說・跋等十六卷　「十六巻」は「十五巻」の誤り。文淵閣四庫全書本『鶴山文集』と四部叢刊本『重校鶴山先生大全文集』は、ともに巻五一〜巻五六が序、巻五七が銘、巻五八が字說、巻五九〜巻六五が跋となっている。

一〇　此十卷皆註有「新增」字、蓋書坊刊版所續入　四部叢刊本『重校鶴山先生大全文集』百十巻の目次には、「巻一百一」の下に「此後竝新增」と註される。

一一　了翁尚有古今考一卷、又不入此集　『古今考』は『漢書』の本紀によって古制を考證したもの。未完であったが、方回が魏了翁の子から手稿を入手して、續編を成した。『四庫全書總目提要』巻一一八　子部二八　雜家類二は魏了翁の『古今考』一巻と方回『續古今考』三十七巻を合わせた形で著録する。

一二　嘉靖辛亥、四川兵備副使高翀等始重刻於邛州…　注一三で述べた知邛《きょう》州の呉鳳が嘉靖三十年（一五五一）に刻した本を指す。注一三に引く呉鳳の後序によると、高翀らに命じられた呉鳳が刻したもので、現在は北京の國家圖書館にのみ藏される。提要はこれを始めての重刻とみなしているが、この本のもとになったのは、實は嘉靖二年（一五二三）に無錫《むしゃく》知縣の暢華が安氏館より印行したものである。

一三　呉鳳後序稱一百七卷　邛《きょう》州本は現在、北京の國家圖書館にのみ藏されている。該本の巻末には〈刻鶴山文集成紀後〉があり、次のようにいう。「庚戌（嘉靖二十九年）の冬、邛州に守たり。…適《たま》たま大巡の鄖劍泉公（未詳）・兵巡の高玉華公（翀）は、公の事功の竟きざるに文集の傳わらざるを慨《なげ》き、牘金を捐し、鳳に命じて費を佐《たす》けて之を董成せしむ。…予 敬《つつし》んで之を承け、偕《とも》に事を同じうす。舊本を取りて校訂し、工を募りて諸《これ》を梓に綉す。是の年の十月初に始まり、次年の五月末に就《な》る。計するに集は一百令七卷、板は二千二百七十六葉なり」。なお、提要は邛州本が勝手に巻數の調整を行ったかのようにいうが、これは基づいた舊本すなわち嘉靖二年の錫山の安氏館銅活字本（注一四參照）がそのようになっていたのであり、その責めを邛州本のみに負わせるべきではなかろう。

一四　世間僅存此本　魏了翁の詩文集は、死後に息子たちによって上梓された姑蘇本、これをもとに翻刻した開慶元年（一二五九）刻本、また、このほか溫陽本があった（開慶本の佚名〈後序〉による）。明には、嘉靖二年（一五二三）に無錫知縣の暢華が錫山の安氏館より印行した銅活字本と、さらにこれをもとに知邛州の吳鳳が嘉靖三十年（一五五一）に刻した本がある。四庫全書の底本はこの邛州本である。四庫全書編纂官は、宋刻本や安國の銅活字本の存在を知らなかったのである。

一五　定爲一百九卷　文淵閣四庫全書本は、邛《きょう》州本が三巻としていた〈周禮折衷〉を四巻にし、一巻としていた『師友雅言』を上下巻に分けた。そして〈拾遺〉のみは邛州本でも闕佚していたため、原目の一百十巻より一巻少ない一百九巻としたのである。ただし、注一三で述べたようにこの四庫全書本の編次には問題がある。

【附記】

魏了翁の別集は宋の開慶元年（一二五九）の刻本が北京の國家圖書館に藏されている。ただし、巻一八～一九、三五～三八、四三～四六、五十～五三、七五～七七、一〇八の合計十八巻を闕いている。四部叢刊本はこの開慶本をもとに、闕佚部分を嘉靖年閒の銅活字本によって補ったもの。ただし、巻一〇八は原闕となっている。

この銅活字本は、嘉靖二年（一五二三）に無《む》錫《しゃく》知縣の暢華が宋刻本にもとづいて錫山の安氏館より印行したものであるが、宋刻本の巻一の冒頭一葉に闕損があったため、目次から最初の四首の詩題を削除してしまっている。銅活字本は本邦では大倉集古館と靜嘉堂文庫に藏されている。なお、この錫山の安氏館は嘉靖年閒に銅活字本で『顏魯公文集』や『初學記』などを刻行していることでも知られる。

『全宋詩』（第五六冊　巻二九二四～巻二九三七）は四部叢刊本を底本とし、集外詩も廣く輯めている。年譜には、彭東煥『魏了翁年譜』（四川人民出版社　二〇〇三）があるほか、『宋人年譜叢刊』（四川大學出版社　二〇〇三）第一一冊に、張尚英校點による近人の繆荃孫編〈魏文靖公年譜〉（南陵徐氏『烟畫東堂四譜』本）が収められている。

三七　西山文集五十五卷[一]

福建巡撫採進本[二]

【眞德秀《しんとくしゅう》】一一七八〜一二三五

字《あざな》は景元、あるいは希元とも。號は西山。浦城（福建省）の人。魏了翁と同じく、慶元五年（一一九九）の進士で、開禧元年（一二〇五）、博學宏辭科に及第。魏了翁とともに南宋の儒學の大家とされる。官は參知政事に至る。諡《おくりな》は文忠。四部叢刊本 劉克莊『後村先生大全集』卷一六八〈西山眞文忠公行狀〉、魏了翁『重校鶴山先生大全文集』卷六九〈眞公神道碑〉、『宋史』卷四三七 儒林傳七 參照。

宋眞德秀撰。[三]德秀有四書集編、已著錄。

考[四]宋史本傳、德秀有西山甲乙稾・對越甲乙集・經筵講義・端平廟議・翰林詞草・四六獻忠集・江東救荒錄・淸源雜志・星沙集志諸書。[五]此本爲明萬歷中、福建巡撫金學會所刊。國朝浦城縣知縣王允元、又補葺之。

[六]所載詩賦而外、惟對越甲乙稾・經筵講義・翰林詞草三種自分卷帙。其餘序記等作、但以類次、不別分名目。或卽本傳所謂西山甲乙稾者、未可知也。[七]他如端平廟議諸書、倶不編入。疑其闕佚尚多。[八]然馬端臨通考所載、亦作五十六卷。[九]則此本所少僅一卷。殆宋時刊本、卽未嘗以諸書編入耶。

德秀生朱子之鄕。故力崇朱子之緖論。[一〇]其編文章正宗、持論嚴刻、於古人不貸尺寸。而集中諸作、[一一]吹噓釋・老之焰者、不一而足。有不止韓愈羅池廟碑、爲劉昫所譏、與大顚諸書、爲朱子所摭者。白璧微瑕、固不必持門戶之見、曲爲隱諱。然其他著作、要不失爲儒者之言、亦不必竟以一眚掩也。

【訓讀】

宋 眞德秀の撰。德秀に『四書集編』有りて、已に著錄す。

『宋史』本傳を考うるに、德秀に『西山甲乙稾』『對越《たいえつ》甲乙集』『經筵《けいえん》講義』『端平廟議』『翰林詞草』『四六獻忠集』『江東救荒錄』『清源雜志』『星沙集志』の諸書有り。此の本は明の萬歷中福建巡撫金學曾《きんがくそう》の刊する所爲りて、國朝の浦城《ほじょう》縣知縣王允元《おういんげん》又た之を補葺《ほしゅう》す。

載する所は詩賦より外は、惟だ『對越甲乙稾』『經筵講義』『翰林詞草』の三種は自ら卷帙を分ち、其の餘の序記等の作は、但だ類を以て次し、別に名目を分たず。或いは卽ち本傳の謂う所の『西山甲乙稾』なるかは、未だ知るべからざるなり。他の『端平廟議』の諸書の如きは、倶に編入せず。疑うらくは其の闕佚《けついつ》尚お多し。然れども馬端臨『通《つ》考《こう》』の載する所は、亦た五十六卷に作る。則ち此の本の少《か》く所は僅かに一卷。殆んど宋の時の刊本は卽ち未だ嘗て諸書を以て編入せざるか。

德秀は朱子の鄕に生まる。故に力《つと》めて朱子の緖論を崇ぶ。其の『文章正宗』を編むに、論を持すること嚴刻にして、古人に於いて尺寸も貸さず。而《しか》るに集中の諸作、釋・老の焰を吹噓する者、一にして足らず。韓愈〈羅池廟の碑〉は劉昫《りゅうく》の譏《そし》る所と爲り、〈大顚《だいてん》に與《あた》うる諸書〉は朱子の摭《ひろ》う所と爲るに止まらざる者有り。白璧《はくへき》の微瑕《びか》にして、固《もと》より必ずしも門戶の見を持して、曲げて隱諱《いんき》と爲さず。然れども其の他の著作、要は儒者爲るの言を失わず。亦た必ずしも竟《つい》に一眚《せい》を以て掩《おお》わざるなり。

【現代語譯】

宋 眞德秀の著。德秀には『四書集編』があり、すでに著録しておいた。

『宋史』本傳をみると、德秀には『西山甲乙稾』『對越《たいえつ》甲乙集』『經筵《けいえん》講義』『端平廟議』『翰林詞草』『四六獻忠集』『江東救荒錄』『清源雜志』『星沙集志』の諸書がある。この本は明の萬曆年閒に福建巡撫 金學曾《きんがくそう》が刊刻し、さらに國朝の浦城《ほじょう》縣知縣 王允元《おういんげん》が補修したものである。

收載の中身は、詩賦以外では、『對越《たいえつ》甲乙稾』『經筵《けいえん》講義』『翰林詞草』の三種だけがそれぞれ專門の巻を有しており、その他の序記などの作は、ただ類別に編次し、別に名目を分けていない。あるいはこれが本傳いう所の『西山甲乙稾』なのかどうかは、わからない。他の『端平廟議』などの諸書は、ともに編入されておらず、失われたものはほかにも多くあるのだろう。しかし、馬端臨『文獻通考《ぶんけんつこう》』が掲載しているのも、五十六巻に作っている。つまり、この本はわずか一巻缺けているだけなのだ。おそらく宋の時の刊本は『端平廟議』以下の諸書を編入したことがなかったのだろう。

德秀は朱子の鄕里に生まれた。そのため朱子の考えをたいそう崇拜する。『文章正宗』を編纂するのに、主義主張に嚴格で、古人についても容赦がない。それにもかかわらず集中の諸作で、釋・老の説を持ち上げているのは、一つや二つではない。韓愈の〈羅池廟の碑〉が劉昫《りゅうく》に譏《そし》られたり、〈大顚《だいてん》に與《あた》うる諸書〉が朱子にとりあげられた程度のものではないのだ。美玉の中の微かな瑕《きず》であり、派閥にとらわれた狹い了見で、事實を曲げて覆い隱さなくてもよいのだ。しかしその他の著作は、要するに儒者たるの言を失ってはいない。必ずしも一つの誤りですべてを否定すべきでもない。

【注】

一　五十五卷　實際には第五一卷（疏語下）を闕いており、存五十四卷本である。

二　福建巡撫採進本　採進本とは、四庫全書編纂の際、各省の巡撫、總督、尹《いん》、鹽政などを通じて朝廷に獻上された書籍をいう。福建巡撫より進呈された本は『四庫採進書目』によれば二〇一部。仁松如『四庫全書答問』によれば、そのうち五八部が著錄され、一〇二部が存目（四庫全書内に收めず、目錄にのみとどめておくこと）に置かれたという。

三　德秀有四書集編　『四庫全書總目提要』卷三五　經部三五　四書類一に『四書集編』二十六卷（實際は二十九卷の誤り）が著錄される。朱子は『大學』『中庸』『論語』『孟子』を四書とし、その集注を著したが、眞德秀は朱子の意圖が『或問』『語錄』『文集』などに重複散見して考察しにくいことを案じ、これを整理し、さらに自説を加えてこの書を成した。そのほか、眞德秀の著作として、提要は、經部の禮類存目三に『三禮考』一卷、儒家類二に『大學衍義』四十三卷、『讀書記』六十一卷（實際は四十卷の誤り）、『心經』一卷、『政經』一卷、さらに集部總集類二に『文章正宗』二十卷（實際は二十四卷の誤り）『續集』二十卷（注一〇參照）が著錄される。

四　宋史本傳　『宋史』卷四三七　儒林七　眞德秀傳に、「著す所は『西山甲乙稾』『對越甲乙集』『經筵講義』『端平廟議』『翰林詞草』『四六獻忠集』『江東救荒錄』『清源雜志』『星沙集志』なり」とみえる。ただし、四部叢刊本 劉克莊『後村居士大全集』卷一六八〈西山眞文忠公行狀〉は「著す所の書、外に『西山甲集』若干卷・『對越集』若干卷・『翰林詞草』二卷有り。其の政事は則ち『江東救荒錄』若干卷・『清源雜志』若干卷・『星沙雜志』有り」という。『對越甲乙集』の「對越」とは、皇帝への奏對のこと。奏劄《そうさつ》の類。また、門人の王邁《おうまい》が端平元年（一二三四）に書いた〈眞西山集後序〉（文淵閣四庫全書本『臞軒《くけん》集』卷五）によれば、王邁は莊元戊《そうげんじゅつ》とともに眞德秀の作品を編纂し、二十餘卷を刻した。王邁は「其の語を綴りて甲集の後序と爲す」といっており、少なくとも『西山甲集』二十卷については、眞德秀（歿年は一二三五年）の生前に刻本があったことがわかる。

五　此本爲明萬歷中福建巡撫金學曾所刊　「歷」は「曆」。乾隆帝の諱「弘曆」を避けて「歷」に作る。萬曆二十六年（一五九八）に福建巡撫金學曾《きんがくそう》が林培《りんばい》とともに景賢堂五十五卷本を刻し、崇禎十一年（一六三八）に丁辛《ていしん》が、康熙四年（一六六五）に王《おう》胤元《いんげん》が修補した。景賢堂刊本（臺灣 國家圖書館藏本）の卷首の金學曾〈眞文忠公全集敍〉にいう。「公は著述甚だ富み、世も亦た多く有す。而るに全集は顧だ《た》見ること罕《まれ》なり。余は閩《びん》に撫《ぶ》たるを叨《かたじけの》うするの二年、鹽幕の林君に屬《しょく》して境内を走らしめ、稍《ようや》く前賢の祠墓を葺《しゅう》せしむ。爰《ここ》に公の家を訪い、僅かに存せし一編を、爲《ため》に帑金《どきん》を捐《す》てて之を梓布《しふ》せしむ。…林君、名は培《ばい》、粤《えつ》の人。御史の抗言を以て謫せらる。是の集の繙校（編輯校正）は皆其の力なり。蓋し其の平生は雅《つね》に公に愧じずと云う。萬暦二十六年五月朔日吉旦、欽差提督軍務兼巡撫福建地方都察院右僉都御史　錢塘の金學曾書す」。

六　所載詩賦而外…　文淵閣四庫全書本『西山文集』は、巻一が詩賦、巻二～巻一二が「對越甲稾」、巻一三～巻一七が「對越乙稾」、巻一八が「經筵講義」、巻一九～巻二三が「翰林詞草」であり、以下は、文を類ごとに編次している。提要は巻二四以下を『宋史』がいう『西山甲乙稾』に相當するのではないかとみなす。

七　如端平廟議諸書、倶不編入　『端平廟議』・『四六獻忠集』・『江東救荒錄』・『清源雜志』・『星沙集志』については、集中にその名が見えない。

八　馬端臨通考所載、亦作五十六巻　馬端臨『文獻通考』經籍考巻六八に「西山集五十六巻」と見える。陳振孫『直齋書錄解題』巻一八も同じ。

九　則此本所少僅一巻　各代の藏書目錄には五十六巻に作るものと、五十五巻に作るものがあるが、一巻の違いは附錄を一巻とみなすかどうかの違いと考えられる。

一〇　其編文章正宗、持論嚴刻　『文章正宗』二十四巻（別本は二十巻）は、『左傳』『國語』から唐末までの詩文を、辭命、議論、敍事、詩歌の四類に分けて收錄する。その自序には「夫れ士の學に於けるや、理を窮めて用に致す所以なり。文は學の一事と雖も、要は亦た此れに外ならず。故に今輯する所は、義理を明らかにし世用に切なるを以て主と爲し、其の體は古に本づき、その指は經に近き者にして、然る後に焉《こ》れを取る。否《しか》らずんば、則ち辭工みと雖も亦た錄さず」とみえ、儒者として、理を文に優先する編集方針が貫かれている。詩歌の編類を委囑された劉克莊によれば、仙釋・閨情《けいじょう》・宮怨《きゅうえん》などの作を一切採らない約束であったという（『後山詩話』巻一）。『續集』二十巻は北宋の文であるが、詩歌と辭命の二門を缺いており、おそらく未完。

一一　吹噓釋・老之焰者…　四庫全書の底本となった五十五巻本には、五十一巻本にはない靑詞二巻と疏語二巻が收錄されており（【附記】參照）、そのため、四庫全書編纂官は眞德秀が佛教や道教を鼓吹したかのような印象を抱いたのであろう。四庫全書は靑詞や疏語については削除するのを原則とするが、この集ではこれらをそのまま收載している。

一二　韓愈羅池廟碑、爲劉昫所譏　劉昫《りゅうく》『舊唐書』巻一六〇韓愈傳にいう。「當時の作者は甚だ衆《おお》きも、以て之に過ぐる無し。故に世は焉《こ》れを韓文と稱す。然れども時に才を恃《たの》みて意を肆《ほしい》ままにする有り。亦た孔・孟の旨に盭《もと》る有り。南人の妄りに柳宗元を以て羅池の神と爲すに、韓愈は碑を譔《せん》して以て之を實とす。李賀の父 名は晉にして、進士に應ぜざるに、愈は 賀の爲に〈諱辨《いみなのべん》〉を作りて、進士に擧げしめんとし、又た〈毛穎傳《もうえいでん》〉を爲りて、譏戯《きぎ》して人情に近からざるが如きは、此れ文章の甚だ紕繆《ひびゅう》なる者なり」。

三　與大顚諸書、爲朱子所摭　韓愈は〈佛骨を論ずる表〉を上《たてまつ》って潮州に流罪になるほど儒者を以て自任していたにもかかわらず、かの地で大顚《だいてん》和尚と親しく交わり、書簡を送っていたことについては、古來、議論がある。たとえば、歐陽脩はこの書簡を本物とし、蘇軾は僞物とする。朱熹は『昌黎先生集考異』卷九（『朱文公文集』卷七一〈考韓文公與大顚書〉）において、この書簡三篇についての諸家の説を擧げたうえで、これを本物とみなして『韓昌黎集』の外集においた。さらに『朱子語類』卷一三七においても、潮州のような寂しい土地に流され、ともに詩を吟じたり、酒を酌み交わしたり、賭け事をする相手もいないという無聊の中、僧侶の説に心を動かされたにすぎないとして、韓愈を辯護している。

【附記】

眞德秀の詩文集は、元刻本存二卷が北京の國家圖書館に藏されている。明版は三種あり、すなわち萬曆二十六年（一五九八）に福建巡撫金學曾《きんがくそう》の景賢堂が刻した五十五卷本（のち王胤元が崇禎十一年（一六三八）と康熙四年（一六六五）に修補）、正德十五年～嘉靖元年（一五二〇～一五二二）にかけて黃鞏《こうきょう》と張文麟が刻した五十一卷本、嘉靖三年（一五二四）に書林精舍がそれを翻刻した五十一卷本である。四庫全書が底本としたのは五十五卷本の康熙四年の刻本であり、四部叢刊本は黃鞏・張文麟刻の五十一卷本の影印である。なお、五十一卷本と五十五卷本は、卷四七までともに同じであるが卷四八以降の編次は異なり、五十五卷本（四庫全書本を含む）には、靑詞が二卷分、疏語が二卷分（うち一卷分は原闕、注一參照）多い。なお、四庫全書は、靑詞や疏語については削除するのを原則とするが、この『西山文集』ではこれらをそのまま收載している。

『全宋詩』（第五六册 卷二九二一～卷二九二二）は四部叢刊本を底本とし、集外詩も廣く輯めている。

年譜は、『宋人年譜叢刊』（四川大學出版社　二〇〇三）第一一册に李春梅校點による清の眞采編〈西山眞文忠公年譜〉（乾隆二十九年拱極堂刊『眞西山全集』附）が収められている。

三八　白石詩集[一]一卷　附詩說一卷

[二]編修汪如藻家藏本

【姜夔《きょうき》】一一五五?～一二二一?
字《あざな》は堯章、饒州《じょうしゅう》鄱陽《はよう》（江西省）の人。各地を遊歴中、湖南にて閩清《びんせい》の蕭徳藻《しょうとくそう》と出會い、蕭徳藻は兄の娘をこれに娶《めあ》わせた。生涯仕えず、吳興の武康（浙江省）に居した。近くの道教の聖地である白石洞天にちなんで、白石道人と號した。音律に明るく、詞人としても名があり、また書の研究家としても知られる。『宋史翼』卷二八、夏承燾《かしょうとう》〈姜夔行實考〉（『姜白石詞編年箋校』中華書局　一九六三年第二版）、夏承燾〈姜白石繫年〉（『唐宋詞人年譜』上海古籍出版社　一九七九年修訂本）參照。

宋姜夔撰。[三]夔有絳帖平、已著錄。[四]羅大經鶴林玉露稱夔學詩於[五]蕭𢿘。[六]而卷首有夔自序二篇、其一篇稱、[七]三薰三沐、師黃太史氏、居數年、一語噤不敢吐。始大悟學卽病、不若無所學者之爲得。其一篇稱、作詩求與古人合、不如求與古人異。求與古人異、不如不求與古人合而不能不合。不求與古人異而不能不異。其學蓋以精思獨造爲宗。[八]故序中又述[九]千巖・誠齋・石湖、咸以爲與己合、而已不欲與合。其自命亦不凡矣。今觀其詩、運思精密、而風格高秀、誠有拔於宋人之外者。傲視諸家、有以也。

[一〇]宋史藝文志載夔白石叢稾十卷、[一一]陳振孫書錄解題載白石道人集三卷。[一二]今止一卷、殆非完本。考[一三]武林舊事

載夔詩四首、[一四]咸淳臨安志載夔詩三首、[一五]研北雜志亦載夔詩一首、皆此本所無。知在所佚諸卷之內矣。[一六]夔又有詩說一卷、[一七]僅二十七則、不能自成卷帙、[一八]舊附刻詞集之首。然既有詩集、則附之詞集爲不倫。[一九]今移附此集之末、俾從其類。觀其所論、[二〇]亦可以見夔於斯事所得深也。

【訓讀】

宋 姜夔《きょうき》の撰。夔に『絳帖平《こうじょうひょう》』有りて、已に著錄す。

羅大經『鶴林玉露』稱す、「夔は詩を蕭𣂏《しょうく》に學ぶ」と。而るに卷首に夔の自序一篇有りて、其の一篇に稱す、「三薰三沐して黃太史氏を師とし、居ること數年、一語も噤《つぐ》みて敢て吐かず。始めて大悟す 學ぶは卽ち病にして、學ぶ所無き者の得と爲すに若《し》かざるを」と。其の一篇に稱す、「詩を作るに古人と合うを求むるは、古人と異なるを求むるに如かず。古人と異なるを求むるは、古人と合うを求めずして合わざる能わず、古人と異なるを求めずして異ならざる能わざるに如《し》かず」と。

其の學は蓋し精思獨造を以て宗と爲す。故に序中又た千巖・誠齋・石湖を述べて、咸《み》な以て己と合うも、己は與に合うを欲せずと爲す。其の自ら命ずること亦た凡ならず。今 其の詩を觀るに、運思は精密にして、風格は高秀、誠に宋人の外に拔きんずる者有り。諸家を傲視《ごうし》するは、以有《ゆえ》るなり。

『宋史』藝文志は 夔の『白石叢稿』十卷を載せ、陳振孫『書錄解題』は『白石道人集』三卷を載す。今は止だ一卷にして、殆んど完本に非ず。考うるに『武林舊事』は夔の詩四首を載せ、『咸淳臨安志』は夔の詩三首を載せ、『研北雜志』亦た夔の詩一首を載す。皆な此の本の無き所なり、佚する所の諸卷の內に在るを知る。

夔に又た『詩說』一卷有るも、僅かに二十七則、自ら卷帙を成す能わずして、舊《も》と詞集の首に附刻す。然れども既に詩集有りて、則ち之を詞集に附するは倫ならずと爲す。今 移して此の集の末に附し、其の類に従わしむ。其の論ずる所を観るに、亦た以て夔の斯事《しじ》に於いて得る所深きを見るべきなり。

【現代語譯】

宋 姜夔《きょうき》の著。夔には『絳帖平《こうじょうひょう》』があり、すでに著錄しておいた。

羅大經『鶴林玉露』は、「夔は詩を蕭𣂏《く》（蕭徳藻の誤り）に學んだ」と言っている。なのに巻首にある夔の自序二篇のうち一篇には、「何度も沐浴し香を焚《た》きしめて、黄庭堅を師として拜み、數年の閒、敢えて一句も詩を詠まずにいた。そうしてようやく、學ぼうとすることこそ閒違いで、學ばずして得たものにはかなわないのだと大いに悟った」といっている。もう一篇の方でも「詩を作るのに古人と合うことを求めるよりも、古人と異なることを求めるのがよい。古人と異なることを求めるよりも、古人と合うことを求めなくても合わざるを得ず、古人と異なることを求めなくても異ならざるを得ないというほうがよい」という。

彼の學は、精神を集中させて獨創的な境地を作り出すことを宗としている。だからさらに序の中で、蕭千巖・楊誠齋・范石湖らは、すべて自分と合ってはいるが、自分が彼らに合わせようとしたのではないと述べているのだ。その自負たるや、また平凡ではない。今 その詩を観るに、構成は緻密で、格調は高く、誠に宋人の枠から抜け出たところがある。諸大家を傲然と見下しているのも、もっともなことだ。

『宋史』藝文志は夔の『白石叢稾』十巻を載せており、陳振孫『直齋書錄解題』は『白石道人集』三巻を載せている。今 一巻（二巻の誤り）しかないのは、完本ではなかろう。考うるに『武林舊事』は夔の詩四首（六首の誤り）を載せ、『咸淳臨安志』は夔の詩三首（五首の誤り）を載せ、『研北雜志』もまた夔の詩一首を載せている。いずれもこの本に無いものであり、失われた巻の内に在ったことがわかる。

夔にはさらに『詩説』一巻があるが、僅かに二十七則で、それ自體で巻帙を成すことができず、もとは詞集の最初に附刻されていた。しかし、詩集がある以上、これを詞集に附すのは正しくない。今これをこの集の末に移して、その詩の類に従わせることにする。『詩説』が論じている所を観るに、夔は詩論についても理解が深かったことが分かる。

【注】

一　一巻　「一巻」は「二巻」の誤り。文淵閣四庫全書本は、實際には『白石道人詩集』は上下の二巻であり、その後に『集外詩』と『諸賢酬贈詩』が附されている。『詩説』はここには著録されていない（注一九參照）。書前提要も「白石道人詩集二巻」に作る。

二　編修汪如藻家藏本　汪如藻は字を念孫といい、桐郷（浙江省）の人。乾隆四十年（一七七五）の進士。父祖より裘杼《きゅうちょ》樓の萬巻の藏書を受け継いだ。四庫全書總目協勘官となり、『四庫採進書目』によれば二七一部を進獻した。任松如『四庫全書答問』によれば、そのうち九〇部が四庫全書に著録され、五六部が存目（四庫全書内に収めず、目録にのみとどめておくこと）に置かれたという。

三　夔有絳帖平　傳世の法帖について論じたもの。『四庫全書總目提要』巻八六　史部四二　目錄類二『絳帖平《こうじょうひょう》』六巻が著録される。ただし、『齊東野語』巻一二には「姜堯章は考古極めて精にして『絳帖評』十巻世に行わる」とあり、もとは十巻であったことが知られる。姜夔は書に造詣が深く、巻一一二　子部二二　藝術類一には彼の書論『續書譜』一巻も著録されている。

四　羅大經鶴林玉露稱…　『鶴林玉露』丙編巻二は「姜堯章は詩を蕭千巖に學び、句を琢すること精工なり」という。さらに當時、黄巖老もまた白石と號して同じく蕭千巖に學んでおり、世に「雙白石」といわれたことを傳える。なお、提要は蕭千巖を蕭𣂏《く》（『元史』巻一八九）のこととしているが、蕭德藻（注五）の誤りである。

五　蕭𣂏　「蕭𣂏」は「蕭德藻」の誤り。蕭德藻は、閩清《びんせい》（福建）の人。字を東夫、號を千巖老人といい、紹興二十一年（一一五一）の進士。『千巖摘稿』七巻『外編』三巻があったが、亡佚。楊萬里に〈千巖摘稿序〉（『誠齋集』八一）が殘る。

六　巻首有夔自序二篇、其一篇稱…　文淵閣四庫全書本『白石

詩集』および四部叢刊本『白石道人詩集』巻首には、姜夔の〈自序〉が二篇載録されている。其の一にいう。「近ごろ梁溪に過《よ》ぎり、尤延《ゆうえん》之《し》先生に見《まみ》ゆ。余に問う、〝詩は誰氏自《よ》りするか〟と。余は對《こた》うるに、〝異時に衆作を泛閲《はんえつ》し、已にして其の駮如《はくじょ》たるを病むや、三薫《くん》三沐《よく》して黄太史氏を師とす。居ること數年、一語も噤《つぐ》みて敢て吐かず、始めて 學ぶは卽ち病にして、顧《た》だ學ぶ所無きものの得《う》と爲すに若《し》かざるを大悟し、黄詩と雖も亦た高閣に偃然《えんぜん》たり〟と」。「三薫三沐」は、「三釁《きん》三浴」に同じ。もとは『國語』齊語に見える語で、何度も沐浴して香を焚きしめ、禮を盡くして人に應對すること。「高閣に偃然《えんぜん》たり」とは、韓愈〈盧仝《ろどう》に寄す〉詩の「春秋三傳は高閣に束《つか》ね　獨り遺經を抱きて終始を究む」に基づく語で、評價が高く權威のある書物でも、棚の高いところに放置しておくことをいう。

七　其一篇稱作詩…　「作詩」は「作者」の誤り。文淵閣四庫全書本、四部叢刊本ともに「作者」に作る。注六の姜夔〈自序〉の其の二にいう。「作者の古人と合うを求むるは、古人と異なるを求むるに若かず。古人と異なるを求むるは、古人と合うを求めずして合わざる能わず、古人と異なるを求めずして異ならざる能わざるに若かず」。

八　故序中又述…　注六の姜夔〈自序〉其の一にいう。「余は千巖を瀟湘《しょうしょう》の上《ほと》りに識《し》り、東來して誠齋・石湖を識る。嘗て試みに茲《こ》の事を論ずるも、諸公は咸《み》な其の我と合うと謂うなり。豈に其の合う者を見て其の合わざる者を遺《わ》するか、抑《そも》そも合わざるに乃ち合うと爲す所以なるか、抑そも亦た余を作者の間に俎豆《そとう》せんと欲して、姑《しばら》く其の合うを謂うか。然らずんば、何ぞ其の合う者衆《おお》きや。余 又た自ら唶《たた》えて曰く、〝余の詩は、余の詩なるのみ〟と。（私は蕭千巖に瀟湘の上《ほと》りでお目にかかり、東に行って楊誠齋・范石湖にお目にかかった。かつて試みに詩について論じたのだが、諸公はみな私と同意見だった。詩についての見解の合うところを見て、合わないところに目をつぶったのだろうか。それとも合わないのに合うといったからなのか。あるいは私を持ち上げようとして、適當に合うといったのか。そうでないとしたら、どうしてこんなにも多くの人と意見があったりしようか。私はまた自らをたたえて、〝私の詩は、私の詩だ〟と）」。

九　千巖・誠齋・石湖　蕭德藻（注五）、楊萬里（本書二八「誠齋集一百三十三巻」）、范成大（本書二七「石湖詩集三十四巻」）を指す。

一〇　宋史藝文志載…　『宋史』巻二〇八藝文志七に「姜夔　白石叢稾十巻」と著錄される。

一一　陳振孫書錄解題載…　『直齋書錄解題』巻二〇に「白石道人集三巻、鄱陽《はよう》の姜夔堯章撰」と著錄される。

一二　今止一巻　書前提要は「一巻」を「二巻」に作る。實際に文淵閣四庫全書本『白石詩集』は上下二巻である。注一參照。

一三　武林舊事載夔詩四首　「四首」は「六首」の誤り。周密『武林舊事』巻二には元旦の行事に關する姜夔の詩が二首、巻二には燈市の風俗を詠んだ作として、姜夔の詩六首（そのうち二首はすでに集中にあり）が見える。よって、集中にないのは合計六首である。文淵閣四庫全書本および四部叢刊本の『集外詩』にもこの六首が「武林舊事に見ゆ」と注して載録されている。提要が四首とするのは基づくところ不明。

一四　咸淳臨安志載夔詩三首　「三首」は「五首」の誤り。『咸淳臨安志』巻二九に一首、巻三三に二首（集中にすでに見える）、巻七八に四首の合計七首が見える。このうち巻七八の四首は、文淵閣四庫全書本および四部叢刊本の『集外詩』には載録されているが、巻二九の一首〈王祕書の水樂洞に遊ぶに次韻す〉一首のみは『集外詩』にも入っていない。なお、『全宋詩』（【附記】參照）はこれを拾っている。

一五　研北雜志亦載夔詩一首　陸友『硯北雜志』巻下には〈垂紅を過《よぎ》る〉と〈自ら畫像に題す〉の二首が見える。〈垂紅に過《よぎ》る〉は、文淵閣四庫全書本『白石詩集』巻下および四部叢刊本『白石道人詩集』巻下に見える。〈自題畫像〉は、文淵閣四庫全書本および四部叢刊本の『集外詩』に「研北雜志に見ゆ」と注して載録されている。なお、『硯北雜志』は〈垂紅を過る〉について は、次のような逸話を傳えている。「小紅は順陽公（范成大）の青衣（侍女）なり。色藝有り。順陽公 請老（引退）し、姜堯章は之に詣《いた》る。一日、簡を授けて新聲を徴《もと》め、堯章は〈暗香〉〈疏影〉の兩曲を製す。公 二妓をして之を肄《い》習《しゅう》せしむるに、音節清婉たり。姜堯章 吳興に歸るに、公尋《つ》いで小紅を以て之に贈る。其の夕べ大いに雪ふる。垂虹を過《よぎ》り、詩を賦して曰く、〝自ら新詞を琢（四部叢刊本は作）して韻最も嬌なり、小紅低く唱《うた》い我は簫を吹く、曲終わりて過ぎ盡くす松陵の路、首《こうべ》を回《めぐ》らせば煙波の十四橋〟と」。

一六　夔又有詩説一巻　これより以下の文、書前提要にはない。

一七　僅二十七則　四部叢刊本『白石道人詩集』を見るに、「白石道人歌曲」の目次の前にこれを配しており、全部で二十八則ある。

一八　舊附刻詞集之首　注一七參照。

一九　今移附此集之末　『四庫全書總目提要』は、巻一九八 集部五二詞曲類一「白石道人歌曲四巻・別集一巻」でも、「舊本は巻首に冠するに『詩説』を以てす。…然れども夔に自ら『白石道人詩集』有り、詞集に列するは、殊《こと》に類せずと爲す。今 詩集の末に移附して、此《ここ》には焉《こ》れを複録せず」という。しかし、奇妙なことに、『詩説』は文淵閣四庫全書本では削除されたままで、どこにも載録されていない。

二〇　可以見夔於斯事所得深也　『詩説』に對する評價は高い。たとえば、陳郁の『藏《ぞう》一《いっ》話《わ》腴《ゆ》』内編巻下は、「白石姜夔堯章は、奇聲逸響、卒《つい》に天然多く、自ら一家を成し、近體に隨わず。

『詩説』有りて世に行わる」と見える。方回も〈詩人玉屑考〉で「嚴滄浪・姜白石の評詩は辨なりと雖も、自ら詩を爲るは甚だしくは佳からず」といい、『詩説』を評價する。

【附記】

四部叢刊本は、『白石道人詩集』（詩集二卷・集外詩・附錄諸賢酬贈詩・附錄補遺詩詞）と、『詩説』一卷・『白石道人歌曲』四卷・『歌曲別集』一卷との合刻で、江都陸氏刊本の影印。

『全宋詩』（第五一冊 卷二七二四）は汲古閣影鈔本『南宋六十家小集』に收入されているものを底本とし、集外詩も廣く輯めている。

評點本や注釋書には、夏承燾校輯『白石詩詞集』（人民文學出版社 一九五九）・夏承燾箋校輯著『姜白石詞編年箋校』（中華書局 一九六一修訂本）・杜浩銘『姜白石詩詞集』（江西人民出版社 一九八一）・劉乃昌選注『姜夔詩詞選注』（上海古籍出版社 一九八三）・夏承燾『姜白石詞校注』（廣東人民出版社 一九八五）・孫玄常箋注『姜白石詩集箋注』（山西人民出版社 一九八六）・殷光熹主編『姜夔詩詞賞析集』（巴蜀書社 一九九四）がある。

なお、夏承燾『姜白石詩詞集』には〈白石集版本小記〉が、夏承燾『姜白石詞編年箋校』には、〈白石詞集版本考〉・〈詩文雜著版本考〉・〈行實考〉、夏承燾『姜白石詞校注』および『唐宋詞人年譜』（上海古籍出版社 修訂本一九七九）には〈姜白石繫年〉が收錄されている。また、『宋人年譜叢刊』（四川大學出版社 二〇〇三）第一一冊には、近人の馬維新編〈姜白石年譜〉（山東大學『勵學』第一・二冊 一九三三～三四）が收められている。

三九　平齋文集三十二卷[一]

編修汪如藻家藏本[二]

【洪咨夔《こうしき》】一一七六～一二三六
字《あざな》は舜兪《しゅんゆ》、號は平齋。於潜《よせん》（浙江省）の人。寧宗の嘉泰二年（一二〇二）の進士。理宗朝、權臣史彌遠《しびえん》に逆らって考功員外郎の官を去ったが、史彌遠の死後、理宗親政の際に禮部員外郎として召され、刑部尚書、翰林學士・知制誥に至った。諡《おくりな》は忠文。『宋史』卷四〇六 洪咨夔傳 參照。

宋洪咨夔撰。[三]咨夔有春秋傳、已著錄。

[四]是集經筵進講及制誥之文居多、詩歌雜著僅十之三。[五]咨夔官御史時、忠言讜論、力陳時弊、略見於宋史本傳。而[六]集中不錄其奏疏。或[七]避人焚草之意歟。

考[八]史稱咨夔爲嘉定二年進士。而[九]厲鶚宋詩紀事據咸淳臨安志、謂嘉定無二年牓、因斷爲元年。今考集中[一〇]題陶崇詩卷云、某與宗山同壬戌進士。案嘉定以戊辰改元、其二年爲己巳。若壬戌則實嘉泰二年。史特誤泰爲定。鶚未詳考、而以咨夔爲嘉定元年進士、非也。

又[一一]謝枋得疊山集末、附錄贈行諸詩、有洪平齋七律一首。核其時代、與咨夔殊不相及。[一二]宋詩紀事別出洪平齋一條、不以入咨夔條下。是則考之爲審矣。

【訓讀】

宋　洪咨夔《こうしき》の撰。咨夔に『春秋傳』有りて、已に著錄す。

是の集は經筵《けいえん》進講及び制誥《せいこう》の文多きに居り、詩歌雜著は僅かに十の三なり。咨夔の御史に官たりし時、忠言讜論《とうろん》して、力《つと》めて時弊を陳《の》ぶること、『宋史』本傳に略見す。而るに集中に其の奏疏を錄せず。或いは「人を避けて草を焚《や》く」の意か。

考うるに史は「咨夔は嘉定二年の進士爲り」と稱す。而るに厲鶚《れいがく》の『宋詩紀事』は『咸淳臨安志』に據りて、嘉定に二年の牓《ぼう》無しと謂い、因りて斷じて元年と爲す。今集中を考うるに陶崇の詩巻に題して、「某《それがし》と宗山とは同《とも》に壬戌《じゅう》の進士なり」と云う。案ずるに嘉定は戊辰《ぼしん》を以て改元し、其の二年は己巳爲り。壬戌の若きは則ち實は嘉泰二年なり。史は特《た》だ「泰」を誤りて「定」と爲すのみ。鶚は未だ詳考せずして、咨夔を以て嘉定元年の進士と爲すは、非なり。

又た謝枋得《しゃぼうとく》『疊山集《じょうざんしゅう》』の末に、贈行の諸詩を附錄して、洪平齋の七律一首有り。其の時代を核するに、咨夔とは殊に相い及ばず。『宋詩紀事』は別に「洪平齋」の一條を出だし、以て咨夔の條下に入れず。是れ則ち之を考すること審《つまびらか》と爲す。

【現代語譯】

宋　洪咨夔《こうしき》の著。咨夔には『春秋傳』があり、すでに著錄しておいた。

この集は經筵《けいえん》進講及び制誥《せいこう》の文が大半を占め、詩歌雜著は十分の三しかない。咨夔は監察御史だったとき、忠心から出た正論を吐き、懸命に時の悪政について述べたことは、『宋史』洪咨夔傳にその概略が見える。にもかかわらず、集中にはそれらの奏疏が收錄されていない。或いは「人を避けて草を焚《や》く（人目に觸れぬよう文書を焚く）」の意であろうか。

考えるに、『宋史』は咨夔を嘉定二年（一二〇九）の進士と称しているが、厲鶚《れいがく》の『宋詩紀事』は『咸淳臨安志』に據って、嘉定二年には進士の試験は行われなかったといい、元年の間違いであると斷じている。今 集中をみてみると陶崇《とうすう》の詩巻に題して「私と宗山とは同じ壬戌《じんじゅつ》の進士である」とある。案ずるに 嘉定は戊辰《ぼしん》の歳に改元されており、二年は己巳《きし》の歳である。壬戌だとすれば嘉泰二年（一二〇二）に當る。『宋史』は「泰」を誤って「定」にしてしまっただけだ。鶚が十分な考證もせずに咨夔を嘉定元年の進士としたのは、良くない。

一方、謝枋得《しゃぼうとく》『疊山集《じょうざんしゅう》』の末には贈行の諸詩を附録しているが、そこに洪平齋なる人物の七律一首がある。時代を考えると、咨夔とはずいぶんかけ離れている。『宋詩紀事』は別に「洪平齋」の一條を立て、咨夔の條下に入れなかった。これこそ精密な考證だ。

【注】

一　平齋文集三十二巻　文淵閣四庫全書本は書名を「平齋集」に作る。なお、四庫全書本は四部叢刊續編本（影鈔宋本の影印）と同様、三十二巻本ではあるが、張元濟〈四部叢刊續編本平齋文集跋〉によれば、四庫館臣が底本とした汪如藻家藏本は、もともと殘闕本であったものを、後世の人が三十二巻であるかのように改竄した本である。收録する詩文數も四部叢刊續編本の方が多い。

二　編修汪如藻家藏本　汪如藻は字を念孫といい、桐鄉（浙江省）の人。乾隆四十年（一七七五）の進士。父祖より裘杼樓《きゅうちょ》の萬巻の藏書を受け繼いだ。四庫全書總目協勘官となり、『四庫採進書目』によれば二七一部を進獻した。任松如『四庫全書答問』によれば、そのうち九〇部が四庫全書に著録され、五六部が存目（四庫全書内に收めず、目録にのみとどめておくこと）に置かれたという。

三　咨夔有春秋傳　『四庫全書總目提要』巻二七 經部二七 春秋類二に『春秋說』三十巻（文淵閣四庫全書本は『洪氏春秋說』とする）が著録されている。四部叢刊續編本『平齋文集』巻一〇にみえる自序〈春秋說序〉には、「余 考功（考功員外郎）自《よ》り罷めて歸り、門を杜《とざ》して深省す。聖人の天を以て人を治むの意に感ずる有りて、『春秋說』を作る」とあり、史彌遠《しびえん》に逆らって朝廷を去っていた七年の閒の著作であることが知られる。ただし、『宋史』本傳は、彼の著作として『春秋說』を擧げてはいるが、卷數を載せていない。これはのちに散佚したようで、四庫全書本の三十卷は永樂大典からの輯佚本である。

四　是集經筵進講及制誥之文居多　文淵閣四庫全書本は、三十二卷のうち卷一～六が講義、卷七～卷八が故事、卷九～卷一一が策問、卷一二～卷一五が內制、卷一六～卷二二が外制、卷二三が靑詞・帖子・古今詩、卷二四～卷二八が啓・箚《さつ》子、卷二九が序、卷三〇が記・題跋、卷三一が墓誌銘、卷三二が祭文となっている。ただし、この編目や配列は同じく三十二卷本である注一の四部叢刊續編本とは異なる。四部叢刊續編本では、卷一古賦、卷二～卷八詩、卷九記、卷一〇序・題跋、卷一一箴・銘・贊・雜文・疏、卷一二奏狀、卷一三表・簡箚、卷一四～卷一六內制、卷一七～卷二三外制、卷二四～卷二六啓、卷二七～卷二八易講義、卷二九故事、卷三〇策問、卷三一墓誌銘、卷三二祭文・行狀となっており、四庫全書本に比べて收錄する詩文數も多い。

五　咨夔官御史時　『宋史』卷四〇六洪咨夔傳によれば、理宗親政のために朝廷に召された洪咨夔は、監察御史を拜命し、中書省の專斷の弊を論じる上疏を奉り、また、樞密使薛極《せっきょく》を罷免することを乞う上疏を三たび奉り、その罷免に成功した。さらに『宋史』は、「其の他の罪を淸議に得る者は、相繼いで劾《がい》して去らしめ、朝綱大いに振るう」と傳えている。

六　集中不錄其奏疏　洪咨夔の詩文集の中で最も完備している四部叢刊續編本『平齋文集』では卷一二が奏狀となっている。しかし、自らの進退に關する奏狀しか收錄されておらず、こうした上疏は一切見えない。

七　避人焚草之意　朝廷內の討議事項が洩れぬように人目を避けて草稿を焚《や》くこと。杜甫〈晚出左掖〉詩に「人を避けて諫草《かんそう》を焚き、馬に騎《の》れば鷄棲《けいせい》ならんと欲す（人目を避けて諫疏の草稿を燒き捨て、馬に乘って歸ろうとすれば鷄がねぐらにつこうとする時閒だ）」とあるのに基づく。

八　史稱咨夔爲嘉定二年進士　『宋史』卷四〇六洪咨夔傳には「嘉定二年進士」と見える。

九　厲鶚宋詩紀事據咸淳臨安志…　『宋詩紀事』卷六一洪咨夔小傳は「嘉定元年の進士」に作り、次のような按語を附している。「鶚 按ずるに、『咸淳臨安志』に嘉定元年の鄭自誠の榜《ぼう》有りて、二年の榜無し。『宋史』の誤りにして、今訂正す」。

一〇　集中題陶崇詩卷云…　文淵閣四庫全書本『平齋集』卷三〇および四部叢刊續編本『平齋文集』卷一〇の〈陶同年崇の詩卷の跋〉の冒頭に「某《それがし》と宗山とは同《とも》に壬戌の進士なり」と見える。

一一　謝枋得疊山集末、附錄贈行諸詩　文淵閣四庫全書本『疊山

集』五巻が底本にしたのは、康熙六十年（一七二一）の謝氏蘊《うん》徳《とく》堂による重訂本で、正文が五巻、附録一巻である（本書四六「疊山集五巻」參照）が、その附録には洪平齋の七律〈輓疊山先生〉が收載されている。この詩は、明の景泰五年（一四五四）に黄溥《こうふ》が刻した十六巻本（四部叢刊續編『疊山集』は嘉靖重刊本）にすでに巻二の附録として見えている。おそらく、黄溥が元の劉應李『新編事文類聚翰墨全書』戊集巻五から輯めたものであろう。『全宋詩』は、巻二八九七の洪咨夔の巻に置いて、「洪咨夔は謝枋得より五十年以上前の人であり、洪咨夔の作とするのは疑わしい」と注記している。

三　宋詩紀事別出洪平齋一條　『宋詩紀事』は、この洪咨夔とは別に巻八一に「洪平齋」の項目を立てて、〈挽疊山〉を採録している。ただし、洪平齋なる人物については未詳。

【附記】

日本の内閣文庫には、昌平坂學問所の舊藏書である宋版の『平齋文集』三十二巻が藏されている。一九三〇年に上海中華學藝社が、瞿氏鐵琴銅劍樓藏の影宋鈔本をもとに、八巻分の闕佚（巻一一～一四、巻一九～二二）をこの内閣文庫の宋刊本で補い、同社輯印古書之三として影印した。後にこれがそのまま四部叢刊續編に入れられた。文淵閣四庫全書本は、四部叢刊續編本と同じく三十二巻ではあるが、兩者の詩文の排列は大きく異なる。特に、四庫全書本は收録する詩篇が極端に少ないことなど、問題が多い。

『全宋詩』（第五五冊　巻二八九〇～巻二八九七）は、四部叢刊續編本を底本としつつ、集外詩も廣く輯めている。

四〇　翠微南征録十一巻　[一]編修汪如藻家藏本

【華岳《かがく》】?〜一二二一

字《あざな》は子西、號は翠微《すいび》、貴池《きち》（安徽省）の人。寧宗の開禧元年（一二〇五）、武學生の身で權臣韓侂冑《かんたくちゅう》を誅するよう上書し、建寧（福建）の監獄に入れられた。韓侂冑が誅されると赦され、復學して武科擧に及第し、殿前司の官屬となった。しかし再び丞相史彌遠《しびえん》の失脚を劃策し、獄に下って杖死に處せられた。『宋史』卷四五五　忠義傳一〇　參照。

宋華岳撰。岳字子西、貴池人。爲武學生。[二]開禧元年、上書請誅韓侂冑・蘇師旦、下大理寺鞫治、[三]編管建寧。[四]侂冑誅、放還、[五]登嘉定武科第一、爲殿前司官。[六]又謀去丞相史彌遠。事覺、下臨安獄、杖死。其集名南征者、皆其竄建寧時所作。翠微則其別號也。

[七]此本卷首有新城王士禎題語曰、宋華岳集十一卷、名翠微南征錄。第一卷開禧元年上皇帝書、請誅韓侂冑・蘇師旦、語最抗直。餘詩十卷、率麤豪使氣。上侂冑詩云、[八]十廟英靈儼如在、漫於宗社作穿窬。及誅侂冑、函首請和、又有詩云、[九]反漢須知爲晁錯、成秦恐不在於期。皆不肯附和浮議。蓋[一〇]陳東一流人。如岳詩、不以工拙論可也。其持議頗允。

[一一]士禎又引吳興掌故云、翠微集、華廉字仲清著。不知何據。案岳名著史册、[一二]此集亦著錄藝文志、昭灼無

疑。[三]華廉所著翠微集、當別自一人一書、與岳集不得相混。士禎乃錄以存疑、則失於裁斷矣。

【訓讀】

宋 華岳《かがく》の撰。岳 字《あざな》は子西、貴池《きち》の人。武學生爲り。開禧元年、上書して韓侂冑《かんたくちゅう》・蘇師旦《そしたん》を誅《ちゅう》せんことを請い、大理寺に下して鞫治《きくち》し、建寧に編管せらる。侂冑 誅せらるるや、放還され、嘉定の武科第一に登り、殿前司の官と爲る。又た丞相史彌遠《しびえん》を去らしめんことを謀る。事覺《あらわ》れ、臨安の獄に下されて、杖死《じょうし》す。其の集 南征と名づくる者は、皆 其の建寧に竄《ざん》せられし時に作る所にして、翠微《すいび》は則ち其の別號なり。

此の本の巻首に新城の王士禎の題語有りて曰く、「宋の華岳の集十一巻、『翠微南征録』と名づく。第一巻の〈開禧元年 皇帝に上《たてまつ》る書〉は、韓侂冑・蘇師旦《そしたん》を誅せんことを請い、語は最も抗直たり。餘は詩十巻、率《おおむ》ね麤豪使氣《そごうしき》なり。〈侂冑に上る詩〉に云う、〝十廟の英靈は儼如《げんじょ》として在《おわ》すに、漫《みだ》りに宗社に於いて穿窬《せんゆ》を作《な》す〟と。侂冑の誅せられて、首を函《かん》して和を請うに及び、又た詩有りて云う、〝漢に反するは須《すべか》らく晁錯《ちょうそ》の爲《ため》なるを知るべし、秦を成さしむるは恐らく於期《おき》に在らず〟と。皆 肯て浮議に附和せず。蓋し陳東一流の人なり。岳の詩の如きは、工拙を以て論ぜずして可なり」と。其の議を持すること頗る允《いん》なり。

士禎又た『呉興掌故』を引きて、「『翠微集』、華廉 字は仲清の著」と云うは、何に據るかを知らず。案ずるに、岳の名は史冊に著れ、此の集も亦た『藝文志』に著錄せられ、昭灼《しょうしゃく》として疑い無し。華廉の著す所の『翠微集』は、當に別に自ら一人の一書なるべし、岳の集と相い混《まじ》うるを得ず。士禎 乃ち錄して以て疑を存するは、則ち裁斷に失せり。

【現代語譯】

宋 華岳の著。岳は字《あざな》を子西といい、貴池《きち》（安徽省）の人である。武學生であった。開禧元年（一二〇五）に上書して韓侂冑《かんたくちゅう》・蘇師旦《そしたん》を誅することを請い、大理寺に下されて取り調べを受け、建寧に配流となった。侂冑が誅せられると、赦されて戻り、嘉定の武科第一（第二の誤り）に合格し、殿前司の官についた。さらに再び丞相史彌遠《しびえん》の失脚を劃策するが、事が發覺して、臨安の牢獄に入れられ、杖刑《じょうけい》によって殺された。その集を南征というのは、すべて建寧に流罪となった時に作ったものだからであり、翠微とは彼の別號である。

この本の巻首には新城の王士禎の題語があっていう。「宋の華岳集十一巻は、名を『翠微南征録』という。第一巻の〈開禧元年　皇帝に上《たてまつ》る書〉は、韓侂冑・蘇師旦《そしたん》を誅するように請うたもので、その語はとりわけ激烈かつ剛直である。そのほかの詩十巻は、率《おおむ》ね大雜把だが氣概に富む。〈侂冑に上る詩〉には、〝十廟の英靈は儼如《げんじょ》として在《いま》すに、漫りに宗社に於いて穿窬《せんゆ》を作《な》す（歴代皇帝十廟の御靈は生きておわすかのようであるのに、勝手に國家の基盤を掘り崩そうとしている）〟と。侂冑が誅せられ、その首を函《はこ》に入れて金に和を請うことになると、また詩を作っていった。〝漢に反するは須《すべか》らく晁錯《ちょうそ》の爲《ため》なるを知るべし、秦を成さしむるは恐らく於期《おき》に在らず（漢に反亂が起こったのは晁錯《ちょうそ》の爲であることは思い知るべきだが、秦の統一が成ったのは樊於期《はんおき》とは何のかかわりもないのだろう。今更韓侂冑の首を差し出したからといってどうにかなるものではない）〟と。この二つの例はともに決して世間の意見に附和しなかったということであり、思うに陳東のような人物である。岳の詩などは、工拙を基準に論じるべきものではないのだ」と。その議論はもっともである。

士禎はさらに『呉興掌故』を引いて、「『翠微集』とは、華廉 字は仲清の著である」というが、何によるのかわからない。案ずるに、岳の名は史書に記録があり、この詩文集も『藝文志』に著録されており、はっきりしていて疑いようもない。華廉が著した『翠微集』とは、きっと別の人の集であって華岳の集と混同してはならない。士禎がこのことを記録して疑問を呈したことは、彼の判斷の誤りである。

【注】

一　編修汪如藻家藏本　汪如藻は字を念孫といい、桐鄉（浙江省）の人。乾隆四十年（一七七五）の進士。父祖より裘杼《きゅうちょ》樓の萬巻の藏書を受け繼いだ。四庫全書總目協勘官となり、『四庫採進書目』によれば二七一部を進獻した。任松如『四庫全書答問』によれば、そのうち九〇部が四庫全書に著錄され、五六部が存目（四庫全書内に收めず、目錄にのみとどめておくこと）に置かれたという。

二　開禧元年上書…　文淵閣四庫全書本および四部叢刊三編本の『翠微南征錄』巻一〈開禧元年四月二十七日　皇帝に上る《たてまつ》書〉を指す。その冒頭には「四月吉日、國學の發解進士臣華岳謹んで薰沐百拜して書を裁し、皇帝陛下に獻ず」とある。「國學の發解進士」とは、科擧の初級試験に合格し、進士の受驗資格を得た國學（國立大學）の學生を指す。この上書は、金との兵端を開こうとする丞相韓侂胄《かんたくちゅう》とそれに附和する蘇師旦《そしたん》・周鈞《しゅういん》を斬り、天下に謝するように乞うたもの。上書の後に華岳に下された處罰について、『宋史』巻四五五　忠義傳一〇　華岳傳は次のようにいう。「華岳、字は子西、武學生爲り。財を輕んじ俠を好む。韓侂胄　當國するに、岳は書を上りて曰く、〃…中略…〃と。書奏さるるや、侂胄大いに怒り、大理に下して、建寧の圜土《えんど》中に貶《おと》す。郡守の傅伯成《ふはくせい》　之を憐れみ、獄卒に命じて出入するに繫《けい》毋《な》からしむ。伯成去り、又た守の李大異に迕《さから》いて、復た獄に置かる」。

三　編管　官員の名簿から除かれ、地方に流されて監視を受けること。

四　侂胄誅…　金との和議をすすめるため、金との兵端を開いたとして韓侂胄《かんたくちゅう》が誅されたのは、開禧三年（一二〇七）のことである。『宋史』巻四五五　忠義傳一〇　華岳傳には、「侂胄誅せらるるや、放還され、復た學に入りて登第し、殿前司の官屬と爲る」とみえる。

五　登嘉定武科第一　「武科第一」は「武科第二」の誤り。『宋史』巻四五五　忠義傳一〇　華岳傳は「復た學に入りて登第し、殿前司の官屬と爲る」というのみで、何に登第したのかをいわない。元の韋居安『梅磵《ばいかん》詩話』巻下（歷代詩話續編本）には「丁卯　韓を誅するの後、學に復籍す。嘉定の初め、右科第二人に中《あた》り、殿前司の官屬を授けらる」とある。右科とは武科擧のこと。成績は第二位であったことがわかる。

六　又謀去丞相史彌遠…　『宋史』巻四五五　忠義傳一〇　華岳傳は「復《ふたた》び學に入りて登第し、殿前司の官屬と爲るも、鬱《うつ》として志を得ず。丞相の史彌遠《しびえん》を去らしめんことを謀る。事覺《あらわ》れ、臨安の獄に下《くだ》る。獄具《そな》わり、〝大臣を議するは死に當たるに坐す（大臣を誹謗した罪によって死刑）〟と。寧宗は岳の名を知りて、之を生かさんと欲するも、彌遠曰く、〝是れ臣を殺さんと欲する者なり〟と。竟《つい》に東市に杖死《じょうし》す」という。殿前司は宋の禁軍である三衙《が》の一つ。武科擧の進士は、文科の進士よりも低くみなされ、政治の中樞に關與するような官職は與えられなかったという事情がある。

七　此本巻首有新城王士禛題語曰…　文淵閣本四庫全書『翠微南征録』巻首には王士禛の題語がある。「宋の華岳の集十一巻。『翠微南征録』と名づく。第一巻は〈開禧元年　皇帝に上る書〉にして、韓侂冑《かんたくちゅう》・蘇師旦《そしたん》を誅せんことを請い、語は最も抗直。餘は詩十巻にして、率《おおむ》ね粗豪使氣《そごうしき》なり。侂冑に上る詩に云う、〝十廟の英靈は儼如《げんじょ》として在《いま》すに、漫りに宗社に於いて穿窬《せんゆ》を作《な》す〟と。侂冑誅せられて、首を函《かん》して和を請うに及び、又た詩有りて云う〝漢に反するは須《すべか》らく晁錯《ちょうそ》の爲《ため》なるを知るべし、秦を成すは恐らく於期《おき》に在らず〟と。皆 肯て浮議に附和せず。蓋し陳東一流の人なり。岳の詩の如きは、工拙を論ぜずして可なり」。ただし、この題語は、『居易録』巻一に収録されていて、そこでは「岳の詩の如きは」の上に、「然れども曹瞞《そうまん》は禰衡《でいこう》を殺さざるも、黄祖は之を殺す。侂冑は岳を殺さざるも、史彌遠《しびえん》は之を殺す。彌遠は又た侂冑の下に出づ」の文が見えている。

八　十廟英靈…　『翠微南征録』巻四〈韓平原に上る〉の尾聯。「十廟の英靈」は宋王朝の歴代皇帝の御靈を指す。句意は、「十廟の御靈はまるで生きておられるかのようであるのに、あなたは今みだりに國家をくつがえそうとしている」。「穿窬」は、壁に穴をあけ、塀をのりこえることで、盗賊の意。

九　反漢須知…　『翠微南征録』巻四〈和戎〉の頸聯。晁錯《ちょうそ》とは漢の景帝の時の御史大夫。諸侯の勢力を弱めるために、彼らの所領を削ろうとした。呉楚七國の亂は、晁錯を除かんことを口實に旗揚げされた。樊於期《はんおき》は、戰國時代、燕の太子丹のもとに亡命していた秦の將軍。秦の始皇帝暗殺に赴く荊軻《けいか》が秦を油斷させるためにその首を乞うたところ、始皇帝の必殺を期して自剄《じけい》した。詩の意味は、韓侂冑の首を差し出したからといって、大勢に變化はないということ。

一〇　陳東…　北宋末の混亂期、欽宗の靖康元年（一一二六）、金と對峙する局面に在って、陳東をはじめとする太學生が、主戰論を唱える李綱（本書三「梁溪集一百八十巻　附録六巻」參照）の再登用と蔡京《さいけい》・童貫《どうかん》らの罷免を求めて上書した事件をさす。宣德門は詔を待つ群衆で大混亂に陥り、宮中から出てきた内侍（宦官）の朱拱之《しゅきょうし》は切り刻まれ、磔《はりつけ》にされた。陳東は字を少陽といい、鎭江丹陽の人。一連の事件の責任をとる形で市場で斬刑に處せられた。華岳と同じく、『宋史』巻四五五　忠義傳一〇に傳がある。

一一　士禎又引呉興掌故…　注六の王士禎の題語の續きには、「又た『呉興掌故』に致りては、『翠微集』は、華廉字は仲清の著と云う」とある。明 徐獻忠『呉興掌故集』（四庫全書存目叢書本）巻四に、「『翠微集』は華廉 字は仲清の著、質義の子」とみえる。

一二　此集亦著錄藝文志　『宋史』藝文志には、『翠微南征錄』は著錄されておらず、これは提要の勘違いである。

一三　華廉所著翠微集…　華廉は、元の詩人。『萬姓統譜』巻一〇五に、「華廉、字は仲清、長興の人、自ら翠微子と號す。勤學博覽にして、詩を作りては唐人の風有り。猶お眞草に長じ、賢良に擧げらるるも就かず。家に老ゆ」と見える。ただし、その『翠微集』は現存せず、四庫全書本『御選宋金元明四朝詩』巻五四、および『元詩選』癸集己下に、〈陪湖州田府倅釆茶行春〉と〈山中初夏卽事〉（ともに七律）の二首が採錄されている。

【附記】

『翠微南征錄』は鈔本で傳わり、刻本は康熙三十年（一六九一）に郎遂が刻した本が現存するのみである。ただし、誤謬が多いとされる。四部叢刊三編本『翠微南征錄』も鈔本で、文淵閣四庫全書本と源は同じである。四部叢刊三編本には張元濟による各本との校勘記が附されている。なお、一九八〇年に上海古籍書店からこれらの原鈔本と思われる抄本の影印が出ている。

『全宋詩』（第五五冊　巻二八七八～二八八七）は、四庫全書本を底本とし、集外詩も廣く輯めている。

また、華岳には『翠微南征錄』のほか、四庫全書が著錄していない本として『翠微北征錄』もあり、清の黃丕烈舊藏の元鈔本十二巻本が現在北京の國家圖書館（史部に著錄）に藏される。『北征錄』は、光緒年閒に劉世珩が刻行した『貴池先哲遺書』中に刊入されている。

四一　四六標準四十巻　[一]内府藏本

【李劉《りりゅう》】十二世紀末〜十三世紀中葉
字《あざな》は公甫、號は梅亭、崇仁（江西省）の人。寧宗の嘉定元年（一二〇八）の進士（『四庫提要』『宋詩紀事』は七年の進士に作る）。初め寧郷の主簿となり、幕僚を轉々としたが、のちに中書舍人に召され、崇政殿説書、起居舍人、寶章閣待制となった。四六文の名手として知られる。元 虞集《ぐしゅう》『道園學古録』卷三三〈李梅亭續類稿序〉、明弘治年間『撫《ぶ》州府志』卷二二、『宋史翼』卷二九 參照。

宋李劉撰。[二]明孫雲翼箋釋。劉字公甫、崇仁人。[三]嘉定七年進士、[四]歷官寶章閣待制。[五]雲翼有橋山四六箋註、已著錄。
[六]劉平生無他事可述、惟以儷語爲專門。[七]所著類稿・續類稿・梅亭四六、今皆未見。[八]此本乃其門人羅逢吉所編。以劉初年館何異家、及在湖南・蜀中所作、彙爲一集。題曰標準、蓋門弟子尊師之詞也。[九]凡分七十一目、共一千九十六首。
自六代以來、箋啓卽多駢偶。然其時文體皆然。非以是別爲一格也。至宋而歲時通候、仕宦遷除、吉凶慶弔、無一事不用啓、無一人不用啓。其啓必以四六。遂於四六之內、別有專門。南渡之始、古法猶存。[一〇]孫覿・汪藻諸人、名篇不乏。迨劉晚出、惟以流麗穩貼爲宗、無復前人之典重。沿波不返、遂變爲類書之

外編・公牘之副本、而冗濫極矣。
然劉之所作、頗爲隷事親切、措詞明暢。在彼法之中、猶爲寸有所長。故舊本流傳、至今猶在。錄而存之、見文章之中有此一體爲別派、別派之中有此一人爲名家。亦足以觀風會之升降也。
[二]至雲翼之註、蕪雜特甚。然亦有足備考證者。舊本所載、亦姑附存焉。

【訓讀】

宋 李劉《りりゅう》の撰。明 孫雲翼《そんうんよく》の箋釋。劉 字《あざな》は公甫、崇仁の人。嘉定七年の進士。歴官して寶章閣待制たり。雲翼に『橘山《きつざん》四六箋註』有りて、已に著錄す。

劉の平生は他事の述《の》ぶべき無く、惟だ儷語《れいご》を以て専門と爲す。著す所の『類藁』『續類藁』『梅亭四六』は、今 皆未だ見ず。此の本は乃ち其の門人羅逢吉《らほうきつ》の編する所にして、劉の初年 何異《かい》の家に館せしとき、及び湖南・蜀中に在りしとき作る所を以て、彙《あつ》めて一集と爲す。題して『標準』と曰うは、蓋し門弟子の師を尊ぶの詞なり。凡そ七十一目に分かち、共に一千九十六首なり。

六代自《よ》り以來、箋啓は卽ち多くは駢偶《べんぐう》なり。然れども其の時の文體は皆な然り。是れを以て別に一格と爲すに非ざるなり。宋に至りて、歳時の通候、仕宦の遷除、吉凶の慶弔、一事として啓を用いざるは無く、一人として啓を用いざるは無し。其の啓は必ず四六を以てし、遂に四六の内に、別に専門有り。南渡の始め、古法 猶お存し、孫覿《そんてき》・汪《おう》藻《そう》の諸人、名篇 乏《とぼ》しからず。劉は晩に出で、惟だ流麗穩貼《おんちょう》を以て宗と爲すに迨《およ》びては、復た前人の典重無し。沿波《えんぱ》返らず、遂に變じて類書の外編、公牘《こうとく》の副本と爲り、冗濫《じょうらん》極まれり。

然れども劉の作る所は、頗《すこぶ》る事に隷して親切、詞を措《お》くこと明暢《めいちょう》爲り。彼の法の中に在りては、猶お寸の長ずる所有りと爲す。故に舊本流傳し、今に至るまで猶お在り。錄して之を存し、文章の中に此の一體有りて別派と爲り、別派の中に此の一人有りて名家と爲るを見《しめ》す。亦た以て風會の升降を觀るに足るなり。

雲翼の註に至りては、蕪雜《ぶざつ》特に甚だし。然れども亦た考證に備うるに足る者有り。舊本の載する所にして、亦た姑《しばら》く附して焉《こ》れを存す。

【現代語譯】

宋　李劉《りりゅう》の著。明　孫雲翼《そんうんよく》の箋釋。劉は字《あざな》を公甫といい、崇仁（江西省）の人である。嘉定七年の進士で、官は寶章閣待制に至った。雲翼には『橘山《きつざん》四六箋註』があり、すでに著錄しておいた。劉の生涯の業績は、儷語を專ら得意としたという以外、記すべきものはない。彼が著した『類藁』『續類藁』『梅亭四六』は、今すべて見えない。

この本は彼の門人羅逢吉《らほうきつ》が編纂したもので、劉が始めの頃、何異《かい》の家に寄寓していた時、および湖南・四川にいた時の作を、彙《あつ》めて一つの集としたものである。『標準』と題するのは、門弟が師を尊んでつけた言葉であろう。全體は七十一目に分けられており、合わせて一千九十六篇である。

六朝から以後、上官に宛てた書簡や一般の手紙は、多くは駢儷體《べんれいたい》であった。しかし、その當時の文體は全部がそうであり、書簡だけを特に一つの文體とみなしていたわけではなかった。宋になって、時候の挨拶、就職や轉任、慶弔の手紙など、どれ一つとして啓を用いないものはなく、誰一人として啓を用いないものはなくなり、しかもその啓には必ず四六駢儷文を用いるようになった。こうして四六文の中にも、それを專門とする者が出てきた。南宋の始めには、古法がなお存しており、孫覿《そんてき》・汪藻《おうそう》の諸人には、四六文の名篇が少なくない。劉が遲れて登場し、ただ流麗で穩和なことだけを尊ぶようになってからは、前人の典雅さと重厚さがなくなってしまった。その流れはもとには戻らず、ついには文の用例集では外編あつかいとなり、官廳の公文書の作例集になりさがってしまって、冗漫もここに極まった。

しかし劉の作るものは、具體的な事柄に沿っていて、言葉遣いも判りやすくのびのびしており、四六文というわくの中では、やはり一日の長がある。そのため昔の本が流行して、今に至るまで殘っているのだ。これを著錄して、文章の中に別派としてこういう文體が存在し、別派の中に名家としてこの人が存在することを示しておく。ここにも文風のはやりすたりを看て取ることができる。

雲翼の註に至っては、蕪雜《ぶざつ》なること甚だしい。しかし、考證に備うるに足るものもある。舊本についていることでもあり、これもとりあえずこのまま殘しておく。

【注】

一　内府藏本　宮中に藏される書籍の總稱。清代では皇史宬《こうしせい》・懋勤《ぼうきん》殿・摛藻《ちそう》堂・昭仁殿・武英殿・内閣大庫・含經堂などに所藏される。

二　孫雲翼　文淵閣四庫全書本『江南通志』巻一六六によれば、孫雲翼は、「字は禹儉、丹陽の人。萬曆辛卯（十九年　一五九一）鄕擧にて彝陵《いりょう》州に知たり。文は齊梁體に工《たく》みにして、清暢有り。齋駢語・鰲陽《ごうよう》漫稾・橘山梅亭四六の註　世に行わる」とみえる。彼は李劉の『梅亭四六』のほか、李廷忠の『橘山四六』二十巻にも註を施しており、その自序（文淵閣四庫全書本『橘山四六』巻首）の末尾に「萬曆丁未（三十五年　一六〇七）夏五月望日、曲阿の孫雲翼序す」と署している。

三　嘉定七年進士　提要は『宋詩紀事』巻六一の李劉小傳にもとづいて「嘉定七年（一二一四）進士」とする。『宋詩紀事』が何に基づいたのかは不明。明弘治年間の『撫州府志』巻一八によれば、嘉定元年（一二〇八）の進士であり、陸心源『宋詩紀事補遺』および『宋史翼』もこれに從う。

四　歷官寶章閣待制　注七の虞集の〈李梅亭續類稿の序〉に「故宋の中書舍人・直學士院・寶章閣待制」という官名がみえる。

五　雲翼有橘山四六箋註、已著錄　『四庫全書總目提要』巻一六一集部一四別集類一四に李廷忠撰・孫雲翼箋釋『橘山四六』二十巻が著錄されている。

六　劉平生無他事可述、惟以儷語爲專門　四庫全書が底本とした萬曆四十四年刻本（【附記】參照）『箋釋梅亭先生四六標準』の巻頭の羅逢吉〈梅亭四六標準跋〉に「梅亭先生の言語は天下に妙にして、四六は尤も人口に膾炙《かいしゃ》す」とみえる。

七　所著類稾・續類稾・梅亭四六、今皆未見　元の虞集《ぐしゅう》の〈李梅亭續類稿の序〉（『道園學古録』巻三三）は李劉の『續類稿』のための序文であるが、その中で、彼は李劉の著作について次のように言っている。「『梅亭續類稿』三十巻なる者は、故宋の中書舍人・直學士院・寶章閣待制の臨川の李公、諱《いみな》は劉、字は公甫の文なり。梅亭は公の自號にして、穆陵《ぼくりょう》（理宗）書して以て之に賜う者なり。先に『梅亭類藁』三十巻有り。其の家既に鋟梓《しんし》して之を傳う。國朝に内附するに及び、公の孫の畯《しゅん》遺書を掇拾《てっしゅう》し、之を彙次《いじ》して、又た三十巻を得て、『續藁』と曰う。既に帙《ちつ》を成して沒す。後三十年、畯の子積力は其の前人に及ばざるも、時に猶お次第を節約して、勉力して其の志を成さんと欲す。而して予に其の事を敍せんことを求むと云う。…按ずるに、龍圖趙《ちょう》公汝騰《じょとう》は公の墓志を作る。公は初めに『語纂』『閉戶錄』『理語』の書の成る有るも、皆火に燬《や》かる」。これによれば、元にはすでに『語纂』『閉戶錄』『理語』は亡佚していたが、『梅亭類稿』三十巻、『梅亭續稿』三十巻については、存在していたことが明らかである。しかし、明の萬暦の『内閣藏書目錄』巻三に「『梅亭類稿』十二冊、不全。宋李劉の著、凡そ九十巻。目錄上并びに二十五巻より四十四巻を闕く」とあるのを最後に、書目からは記載が消える。四庫全書編纂の折にはすでにこれも亡佚していたらしい。ただ、提要は『梅亭四六』も見えずというが、提要がいう四六とは、孫雲翼の箋釋がない無注本『梅亭四六標準』のことである。なお、無注本はのちに宋版が現存することがわかり、そのうちの一つ、日本の内閣文庫藏本が、中華學藝社より景印され、現在、四部叢刊續編に收入されている。

八　此本乃其門人羅逢吉所編…　四庫全書が底本とした萬暦四十四年刻本『箋釋梅亭先生四六標準』（北京大學圖書館藏本）の巻首には、本來、無注本のために書かれた宋の羅逢吉による〈梅亭四六標準跋〉が收載されており、刊行の經緯を次のように述べている。「比《さき》ごろ眉山の刊する所の『類稿』已に盛んに世に行なわる。客に逢吉藏する所の『四六』を求めて、之を梓に鋟《しん》せんと欲する有り。適《たま》たま先生儀曹を以て召され、敢えて請わず。客求むること益《ます》ます堅く、姑《しばら》く授くるに先生初年の月湖に館せしとき、及び湖南・蜀川にて作る所を以てし、名づけて『四六標準』と曰う。此れに繼いで當に陸續と以て傳うべし」とある。月湖とは、何異の號。字を同叔といい、崇仁の人。紹興二十四年の進士。『宋史』巻四〇一に傳がある。

九　凡分七十一目…　文淵閣四庫全書本『四六標準』の目次では、六十六目しかないが實際は七十一目ある。なお、四庫全書本では巻一に置かれている「論事」の項目が、宋刻の無注本（四部叢刊續編本）にはない（【附記】參照）。

一〇　孫覿・汪藻諸人、名篇不乏　孫覿《そんてき》・汪藻《おうそう》は、ともに南宋の四六文の名手として知られる。『四庫全書總目提要』巻一五六

集部九　別集類九は汪藻の『浮溪集』三十六巻　を著録して「作る所を統觀するに、大抵　儷語《れいご》を以て最も工みと爲す」といい、また、同書巻一五七　集部一〇　別集類一〇は孫覿《てき》の『鴻慶居士集』四十二巻を著録して、「覿　爲る所の詩文は頗る工みにして、尤も四六に長じ、汪藻・洪邁《こうまい》・周必大に聲價　相埒《ひと》し」という。

なお、汪藻については本書四「浮溪集三十六巻」參照。

二　至雲翼之註、蕪雜特甚…　注五の『橘山四六』の提要にも、「雲翼の箋註に至りては尤も蕪雜《ぶざつ》多く、未だ以て考核に資するに足らざるも、其の裒綴《ほうてい》頗る勤なるを以て、故に姑《しばら》く舊本に仍《よ》りて之を錄し、復た刊削せず」とみえる。

【附記】

文淵閣四庫全書本が底本とした孫雲翼による箋釋本は、萬暦四十四年（一六一六）に金陵の唐鯉飛が刻した『箋釋梅亭四六標準』である。無注本の『梅亭四六標準』は、宋刻本と萬暦二十五年（一五九七）に新安の黄氏と呉氏が刻した本が傳わっている。宋刻本は、日本では内閣文庫に藏されており、かつて中華學藝社が影印、現在、四部叢刊續編に收入されている。ただし、宋刻の無注本には、『箋釋梅亭四六標準』巻一に見える「論事」の二十篇がない。これについては、張元濟が四部叢刊續編の跋で指摘している。

李劉の詩集は傳わっていない。そのため、『全宋詩』（第五六冊　巻二九四八）は、詩を各書より輯佚している。

四二　滄浪《そうろう》集[一]二卷　[二]兩淮鹽政採進本

【嚴羽《げんう》】一一九二?～一二四五?
字《あざな》は儀卿《ぎけい》あるいは丹丘、號は滄浪逋客《そうろうほかく》。邵武《しょうぶ》（福建省）の人。終生仕えなかった。その、唐詩、とりわけ盛唐を最高とする詩評は、『滄浪詩話』という名で傳わり、後世に大きな影響を與えた。ただ、詩を禪にたとえたことをめぐっては、後世、毀譽褒貶《きよほうへん》が相い半ばしている。詩については、彼の死後散逸していたのを、咸淳年間に同鄉の李南叔が集めて『滄浪吟卷』とした。元刻本『滄浪吟卷』卷首 黃公紹〈滄浪吟卷序〉、明嘉靖『邵武府志』卷一四 參照。

宋嚴羽撰。[三]羽字儀卿、[四]一字丹邱、邵武人。自號滄浪逋客。與嚴仁・嚴參齊名、世號三嚴。[五]今仁與參詩集無傳、惟羽集在。

[六]其滄浪詩話有曰、論詩如論禪。漢魏晉與盛唐之詩、則第一義也。[七]大歷以還之詩、則小乘禪也。晚唐之詩、則聲聞辟支果也。盛唐諸人、惟在興趣、羚羊挂角、無迹可求。故其妙處、透徹玲瓏、不可湊泊。如空中之音、相中之色、水中之月、鏡中之象、言有盡而意無窮。近代諸公乃作奇特解會。以才學爲詩、以議論爲詩。夫豈不工。終非古人之詩也云云。其平生大旨具在於是。

[八]考困學紀聞載唐戴叔倫語、謂詩家之景、如藍田日暖・良玉生煙、可望而不可卽。[九]司空圖詩品有不著一

字、盡得風流語。[10]其與李秀才書、又有梅止於酸、鹽止於鹹、而味在酸鹹之外語。蓋推闡叔倫之意。羽之持論又源於圖。特圖列二十四品、不名一格。羽則專主於妙遠。故其所自爲詩、獨任性靈、掃除美刺、清音獨遠、切響遂稀。[11]五言如一徑入松雪、數峰生暮寒、[12]七言如空林木落長疑雨、別浦風多欲上潮、[13]洞庭旅雁春歸盡、瓜步寒潮夜落遲。皆志在天寶以前。而格實不能超大歷之上。由其持[14]詩有別才、不關於學、詩有別趣、不關於理之說、故止能摹王・孟之餘響、不能追李・杜之巨觀也。

[15]李東陽懷麓堂詩話曰、嚴滄浪所論超離塵俗、眞若有所自得、反覆譬說、未嘗有失。顧其所自爲作、徒得唐人體面、而亦少超拔警策之處。予嘗謂識得十分、只做得八九分。其一二分乃拘於才力。其滄浪之謂乎云云。是猶徒知其病、未中其所以病矣。

[16]其詩話一卷、舊本別行。[17]此本爲明正德中淮陽胡仲器所編、[18]置之詩集之前、作第一卷。意在標明宗旨、殊乖體例。今惟以詩二卷著錄別集類。[19]其詩話別入詩文評類、以還其舊焉。

【訓讀】

宋 嚴羽《げんう》の撰。羽 字《あざな》は儀卿《ぎけい》、一の字は丹邱、邵武《しょうぶ》の人。自ら滄浪逋客《そうろうほかく》と號す。嚴仁・嚴參《しん》と與に名を齊《ひと》しうし、世に三嚴と號す。今 仁と參との詩集は傳わる無く、惟だ羽の集のみ在り。

其の『滄浪詩話』に曰う有り、「詩を論ずるは禪を論ずるが如し。漢魏晉と盛唐との詩は、則ち第一義なり。大歷以還の詩は、則ち小乘禪なり。晩唐の詩は、則ち聲聞《しょうもん》・辟支果《びゃくしか》なり。盛唐の諸人は惟だ興趣に在り。羚羊《れいよう》角を挂《か》け、迹《あと》の求むべき無し。故に其の妙處は、透徹玲瓏《れいろう》にして、湊泊《そうはく》すべからず。空中の音、相中の色、水中の月、鏡中の象の如く、言の盡《つ》くる有るも意は窮《きわ》まる無し。近代の諸公は乃《すなわ》ち奇特の解會《かいかい》を作《な》し、才學を以て詩を爲《つく》り、議論を以て詩を爲る。夫《そ》れ豈に工ならざらん。終に古人の詩に非ざるなり云云」と。其の平生の大旨は具《つぶ》さに是に在り。

考うるに『困學紀聞』は唐の戴叔倫《たいしゅくりん》の語を載せて謂う、「詩家の景は、藍田日暖かく、良玉煙を生ずるが如く、望むべきも卽《つ》くべからずと。司空圖《しくうと》『詩品』に「一字も著《ちゃく》せざるに、盡く風流を得たり」の語有り。其の〈李秀才に與うる書〉に、又た「梅は酸に止まり、鹽は鹹《かん》に止まるも、味は酸鹹の外に在り」の語有り。蓋し推して叔倫の意を闡《あきら》かにす。羽の持論は又た圖《と》に源す。特《た》だ圖は二十四品を列して、一格を名せず。羽は則ち專ら妙遠を主とす。故に其の自《よ》りて詩と爲す所は、獨《た》だ性靈に任せて、美刺を掃除す。淸音獨り遠く、切響遂に稀なり。五言の「一徑 松雪に入り、數峰 暮寒を生ず」の如き、七言の「空林 木落ちて長《つね》に雨を疑い、別浦 風多くして潮上《のぼ》らんと欲す」、「洞庭の旅雁 春歸り盡き、瓜步《かほ》の寒潮 夜落つること遲し」の如きは、皆な志は天寶以前に在るも、格は實は大歷の上を超ゆる能わず。其の「詩に別才有りて、學に關《かか》わらず、詩に別趣有りて、理に關わらず」の說を持するに由《よ》りて、故に止《た》だ能く王・孟の餘響を摹《も》すのみにして、李・杜の巨觀を追う能わざるなり。

李東陽『懷麓《かいろく》堂詩話』に曰く、「嚴滄浪の論ずる所は塵俗を超離し、眞に自得する所有るが若《ごと》し。反覆して譬說《ひせつ》し、未だ嘗て失有らず。顧《た》だ其の自《みずか》ら爲作する所は、徒《いたず》らに唐人の體面を得るも、亦た超拔警策の處を少《か》く。予 嘗て謂えらく 十分を識《し》り得て、只だ八九分を做《な》し得るのみ。其の一二分は乃ち才力に拘《こう》さる。其れ滄浪の謂《いい》なるか云云」と。是れ猶お徒《た》だ其の病を知りて、未だ其の病する所以に中《あた》らざるがごとし。

其の『詩話』一卷は、舊本別に行わる。此の本は明の正德中淮陽《わいよう》の胡仲器の編する所爲りて、之を詩集の前に置きて、第一卷と作す。意は宗旨を標明するに在るも、殊《こと》に體例に乖《もと》る。今 惟だ詩一卷のみを以て別集類に著錄し、其の詩話は別に詩文評類に入れ、以て其の舊に還す。

【現代語譯】

宋　嚴羽《げんう》の著。羽は字《あざな》を儀卿《ぎけい》、または丹丘ともいい、邵武《しょうぶ》（福建省）の人である。自ら滄浪逋客《そうろうほかく》と號した。嚴仁・嚴參《しん》と名を齊《ひと》しくし、世に「三嚴」と號された。今 仁と參の詩集は傳わらず、ただ羽の集のみが現存している。

彼の『滄浪詩話』には「詩を論じるのは禪を論じるようなものだ。漢魏晉と盛唐の詩とは、すなわち第一義である。大暦以後の詩は、すなわち小乘禪である。晩唐の詩は、すなわち聲聞《しょうもん》・辟支果《びゃくしか》（どちらも佛法の悟りのうちの初歩段階の悟り）である。盛唐の諸人の特色は興趣にこそある。それは、かもしかが角を木に引っ掛けて姿を隠し、足跡もわからぬようなものだ。ゆえにその妙處はきらきらと透明な輝きをもち、つかまえどころがないのだ。空中に響く音、形についた色、水中に映る月、鏡の中の像のようで、言葉は盡きても、詩のこころは盡きることがない。近代の諸公ときたら、突飛な解釋をして、才能と學識にまかせて詩を作り、理屈をこねて詩を作る。上手いことは上手いが、決して古人の詩ではない云云」といっている。彼の平生の詩作の大旨はここにそなわっている。

考えるに、『困學紀聞』は唐の戴叔倫《たいしゅくりん》の語を引いて、「詩家の景は、藍田日暖かく、良玉煙を生ずるようなもので、遠くから眺めることはできるが、それを眞近にすることはできない」と言っている。司空圖『詩品』に「一字も書かないうちに、盡く風流を得ている」という語がある。彼の〈李秀才に與うる書〉に「梅は酸っぱいだけ、鹽は鹹《しお》からいだけだ。味わいというのは酸い鹹《から》いの外にある」という語もあるが、戴叔倫の意を敷衍《ふえん》したものであろう。羽の持論も司空圖に起源がある。ただ圖は二十四品を列して、一格にこだわらないのに對し、羽は專ら妙遠を主としたのであり、故に彼がみずから作った詩は、ただこころにまかせるだけで、諷刺の精神は一掃され、澄んだ音色からはほど遠く、濁った響きもほとんど聞こえない。五言の「一徑 松雪に入り、數峰 暮寒を生ず（一本の小道は雪の松林に續き、峰々には夕暮れの寒さが忍び寄る）」の如き、七言の「空林 木落ちて長《つね》に雨を疑い、別浦風多く潮上らんと欲す（林の葉が落ちる音にしばらくは雨かと思った、河口に風が吹きつけて潮が滿ちてくる）」、「洞庭の旅雁 春歸り盡き、瓜步の寒潮 夜落つること遲し（洞庭湖の雁は春になるとみな北へ歸ってしまう、あなたが向かう揚州の瓜步では冷たい潮が夜に引くのもゆっくりしているだろう）」の如きは、皆めざす志は天寶以前にあるのだが、品格では實際のところは大曆を超えることはできない。その「詩には特別な才能というものがあって、學問とは無關係なのだ。詩には特別な興趣というものがあって、理論とは無關係なのだ」という說に固執したため、ただ王維・孟浩然の餘音を眞似することはできても、李白や杜甫の大物を追求することはできなかったのである。

李東陽『懷麓《かいろく》堂詩話』はいう。「嚴滄浪の詩論は、俗塵を超越し、眞に自ら會得したものがあるように見える。繰り返されるたとえ話も、的をはずれたことがない。ただ、その自ら作った詩は、一見して唐人に似てはいるが、飛び切り人を引きつけるようなところがない。私はかつてこう言ったことがある、〝十分判っていても、やってみるとただ八九分どまりで、一二分は才力にかかっている。嚴滄浪はこれではないか云云〟」と。李東陽のこの說は、病氣だとは分っていても、その病氣の原因を突き止めていないようなものだ。

彼の『詩話』一卷は、舊本では別に行われていた。この本は明の正德中に淮陽《わいよう》の胡仲器（胡重器の誤り）が編纂したもので、『詩話』を詩集の前に置いて、第一卷としている。編集の意圖を明示したつもりであろうが、ことに體例に反している。今詩二卷だけを別集類に著錄し、『詩話』は別に詩文評類に入れ、その元の形に戻した。

【注】

一　二卷　文淵閣四庫全書本は、實際には三卷本である。總目提要と書前提要は、『詩話』を詩集から切り離して『滄浪詩話』という名で詩文評類に著錄している（注一七）。しかし、目次では三卷の構成になっていて、詩話はその第一卷に置かれている。しかも第一卷の詩話は、『四庫全書薈要』から採って補入したものである。なぜ削除したはずの詩話を再び補入する必要があったのか。現在の文淵閣四庫全書本の卷首には、乾隆帝が『滄浪集』の讀後に書いた〈御製題嚴羽滄浪集〉とその跋文が揭げられている。內容は、儒家の「詩は志を言う」の立場から、『詩話』が禪によって詩を解釋したことを嚴しく批判するものである。文淵閣四庫全書本が、一旦、削除した『詩話』を四庫全書薈要から再び採って詩集に入れたのは、乾隆帝の批判の意圖を明確にするためだったと考えられよう。

二　兩江總督採進本　採進本とは、四庫全書編纂の際、各省の巡撫、總督、尹《いん》、鹽政などを通じて朝廷に獻上された書籍をいう。兩江總督とは江南と江西（今の江蘇・安徽・江西省）を統括する官。任松如『四庫全書答問』によれば、ここより進呈された本のうち、二五一部が四庫全書に著錄され、四六七部が存目（四庫全書内に收めず、目錄にのみとどめておくこと）に置かれた。

三　羽字儀卿…　嚴羽の傳記で、最も古くかつまとまった形で登場するのは、元刻本『滄浪吟卷』（臺灣 國家圖書館藏本）に冠されている咸淳四年（一二六八）の黃公紹〈滄浪吟卷の序〉である。「滄浪、名は羽、字は丹丘、一の字は義卿。粹溫中に奇氣有り。嘗て學を克堂の包公に問う。詩を爲りては盛唐を宗とし、『風』『騷』自《よ》り下は、講究精到なり。石屛《せきへい》の戴復古《たいふくこ》の深く推敬する所なり。自ら滄浪逋客と號す。江湖の詩友は目して三嚴と爲し、參《しん》・仁と時を同じうして、皆な莒溪《きょけい》の上《ほと》りに家す。吳陵は 其の家集に序して曰く、〝參 字は少魯。志は則ち崖岸なるも、外に廉稜無し。論議の閒、微かに其の際を見る。若《も》し貢に大廷に充てられずと曰うも、當に詔を衡宇に拜すべし。或ひと廣く交わり譽を延《ひ》くを勸むるも、則ち耳を掩いて答えず。中林に高臥し、一世を瞪視《どうし》し、三休居士と號す。仁 字は次山、古を好み博雅なり。蜀の吳曦《ごぎ》の叛するや、楊居源 曦を誅し、爲《ため》に安丙 惎《にく》みて之を殺す。嘗て〈長憤歌〉を作り、時の傳誦する所と爲る。蓋し其の立つ所 人に絕する者有り〟と。行事は大略此《か》くの如し」。粹溫は純粹で溫厚なこと。克堂の包公とは、包揚、字は顯道、克堂はその號。始め陸象山に學び、陸の死後、弟子とともに朱子の門下に入った。『宋元學案』卷七七參照。

四　丹邱　「邱」は「丘」。清朝では孔子の諱「丘」を避けて「邱」と書す。

五　今仁與參詩集無傳　四庫全書本『福建通志』卷六八藝文に「嚴仁 清江欸乃集《かんだい》」とみえるが、今に傳わらない。嚴參《げんしん》の詩集の名は不明。『全宋詩』第五九册 卷三一一六に、それぞれ四首ずつ詩が收められている。

六　其滄浪詩話有曰…　『滄浪詩話』詩辨にいう。「禪家者流は、乘に小大有り。宗に南北有り。道に邪正有り。學者須《すべか》らく最上の乘に從うべし。正法眼《しょうほうがん》を具《そな》うるものは、第一義を悟る。小乘禪の若きは、聲聞《しょうもん》・辟支《びゃくし》果《か》にして、皆な正に非ざるなり。詩を論ずるは禪を論ずるが如し。漢魏晉と盛唐の詩は則ち第一義なり。大曆以還の詩は、則ち小乘禪にして、已に第二義に落つ。晩唐の詩は則ち聲聞・辟支果なり。（禪の修行者には、小乘と大乘があり、南宗と北宗があり、正道と邪道がある。學ぶ者は最上の乘に從うべきである。正しい佛法を見る眼を具えていれば、第一義を悟る。小乘禪は聲聞・辟支果（どちらも悟りの段階のうちの下位の悟り）であり、どれも正しいものではない。詩を論じるのは禪を論じるようなもの。漢・魏・晉と盛唐の詩は第一義である。大暦より以後の詩は、もはや第二義に墮しており、晩唐の詩に至っては下位の悟りである）」。また、「盛唐の諸人は惟だ興趣に在り。羚羊《れいよう》角を挂《か》け、迹《あと》の求むべき無し。故に其の妙處は、透徹玲瓏《れいろう》にして、湊泊《そうはく》すべからず。空中の音、相中の色、水中の月、鏡中の象の如く、言の盡《つ》くる有るも意は窮まる無し。近代の諸公は乃ち奇特の解會を作し、遂に文字を以て詩を爲り、才學を以て詩を爲り、議論を以て詩を爲る。夫れ豈に工《たくみ》ならざらん。終に古人の詩に非ざるなり（盛唐の詩人の特質は興趣にこそある。かもしかが夜、角を木に懸けて姿を隱し、足跡もわからぬというようなその興趣である。故にその妙處は、透明にきらめき、つかまえようとしてもつかまえられない。空中の音、物についた色、水面に浮かぶ月、鏡に映る像のようで、言葉は消えてもその心は無限にのこる。近代つまり宋の諸人ときたら勝手な理解をして、文字で詩をつくり、才知で詩をつくり、議論で詩をつくる。下手なわけはないが、結局古人の詩とは似ても似つかぬものになっているのだ）」という。

七　大歴　唐の大曆年間。乾隆帝の諱 弘曆を避けて「歴」に作る。

八　困學紀聞載唐戴叔倫語…　王應麟『困學紀聞』巻一八評詩にいう。「司空表聖云う、戴容州叔倫謂えらく、〝詩家の景は、藍田日暖かく、良玉煙を生ずるが若し。望むべきも眉睫《びしょう》の前に置くべからざるなり〟と。李義山の「玉煙を生ず」の句は蓋し此れに本づけり」。これは『司空表聖文集』巻三〈極浦に與うる書〉に見えており、提要がわざわざ『困學紀聞』を引いた意圖は不明である。

九　司空圖詩品…　司空圖『二十四詩品』一一「含蓄」に「一字も著《ちゃく》せざるに、盡く風流を得たり」とある。

一〇　其與李秀才書又有…　「梅は酸に止まり、鹽は鹹《かん》に止まるも、味は酸鹹の外に在り」とは、『司空表聖文集』（四部叢刊本・四庫全書本）巻二〈李生に與えて詩を論ずる書〉の次のくだりをまとめた言い方である。「文の難くして、詩の尤も難きこと、古今の喩え多し。而して愚 以爲《おもえ》らく 味を辨じて、而《しか》る後に以て詩を言うべきなりと。江嶺の南の、凡そ是れ口に適《かな》うに資する者の、醯《けい》（酢《す》）の若《ごと》きは、酸ならざるに非ずして、酸に止まるのみ。鹺《さ》（鹽）の若きは、鹹《かん》ならざるに非ずして、鹹《かん》に止まるのみ。華の人 以て飢《うえ》を充たして遽《にわ》かに輟《や》む者は、其の鹹酸の外に、醇美なる者の乏《とぼ》しき所有るを知ればなり。彼の江嶺の人は、之に習うも辨ぜざること、宜《むべ》なるかな」。

二　五言如一徑入松雪、數峰生暮寒　文淵閣四庫全書本『滄浪集』巻一〈益上人の蘭若《らんにゃ》を訪う〉の頷聯。句意は、「一本の小道は雪の松林に續き、峰々には夕暮れの寒さが忍び寄る」。

三　七言如空林木落長疑雨、別浦風多欲上潮　句意は「林の葉

が落ちる音にしばらくは雨かと思った、河口に風が吹きつけて潮が満ちてくる」。文淵閣四庫全書本『滄浪集』巻一〈上官偉長の蕪城の晩眺に和す〉の頸聯であるが、集中では、「晴江水落長疑雨、暗浦風生欲上潮（晴江に水落ちて長《つね》に雨を疑い、暗浦に風生じて潮上らんと欲す）」に作る。この句については、李東陽の『懷麓堂詩話《かいろくどう》』が「嚴滄浪の〝空林木落長疑雨、別浦風多欲上潮〟は眞の唐句なり」といい、王世貞『藝苑巵言《しげん》』巻四は「嚴滄浪…其の自ら運《めぐ》らすに及びては、僅かに聲響を具《そな》うるも、全く才情に乏しきは何ぞや。七言律に一聯を得て云う、〝晴江木落時疑雨、暗浦風多欲上潮〟と。然れども是れは許渾《きょこん》の境界なり」と評している。また王世貞は「〝晴〟〝暗〟の二字は太《はなは》だ巧稺《こうち》にして、別本の〝空江〟〝別浦〟に作るの差《や》や穩なるに如かず」ともいう。李東陽も王世貞もこの詩を高く評價するが、その字句は當時から異同があったらしい。

一三　洞庭旅雁春歸盡、瓜步寒潮夜落遲　『滄浪集』巻一〈客中にて表叔呉季高に別る〉の頸聯。句意は「洞庭湖の雁は春になるとみな北へ歸ってしまう、あなたが向かう揚州の瓜步では冷たい潮が夜に引くのもゆっくりしているだろう」。

一四　詩有別才、不關於學…　『滄浪詩話』詩辨の有名な一節。「夫れ詩に別材有り、書に關するに非ざるなり。詩に別趣有り。理に關するに非ざるなり」。

一五　李東陽懷麓堂詩話曰…　李東陽『懷麓堂詩話』にいう。「唐人は詩法を言わず、詩法は多くは宋に出づ。而るに宋人は詩に於いて得る所無し。所謂法なる者は、一字一句の、對偶雕琢の工に過ぎずして、天眞の興致は、則ち未だ與《とも》に道《い》うべからず。其の高き者は之を捕風捉影に失し、卑《ひく》き者は黏皮《ねんぴ》帶骨に坐し、江西詩派に至りて極まれり。惟だ嚴滄浪の論ずる所は塵俗を超離し、眞に自得する所有るが若し。反覆して譬說《ひせつ》し、未だ嘗て失有らず。顧《た》だ其の自ら爲作する所は、徒《いたず》らに唐人の體面を得るも、亦た超拔警策の處を少《か》く。予嘗て謂えらく十分を識り得るも、只だ八九分を倣《な》し得るのみにして、其の一二分は乃ち才力に拘さる。其れ滄浪の謂《いい》なるかと」。

一六　其詩話一卷、舊本別行　明の高儒『百川書志』巻一五には『滄浪吟』一卷が、巻一八には『嚴滄浪詩談』一卷が著錄されることから、二つの本は別々に行なわれていたことがわかる。ただし、現存する最も古い元刻本（注一七）は、詩話が詩集の前に置かれた形の合刻本である。なお、注三の宋の黄公紹〈滄浪吟巻序〉には、詩集に詩話が併入されていたかどうかは明言されていない。淸の王士禛『蠶尾續集《さんび》』巻一九の〈嚴滄浪吟巻に跋す〉には、「康熙戊申、始めて宋刻を亡友程太史翼蒼より得たり」という記錄がみえるが、その後、宋版は行方不明であるため、宋刻がどういう構成であったかは確認できない。

一七　此本爲明正德中淮陽胡仲器所編…　明正德十二年（一五一七）胡璉《これん》刻『滄浪先生吟』三巻を指す。前に正德十一年（一五

一六）の林俊の〈嚴滄浪詩集の序〉（『見素集』巻六所收）があり、後ろに正徳十二年（一五一七）の李堅の〈滄浪先生吟巻に書す〉がある。林俊の序は次のようにいう。「吾が閩《びん》の憲伯 淮陽の胡君重器（提要が仲器に作るのは誤り）存稿を購うに、僅かに百三十有餘篇、『詩辨』等の作（所謂『滄浪詩話』）と與に竝びに之を梓に鋟す」と見える。なお、各巻の題下には、元刻本（臺灣 國家圖書館藏）と同じ「樵川《しょうせん》の陳士元暘谷編次、進士黃清老子肅校正」の二行が刻されていることから、正徳十二年刊本は元版の翻刻であることがわかる。現在北京の國家圖書館および靜嘉堂文庫（ただし靜嘉堂文庫藏本は嘉靖重刻本【附記】）に藏されている。

一八 胡仲器 胡重器の誤り。重器とは胡璉の字である。

一九 其詩話別入詩文評類… 『四庫全書總目提要』巻一九五 集部四八 詩文評類一に『滄浪詩話』として著録される。提要は、「詩話を以て詩集の首に置き、第一巻と爲し、故に其の詩集の名を襲《おそ》う。實は其の本名に非ざるなり」という。嚴羽自らはこの著作を「詩辨」と稱していたらしいことは、彼が〈出繼の叔臨安の吳景仙に答うる書〉（『滄浪詩話』附錄）において、「僕の詩辨は、乃ち千百年の公案を斷つ、誠に驚世絶俗の談にして、至當歸一の論なり」といっていることから知られる。また、南宋魏慶之『詩人玉屑』には「滄浪詩評」という名で引かれている。

【附記】

嚴羽の詩集で現存する最も古い刊本は、臺灣の國家圖書館に藏されている元刻本であり、宋の咸淳四年（一二六八）の黃公紹〈滄浪吟巻の序〉を冠している。各巻の題下に「樵川の陳士元暘谷編次、進士黃清老子肅校正」の二行があり、黃清老の進士及第は泰定四年（一三二七）であることから、元中期の刻と考えられている。文淵閣四庫全書本の底本は、正徳十二（一五一七）年の胡璉刻『滄浪先生吟』三巻である。日本では靜嘉堂文庫に藏されているものの該本には巻末に吳銓による嘉靖四年（一五二五）の〈滄浪先生吟巻の後に題す〉が附されており、嘉靖重刻本であろう。内閣文庫や東洋文庫に藏される『滄浪先生吟』二巻の方は、正徳十五年（一五二〇）の都穆の序を有する尹嗣忠刻本であり、胡璉刻本が巻一詩話で、巻二と三が詩であるのに對し、尹嗣忠刻本は詩を一巻にまとめているという違いがある。

評點本の、陳定玉輯校『嚴羽集』（中州古籍出版社　一九九七）には、詩話や詩以外に『評點李太白詩集』も收入している。附錄の著者による〈嚴羽及其著作考辨〉には、上述した版本以外についても論及があるものの、元刻本は現存せずというなど、錯誤も認められる。『全宋詩』（第五九冊　巻三一一五〜巻三一一六）は廣く佚詩を輯めている。

詩話については、郭紹虞校釋『滄浪詩話校釋』（人民文學出版社　一九六一、第二版一九八三）、荒井建譯注「滄浪詩話」（朝日新聞社刊『文學論集』一九八二所收）などがある。

また、嚴羽に關する近年の研究として、王士博〈嚴羽的生平〉（『文學遺産』一九八五年第五期）、陳伯海『嚴羽和滄浪詩話』（上海古籍出版社　一九八七）などがある。

『和刻本漢詩集成』（汲古書院）第十六輯に『嚴滄浪先生詩集』二巻（明　陳士元輯　日本　河合孝衡　等考訂　安永五年（一七七六）序　平安書林好文軒秋田屋伊兵衞刊本）が收入されている。

四三　後村集五十巻　[一]編修汪如藻家藏本

【劉克莊】一一八七～一二六九

初めの名は灼《しゃく》、字は潛夫《せんぷ》、自ら後村居士と稱した。莆田《ほでん》（福建省）の人。父が生前吏部侍郎に至ったことから、寧宗の嘉定二年（一二〇九）、蔭補《いんほ》によって將仕郎となり、幕僚や地方官を務める傍ら、詩人として名を成した。しかし、その〈落梅〉詩が、權臣史彌遠《しびえん》が理宗を即位させるために陷れた濟王竑《こう》への同情を詠じたものだとする筆禍事件が起き、官界から追放されて二十餘年の閒用いられなかった。理宗の端平元年（一二三四）、ようやく中央に召され、淳祐六年（一二四六）には同進士出身を賜り、祕書少監に除せられた。景定五年（一二六四）、目疾のため煥章閣《かんしょうかく》學士をもって引退したが、度《たく》宗の咸淳四年（一二六八）に龍圖閣直學士に特除せられ、翌年、八十三歳で歿した。諡《おくりな》は文定。詩は永嘉の四靈を學び、江湖派最大の詩人となった。小品文の名手としても知られる。四部叢刊本『後村先生大全集』卷一九四 林希逸〈後村先生劉公行狀〉・卷一九五 洪天錫〈後村先生墓誌銘〉參照。

宋劉克莊撰。[二]克莊字潛夫、莆田人。[三]以蔭入仕、官至[四]龍圖閣直學士、謚文定。

[五]克莊初受業眞德秀。[六]而晩節不終、年八十乃失身於賈似道。[七]王士禎蠶尾集有是集跋、稱[八]其論揚雄作劇秦美新及作元后誄・[九]蔡邕代作群臣上表、[一〇]又論阮籍晩作勸進表、皆詞嚴義正。然其賀賈相啓・賀賈太師復相啓・再賀平章啓、諛詞諂語、連章累牘、蹈雄・邕之覆轍而不自覺。[一一]今檢是集、士禎所舉諸聯、其指摘一

一不謬。[一二]較陸游南園二記猶存規戒之旨者、抑又甚焉。則其從事講學、特假借以爲名高耳。不必以德秀之故、遂從而爲之詞也。

其詩派近楊萬里、大抵詞病質俚、意傷淺露。[一三]故方回作瀛奎律髓、極不滿之。[一四]王士禎池北偶談、亦論其詩與四六皆好用本朝故事、與王義山稼村集同譏。然其清新獨到之處、要亦未可盡廢。[一五]瀛奎律髓載其十老詩、最爲俗格。[一六]今南岳第二稿惟存三首、而佚其七。[一七]則此集亦嘗經刪定、非苟存矣。文體雅潔、較勝其詩。題跋諸篇、尤爲獨擅。[一八]蓋南宋末年、江湖一派盛行、詩則汨於時趨、文則未失舊格也。

[一九]坊本所刻詩十六卷、詩話・詩餘各二卷。[二〇]毛晉津逮祕書、又刻其題跋二卷、[二一]而他作竝闕。[二二]此爲傳鈔足本、[二三]前有淳祐九年林希逸序。較坊刻多文集三十卷、詩話亦較多。[二四]後集二卷蓋猶從舊刻繕錄云。

【訓讀】

宋 劉克莊の撰。克莊 字《あざな》は潛夫、莆田《ほでん》の人。蔭《いん》を以て入仕し、官は龍圖閣直學士に至り、文定と謚《おくりな》さる。

克莊 初め業を眞德秀に受く。而《しか》るに晩節終えず、年八十にして乃ち身を賈似道《かじどう》に失う。王士禎『蠶尾《さんび》集』に是の集の跋有りて稱す、「其の揚雄の〈劇秦美新《げきしんびしん》〉を作り、及び〈元后の誄《るい》〉を作り、蔡邕《さいよう》の群臣の上表を代作せしを論じ、又た阮籍《げんせき》の晩に勸進表を作るを論ずるは、皆な詞嚴にして義正し。然れども其の〈賈相《かしょう》を賀する啓〉〈賈太師の相に復するを賀する啓〉〈再び平章《へんしょう》たるを賀する啓〉は、諛詞諂語《ゆじてんご》、連章累牘《るいとく》にして、雄・邕の覆轍《ふくてつ》を蹈《ふ》みて自《みずか》ら覺らず」と。今 是の集を檢《けん》するに、士禎の擧ぐる所の諸聯は、其の指摘 一一謬ならず。陸游の〈南園〉二記の猶お規戒の旨を存するに較《くら》ぶれば、抑《そ》そも又た甚だし。則ち其の講學に從事するは、特《た》だ假借して以て名の高きを爲すのみ。

必ずしも德秀の故なるを以て、遂に從《よ》りて之が詞を爲さざるなり。

其の詩派は楊萬里に近く、大抵 詞は質俚《しつり》に病み、意は淺露に傷《そこな》わる。故に方回『瀛奎律髓《えいけいりつずい》』を作りて極めて之を不滿とす。王士禛『池北偶談』亦た其の詩と四六とは皆な好んで本朝の故事を用いるを論じ、王義山『稼村集』と同《とも》に譏《そし》る。然れども其の清新獨到の處は、要は亦た未だ盡《ことごと》く廢すべからず。『瀛奎律髓』其の〈十老〉の詩を載するは、最も俗格爲り。今 南岳第二稿のみ惟だ三首を存するのみにして、其の七を佚す。則ち此の集も亦た嘗て刪定を經て、苟《かりそめ》に存するに非ず。

文體は雅潔にして、較《や》や其の詩に勝る。題跋の諸篇は、尤も獨擅《どくせん》と爲す。蓋し南宋の末年、江湖の一派盛行し、詩は則ち時趨《じすう》に汨《およ》ぶも、文は則ち未だ舊格を失わざるなり。

坊本の刻する所の詩は十六卷、詩話・詩餘は各おの二卷なり。毛晉《もうしん》『津逮祕書《しんたいひしょ》』又た其の題跋二卷を刻するも、他作は竝びに闕く。此れ傳鈔の足本爲りて、前に淳祐九年林希逸の序有り。坊刻に較ぶるに文集三十卷多く、詩話も亦た較や多し。後集二卷は蓋し猶お舊刻從り繕錄すと云う。

【現代語譯】

宋 劉克莊の著。克莊は字《あざな》を潛夫といい、莆田《ほでん》（福建省）の人である。蔭補《いんぽ》によって入仕し、官は龍圖閣直學士に至り、文定と諡《おくりな》された。

克莊は最初 眞德秀に學問を授かったが、晩節をまっとうせず、年八十で賈似道《かじどう》のために節を汚した。王士禛の『蠶尾集《さんび》』にはこの集の跋文があり、次のようなことを言っている。「劉克莊は、揚雄が〈劇秦美新〉や〈元后の誄《るい》〉を作り、蔡邕《さいよう》が群臣の上表を代作したことを批判し、さらに阮籍《げんせき》があとになって〈勸進表〉を作ったことを批判しているが、これらは皆な言葉は嚴しく論旨は正しい。それなのに、彼の〈賈相《かしょう》を賀する啓〉〈賈太師の相に復するを賀する啓〉〈再び平章《べんしょう》たるを賀する啓〉は、阿諛の言葉を次々と連ねたもので、揚雄・蔡邕の轍を踏んでいることに氣がついていない」と。今この集を検するに、士禎が擧げた諸聯は、一つ一つ指摘に間違いなく、陸游の〈南園〉の二記がまだ戒めの意圖を殘しているのに較べると、その犯した罪はいっそう甚だしい。つまり彼が眞德秀の講學に從ったというのも、單にそれによって名聲を得ようとしただけのことである。眞德秀の弟子だったということで、かばいだてしたりする必要はないのだ。

その詩派は楊萬里に近く、全體として表現が地味で俗っぽいという缺點があり、詩意は底が淺い。そのため方回は『瀛奎律髓』を作って、これに極めて不滿の意をもらしている。王士禎『池北偶談』もまた彼の詩と四六文がともに好んで宋代の故事を用いていることを批判し、王義山の『稼村集』と一緒にこのことを譏《そし》っている。しかし、清新で獨創的なところもあり、要するにこれもすべて廢してよいものでもない。『瀛奎律髓』が載せている〈十老〉の詩は、最も低俗である。今その十首は南岳第二稿（第一稿の誤り）に三首だけが殘っており、七首を佚している。つまりこの集もまた刪定を經たものであり、三首だけがたまたま殘ったというわけではない。

散文の體は上品ですっきりしており、やや詩に勝る。題跋の諸篇は、とりわけ他を壓倒している。思うに南宋の末年、江湖の一派が盛行し、詩は時の流れとともに衰えたが、文はまだ舊格を失ってはいなかったのである。

坊刻本は詩が十六巻で、詩話・詩餘が各おの二巻である。毛晉《もうしん》『津逮祕書《しんたいひしょ》』はさらに彼の題跋二巻（四巻の誤り）を刻したが、他の作品はすべて闕《か》いている。この本は傳鈔の足本であり、前に淳祐九年（一二四九）林希逸の序がある。坊刻本に較べると文集が三十巻多く、詩話もやや多い。後集二巻は舊刻から集めて採錄したという。

【注】

一　編修汪如藻家藏本　汪如藻は字を念孫といい、桐鄉（浙江省）の人。乾隆四十年（一七七五）の進士。父祖より裘杼《きゅうちょ》樓の萬巻の藏書を受け繼いだ。四庫全書總目協勘官となり、『四庫採進書目』によれば二七一部を進獻した。任松如『四庫全書答問』によれば、そのうち九〇部が四庫全書に著錄され、五六部が存目（四庫全書内に収めず、目録にのみ止めておくこと）に置かれたという。

二　克莊字潛夫…　劉克莊は『宋史』に傳がない。その傳記は、四部叢刊本『後村先生大全集』巻一九四 林希逸〈後村先生劉公行狀〉・巻一九五洪天錫〈後村先生墓誌銘〉に詳しい。

三　以蔭入仕　蔭とは蔭補、すなわち身内に官僚であったものがいた場合に、その品階に應じて子弟を官に任用する制度。

四　龍圖閣直學士　館職の一つで、直學士は皇帝の側近。

五　克莊初受業眞德秀　注二の林希逸〈後村先生劉公行狀〉に、「西山（眞德秀）朝に在りしとき、公（劉克莊）の學は古今を貫き、文は騷雅を追うを以て薦む。西山 里に還るや、公は以て師事し、此れ自《よ》り學問益《ます》ます新たなり」と見える。また、劉克莊は眞德秀の行狀を書いており、文淵閣四庫全書本『後村集』では巻五〇に〈宋資政殿學士贈銀青光祿大夫眞公行狀〉、四部叢刊本『後村先生大全集』では巻一六八に〈西山眞文忠公行狀〉として收錄されている。

六　晩節不終…　總目提要では、これ以下、王士禎の『蠶尾集《さんび》』を引いて、劉克莊が賈似道にいかにおもねったかが具體的に示されるが、文淵閣本の書前提要では「晩節終らず、頗る當時の譏る所と爲る」というにとどめる。賈似道は南宋末の宰相。姉が理宗の貴妃であったため早くから出世した。開慶元年（一二五九）にモンゴルが鄂《がく》州に迫ったとき、理宗が賈似道を軍中にて右丞相とした。しかし、敕許を得ないままモンゴルと講和を結び、しかもそれを擊退と詐稱し、その功で少傅右丞相に進み、權力を掌握した。さらに度宗《たくそう》を擁立して、太師魏國公となり、朝廷にはこれに諂《へつら》う者が續出。遊興に耽って政治を怠り、ついに宋はモンゴルによって亡ぼされた。『宋史』巻四七四姦臣傳四に傳がある。

七　王士禎『蠶尾集』有是集跋…　『蠶尾集』巻一〇（『居易錄』巻二にも見える）にいう。「劉克莊の『後村大全集』六十巻は、四十六巻自り已後は皆な詩話・詩餘にして、詩無し。晉安の謝氏家藏圖書の印有り。謝在杭の鈔本なり。首に林希逸の二序有り。後村は宋末に在りては文章の大家と號す。其の詩は、予別に論說有り。此の集中の、題跋・詩話は最も佳し。『詩話』の新集に、多く中晩唐の人の詩を摭《ひろ》うも、取裁する所無く、刪《けず》るべきなり。後村は揚雄の〈劇秦美新〉及び〈元后誄〉を作りて、〝天の廢する所、人敢えて支えず〟〝歷世運《めぐ》り移り、屬は新聖に在り〟云々と言い、蔡邕《さいよう》の〈群臣の上表〉を代作して、卓の〝頑凶を黜廢《ちゅつはい》し、聖哲を援立す云々〟と言うを論ず。又た阮籍の跌宕《てっとう》として禮法を棄つるに、晩に〈勸進表〉を爲り、志行 地を掃《は》くを論ず。詞は嚴にして義正し。然れども其の〈賈《か》相《しょう》を賀する啓〉に略ぼ〝畫を雲臺に像《かたど》り、漢家九鼎の重きをして、手ずから日轂《にっこく》を扶け、天下を泰山の安《やす》きに措《お》かしむ。昔茂弘は丘墟百年を嘆き、孔明は宮府一體ならんと欲す、彼は徒《いたず》らに此の志を懷くのみなるも、公は允《まこと》に斯《こ》の言を踐《せん》す〟と云い、〈賈太師の復《ふたた》び相たるを賀す〉に〝孤忠は日を貫き、隻手は天を擎《ささ》げもつ〟〝勇退を聞きて、則ち眉に杜陵老の愁いを攢《あつ》め、登庸を睹《み》て、則ち心に石徂來の喜びを動かす〟と云い、〈再び平章《べんしょう》たるを賀す〉に〝群陰を散地に屏《しりぞ》け、衆芳を本朝に聚《あつ》む〟〝官の酬ゆべき無ければ、爰《ここ》に久虛の位に峻たりて、謀有らば則ち就《つ》く。所謂不召の臣なり〟と云う。諛詞諂語《ゆじてんご》、連章累牘《るいとく》たり。豈に眞に似道を以て伊・周・武鄕の比と爲さんか。抑《そも》そも雄・邕の覆轍を蹈みて自ら覺らざるか。按ずるに後村此れを作りし時、年已に八十、惜しいかな。（劉克莊の『後村大全集』六十巻は、四十六巻以後はみな詩話と詩餘であり、詩はない。晉安の謝氏家藏圖書の印があり、謝在杭（肇淛《ちょうせつ》）の鈔本である。巻首に林希逸の二つの序文がある。後村は宋末に在っては文章の大家と號された。詩については、私には別に論じたものがある。この集中の、題跋と詩話はとてもよい。『詩話』の新集で、中唐晩唐の人の詩を多く摭《ひろ》っているが、取るべきものはなく削除するのがよい。劉後村は揚雄が〈劇秦美新〉と〈元后誄〉を作って、〝天が亡ぼそうとするものを、人が支えられるものではない〟〝時代は移り、今や新の國に天の意思が移っている云々〟と言い、蔡邕が群臣を代表して董卓を丞相にするよう上表文をたてまつって、董卓のことを〝頑凶を退け、聖哲を援立した云々〟と言っていることを批判している。さらに阮籍が、禮法を超越したかにみえながら、晩年には魏帝が司馬昭に帝位を讓るための〈勸進表〉を作ったということを問題にし、彼の節操も地に墮ちたと批判している。言葉は嚴しくその論旨は正しい。しかし、彼自身、〈賈相を賀する啓〉に略ぼ〝賈公の肖像畫は雲臺観に掲げられ、丞相は九鼎の重きをなす宋王朝の舵を取り、天下を泰山のごとく安寧に導かれるだろう。昔王導（桓溫の誤り）は中國が百年の廢墟となってしまったことを嘆き（『世說新語』）、諸葛孔明は宮廷と政府が一體になって事にあたるようにしようとした（〈前出師表〉）が、彼らはその志を懷いただけであり、賈公こそがこの言葉を實踐なさっている〟といい、〈賈太師の復び相たるを賀す〉に〝賈公の孤忠は日を貫き、一本の手で天を支える〟〝勇退の知らせを聞いては、杜甫のように眉間に皺を寄せ、再び登用されたのを見て、〈慶曆聖德頌〉を作って賢人の登用を讃えた石徂來（介）のように喜んでいる〟といい、〈再び平章たるを賀す〉に〝けしからぬ輩を邊地に退け、才能ある人物を本朝に聚めておられる〟〝ふさわしい官職が與えられない時には、閑職に甘んじ、一旦謀りごとがあれば位に就く。つまり孟子がいうところの天子が敬意を拂い、決してみだりに呼びつけたりはしない不召の臣である〟

という。阿諛と諂いの言葉の連續ではないか。どうして賈似道を伊尹や周公、諸葛孔明になぞらえられようか。そもそも揚雄や蔡邕の轍を蹈んでいることがわからないのか。按ずるに後村はこれらを作った時、すでに八十歳だった。なんと惜しいことよ」。

八　論揚雄作劇秦美新及作元后誄　劉克莊『後村詩話』續集巻三は、漢を簒奪して王莽が建てた新のために、揚雄が〈劇秦美新〉を書いてこれを讚えたことを批判する。〈元后誄〉についても、元后は幼帝である平帝の補佐としておいの王莽《おうもう》に政を委ね、結果として前漢王朝を滅亡させた張本人であること、にもかかわらず揚雄がこれに百韻にも及ぶ誄《るい》を書いて、その中で、新への國號の交替は致し方のない運命であったと述べたことを批判する。

九　蔡邕代作群臣上表　劉克莊は『後村詩話』續集巻三で、蔡邕が群臣を代表する形で、董卓を丞相というより高い位につかせるように薦める文を書き、そこで董卓を民の塗炭の苦しみを救う存在だと讚えたことを責める。ただし、劉克莊は「然れども其の罪は子雲（揚雄）より薄し」とも言う。なお、この蔡邕の上表文は、現在、佚文となっている。

一〇　論阮籍晩作勸進表　『後村詩話』前集巻一に、阮籍《げんせき》と嵆康《けいこう》を比較して次のようにいう。「嵆と阮は、名を齊《ひと》しうす。然れども〈勸進表〉は（嵆）叔夜は決して作るを肯んぜず。」〈勸進表〉とは、阮籍が魏から司馬昭に帝位を讓るための文を鄭沖に依頼されて書いた〈鄭沖の爲に晉王を薦むる牋〉を指す。

一一　今檢是集、士禎所擧諸聯、其指摘一一不謬　提要は賈似道にあてた賀啓をこの集をみて確認したというが、文淵閣四庫全書本『後村集』には、これらの啓は見えない。四庫全書本の『後村集』は、淳祐九年（一二四九、劉六十三歳）に林希逸が刻した『後村居士集』つまり所謂前集をもとに林秀發が編次し直した本（【附記】參照）であり、一方、王士禎が見たのは、謝氏小草齋鈔本すなわち明の謝肇淛《しゃちょうせつ》が寫した鈔本の大全集六十巻である。この本は現在北京の國家圖書館に藏されているが、これは謝肇淛が明の祕閣にあった二百巻本（闕佚本）をもとに六十巻に配列し直したものといわれる（祝尚書『宋人別集敍錄』）。ちなみに、王士禎が列擧した賈似道におもねった賀啓は、四部叢刊本『後村先生大全集』巻一二〇に〈賈丞相の太師を拜するを賀す〉〈賈太師の再び相たるを賀す〉〈太師の平章たるを賀す〉としてみえる。

一二　較陸游南園二記　陸游が晩年に韓侂冑《かんたくちゅう》のために〈南園記〉を書いて七十八歳で再び出仕し、都で彼のために〈閱古泉記〉（ともに葉紹翁『四朝聞見錄』に見ゆ、後に毛晉編『放翁逸稿』巻上所收）と〈韓太傅生日〉（『劍南詩稿』巻五二）とを書いたことは、今日に至るまで議論の的となっている。『宋史』巻三九五陸游傳に「游 晩年再び出で、韓侂冑の爲に〈南園〉

〈閲古泉記〉を撰し、清議に譏《そし》らる。朱熹嘗て言う、〝其の能太だ高きも、迹は太だ近く、恐らくは有力者の牽挽《けんばん》する所と爲りて、其の晩節を全うするを得ず〟と」と見える。詳しくは、本書二九—二「渭南文集五十巻」を參照。

一三　故方回作瀛奎律髓、極不滿之　『瀛奎律髓』は劉克莊の五言を十一首、七言を二十九首收錄するものの、方回の彼についての批評は手厳しい。巻三の〈雨花臺〉の評では「後村　壯年の詩は晩唐に學び、初めて成るも、未だ俗を脱せず、故に尾句は終に俗なり」といい、巻二七の〈老將〉では「晩節　詩を放翁に學ばんと欲するも、才は終《つい》に逮《およ》ばず、對偶巧みなるも氣格卑し」といい、また同巻の〈老兵〉では「予嘗て謂う　後村の詩は、其の病三有り。曰く巧、曰く冗、曰く俗、而して格の卑《ひく》きは焉《こ》れに與《あず》からず」という。

一四　王士禎池北偶談…　『池北偶談』巻一四〈詩使本朝事〉に「劉後邨《こうそん》の詩の如きは專ら本朝の故實を用い、畢竟　雅を缺く。…此の類の數十聯は、皆な宋の事なり。後　後邨の四六を見るに亦た然り」とある。さらに巻一八には「予　謂えらく　劉後村の詩は、好んで本朝の人の事を用う。近ごろ宋末の王義山『稼村集』を見るに、顰《ひそみ》に效《なら》いて尤も厭《いと》うべし」とある。

一五　瀛奎律髓載其十老詩、最爲俗格　方回は注一三にあげたように、劉克莊の詩を格の卑しいものだとする。また、四庫提要の集部の實質的な執筆責任者であった紀昀《きいん》も、「十首は倶に惡札なり」（『瀛奎律髓刊誤』）と評している。ただし、提要は、十老詩を『瀛奎律髓』巻二七が載錄する十首、すなわち〈老將〉〈老馬〉〈老妓〉〈老儒〉〈老僧〉〈老醫〉〈老吏〉〈老奴〉〈老妾〉〈老兵〉だと見なしているようであるが、劉克莊のいわゆる十老詩とは、『瀛奎律髓』が載せる詩篇とは出入りがある。四部叢刊本『後村先生大全集』巻二〇には、「聽蛙方君（方岳を指す）八老詩を作る。顰《ひそみ》に效《なら》いて各おの一首を賦す、内三題（〈老將〉〈老馬〉〈老妓〉を指す）は余四十年前に已に作り、遂に重說倡言せず、別に二題を賦して十老と成すに足れり」という題注のもと、〈老儒〉〈老僧〉〈老道〉〈老農〉〈老醫〉〈老巫〉〈老吏〉の七首が見えており、『瀛奎律髓』が引く〈老奴〉〈老妾〉〈老兵〉の三首は十老詩にはあたらない。この三首は、すなわち四部叢刊本『後村先生大全集』巻二〇の〈祕書弟の三老を賦すに同ず、各一首〉の三首である。

一六　今南岳第二稿惟存三首、而佚其七　提要がいう「第二稿」は「第一稿」の誤り。文淵閣四庫全書本『後村集』巻二（南嶽第一稿）には、〈老將〉〈老馬〉〈老妓〉の三首のみ見える。なお、文淵閣四庫全書本『後村集』は巻一～一六が詩、巻一七～一八が詩話、巻一九～二〇が詩餘。巻二一～五〇が文である。詩のうち巻一は南嶽舊稿、巻二が南嶽第一稿、巻三が南嶽第二稿、巻四が南嶽第三稿、巻五・六が再び南嶽舊稿となっている。

一七　此集亦嘗經刪定、非苟存　四庫全書本は、林希逸が刻した前集をもとに、林秀發が篇目や巻次を變えて成ったものである。注二二參照。提要は『大全集』の存在を知らなかったため、十老詩のうち三首だけが選擇されたと考えたのである。

一八　南宋末年、江湖一派盛行　南宋末、江湖の游士が詩社を結び、吟遊や詩會を通じて唱和を行うといった創作活動が盛んになり、陳起が刻した『江湖小集』は大いに行われた。劉克莊はその代表詩人とされる。詩の創作が士大夫のみならず商人層など一般にも廣まった意義は大きいが、その詩風は晩唐に倣い卑弱だとして、後世、あまり高く評價されない。

一九　坊本所刻詩十六巻、詩話・詩餘各二巻　提要がここでいう坊刻とは康熙五十九年（一七二〇）姚氏遂安堂の『後村居士詩』二十巻を指す。これは現在、上海圖書館に藏されている。ただ、『寶禮堂宋本書錄』に「『後村居士詩集』二十巻十册。世に『後村居士集』凡そ五十巻を存し…、是の刻は、其の文を全去し、僅かに其の詩十六巻を錄し、詩話・詩餘の四巻を附す。故に『詩集』と稱す」とあり、これによると、『前集』の中から詩十六巻と、詩話・詩餘を採ったものが宋代から存在していたことがわかる。現在、北京の國家圖書館に藏される宋刻元修の二十巻本がそれにあたる。

二〇　毛晉津逮祕書、又刻其題跋二巻　「題跋二巻」は「題跋四巻」の誤り。毛晉《もうしん》の汲古閣が崇禎年間に刻した『津逮祕書《しんたいひしょ》』第十三集に『後邨題跋』四巻が収められている。毛晉はその跋文で、「後邨集は頗る浩繁なるも、予は偏《ひと》えに其の題跋を喜《この》む」と言っている。

二一　而他作竝闕　この後は、書前提要では「而して文集三十巻は竝びに焉《こ》れを闕《か》く。此れ抄傳の足本爲り。第四十三・四十四の兩巻に玉牒初草を載せ、寧宗の嘉定十一・十二年の事を紀す。蓋し韓愈集の編順宗實錄の例を用うるなり」に作る。

二二　此爲傳鈔足本　提要は大全集の存在を知らず、これを足本と考えた。四部叢刊本『後村先生大全集』巻一九五洪天錫〈後村先生墓誌銘〉には、「是に於いて前・後・續・新の四集二百巻、海内に流布す」とあり、劉克莊の文集は計二百巻であったことがわかる。これは、咸淳六年の林希逸〈後村先生大全集序〉（四部叢刊本巻首）に「季子季高 既に負土の役を成し、又た〔先生の四集を取りて、合わせて〕一部と爲し、之を彙聚し、名づくるに大全を以てす。共に二百本。…季高の名は山甫、先生の第三子なり」とある（ただし〔 〕の部分は四部叢刊本は闕字。注一一の謝氏小草齋鈔本より補）ことから、劉克莊の季子劉山甫の刻したものである。そのうち、前集は、劉の生前、淳祐九年（一二四九）に林希逸によって刻されていて、このことは、上揭の林希逸〈後村先生大全集序〉（四部叢刊本巻首）に、「予 戊申（淳祐八年）備數（數合わせ―謙遜したいい方）もて莆《ほ》に守たり。方《はじ》めて前集を得て、之を郡庠《ぐんしょう》に刻す。……□□□□二十年、共に後・續・新の三集成る。今此の書傳流して江左に遍《あまね》し」と見えることから知られる。四庫全書の巻首の林希逸〈後村居士集序〉とは、實は前集を刻した時のものである。ただし、四庫全書本は、前集そのものではなく、一部晩年の作を収入するなどして、林秀發が編次し直したもの。續稿については、劉克莊自身に開慶元年（一二五九）に書いた跋文（『後村先生大全集』巻一九三）があり、五十巻で、淳祐己酉（九年）から寶祐戊午（六年）の十年間の作という。新集は、林希逸〈後村先生行狀〉によれば、口頭で述べたものを子やおいが筆記したもので、晩年の作品集である。

〔三〕 前有淳祐九年林希逸序…　注二二の林希逸〈後村居士集序〉（前集の序文）を指す。文淵閣四庫全書本では〈原序〉として巻首に引かれている。

〔四〕 後集二巻、蓋猶從舊刻繕錄云　詩話の後集二巻を指すか。提要の基づくところ、不明である。

【附記】

劉克莊の詩文集として、最も整っているのは、『後村先生大全集』一百九十六巻であり、これは劉克莊の六十二歳以前の作品を林希逸が刻した『後村居士集』五十巻（いわゆる前集）と、その後に編纂された後集・續集・新集をあつめた合編であり、四部叢刊本は、その舊鈔本の影印である。また、これ以外の版本として二十巻本というものがあるが、これは前集から詩と詩話・詩餘のみを採ったもので、北京の國家圖書館にはその宋刻元修本が藏されている。

文淵閣四庫全書本は、淳祐九年（一二四九）の林希逸の序を有する五十巻本であるが、晩年の作も混入していることが指摘されている。なお、これには宋刻があり、「門人迪功郎新差昭州司法參軍　林秀發編次」とある。日本では靜嘉堂文庫に藏されている。

『全宋詩』（第五八冊　巻三〇三二～巻三〇八一）は、宋刻の『後村居士集』を底本に、廣く佚詩を集めている。『和刻本漢詩集成』（汲古書院）第十六輯に『後村詩鈔』二巻（幾阪世達　校　文政元年（一八一八）序陽華堂刊本）が収入されている。

文の選注本として、趙季・葉言材選注『劉後村小品』（文化藝術出版社　唐宋小品十家　一九九七）がある。

年譜・研究書としては、近年、程章燦著『劉克莊年譜』（貴州人民出版社　一九九三）や向以鮮著『超越江湖詩人——後村研究』（巴蜀書社　一九九五）などが出版されている。また、『宋人年譜叢刊』（四川大學出版社　二〇〇三）第一一册に、李國庭編〈劉克莊年譜簡編〉（據『福建圖書館學刊』一九九〇年第一・二期增訂）が収められている。

四四　秋崖集四十巻

[一]浙江鮑士恭家藏本

【方岳】一一九九～一二六二

南宋には方岳という名の人物は二人いるが、ここでは字《あざな》を巨山、號が秋崖《しゅうがい》の方を指す。祁門《きもん》（安徽省）の人。理宗の紹定五年（一二三二）の進士。時の執政であった賈似道《かじどう》や丁大全《ていたいぜん》に逆らい、官僚としては榮達しなかった。四庫全書本『秋崖集』は、方岳の二つの版本を合編して、四十巻に編纂し直して著録したものである。『新安文獻志』巻七九　洪焱祖《こうえんそ》〈方吏部岳傳〉參照。

宋方岳撰。[二]岳字巨山、號秋崖、歙縣人。紹定五年進士。淳祐中爲[三]趙葵參議官、移知南康軍。[四]以杖舟卒忤荊帥賈似道。[五]後知袁州、又忤丁大全、被劾罷歸。

其集世有二本。一爲[六]秋崖新藁、凡三十一卷、乃從宋寶祐五年刻本影鈔。一爲[七]秋崖小藁、凡文四十五卷、詩三十八卷、乃明嘉靖中其裔孫方謙所刊。今以兩本參校、嘉靖本所載較備。然寶祐本所有、而嘉靖本所無者、詩文亦尚各數十首。[八]又有別行之本、題曰秋崖小簡、較之本集多書札六首。謹刪除重複、以類合編、併成一集、勒爲四十卷。

岳才鋒凌厲。[九]洪焱祖作秋崖先生傳、謂其詩文四六、不用古律、以意爲之、語或天出。[一〇]可謂兼盡其得失。要其名言雋句、絡繹奔赴。以駢體爲尤工、可與劉克莊相爲伯仲。

[二]集中有在淮南與趙葵書、擧葵馭軍之失。辭甚切直、亦不失爲忠告。[三]至葵兄范爲帥失律、致襄陽不守、所係不輕、而其罪亦非小。岳以居葵幕府之故、乃作書曲爲寛解。載之集中、則未免有愧詞矣。

【訓讀】

宋 方岳の撰。岳 字《あざな》は巨山、號は秋崖《しゅうがい》、歙《しょう》縣の人。紹定五年の進士。淳祐中 趙葵《ちょうき》の參議官と爲り、移りて南康軍に知たり。舟卒《しゅうそつ》を杖《じょう》するを以て荊《けい》の帥賈似道《かじどう》に忤《さから》う。後に袁州に知たりて、又た丁大全《ていたいぜん》に忤い、劾《がい》せられて罷《や》めて歸る。

其の集は世に二本有り。一は『秋崖新稾』爲りて、凡そ三十一卷、乃ち宋の寶祐五年の刻本に從《よ》りて影鈔す。一は『秋崖小稾』爲りて、凡そ文四十五卷、詩三十八卷、乃ち明の嘉靖中 其の裔孫《えいそん》 方謙の刊する所なり。今 兩本を以て參校するに、嘉靖本の載する所較《や》や備われり。然れども寶祐本の有する所にして、嘉靖本に無き所の者、詩文亦た尚お各おの數十首なり。又た別行の本有りて、題して『秋崖小簡』と曰うは、之を本集に較ぶるに書札六首多し。謹んで重複を刪除し、類を以て合編し、併せて一集と成し、勒《ろく》して四十卷と爲す。

岳は才鋒凌厲《りょうれい》なり。洪焱祖《こうえんそ》〈秋崖先生傳〉を作りて謂う、「其の詩文四六は、古律を用いず、意を以て之を爲し、語或いは天より出づ」と。兼ねて其の得失を盡くすと謂うべし。要は其の名言雋句《しゅんく》は、絡繹《らくえき》として奔赴《ほんぷ》す。駢體《べんたい》を以て尤も工《たく》みと爲し、劉克莊と相い伯仲を爲すべし。

集中に淮南に在りて趙葵に與《あた》うる書有り、葵の馭軍《ぎょぐん》の失を擧げて、辭 甚《はなは》だ切直、亦た忠告爲るを失わず。葵の兄范の帥爲りて律を失い、襄陽守られざるを致すに至りては、係《かかわ》る所輕からず、而して其の罪も亦た小に非ず。岳は葵の幕府に居るの故を以て、乃ち書を作《な》すに曲げて寛解を爲す。之を集中に載するは、則ち未だ愧詞《きじ》有るを免かれず。

【現代語譯】

宋 方岳の著。岳は字《あざな》を巨山、號を秋崖《しゅうがい》といい、歙《しょう》縣（安徽省）の人である。紹定五年（一二三二）の進士である。淳祐年間に趙葵《ちょうき》の參議官となり、南康軍（江西省）知事となった。舟卒（船の輸送に當たる人）を杖刑にしたことで湖廣の帥であった賈似道《かじどう》の機嫌を損なった。後に袁州（江西省）知事となったときにも、丁大全《ていたいぜん》に逆らい、彈劾されて罷め、鄕里に歸った。

その集は世に二種類あって、一本は『秋崖新稾』で、全三十一卷。これは宋の寶祐五年（一二五七）の刻本を影鈔したものである。もう一本は『秋崖小稾』で、全部で文が四十五卷、詩が三十八卷。これは明の嘉靖年間に岳の末裔である方謙が刊行したものである。今二つの本をつきあわせてみると、嘉靖本の方が比較的備わっている。しかし、寶祐本にありながら嘉靖本にない者は、詩も文もそれぞれ數十篇ある。さらにこれとは別に行われている本があり、書名を『秋崖小簡』という。これをこの集と比べると、書札六篇が多い。謹んで重複を削除し、分類によって合編し、あわせて一集とし、四十卷に作りなおした。

岳の才は鋒のように鋭くて他者を凌駕している。洪焱祖《こうえんそ》は〈秋崖先生傳〉を作って、「詩文や駢儷《べんれい》文は、古律を用いず、自らの創意で作っており、その表現は天から授かったかと思わせる」といった。その長所も短所もよく言い當てているといえよう。要するに彼は名言奇句を、次から次へとほとばしらせたのである。駢儷體を最も得意としたことでは、劉克莊と伯仲していたと言えよう。

集中には淮南にいたころ趙葵にあてた書簡があり、葵の軍隊指揮の失敗を擧げていて、言葉はたいへん直截的であり、忠心から出た言葉とみなすことができる。しかし葵の兄である范が司令官として規律違反を犯し、襄陽が陷落してしまったことについては、范の責任は輕くはなく、その罪も小さくはない。にもかかわらず岳は葵の幕府にいたことから、中央にあてた書簡で筆を曲げて寛大な措置を乞うている。これが集中に載っているのは、本人にとっては恥ずかしいことだろう。

【注】

一　浙江鮑士恭家藏本　鮑士恭の字は志祖、原籍は歙《しょう》（安徽省）、杭州（浙江省）に寄居す。父 鮑廷博（字は以文、號は渌飲《ろくいん》）は著名な藏書家で、とりわけ散佚本の蒐集を好んだ。その精粹は『知不足齋叢書』中に見える。『四庫採進書目』の記錄では、『四庫全書』編纂の際には、藏書六二六部を進獻した。仁松如『四庫全書答問』によれば、そのうち二五〇部が著錄され、一二九部が存目（四庫全書内に收めず、目錄にのみとどめておくこと）に置かれたという。

二　岳字巨山…　方岳の傳記は、『新安文獻志』卷七九の洪焱祖《こうえんそ》〈方吏部岳傳〉に詳しい。なお、これは嘉靖本『秋崖小稾』の卷首に〈秋崖先生傳〉として冠されている。「方吏部 岳 字は巨山、祁門《きもん》の人。…岳は七歳にして能く詩を賦し、長じて郡庠に入る。…紹定五年、漕試及び別省に皆な首選と爲るも、詳定官は語の史《し》丞相彌遠《びえん》を侵すを以て、甲科第七人と爲す。南康軍教授に調せられ、未だ赴かずして母の憂に丁《あ》う。服闋《おわ》りて、滁《じょ》州教授に調せらる。淮東制置使 趙葵《ちょうき》は其の才を奇として、延《まね》きて幕府に置く」。

三　爲趙葵參議官　趙葵《ちょうき》（一一八六～一二六六）は、字を南仲、號は信庵といい、衡山の人。荊湖制置使であった父の趙方に從い、若くして軍才があった。金との戰いに功を立て、右丞相兼樞密使となり、引退後は冀國公《きこく》に封ぜられた。謚《おくりな》は忠靖。『宋史』卷四一七に傳がある。方岳は、彼が淮東制置使であった時、參議官（幕僚）となったのである。

四　以杖舟卒忤荊帥賈似道　『新安文獻志』卷七九の洪焱祖〈方吏部岳傳〉（嘉靖本『秋崖小稾』の卷首〈秋崖先生傳〉）にいう。「（趙）葵出でて邊に行き、自ら之を朝に言いて祠を丐《こ》うに、南康軍に差知せらる。郡は揚瀾左蠡《ようらんされい》の衝に當り、風濤險惡にして、閘《こう》を置きて以て行舟に便ならしむ。湖廣の總領所（船輸送の役所）の綱梢《こうしょう》は閘口《こうこう》に據《よ》り、民に錢萬を邀《もと》めて、始めて閘に入るを得しむ。民船の覆溺《ふくでき》する者有り。綱梢を取りて之を榜《ぼう》すること百なり。京湖の閫《こん》兼總領の賈似道は、怒りて體統無きを謂い、移文もて岳を具析《ぐせき》せしむ。岳怒りて謂う〝湖廣總領所は豈に江東郡に於いて體統を尋ぬべけんや〟と。判數百語を大書して、〝豈に天地の間に一方岳有るを知らざるか〟と曰い、其の文を還《かえ》す。似道益《ます》ます堪えず、遂に諸《これ》を朝に劾《がい》す。朝は似道に直《ただ》さず、因《よ》りて兩《ふた》び岳を易《か》えて邵武軍に知たらしむ（趙葵が邊地に赴くと、方岳は自ら恩給引退を乞うたが、南康軍知事として派遣された。南康軍は鄱陽《はよう》湖の西岸に位置する水運の要衝に當り、波風が強く、水門を設けて行舟の便を圖った。湖廣總領所の輸送船團のボスは、水門の入口に陣取って、民が水門に入るのに一萬錢を出すよう强要していた。あるとき民間船が轉覆して溺死者を出すと、方岳はこの輸送船團のボスを捕まえて百たたきの刑にした。京湖の閫兪總領だった賈似道は、指揮系統を無視したことを怒り、公開書簡で岳を攻擊した。岳は怒って〝湖廣總領所が、どうして江東郡のことに口出しできよう〟といい、數百語に及ぶ判決文を大書して、〝天地の閒にこの方岳様がいるのを知らないのか〟といって、その文書をつき返した。似道は益ます堪忍できなくなり、このことを朝廷に彈劾した。朝廷では似道をたしなめることをせず、岳をまた邵武軍の知事にした)」。このことについては周密の『齊東野語』卷四にも、「賈師憲は淳祐己酉の歲に湖廣の總領と爲る。時に方岳巨山は南康軍に知たり。一日、總所の綱運は經《ふ》るに星江從《よ》りす。押綱の軍卒は驕悍繹騒《きょうかんえきそう》し、市民の横《ほしい》ままに其の禍に遭う者甚だ多し。巨山大いに堪《た》うる能わずして、遂に數輩を擒《とら》えて之を斷治す。賈公　之を聞きて、移文もて詰問し、且《か》つ本軍の都吏を追う。巨山是《ここ》に於いて就《すなわ》ち公牒を判して云う…」とみえ、この時、方岳が賈似道に送った公牒を引いている。賈似道は南宋末の宰相。姉が理宗の貴妃であったため早くから出世した。開慶元年（一二五九）にモンゴルが鄂《がく》州に迫ったとき、理宗が賈似道を軍中にて右丞相とした。しかし、敕許を得ないままモンゴルと講和を結び、しかもそれを擊退と詐稱し、その功で少傅右丞相となり、權力を掌握した。さらに度《たく》宗を擁立して、太師魏國公となり、朝廷にはこれに諂《へつら》う者が續出。遊興に耽って政治を怠り、ついに宋はモンゴルによって亡ぼされた。『宋史』卷四七四姦臣傳四に傳がある。

五　後知袁州、又忤丁大全、被劾罷歸　『新安文獻志』卷七九の洪焱祖《こうえんそ》〈方吏部岳傳〉にいう。「時に丁大全《ていたいぜん》當國す。先に剡《せん》を擧ぐるを求めて從わざるを以て、怒る。張生なる者をして私書を攜えて造宅を爲すを求め、舟を差して釘を買わしむるに及ぶ。已に舟を差して、釘を買う錢を求むれども、與《あた》えず。尋《つ》いで尚左郎官に除せらるるも、沿江の副閫の袁玠《えんかい》に屬《しょく》して之を劾《がい》して罷めしむ」。丁大全も『宋史』卷四七四姦臣傳四に傳のある人物。理宗朝、賈似道の登場する前に權勢をふるっていた宰相で、國家の規律を亂し、忠良の臣を多く陷れたとされる。

六　秋崖新稾、凡二十一卷　この本はすでに亡佚して傳わらない。明嘉靖本『秋崖先生小稾』卷首の李汎《じん》〈秋崖小稿序〉は、方岳の詩文集の刻行の歷史を次のように述べている。「『秋崖小稾』は凡そ八十三卷、乃ち宋の方秋崖先生の著す所の者なり。先嘗て一たび開化（浙江）に刻し、再び建陽（福建）に刻す。先生の後の咸淳の進士貢孫と曰い、寶祐の進士石と曰う者、又た竹溪書院に翻刻するに迨《およ》び、世に行わるること久し。元季に至りて、板は兵に逸《いつ》す。高廟は龍興の初め、詔して古今の遺書を求め、有司は窮搜して以て進むるも、此の稿遂に泯《ほろ》ぶ。弘治中、學士篁墩《こうとん》先生（程敏政）中祕自《よ》り一十二巻を錄出し、手ずから先生の九世の孫國子博士舜擧に授けて曰く、〝此れ君の家の舊物なり〟と。是れに嗣ぎ之に淵して蘄《き》州に知たりて五巻を得たり。舜明は江右に訓導たりて十巻を得、舜中は江浙に教授たりて十巻を得、舜文は三十一巻を家藏し、舜玉は吳下に客たりて一十五巻を得たり。蓋し數を異にするなり。嘉靖乙酉（四年）先生十世の孫廷孚・廷畏・廷光・廷寶・廷獻・了澄、前後に得る所を取りて參考互訂し、缺く者は之を補い、斷ずる者は之を續し、訛《あやま》る者は之を正し、而して是の編を成す。寶と謂うべし」とある。提要がいう『秋崖新藁』三十一巻とは、寶祐の進士方石が竹溪書院に翻刻した本を指すのであろう。これが明の方舜文が家藏していた三十一巻と同じものであるかどうかは不明。

七　秋崖小藁　明嘉靖年間に方岳の子孫である方謙が刻した『秋崖先生小藁』八十三巻を指す。これには注四に擧げた李汛《りじん》の〈秋崖小稿序〉のほか、方謙が嘉靖五年に書いた〈秋崖先生集序〉も冠されている。方謙は次のようにいう。「『秋崖集』は、宋の臨安に刻本有り。勝國の時、竹溪書院に刻本有り。又た耐軒馬世和の刻本有り。元自《よ》り今に徂《およ》ぶまで二百年、斷簡殘篇、零落して幾《いくば》くも無し。幸いに翁の後に述《つ》ぐ有りて、萍蕩《ひょうとう》星散より收集採訪し、十一を千百に得るに庶《ちか》し。尙ほ未だ完璧なる能わざるを以て恨みと爲す。亟《つつし》んで之を家塾に鋟《しん》し、以て悠久に垂れん」。

八　又有別行之本、題曰『秋崖小簡』　書簡集と思われるが、未詳。ただし、日本の御茶ノ水圖書館が藏する元刻の「分類秋崖先生詩藁十八巻（存十五巻）、小藁別集十一巻」と、内閣文庫が藏するこれの室町時代の寫本「分類秋崖先生詩藁十八巻、後集九巻、小藁別集十一巻」の『別集』十一巻は、いずれも內容は書簡集である。あるいは、『秋崖小簡』とはこれを指すのかもしれない。

九　洪焱祖作秋崖先生傳謂　『新安文獻志』巻七九の洪焱祖〈方吏部岳傳〉（嘉靖本『秋崖小藁』の巻首〈秋崖先生傳〉）にいう。「詩文と四六は、古律令（嘉靖本巻首〈秋崖先生傳〉は令の字なし）を用いず、意を以て之を爲し、語或いは天より出づ」。

一〇　可與劉克莊相爲伯仲　『四庫全書總目提要』巻一六三集部一六別集類一六に劉克莊の『後山集』五十巻を著錄して、その駢儷文について次のように述べている。「王士禛『池北偶談』亦た其の詩と四六とは皆な好んで本朝の故事を用いるを論じ、王義山『稼村集』と同《とも》に譏《そし》る。然れども其の清新獨到の處は、要は亦た未だ盡く廢すべからず」。本書四三「後山集五十巻」を參照。

一一　集中有在淮南與趙葵書　文淵閣四庫全書本『秋崖集』巻二四の〈趙端明に與う〉を指す。趙葵の幕下に在った時、趙葵に軍を律する上での心得について述べた書である。このとき趙葵は端明殿學士であったため、趙端明とよんでいる。

三　至葵兄范爲帥失律…　趙范は趙葵の兄である。京湖安撫制置使兼知襄陽府として、襄陽に至った趙范は、朝夕腹心たちとともに遊び暮らし、北軍と南軍の部將たちの統御もできないまま、端平三年（一二三六）七月、北軍の武將の謀叛によって、軍事上重要な據點であった襄陽が焼かれ、掠奪にさらされるという大失態を演じる。『宋史』巻四一七趙范傳は、この時の襄陽の様子を次のように傳える。「城中の官民は尚お四萬七千有奇、錢糧の倉庫に在る者無慮三十萬、弓矢器械は二十有四庫、皆　敵の有と爲る。蓋し岳飛の收復せし自《よ》り百三十年、生聚繁庶、城高く池深きは、西陲に甲たるに、一旦灰燼《かいじん》す。禍は至《はなは》だ慘なり」。この事件によって、趙范は八月に建寧府に謫居となる。文淵閣四庫全書本『秋崖集』巻二四〈諸監司に代わりて廟堂に與う〉は、趙范の失策を庇《かば》い、朝廷に對して寬大な措置を願い出た書簡である。「尚書（趙范）の力もて數十萬の强敵を襄樊《じゅうはん》の圍《い》に郤《しりぞ》くは、斯《こ》れ亦た難きのみ。而して變は不虞《ふぐ》に起きて、祻《こ》は玩する所に生じ、蕭墻《しょうしょう》の內、梟獍《きょうきょう》驟興《しゅうこう》す。事此に至るは、固《もとよ》り已に言う可き者無し。……各おの三官を納めて以て尚書公の罪を贖《あがな》わんと欲す」。

【附記】

方岳の詩文集で、現存する最も古い刻本は、日本の御茶ノ水圖書館が所藏する德富蘇峰舊藏の元の大德年間の刻本『分類秋崖先生詩稿』全十八巻（巻一～三は缺巻）と『小稿別集』十一巻である。前に「建安耐軒馬世和編」の一行があることから、宋建陽本の翻刻であることが知られる。

內閣文庫に藏される室町時代の寫本『分類秋崖先生詩藁』十八巻、『後集』九巻、『小藁別集』十一巻は、明らかに右の元刻本を鈔した本である。御茶ノ水圖書館が『詩藁』の巻一～三巻と、『後集』九巻を闕くのに對して、こちらは完善な形で元刻本の原姿を傳えている。

文淵閣四庫全書本は、影宋鈔本『秋崖新稾』三十一巻本（佚）と明嘉靖刻本『秋崖小稾』文四十五巻、詩三十八巻を合編し、編纂し直したものである。

『全宋詩』（第六一冊　巻三一九〇〜巻三二二五）は嘉靖刻本を底本にしつつ、廣く集外詩を輯めている。評點本には、秦效成校注『秋崖詩詞校注』（黄山書社　一九九八）がある。なお、附錄の秦效成編〈方岳年譜〉は、その増訂版が、『宋人年譜叢刊』（四川大學出版社　二〇〇三）第一二冊に收められている。

『和刻本漢詩集成』（汲古書院）第十六輯に『秋崖詩鈔』一巻（吳之振　選　日本　大窪行　佐羽芳　同校　文化二年（一八〇五）江戸書林須原屋孫七・須原屋伊八刊本）が收入されている。

四五－一　文山集二十一巻　　[一]兩淮馬裕家藏本

【文天祥】一二三六〜一二八二

初めの名は雲孫、字《あざな》は天祥。後に字のほうを名とし、字を履善《りぜん》と改めた。さらに進士及第の後、字を宋瑞とした。號は文山。吉州吉安の人。理宗の寶祐四年（一二五六）の進士第一。恭宗の德祐元年（一二七五）、元軍が長江を渡ると、勤王の詔に應じて吉州の兵を率いて臨安に驅けつけた。翌年、右丞相兼樞密使に除せられたが、それを辭して資政殿學士として元の兵營に使いして捕えられ、辛くも逃れた。端宗が卽位すると再び右丞相を拜し、元軍を相手に各地を轉戰したのち捕虜となり、大都（今の北京）に送られた。元への出仕を求められ、拘禁は三年に及んだが、ついに屈せず、死刑となった。『文山紀年錄』、『宋史』卷四一八 文天祥傳 參照。

宋文天祥撰。[二]天祥事迹具宋史本傳。

天祥平生大節、照耀今古。而著作亦極雄贍、如長江大河、浩瀚無際。其[三]廷試對策及[四]上理宗諸書、持論剴直、尤不愧[五]肝膽如鐵石之目。故[六]長谷眞逸農田餘話曰、宋南渡後、文體破碎、詩體卑弱、惟范石湖・陸放翁爲平正。至晦菴諸子始欲一變時習、模仿古作、故有神頭鬼面之論。時人漸染旣久、莫之或改。及文天祥留意杜詩、所作頓去當時之凡陋。觀指南前後錄可見。不獨忠義貫於一時、亦斯文閒氣之發見也。生平有文山隨筆數十大册、常以自隨。遭難後盡失之。元貞・大德閒、其鄉人搜訪、編爲前集三十二卷、後集七卷。世[七]稱道體堂刻本。考天祥有文[八]山道體堂觀大水記、稱自文山門入、過障東橋、爲道體堂云云。則是堂本其里中名勝、而鄕人以爲刊版之地者也。書[九]中原跋九條、竝詳載本事、頗可以資考證。

[一〇]明初其本散佚。尹[一一]鳳岐從內閣得之、重加編次、爲詩文十七卷。起[一二]寶祐乙卯、迄咸淳甲戌、皆通籍後及贛州以前之作。江[一三]西副使陳价・廬[一四]陵處士張祥先後刻之、附[一五]以指南前錄一卷、後錄二卷。則自德祐丙子天祥奉使入元營、間道浮海、誓師閩粵、羈留燕邸、患難中手自編定者。吟[一六]嘯集則當時書肆所刊行、與指南錄頗相複出。紀[一七]年錄一卷、亦天祥在獄時所自述。後又復集衆說以益之。惟[一八]集杜詩以世久單行、未經收入。今各著於錄。

至[一九]原本所載序・記・碑・銘之類、乃其家子孫所綴錄、冗雜頗甚。今竝從刪削焉。

【訓讀】

宋　文天祥の撰。天祥の事迹は『宋史』本傳に具《そな》われり。

天祥の平生の大節は、今古に照耀す。而して著作も亦た極めて雄贍《ゆうせん》、長江・大河の、浩瀚《こうかん》として際《きわ》無きが如し。其の〈廷試對策〉及び理宗に上《たてまつ》る諸書は、持論剴直《がいちょく》にして、尤も「肝膽鐵石《かんたんてっせき》の如し」の目に愧《は》じず。故に長谷眞逸『農田餘話』に曰う、「宋の南渡の後、文體破碎し、詩體卑弱なり。惟だ范石湖・陸放翁の平正爲るのみ。晦菴《かいあん》の諸子に至りて始めて時習を一變し、古作を模倣せんと欲し、故に神頭鬼面の論有り。時人漸《ようや》く染まること既に久しければ、之を或いは改むる莫し。文天祥　意を杜詩に留むるに及び、作る所は頓《とみ》に當時の凡陋《ぼんろう》を去る。『指南前後錄』を觀るに見るべし。獨り忠義を一時に貫くのみならずして、亦た斯文《しぶん》の開氣の發見《はつげん》なり」と。

生平に『文山隨筆』數十大册有りて、常に以て自ら隨う。難に遭う後、盡く之を失う。元貞・大德の閒、其の鄕人捜訪し、編みて前集三十二巻、後集七巻と爲す。世に道體堂刻本と稱す。考うるに 天祥に〈文山道體堂にて大水を觀る記〉有りて稱す、「文山門自《よ》り入り、障東橋を過ぐれば、道體堂爲り云云」と。則ち是の堂は本と其の里中の名勝にして、而して郷人以て刊版の地と爲す者なり。書中の原跋九條、竝びに詳しく本事を載するは、頗る以て考證に資すべし。

明初 其の本 散佚す。尹鳳岐《いんほうき》は内閣從《よ》り之を得て、重ねて編次を加え、詩文十七巻と爲す。寶祐乙卯に起り、咸淳甲戌に迄《いた》るまで、皆な通籍の後、贛《かん》州に及ぶ以前の作なり。江西副使 陳价《ちんかい》・廬陵《ろりょう》の處士 張祥 先後して之を刻し、附するに『指南前錄』一巻、『後錄』二巻を以てす。則ち德祐丙子 天祥 使を奉じて元營に入りし自《よ》り、閒道して海に浮かび、閩粤《びんえつ》に誓師《せいし》し、燕邸に羈留《きりゅう》するまで、患難中手自《てずか》ら編定する者なり。『吟嘯集』は則ち當時の書肆《しょし》の刊行する所にして、『指南錄』と頗る相い複出す。『紀年錄』一巻は、亦た天祥の獄に在りし時 自述する所なり。後 又た復た衆說を集めて以て之を益す。惟だ『集杜詩』のみは世に久しく單行するを以て、未だ收入を經ず。今 各おの錄に著す。

原本載する所の序・記・碑・銘の類に至りては、乃ち其の家の子孫の綴錄《ていろく》する所にして、冗雜《じょうざつ》頗る甚し。今竝びに删削《さんさく》に從う。

【現代語譯】

宋 文天祥の著。天祥の事迹は『宋史』文天祥傳に詳しい。

天祥の生前の大節は、古今の歴史に輝き、作品もきわめて雄大で、長江や黄河が水量豊かに果てしなく流れるさまに似ている。彼の〈廷試對策〉および理宗に上《たてまつ》った諸書は、その主張はまっすぐで、とりわけ「肝膽鐵石の如し」という評判に愧《は》じない。ゆえに長谷眞逸『農田餘話』はいう。「南渡以後、文體は破碎し、詩體は卑弱となり、ただ范石湖・陸放翁だけがあるべき水準を保っていた。朱子たちになってようやく悪習を一變して、古人の作を模倣しようとし、だからこそ朱子は近世の詩は鬼面人を驚かすようなものだと批判したのだ。しかし、當時の人は悪習に染まって久しかったので、これを改めようとする者もいなかった。文天祥が杜詩に注目するようになって、彼の作はとみに當時の凡庸から抜け出したのだ。『指南前後錄』をみればそのことがわかろう。それは單に忠義で一つの時代を貫いたというだけでなく、斯文《しぶん》における天地の氣の發現でもあるのだ」と。

文天祥は生前、『文山隨筆』數十大册を、いつも攜行していた。難に遭った後、これは盡く失われた。元貞・大德年間に、彼の鄕人が捜訪し、前集三十二卷、後集七卷に編纂した。世にこれを道體堂刻本といっている。考えるに、天祥には〈文山道體堂に大水を觀る記〉があって、そこにいう、「文山門から入り、障東橋を過ぎれば、道體堂である云云」と。つまりこの堂はもともと彼の鄕里の名勝であり、地元の人はそれでこれを刊版の地としたのだ。書中の原跋九條は、ともに彼の始末を詳しく載せており、とても考證の役に立つ。

明の初め、その本は散佚した。尹鳳岐《いんほうき》が内閣から入手し、重ねて編次を加え、詩文十七巻とした。寶祐乙卯（三年　一二五五）から咸淳甲戌（十年　一二七四）まで、皆な官籍を得てから贛《かん》州知事にいたるまでの作である。江西副使陳价《ちんかい》・廬陵《ろりょう》處士　張祥が前後してこれを刻し、『指南前錄』一卷、『後錄』二卷（など）を附した。そのうち『指南前錄』と『後錄』は德祐丙子（二年　一二七六）に天祥が使を奉じて元の兵營に入ってから、抜け道を通って海に出て、閩粤《びんえつ》（福建・廣東）の兵を勵まし、大都に抑留されるまで、患難中に手ずから編定したものである。『吟嘯集』は則ち當時の書肆《しょし》の刊行したもので、『指南錄』と重複する部分が多い。『紀年錄』一卷も、天祥が下獄していた時に自述したものであるが、後にさらにまた衆説を集めて增益してある。ただ『集杜詩』だけは長い間單獨で世に流通していたため、文集に入れられたことがない。今それぞれ別に著錄しておく。

原本に收載されている序・記・碑・銘の類については、文家の子孫が寄せ集めたもので、冗雜なことこのうえない。

これも今すべて削除しておく。

【注】

一　兩淮馬裕家藏本　馬裕の字は元益、號は話山、江都（揚州）の人。原籍は祁門（安徽省）で所謂新安商人の出身。父の曰琯《えつかん》の代より藏書十萬餘卷を誇った。『四庫採進書目』の記錄では、四庫全書編纂の時、藏書六八五部を進獻した。任松如『四庫全書答問』によれば、そのうち著錄されたのが一四四部、存目（四庫全書内に收めぬが、目錄にのみとどめておくこと）は二二五部にのぼる。

二　天祥事迹具宋史本傳　『宋史』卷四一八 文天祥傳を指す。

三　廷試對策　文淵閣四庫全書本『文山集』および四部叢刊本『文山先生全集』卷三に〈御試策一道〉と題されて收錄されている。

四　上理宗諸書　文淵閣四庫全書本『文山集』および四部叢刊本『文山先生全集』卷三の〈己未 皇帝に上る書〉と〈癸亥 皇帝に上る書〉を指す。

五　肝膽如鐵石之目　「肝膽《かんたん》 鐵石《てつせき》の如し」とは、文天祥が及第した時の試驗官王應麟が文天祥の對策を評した言葉である。『宋史』卷四一八 文天祥傳にいう。「年二十（文天祥自作の『紀年錄』に從えば二十一歲）にして進士に擧げられ、集英殿に對策す。時に理宗は在位久しく、政理 浸《ようや》く怠る。天祥は法天息《いこ》わざるを以て對《たい》と爲す。其の言は萬餘、稿を爲《つく》らずして、一揮にして成れり。帝 親《みずか》ら擢《ぬき》んでて第一と爲す。考官の王應麟奏して曰く、〝是の卷の古誼は龜鑑の若し、忠肝は鐵石の如し。臣敢《あえ》て人を得るの賀を爲す〟と」。この時のことは『宋史』卷四三八王應麟傳にも見えており、「考第 旣に上《たてまつ》るに、帝は第七卷を易《か》えて其の首に置かんと欲す。應麟は之を讀み、乃ち頓首《とんしゅ》して曰く、〝是の卷の古誼は龜鏡の若し、忠肝は鐵石の如し。臣敢て人を得るの賀を爲す〟と。遂に第七卷を以て首選と爲す。唱名に及べば、乃ち文天祥なり」という。王應麟傳によれば、文天祥は本來七番目の成績であったところ、その對策が理宗に氣に入られて首席合格となったという。一方、『紀年錄』には、「寶祐四年二月朔、禮部開榜し、中正奏名し、弟璧《へき》 同《とも》に登る。大庭の試策に及び、有司 予を第五に寘《お》く。理宗皇帝予の對《たい》を覽て、親ら擢んでて第一と爲す」とあり、本來五番目の成績であったことになっていて、宋の龔開《きょうかい》の〈宋文丞相傳〉（『宋遺民錄』卷一〇）も『紀年錄』に從っている。

六　長谷眞逸農田餘話曰…　明の長谷眞逸『農田餘話』（五朝小說大觀本）にいう。「宋の南渡の後、文體破碎し、詩體卑弱なり。惟だ范石湖・陸放翁の平正爲るのみ。晦菴《かいあん》の諸子に至りて始めて時習を一變し、古作を模仿せんと欲し、故に神頭鬼面の論有り。時人漸《ようや》く染まること既に久しければ、之を或いは改むる莫し。文天祥の意を杜詩に留むるに及び、作る所頓に當時の凡陋《ぼんろう》を去る。『指南前後錄』を觀るに見るべし。獨り忠義の一時に冠たるのみならずして、亦た斯文の閒氣の發見《はつげん》なり」。「神頭鬼面の論」とは、朱子が近世の詩は神頭鬼面であると批判したことを指す（『朱文公文集』卷六四〈答鞏仲至〉參照）。「閒氣」とは、英雄偉人が上は星象に應じて天地の氣を受けて世に出現することをいう。『太平御覽』卷三六〇に引く『春秋孔演圖』に「正氣は帝と爲り、閒氣は臣と爲り、宮商は姓と爲り、秀氣は人と爲る」とある。五行を人事に附會し、帝王や臣民が各おの五行の氣を受けて生まれるとしたもの。柳宗元『柳河東先生集』卷四〇〈祭楊憑詹事文〉に「公は閒氣を稟《う》け、心靈洞開す」と見える。

七　世稱道體堂刻本　元刊の道體堂本は現在すでに傳わらないが、熊飛・漆身起・黃順强校點『文天祥全集』（【附記】參照）の附錄は、この道體堂本の序文二篇を收載している。それによれば、江西省圖書館藏の光緒十三年仕江の周氏の穀詒堂刊『廬陵文丞相文山先生全集』首頁に佚名の按語があり、明の黑口刊本『文山先生集』卷首に道體堂の二篇の序文を發見したのでこれを寫したという旨が述べられているという。序文の其の一にいう。「先生の平日の著述、『文山隨筆』凡そ數十大册有りて、常に累奉の御札、及び告身、及び先公太師の革齋先生の手澤と與《とも》に、共に行橐《こうたく》に載す。丁丑の歲、猶お挾みて以て自ら隨うも、一旦之《これ》を草莽に委《す》つ、爲《ため》に太息すべし。今百方搜訪し、僅かに僅かに此れ有り。因りて寶祐乙卯自《よ》り後、咸淳甲戌に至りて止む。門類に隨いて略ぼ其の前後を譜し、以て此の編を成す。…場屋の擧子の業の如きに至りては、自ら舊日の黃册有りて板行す。又た『年譜』『集杜』『指南錄』の如きは、則ち甲戌以後の筆にして、此の編に在らず。其の『吟嘯』と曰う者は、乃ち書肆《しょし》の自ら之が名と爲すも、義に於いて取る無し。其の實は則ち『指南』の別集なるのみ。因りて其の說を集の端に著し、以て觀る者を諗《しん》すと云う。元貞二年太歲丙申冬至の日、道體堂謹んで書す」。其の二にいう。「…今得る所に隨いて、編類すること前の如し。後集を爲すには更に當に訪求し、陸續として集に入るべしと云う。大德元年丁酉中秋の日、道體堂謹んで書す」。

八　文山道體堂觀大水記　文淵閣四庫全書本『文山集』卷一二および四部叢刊本『文山先生全集』卷九の〈文山觀大水記〉に「文山門自《よ》り入り、萬松の下に道し、天圖畫に至る。一江其の前に横たわる。行くこと數百步、一嶺盡《つ》くれば松江亭なり。亭は堤二千尺に接す。盡くる處は障東橋爲り。橋の外數十步にして、道體堂爲り」とみえる。道體堂とは、彼の鄉里にあった堂の名である。

九　書中原跋九條　四庫全書本の底本となった正德九年張祥刻

本（注一四參照）には、巻首に景泰六年韓雍序・景泰五年韓陽序・景泰六年錢習禮序・景泰六年李奎序・元貞二年と大德元年の道體堂二識語などが冠されていたと思われる。ただし、文淵閣四庫全書本はこれらの序跋をすべて削除している。

一〇　明初其本散佚　提要はこのようにいうが、黃虞稷《こうぐしょく》『千頃堂書目』巻二九や錢謙益『絳雲樓《こううんろう》書目』巻三には「文文山先生集三十二巻・後集七巻」が著錄されていることから、道體堂本の散逸が明初ではないことがわかる。

一一　尹鳳岐従内閣得之　景泰本（注一三）巻首の韓陽〈景泰本文山先生集序〉は、正統年間に家藏本が焼失したことをいった後、次のようにいう。「今に迄《いた》るまで七載を逾《こ》え、遍《あまね》く士夫を訪うも獲ず。翰林侍讀文江の尹先生（鳳岐）館閣に居りし日、嘗《かつ》て是の集の全き者を錄す。去年春、寅友陳君維藩（价）按部は吉に至り、先生出だして之を示す。陳君假《か》を求めて以て歸り、而して巡撫都憲韓公（雍）に呈す。公 是の集の板行する者尠《すく》なく、恐らくは湮喪《いんそう》を致すを念い、遂に其の訛舛《かせん》を訂《ただ》し、善書者に命じて楷寫せしめて之を刻す。蓋し普《あまね》く四方に惠み、之を永久に壽《ひさし》からしめんと欲するなり」。

一二　起寶祐乙卯、迄咸淳甲戌　寶祐乙卯三年は、文天祥が郡の貢士として擧げられた年。咸淳甲戌十年は、知贛《かん》州として赴任した年。翌年、彼は詔に應じて臨安に赴いている。

一三　江西副使陳价…　尹鳳岐（注一一）が内閣より錄出し、それを譲られた陳价と韓雍が景泰六年（一四五五）に刻したいわゆる景泰本を指す。正集が十七巻、別集六巻（『指南錄』一巻・『指南後錄』一巻・『吟嘯集』一巻・『集杜詩』二巻・『紀年錄』一巻）、さらに附錄として後世の著名人による傳記や哀輓《あいばん》など三巻が収められている。

一四　廬陵處士張祥…　正德九年に張祥が吉安で刻したいわゆる正德本を指す。祝尚書『宋人別集敍錄』によれば、四庫全書本の底本は、現在、武漢大學圖書館に藏されている（未見）。正集が十七巻、指南文集が三巻、別集一巻から成るという。景泰本を元にし、正集は同じで、景泰本の別集七巻のうち『指南錄』『指南後錄』『吟嘯集』を析出して指南文集三巻とし、『紀年錄』を別集としている。集杜詩は収められていない。

一五　附以指南前錄一巻、後錄二巻…　正集に附された別集には、『指南前錄』、『後錄』、『吟嘯集』・『集杜詩』（ただし注一四の正德本のみはこれがない）・『紀年錄』の五種がある。そのうち『指南錄』は、文天祥が元の伯顏《バヤン》が率いる陣地に使いして、拘禁され、脱出するまでの苦難の中で詠んだ詩集。文天祥〈指南錄後序〉にいう。「德祐二年二月（正月に作るべし）十九日、予は右丞相兼樞密使・都督諸路軍馬に除せらる。時に北兵は已に脩門の外に迫り、戰・守・遷 皆な施すに及ばず。縉紳の大夫士左丞相府に萃《あつま》るも、計の出だす所を知る莫し。會《たま》たま使轍交《こも》ごも馳せ、北のかた當國の者を邀《むか》えて相い見《まみ》えしめんとす。

衆謂えらく予の一たび行爲して、以て禍を紓《じょ》すべしと。國事此《ここ》に至り、予は身を愛《お》しむを得ず、北も亦た尚お口舌を以て動かすべしと意《おも》えばなり。初め使を奉じて往來し、北に留まる者無し。予は更に北を一覘《いってん》して歸り、而して救國の策を求めんと欲す。是に於いて相《しょう》の印を辭して拜せず、翌日、資政殿學士を以て行く。……予は患難中に在りて、閒《ま》ま詩を以て遭《あ》う所を記す。今、其の本を存し、廢するに忍びず、道中手自《てずか》ら抄錄す。北營に使いし、北のかた關外に留まるを一巻と爲す。北のかた關外を發し、吳門・毘陵《びりょう》を歷《へ》て、瓜洲《かしゅう》を渡り、復た京口に還るを一巻と爲す。京口を脫し、眞州・揚州・高郵《こうゆう》・泰州・通州に趨《おもむ》くを一巻と爲す。海道自《よ》り永嘉に至り、三山に來るを一巻と爲す。將に之を家に藏し、來る者をして之を讀ましめ、予の志を悲しましめんとす。……是の年夏五、景炎に改元す。廬陵の文天祥自ら其の詩に序し、名づけて『指南錄』と曰う」。

一六　吟嘯集則當時書肆所刊行　注七の道體堂本の序文其の一に「其の『吟嘯』と曰う者は、乃ち書肆《しょし》の自ら之が名と爲せるにして、義に於いて取る無し。其の實は則ち『指南』の別集なるのみ」とある。

一七　紀年錄一巻　文天祥が大都の獄にあった時に自ら書したもの。年譜形式で、宋の理宗端平三年（一二三六）の誕生から、壬午（一二八二）の正月で終わっている。

一八　集杜詩　文天祥が杜甫の五言の詩句を使って創作した絶句二百首を指す。本書四五―二「文信公集杜詩四巻」參照。なお、ここで提要は、『集杜詩』は「未だ收入を經ず」というが、景泰本の方は『集杜詩』を別集として收錄している。

一九　原本所載序・記・碑・銘之類　正德本の附錄で、後世の著名人による傳記や哀輓などを集めた三巻を指す。四庫全書本はこれを削除している。

【附記】

元代の道體堂本は現在傳わらないが、文天祥の版本は、これをもとに景泰本の系統と、家刻本の系統に大きく分かれる。景泰本の方が優れる。文淵閣四庫全書本の底本となった正德本もこの系統である。最も校勘が精密なのは、嘉靖三十九年張元諭刻本『文山先生文集』二十巻であり、それまでの本と編次は異なるものの、やはり景泰本の系統である。四部叢刊本は萬曆三年のこれの翻刻を影印したもの。『全宋詩』（第六八冊　巻三五九五～巻三六〇〇）は、四部叢刊本を底本とし、集外詩も廣く輯めている。

文天祥の刻本については、鄧碧清「『文山集』版本考」（『宋代文化研究』第二集　一九九二）を參照されたい。ただし、鄧氏は臺灣の國家圖書館の元刻本『文山先生文集』十七卷は未見のようである。臺灣の國家圖書館藏本は、元の道體堂本とも異なり、詩文の配列からいえば明の景泰本と同じ系統である。景泰本の祖本である可能性がある。なお、阿部隆一『中國訪書志』は元刻本ではなく明初の建刊本とすべきだという。

『和刻本漢籍文集』（汲古書院）第六輯には、『文文山文鈔』六卷が、『謝疊山文鈔』四卷とともに《文謝二公文鈔》（巽世大　編　景萬延二年大阪河内屋茂兵衞等刊本）として收入されている。詩は、『和刻本漢詩集成』（汲古書院）第十六輯『文文山詩選』二卷（日本　城井國綱　編　明治三年東京椀屋喜兵衞等刊本）が收入されている。

評點本は、『文天祥全集』（世界書局　一九三六　のち北京市中國書店影印　一九八五）のほか、熊飛・漆身起・黃順强校點『文天祥全集』（江西人民出版社　一九八七）がある。

選注は、陳延傑注『文文山詩注』五卷（商務印書館　一九三九）、黃藍波選注『文天祥詩選』（人民文學出版社　一九七九）、張玉奇選注『文山詩選注』（江西人民出版社　一九八六）、夏延章主編『文天祥詩文賞析集』（巴蜀書社　一九九四）などがある。

また、近年では、中華民族の英雄として、評傳も多く出版されている。萬繩楠『文天祥』（中華書局　一九五九）、沈起煒『文天祥』（中華書局　一九六二）、陳清泉『文天祥』（上海人民出版社　一九八二）、萬繩楠『文天祥傳』（河南人民出版社　一九八五）、朱安群『文天祥：南宋傑出的民族英雄』（上海人民出版社　一九八八）など。日本のものでは梅原郁『文天祥』（人物往來社　一九六六）、雜喉潤『文天祥の生涯』（尙文社　ジャパン　一九九六）がある。

また、研究資料集としては、張公鑑『文天祥生平及其詩詞研究』（臺灣商務印書館　一九八九）、劉文源編『文天祥研究資料集』（中國社會科學出版社　一九九一）が有用である。『宋人年譜叢刊』（四川大學出版社　二〇〇三）第一二册には、尹波校點による〈文山紀年錄〉が收められている。

四五—二　文信公集杜詩四卷[一]

編修汪如藻家藏本[二]

[三]一名文山詩史。宋文天祥撰。[四]蓋被執赴燕後、於獄中所作。前有自序、[五]題歲[六]上章執徐、[七]月祝犂單閼、[八]日上章協洽。案上章執徐、爲庚辰歲、當元世祖至元十七年。乃其赴燕之次年。祝犂單閼當爲己卯之月、上章協洽爲庚未之日、於干支紀次不合。[九]考是年正月癸卯朔、二月內當有三庚日、二未日。必傳寫者有所錯互。至以歲陽歲名紀日、[一〇]本於吳國山碑中日惟重光大淵獻語。而併以紀月、則獨見於此序。[一一]又序後有跋稱壬午元日、則天祥[一二]授命之歲也。

[一三]詩凡二百篇、皆五言二韻、專集杜句而成。每篇之首、悉有標目次第。有題下敘次時事、於國家淪喪之由、生平閱歷之境、及忠臣義士之周旋患難者、一一詳誌其實。顚末粲然、不愧詩史之目。[一四]吳之振宋詩選、徒以裁割巧合評之。其所見抑亦末矣。

[一五]劉定之序、稱原書序跋中有闕文、指元之君臣・宋之叛逆、闕而不書。今皆補[一六]之爲白字。又題姓某履善甫者、卽指南集中所謂越蠡改陶朱之意。案今本序跋竝無闕字。蓋卽定之所補。而履善甫上已署天祥之名。則不知何人增入。

[一七]又定之稱分爲四卷。而今本止一卷。殊失原第。[一八]今仍析爲四卷以存其舊焉。

【訓讀】

一に『文山詩史』と名づく。宋 文天祥の撰。蓋し執《とら》えられて燕《えん》に赴くの後、獄中に於いて作る所なり。前に自序有りて、「歳は上章執徐《しつじょ》、月は祝犁《しゅくり》單閼《せんあつ》、日は上章協洽《きょうこう》」と題す。案ずるに、上章執徐は、庚辰の歳爲りて、元の世祖の至元十七年に當る。乃ち其の燕に赴くの次年なり。祝犁單閼は當に己卯の月爲り、上章協洽は庚未の日爲るべくして、干支の紀次に於いて合わず。考うるに是の年正月は癸卯の朔、二月の内に當に三の庚の日、二の未の日有るべし。必ず傳寫の者錯互する所有らん。歳陽歳名を以て日を紀すに至りては、呉國山碑中の「日は惟《こ》れ重光大淵獻《ちょうこうだいえんけん》」の語に本《もと》づく。而るに併せて以て月を紀するは、則ち獨り此の序に見ゆるのみ。又た序の後に跋有りて壬午元日と稱するは、則ち天祥の授命の歳なり。

詩は凡そ二百篇、皆な五言二韻、專ら杜句を集めて成る。每篇の首、悉《ことごと》く標目の次第有りて、題下に時事を敘次し、國家淪喪《りんそう》の由、生平閲歴《えつれき》の境、及び忠臣義士の患難に周旋する者に於いて、一一詳しく其の實を誌す。顚末は粲然《さんぜん》として、「詩史」の目に愧じず。呉之振『宋詩選』の、徒《いたず》らに「裁割巧合」を以て之を評するは、其の所見抑《そ》も亦た末なり。

劉定之の序に稱す、「原書の序跋中に闕文《けつぶん》有り。元の君臣・宋の叛逆を指し、闕《か》きて書せず。今皆な之を補いて白字と爲す」と。又た「〝姓某履善甫〞と題する者は、卽ち『指南集』中の所謂越蠡《えつれい》の〝陶朱〞に改むるの意なり」と。案ずるに今本の序跋は竝びに闕字無し。蓋し卽ち定之の補う所なり。而るに履善甫の上に已に天祥の名を署す。則ち何人の增入するかを知らず。

又た定之は分ちて四巻と爲すと稱す。而《しか》るに今本は止だ一巻なり。殊《こと》に原第を失す。今仍《な》お析《さ》きて四巻と爲し、以て其の舊を存す。

【現代語譯】

別名『文山詩史』ともいう。宋 文天祥の著。元に捕えられて燕（今の北京）に赴いた後、獄中で作ったものである。前に自序があり、「歳は上章執徐《しつじょ》、月は祝犂單閼《しゅくりせんあつ》、日は上章協洽《きょうこう》」と題している。考えるに、上章執徐は、庚辰の歳のことで、元の世祖至元十七年に當る。つまり燕に赴いた翌年である。祝犂單閼は己卯の月であり、上章協洽《きょうこう》は庚未の日であり、干支が合わない。考證するに、この年正月は一日が癸卯、二月中には庚の日が三回、未の日が二回あるはずだ。きっと傳寫した者が誤ったのに違いない。歳陽歳名を用いて日を紀すのは、呉の國山碑の中に「日は惟《こ》れ重光大淵獻」とあるのが起源である。しかし月をもこれで紀すのは、この序だけにしか見えない。さらに序の後にも跋があり、壬午元日と稱しているのは、天祥の亡くなった年である。

詩は全部で二百篇、どれも五言二韻で、専ら杜甫の句を集めて作ったものだ。毎篇の初めには標目の次第があり、題下には時事を記載したものがあり、國家の滅亡のいきさつや、生前に體驗したこと、及び忠臣義士が患難に立ち向かったことについて、一一詳しく事實を誌している。事の顚末がはっきりしていて、「詩史」の評判に違わない。呉之振『宋詩選』はただ「切り貼りがうまい」という言葉でこれを評しているが、その所見のなんと下《くだ》らぬことか。

劉定之は序文にいう。「原書の序跋の中に闕字がある。元の君臣や宋の逆臣を指彈して、わざと闕字にしている。今すべて補って白抜きの字にした」と。また彼は「〝姓某履善甫〟と題する者は、『指南集』中の所謂越蠡《えつれい》が「陶朱公」と改めた意である」ともいう。思うに、今本の序跋にいずれも闕字がないのは、定之が補ったのであろう。しかし、履善甫の上に天祥の名を署しているのは、誰が增入したものかわからない。

また定之は四巻に分けたというが、今本は一巻だけである。もとの形をまったく失っている。今、昔のとおり四巻に分けて、舊姿にもどしておく。

【注】

一　四巻　文淵閣四庫全書本は實際には「一巻」である。

二　編修汪如藻家藏本　汪如藻は字を念孫といい、桐郷（浙江省）の人。乾隆四十年（一七七五）の進士。父祖より裘杼《きゅうちょ》樓の萬巻の藏書を受け繼いだ。四庫全書總目協勘官となり、『四庫採進書目』によれば二七一部を進獻した。任松如『四庫全書答問』によれば、そのうち九〇部が四庫全書に著錄され、五六部が存目（四庫全書内に收めず、目錄にのみとどめておくこと）に置かれている。

三　一名文山詩史　『明文衡』巻四四（『明文在』巻四八にも所收）にみえる劉定之〈文山詩史序〉は最後の段で次のようにいう。「公の同時に吳郡の張子善と曰う者有り。亦た嘗て杜句を集め、公の始終の大概を述べ、而して其の事を下方に疏して以て之を證す。今　内相の安成の彭公純道　其の本を得て以て予に示す。遂に錄して以て公の詩の後に附し、合わせて之に題して文山詩史と曰う。公の序中の語を取るなり。公の宗孫廷珮《ていはい》　鋟《しん》梓《し》して以て其の傳を廣うせんと欲し、乃ち序して以て之に歸す」とみえる。これによれば、明代、この書は『文山詩史』という名で行われていたことがわかる。「公の序中の語」とは、注四の文天祥の自序を指す。この劉定之の序文は、文淵閣四庫全書本『文信公集杜詩』の巻首に收載されているが、末尾のこの部分を闕いている。

四　蓋被執赴燕後、於獄中所作　文淵閣四庫全書本『文信公集杜詩』の巻首の文天祥の自序〉にいう。「余　幽燕の獄中に坐して、爲《な》す所無し。杜詩を誦して、稍《や》や諸《これ》を感興する所に習う。其の五言に因りて、集めて絶句を爲り、之を久しうして、二百首を得たり。凡そ吾が意の言わんと欲する所の者は、子美（杜甫）先に爲に之を代言す。日に之を玩びて置かず、但だ吾が詩爲るを覺え、其の子美の詩爲るを忘るるなり。…昔人は杜詩を評して詩史と爲す。蓋し其の詠歌の辭を以て、紀載の實を寓し、而して抑揚褒貶の意、其の中に燦然たり。之を史と謂うと雖も可なり。予の集むる所の杜詩は、余の顚沛《てんぱい》せし自《よ》り以來、世變の人事、此に概見す。是れ詩を爲るに意有る者に非ざるなり。後の良史、尚ほ庶幾《ねがわ》くは焉《これ》を攷《こう》する有らんことを」。

五　題歳上章執徐、月祝犁單閼、日上章協洽　注四の文天祥の自序の末尾に「歳は上章執徐《しつじょ》、月は祝犁單閼《しゅくりせんあつ》、日は上章協洽《きょうこう》、文天祥履善甫敍す」と見える。

六　上章執徐　上章も執徐も、『爾雅』釋天にみえる干支の異名で、上章は庚、執徐は辰である。庚辰は、元の世祖の至元十七年（一二八〇）にあたる。『紀年錄』によれば、文天祥は祥興元年（一二七八）十二月二十日、海豐の五坡嶺にて元軍に捕えられて、北に連行され、翌年の十月一日に燕京（北京）に至った。樞密院の尋問に引き出されたが、跪《ひざまず》かず、獄に下《くだ》った。

七　祝犁單閼當爲己卯之月　祝犁は『史記』暦書にみえる己の別名。單閼は『爾雅』釋天にみえる卯の異名。

八　上章協洽爲庚未之日　『爾雅』釋天によれば、上章は庚、協洽は未である。

九　考是年正月癸卯朔　正月一日が癸卯だとすると、二月一日は癸酉、よって、二月に庚のつく日は、八日庚辰・十八日庚寅・二十八日庚子の三回、未のつく日は、十一日癸未、二十三日乙未の二回しか存在せず、二月中に庚未の歳はないことになる。そのため、提要は月か日が間違っているのだろうとする。

一〇　本於吳國山碑中日惟重光大淵獻語　『三國志』吳志　孫皓《そんこう》の天璽元年（二七六）に、陽羨《ようせん》山の石室に瑞兆があると報告があったため、董朝と周處を派遣して國山に封禪《ほうぜん》し、翌年、天紀と改元した記事がみえる。吳國山碑とは、この山で發見された碑であり、吳の皇帝を壽《ことほ》ぐ瑞兆とされた。現存しないが、その大略は『雲麓漫鈔』巻七に引かれている。そこには、年月日は「是に於いて旃蒙《せんもう》協洽の歲、月は陬訾《すうし》の口に次《やど》る。日は惟れ重光大淵獻の行年の値《あた》る所にして…」と記されている。旃蒙協洽は乙未（二七五）。陬は正月。重光大淵獻は辛亥に相當する。

一一　又序後有跋稱壬午元日　注四の『文信公集杜詩』の自序の後には、文天祥自身の跋文が附されている。「是の編は前年に作る。自ら意《おも》わざりき　流落の餘生、今に至るも死を得ざるとは。斯文《しぶん》　固《もとよ》り存す。天將《はた》誰にか屬《しょく》せしむ。嗚呼、千載の心に非ずんば、以て此れを語るに足らず。壬午正月元日　文天祥書す」。

一二　天祥授命之歲也　授命とは命を投げ出すことをいう。『論語』憲問篇の「利を見ては義を思い、危うきを見ては命を授く」、子張篇の「士は危うきを見ては命を致し、得るを見ては義を思う」による。文天祥は壬午の年（元の至元十九年、一二八二）十二月九日に處刑された。

一三　詩凡二百篇　『集杜詩』にはすべて番號がついていて、最後は第二百で終わっている。ただし〈社稷第一〉から〈思故鄉第一百五十六〉までは、詩題がついており、第一百五十七から第二百までは詩題がない。また、題を有する詩の大部分には、詩の内容の解說ともいうべき敍事の記載がある。

一四　吳之振宋詩選、徒以裁割巧合評之　『宋詩鈔』の〈文山詩鈔序〉に次のようにある。「其の杜句を集めて詩を成すに至りては、裁割《さいかつ》鎔鑄《ようちゅう》、巧合自然にして、最も千古の擅場《せんじょう》なり。今、別に一帙《いっちつ》を爲し、而して「指南錄」中の十八拍を以て之に附す」。實際のところ、『宋詩鈔』は文天祥の集杜詩を決して貶めておらず、むしろ高く評價しているのだが、ここで提要が「其の所見抑《そも》そも亦た末」というのは、『宋詩鈔』のもう一人の編者が乾隆年間に貳臣として批判された錢謙益であることを意識したもので、忠臣文天祥を錢謙益の對極に置き、錢謙益を諷諭したものか。

一五　劉定之序稱…　『明文衡』巻四四（『明文在』巻四八所收）および文淵閣四庫全書本『文信公集杜詩』の巻首にみえる劉定之〈文山詩史序〉は次のようにいう。「集首に總序有り、又た小序有りて、章首に散ず。其の後に又た跋尾有り。序跋中に闕文有る者は、元の君臣・宋の叛逆を指す。闕《か》きて書せず、知る者をして意を以て屬讀せしむ。今 皆 之を補い、而して白字と爲す者は、公の初意を沒せざるなり。紀年を書せざる者は、陶靖節の永初を削るの意なり。姓某履善甫なる者は、〈指南集〉中の所謂范雎《はんしょ》の張祿に變じ、越蠡《えつれい》の陶朱に改むるの意なり」。「陶靖節の永初を削る」とは、東晉の陶淵明が劉宋の年號を用いなかったことをさす。張祿は戰國の遊說家范雎《はんしょ》の變名。陶朱は陶朱公、つまり越王句踐《こうせん》の臣范蠡の隱遁後の變名である。

一六　補之爲白字　白抜きの字、すなわち印でいえば陰刻をいう。

一七　又定之稱分爲四卷　『明文衡』巻四四（『明文在』巻四八所收）および文淵閣四庫全書本『文信公集杜詩』の巻首にみえる劉定之〈文山詩史序〉はいう。「予 少《わか》き時、宋の丞相信國文公の『指南集』を得て之を讀む。然れども公の幽囚中に在りて杜句を集むるの詩有るを聞くも、未だ見ざるなり。詞林に官するに及び、始めて見て之を錄し得たり。詩は皆古體にして、五言四句、凡そ二百首。分ちて四巻と爲し、首は其の國を述べ、次は其の身を述べ、次は其の友を述べ、次は其の家を述ぶ」。

一八　今仍析爲四卷以存其舊焉　注一七の劉定之の序文によると、四巻は國家・個人・友人・家というテーマで分けたものらしい。提要は四巻に戻したというが、注一に述べたように實際には文淵閣四庫全書本は一巻である。

【附記】

『和刻本漢詩集成』（汲古書院）第十六輯に『宋文文山先生集杜詩』（日本 内村篤棐 校字 明治五年（一八七二）松江生馬屋新助等刊本）が收められている。

そのほかの研究資料については、本書四五－一「文山集二十一巻」の【附記】を參照。

四六　疊山《じょうざん》集五巻

編修汪如藻家藏本[一]

【謝枋得《しゃぼうとく》】一二二六～一二八九
字《あざな》は君直、號は疊山《じょうざん》、弋陽《よくよう》（江西省）の人。理宗の寶祐四年（一二五六）に進士に擧げられたが、對策で宰相の董槐と宦官の董宋臣を攻撃したため、二甲となってしまい、任官を辭退した。官は江東提刑、江西招諭使知信州に至り、元兵に抵抗した。宋が滅びると名を變えて閩《びん》（福建）に移った。元より幾度も出仕を求められたがついに出ず、強制的に大都（今の北京）に連行され、絶食して亡くなった。門人たちが文節と私諡《しし》した。四部叢刊續編本『疊山集』巻一六 李源道〈文節先生謝公神道碑〉・闕名〈疊山先生行實〉、『宋史』巻四二五 謝枋得傳參照。

宋謝枋得撰。[二]枋得事蹟具宋史本傳。
[三]所著易・詩・書三傳、及四書解・雜著・詩文、原本六十四卷。歳久散佚。[四]明嘉靖中、揭陽林光祖爲廣信府知府、始以黄溥所校刊行世、僅分上下二卷。[五]萬歷中、御史吳某所輯疊山集、又刻之上饒。編次錯迕、未爲精審。[六]此本乃本朝康熙中、弋陽知縣譚瑄所重訂、視舊本較爲詳備。

枋得忠孝大節、炳著史册。[七]却聘一書、流傳不朽。雖郷塾童孺、皆能誦而習之。而其他文章、亦博大昌明、具有法度、不愧有本之言。[八]觀所輯文章軌範、多所闡發、可以知其非苟作矣。

[九]惟原本有蔡氏宗譜一首、末署至元二十五年。其詞氣不類枋得、確爲僞託。又有[一〇]賀上帝生辰表・許旌陽飛升日賀表、此類凡十餘篇、皆似[一一]道流靑詞。非枋得所宜有、亦決非枋得所肯作、其爲贋本誤收、亦無疑義。今[一二]竝加刊削、不使其亂眞焉。

【訓讀】

宋 謝枋得《しゃぼうとく》の撰。枋得の事蹟は『宋史』本傳に具《そな》われり。

著す所の『易』『詩』『書』の三傳、及び『四書解』『雜著』・詩文は、原本六十四卷。歳久しくして散佚す。明の嘉靖中、掲陽《けいよう》の林光祖廣信府の知府爲りて、始めて黃溥《こうふ》校する所を以て世に刊行し、僅かに上下二卷に分つ。萬曆中、御史吳某輯むる所の『疊山集』、又た之を上饒《じょうじょう》に刻す。編次錯迕《さくご》、未だ精審爲らず。此の本は乃ち本朝の康熙中、弋陽《よくよう》の知縣譚瑄《たんせん》の重訂する所にして、舊本に視《くら》ぶるに較《や》や詳備爲り。

枋得の忠孝大節は、史册に炳著《へいちょ》たり。〈却聘《きゃくへい》〉の一書、流傳して朽ちず。郷塾の童孺《どうじゅ》と雖も、皆な能く誦して之を習う。而して其の他の文章も亦た博大昌明、具《つぶさ》に法度有りて、有本の言に愧《は》じず。輯する所の『文章軌範』闡發《せんぱつ》する所多きを觀るに、以て其の苟《かりそめ》に作るに非ざるを知るべし。

惟だ原本に〈蔡氏宗譜〉一首有りて、末に至元二十五年と署す。其の詞氣は枋得に類せず、確として僞託爲り。又た〈賀上帝生辰表〉〈許旌陽飛升日賀表〉有りて、此の類凡そ十餘篇、皆 道流の靑詞に似たり。枋得の宜しく有るべき所に非ず、亦た決して枋得の肯えて作る所に非ず。其の贋本《がんぽん》の誤收爲るは、亦た疑義無し。今 竝びに刊削を加え、其れをして眞を亂さしめず。

【現代語譯】

宋　謝枋得《しゃぼうとく》の著。枋得の事蹟は『宋史』謝枋得傳に詳しい。

彼が著した『易』『詩』『書』の三傳及び『四書解』や『雜著』・詩文は、原本が六十四卷あったが、歲月を重ねるうちに散佚した。明の嘉靖年閒に、揭陽《けいよう》の林光祖が廣信府（江西省）の知府だったとき、始めて黃溥《こうふ》が校訂したものを世に刊行し、上下二卷のみにした。萬曆年閒には、御史の吳某が、編輯した『疊山集』をこれも上饒《じょうじょう》にて刻したが、編集は誤りだらけで、精確とはいえない。この本は本朝の康熙年閒に弋陽《よくよう》（江西省）の知縣譚瑄《たんせん》が重訂したもので、舊本に比べてよく備わっている。

枋得の忠孝大節は、史書に輝かしく記されている。〈却聘《きゃくへい》〉の一書は、絕えることなく今に傳わっており、田舍の寺子屋の童子でも、みな朗誦できる。その他の文章も雄大で美しく、文法にかなっており、有本《ゆうほん》の言というのに愧《は》じない。彼が編纂した『文章軌範』には啓發されるところが多いという點から觀れば、彼がいい加減に詩文を作る人ではなかったのがわかる。

ただ原本には〈蔡氏宗譜〉の一篇があり、文末に「至元二十五年」と署してある。その語氣からみて枋得に似つかわしくなく、僞作であることは確實である。さらに〈賀上帝生辰表〉〈許旌陽飛升日賀表〉もあるが、このたぐいの十餘篇は、皆な道教の靑詞のようなもので、枋得にこの作があるはずはなく、枋得がこれを作ったはずもない。贋本が誤って收入したものであることは疑いようもない。今ともに削除し、眞贋を亂さないようにしておく。

【注】

一　編修汪如藻家藏本　汪如藻は字を念孫といい、桐鄕（浙江省）の人。乾隆四十年（一七七五）の進士。父祖より裘杼樓《きゅうちょ》の萬卷の藏書を受け繼いだ。四庫全書總目協勘官となり、『四庫採進書目』によれば二七一部を進獻した。任松如『四庫全書答問』によれば、そのうち九〇部が四庫全書に著録され、五六部が存目（四庫全書内に収めず、目錄にのみとどめておくこと）に置かれたという。

二　枋得事蹟具宋史本傳　『宋史』巻四二五　謝枋得傳を指す。

三　所著易・詩・書三傳…原本六十四巻　謝枋得の著作については、文淵閣四庫全書本『疊山集』巻一六の李源道の〈文節先生謝公神道碑〉に「平日著す所の易・書・詩の三傳は世に行われ、雜著・詩文は六十四巻。翰林學士盧公摯《し》之が序引を爲り、深く推激する所なり」とあり、六十四巻という數字は、雜著と詩文のみを合わせた巻數であったことが知られる。また、景泰年間の通州本『疊山集』（【附記】參照）巻首の劉儁〈疊山先生文集序〉にも「故に其の著述に形《あら》わす者は、易・詩・書の三傳の諸書有りて、世に行なわれ、人皆な之を誦して庸《も》って議する無し。惟だ雜著・詩文六十四巻は家に藏し、屢《しば》しば兵燹《へいせん》を經て、存する者は幾ばくも無し」とみえる。また、文淵閣四庫全書本『疊山集』巻五および四部叢刊續編本『疊山集』巻一六の闕名〈疊山先生行實〉には、「著す所に『詩傳注疏』『易說十三卦取象』『批點陸宣公奏議』幷びに『文章軌範』有りて世に行なわる」とみえる。

四　明嘉靖中揭陽林光祖爲廣信府知府、始以黃溥所校刊行世　提要がここで擧げるのは、明の嘉靖三十四年（一五五五）に林光祖が廣信府（江西省上饒、謝枋得の鄕里の近く）の知府だったときに刻した『新刊重訂疊山先生集』二巻を指す。この版本には、巻首に王守文が嘉靖乙卯（三十四年）に書いた〈重刻疊山先生批點諸書の序〉があり、巻一の題下に「里正　潭石　黃溥《こうふ》編輯、賜進士第揭陽　谿軒　林光祖校刊」の二行が刻されている。ただし、この版本は、提要がいうような明で始めて刊行された本ではない。明代にはこれより以前、景泰年間に黃溥が校訂し、通州で刻された『疊山先生文集』十五巻・附錄一巻がある。巻首に景泰五年（一四五四）六月の劉儁《りゅうしゅん》〈疊山先生文集序〉、巻末に景泰四年（一四五三）二月の黃溥〈疊山集の後に題す〉を有する。劉儁の序はいう。「故に其の著述に形《あら》わす者は、易・詩・書の三傳の諸書有りて、世に行なわれ、人皆な之を誦して庸《も》って議する無し。惟だ雜著・詩文六十四巻は家に藏し、屢《しば》しば兵燹《へいせん》を經て、存する者幾《いく》ばくも無し。而して予の友監察御史の黃君溥澄濟は公と鄕邑を同じうし、公の文の散逸せるを慨《なげ》き、泯沒《びんぼつ》して傳無きを恐れ、乃ち多方に釆輯《さいしゅう》し、若《あ》るいは詩若《あ》るいは文を得ること總べて如干篇。其の訛謬を正し、各おの類を以て歸し、釐《おさ》めて十六巻と爲す」と。これによれば、黃溥の編輯したものであることは確かである。また、黃溥の後序は、編次の體裁を述べたのちに、刻行の事情を次のように語る。「溥は似る無きも、幸いに先生に私淑するを將《も》って、遺言は往往にして手自ら抄錄して以て書笥に藏し、遇《たま》たま好む者有れば則ち其れに傳錄せしむ。然れども猶お其の傳の廣からざるを慮《うれ》うや、通

州の儒學訓導 楊搗乃ち諸《これ》を州の判 易緯に謀りて共に之を刻して以て傳う」。この黃溥が刻したいわゆる通州本は、嘉靖十六年（一五三七）に古姚の黃齊賢によって弋陽《よくよう》で重刊（ただし黃溥の後序は削除）されており、これが四部叢刊續編に収められている。

五　萬歴中、御史吳某所輯疊山集　明の萬曆三十二年（一六〇四）に陽羨《ようせん》の吳侍御が上饒《じょうじょう》で重刻した六巻本を指す。今、尊經閣文庫に藏されている該本をみるに江西按察副使方萬山の序と知上饒縣事朱萬春の跋がある。それによれば陽羨の吳侍御（未詳）なる人物が江右（江西省）の士大夫の道德と儒風を正そうとして刻行したという。

六　此本乃本朝康熙中弋陽知縣譚瑄所重訂　康熙六十年（一七二一）に、謝氏の蘊德《うんとく》堂から刻された『謝疊山公文集』五卷・附錄一卷を指すか。ただし、弋陽《よくよう》知縣の「譚瑄《たんせん》」は「呂文櫻」の誤りと思われる。現在、上海圖書館に藏されている該本では、卷首に劉儁の通州本の序（注四）を〈原刻謝疊山先生の序〉として掲げ、次に康熙六十年の呂文櫻による〈重刻謝疊山先生文集の序〉を續けている。序文の末尾には「大康熙六十年、歲在辛丑春月、賜進士第出身 文林郎 知弋陽縣事 欽取吏部郎中 特陞山東全省學政 呂文櫻謹序」とある。ただし、「呂文櫻謹序」の一行は、次葉に在る。提要の失檢か、それとも底本とした汪如藻家藏本に闕葉があったのか理由は不明だが、提要は官名だけで、序文の執筆者を呂文櫻の數代前の前任者である譚瑄と比定した可能性がある。『故宮珍本叢刊』の『弋陽縣志』卷七〈秩官〉を見るに、譚瑄は呂文櫻の七代前の弋陽の知縣である。弋陽知縣として政績のあった人物ではあるが、譚瑄は西平の人で、舉人。一方、呂文櫻は山西汾陽の人で康熙四十五年の進士である。なお、呂文櫻は序文の中で、この地で謝枋得の末裔である謝藩と知り合い、謝藩の伯侄にあたる謝昆季によってこれを刻行することになったことを述べている。

七　却聘一書　却聘とは出仕の求めを斷ること。『宋史』によれば、謝枋得は、宋の滅亡後、四度にわたって元に出仕を求められている。一回目は至元二十三年に集賢學士程文海が謝枋得ら宋の家臣二十二人を推薦した時。二回目は、翌年、行省丞相の忙兀台の旨によるもの。三回目は至元二十五年に福建行省の參政管如德が江南に人材を求めたとき、尙書の留夢炎が推薦したもの。謝枋得は、いずれも固辭して赴かなかったが、四回目の福建行省の參政魏天祐の招きに對して、禮もせず返答もしなかったことから、その怒りを買い、燕京（今の北京）に連行され、ついに斷食して亡くなった。文淵閣四庫全書本『疊山集』卷二および四部叢刊續編本『疊山集』卷四〈程雪樓御史に上る書〉は一回目の辭退のときの書。同卷の〈丞相留忠齋に上る書〉（ただし四部叢刊續編本は「留忠齋」を「劉忠齋」に誤る）は三回目のとき、〈參政魏容齋に與うる書〉は四回目のときの書である。注四の劉儁〈疊山先生文集の序〉も「公の文爲るや、一字一語、悉《ことごと》く忠孝の發する所にして、卽ち是れ以て公の德を見るに足り、而して能く人を千載の下に感ぜしむ。如《も》し〈程雪樓に上る書〉を讀まば、則ち孰《たれ》か夫の孝を興《おこ》さざらん。而して世の親を忌《い》み情を奪う者は始めて不仁爲るを見る。〈上劉（留の誤り）忠齋書〉を讀まば、則ち孰か忠を慕わざらん。而して世の君を棄て身を保つ者は始めて不義爲るを知る」といっており、この二篇の書簡は謝の作品の中でも名篇とされた。特に〈丞相留忠齋に上る書〉はその中間部分が删節されて〈却聘書〉として世に流布した。たとえば、明では鍾惺《しょうせい》の『宋文歸』卷二〇や鄒守益編・焦竑評『續文章軌範』卷六には〈却聘書〉として採錄されている。

八　所輯文章軌範、多所闡發　『四庫全書總目提要』卷一八七集部四　總集類二に『文章軌範』七卷として著錄されている。漢・晉・唐・宋の文六十九篇を收める。

九　惟原本有〈蔡氏宗譜〉一首、末署至元二十五年　注六の康熙六十年刻本『謝疊山公文集』（上海圖書館藏）では、卷二に〈蔡氏宗譜の序〉が收入されており、文の末尾に「至元十五年戊寅十一月既望　廣信の後學　疊山の謝枋得謹んで序す」と署されている。

一〇　賀上帝生辰表・許旌陽飛升日賀表　提要は、注四の林光祖の二卷本を最も古い刊本と考えており、その中にこの二つの賀表がないことから、これを後世の僞託だと考えた。しかし、この二篇は黃溥が刻した景泰年間の通州本にすでに收載されており、その嘉靖重刻である四部叢刊續編本にも卷一三に〈玄天上帝の生辰を賀する表〉と〈許旌陽飛昇日の賀表〉として見えている。

一一　似道流靑詞　靑詞は道教の祭りに使用する文。『四庫全書』に收める際に、これを削除した例が散見される。『四庫全書總目』の〈凡例〉に、「宋人の朱表・靑詞も亦た槩《おおむ》ね删削《さんさく》に從う」とあるのがそれである。ただし、宋代においては、靑詞は定型化された一種の公文書にすぎず、作者は必ずしも道教の信者でない。

一二　竝加刊削　文淵閣四庫全書本には上揭の文は收錄されていない。四庫全書がもとづいた注六の康熙の蘊德《うんとく》堂本には道教の靑詞のみならず、佛教關連の疏文も多く收載されている。もとは六卷（正文が五卷、附錄が一卷）であったこの底本から、これらを削った結果、四庫全書本は五卷本（正文は四卷、附錄が一卷）になったのである。

【附記】

謝枋得の現存する最も古い刊本は、明の景泰四年（一四五三）黄溥の序がある十六巻本、いわゆる通州本であり、四部叢刊續編に収められているのは、黄齊賢がそれを嘉靖十六年（一五三七）に重刊したものである。提要はその存在を知らず、明の林光祖が嘉靖三十四年（一五五五）に刻した二巻本を最も古いものとしている。そのため、提要の後半の議論には誤りがある。

文淵閣四庫全書本の底本は、康熙六十年に謝枋得の末裔が刻した蘊徳《うんとく》堂本である。ただし、正文五巻、附録一巻であった蘊徳堂本から靑詞の類を削除したため、一巻少ない五巻本（正文が四巻、附録が一巻）となっている。

『全宋詩』（第六六册　巻三四七七～巻三四八〇）は四部叢刊本を底本としつつ、集外詩も廣く輯めている。

『和刻本漢籍文集』（汲古書院）第六輯に『謝疊山文鈔』四巻が『文文山文鈔』六巻（ともに巽世大 編　景萬延二年大阪河内屋茂兵衛等刊本）とともに収入されている。

『宋人年譜叢刊』（四川大學出版社　二〇〇三）第一二册に、近人の崔驥編〈謝枋得年譜〉（據『江西教育』第四・第七期整理）が収められている。

評點本には、熊飛・漆身起・黄順强『謝疊山全集校注』（華東師範大學出版社　一九九四）がある。

四七　須溪集十卷　[一]永樂大典本

【劉辰翁《りゅうしんおう》】一二三二～一二九七
字《あざな》は會孟《かいもう》、號は須溪《しゅけい》、廬陵《ろりょう》（江西省）の人。理宗の景定三年（一二六二）の進士。母が高齢であることを理由に、郷里に近い贛《かん》州の濂溪《れんけい》書院の塾長と爲る。その後、地方の幕僚を務めたのち、祕書省架閣となったが、母の喪に服するために去り、そのまま宋が滅亡。元にも仕えることなく終わった。『新元史』卷二三七、『宋季忠義録』卷一六、『宋史翼』卷三五 參照。

宋劉辰翁撰。辰翁字會孟、廬陵人。[二]須溪其所居地名也。[三]少補太學生、[四]景定壬戌廷試入丙第。以親老請[五]濂溪書院山長。[六]江萬里・[七]陳宜中薦居史館、除太學博士、皆固辭。宋亡、遂不復出。

辰翁[八]當賈似道當國、[九]對策極言濟邸無後可慟、忠良殘害可傷、風節不競可憾。幾爲似道所中、以是得鯁直名。文章亦見重於世。[一〇]其門生王夢應作祭文、至稱韓・歐後、惟先生卓然秦漢巨筆。

然辰翁論詩評文、往往意取尖新、太傷佻巧。[一一]其所批點、如杜甫集・[一二]世說新語及[一三]班馬異同諸書、今尚有傳本。大率破碎纖仄、無裨來學。[一四]卽其所作詩文、亦專以奇怪磊落爲宗。務在艱澀其詞、甚或至於不可句讀。尤不免軼於繩墨之外。特其蹊徑本自蒙莊、故惝怳迷離、亦閒有意趣、不盡墮牛鬼蛇神。且其於宗邦淪覆之後、[一五]睠懷麥秀、寄托遙深。忠愛之忱、往往形諸筆墨。其志亦多有可取者。固不必概以體格繩之矣。

[一六]須溪集、明人見者甚罕。卽諸書亦多不載其卷數。[一七]韓敬選訂晩宋諸家之文、嘗以不得辰翁全集爲恨、聞蘭溪胡應麟遺書中有其名、往求之、卒弗能獲。蓋其散失已久。[一八]世所傳者惟須溪記鈔及[一九]須溪四景詩二種、篇什寥寥。

今檢永樂大典所錄記序・雜著・詩餘尚多。謹採輯裒次、[二〇]釐爲十卷。[二一]其天下同文集及記鈔所載、而不見於永樂大典者、亦別爲鈔補、以存其概。[二二]至四景詩、則原屬單行之本。今仍各著於錄、故不復採入云。

【訓讀】

宋　劉辰翁《りゅうしんおう》の撰。辰翁　字《あざな》は會孟《かいもう》、廬陵《ろりょう》の人。須溪《しゅけい》は其の居する所の地名なり。少《わか》くして太學生に補せられ、景定壬戌の廷試に丙第に入る。親の老を以て濂溪《れんけい》書院の山長を請う。江萬里・陳宜中　史館に居らしめ、太學博士に除せんことを薦むるも、皆な固辭す。宋亡び、遂に復た出でず。

辰翁は賈似道《かじどう》の當國するに當り、對策にて「濟《さい》邸に後《あと》無きは慟《どう》ずべし、忠良の殘害せらるるは傷むべし、風節の競《きそ》わざるは憾《うら》むべし」と極言す。幾んど似道の中《あた》る所と爲り、是れを以て鯁直《こうちょく》の名を得たり。文章も亦た世に重んぜらる。其の門生　王夢應は祭文を作り、「韓・歐の後、惟だ先生のみ卓然として秦漢の巨筆たり」と稱するに至る。

然れども辰翁の論詩評文は、往往にして意は尖新《せんしん》に取り、太《はなは》だ佻巧《ちょうこう》に傷《いた》む。其の批點する所の『杜甫集』『世說新語』及び『班馬異同』の諸書の如きは、今　尚お傳本有り。大率ね破碎纖仄《はさいせんそく》にして、來學に裨《ひ》する無し。其の作る所の詩文に卽きては、亦た專ら奇怪磊落《らいらく》を以て宗と爲す。務むるは其の詞を艱澀《かんじゅう》するに在りて、甚だしきは或いは句讀すべからざるに至る。尤も繩墨《じょうぼく》の外に軼《いつ》するを免かれず。特《た》だ其の蹊徑は本《も》と蒙莊自《よ》りし、故に惝恍迷離《しょうこうめいり》、亦た閒《ま》ま意趣有りて、盡くは牛鬼蛇神に墮《お》ちず。且つ其の宗邦淪覆《りんぷく》の後に於いて、麥秀《ばくしゅう》を睠懷《けんかい》して、寄托すること遙深なり。忠愛の忱《まこと》は、往往にして諸《これ》を筆墨に形《あら》わし、其の志は亦た多く取るべき者有り。固《もと》より必ずしも概するに體格を以て之を繩《ただ》すべからず。

『須溪集』は、明人見る者甚だ罕《まれ》なり。諸書も亦た多くは其の卷數を載せず。韓敬は晩宋の諸家の文を選訂するに、嘗て辰翁の全集を得ざるを以て恨みと爲し、蘭溪の胡應麟の遺書中に其の名有るを聞きて、往《ゆ》きて之を求むるも、卒《つい》に獲《う》る能わず。蓋し其の散失已《すで》に久し。世に傳わる所の者は、惟だ『須溪記鈔』及び『須溪四景詩』の二種のみにして、篇什《へんじゅう》寥寥《りょうりょう》たり。

今『永樂大典』の錄する所を檢するに、記序・雜著・詩餘《しよ》尚お多し。謹んで採輯裒次《ほうじ》し、釐《おさ》めて十卷と爲す。其の『天下同文集』及び『記鈔』の載する所にして『永樂大典』に見えざる者は、亦た別に鈔補を爲り、以て其の概を存す。『四景詩』に至りては則ち原《も》と單行の本に屬す。今仍《よ》りて各おの錄に著わし、故に復た採入せずと云う。

【現代語譯】

宋　劉辰翁《りゅうしんおう》の著。辰翁は字《あざな》を會孟《かいもう》といい、廬陵《ろりょう》（江西省）の人である。須溪《しゅけい》とは住んでいた所の地名である。若くして太學生となり、景定壬戌（三年　一二六二）の廷試の丙第に合格した。親が老いていることを理由に濂溪《れんけい》書院の塾長となることを請うた。江萬里・陳宜中が推薦して史館に置いて、太學博士にしようとしたが、ともに固辭した。宋が亡んでからは、二度と出仕しなかった。

辰翁は賈似道《かじどう》が權力を握っていたとき、對策にて「濟邸《さい》（理宗）に後繼ぎがいないのは慟哭すべきこと、忠良の臣が慘殺されたのは傷むべきこと、節義がふるわないのは憾《うら》むべきことだ」と極言した。似道にあてつけたものだといってよく、そのため鯁直《こうちょく》という評判を得た。文章もまた世に重んぜられた。その門人の王夢應は祭文を作り、「韓愈・歐陽脩の後では、ただ先生の文だけが秦漢の巨筆だといえる」と稱するに至った。

しかし、辰翁の論詩評文は、往往にして新奇であることに意を用い、輕薄で小手先だけだという難點がある。彼が批點した『杜甫集』や『世說新語』『班馬異同』などの書物は、今なお傳本があるが、どれも微に入り細を穿ったものので、後學に裨益《ひえき》するものはない。彼が作る所の詩文についても、專らわざと奇怪で個性的であることを宗とし、言葉をこむずかしくすることに努め、甚だしくは句讀できないものまである始末で、とりわけ正道から外れている。ただその祕訣はもとは『莊子』に基づいていて、とらえどころのないさまは、時に趣きがあり、すべてが邪道に陷っているわけではない。かつ國が滅びた後には、舊國を思う氣持ちにあふれ、作品に托した思いはとても深い。忠愛の眞心が、往往にして筆墨に形《あら》われており、その志も多く取るべきものがある。必ずしも一つの枠に嵌めることはできないのだ。

『須溪集』を見た明人は、ほとんどいない。いろいろな書物にも多くはその卷數を載せていない。韓敬は晩宋の諸家の文を選訂するのに、かねてより辰翁の全集が入手できないのを恨みとしており、蘭溪の胡應麟の遺藏の書の中にその名が有ると聞き、わざわざ見に出向いたが、ついにその目的を達せられなかった。思うに散佚してすでに久しいのだ。世に傳わるものはただ『須溪記鈔』及び『須溪四景詩』の二種だけで、篇數もごくわずかである。

今『永樂大典』が錄しているものを檢するに、記序・雜著・詩餘がやはり多い。謹んで採錄編輯し、十巻にまとめた。その『天下同文集』および『記鈔』が載せるもので『永樂大典』に見えない者は、また別に鈔補をつくり、そのあらましを留めておく。『四景詩』についてはもともと單行の本でもあり、そのため今そのまま著錄し、ここに重複して採入しないものとする。

【注】

一　永樂大典本　『永樂大典』は明の永樂帝が編纂させた類書（百科全書）。二二八七七卷。古今の著作の詩文を韻ごとに配列する。四庫全書の編纂にあたって、すでに散逸した書籍については『永樂大典』より拾い出し、輯佚本を作成している。これらは永樂大典本と呼ばれ、四庫全書に收入されたのは五一五種、そのうち別集は一六五種にのぼる。

二　須溪其所居地名也　周采泉著『杜集書錄』（上海古籍出版社一九八六）は「須溪批點選註杜工部詩二十二卷」を著錄し、「編者按」として、「須」はさんずいの「湏」（讀みは誨）に作るべきだという說を紹介している。

三　少補太學生…　以下の傳記は『江西通志』卷七六が引く『江西林志』による。「劉辰翁、字は會孟、廬陵の人。太學生に補せらる。壬戌の廷試、賈似道 國を專《もっぱ》らにし直臣を殺して以て言路を塞がんと欲するに、辰翁は因りて〝濟邸に後無きは慟《どう》すべし、忠良の戕害《しょうがい》せらるるは傷《いた》むべし、風節の競《きそ》わざるは憾《うら》むべし〟と言う。賈の意に忤《さから》うと雖も、理宗は之を嘉《よみ》し、丙第に寘《お》く。親の老いたるを以て濂溪書院の山長を請う。江萬里・陳宜中は薦めて史館に居らしめ、太學博士に除せらるるも、皆固辭す。宋 亡び、方外に託して以て歸す。子の尚友も亦た能文なり。須溪集有り」とある。

四　景定壬戌、廷試入丙第　景定壬戌は理宗の景定三年（一二六二）。進士はその成績によって、甲、乙、丙に分類される。劉辰翁の傳記は、彼が優等とはいえない成績で及第したのは、賈似道に憎まれたためだと說明する。

五　濂溪書院山長　劉辰翁の鄉里九江府にあった濂溪書院は、北宋の儒者周敦頤《しゅうとんい》が廬山を愛し、その麓に鄉里の名をとって書室を築いたのを肇《はじめ》とする講學所。山長とは、塾長のこと。

六　江萬里　一一九八～一二七四　江西都昌の人。字は子遠、號は古心。度宗《たくそう》のとき、同知樞密院兼權知政事。賈似道に逆らって鄉里に歸り、元兵の南下の際に入水。太師益國公を追贈され、文忠と諡《おくりな》された。『宋史』卷四一八に傳あり。劉辰翁には〈鷺洲書院の江文忠公祠堂記〉（文淵閣四庫全書本『須溪集』卷三）や〈師の江丞相古心先生を祭る文〉（同上卷七）、や、江萬里と文天祥とを二忠とした〈古心文山贊〉（同上卷七）がある。

七　陳宜中　永嘉の人。字は與權。寶祐年間に、黃鏞《こうよう》らとともに書を上り、時の權臣丁大全《ていたいぜん》を攻擊したが、官籍から削られ配流となる。その後、景定三年の廷試第二となり、左丞相に至った。『宋史』卷四一八に傳あり。

八　賈似道當國…　賈似道（一二一三～一二七五）は南宋末の宰相。姉が理宗の貴妃であったため早くから出世した。開慶元年（一二五九）にモンゴルが鄂《がく》州に迫ったとき、理宗が軍中にて賈似道を右丞相とした。しかし、敕許を得ないままモンゴルと講和を結び、しかもそれを擊退と詐稱し、その功で少傅右丞相に進み、權力を掌握した。さらに度《たく》宗を擁立して、太師魏國公となると、朝廷にはこれに諂《へつら》う者が續出。遊興に耽って政治を怠り、ついに宋は亡びた。『宋史』巻四七四姦臣傳四に傳がある。

九 對策極言… この對策の文は、注三の『江西林志』に見えるのみで、集中に現存していない。

一〇 其門生王夢應作祭文 王夢應とは王聖與のこと。長沙の人。一の字は靜得、廬陵の尉。この祭文は、元の周南瑞が編纂した『天下同文集』（文淵閣四庫全書本）巻三七に王夢應〈須溪の墓に哭す〉という題で収められている。そこには、「紹定壬辰（劉辰翁の生年）の後、六十有六年丁酉、閏月庚申、四方の學者、須溪先生を北郭の外に會葬す。其の同門生の長沙の王夢應是の日は祇《た》だ故鄕の先塋に役するを以て、越えて明年の正月十有五日壬寅の昧爽《まいそう》、始めて克《よ》く卮酒《ししゅ》を奉りて先生を哭す。嗚呼、廬陵は六一公自《よ》り、正學を以て孟（子）・韓（愈）を千載に起こし、小歐公（歐陽守道）の忠孝義理は穆《ぼく》陵（理宗）・紹陵（度宗《たくそう》）の閒に鳴き、天下の學者、再び變ず。先生は兩公の後に奮い、卓然として秦漢の巨筆たりて、千萬年を淩厲す」とある。提要は、この祭文によって劉辰翁が「韓・歐の後、惟だ先生のみ卓然として秦漢の巨筆」だったというが、祭文のいう「兩公の後」とは、劉辰翁と同鄕、つまり廬陵の人である「北宋の歐陽脩と、南宋の歐陽守道（字は公權、號は巽齋）の後」を指しており、提要のいうところとニュアンスを異にする。

一一 其所批點如杜甫集 『須溪批點選註杜工部詩』を指す。『四庫全書總目提要』巻一四九 集部二 別集類二は『集千家註杜詩』二十巻を著錄して、劉辰翁の杜詩解釋について次のようにいう。「其の句下篇末の諸評は悉《ことごと》く劉辰翁の語なり。…辰翁の評の所見は至《はなは》だ淺く、其の尖新《せんしん》の字句を標擧するは、竟陵（明末の竟陵派を指す）の先聲に殆《ちか》し。王士禎 乃ち之を郭象の『莊』に註するに比《なぞら》うるは、殆《ほとん》ど未だ篤論と爲さず」と手嚴しい評價を下している。

一二 世說新語 劉辰翁の『世說新語注』三巻をさす。提要はこれについて嚴しい評價を下しているが、明の楊愼『丹鉛餘錄』總錄（〈劉須溪〉の條）のように「唐人の諸詩集及び李・杜・蘇・黄の大家に於いては、皆 批點有り。又た『三子口義』『世說新語』有りて、士林は其の賞鑑の精に服す」と高く評價するむきもある。

一三 班馬異同 宋の倪思《げいし》の『班馬異同』に劉辰翁が評をつけたもの。『四庫全書總目提要』巻四六 史部二 正史類存目に『班馬異同評』三十五巻として著錄されている。提要はこの評書について次のように言う。「此の書は文義に據りて以て得失を評し、尚お較《や》や切實爲り。然れども顯然として共に見《あら》わるる者に於いては、往往にして贅論《ぜいろん》、而して筆削の微意は發明する所罕《まれ》なり。又た倪思《げいし》の原書、本と其の文の異同を較《くら》ぶるに、辰翁の評する所は、乃ち多く其の事の是非に及ぶ。大抵は意を以て斷制し、考證する所無し。既に文を論ずるに非ず、又た古を論ずるに非ず、未だ兩《ふた》つながら取る所無きを免かれず」。

一四　卽其所作詩文…　注一三の『班馬異同評』の提要は劉辰翁の文について次のように評している。「辰翁は人品頗る高潔なるも、文章は多く僻澀《へきじゅう》に渉《わた》る。其の古書に點論し、尤も好んで纖詭新穎《せんきしんえい》の詞を爲る。實に數百年前に於いて預《あらかじ》め明末の竟陵の派を開く」。

一五　睠懷麥秀　亡國の憾みをいう。殷の遺臣箕子《きし》は、廢墟となった殷の都に麥《むぎ》が秀でているのを見て〈麥秀歌〉を作ったという。『史記』宋世家參照。

一六　須溪集、明人見者甚罕　劉辰翁の子である劉將孫の〈劉須溪先生文集序〉（文淵閣四庫全書本『養吾齋集』卷一一）は「今刻は詩八十卷　文も又た如干《じゃっかん》爲り」という。元にはかなりの卷數があったらしいが、明人の書目では、管見の及ぶところ、『世善堂藏書目錄』卷下に「劉須溪文集三十卷（原一百卷）」とあるのみである。

一七　韓敬選訂晩宋諸家之文…　天啓三年刻本の『劉須溪記鈔』八卷を指す。これは『四庫全書存目叢書』集部第二〇冊に收入されており、卷首の韓敬〈劉須溪先生記鈔引〉に次のようにみえる。「余は嘗て晩宋の文章の雄を輯めんと欲す。彙《あつ》めて一家を爲すこと、陸務觀（游）の快暢、陳同父（亮）の縱横、葉水心（適）の嚴緊、王鼎翁（炎午）の峭特《しょうとく》より、以て謝皋羽《こうう》（翺《こう》）の詩、辛幼安（棄疾）・劉改之（過）の詞に至るが如きは、萃《あつ》めて狐腋《こえき》と作すも、獨り先生の全きを得ざるを以て恨みと爲す。嘗て舟にて蘭陰に過《よ》ぎり、胡元瑞（應麟）の遺書を訪ぬる中に、『須溪集』の名有り。爲《ため》に橈《かい》を停むること三日、搜獲《そうかく》するも得べからず。今に至るまで夢寐《むび》に之を思う。猶お幸いに斯《こ》の編尚お在り、他日の延津の龍劍（のちにめぐりあうこと）、或いは鳴吼相い從う時有るを許するのみ」。

一八　世所傳者惟須溪記鈔　『須溪記鈔』八卷は劉辰翁の記のみを七十篇收めている本であり、四庫全書編纂官は、これを『四庫全書總目提要』卷一七四集部二七別集類存目一に置いている。注一七に擧げた天啓刻本（『四庫全書存目叢書』に收入）ほか、それより古い嘉靖年間の刻本があり、『北京圖書館古籍珍本叢刊八七』に收入されている。明の嘉靖五年二月の日付がある張寰の〈敘刻須溪記鈔〉は、次のように言う。「顧だ其の遺文の全集は、世の罕傳《かんでん》する所なり。余 之を求むること累季、僅かに其の記鈔總《す》べて若干篇を得たり。是に于《お》いて先生の著す所富むこと甚だしきも、此れ其の什伯の一二なるを知るのみ。竊《ひそ》かに用《もっ》て珍玩して之を重惜す。…八卷に編次す」。

一九　須溪四景詩　提要は、この『須溪集』の次に『須溪四景詩集』四卷を著錄している。四季の景色をテーマとする古人の詩句を題にして創作した詩集。提要は、科擧の參考書であろうという。

二〇　釐爲十卷　欒貴明輯『四庫輯本別集拾遺』（中華書局　一九

八三）によれば、『永樂大典』から劉辰翁の文を二篇遺漏している。佚があり、『四庫全書總目提要』巻一八八集部四〇總集類三に存四十四巻（文淵閣四庫全書本では實際には存四十三巻）として著録されている。

二　天下同文集　元の周南瑞が編纂した元の詩文の總集。その序文は劉辰翁の子　将孫が書いている。原本は五十巻だが、闕

三　至四景詩、則原屬單行之本　注一九參照。

【附記】

段大林校點『劉辰翁集』（江西人民出版社　一九八七）は各版本より詩文を集めており、附錄に人名索引を配している。吳企明校注『須溪詞』（上海古籍出版社　一九九八）は詞のみを収めるが、附錄の年譜簡編が役に立つ。年譜には他に、『宋人年譜叢刊』（四川大學出版社　二〇〇三）に收められている劉宗彬編〈劉辰翁年譜〉（據『吉安師專學報』第一八第三期增訂）もある。

『全宋詩』（第六七冊　巻三五五一～巻三五五五）は、四庫全書文淵閣本の『須溪集』と宜秋館本『須溪先生四景詩集』を底本とし、これ以外にも詩を輯めている。

『全元文』（第八冊　巻二六八～巻二八〇）は民國刊の豫章叢書本『須溪集』を底本とし、佚文も輯めている。

『劉須溪記鈔』は明嘉靖五年の刻本が『北京圖書館古籍珍本叢刊八七』に收入されており、天啓三年刻本が『四庫全書存目叢書』集部第二〇冊に收入されている。

四八　四明文獻集五卷　[一]浙江鮑士恭家藏本

【王應麟《おうおうりん》】一二二三～一二九六
字《あざな》は伯厚、號は厚齋。鄞《ぎん》縣（浙江省寧波）の人。淳祐元年（一二四一）に十九歳で進士となった。寶祐四年（一二五六）、博學宏辭科に及第。官は禮部尚書兼給事中に至る。引退後は、深寧老人と號して著述に專念し、その『玉海』『困學紀聞』などは、後世に大きな影響を與えた。『宋史』卷四三八 儒林傳八、錢大昕『深寧先生年譜』（四明叢書・四明文獻集附錄）參照。

宋王應麟撰。[二]應麟有周易鄭氏註、已著錄。

[三]所著深寧集、本一百卷、然宋志已不著錄。[四]焦竑國史經籍志、亦不載其名。則散佚久矣。[五]此本乃明鄞縣鄭眞・陳朝輔所輯四明文獻之一種。故一人之作、冒總集之名也。[六]通一百七十餘篇、制誥居十之七。蓋捃拾殘賸、非其眞矣。

[七]應麟以詞科起家、[八]其玉海・詞學指南諸書、[九]賸馥殘膏、尚多所沾溉。故所自作、無不典雅溫麗、有承平館閣之遺。且所載事迹、多足與史傳相證。

[一〇]如宋史應麟本傳、謂度宗卽位、應麟草百官表、循舊制請聽政四表、已上。一夕入臨、宰臣諭旨增撰三表。則此七表者、先進前四表、次進後三表也。[一一]考之是集、則第一表至第二表、乃景定五年十月上。第三

表至第七表、乃十一月上。與本傳互異。又[三]宋史度宗本紀載、賈似道罷都督、予祠、在德祐元年二月。徙居婺州、又徙建寧、俱在七月。而由揚州責歸紹興、實在是年五月四日、見於是集[三]責賈似道歸里制。亦足以補本紀之闕。則雖零章斷簡、固不以殘闕棄矣。

【訓讀】

宋 王應麟《おうおうりん》の撰。應麟に『周易鄭氏註』有りて、已に著錄す。

著す所の『深寧集《しんねい》』、本《も》と一百卷、然れども『宋志』已に著錄せず。焦竑《しょうこう》『國史經籍志』亦た其の名を載せず。則ち散佚して久し。此の本は乃ち明の鄞《ぎん》縣の鄭眞・陳朝輔の輯むる所の『四明文獻』の一種なり。故に一人の作にして、總集の名を冒すなり。通じて一百七十餘篇、制誥《せいこう》は十の七に居る。蓋し殘賸《ざんしょう》を捃拾《くんしゅう》せしものにして、其の眞に非ず。

應麟は詞科を以て起家し、其の『玉海』『詞學指南』の諸書は、賸馥殘膏《しょうふくざんこう》、尙お沾漑《てんがい》する所多し。故に自ら作る所、典雅溫麗ならざるは無く、承平の館閣の遺有り。且つ載する所の事迹、多くは史傳と相い證するに足る。

『宋史』の應麟本傳の如きは謂う、「度宗《たくそう》卽位するや、應麟 百官表を草し、舊制に循じて聽政を請う四表、已《すで》に上《たてまつ》る。一夕 入臨し、宰臣 諭旨《ゆし》して增して三表を撰せしむ」と。則ち此の七表なる者は、先《ま》ず前四表を進め、次に後三表を進むるなり。之を是の集に考うるに、則ち第一表より第二表に至るは、乃ち景定五年十月に上る。第三表より第七表に至るは、乃ち十一月に上る。本傳と互いに異なれり。又た『宋史』度宗本紀載す、「賈似道《かじどう》 都督を罷め、祠《し》を予《あた》えらるるは、德祐元年二月に在り。徙《うつ》りて婺《ぶ》州に居し、又た建寧に徙るは、俱《とも》に七月に在り」と。而るに揚州由り紹興に責歸せらるるは、實に是の年の五月四日に在ること、是の集の〈賈似道を責めて里に歸す制〉に見ゆ。亦た以て本紀の闕を補うに足れり。則ち零章斷簡と雖も、固《もとよ》り殘闕を以て棄てず。

【現代語譯】

宋　王應麟《おうおうりん》の著。應麟には『周易鄭氏註』があり、すでに著録しておいた。

彼の著作『深寧集』は、もと一百巻であったが、『宋史』藝文志の段階ですでに著録されていない。焦竑《しょうこう》『國史經籍志』もその書名を載せていない。つまり散佚して久しいのだ。この本は明の鄞《ぎん》縣の鄭眞・陳朝輔が編輯した『四明文獻』の一種である。よって一人の作が總集の名を冒したことになる。全部で一百七十餘篇、制誥《せいこう》は十のうち七割を占める、思うに殘闕を拾い集めたものであり、本來のものではない。

應麟は博學宏詞科に及第して官につき、その『玉海』『詞學指南』などの諸書は、殘り香が漂い、後人が受ける裨益は多い。故に自作の作品は、典雅溫麗でないものはなく、太平の世の館閣の遺風がある。かつ詩文集に載っている彼の事蹟は、史書を檢證するに足るものが多い。

たとえば『宋史』の王應麟傳は、「度宗《たくそう》の即位のとき、應麟は〈百官表〉を草し、舊制に循じて聽政を請う四表をすでに上った。ある夕べ、入朝して理宗の崩御を哭した際、宰臣からさらに三つの表を書くようにとの諭旨があった」とする。つまりこの七表とは、まず前に四表を上り、次に三表を上ったものである。このことを詩文集によって檢證してみると、第一表から第二表までは景定五年十月に上《たてまつ》ったものであり、第三表から第七表までは十一月に上ったものであって、本傳とは異なっている。さらに『宋史』度宗本紀には、賈似道《かじどう》が都督を罷免され、祠祿《しろく》を與えられたのは、德祐元年二月で、婺《ぶ》州に徙居《しきょ》し、さらに建寧に徙《うつ》ったのは、ともに七月だとある。ところが、彼が叱責をこうむって揚州から紹興に歸郷したのは、實にこの年の五月四日であることは、この集の〈賈似道を責めて里に歸す制〉に見えている。これも本紀の闕佚を補うことができるものだ。つまり零章斷簡ではあるが、決して殘闕だということを理由に棄てたりできるものではない。

【注】

一　浙江鮑士恭家藏本　鮑士恭の字は志祖、原籍は歙《しょう》（安徽省）、杭州（浙江省）に寄居す。父 鮑廷博（字は以文、號は淥飲《ろくいん》）は著名な藏書家で、とりわけ散佚本の蒐集を好んだ。その精粹は『知不足齋叢書』中に見える。『四庫採進書目』の記錄では、『四庫全書』編纂の際には、藏書六二六部を進獻した。任松如『四庫全書答問』によれば、そのうち二五〇部が著錄され、一二九部が存目（四庫全書内に收めず、目錄にのみとどめておくこと）に置かれたという。

二　應麟有周易鄭氏註　『四庫全書總目提要』卷一　經部一　易類一に王應麟の編として『周易鄭康成注』一卷が著錄されている。このほか、經部一五詩類一に『詩考』一卷と『詩地理考』六卷が、卷八一史部三七政書類一に『漢制考』四卷、卷一三五子部四五類書類一に『小學紺珠』十卷など多數の書が著錄されている。

三　所著深寧集、本一百卷　『宋史』卷四三八 儒林傳八 王應麟傳に、「著す所『深寧集』一百卷」とあるものの、藝文志には著錄されていない。

四　焦竑國史經籍志　提要がいう通り『國史經籍志』にはこの書は著錄されていない。

五　此本乃明鄞縣鄭眞・陳朝輔所輯四明文獻之一種　鄞《ぎん》縣の鄭眞とは、字を千之といい、明初の洪武四年（一三七一）、郷試第一となり、臨淮教諭から廣信教授となった人物。嘗て四明の文獻の著集・傳集・説集、論及び雜著詩文六十卷を編纂した。陳朝輔は明末の人であり、友人からこの鈔本を買い取り、これをもとに增益して王應麟の集とした。この王應麟の別集としての『四明文獻集』が、鄭眞が輯めたものの一部であることは、『四明文獻集』の卷四と卷五に「後學滎陽《けいよう》生 鄭眞 再拜して謹んで識《しる》す」と署名のある跋文があることからも知られる。また、『四明文獻集』の卷末には、陳朝輔による〈王深寧文集の跋〉があり、次のような事情が述べられている。「王厚齋先生は博學鴻才にして偉論卓識、諸《これ》を立朝に見《あらわ》す。居官の疏議は、史册に彪炳《ひょうへい》たり。少《わか》くして師從り授けられ、呂成公・眞文忠の傳を得たり。著す所の書は凡そ六百八十九卷。古今撰述の盛んなること、前に葛稚川《かっちせん》に如《し》くは無く、其の次は卽ち先生にして、極めて富めりと稱さる。天下に通行する者は、秖《ただ》『玉海』『困學紀聞』『詩地理考』『紺珠』『詞學』等の書にして、手ずから著わせし序・記・表・誥・辭・命・誌銘の類に至りては、焉《これ》を闕きて未だ傳わらず。誠に憾事と爲す。歲癸未、余 跡を家門に屏《しりぞ》く。友人劉君讓は鈔書を以て售《う》らる。之を閱《み》るに、乃ち『四明文獻』なり。採輯せし者は乃ち滎陽《けいよう》の外史鄭公眞なり。

曷《なん》ぞ狂喜に勝《た》えんや、重貲《じゅうし》を惜しまず、以て寒士の求めに應ず。把《と》り讀みて卷を終え、間に未だ詳明を經《へ》ざる者有れば、僭して爲《ため》に補綴し、它處《たしょ》の散見する者有れば、輒《すなわ》ち爲に增益し、以て全集を成す」。ただし、陳朝輔が友人から買い取った『四明文獻集』が完帙の六十卷だったのか、そのうちの王應麟の文集のみだったのかは不明である。

六　通一百七十餘篇　全編を通じて百七十五篇。卷一が記・序・跋、卷二が赦文・詔、卷三が表・露布・檄文《げきぶん》、卷四が制・祭文・樂章、卷五が誥《こう》・墓誌・贊詩である。

七　應麟以詞科起家　詞科は制擧の一つで博學宏詞科のこと。試驗は制誥《せいこう》・記・贊などの十二種類の文の作文で、その文體は四六駢儷文である。博覽で經史に通じ、特に對句に巧みであることが要求された。『宋史』卷四三八 儒林傳八 王應麟傳によれば、應麟は淳祐元年（一二四一）の進士であるが、その後、寶祐四年（一二五六）に博學宏詞科に及第している。史はこのことを次のように傳える。「初め、應麟 第に登り、言いて曰く、〝今の擧子の業を事とする者は、名譽を沽《う》り、得れば則ち一切委棄し、制度の典故も漫《みだ》りにして省みざるは、國家の通儒に望む所のものに非ず〟と。是に於いて門を閉ざして發憤し、博學宏辭科を以て自ら見《あら》われんことを誓い、館閣の書を假《か》りて之を讀む。寶祐四年 是の科に中《あた》る」。

八　其玉海・詞學指南諸書　『四庫全書總目提要』卷一三五 子部四五 類書類一は『玉海』二百卷、附『辭學指南』四卷を著錄して、次のように絕贊する。「是に於いて南宋一代の通儒碩學は多くは是《これ》（博學宏詞科を指す）由《よ》り出で、最も人を得たりと號さる。而して應麟尤も博洽《はくこう》爲り。其の此の書を作るは、卽ち詞科の應用の爲に設く。故に臚列《ろれつ》の條目は、率《おおむ》ね鉅典鴻章、其の採錄の故實も亦た皆な吉祥善事にして、他の類書の體例と迥《はる》かに殊《こと》なれり。然れども引く所は經・史・子・集・百家・傳記自《よ》りし、賅具《がいぐ》せざるは無し。而して宋一代の掌故は、率ね諸《これ》を『實錄』『國史』『日曆』に本《もと》づき、尤も後來の史志の未だ詳らかにせざる所多し。其の奧博を貫串すること、唐・宋の諸大類書の未だ能く之に過ぐる者あらず」。

九　賸馥殘膏…　『新唐書』文藝傳の杜甫傳の論贊が、杜甫の詩を「殘膏《ざんこう》賸馥《しょうふく》、後人を沾丐《てんがい》すること多し」と評したのに基づく。

一〇　如宋史應麟本傳…　『宋史』卷四三八儒林傳八王應麟傳にいう。「度《たく》宗卽位するや、禮部郎官を攝し、百官表を草す。舊制の聽政を請う四表、已《すで》に上《たてまつ》る。一夕入臨するや、宰臣諭旨して增して三表を撰せしむ。應麟は筆を操りて立ちどころに就《な》る」。「入臨」は入朝して哭すこと。

一一　考之是集、則第一表至第二表…　文淵閣四庫全書本『四明文獻集』卷三に〈宰臣以下度宗の聽政を請う第一表〉および〈第二表〉の題下には「景定五年（一二六四）十月」とあり、

〈第三表〉から〈第七表〉は、「十一月」とある。

三　宋史度宗本紀載、賈似道罷都督…　『宋史』巻四七瀛《えい》國公本紀には、「德祐元年（一二七五）二月…陳宜中 似道を誅せんことを乞う。詔して似道の平章・都督を罷め、祠を予《あた》えしむ。…秋七月…甲戌、似道を徙《うつ》して婺《ぶ》州に居せしむ。…丁丑、似道を建寧府に徙す」と見える。

三　責賈似道歸里制　文淵閣本四庫全書『四明文獻集』巻二に〈賈似道を責諭して歸里終喪せしむるの詔〉があり、「德祐元年（一二七五）五月四日」とある。

【附記】

四明文獻集とは、本來、王應麟の別集の名ではなく、四明における先哲の詩文を集めた本の書名であったが、注五のように後世は専ら王應麟の別集の名となった。道光九年に葉熊が刻した『深寧先生文鈔』八巻があるが、この四庫全書本の五巻本と、自らが諸書よりあつめた『摭餘編』三巻を合わせて成ったものである。さらに、民國年間に刻された四明叢書本には、補遺詩一首と清の張大昌による年譜も収められている。なお、この年譜は李春梅の校點によるものが、『宋人年譜叢刊』（四川大學出版社 二〇〇三）第一二冊に収められている。

『全宋詩』（第六六冊 巻三四六六）は、九題十首を採録する。

四九　湖山類稾五卷　水雲集一卷

[一]浙江巡撫採進本

【汪元量《おうげんりょう》】一二四一?～一三一七?

字《あざな》は大有、號は水雲、錢塘《せんとう》（浙江省杭州）の人。琴士《きんし》として度宗《たくそう》に仕えた。德祐二年（一二七六）、元兵によって臨安が陷落し、恭帝らは捕虜として元に連行された。汪元量も恭帝の攝政であった謝后（理宗の皇后）に隨行し、大都（今の北京）に赴いた。元の世宗の至元二十五年（一二八八）に道士となり南に歸ることを赦され、各地を周遊して生を終えた。彼の詩には國が亡ぶ前後のことが多く詠まれていることから、これを杜甫の詩史になぞらえるむきがある。明錢士升『南宋書』卷六二 汪元量傳、孔凡禮輯校『增訂湖山類稾』（中華書局）附錄二〈汪元量事迹紀年〉參照。

宋汪元量撰。元量字大有、號水雲、錢塘人。[二]度宗時以善琴供奉掖庭。[三]宋亡、隨三宮入燕。[四]久之、爲黃冠南歸、[五]往來匡廬・彭蠡閒。[六]元陳泰所安遺集中、尚有送錢塘琴士汪水雲詩。泰、延祐二年進士、則元量亦云老壽矣。

其詩多慷慨悲歌、有故宮[七]離黍之感。於宋末諸事、皆可據以徵信。故[八]李鶴田湖山類稾跋、稱其記亡國之戚、去國之苦、閒關愁歎之狀、備見於詩。微而顯、隱而彰、哀而不怨。開元・天寶之事、記於[九]草堂、後人以詩史目之。水雲之詩、亦宋亡之詩史云云。其品題頗當。

〔一〇〕惟集中醉歌一篇、記宋亡之事曰、亂點連聲殺六更、熒熒庭燎待天明。侍臣已寫投降表、臣妾僉名謝道清。以本朝太后、直斥其名、殊爲非體。〔一一〕春秋責備賢者、於元量不能無譏。然元量以一供奉琴士、不預士大夫之列。而眷懷故主、終始不渝。宋季公卿實視之有愧、其節槩亦不可及。筆墨之閒、偶然失檢、視〔一二〕無禮於君者、其事固殊。是又當取其大端、恕其一眚者矣。

〔一三〕黄虞稷千頃堂書目、載湖山類藁十三卷、水雲詞三卷。久失流傳。〔一四〕此本爲劉辰翁所選、祗五卷。前脱四翻、閒存評語。〔一五〕近時鮑廷博因復採宋遺民錄、補入辰翁元序、〔一六〕合水雲集刻之。〔一七〕以二本參互校訂、詩多重複。今亦姑仍原本焉。

【訓讀】

宋　汪元量《おうげんりょう》の撰。元量　字は大有、號は水雲、銭塘《せんとう》の人。度宗《たくそう》の時　琴を善《よ》くするを以て掖庭《えきてい》に供奉《ぐぶ》す。宋亡び、三宮に隨いて燕に入る。之を久しうして、黄冠と爲りて南歸し、匡廬《きょうろ》・彭蠡《ほうれい》の閒に往來す。元の陳泰『所安遺集』中、尚お〈銭塘の琴士汪水雲を送る〉詩有り。泰は、延祐二年の進士なれば、則ち元量も亦た老壽と云うべし。

其の詩多くは慷慨悲歌にして、故宮離黍《りしょ》の感有り。宋末の諸事に於いて、皆な據りて以て信を徵すべし。故に李鶴田〈湖山類藁の跋〉に稱す、「其の亡國の戚《せき》、去國の苦を記して、閒關愁歎の狀、備《つぶ》さに詩に見《あら》わる。微にして顯、隱にして彰、哀にして怨みず。開元・天寶の事は草堂に記され、後人「詩史」を以て之を目す。水雲の詩も、亦た宋亡ぶるの詩史なり云云」と。其の品題頗る當れり。

惟だ集中〈醉歌〉の一篇は、宋亡ぶるの事を記して曰く、「亂點の連聲　六更に殺《さつ》し、熒熒《けいけい》たる庭燎《ていりょう》　天明を待つ。侍臣已に寫す　投降の表、臣妾僉名《せんめい》す　謝道清」と。本朝の太后を以て、其の名を直斥《ちょくせき》するは、殊に非體と爲す。『春秋』の賢者を責備すること、元量に於いては譏《そし》り無き能わず。

然れども元量は一供奉の琴士を以てして、士大夫の列に預《あず》からず。而れども故主を眷懐《けんかい》すること、終始渝《かわ》らず、宋季の公卿實に之に視《くら》ぶるに愧《はじ》有り、其の節槩も亦た及ぶべからず。筆墨の閒、偶然失檢す。君に禮無き者に視ぶれば、其の事固《もとよ》り殊なれり。是れ又た當に其の大端を取りて、其の一眚《いっせい》を恕《ゆる》すべき者なり。

黄虞稷《こうぐしょく》『千頃堂書目』は『湖山類槀』十三巻、『水雲詞』三巻を載するも、久しく流傳を失す。此の本は劉辰翁の選ぶ所爲りて、祇《た》だ五巻、前に四翻を脫するも、閒ま評語を存す。近時 鮑廷博因りて復た『宋遺民錄』より採りて、辰翁の元序を補入し、『水雲集』を合せて之を刻す。一本を以て參互校訂するに、詩多くは重複す。今亦た姑《しばら》く原本に仍《よ》る。


【現代語譯】

宋 汪元量《おうげんりょう》の著。元量は字《あざな》を大有、號を水雲といい、錢塘《せんとう》（浙江省杭州）の人である。度宗《たくそう》の時、琴が上手いことで後宮の供奉《ぐぶ》となった。宋が亡びたのちは、三宮に随って元の大都に入った。ずいぶん經ってから、道士となって南に歸り、廬山や太湖のあたりを往き來した。元の陳泰の『所安遺集』中にはまだ〈錢塘の琴士汪水雲を送る〉詩がある。泰は、延祐二年（一三一五）の進士であることから、元量も長生きだったといえよう。

彼の詩の多くは悲憤慷慨の歌で、亡國の悲哀にあふれ、宋末のさまざまな出來事について、うらづけることが可能である。ゆえに李鶴田の〈湖山類槀の跋〉はいう。「その亡國のうらみ、故國を後にした苦しみを記し、艱難や愁歎の狀がつぶさに詩に現れている。それらは微《かす》かではあるが誰の目にも顯らか、隠されてはいるがはっきり表われており、哀しくはあるが怨みがましいものではない。開元・天寶の出來事は『草堂』（杜甫）によって記録され、後人はこれを『詩史』と目している。水雲の詩もまた宋滅亡の詩史である云云」と。その品評はなかなか的確である。

ただ集中の〈醉歌〉の一篇は、宋滅亡のことを記したものであるが、「亂れ飛んでいた連呼の聲も六更には絶え、熒熒《けいけい》たる後宮の篝火《かがりび》の中で夜明けを待つ。侍臣は已に投降の表を書き終え、大后は臣妾として謝道淸という本名を署名した」とあり、彼が仕えていた朝廷の太后を、直接名指しして非難するのは、とりわけ體例からはずれている。『春秋』は賢者に完全無缺を要求するものであり、元量については譏りを免かれることはできない。

しかし、元量は一介の供奉の琴士であって、士大夫の列に預からない身であるにもかかわらず、故主をなつかしむ氣持は、終生變わらなかった。宋末の公卿はこれに比べて實に恥ずべきものだし、その節操も氣概も彼にはとても及ばない。これは筆を走らせている閒のうっかりした不注意であって、君に禮無き者に較べると、彼の事蹟は特筆すべきである。これもまたまさにその大旨を取るべきであって、わずかの咎《とが》は許されるべきものである。

黃虞稷『千頃堂書目』は『湖山類藁』十三巻、『水雲詞』三巻を載せているが、長らく流傳が絶えている。この本は劉辰翁が選んだもので、五巻にすぎない。前に四葉の脱落があり、あちこちに評語がのこっている。近時の鮑廷博はこれをもとにさらに『宋遺民錄』より採って劉辰翁の原序を補入し、『水雲集』と合せて之を刻した。二本を參互校訂すると、詩に重複が多いが、今しばらく原本のままにしておく。

【注】

一　浙江巡撫採進本　採進本とは、四庫全書編纂の際、各省の長にあたる巡撫、總督、尹《いん》、鹽政などを通じて朝廷に獻上された書籍をいう。浙江巡撫より進呈された本は『四庫採進書目』によれば四六〇二六部。任松如『四庫全書答問』によれば、そのうち三六六部が著錄され、一二七三部が存目（四庫全書内に収めず、目錄にのみとどめておくこと）に置かれたという。

二　度宗時以善琴供奉掖庭　趙文〈汪水雲詩の後に書す〉に「琴を善《よ》くす。嘗て琴を以て謝后及び王昭儀に事《つか》う」とある。謝后とは理宗の皇后。『宋史』巻二四三后妃傳下參照。王昭儀は度宗の妃で、『輟耕錄《てっこうろく》』巻三貞烈の條には「名は淸蕙、字は冲華」とある。元に抑留されていた時期の汪元量の作品には、王昭儀との唱酬詩がある。

三　宋亡、隨三宮入燕　三宮とは、一般に天子・太后・皇后を指す。ただし、恭帝は幼帝なので皇后は不在。徳祐二年（一二七六）に元兵によって臨安が陥落すると、恭帝および度宗《たくそう》の皇后で恭帝の母后である全太后、度宗の妃の王昭儀、度宗の實父である福王らは元に連行された。理宗の皇后である謝太后のみは病のためやや遲れて出發、汪元量は謝太后に從って大都に入っている。

四　久之、爲黄冠南歸…　汪元量が仕えていた謝太后は至元二十三年（一二八六）に卒した。さらに、二十五年（一二八八）に度宗の皇后であった全太后が尼となると、汪元量は道士となって南に歸ることを許された。

五　往來匡廬・彭蠡閒　匡廬は廬山。彭蠡《ほうれい》は太湖。江南一體を指す。

六　元陳泰所安遺集中…　『所安遺集』（全一卷）に〈錢唐の琴士汪水雲を送る〉詩がある。その中に「三十年來 耆舊を喪い、天下の彈琴 水雲叟」と見える。陳泰は、茶陵《さりょう》の人で、元の延祐二年（一三一五）の進士。「三十年來」の起點を、元に入朝した徳祐二年（一二七六）として單純に計算すれば、この詩は一三〇六年以降に作られたことになる。なお、孔凡禮氏は〈關於汪元量的家世・生年和著述〉（『文學遺産』一九八二年二期）で汪元量の生卒を考證し、理宗の淳祐元年（一二四一）に生まれ、元の延祐四年（一三一七）ごろ七十七歲で歿したとする。

七　離黍　國が亡び、宮殿跡が黍畑になったのを歎いた『詩經』王風の〈黍離《しょり》〉に由來。離黍の離とは穂の垂れた狀態をいう。

八　李鶴田湖山類稾跋稱…　李鶴田は李玨《りかく》。吉州の人。汪元量より二十二歲年上の友人である。文淵閣四庫全書本『湖山類稾』卷五には李鶴田の跋文〈汪水雲詩の後に書す〉があり、次のようにいう。「往時『泣血錄』を讀むに、之が爲に淚《なみだ》下る。因《よ》りて徳祐の事を歎く。意《おも》うに必ず杭の文章の鉅公の、野史に書し、後人見て之を悲しむ有るも、未だ必ずしも予の今日の『泣血錄』を讀むに若《し》かずんばあらず。一日、吳の友 汪水雲 出だして『類稿』を示す。其の亡國の戚、去國の苦を紀し、閒關愁歎の狀は、備《つぶ》さに詩に見《あら》わる。微にして顯、隱にして彰、哀しみて怨みず。欷歔《ききょ》して悲しむこと、痛哭よりも甚だし。豈に『泣血錄』の竝ぶべき所ならんや。唐の事は草堂に紀され、後人『詩史』を以て之を目す。水雲の詩も、亦た宋亡ぶるの詩史なり…吉人鶴田 李玨《りかく》元輝」。

九　草堂　杜甫を指す。杜甫が蜀にいたころ、浣花溪《かんかけい》のほとりに草堂を構えたことにちなむ。

一〇　惟集中〈醉歌〉一篇…　『湖山類稾』卷一の〈醉歌十首〉は徳祐二年（一二七六）の二月から三月にかけて宋が投降する際の宮廷の樣子を記したものである。これは其の五の詩である。詩中の謝道淸とは理宗の皇后で、このとき太皇太后であった謝氏。『宋史』卷二四三 后妃傳二に「理宗の謝皇后、諱は道淸」

とある。降伏文書なので本名を署名したのである。

一一　春秋責備賢者　責備とは、完全無缺を要求すること。『新唐書』太宗本紀の贊に「『春秋』の法は、常に賢者に責備する者なり」と見える。

一二　無禮於君　君主や國に對して禮を盡くさない者のこと。ここでは南宋末の混亂期に一身の安全のみをはかった士大夫たちを指す。『春秋左氏傳』文公十八年に、季文子（行父）が亡くなった臧文仲《ぞうぶんちゅう》から受けた國君に仕える教えとして次のような言葉が引かれている。「其の君に禮有る者を見れば、之に事《つか》うること、孝子の父母を養うが如《ごと》くす。其の君に禮無き者を見れば、之を誅《ちゅう》すること、鷹鸇《ようせん》の鳥雀を逐《お》うが如くす」。

一三　黃虞稷千頃堂書目　清初の黃虞稷《こうぐしょく》『千頃堂書目』卷二九に「湖山類稾十三卷」、卷三二補に「水雲詞三卷」と著錄されている。孔凡禮『增訂湖山類稾』附錄三〈汪元量著述略考〉によれば、『湖山類稾』十三卷はもと明の內府藏本であったという。

一四　此本爲劉辰翁所選…前脫四翻、閒存評語　文淵閣四庫全書本が底本としたのは、清の鮑廷博と汪森が乾隆三十年（一七六五）に知不足齋から刻行した本である。知不足齋本の鮑廷博〈湖山類稾の跋〉はいう。「此の五卷は、劉須溪の選定爲りて、前に四翻を脫す。歲久しくして紙敝《やぶ》れ墨渝《かわ》り、字句は復た缺蝕多し。今　刻本　已に復た存せず、輾轉として傳鈔し、竝びに其の批點は之を失い、閒ま評隲の數語を存するのみ。予は『宋遺民錄』從り須溪の原序及び同時の諸賢の題識五首を補入し、因りて『水雲詩集』と合せて之を刻す」。汪森の〈後序〉もまた「汪水雲『湖山類稿』五卷は、劉辰翁の批點爲りて、敍引及び鋟刻《しんこく》の年月無し。卷首に四版を脫落し、集中の字句は閒ま漫漶《まんかん》して讀むべからざる者有り」という。ただし、劉辰翁の序文には、彼が汪元量の詩を選定したという記述はない。なお、鮑の跋も汪の後序も文淵閣四庫全書本には見えない。

一五　近時鮑廷博因復採宋遺民錄…　注一四參照。

一六　水雲集　これは錢謙益の舊藏書（注一七參照）であるが、錢は乾隆帝から、明の遺臣でありながら清に出仕したとして貳臣としての扱いを受けるようになる。そのため、ここの提要も錢謙益の名を出さぬように配慮されている。

一七　以二本參互校訂、詩多重複　知不足齋本（注一四）の汪森の〈後序〉は、「汪水雲『湖山類稿』五卷は、劉辰翁の批點爲りて、敍引及び鋟刻《しんこく》の年月無し。因りて錢虞山藏する所の雲閒舊鈔二百二十餘首を檢し、互いに參訂を爲し、複する者は之を去り、闕《か》く者は之を存し、編みて『外稿』と爲し、五卷の末に附す」と言っている。これによれば、汪森は、錢謙益藏本との重複を刪去した『外稿』を一旦作成した。しかし、實際には知不足齋刻『湖山類稿』は、この『外稿』ではなく、もとの錢謙益藏本を寫したものを『水雲詩集』として附刻している。鮑廷博の跋文は、この事情を以下のように説明している。「(『水雲』)集中の詩は、『類稿』と互いに増損有り。桐郷の汪氏(森)は、其の重見せし者を删《けず》り、録して『湖山外稿』を爲《つく》る。昔人の持擇の意に於いて、或いは未だ盡くは然らず。予は故に一に其の舊に仍《よ》ると云う」。

【附記】

現在、通行している『湖山類槀』は、清初にわずかに傳わっていた劉辰翁の批點本を乾隆三十年(一七六五)に鮑廷博知不足齋が刻行したものである。銭謙益が藏していた『水雲集』を附している。『全宋詩』(第七〇冊 巻三六六四~巻三六六九)もこれを底本とする。

評點本は、孔凡禮輯校『增訂湖山類槀』(中華書局 一九八四)があり、『永樂大典』やその他の類書から廣く佚詩を集めている。附錄一〈汪元量研究資料彙輯〉附錄二〈汪元量事迹紀年〉附錄三〈汪元量著述略考〉がつく。ただし、題跋のいくつかを永樂大典から拾い漏らしており、紀年の考證にはやや問題もあるという。祝尚書〈汪元量『湖山類稿』佚跋考〉(『書品』一九九五年第三期)參照。

注釋書として、胡才甫校注『汪元量集校注』(浙江古籍出版社 一九九九)がある。

五〇 晞《き》髪《はつ》集十巻 晞髪遺集二巻 遺集補一巻 附天地間集一巻
西臺慟哭記《せいだいどうこくき》註一巻 冬青引《とうせいいん》註一巻

[一]兩淮馬裕家藏本

【謝翶《しゃこう》】一二四九～一二九五
字《あざな》は皐羽《こうう》、自ら晞髪子《きはつし》と號した。長溪の出身で、のちに浦城（ともに福建省）に移った。度宗《たくそう》のとき進士科を受驗したが、不合格となった。文天祥が延平府を開いたときに諮事《しじ》參軍として招かれ、文天祥が敗れたのちは、宋の遺民として各地を放浪、他の遺民詩人とともに汐社《せきしゃ》を形成した。元の成宗の元貞元年（一二九五）杭州で沒した。明 弘治本『晞髪集』附錄 方鳳〈謝君皐羽行狀〉・吳謙〈謝君皐羽壙志〉參照。

宋謝翶撰。翶字皐羽、一字皐父、長溪人、後徙浦城。咸淳中試進士不第。[二]文天祥開府延平、署爲咨議參軍。天祥兵敗、避地浙東。後以元貞元年卒於杭州。[三]事蹟具宋史本傳。

南宋之末、文體卑弱、獨翶詩文桀驁有奇氣、而節概亦卓然可觀。[四]據方鳳作翶行狀、稱翶遺槀凡手鈔詩六卷、雜文五卷、唐補傳一卷、南史贊一卷、楚詞芳草圖譜一卷、宋鐃歌鼓吹曲・騎吹曲各一卷、睦州山水人物古蹟記一卷、浦陽先民傳一卷、東坡夜雨句圖一卷。其唐補傳以下如編入集中、當共二十八卷。如別本各行、則詩文當止十一卷。然世無傳本、莫知其審。

[五]明宏治閒、儲巏所刻、已與鳳所記不合。[六]萬歷中、有歙縣張氏重刻本、[七]益以降乩之作、尤爲穢雜。[八]此本

爲平湖陸大業以家藏鈔本刊行、云向從舊刻錄出、卷第已亂。大業以意釐定之。[九]校他本差爲完善。然亦非其舊也。

[一〇]末附天地閒集一卷。皆翺所錄宋末故臣遺老之詩。凡文天祥・家鉉翁・文及翁・謝枋得・鄭協・柴望・徐直方・何新之・王仲素・謝鑰・陸壑・何天定・王曼之・范協・吳子文・韓竹坡・林熙十七人、而詩僅二十首。考宋[一一]濂作翺傳、稱天地閒集五卷、則此非完書。意原本已佚、後[一二]人摭他書所云見天地閒集者、得此二十首、姑存其概耳。

[一三]又元張丁註西臺慟哭記并諸家跋語爲一卷、[一四]又註冬青引及諸家考證唐珏・林景熙事爲一卷。大業皆附刻集末。今亦竝錄存之。庶與集中諸作可以互相考證焉。

【訓讀】

宋 謝翺《しゃこう》の撰。翺字《あざな》は皐羽《こうう》、一の字は皐父《こうほ》、長溪の人、後に浦城に徙《うつ》る。咸淳中 進士に試みられて第せず。文天祥 府を延平に開き、署して咨議《しぎ》參軍と爲す。天祥の兵敗るるや、地を浙東に避く。後に元貞元年を以て杭州に卒す。事蹟『宋史』本傳に具《そな》われり。

南宋の末、文體卑弱にして、獨り翺の詩文桀驁《けつごう》して奇氣有り、而して節概も亦た卓然として觀るべし。方鳳の作りし翺の〈行狀〉に據れば稱す、「翺の遺藁は凡そ手鈔の詩六卷、雜文五卷、『唐補傳』一卷、『南史贊』一卷、『楚詞芳草圖譜』一卷、『宋鐃歌《どうか》鼓吹曲』『騎吹曲』各おの一卷、『睦州山水人物古蹟記』一卷、『浦陽先民傳』一卷、『東坡夜雨句圖』一卷」と。其の『唐補傳』以下 如《も》し集中に編入せば、當に共に二十八卷なるべし。如《も》し別本各おの行えば、則ち詩文は當に十一卷に止《とど》まるべし。然れども世に傳本無く、其の審《くわ》しきを知る莫し。

明の宏治の閒、儲巏《ちょかん》の刻する所は、已《すで》に鳳の記する所と合わず。萬歴中、歙《しょう》縣の張氏の重刻本有り、益すに降乩《こうけい》の作を以てし、尤も穢雜《わいざつ》爲り。此の本は平湖の陸大業 家藏鈔本を以て刊行するところ爲りて云う、「向《さき》に舊刻從《よ》り錄出するも、卷第已《すで》に亂る」と。大業は意を以て之を釐定《りてい》す。他本に校《くら》ぶるに差《や》や完善爲り。然れども亦た其の舊に非ざるなり。

末に『天地閒集』一卷を附す。皆な翱の錄する所の宋末の故臣遺老の詩なり。凡そ文天祥・家鉉翁・文及翁・謝枋得・鄭協・柴望《さいぼう》・徐直方・何新之・王仲素・謝鑰《しゃやく》・陸壑《りくがく》・何天定・王曼之・范協・吳子文・韓竹坡・林熙の十七人、而して詩は僅かに二十首のみ。考うるに宋濂《そうれん》 翱の〈傳〉を作りて『天地閒集』五卷と稱す。則ち此れ完書に非ず。意《おも》うに原本は已に佚し、後人 他書の「『天地閒集』に見ゆ」と云う所の者を摭《ひろ》い、此の二十首を得て、姑《しばら》く其の概を存するのみ。

又た元の張丁註『西臺慟哭記《どうこくき》』は諸家の跋語を併せて一卷と爲し、又た〈冬青引〉に註し及び諸家の唐珏《とうかく》・林景熙の事を考證せしを一卷と爲す。大業 皆な集末に附刻す。今亦た竝錄して之を存す。庶《ねが》わくは、集中の諸作と以て互いに相い考證すべからんことを。

【現代語訳】

宋 謝翱《しゃこう》の著。翱は字《あざな》を皐羽《こうう》、または皐父《こうほ》ともいい、長溪の人である。後に浦城（ともに福建省）に徙《うつ》った。咸淳年閒に進士の試驗を受けたが及第しなかった。文天祥が延平府（福建省）を開いたとき、署して咨議《しぎ》參軍に招いた。天祥の軍が敗れると、浙東に避難した。後に元貞元年（一二九五）に杭州で亡くなった。事蹟は『宋史』謝翱傳に詳しい。

南宋の末、文體は卑弱であるが、ただ翱の詩文だけは傑出して氣を吐いており、その節操や氣概もまた群を拔いて觀るべきものがある。方鳳が作った翱の〈行狀〉に據れば、「翱の遺稾は手鈔の詩六卷、雜文五卷、『唐補傳』一卷、

『南史贊』一卷、『楚詞芳草圖譜』一卷、『宋鐃歌《どうか》鼓吹曲』と『騎吹曲』が各一卷、『睦《ぼく》州山水人物古蹟記』一卷、『浦陽先民傳』一卷、『東坡夜雨句圖』一卷だ」という。その『唐補傳』以下がもし集中に編入されていたとしたら、全二十八卷ということになる。各本がそれぞれ別に行われていたとしたら、詩文は十一卷だけということになる。しかし、世に傳本が無く、詳しいことは分らない。

明の弘治年間儲巏《ちょかん》が刻したものは、すでに鳳が記したところと異なる。萬曆年間、歙《しょう》縣の張氏の重刻本があり、降乩《こうけい》の作をつけ加えており、とりわけ穢雜《わいざつ》である。この本は平湖の陸大業が家藏鈔本を刊行したもので、「むかし舊刻本から錄出したものだが、卷第はすでに亂れていた」と云っている。大業は意を以てこれを校訂しており、他本に比べて整っている。しかしこれも舊本のままというわけではない。

卷末に『天地閒集』一卷が附されている。皆な翺が錄した宋末の故臣遺老の詩である、文天祥・家鉉翁《かげんおう》・文及翁・謝枋得・鄭協・柴望《さいぼう》・徐直方・何新之・王仲素・謝鑰《しゃやく》・陸壑《りくがく》・何天定・王曼之・范協・吳子文・韓竹坡・林熙の十七人であるが、詩は僅かに二十首のみである。考えるに宋濂の作った翺の〈傳〉は、『天地閒集』五卷と稱している。つまりこれは完本ではないのだ。原本はすでに散逸し、後世の人が他書の「『天地閒集』に見ゆ」と言っている者を摭《ひろ》い、この二十首を得て、とりあえずその梗概をとどめようとしたものにすぎない。

また、元の張丁が註した『西臺慟哭記《どうこくき》』を諸家の跋語とあわせて一卷とし、さらに〈冬靑引〉の註及び諸家が唐珏《とうかく》・林景熙の事を考證したものを一卷とした。陸大業はすべて卷末に附刻している。今これも竝錄してこのままにしておく。集中の諸作と互いに相い考證することができるようにと願ってのことだ。

【注】

一　兩淮馬裕家藏本　馬裕の字は元益、號は話山、江都（揚州）の人。原籍は祁門《きもん》（安徽省）で所謂新安商人の出身。父の曰琯《えっかん》の代より藏書十萬餘巻を誇った。『四庫採進書目』の記録では、四庫全書編纂の時、藏書七七六部を進獻した。任松如『四庫全書答問』によれば、そのうち著録されたのが 四四部、存目（四庫全書内に収めず、目録にのみとどめておくこと）は二二五部にのぼる。

二　文天祥開府延平　文天祥（本書四五「文山集二十一巻」參照）が開いた延平（福建）の幕府を指す。

三　事蹟具宋史本傳　『宋史』に謝翺の傳はない。提要の勘違いである。

四　方鳳作翺行狀稱…　注五の弘治刊本『晞髪集』附録の方鳳〈行狀〉（四庫全書本『存雅堂遺稿』巻三所收）には、「君 遺稿 在《いま》せし時、舊《もと》と爲す所 悉《ことごと》く棄て去り、今在る者は手ずから録せし詩六巻、雜文五巻、『唐補傳』一巻、『南史贊』一巻、『楚辭等芳草圖譜』一巻、『宋鐃歌鼓吹曲』『騎吹曲』各一巻、『睦州山水人物古蹟記』一巻、『浦陽先民傳』一巻、『東坡夜雨句圖』一巻、『浙東西遊録』九巻、『春秋左氏續辨』『歴代詩譜』は未だ脱稿せず、『選唐韋柳諸家』及び『東都五體』は集外に在り」とある。

五　明宏治閒儲巏所刻　「宏治」は「弘治」。乾隆帝の諱 弘曆を避けて「宏」に作る。提要は儲巏が刻したというが、正確にいえば、儲巏が友人の藏書だったものを寫し、それを見せられた馮允中《ふういんちゅう》が揚州にいた唐文載に依頼して刻した本。日本の内閣文庫には、この弘治本『晞髪集』六巻および附録が藏されており、巻首には弘治十四年（一五〇一）十月に書かれた海陵の儲巏〈晞髪集引〉と、郴陽《ちんよう》の馮允中〈跋晞髪集後〉がある。儲巏〈晞髪集引〉には、「『晞髪集』は、有宋の遺民謝翺皐羽の著す所なり。翺の出處志行は、其の友の方鳳・吳謙に〈狀〉有り、〈志〉有り、太史宋公（宋濂）曁《およ》び諸先輩に〈傳〉有り。翺の書は殆ど百巻にして、此の集は蓋し其の一なり。…此の集は巏 建安の楊晉叔より抄す。會《たま》たま馮御史 之を按部に執《と》りて海陵に至り、巏出《いだ》して之を閱《けみ》せしむるに、作りて嘆じて曰く、…」とある。馮允中〈跋晞髪集後〉も「余 按部たりて海陵に至る。儲少卿靜夫 出して『晞髪集』一帙を示す。乃ち宋の逸士謝翺皐羽父の著す所なり。余 三たび之を復して、其の詩文の奇古にして法とすべきを愛し、且つ皐羽の志節の將《まさ》に泯然《びんぜん》として世に白《あき》らかならざるを悲しむなり。遂に唐運使文載に篋付《きょうふ》して、挍《こう》して之を刻す」という。弘治本の内容は、宋鐃歌《どうか》鼓吹曲・宋騎吹曲・古體上・五言近體・古體下・文のみであり、すでに方鳳が〈行狀〉で述べる著作リスト（注四）に量的に及ばない。

六　萬歷中、有歙縣張氏重刻本　「萬歷」は「萬曆」。乾隆帝の諱 弘曆を避けて「歷」に作る。これは、歙《しょう》縣の張時昇が萬曆四十年（一六一二）に刻した『晞髪集』五巻・『外集』一巻を指す。この本は、弘治本を翻刻したもので、それに新たに集めた詩文を『外集』として加えたもの。巻首には注五にあげた儲《ちょ》巏《かん》〈晞髮集引〉があり、『外集』の首には萬曆四十年（一六一二）の、張時昇の〈刻晞髮集紀〉がある（北京の國家圖書館藏本による）。

七　益以降乩之作、尤爲穢雜　降乩《こうけい》とは、神おろしなどのまじないの儀式であり、降乩の作とは、憑代《よりしろ》による自動筆記あるいは口述などによって得た作をいう。注六の張時昇〈刻晞髮集紀〉によれば、張は母の左肢の痲痺を治そうと友人の道士に祈禱を依賴。謝翺の靈を降ろして妙藥および詩を數首得たことから、廣く同種の詩を捜集し、これを『外集』として編纂したという。荒唐無稽な話であることから、のちに康熙本を刻行した陸大業は序文（注八）でこの『外集』について嚴しく批判している。當然のことながら『全宋詩』もこれら降乩の作を收載していない。

八　此本爲平湖陸大業以家藏鈔本刊行　四庫全書の底本となった陸大業による康熙刊本の〈晞髮集序〉は、次のようにいう。「宋參軍謝公皐羽は著書百卷、内 詩文の『晞髮集』と號する者は二十有八卷なり。明初は尙お未だ散佚せず、…弘治の閒に至りて、儲公柴墟 揚州に刻板するも、佚する所已に大半、詩は七言律體を闕《か》き、文は止《た》だ記・序のみ。共に十有三篇のみ。萬曆の時、歙《しょう》の張氏なる者有りて是の集を重刻し、能く補正する所有らんことを庶《ねが》い、更に穢雜《わいざつ》謬誤《びゅうご》を加う。其の『外集』に載する所謂新詩なる者は、村鄙にして語を成さず。稱して謝公の降乩《こうけい》の作と爲すは、尤も爲に怪嘆すべき者なり。惟だ後に行狀・壙誌《こうし》を附するは舊本の闕《か》く所爲り。今 舊本は世に已に少なし。余 有する所の抄白の『晞髮集』は尙お此れ從《よ》り出づ。故に其の格式は猶お古に近しと爲す、但《た》だ卷帙は已に考すべからず。乃ち意を以て分ちて詩八卷・文二卷と爲し…」。

九　校他本差爲完善　ここでいう他本が具體的に何を指すのかは不明。提要は『晞髮集』の刻行の歷史を陸大業の序にもとづいて論じているが、實際には儲巏《ちょかん》の弘治十四年（一五〇一）刊本と張時昇の萬曆四十年（一六一二）重刻本のほか、明代には複數の版本が存在した。すなわち程煦《ていく》の嘉靖三十四年（一五五五）刊本、凌《りょう》琯《かん》の隆慶六年（一五七二）刊本、繆一鳳《ぼくいっぽう》・繆邦《ほう》珏《かく》の萬曆二十六年（一五九八）刊本と張《ちょう》蔚然《いぜん》らによる萬曆四十六年（一六一八）重刻本である。

一〇　末附天地閒集一卷　文淵閣本四庫全書附錄の『天地閒集』には、則堂家鉉翁一首、文山文天祥二首、本心文及翁一首、疊《じょう》山謝枋得《ざんしゃほうとく》一首、南谷鄭協二首、歸田柴望一首、古爲徐直方一首、横舟何新之一首、石髓王仲素一首、草堂謝鑰《しゃやく》一首、雲西陸壑一首、菊屋何天定一首、梊處王曼之二首、觀山范協一首、東窗吳子文一首、竹坡韓□闕一首、曉山林景怡一首が採錄されており、合計二十首である。

一一　宋濂作翺傳稱…　注五弘治刊本『晞髮集』附錄の宋濂〈謝翺傳〉（明天順五年黃譽刊本『宋學士先生文集輯補』所收）は

謝翱の著作について次のようにいう。「著す所 手鈔の詩八巻、雑文二十巻、『唐補傳』一巻、『南史補帝紀贊』一巻、『楚詞芳草圖譜』一巻、『宋鐃歌鼓吹曲』・『騎吹曲』各一巻、『睦州山水人物古迹記』一巻、『浦陽先民傳』一巻、『天地開集』五巻、『東坡夜雨句圖』一巻、『浙東西游錄』九巻にして、餘の秦楚の際月表に倣《なら》いて作りし『獨行傳』及び『左氏傳續辨』『歷代詩譜』は、皆未完。選ぶ所の唐の韋・柳の諸家の詩及び東都の五體詩は集中に在らず」。

一二　後人摭他書所云見天地開集者　注一〇文淵閣本四庫全書附錄の『天地開集』の末尾には、次のような跋文がある。「宋學士景濂 謝先生の傳を著わして『天地開集』二巻（實は五巻の誤り）と云う。此れ蓋し未だ完書ならず。好古の士必ず是の詩を藏する者有らん。陸師道識《しる》す」。

一三　元張丁註西臺慟哭記併諸家跋語爲一巻　『西臺慟哭記』とは、〈西臺に登りて慟哭するの記〉ともいう。文天祥の幕僚であった謝翱が文天祥の死と宋の滅亡を嘆いたもの。末尾に註者である清河の張丁を始めとして、東陽の方鳳、臨川の危素など複數の跋語と詩が附されている。西臺とは富春江沿いにある嚴《げん》子陵《しりょう》の西臺の意。明の遺民である黃宗羲にも『西臺慟哭記』の注がある。

一四　又註冬青引及諸家考證唐珏・林景熙事爲一巻　『冬青引』とは〈冬青樹の引〉のこと。宋が滅亡したのち、唐珏《とうかく》と林景熙が宋人の遺骸を山陰に埋め、そこに冬青樹を植えたとも、唐珏と謝翱の先生である王修竹が植えたともいう。詳細は、本書五一「林霽山集五巻」を參照。

【附記】

『全宋詩』（第七〇冊　巻三六八七～巻三六九二）は弘治刊本を底本とし、集外詩も廣く輯めている。

『全元文』（第一三冊　巻四七一）には、文十三篇が収められている。

『宋人年譜叢刊』（四川大學出版社　二〇〇三）第一二冊には、吳洪澤の校點による清の徐沁編〈謝皐羽年譜〉（昭代叢書甲集巻二一）が収められている。

五一　林霽山集《りんせいざん》五卷　[一]浙江巡撫採進本

【林景熙《りんけいき》】一二四二～一三一〇
字《あざな》は德陽、號は霽山《せいざん》、溫州平陽（浙江省）の人。度宗《たくそう》の咸淳七年（一二七一）に太學の上舍から任官し、從政郎に至った。宋が滅びた後は出仕せず、詩作に故國への思いを託し、六十九歲で卒した。文集の原名を『白石樵唱』というのは、鄉里平陽の白石巷に隱棲したことによる。陳增傑校注『林景熙集校注』（浙江古籍出版社　一九九五）附錄一の元　章祖程〈題白石樵唱〉・明　呂洪〈霽山先生文集序〉參照。

宋林景熙撰。[二]景熙一作景曦、字德陽、溫州平陽人。[三]咸淳七年太學釋褐、官禮部架閣、轉從政郎。宋亡不仕。

[四]會札木揚喇勒智（原作楊璉眞伽、今改正）發宋諸陵、以遺骨建鎭南塔、景熙以計易眞骨葬之。其忠義感動百世。然諸書或以其事歸唐珏。[五]今考此集載夢中作四詩、與諸書所載珏作同。珏他詩不槪見、而此[六]四詩詞格實與景熙他詩相類。[七]且雙匣親傳竺國經句、與景熙葬高・孝兩陵之說合、與珏同葬諸陵之說不合。考[八]集中有和唐玉潛一詩、玉潛卽珏之字、則二人本屬舊友。或當時景熙與珏共謀此擧、其事祕密、傳聞異詞、遂譌以爲珏作也。

[九]所著有白石稾十卷、皆其雜文。又有白石樵唱六卷、皆諸體詩。元統甲戌、[一〇]崑山章祖程爲其詩集箋註、

傳本僅存、其[一一]文集遂就散佚。此[一二]本乃明天順癸未其鄕人監察御史呂洪所編。以章祖程所註詩集併爲三卷、増以元[一三]音所錄讀文山集詩一篇。又捃摭遺文、得記十四篇、傳一篇、説一篇、文一篇、序十三篇、墓誌六篇、銘一篇、釐爲二卷。

嘉靖戊子、遼[一四]藩光澤王得江陵毛秀校本重刊、附[一五]以秀辨證一篇。於[一六]白石樵唱題卷一・卷二・卷三、白石稾題卷四・卷五。書名各別、而卷數相屬。驟閲之、似白石稾佚其前三卷者、殊不了了。國[一七]朝康熙癸酉、歙縣汪士鉉等重刊、乃總題曰林霽山集、較有體例。今用以繕錄焉。

【訓読】

宋 林景熙《りんけいき》の撰。景熙は一に景曦《けいぎ》に作る。字《あざな》は德陽、溫州平陽の人。咸淳七年 太學より褐《かつ》を釋《と》き、禮部架閣に官し、従政郎に轉ず。宋亡びて仕えず。

會《たま》たま札木揚喇勒智（原《も》と楊璉眞伽に作る、今改正す）宋の諸陵を發《あば》き、遺骨を以て「鎭南塔」を建つるに、景熙 計を以て眞骨を易《か》えて之を葬る。其の忠義 百世を感動せしむ。然れども諸書或いは其の事を以て唐珏《とうかく》に歸す。今考うるに此の集〈夢中の作〉四詩を載するは、諸書の載する所の珏の作と同じ。珏の他詩は概見せず、而して此の四詩の詞格は實に景熙の他詩と相類す。且つ「雙匣《そうこう》親しく傳う竺國《じくこく》の經」の句、景熙の高・孝兩陵を葬るの説と合い、珏の同《とも》に諸陵を葬るの説と合わず。考うるに集中に〈唐玉潛に和す〉一詩有り、玉潛は卽ち珏の字にして、則ち二人は本と舊友に屬す。或いは當時景熙 珏と共に此の擧を謀《はか》り、其の事祕密にして、異詞を傳聞し、遂に譌《あやま》りて以て珏の作と爲すなり。

著す所『白石稾』十巻有り、皆な其の雜文なり。又た『白石樵唱』六巻有り、皆な諸體詩なり。元統甲戌、崑山《こんざん》の

章祖程 其の詩集の箋註を爲り、傳本僅かに存するも、其の文集は遂に散佚に就《つ》く。此の本は乃ち明の天順癸未 其の郷人監察御史呂洪の編する所なり。章祖程の註する所の詩集を以て併せて三卷と爲し、增すに『元音』錄する所の〈讀文山集〉詩一篇を以てす。又た遺文を捃摭《くんせき》し、記十四篇、傳一篇、說一篇、文一篇、序十三篇、墓誌六篇、銘一篇を得て、釐《おさ》めて二卷と爲す。

嘉靖戊子、遼藩光澤王 江陵の毛秀の校本を得て重刊し、附するに秀の〈辨證〉一篇を以てす。『白石樵唱』に於いては卷一・卷二・卷三と題し、『白石槀』は卷四・卷五と題す。書名各おの別なるに、卷數相い屬《つづ》く。之を驟閱《しゅうえつ》せば『白石槀』其の前三卷を佚する者に似て、殊に了了せず。國朝康熙癸酉、歙《しょう》縣の汪士鋐《おうしこう》等 重刊し、乃ち總題して『林霽山集』と曰い、較《や》や體例有り。今用いて以て焉《これ》を繕錄す。

【現代語譯】

宋 林景熙《りんけいき》の著。景熙は一に景曦《けいぎ》に作る。字は德陽、溫州平陽（浙江省）の人である。咸淳七年（一二七一）太學から官界に入り、禮部架閣を經て、從政郎に轉じた。宋の滅亡後は出仕しなかった。

たまたま札木揚喇勒智（原と楊璉眞伽に作る、今改めておく）が宋の皇帝たちの陵を發《あば》き、遺骨でもって「鎭南塔」を建てた際に、景熙は計略によって骨をすり替えて本物の遺骨の方を葬った。その忠義は後々の世までも感動させるものだ。しかし、諸書のあるものはその事蹟を唐珏《とうかく》のことだとしている。今考えるに、この集に載っている〈夢中作〉四篇の詩は、諸書が珏の作として載せているものと同じである。珏のほかの詩は見られないが、この四編の詩の詞格は實に景熙の他の詩に似ている。かつ「雙匣《そうこう》親しく傳う竺國《じくこく》の經」の句は、景熙が高宗と孝宗の二つの遺骨を葬ったという說と符號し、珏とともに諸陵の遺骨を葬ったという說と合わない。考うるに集中に〈和唐玉潛〉という一篇の詩があるのだが、玉潛とは卽ち珏の字であり、つまり二人はもと舊友同士ということだ。或いは當時、景熙と珏がともにこれを企てたが、事は祕密なので、異聞が傳わり、遂に誤って珏の作ということになったのではないか。

彼の著作には『白石稾』十巻があり、みな雜文である。さらに『白石樵唱』六巻があり、みな各體の詩である。元統甲戌（二年　一三三四）、崑山の章祖程がその詩集に箋註をつけ、ようやく傳本が殘ったが、文集の方はついに散佚した。この本は明の天順癸未（七年　一四六三）彼の同郷人の監察御史呂洪が編纂したもので、章祖程が註した詩集を三巻に合併し、『元音』に收録されていた〈讀文山集〉詩一篇を加え、さらに遺文を拾い集め、記十四篇、傳一篇、說一篇、文一篇、序十三篇、墓誌六篇、銘一篇を得て、二巻に整理した。

嘉靖戊子（七年　一五二八）、遼藩の光澤王は江陵の毛秀の校本を入手して重刊し、秀の〈辨證〉一篇を附した。『白石樵唱』については巻一・巻二・巻三と題し、『白石稾』は巻四・巻五と題している。書名はそれぞれ別なのに、巻數は續いている。ざっと見ると『白石稾』は前の三巻分が失われたかのようで、どうにも解《げ》せない。

國朝の康熙癸酉（三十二年　一六九三）、歙《しょう》縣の汪士鉱（汪士鈜の誤り）等が重刊し、まとめて『林霽山集』と題したが、こちらの方が體例としてやや整っている。このために今、この本を著録しておく。

【注】

一　浙江巡撫採進本　採進本とは、四庫全書編纂の際、各省の長にあたる巡撫、總督、尹《いん》、鹽政などを通じて朝廷に獻上された書籍をいう。浙江巡撫より進呈された本は『四庫採進書目』によれば四六〇二六部。任松如『四庫全書答問』によれば、そのうち三六六六部が著錄され、一一七三部が存目（四庫全書内に收めず、目録にのみとどめておくこと）に置かれた。

二　景熙一作景曦…　文淵閣四庫全書本『霽山文集』巻首の元の章祖程〈白石樵唱の序〉は「先生　諱《いみな》は景熙、字は德暘《とくよう》、姓は林氏、溫の平陽の人なり」とみえる。一方、元の鄭元祐『遂昌雜錄』には「宋の太學生　東嘉の林景曦《けいぎ》、字は霽山《せいざん》」という。

三　咸淳七年太學釋褐　「太學釋褐」とは、太學の外舍、内舍を經て上舍に上がった者が、その才を認められて任官することで、當時、進士と同じぐらい名譽なこととされた。注二に擧げた元の章祖程〈白石樵唱の序〉は「宋咸淳辛未、太學より褐を釋《と》き、泉州教官を授けられ、禮部架閣を歴し、從政郎に轉ず」といい、同じく四庫全書本が〈霽山文集原序〉として冠する明の呂洪の序文も「咸淳辛未、先生上舍より釋褐し、…」という。

四　會札木揚喇勒智…　元のタングート族の僧侶で、世祖の至元十四年（一二七七）、江南釋教都總統になった楊璉眞伽（あるいは嘉木揚喇勒智ともいう）が、財寶目當てに南宋の皇帝高宗・孝宗・光宗・寧宗・理宗・度宗《たくそう》の六陵墓と皇后らの墓を發《あば》き、その後、宋の遺臣がその遺骨を収めたという逸話が傳わる。元の羅有升〈唐義士傳〉（『南村輟耕錄《てつこうろく》』巻四所收）、周密『癸辛雜識』別集上、『元史』世祖紀などにみえる。しかし、遺骨を收集したのは林景熙とその太學の同窓の友人である鄭樸翁《ていぼくおう》だとするものや、唐珏《とうかく》だとするものなど諸説あり、その發陵の年についても記述に異同がある。

五　今考此集載夢中作四詩…　文淵閣四庫全書本『霽山文集』巻三の〈夢中作〉四首を指す。この詩は、羅有升《らゆうしょう》の〈唐義士傳〉では唐珏《とうかく》の作となっており、鄭元祐『遂昌雜錄』は林景熙の作として引く。厲鶚『宋詩紀事』は巻七九の唐珏の條に著錄し、巻七五の林景熙小傳の後に〈夢中作〉は唐珏の作であって、林景熙の作ではないと注記している。唐珏は字を玉潛、號を存菊といい、越州の人。林景熙や謝翺《しゃこう》の詩友。南宋の皇帝の遺骨を葬った義士として知られる。詳しくは『南村輟耕錄』巻四引く羅有升の〈唐義士傳〉參照。

六　此四詩詞格實與景熙他詩相類　〈夢中作〉四首を林景熙の作として考證したものとして、陳增傑の〈收葬宋陵遺骨事及〈夢中作〉詩辨證〉（【附記】『林景熙集校注』附錄三）がある。

七　且雙匣親傳竺國經句、與景熙葬高・孝兩陵之說合…　林景熙とともに陵骨を收めたと傳えられる鄭樸翁には〈悼國賦〉があり、そこには「吾は則ち同志と曁《とも》に佛經を越山に託す」とみえる。また林景熙の事跡とする鄭元祐『遂昌雜錄』にももの拾いに扮して僧侶を買收し、「果たして高・孝の兩廟の骨を得て、爲《ため》に兩函に之を貯め、歸りて東嘉に葬」ったとみえる。

八　集中有和唐玉潛一詩　實は唐珏《とうかく》にあてた詩は集中に二首みえる。巻二の〈唐玉潛に答う〉と、巻三の〈立春郊行して唐玉潛に次す〉である。巻二の〈唐玉潛に答う〉の題下には「越州の人。東墅《とうしょ》註：〝玉潛、名は珏、卽ち霽山《せいざん》と同《とも》に宋の陵骨を收め各おの葬す。義士なり」と注されている。

九　所著有白石稾十卷…　文淵閣四庫全書本『霽山文集』巻首の元章祖程〈白石樵唱の序〉に「晩年著す所、雜文十巻の外、詩六巻有り、題して『白石樵唱』と曰い、世に行わる」と見え、また、明 呂洪の原序にも「著す所 文十巻を『白石稿』と曰い、詩六巻を『白石樵唱』と曰う。一に皆な忠義の發越する所に本づき、江湖に傳誦し、人口に膾炙す」とある。

一〇　崑山章祖程爲其詩集箋註　文淵閣四庫全書本『霽山文集』巻首の元章祖程〈註白石樵唱の序〉にいう。「予 嘗て伏して讀みて竊かに之を愛し、沈潛反復すること、蓋し亦た年有り。是に於いて童課の暇、僭踰《せんゆ》を揆《はか》らず、爰《ここ》に舊聞を輯《あつ》め、爲《ため》に註脚を下す。閒《ま》ま其の意の指す所、義の在る所を見る有らば、亦た輒《すなわ》ち之が爲に發揮して敢て焉《これ》を隱さず。第《だ》だ胸に積學無く、家に儲書《ちょしょ》無く、其の閒の援據は、尙お未だ明を盡くさざる者有り、姑《しばら》く講問し、少《いさ》さか其の全きを備えんことを冀《こいねが》う。一日、子安・儀中の二友生請いて曰く、夫れ草堂（杜甫）の詩に註せし者は數百家、雪堂（東坡）の詩に註せし者も亦た百餘家を下らざるに、今に迄《いた》るまで猶お遺憾無き能わず、而るを況んや一人の見を以てするをや。盍《なん》ぞ之を缺きて以て後賢を竢《ま》たざるかと。予其の言を嘉《よみ》し、因《よ》りて此の稿を出だし、錄して以て初學に示さしめ、固《もとよ》り未だ敢て諸《これ》を作者に傳えざるなり。惟だ博雅の君子、其の舛譌《せんか》を訂《ただ》し、其の疏略を補い、霽翁《せいおう》の詩をして久しく墜《おと》さざらしめば、則ち風雅に於いて亦た未だ必ずしも少助無くんばあらずと云う。元統甲戌（二年　一三三四）暢月、後學の章祖程謹《つつし》んで書す」。

一一　其文集遂就散佚　文淵閣四庫全書本『霽山文集』巻首の呂洪の原序に、「歷歲滋《いよ》いよ久しく、頗る多く散亡す」とみえる。

一二　此本乃明天順癸未其鄕人監察御史呂洪所編　文淵閣四庫全書本『霽山文集』巻首の呂洪の〈原序〉にいう。「予が平陽は素《もと》より文獻の邦と稱し、騷人墨客《ぼっかく》、義士忠臣、代《よ》よ之《これ》無きは無し。…乃者《さき》に、致政の大尹葉公衡　先生の『白石樵唱』を出だし示すに、始末具全す。予又た『元音』中より先生の〈讀文山集〉一詩を得て、仍《な》お家藏の舊書を檢閱し、僅かに先生の『白石稿』中の記・序・賦・銘より下凡そ若干篇を得たり。其の他の製作は尋究する無きに迄《いた》る。予　歲月愈《いよ》いよ久しく、散亡愈いよ多きを懼《おそ》れ、輒《すなわ》ち敢て僭踰《せんゆ》し、其の亥豕《がいし》を正し、釐《おさ》めて五巻と爲して、總べて一帙と爲し、題して『霽山先生文集』と曰う。將に諸《これ》を梓《し》に鋟《きざ》み、以て其の傳を廣うせんとす。…時に大明天順七年（一四六三）癸未春三月下浣穀旦、賜進士文林郎廣東道監察御史後學の呂洪書す」。この天順本は詩が三巻、文が二巻の計五巻で、林景熙の詩と文を合刻した最初の刊本である。ただし、提要がいうところとはやや異なり、記十四篇、傳一篇、賦一篇、說二篇、悼文一篇、序十三篇、墓誌六篇、銘一篇である。のち、清の嘉慶年間の鮑氏知不足齋叢書は、この天順本をもとに校刊し、拾遺一巻を附している。

一三　元音　現在傳わる『元音』は十二巻。明初に編纂された元の詩の總集であるが、編者未詳。林景熙の〈文山集を讀む〉は文淵閣四庫全書本『元音』巻一〇に採錄されている。

一四　遼藩光澤王得江陵毛秀校本重刊　明の遼藩光澤王の序文は文淵閣四庫全書本には見えない。注一七の汪士鋐が康熙三十二年に刻した本の巻頭には光澤王の序文があり、次のようにいう。「始め、予　藏書頗る多きも、先生の集は殊に未だ之を見ず。江陵の東墅《とうしょ》居士毛秀未だ仕えざる時、嘗て舊刻本を得て、甚だ先生の高義を重んじ、間ま手ずから批注する有り。予に遺《おく》りて重ねて梓行し、以て世に表暴《ひょうばく》せんことを乞う。予 額《ぬか》きて之を快閲し、竝びに旁《あまね》く諸書を考し、其の高義眞行の千古の上に出づる者有るを見る。…嘉靖七年（一五二八）歳は戊子に舍《やど》る、冬十一月朔、遼藩の光澤王 博文堂の梅南の深處に書す」。

一五　附以秀辨證一篇　提要がいう〈辨證〉とは文淵閣四庫全書本『霽山文集』巻三の最後に附されている毛秀の〈『霽山集』中の〈夢中作〉詩下の章祖程が注疏の謬說を辨ず〉を指す。章祖程の〈夢中作〉注は、「楊總統 宋帝の諸陵を發《あば》き、其の骨を取りて浙江を渡り、塔を杭の宋の內朝の舊址に築き、餘骨を以て草莽《そうもう》中に棄つ。先生 鄭樸翁等數人と與に痛憤し、採藥と爲《いつわ》りて草嚢を以て之を拾收す。理宗の顱骨《ろこつ》は北軍の湖水中に投ずるところと爲るに因《よ》りて、復た漁者を購い罔《あみ》して之を得、二函に盛りて、越山に葬り、冬青樹を植えて之を識《しる》す」とある。それに對して、毛秀の〈辨證〉の意見は、この注には唐珏《とうかく》の名が見えないこと、また元の楊璉眞伽が陵を暴いたのは陵墓の副葬品の寶玉が目當てであって、塔を建てたのは世間を欺くためであること、林らが湖中に遺骨を求めたことの不自然さを指摘し、章の注が陵墓を發《あば》いた時代から五十七年後のものであることを根據に章の注に疑念を呈している。

一六　於白石樵唱題巻一・巻二・巻三　現在、文淵閣四庫全書本『霽山文集』では、巻一に「白石樵唱一」、巻二に「白石樵唱二」、巻三に「白石樵唱三」とあり、巻四は「白石稾一」、巻五は「白石稾二」となっている。

一七　國朝康熙癸酉、歙縣汪士鉉等重刊…　康熙癸酉は、三十二年 一六九三年。「汪士鉉」は「汪士鋐」の誤り。この本は注一四の明の光澤王序刊本の重刻であり、北京大學圖書館藏の該本を見るに、巻一の題下には「後學 吳菘・梅庚・沈士尊・汪士鋐・吳肅公・吳瞻泰 參校」とあり、汪士鋐・吳菘・吳瞻泰による三篇の〈重刻霽山先生序〉が收載されている。

【附記】

評點本は、古いものでは、中華書局上海編輯所編輯『霽山集』（中華書局 一九六〇）があるが、近年出版の陳増傑校注『林景熙集校注』（浙江古籍出版社 一九九五）は、知不足齋叢書二五集の『霽山先生集』を底本とし、各種の附錄や考辨を附していて便利である。

『全宋詩』（第六九冊 巻三六三一～三六三三）は集外詩も廣く輯めている。

『全元文』（第一一册　巻三七一～巻三七二）は天順七年呂洪刻『霽山文集』を底本とし、佚文も輯めている。

五二　眞山民集一卷

[一]浙江巡撫採進本

【眞山民】十三世紀～十四世紀？
宋の遺民であるが、詳しい事跡は未詳。一説に、名が桂芳、括蒼《かっそう》（浙江省）の人、宋末の進士で眞德秀の裔孫ともいう。『眞山民詩集』が傳わることから、山民と號したことが知られる。亡國の憾みを詠じた詩で有名。

宋眞山民撰。[二]山民始末不可考。宋末竄跡隱淪、以所至好題詠、因傳於世。或自呼山民、因以稱之。或云[三]李生喬嘗歎其不愧乃祖文忠西山。[四]考眞德秀號曰西山、謚曰文忠、以是疑其姓眞。或云本名桂芳、括蒼人、宋末嘗登進士。要之、亡國遺民、[五]鴻冥物外、自成[六]採薇之志、本不求見知於世、世亦無從而知之。姓名里籍、疑皆好事者以意爲之、[七]未必遂確。今從舊本、題曰眞山民集、姑仍世之所稱而已。

[八]其集宋藝文志不著錄。[九]明焦竑經籍志蒐宋人詩集頗備、亦未載其名。[一〇]江湖小集始收之、而亦多未備。[一一]此本出浙江鮑氏知不足齋、較他本爲完善、然皆近體、無古詩。[一二]元詩體要中錄其陳雲岫愛騎驢七言古詩一首、此本無之。或詩本兩卷、而佚其古體一卷、或宋末江湖諸人皆不留意古體、山民亦染其風氣、均未可知。然就其存者論之、[一三]黍離・麥秀、抱痛至深、而無一語懟及新朝。則非惟其節至高。其安命知天、識量亦不可及、視[一四]謝靈運輩、既襲康樂之封、[一五]而猶稱韓亡子房奮、秦帝魯連恥者、相去不啻萬萬矣。

詩格出於晩唐、長短皆復相似。五言如[一六]鬢禿難瞞老、心寛不貯愁、[一七]煙碧柳生色、燒靑草返魂、[一八]風竹有聲畫、石泉無操琴、[一九]棠醉風扶起、柳眠鶯喚醒、[二〇]地皆宜避暑、人自要趨炎、[二一]飛花游蕩子、古木老成人、[二二]新葬塚無數、後來人更多、七言如[二三]欲談世事佛無語、不管客愁禽自啼、[二四]懶看世情晨睡去、怕傷時事暮吟休、[二五]啇嶺定無屠狗客、雲臺寧有釣魚人、[二六]囊空儘可償詩債、脚倦猶能入醉鄉、[二七]雕鎪花柳春無迹、沐浴山川雨有恩、[二八]炭爲驟寒偏索價、酒因不飲懶論交之類、皆不出晚唐纖佻麤獷之習。

至於五言之[二九]鳥聲山路靜、花影寺門深、[三〇]風蟬聲不定、水鳥影同飛、[三一]與鷗分渚泊、邀月共船眠、[三二]牕月燈昏見、巖泉雨歇聞、[三三]水清明白鷺、花落失青苔、[三四]曳杖雲同出、開簾山自來、[三五]寒塘倒山影、空谷荅樵歌、七言[三六]之泉石定非騎馬路、功名不上釣魚船、[三七]水禽與我共明月、蘆葉同誰吟晚風、[三八]隔浦人家漁火外、滿江秋思笛聲中、[三九]小窗半夜靑燈雨、幽樹一庭黃葉秋、[四〇]澗暗只聞泉滴瀝、山靑纔見路分明、[四一]幾畝桑麻春社後、數家雞犬夕陽中、則頗得晚唐佳處矣。[四二]一邱一壑、[四三]足資延賞、要亦宋末之[四四]翹楚也。

【訓讀】

宋 眞山民の撰。山民の始末は考すべからず。宋末 跡を竄《かく》して隱淪《いんりん》し、至る所好んで題咏するを以て、因りて世に傳わる。或いは自ら「山民」と呼び、因りて以て之を稱す。或いは云う、「李生喬嘗《かつ》て其の乃祖《だいそ》文忠西山に愧《は》じざるを歎ず」と。考うるに眞德秀は號して西山と曰い、謚《おくりな》して文忠と曰い、是れを以て其の姓は眞なるかと疑う。或いは云う、本名は桂芳、括蒼《かっそう》の人、宋末に嘗て進士に登ると。之を要するに、亡國の遺民にして、物外に鴻冥《こうめい》し、自ら「採薇《さいび》」の志を成す。本と世に知らるるを求めず、世も亦た從《よ》りて之を知る無し。姓名里籍、疑うらくは皆な好事者《こうずしゃ》の意を以て之を爲《つく》り、未だ必ずしも遂に確《かく》たらず。今 舊本に從い、題して『眞山民集』と曰うは、姑《しばら》く世の稱する所に仍《よ》るのみ。其の集『宋藝文志』は著錄せず。明の焦竑《しょうこう》『經籍志』は宋人の詩集を蒐《あつ》めて頗る備わるも、亦た未だ其の名を載せず。『江湖小集』始めて之を收むるも、亦た多くは未だ備わらず。此の本は浙江鮑氏「知不足齋」より出で、他本に較ぶるに完善爲り。然れども皆な近體にして、古詩無し。『元詩體要』中 其の〈陳雲岫愛騎驢〉七言古詩一首を錄するも、此の本 之《こ》れ無し。或いは詩は本と兩巻にして、其の古體一巻を佚す。或いは宋末の江湖の諸人皆な古體に留意せず、山民も亦た其の風氣に染むと、均しく未だ知るべからず。

然れども其の存する者に就《つ》きて之を論ずるに、〈黍離《しょり》〉〈麥秀《ばくしゅう》〉、痛みを抱くこと至《はなは》だ深きも、一語として新朝に懟及《たいきゅう》する無し。則ち惟だ其の節至《はなは》だ高きのみにあらず。其の命に安んじ天を知り、識量も亦た及ぶべからず。謝靈運の輩の、既に「康樂」の封《ほう》を襲《おそ》うに、猶お「韓亡びて子房奮い、秦帝たりて魯連恥ず」と稱する者に視《くら》ぶるに、相去ること啻《た》だに萬萬なるのみならず。

詩格は晚唐より出で、長短も皆な復た相似たり。五言の「鬢禿《びんは》げて老いを瞞《あざむ》き難し、心寛《ひろ》くして愁を貯《た》めず」、「煙碧　柳は色を生じ、燒靑　草は魂を返す」、「風竹　有聲の畫、石泉　無操の琴」、「棠醉《よ》いて風扶《たす》け起こし、柳眠りて鶯喚《よ》び醒ます」、「地は皆な宜しく暑を避くべきに、人は自ら要《もと》めて炎に趨《おもむ》く」、「飛花　游蕩の子、古木　老成の人」、「新葬　塚は無數なるに、後來　人更に多し」の如き、七言の「世事を談ぜんと欲するも佛は語る無く、客愁に管せず禽《とり》自《おのずか》ら啼く」、「世情を看るに懶《ものう》く晨睡《しんすい》し去り、時事を傷《いた》むを怕《おそ》れて暮吟休む」、「商嶺　定めて屠狗《とく》の客無し、雲臺　寧《なん》ぞ釣魚の人有らん」、「囊《のう》空しきも　儘《ま》ま詩債を償《つぐな》うべく、脚倦《う》むも　猶お能く醉鄉に入る」、「花柳を雕鎪《ちょうしゅう》して春は迹《あと》無く、山川を沐浴して雨に恩有り」、「炭　驟寒《しゅうかん》の爲《ため》に偏《ひと》えに價を索《もと》め、酒　飮まざるに因《よ》りて論交に懶《ものう》し」の如きの類は、皆な晚唐の纖佻《せんちょう》麤獷《そこう》の習いを出でず。

五言の「鳥聲　山路靜かに、花影　寺門深し」、「風蟬　聲定まらず、水鳥　影同《とも》に飛ぶ」、「鷗と渚《しょ》を分ちて泊り、月を邀《むか》えて船と共に眠る」、「牕月《そうげつ》　燈昏《くら》くして見、巖泉　雨歇《や》みて聞ゆ」、「水淸くして白鷺明らかに、花落ちて靑苔失う」、「杖を曳《ひ》けば雲同《とも》に出で、簾《みす》を開けば山　自《おのずか》ら來《きた》る」、「寒塘　山影を倒じ、空谷　樵歌《しょうか》に荅《こた》う」、七言の「泉石は定めて騎馬の路に非ず、功名は釣魚の船に上らず」、「水禽は我と明月を共にし、蘆葉は誰と同《とも》に晩風に吟ぜん」、「隔浦の人家 漁火の外、滿江の秋思 笛聲の中」、「小窗 半夜 靑燈の雨、幽樹 一庭 黃葉の秋」、「澗《たに》暗くして只だ聞く泉の滴瀝《てきれき》、山靑くして賸《あま》り見る路の分明」、「幾畝の桑麻 春社の後、數家の雞犬《けいけん》 夕陽の中」に至りては、則ち頗る晩唐の佳處を得たり。一邱一壑《いちきゅういちがく》、延賞に資するに足る、要は亦た宋末の翹楚《ぎょうそ》なり。

【現代語譯】

宋 眞山民の著。山民の經歷については考證できない。宋末に行方をくらまして隱遁し、行く先々で好んで題詠をしたことで、世に傳わっている。あるいは自らを「山民」と呼んだことから、それを名としたともいう。またあるいは、李生喬が彼の乃祖《だいそ》文忠公西山に恥じないと感嘆したともいわれる。眞德秀の號は西山、謚《おくりな》は文忠なので、その姓は「眞」なのではないかと思われる。あるいは、本名は桂芳、括蒼《かっそう》の人で、宋末に進士になったともいわれる。要するに、彼は亡國の遺民であり、世俗を超越し、自ら「採薇《さいび》」の志を全うしたのであり、もともと世に知られるのを求めず、世間もこれを知りようがなかったのだ。姓名や里籍は、ともに好事家がでっちあげたものらしく、必ずしも確かなものではない。今 舊本に從い、『眞山民集』と題し、しばらく世の稱する所のままにしておく。

その集は『宋史』藝文志は著錄していない。明の焦竑《しょうこう》『國史經籍志』は宋人の詩集を蒐《あつ》めて相當そろってはいるが、これにもその名は見えない。『江湖小集』が始めてこれを收めたが、あまり完備したものではない。この本は浙江の鮑氏「知不足齋」から出たもので、他の版本に較べればよく備わっている。しかしみな近體詩であり、古詩はない。『元詩體要』の中に彼の〈陳雲岫愛騎驢〉七言古詩一首が錄されているが、この本にはこの詩がない。あるいは詩は本來二卷あって、古體一卷の方が散逸したのかもしれない。あるいは宋末の江湖派の諸人は皆な古體に留意せず、山民もその風潮に染まったのかも知れないが、どちらとも分らない。

しかしその現存する詩について論じれば、〈黍離《しょり》〉〈麥秀《ばくしゅう》〉のような亡國の嘆きを深い痛みとして抱きながらも、一語として新朝（元王朝）をなじったものがない。つまり節操が非常に高いだけでなく、運命に安んじて天の意を知り、識見度量もまた他とはくらべものにならないのだ。謝靈運の輩が、「康樂公」の名を襲封《しゅうほう》していながら、なおかつ「韓亡びて子房奮い、秦帝たりて魯連恥ず」などと稱したのに比べると、その違いは天と地ほどの開きがある。

詩格は晩唐から出たもので、長所も短所も晩唐によく似る。五言の「鬢禿《びんは》げて老いを瞞《あざむ》き難きも、心寛くして愁いを貯《た》めず（鬢の毛が薄くなって老いは隱せないが、心はゆったりとして愁いを溜めない）」、「煙碧　柳は色を生じ、燒靑　草は魂を返す（春霞に柳は綠色となり、野火によって靑い草が蘇《よみがえ》る）」、「風竹　有聲の畫、石泉　無操の琴（風にそよぐ竹は音のある繪のよう、石に落ちる瀧は彈《ひ》かなくても奏《かな》でる琴のよう）」、「棠醉いて風扶《たす》け起こし、柳眠りて鶯喚《よ》び醒ます（下を向いて眠るように咲く海棠の花は風に起こされ、柳は鶯の聲に眠りから覺める）」、「地は皆な宜しく暑を避くべきに、人は自《みずか》ら要《もと》めて炎に趨《おもむ》く（どこの土地も暑さを避けようとするのに、人はわざわざ炎暑の中に赴いてゆく）」、「飛花　游蕩の子、古木　老成の人（飛ぶ花のようにあちこち放浪したあげく、枯れ木のように老いさらばえた）」、「新葬　塚は無數なるに、後來　人更に多し（新しい墓はたくさんあるのに、あとから葬られる人はますます多くなる）」の如き、七言の「世事を談ぜんと欲するも佛は語る無く、客愁に管せず禽　自《おのずか》ら啼く（世事を談じようとしても佛は語らず、私の愁いにはおかまいなしに鳥は勝手に囀《さえず》っている）」、「世情を看るに懶《ものう》く晨睡《しんすい》し去り、時事を傷《いた》むを怕《おそ》れて暮吟休《や》む（世間の樣子を見るのも面倒で朝寢して、時事に心が傷むのを懼《おそ》れて夕暮れに吟詠するのをやめてしまった）」、「商嶺　定めて屠狗《とく》の客無し、雲臺　寧《なんぞ》ぞ釣魚の人有らん（かの四皓がいたという商山には腕にものいわせる輩はおらぬし、功臣の圖像をかかげた宮中の雲臺には魚釣りに甘んじた人がいるはずもない）」、「囊《のう》空しきも　儘《ま》ま詩債を償《つぐな》うべく、脚倦《う》むも　猶お能く醉鄕に入る（財布は空でも詩の返事はできる、歩き疲れていても醉鄕に入ることはできる）」、「花柳を雕鎪《ちょうしゅう》して　春は迹《あと》無く、山川を沐浴して　雨に恩有り（春はそれと知らずに花や柳を芽吹かせ、雨の惠みは山川を潤わせる）」、「炭　驟寒《しゅうかん》の爲《ため》に偏《ひと》えに價《か》を索《もと》め、酒　飲まざるに因《よ》りて論交に懶《ものう》し（急に寒さがぶりかえし安い炭をさがし求め、貧乏で酒が飲めないので人との交際もめんどうだ)」などは、いずれも晩唐の輕佻浮薄と粗野な面から抜け出ていない。

五言の「鳥聲　山路靜かに、花影　寺門深し(靜かな山道に鳥の聲だけがして、花の奥に寺の門がひっそりと立っている)」、「風蟬　聲定まらず、水鳥　影同《とも》に飛ぶ(蟬の聲は風に途切れがちになり、水鳥は影を連れて飛んでゆく)」、「鷗と渚を分ちて泊まり、月を邀《むか》えて船と共に眠る(鷗と渚をわけあって泊まり、月を迎えて船とともに眠る)」、「牕月《そうげつ》　燈昏《くら》くして見、巖泉　雨歇《や》みて聞ゆ(燈が暗いので窓から月光が射し込むのが見え、雨が止んだので石走る水の音がよく響く)」、「水清くして白鷺明らかに、花落ちて青苔失う(水が清らかなので白鷺の姿が輝き、花が散りしいて青い苔が隠れてしまった)」、「杖を曳《ひ》けば雲同《とも》に出で、簾《みす》を開けば山　自《おのずか》ら來《きた》る(杖を曳いて雲とともに出かけ、簾を開けば山が飛び込んでくる)」、「寒塘　山影を倒じ、空谷　樵歌に荅《こた》う(つめたい池は山影をさかしまに映し、誰もいない谷に樵《きこり》の歌がこだまする)」、七言の「泉石は定めて騎馬の路に非ず、功名は釣魚の船に上らず(谷川の石だらけの道は馬に乘った俗人は通れない、魚釣りの舟は世俗の功名とは無緣)」、「水禽は我と明月を共にし、蘆葉は誰と同《とも》に晩風に吟ぜん(水鳥は私と明月をともにしてくれるが、夜風に搖れる蘆の葉は誰と一緒に歌うのか)」、「隔浦の人家　漁火の外、滿江の秋思　笛聲の中(漁火《いさりび》の向こう岸には人家が見え、笛の音が漂う大江《おおかわ》には愁いが満ち溢れんばかり)」、「小窗　半夜　青燈の雨、幽樹　一庭　黃葉の秋(小さな書齋のともし火に降る夜中の雨、ほの暗い庭の木々はみな色づきの秋を迎えた)」、「澗《たに》暗くして只だ聞く泉の滴瀝《てきれき》、山青くして賸《あま》り見る路の分明(谷川は薄暗くて水の音だけが聞こえ、山は青あおとして路がはっきり見分けられる)」、「幾畝の桑麻　春社の後、數家の雞犬《けいけん》　夕陽の中(春祭りの後、あたりの畑に桑や麻が茂り、家々の鷄や犬の鳴き聲が夕陽の中にきこえる)」などに至っては、頗る晩唐の良いところを得ている。その隱遁の山や溪の詩篇は、鑑賞に堪えうるだけのものがある、要はこれも宋末に傑出した詩人なのである。

【注】

一　浙江巡撫採進本　採進本とは、四庫全書編纂の際、各省の長にあたる巡撫、總督、尹《いん》、鹽政などを通じて朝廷に獻上された書籍をいう。浙江巡撫より進呈された本は『四庫採進書目』によれば四六〇二六部。任松如『四庫全書答問』によれば、そのうち三六六部が著錄され、一二七三部が存目（四庫全書内に收めず、目錄にのみとどめておくこと）に置かれたという。

二　山民始末不可考…　吳之振の『宋詩鈔』は、「眞山民は、名字を傳えず。亦た何許《いずこ》の人なるかを知らざるなり。但《た》だ自ら山民と呼ぶと云う。李生喬 歎じて以て迺祖《だいそ》の文忠西山に媿《は》じずと爲す。是れを以て其の姓〝眞〟なるを知る。痛ましくも亂亡に値《あ》い、深く自ら湮沒し、世得て焉《これ》を稱する無し。惟だ至る所好みて題詠し、因りて人間に流傳す。然れども皆探幽賞勝の作にして、未だ嘗て江湖の酬應の語有らざるなり」という。厲鶚《れいがく》の『宋詩紀事』卷七八〈眞山民小傳〉は、「山民は、自ら山民と呼ぶ。或いは名は桂芳、括蒼《かっそう》の人と云う。宋末の進士にして、李生喬歎じて以て迺祖《だいそ》の文忠西山に媿《は》じずと爲す。是を以て其の姓〝眞〟なるを知る。痛ましくも亂亡に値《あ》い、深く自ら湮沒《いんぼつ》し、世得て焉《これ》を稱する無し。惟だ至る所 好んで題詠し、因《よ》りて人間に流傳す」という。

三　李生喬　未詳。

四　考眞德秀號曰西山…　眞德秀（一一七八～一二三五）は字を景元、あるいは希元とも。號は西山。浦城（福建省）の人。慶元五年（一一九九）の進士で、開禧元年（一二〇五）、博學宏辭科に及第。南宋の儒學の大家であり、官は參知政事に至る。謚は文忠。本書三七「西山文集五十五卷」參照。

五　鴻冥物外　隱者が世俗に超然としているさまをいう。物外は、世俗の外。鴻冥《こうめい》は鴻飛冥冥の略で、揚雄『法言』問明篇に「治まるときは則ち見《あらわ》れ、亂るときは則ち隱る。鴻は飛びて冥冥なり、弋人《よくじん》何ぞ焉《これ》を篡《と》らん」とあるのに基づく。

六　採薇之志　殷の遺民である伯夷《はくい》・叔齊《しゅくせい》が周の粟《ぞく》を食するのを恥じて首陽山に隱れ、薇を採って食し、餓死した故事に基づく。前朝の遺民として生を全うすることをいう。『史記』伯夷傳を參照。

七　未必遂確　武英殿本『四庫全書總目提要』では「遂」を「遽」に作る。

八　其集宋藝文志不著錄　確かに『宋史』藝文志には著錄されていない。

九　明焦竑經籍志…　確かに焦竑《しょうこう》『國史經籍志』にも著錄されていない。ただし、明末清初の徐𤊹《じょぼつ》は『筆精』卷三で、陳幼孺の机上で前後が破損した詩集を見つけ、著者名がわからなかったが、元人の詩集の中でその詩を發見、眞山民と知ったということを言っており、明末の段階では詩集が存在していたことがわかる。

一〇　江湖小集始收之　宋の陳起が刻した『江湖小集』九十五巻は、宋末の江湖派の詩人六十二家に姚鏞《ようよう》、周文璞《しゅうぶんはく》、呉淵《ごえん》、許棐《ひ》ら四家の雑文を加えたもの。ただし、『眞山民集』はこれに收められていない。また『江湖後集』（永樂大典からの輯佚本）にも見えない。あるいは、明の潘是仁の刻した『宋元四十三家集』の誤りか。

一一　此本出浙江鮑氏知不足齋　上海圖書館に鮑氏「知不足齋」の鈔本が藏されている。

一二　元詩體要中錄其陳雲岫愛騎驢七言古詩一首　『元詩體要』十四巻は、明の宋緒が元一代の詩を編纂した總集。詩體を三十六に分類したもので、眞山民のこの詩は巻三の七言古體に收められている。なお、文淵閣本四庫全書『眞山民集』の末尾に、補遺としてこの詩が收められている。

一三　黍離・麥秀　〈黍離《しょり》〉は『詩經』王風の篇名。西周が亡び宮殿のあとが黍畑になっているのを嘆いたもの。麥秀《ばくしゅう》は、『史記』宋世家に殷の遺臣箕子《きし》が廢墟となった殷の都に麥が穂を出しているのを見て作った歌として引かれている。

一四　謝靈運輩、既襲康樂之封　謝靈運は六朝の代表的詩人。山水詩に優れた。『宋書』巻六七謝靈運傳に「襲《かさ》ねて康樂《こうらく》公に封ぜられ、食邑二千戸」とある。謝靈運の祖父である謝玄は三八三年の淝水《ひすい》の戦いで前秦の符堅を打ち破り、勳功により東晉から康樂公に封ぜられた。その孫である謝靈運は、父を經てその封號を受け繼いだが、劉宋になって康樂縣侯、食邑五百戸に格下げになった。この時、謝靈運が書いた〈康樂侯に封ぜらるるを謝する表〉が『藝文類聚』巻五一に見える。

一五　猶稱韓亡子房奮、秦帝魯連恥者　『宋書』巻六七謝靈運傳によれば、臨川內史であった謝靈運が職務を遂行せずに遊び暮らし、それが原因で彈劾されて收監されそうになったとき、かえって反旗を翻して、「漢亡びて子房奮い、秦帝たりて魯連恥ず、本より江海の人、忠義は君子を感ぜしむ」と詠んだという。子房は張良、韓の宰相の家柄に生まれ、秦に滅ぼされた仇を討つべく始皇帝を暗殺しようとしたが失敗。のち漢の劉邦に從い、留侯に封ぜられた（『史記』巻五五參照）。魯連は魯仲連、戰國齊の人。秦の兵が趙の邯鄲を包圍したとき、魏王は使いを遣わして趙王に秦王を帝と稱するように勸めたのに對し、魯仲連が魏の使者にその非を說き、結果、秦の兵は後退した（『史記』巻八三參照）。謝靈運のこの詩は、劉克莊『後村詩話』續集巻二などに見えるように、自身は劉宋に仕えていながら、恥ずべきふるまいをした彼の人となりとともに非難の對象となっている。ただし、近年の研究には、劉宋の權力者による僞作とする說もある。

一六　鬢禿難瞞老、心寛不貯愁　『眞山民集』〈幽居雜興〉の頸聯。ただし、明の潘是仁刻『宋元四十三家集・眞山民詩集』は、

「瞞」を「遮」に作る。

一七　煙碧柳生色、燒靑草返魂　『眞山民集』〈新春〉の頸聯。

一八　風竹有聲畫、石泉無操琴　『眞山民集』〈山閒次季芳韻〉の頷聯。

一九　棠醉風扶起、柳眠鶯喚醒　『眞山民集』〈春遊和胡叔方韻〉の頷聯。

二〇　地皆宜避暑、人自要趨炎　『眞山民集』〈山亭避暑〉の頷聯。

二一　飛花游蕩子、古木老成人　『眞山民集』〈兵後寓舍送春〉の頷聯。

二二　新葬塚無數、後來人更多　『眞山民集』〈淸明〉の頷聯。ただし、「後來」は文淵閣四庫全書本『眞山民集』では「未來」に作る。

二三　欲談世事佛無語、不管客愁禽自啼　『眞山民集』〈游鳳棲寺〉の頷聯。

二四　懶看世情晨睡去、怕傷時事暮吟休　『眞山民集』〈夜坐〉の頸聯。ただし、「晨」は文淵閣四庫全書本『眞山民集』では「寧」に、「暮」は「莫」に作る。その場合は「世情を看るに懶く寧《むし》ろ睡り去り、時事を傷むを怕れて莫吟《ぼぎん》休む」と訓む。

二五　商嶺定無屠狗客、雲臺寧有釣魚人　『眞山民集』〈閒居漫賦〉の頷聯。「寧」は文淵閣四庫全書本『眞山民集』では「豈」に作る。

二六　囊空儘可償詩債、脚倦猶能入醉鄕　『眞山民集』〈閒吟初冬〉の頷聯。

二七　雕鎪花柳春無迹、沐浴山川雨有恩　『眞山民集』〈奉和春遊呈雲耕叔祖〉の頷聯。『宋元四十三家集』本は〈奉和頗動遊興呈雲耕叔祖〉に作る。

二八　炭爲驟寒偏索價、酒因不飲懶論交　『眞山民集』〈冬暮小齋〉の頸聯。

二九　鳥聲山路靜、花影寺門深　『眞山民集』〈興福寺〉の頷聯。

三〇　風蟬聲不定、水鳥影同飛　『眞山民集』〈夏晩江行〉の頷聯。

三一　與鷗分渚泊、邀月共船眠　『眞山民集』〈泊白沙渡〉の頷聯。

三二　牕月燈昏見、巖泉雨歇聞　『眞山民集』〈夜話無上人房〉の頷聯。

三三　水淸明白鷺、花落失靑苔　『眞山民集』〈溪行〉の頷聯。

三四　曳杖雲同出、開簾山自來　『眞山民集』〈次韻章劍溪山居〉の頷聯。

三五　寒塘倒山影、空谷荅樵歌　『眞山民集』〈冬雪〉の頷聯。

三六　泉石定非騎馬路、功名不上釣魚船　『眞山民集』〈隱懷〉の頸聯。ただし、「船」は「舟」の誤り。

三七　水禽與我共明月、蘆葉同誰吟晩風　『眞山民集』〈泊舟嚴灘〉の頷聯。

三八　隔浦人家漁火外、滿江秋思笛聲中　『眞山民集』〈泊舟嚴灘〉の頸聯。

三九　小窗半夜靑燈雨、幽樹一庭黃葉秋　『眞山民集』〈夜坐〉の頷聯。

四〇　澗暗只聞泉滴瀝、山靑賸見路分明　『眞山民集』〈山行〉の頷聯。ただし、文淵閣四庫全書本『眞山民集』では「賸」は「剩」、「路」は「鷺」に作る。

四一　幾畝桑麻春社後、數家雞犬夕陽中　『眞山民集』〈山人家〉の頷聯。

四二　一邱一壑　『漢書』敍傳上に「一壑に漁釣すれば、則ち萬物も其の志を奸《かん》せず、一丘に栖遲《せいち》すれば、則ち天下も其の樂しみを易《か》えず」とあり、もと隱者が住む山や魚を釣る溪流を指す。ここでは山水に情を寄せ、その閒に自適すること、およびその詩篇をいう。

四三　延賞　長時閒の觀賞。

四四　翹楚　雜木の中で突き出ている荊樹。傑出した人物、事柄を指す。唐孔穎達《くようだつ》『春秋正義』序に「劉炫《りゅうげん》は數君の内に於いて、實に翹楚《ぎょうそ》爲り」とある。

【附記】

眞山民の詩は特に日本で愛好された。文化九年（一八一二）江戸西宮彌兵衛等刊本『眞山民詩集』は、詩一百五十九首を収めており、四庫全書本より五十一首多い。元人の董師謙の序があることから、『增訂四庫簡明目錄標注・續錄』はこれを元大德本の翻刻という。ただ、實際は大德本をもとに諸本を用いて校勘して刻行したもの。『和刻本漢詩集成』（汲古書院）第十六輯に景印が収められている。

『全宋詩』（第六五冊　巻三四三四）は『宋元四十三家集』が収める『眞山民詩集』を底本に、集外詩も廣く輯めている。

五三　吾汶稾十卷

[一]浙江鮑士恭家藏本

【王炎午】一二五二～一三二四

初名は應梅、字は鼎翁、號は梅邊。宋亡びて炎午と改名。安福（江西省）の人。度宗《たくそう》の咸淳十年（一二七四）に太學生となり、文天祥の幕に赴くも母の病のため歸鄕。文天祥が元軍の捕虜となって北に連行される際に、〈生祭文〉（本來、死者を悼む祭文を、その人の生前に作ったもの）を作ったことによってその名を知られる。歐陽玄『圭齋文集』卷七〈吾汶稾序〉、四部叢刊三編『吾汶稾《ごぶんこう》』附錄 李時勉〈王炎午忠孝傳〉參照。

宋王炎午撰。[二]炎午初名應梅、字鼎翁、後改今名。[三]安成人。宋末爲太學生。咸淳閒文天祥募兵勤王、炎午杖策謁之、留入幕府。旋以母老辭歸。天祥被執北上、炎午[四]爲文生祭之、勵以必死、尤世所稱。入元後、終身不出。因所居汶源里、[五]名其稾曰吾汶、以示不仕異代之義。[六]其稾凡文九卷、附錄一卷。[七]揭傒斯・歐陽元皆爲之序。[八]然傳本頗稀、明宣德中始行於世。[九]正德中其裔孫偉乃刻之南京、後版散佚。[一〇]萬歷中其裔孫伯洪重刊、乃摘鈔爲二卷、僅錄文二十八首、詞一首。又自以雜文數篇綴於末。去取失當、殊不足觀。[一一]此本從舊刻錄出、猶完帙之僅存者也。

炎午大節不虧、而文章不甚著名。其集晚出、或後人有所竄入、珠礫混雜、亦未可知。然要當以人重、不當僅求之詞藻閒。[一二]王士禎居易錄至以爲里社餅肆中慶弔卷軸之語、又摭其[一三]干姚參政・貫學士書、併其人而醜詆之、則未免責備太甚矣。

【訓讀】

宋 王炎午の撰。炎午 初名は應梅《おうばい》、字は鼎翁《ていおう》、後に今の名に改む。安成の人。宋末 太學生と爲る。咸淳《かんじゅん》の間 文天祥 募兵勤王するに、炎午 杖策して之に謁し、留まりて幕府に入る。旋《たちま》ち母の老を以て辭して歸る。天祥 執《とら》えられて北上するに、炎午 文を爲《つく》りて之を生祭し、勵《はげま》すに必ず死せんことを以てするは、尤《もっと》も世の稱する所なり。元に入りし後、終身出でず。居する所の汶源里《ぶんげんり》に因《ちな》みて、其の稾《こう》に名づけて「吾汶」と曰い、以て異代に仕えざるの義を示す。

其の稾は凡そ文九卷、附錄一卷。掲傒斯《けっけいし》・歐陽元《おうようげん》皆な之が序を爲《つく》る。然れども傳本は頗る稀にして、明の宣德中始めて世に行わる。正德中 其の裔孫偉《えい》 乃ち之を南京に刻するも、後 版散佚す。萬歷中 其の裔孫伯洪《はくこう》重刊するは、乃ち摘鈔して二卷と爲し、僅《わず》かに文二十八首、詞二首のみを錄す。又た自ら雜文數篇を以て末に綴る。去取當を失し、殊に觀るに足らず。此の本は舊刻從りの錄出にして、猶お完帙の僅かに存する者なり。

炎午は大節虧《か》けざるも、文章は甚だしくは著名ならず。其の集晚出し、或いは後人竄入《ざんにゅう》する所有りて、珠礫《しゅれき》混雜するも、亦た未だ知るべからず。然れども要は當《まさ》に人を以て重んずべくして、當に僅かに之を詞藻《しそう》の間にのみ求むべからず。王士禎『居易錄』は以て「里社の餅肆《へいし》中の慶弔卷軸の語」と爲し、又た其の姚《よう》參政・貫學士に干《もと》むる書を摭《ひろ》いて、其の人を併せて之を醜詆《しゅうてい》するに至っては、則ち未だ責備すること太甚《はなはだ》しきを免かれず。

【現代語譯】

宋 王炎午《おうえんご》の著。炎午の初めの名は應梅、字《あざな》は鼎翁である。後に今の名に改めた。安成（江西省）の人である。宋末に太學生となり、咸淳年間に文天祥が勤王の兵を募ったとき、炎午は馬の策《むち》を手にして拜謁し、そのまま留められ幕府に入ることになった。しかしすぐに母が高齢であるために辭去して郷里に歸った。文天祥が執《とら》えられて北に連行されるのに際し、炎午は生前弔辭を作って、必ず死ぬようにと勵ましたが、それはとりわけ世の稱する所となった。元になってからは、終身出仕せず、住んでいた場所の汶源里《ぶんげんり》にちなんで、その稾を「吾汶《ごぶん》」と名づけ、異朝に仕えないという忠義の心を示した。

その稾は全部で文が九巻、附錄が一巻である。掲傒斯《けつけいし》・歐陽元とともに序文を作っている。しかし、傳本はたいへん稀で、明の宣德年間に始めて世に出た。正德年間になって彼の裔孫の偉がこれを南京にて刻したが、後に版木は散佚した。萬歷年間にその裔孫の伯洪が重刊したのは、拔粹して二巻にしたもので、僅かに文が二十八篇、詞二首のみを錄するだけである。さらにまた自らの雜文數篇を末に綴っているが、取捨選擇に當を失しており、ことに觀るに足らぬものだ。この本は舊刻から寫したもので、完帙を保つ數少ないものだ。

炎午の大節は完璧なものだが、詩文の方はあまり著名ではない。その別集も後から出來たものであり、あるいは後人が竄入した可能性もあり、本物と僞者が入り混じっているかもしれぬ。しかし、要は人物を重んじるべきなのであって、詩文についてだけ評價すべきではないのだ。王士禎『居易錄』は彼の文を「村の神社の前にある饅頭屋の由緒書きだ」と評し、さらに姚參政燧・貫學士雲石に引き立てを求めた書簡をとりあげて、彼の人となりまで詆《そし》るのは、あまりにも行き過ぎというものだろう。

【注】

一　浙江鮑士恭家藏本　鮑士恭の字は志祖、原籍は歙《しょう》（安徽省）、杭州（浙江省）に寄居す。父 鮑廷博（字は以文、號は淥飲《ろくいん》）は著名な藏書家で、とりわけ散佚本の蒐集を好んだ。その精粹は『知不足齋叢書』中に見える。『四庫採進書目』の記録では、

『四庫全書』編纂の際には、藏書六二六部を進獻した。任松如『四庫全書答問』によれば、そのうち二五〇部が著録され、一二九部が存目（四庫全書内に収めず、目錄にのみとどめておくこと）に置かれたという。

二　炎午初名應梅…　王炎午の傳記は、李時勉〈王炎午忠孝傳〉（『吾汶稾』卷一〇）に詳しい。「先生の姓は王氏、改名して炎午、原《もと》の諱《いみな》は鼎翁《ていおう》、別號は梅邊、學者は梅邊先生と稱す。宋の敷文閣盧溪《ふぶんかくろけい》先生の諸孫なり。世よ安成の南 汶源里《ぶんげんり》に居す。幼き自《よ》り學に力め、『春秋』を業とし、太學の上舍生に升る。…宋の亡ぶに値《あ》い、文丞相 募兵勤王するに、鼎翁は軍門に謁し、丞相に家產を毀《こぼ》ちて軍餉《ぐんしょう》を供給し、以て士民の義を助くるの心を倡《とな》えんことを諭《さと》し、淮《わい》の卒を購《あがな》いて、參錯《さんさく》して戎行せしめ、以て江廣の烏合《うごう》の衆を訓《おし》えんことを請う。丞相嘉納し、目して小范老子と爲し、職を授けて戎に從わしめんと欲するも、母の病を以て果たせず。丞相の執《とら》えらるるに及び、〈生祭文〉を爲りて以て丞相の死を速《うなが》す」。

三　安成人　王炎午の傳記史料には、その出自を安福の人とするものと、安成の人とするものの二種があるが、安成は安福（江西省安福）の古名であり、いずれも同じ地を指す。

四　爲文生祭之　王炎午は文天祥のために二篇の祭文を作っている。一つは文天祥が元に捕えられて北方に連行された時の〈生祭文丞相〉、もう一つは、文天祥の訃報に接して作った〈望祭文丞相〉（ともに『吾汶稾』卷四）である。特に前者の生祭文は千五百言にも及ぶ長篇であり、その文天祥に死を望む内容は諸家の絶賛するところである。掲傒斯《けつけいし》の〈書王鼎翁文集序〉（四部叢刊本『掲文安公全集』卷八および『吾汶稾』卷首所收）は、「余 舊《むかし》 宋の太學生盧陵《ろりょう》の王鼎翁〈生祭文丞相文〉を作るを聞き、每《つね》に嘆じて曰く、〝士の世に生まれ、不幸にして國家破亡の時に當り、爲に一死せんと欲するに死すべきの地無く、又た作りて文章を爲り、以て其の友 萬世の爲に綱常を立てんことを望むは、其の志亦た悲しむべし〟と」と見える。歐陽玄〈梅邊先生吾汶稾序〉（『圭齋文集』卷七および『吾汶稾』卷首所收）も、「〈生祭文丞相文〉の作に至りて、嘆じて曰く、嗚呼《ああ》、王鼎翁は宇宙の奇士なり。士の人に趣《うなが》すに自裁《じさい》（自殺）を以てする者は、惟だ朱雲の其の師蕭望之に於けるのみにして、然れども望之は特《た》だ一身の計なるのみ。鼎翁の言を爲すは、天下萬世の人臣爲る者の爲の計なり」と見える。

五　名其稾曰吾汶…　四部叢刊三編『吾汶稾』題跋、および文淵閣四庫全書本『吾汶稾』卷一〇の劉宣〈吾汶稾の後に跋す〉に、「是れ自《よ》り門を杜《とざ》して却掃《きゃくそう》し、益ます力を詩文に肆《ほしい》ままにし、乃《すなわ》ち其の名を更《か》え、幷びに其の著す所に名づけて『吾汶稾』と曰う。皆な異代に仕えざるの意を示すなり」と見える。

六　其稾凡文九卷、附錄一卷　文淵閣四庫全書本『吾汶稾』の卷一から卷九まではすべて文、卷一〇が附錄にあたり、王炎午の行狀・祭文・傳などを收錄。詩は一首も收錄されていない。

七　揭傒斯・歐陽元皆爲之序　『吾汶稾』巻首には揭傒斯《けっけいし》と歐陽《おうよう》玄《げん》（提要は康熙帝の諱を避けて歐陽元という、四庫全書『吾汶稾』の原文では玄の最後の字畫を闕筆にする）の〈吾汶稾序〉、および鄭元の〈忠義序〉がある。注四に擧げた揭傒斯の序は、元統二年（一三三四）の作で「近ごろ其の門人劉省吾從《よ》り『王鼎翁集』を得て、始めて所謂〈生祭文丞相文〉を見る。…鼎翁の徳の粹、學の正、才の雄、詩文の奇古は則ち劉會孟先生之《これ》を言いて備われり」とある。歐陽玄の序も元統二年（一三三四）の作で、「他日、其の門人劉君省吾從《よ》り『吾汶稾』を得たり」とある。このことから、『吾汶稾』を編集したのは、門人の劉會孟、字は省吾であることがわかる。また劉會孟が書いた序文があったらしいが、現在は傳わらない。

八　傳本頗稀、明宣德中始行於世　弘治辛亥（四年、一四九一）に劉宣が書いた〈跋吾汶稾後〉（四部叢刊三編『吾汶稾』題跋、四庫全書本では巻一〇）は、次のようにいう。「其の稾は、元初に在りて、諸名公多く序跋有り。後、兵燹《へいふん》に遭いて、遂に散逸を致す。閒《ま》ま其の一二を傳錄せし者有るも、皆な殘編斷簡にして、豕魚殊に甚だし。先生の裔孫の華　嘗て郡庠《ぐんしょう》に游び、其の愈《いよ》いよ久しく愈いよ訛《か》するを恐るるや、迺《すなわ》ち繕寫鋟梓《しんし》し、以て久遠に垂《た》らしむ。又た楚國歐陽公・揭《けつ》文安公著す所の序跋を取りて首に冠し、復た宣に屬《しょく》して其の後に識《しる》せしむ」。また、正德二年（一五〇七）に王炎午の末裔である王懋《おうぼう》が書いた〈跋重刊吾汶稾後〉（四部叢刊三編『吾汶稾』題跋、四庫全書本では巻一〇）は、次のようにいう。「族祖梅邊先生の平生の詩文は無慮數百篇、元季の兵火自り、族の譜牒《ふちょう》遺墨は散棄して幾んど盡《つ》きたり。宣德の閒に至りて、里人複壁を撤して僅かに是の錄を得たり。豈《あ》に特《た》だに全牛の一毛にして虫竄《ちゅうざん》蠹蝕《としょく》の餘のみならんや。加うるに謄寫《とうしゃ》の謬りを以てし、庣觚錯簡（四庫全書本は「魯魚亥豕」に作る）、郭公夏五、殆ど誦を成さず。而して初刻の者は未だ〈霍光傳《かっこうでん》〉を讀まざるを以て、竟《つい》に訛《か》に踵《きびす》して以て入れ、讀者之を病む。予　繼ぎて博く善本より采り、凡錄の畸篇單牘有るに及びては、皆な集めて相い參訂す。多く年所を歷て、乃ち始めて誦すべく、而して慊《うら》む者或いは寡《すくな》からん」。

九　正德中其裔孫偉乃刻之南京　正德丁卯（二年、一五〇七）の都穆〈跋重刊吾汶稾後〉（四部叢刊三編『吾汶稾』題跋、四庫全書本では巻一〇）にいう。「右、宋廬陵の王先生集九卷。弘治辛亥、先生の八世の孫の華　嘗て之を木に刻し、後　華の族弟懋《ぼう》復た參考を加え、其の訛舛《かせん》を正し、始めて完書と爲る。南京の禮部主事偉は先生に於いては九世の從孫なり、近ごろ懋の遺《おく》る所の本を得たり。其の中表の弟にして知六安州の劉君天澤　之を見て、爲に重刻して以て行う。劉君は予の進士の同年、而して禮部も亦た同年なるを以て、以て之を識す有らしむ」。

注八の王懋〈跋重刊吾汶稾後〉と考えあわせれば、正德本とは宣德年間に壁中より發見されたものをもとに弘治年間に王華が刻し、その後、王懋が校訂し、正德年間に王偉と緣者の劉天澤が重刻したものらしい。ただし、この刻本は今に傳わらない。

一〇　萬歷中其裔孫伯洪重刊、乃摘鈔爲二卷　「萬歷」は「萬曆」。乾隆帝の諱「弘曆」を避けて「歷」に作る。この萬曆中に王伯洪が重刊した二卷本は、現在、所在不明であり、詳細はわからない。

一一　此本從舊刻錄出　四庫全書本の底本は鮑士恭家藏本であるが、これはのちに戴氏の藏するところとなり、それを影印したのが四部叢刊三編本である。そして張元濟はその四部叢刊の跋文でこれを影鈔正德刊本だといっている。これに對して、祝尙書『宋人別集敍錄』は、『吾汶稾』卷一〇の〈先祖宜山公遠居士（王炎午の長子）墓誌〉の後の八世の孫宗之の跋文に、「嘉靖己丑（八年、一五二九）の冬　壙は殘傷を被り…」とあることを根據として、これが正德年間よりも後の嘉靖以降の增刊本の影鈔である可能性を指摘する。

一二　王士禎居易錄…　『居易錄』卷一二にいう。「吾汶稾九卷、安福の王炎午鼎翁の著。炎午は文丞相を生祭するを以て名を得たり。然れども他の文は乃ち里社の餅肆《へいし》中の慶弔卷軸の語に似たり。晩に書を以て姚參政・貫學士に干《もと》め、自ら爨下《きんか》の焦尾《しょうび》に比《なぞ》らえ、唯だ其の己を知らざるを恐るる者の若し。父の墓に誌すに、又た必ず當世の顯者に是れを求む。此の數端は皆な未だ喩《たと》えざる所なり。集中　惟だ〈張尉舊祠堂記〉のみ頗る佳く、羅鄂州の〈社壇記〉に減ぜず。此の一篇を存せば足れり」。

一三　其干姚參政・貫學士書　文淵閣四庫全書本および四部叢刊本『吾汶稾』卷一の〈貫學士に上《たてまつ》る〉と〈參政姚牧菴に上る〉を指す。姚牧菴とは、元の姚燧《ようすい》（一二三八～一三一三）、字は端甫である。牧菴はその號。金の姚樞《ようすう》の子。大德九年（一三〇五）に中奉大夫江西行省參知政事を拜している。『元史』卷一七四參照。貫學士とは、元の小雲石海涯（一二八六～一三二四）、中國名では貫雲石。號は酸齋、父の名を貫只哥といったので、父の名をもって姓としたという。仁宗卽位して、翰林侍讀學士となった。『元史』卷一四三參照。

【附記】

四部叢刊三編の『吾汶稾』は、もと鮑士恭の家藏本であったもの。四庫全書本と内容、收錄篇數とも同じである。ただ、四部叢刊本は卷一〇のほかに題跋があり、四庫全書本はこれらをすべて卷一〇に收入している。

『全宋詩』（第七一冊　巻三七一七）には詩一首のみが収録されている。
『全元文』（第一七冊　巻五五六～巻五五八）は文淵閣四庫全書本を底本とする。

あとがき

二〇〇〇年二月に出版した『四庫提要北宋五十家研究』は、その年の三月に定年を迎える私の記念にしようという野村鮎子君の企圖に基づくものだった。

その後編に當たるこのたびの『四庫提要南宋五十家研究』は、私の古稀を記念して出そうという、野村君の計畫のもとに始まった。當初、計畫は順調に進んでいたのだが、野村君が龍谷大學から奈良女子大學に轉勤したころから、國立大學の獨立行政法人化問題がやかましくなり、彼女は日に日に多忙を極めるようになって行った。週一回の會讀が、月一回になり、時には二ヶ月以上にわたって中斷することもあった。また、版本を實見しなければ進まない研究でもあり、調査に出向く經費をどう捻出するかという問題もあった。しかし、幸いにも、二〇〇三年度には日本學術振興會科學研究費補助金 基盤研究Ｂ「四庫提要にみる南宋詩文集の流傳と文學評價に關する實證的研究」が採擇され、五年後という當初の計畫は一年遲れただけで、二〇〇五年度の研究成果公開促進費をいただいて、どうにか出版にこぎつけることができた。これひとえに野村鮎子君の獅子奮迅の努力のおかげである。

本書は、『四庫全書總目提要』集部別集類に收める南宋二百六十七家、二百七十四種から、「北宋五十家」と同じく「南宋五十家」を選んで、その詳細な譯注をつけようというものだった。ただ、北宋が百十五家、百二十二種であるのに較べると、その二倍以上ある南宋諸家から五十家を選び出すのは、それほど簡單ではなかった。結局選擇の基準を、次の五つに置くことにした。

① 文學史上缺くことのできない文學者

②　文學史或いは學術史にかかわって、提要が重要な指摘をしているもの
③　提要の內容や議論が面白いもの
④　「四部叢刊」など、その別集が比較的容易に見られるもの
とは言え、その取捨選擇は難しく、「南宋五十家」と題しておきながら、「三家」增えて五十三家、五十七種となってしまった。せっかく作った原稿を、捨て切れなかったからでもある。

前著と同じく、原案はすべて野村君が用意した。その初期には、長內優美子君が數回參加したが、結婚、出產、そして夫君とのドイツ留學が重なったため、ほとんどは野村・筧の二人で檢討を重ねた。

本書の體裁は、「北宋五十家」と同じく、原文・訓讀・現代語譯・注・附記で構成されているが、特に注には、前著に引き續き工夫をこらしたつもりである。辭書を引けばすぐ分るような語釋はなるべく抑え、詩文の內容とかかわる作者の經歷、人物・作品の評價にかかわる事柄や逸話、さらには編集・出版に當った人たちの準備の過程が具體的に分るように、とりわけ簡單には手にすることのできない希覯書の序跋などは、特に詳しく紹介したつもりである。そのため、野村君は、日本各地の研究機關や圖書館はもちろん、北京、上海、臺北など、海外各地にも出かけて精力的に調査を進めた。その成果は、本書のあちこちに盛りこまれている。

おかげで、從來の定說を覆したり、新しい資料を發掘したりした部分もある。これからの宋代文學の研究に役立つ基礎的な研究として活用されるならば、本書出版の意圖は十分に達成されたのであり、著者の一人として嬉しいかぎりである。

卷末の「兩宋文人生卒一覽表」は、奈良女子大學院生の森見彩代君を煩わせた。また本書の題簽は、前著と同じく、書家として國際的に知られている神戶大學國際文化學部教授の魚住卿山（和晃）師の揮毫による。今年七月、廣島で開催される「書法文化書法教育國際會議」を控え、その代表幹事としてますます多忙を極めておられるにもかかわら

ず、快くお引き受け下さった魚住師に衷心より感謝申し上げたい。

最後に、貴重な書物を閲覽させて下さった京都大學人文科學研究所附屬漢字情報研究センターや東京大學東洋文化研究所附屬東洋學研究情報センター、國立公文書館内閣文庫、宮内廳書陵部、東洋文庫、靜嘉堂文庫、前田育徳會尊經閣文庫、大倉文化財團、お茶の水圖書館、名古屋市蓬左文庫、米澤市立圖書館を始め、北京國家圖書館、北京大學圖書館、上海圖書館や臺灣國家圖書館（舊國立中央圖書館）など、國内外の研究機關ならびに圖書館に對して厚くお禮申し上げる。また前著に引き續き、本書の出版を引き受けて下さった汲古書院に對しても、深く感謝したい。

前著『四庫提要北宋五十家研究』に對しては、多くの方から、貴重なご意見やご批判をいただいた。このたびの『四庫提要南宋五十家研究』に對しても、引き續ききびしく、そして暖かいご批判をいただければ幸いである。

なお、本書の出版に當っては、二〇〇五年度の獨立行政法人日本學術振興會の科學研究費補助金「研究成果公開促進費」の交附を受けたことを附記しておく。

二〇〇六年一月四日

筧　文　生

四庫提要北宋五十家研究

立命館大學名譽教授 筧 文生
奈良女子大學助教授 野村鮎子 著

本書は、『四庫全書總目提要』のうち北宋の代表的文人五十家・別集五十六種の提要を選び、それに傳記・版本・文學史上の評價などを含んだ詳細な注釋を施し、「宋代文學研究」の基本文獻を目指したものである。五十家五十六種に絞るにあたっては、文學者に對する人物批評や文學史上の位置について言及しているものを中心に構成し、各篇は文學者の【小傳】・【提要の原文】・【訓讀】・【現代語譯】・【注】・【附記】の六部門から成る。卷末に原文中に見える人名・書名の【索引】を附す。

【内容目次】

▼Ａ５判上製箱入／４９０頁
定価１０５００円
ISBN4−7629−2643−4 C3098

著者略歴

筧　　文　生（かけひ　ふみお）

1934年、東京都生まれ。1962年、京都大學大學院文學研究科博士課程（中國語學・中國文學專攻）修了。現在、立命館大學名譽教授。
主な著書：『梅堯臣』（岩波書店）、『韓愈　柳宗元』（筑摩書房）、『成都　重慶物語』（集英社）、『唐宋八家文』（角川書店）、『四庫提要北宋五十家研究』（共著　汲古書院）、『唐宋文學論考』（創文社）など。

野　村　鮎　子（のむら　あゆこ）

1959年、熊本縣生まれ。立命館大學大學院文學研究科後期課程東洋文學思想專攻修了。文學博士。現在、奈良女子大學文學部助教授。
主な著書：『四庫提要北宋五十家研究』（共著　汲古書院）、『ジェンダーからみた中國の家と女』（共編共著　東方書店）、『中國女性史入門』（共編共著　人文書院）など。他、本著に關わる論文として、「『四庫提要』にみる北宋文學史觀」などがある。

四庫提要南宋五十家研究

二〇〇六年二月二十八日　發行

著　者　筧　文生
　　　　野村鮎子
發行者　石坂叡志
印　刷　富士リプロ

發行所　汲古書院
〒102-0072 東京都千代田區飯田橋二-五-四
電　話　〇三（三二六五）九七六四
ＦＡＸ　〇三（三二二二）一八四五

ISBN4-7629-2748-1 C3098

KYUKO-SHOIN, Co., Ltd. Tokyo

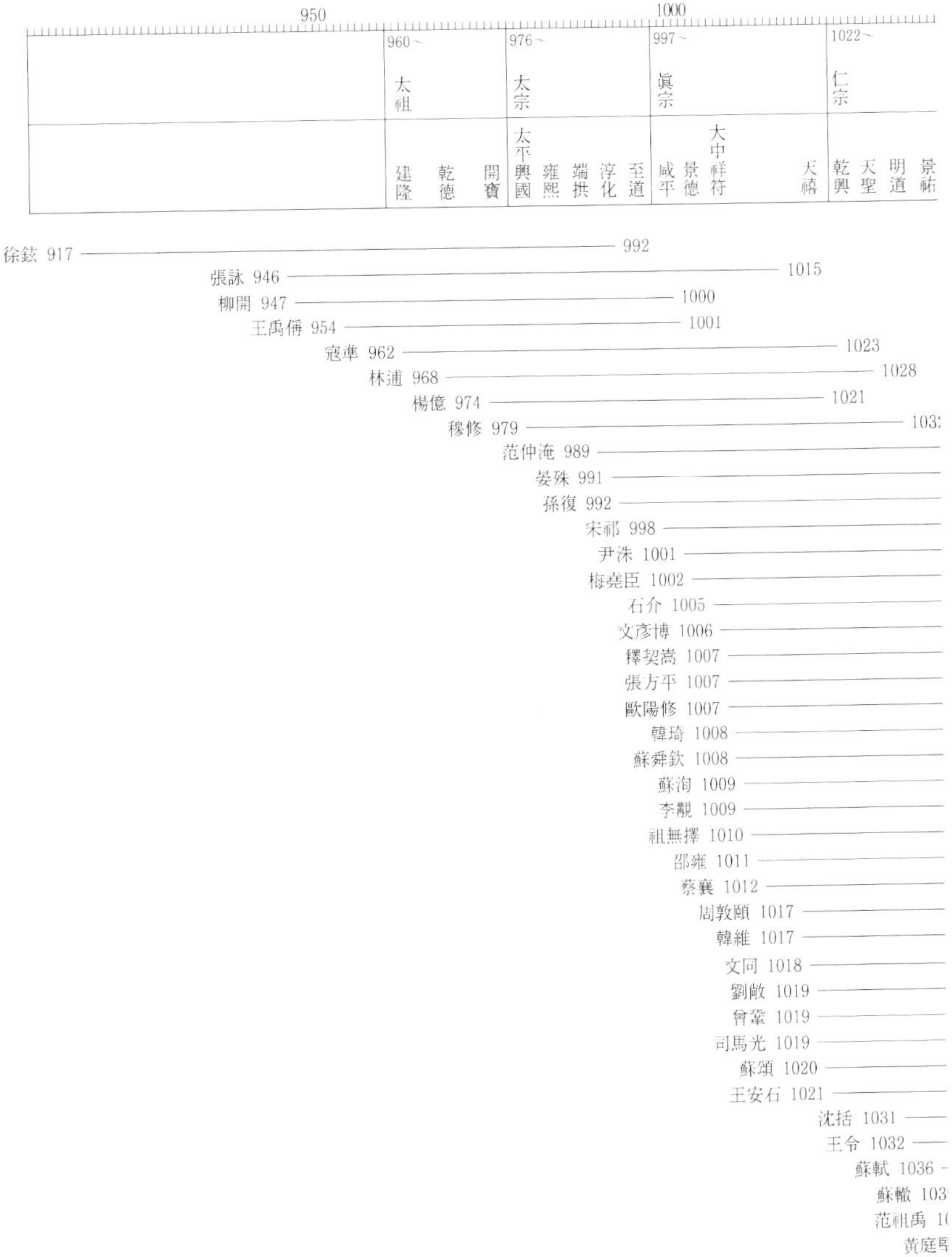
950
1000
960～ 太祖 建隆 乾德 開寶
976～ 太宗 太平興國 雍熙 端拱 淳化 至道
997～ 眞宗 咸平 景德 大中祥符 天禧
1022～ 仁宗 乾興 天聖 明道 景祐
徐鉉 917 992
張詠 946 1015
柳開 947 1000
王禹偁 954 1001
寇準 962 1023
林逋 968 1028
楊億 974 1021
穆修 979 103
范仲淹 989
晏殊 991
孫復 992
宋祁 998
尹洙 1001
梅堯臣 1002
石介 1005
文彥博 1006
釋契嵩 1007
張方平 1007
歐陽修 1007
韓琦 1008
蘇舜欽 1008
蘇洵 1009
李覯 1009
祖無擇 1010
邵雍 1011
蔡襄 1012
周敦頤 1017
韓維 1017
文同 1018
劉敞 1019
曾鞏 1019
司馬光 1019
蘇頌 1020
王安石 1021
沈括 1031
王令 1032
蘇軾 1036
蘇轍 103
范祖禹 1
黃庭

兩宋文人生卒一覽表
（作成：森見彩代）

索　　　引

項目は、本書に採錄した『四庫提要』の原文より選び、原則として漢字音により五十音順に配列した。ただし、項目が同一の『提要』内に複出する場合は、初出の頁數のみを記した。

1　書名のゴチック體とゴチック數字は、本書が採錄する『提要』の別集名とその當該頁數を示す。

2　人名のゴチック體とゴチック數字は、本書が採錄する『提要』の別集著者名とその當該頁數を示す。

3　項目中の左肩の＊印は『提要』原文の誤字である。

書　　　名

人　　名